STAR TREK
THE NEXT GENERATION®

VON MAGIE NICHT ZU UNTERSCHEIDEN

DAVID A. McINTEE

Based on
Star Trek
and
Star Trek: The Next Generation
created by Gene Roddenberry
and
Star Trek: Deep Space Nine
created by Rick Berman & Michael Piller

Ins Deutsche übertragen von
Kerstin Fricke

Die deutsche Ausgabe von STAR TREK – THE NEXT GENERATION: VON MAGIE NICHT ZU UNTERSCHEIDEN wird herausgegeben von Amigo Grafik, Teinacher Straße 72, 71634 Ludwigsburg.
Herausgeber: Andreas Mergenthaler und Hardy Hellstern, Übersetzung: Kerstin Fricke; verantwortlicher Redakteur und Lektorat: Markus Rohde; Lektorat: Wibke Sawatzki und Gisela Schell; Satz: Rowan Rüster/Amigo Grafik; Cover Artwork: Alan Dingman;
Print-Ausgabe gedruckt von CPI Moravia Books s.r.o., CZ-69123 Pohorelice. Printed in the Czech Republic.

Titel der Originalausgabe: STAR TREK – THE NEXT GENERATION: INDISTINGUISHABLE FROM MAGIC

This book is published by arrangement with Pocket Books, a Division of Simon & Schuster, Inc., pursuant to an exclusive license from CBS Studios Inc.

Print ISBN 978-3-86425-293-8 (Dezember 2013) · E-Book ISBN 978-3-86425-328-7 (Dezember 2013)

WWW.CROSS-CULT.DE · WWW.STARTREKROMANE.DE · WWW.STARTREK.COM

Ich wandelte durch die Trümmer vergangener Zeiten.

\- Percy Bysshe Shelley

PROLOG

Jason Lambert befand sich zwischen den Sternen, und das machte ihn glücklich. Er wusste, dass der Großteil seiner Besatzung sagen würde, man befand sich bereits zwischen den Sternen, wenn man an Bord der *U.S.S. Intrepid* war, doch das sah Lambert anders. Erst wenn er einen Raumanzug trug und auf den Deckplatten der untertassenförmigen Hülle seines Schiffes stand, befand er sich seiner Meinung nach wirklich zwischen den Sternen.

Innerhalb des Schiffes, selbst wenn er auf dem zentralen Stuhl auf der Brücke saß, war er nur an Bord eines Schiffes und nicht wirklich ein Weltraumreisender. Draußen auf der Hülle, wenn er nur den Raumanzug zwischen sich und der Leere des Alls hatte, war das realer. Auf diese Weise fühlte er sich eins mit dem Universum.

Die *Intrepid* war allein in der Dunkelheit, und Lambert sah in Richtung Heck zu den Warpgondeln. Die beiden zylindrischen Antriebe beförderten die *Intrepid* durch die Leere, aber von hier aus wirkten sie eher wie Wimpel, die hinter einem fliegenden Drachen herflatterten.

Er erinnerte sich daran, wie er als Kind zu den Sternen über der Nullarbor-Ebene hinaufgesehen hatte. Seines Wissens gab es auf der Erde keinen Ort, von dem aus man die Sterne besser und klarer erkennen konnte. Doch bei dem Anblick, der sich ihm hier bot, hatte er das Gefühl, in seiner Kindheit nur durch einen Schleier aus Rauch und Nebel zu den Sternen hinaufgesehen zu haben. Jedes Mal, wenn er hier stand, musste er breit grinsen, und er vermutete, dass sich das auch nie ändern würde. Das einzige Mittel dagegen war der

Gedanke daran, dass er leider irgendwann wieder ins Schiff zurückkehren musste.

Er drehte sich um und konzentrierte sich auf die Ingenieure, die einige beschädigte Hüllenplatten gegen neue austauschten. Die vier Besatzungsmitglieder bewegten sich schwerfällig direkt über dem großen »X« der Registrierungsnummer des Schiffes. »NX-07« stand auffällig auf der Untertassensektion, auch wenn es von seinem Standpunkt aus eher wie »LO-XN« aussah, was in irgendeiner Sprache durchaus ein gängiges Wort sein konnte. Falls sie je einer Rasse begegneten, die ein solches Wort in ihrem Vokabular besaß, dann hoffte Lambert, dass es so etwas wie »Guten Tag« und nicht etwas Unanständiges oder Beleidigendes bedeutete.

Er ging zu den Ingenieuren hinüber und versuchte, nicht allzu tollpatschig auszusehen, während er die Sohlen seiner magnetischen Stiefel sorgfältig von der Hülle löste und wieder darauf absetzte. Die anderen drehten sich um, als er näher kam. Seine Schritte waren im Vakuum natürlich nicht zu hören, aber die vier Ingenieure konnten die Vibrationen durch ihre Stiefelsohlen spüren. Die kupferfarbenen Raumanzüge, die alle hier draußen trugen, ließen keine Rückschlüsse auf die Person zu, die sich darin befand, aber Lambert hätte die Haltung und Gestik seiner Chefingenieurin überall erkannt. Daher wandte er sich ihr als Erstes zu. »Wie läuft es, Anna?«

»*Genau, wie ich es vorausgesagt habe, Captain.*« Die Lautsprecher in seinem Helm schwächten ihren kubanischen Akzent ab, und ihre Stimme klang eher blechern und nicht so musikalisch wie sonst. »*Wir sollten bis zum Ende dieser Schicht fertig sein.*«

»Dann ist es keine schwierige Aufgabe?«

»*Das Austauschen einiger beschädigter Hüllenplatten? Natürlich nicht. Es geht langsam voran, aber das ist auch alles.*«

Lambert nickte und wusste, dass sie die Geste durch sein Visier erkennen würde. »Keine Sorge. Nehmen Sie sich so viel Zeit, wie Sie brauchen. Ich bezweifle, dass sich irgendjemand darüber aufregen wird, wenn die Dekorateure etwas später anfangen können.«

»Ich würde das Upgradeprogramm nicht gerade als ›Dekoration‹ bezeichnen. Angeblich ermöglichen die Antriebsupgrades eine Reisegeschwindigkeit von Warp sechs, und die neue Transporterfirmware hat deutlich größere Sicherheitsgrenzen.«

»Das bezweifle ich nicht. Und Warp sechs klingt doch sehr gut.« Lambert deutete auf das »X«, auf dem er gerade stand. »Gerüchten zufolge bekommen wir nicht nur die Transporter- und Antriebsupgrades ...«

»Und die Erweiterung der Torpedoreichweite sowie eine neue Mannschaftsrotation.«

»... sondern es ist außerdem noch eine Renovierung des Schiffes geplant.«

Daraufhin stutzte sie. *»Eine Renovierung? Ist das Ihr Ernst ...?«*

»Alle *NX*-Schiffe und die der neuen *Daedalus*-Klasse werden überholt, das hat Johnny Archer zumindest gesagt. Sie streichen die Hülle neu. Bringen die Computersysteme auf den neuesten Stand. All dieser bürokratische Blödsinn und die Arbeitsbeschaffungsmaßnahmen, die der Wechsel zur Vereinten Föderation der Planeten so mit sich bringt.«

»Ein Regierungswechsel ist immer eine wichtige Angelegenheit«, hob Anna hervor.

»Ich habe gehört, dass sie aus unserem ›NX‹ ein ›NCC‹ machen wollen. Dazu müssen sie natürlich auch die Zahlen ein wenig verschieben, damit alles noch mittig angeordnet ist.«

»Ich hätte gedacht, dass sie sich um wichtigere Dinge kümmern müssten. Es ist ja wie gesagt keine Kleinigkeit, auf einmal Teil einer neuen Regierungsform zu werden.« Anna runzelte die Stirn. *»Wäre es denn so schlimm, wenn es nicht ganz in der Mitte stünde?«*

»Keine Ahnung. Vielleicht sind sie der Ansicht, dass ein Schiff, das schon leicht angeschlagen wirkt, bei einem Erstkontakt keinen guten Eindruck machen würde.«

»Wofür steht das ›NCC‹ überhaupt?«

»Das weiß ich nicht. Es könnte alles Mögliche bedeuten, die genaue

Erklärung wurde mir bisher vorenthalten.« Lambert wollte sich gerade am Kopf kratzen, doch dann fiel ihm ein, dass er das ja gar nicht tun konnte, da er noch im Raumanzug steckte und der Helm das verhinderte. »Ich werde mich das nächste Mal danach erkundigen, wenn die Sprache wieder auf …« Ein Flackern, das er aus dem Augenwinkel wahrnahm, erregte seine Aufmerksamkeit. Er drehte den Kopf gerade noch rechtzeitig, um einen hellen Blitz zu sehen, der in der Schwärze zwischen den Sternen aufflackerte. Er verblasste bereits, und Lambert konnte die Entfernung unmöglich abschätzen; es hätte eine Blitzbirne in wenigen Metern Entfernung oder eine Supernova in einer Distanz von mehreren Dutzend Lichtjahren sein können. »Was zum Teufel war das?«

»*Captain?*« Anna sah in dieselbe Richtung wie er, aber sie hatte sich erst nach seinem Ausruf umgedreht, und inzwischen war nichts mehr zu sehen.

»Haben Sie das gesehen? Den Blitz? In dieser Richtung.«

»*Nein.*«

»Sonst irgendjemand?«

»*Oui, Capitaine*«, erwiderte Georges Toussant. »*Nur etwa eine Sekunde lang.*«

»Na, dann haben mir meine Augen wenigstens keinen Streich gespielt.« Lambert wollte gerade nach der Komm-Taste an seinem Handgelenk greifen, um die Brücke zu rufen und sich zu erkundigen, ob die Scanner etwas erfasst hatten, doch seine Mannschaft kam ihm zuvor. Lieutenant al-Qatabis Stimme erklang in seinem Helm. »*Captain*«, sagte der taktische Offizier mit eindringlicher Stimme, »*die Lateralsensoren haben einen Energieanstieg registriert, der der Detonation einer romulanischen Mine der Klasse vier entspricht …*«

»Das war es also …«

»*Sir?*«, fragte sie.

»Ich habe den Blitz vor wenigen Augenblicken selbst gesehen. In welcher Entfernung ist sie detoniert?«

»*Etwa zweiunddreißigtausend Kilometer.*«

Das war weit genug weg, dass die *Intrepid* nicht in Mitleidenschaft gezogen würde, aber Lambert wusste nur zu gut, dass eine derartige Mine meist keine Einzelerscheinung war. »Gehen Sie auf taktischen Alarm; ich komme rein.« Er beendete die Verbindung zur Brücke und drehte sich wieder zu Anna um. »Es wäre wohl das Beste, wenn wir alle ...«

»*Wohl kaum, Sir.*«

»Falls es in unserer Nähe noch weitere Minen gibt ...«

»*Dann sollten wir auf keinen Fall riskieren, mit einem Loch in der Hüllenpanzerung von einer in der Nähe detonierenden Mine erwischt zu werden.*« Sie grinste hinter ihrem Visier. »*Es wäre vielmehr sinnvoller, den Job hier so schnell wie möglich zu erledigen.*«

»Okay, aber halten Sie sich ran und vergeuden Sie keine Zeit mit Sightseeing. Tauschen Sie die Platten aus und schwingen Sie Ihre Hintern so schnell wie irgend möglich wieder ins Schiff.«

»*Geht klar, Sir.*« Anna drehte sich wieder zu ihrem Team um. »*Sie haben den Captain gehört. Bringen wir die Sache zu Ende.*«

Lambert hatte in Rekordzeit den Wechsel vom Raumanzug zu seinem Uniformeinteiler vorgenommen. Auf der Brücke herrschte Betrieb, aber alle sprachen gedämpft und angespannt. Leise wurden die wichtigen Updates über die Sensoranzeigen, die Waffenbereitschaft, den Status des Antriebs und die unzähligen anderen Aspekte ausgetauscht, die bei einem taktischen Alarm von Bedeutung waren.

Zeinab al-Qatabi sah von ihrer Konsole auf, als Lambert die Brücke betrat. »Gab es noch weitere Energiestöße?«, erkundigte er sich.

Der ausgesprochen zierliche Lieutenant schüttelte den Kopf. »Ich habe begonnen, die Phasenkanonen zu laden, aber ich möchte die Hüllenplatten nicht polarisieren, solange sich Commander Byelev und ihr Team noch da draußen aufhalten.«

»Wenn wir den Plattenaustausch abbrechen, wie sehr würde uns das bei der Plattenpolarisierung beeinträchtigen?«

»Das lässt sich schwer in Prozenten ausdrücken«, entgegnete sie,

»aber ein Loch in der Panzerung ist und bleibt ein Loch in der Panzerung. Andererseits ist eine Panzerung mit einem Loch immer noch besser als gar keine. Ich würde empfehlen, die Ingenieure wieder ins Schiff zu beordern und die Platten zu polarisieren. Nur für den Fall der Fälle.«

Lambert war ganz ihrer Meinung, aber Anna hatte ebenfalls gute Argumente vorgebracht. Er setzte sich auf den Stuhl in der Mitte und rief zu Harry Croft hinüber: »Gibt es Hinweise darauf, dass wir uns bereits in einem Minenfeld befinden, falls das wirklich eine romulanische Mine der Klasse vier war, die eben hochgegangen ist?«

Der Engländer mit der mahagonifarbenen Haut an der Wissenschaftsstation zuckte mit den breiten Schultern. »Das lässt sich momentan weder bestätigen noch verneinen. Ich habe einen Scan eingeleitet, um nach einem Mikro-Gravitationslinseneffekt zu suchen, der auf ein getarntes Objekt hindeuten würde, aber Sie wissen ja, wie schnell die darin sind, die Quelle eines aktiven Sensorscans aufzuspüren.« Er schürzte die Lippen. »Ich werde mir einen Weg überlegen, wie wir mehr Daten durch die passiven Sensoren erhalten können.«

»Beeilen Sie sich lieber damit, Harry«, sagte Lambert und wandte sich dann an Gustav Larssen, den bulligen blonden Mann an der Kommunikationskonsole. »Gustav, stellen Sie eine Verbindung zur Sternenflotte her.«

Lambert wusste, dass es einige Captains vorzogen, in ihrem Bereitschaftsraum mit der Sternenflotte zu kommunizieren, aber seiner Meinung nach sollte die Mannschaft über alles Bescheid wissen, was das ganze Schiff anging. Außerdem dachte er an das, was al-Qatabi gesagt hatte, und er drückte einen Knopf, der ihn mit dem Arbeitstrupp auf der Hülle verband. »Anna, es gibt eine Planänderung. Packen Sie Ihr Zeug zusammen und kommen Sie rein. Ich benachrichtige die Sternenflotte, und danach habe ich vor, eine Sonde loszuschicken und uns in eine sichere Entfernung zu bringen, bevor wir die Reparatur fortsetzen.«

»Verstanden, Captain.« Ihre Stimme klang professionell, aber er konnte hören, dass sie enttäuscht war.

Nach einigen Sekunden räusperte sich Larssen. »Ich habe eine Verbindung zu Admiral Collins hergestellt, Sir.«

Collins auf dem Schirm sah etwas müde aus; nicht wirklich erschöpft oder wie jemand, der gerade erst aufgestanden war, sondern eher wie ein Schreibtischhengst, der gleich Feierabend machen würde. Lambert ging tatsächlich nicht davon aus, dass sich der Admiral häufig außerhalb seines Büros aufhielt. Er trug eine zweiteilige Variante der sonst meist einteiligen Uniform mit einem blazerartigen Kragen. *»Jason«*, begrüßte er ihn. *»Was hat die* Intrepid *für Sorgen?«*

»Romulanische Minen, Admiral«, begann Lambert. »Lieutenant al-Qatabi übermittelt Ihnen gerade unsere Position. Wir haben die Detonation einer getarnten Mine der Klasse vier in etwa dreißigtausend Kilometern Entfernung festgestellt. Harry hält die Augen auf, ob es noch mehr davon gibt ...«

»Normalerweise werden die nicht einzeln ausgelegt.« Collins seufzte. *»Vermutlich gibt es ein ganzes Minenfeld.«*

Lambert nickte. »Ich wollte mich bei Ihnen erkundigen, ob es irgendeine Kommunikation mit den Rommies gegeben hat, die etwas Licht in diese Sache bringen könnte. Wie passt das Vorhandensein von Minen zu dem neuen Vertrag?«

»Tja, zu den Bedingungen des Waffenstillstands gehört, dass sie alle Minen in den umstrittenen Territorien, die im Vertrag aufgeführt werden, deaktivieren, und dazu gehört eindeutig auch Ihre Position.« Admiral Collins hielt kurz inne. *»Die Detonation war nicht nahe genug, um Ihnen Schaden zuzufügen?«*

»Nein, Sir, aber da wir jetzt wissen, dass es da draußen Minen gibt, sind wir ziemlich beunruhigt.«

»Meine Herren«, schaltete sich al-Qatabi ein. »Einige Minen haben nur eine begrenzte Lebensdauer, und andere können ferngezündet werden, um sie nach einem Konflikt unschädlich zu machen. Könnte es vielleicht sein, dass wir nur Zeuge geworden sind, wie die Romulaner ihre Minen deaktivieren? Wir wissen, dass sie ihre Ausrüstung lieber zerstören, als sie uns in die Hände fallen zu lassen.«

Das ergab für Lambert durchaus Sinn, und auch der Admiral im weit entfernten San Francisco nickte. *»Ich werde das diplomatische Korps bitten, eine Stellungnahme der Romulaner zu diesem Thema einzuholen. Dann wissen wir, ob sie sie tatsächlich nur deaktivieren.«*

»Besser wäre es«, knurrte Lambert. »Wir haben alle schon mehr als genug Medaillen, und wenn Johnny Archer noch eine weitere bekommt, wird seine Uniform unter dem Gewicht zerreißen.«

Bei diesen Worten musste Admiral Collins grinsen. *»Das werde ich ihm ausrichten. In der Zwischenzeit sollten Sie versuchen, die Größe des Minenfelds zu bestimmen.«*

»Harry wird sich gleich an die Arbeit machen. Es sei denn, Sie wollen die *Enterprise* hier rausschicken und uns ...«

Jason Lambert sollte diesen Satz nie mehr beenden. Er spürte nicht, wie er sich bewegte und wie sich jedes einzelne Molekül seines Körpers verformte, um dann zu zerspringen. Alles in allem war es ein sehr friedlicher Tod.

Anna Byelev fluchte innerlich, während sie Lambert mit »Verstanden, Captain« antwortete, und schüttelte den Kopf. Dann sah sie in die Richtung, in der Captain Lambert den Blitz gesehen hatte. Sie bezweifelte nicht, dass er wirklich dort gewesen war, aber jetzt war absolut nichts mehr zu erkennen. Beinahe glaubte sie, die Sterne flackern zu sehen, und da es keine Atmosphäre gab, die das von ihnen abgegebene Licht brechen könnte, wäre die einzige andere Erklärung, dass es von Tarnfeldern verzerrt wurde. Doch sie hatte nie eine übermäßig große Fantasie besessen, und jetzt rief sie sich ins Gedächtnis, dass das menschliche Auge gar kein derart weit entferntes Tarnfeld entdecken konnte. Vermutlich war es der Aufenthalt in der Schwerelosigkeit, der dafür sorgte, dass sich die Zellen in der flüssigen Augenmitte vor die Retina schoben und kleine

Punkte in der Ferne, wie beispielsweise Sterne, aus diesem Grund verzerrt erschienen.

»Okay«, meinte sie zu ihrem Team, »ihr habt den Captain gehört.« Sie deutete auf das Gestell, in dem sich vier Hüllenplatten befanden, zusammen mit der notwendigen Ausrüstung, um sie an die richtige Stelle zu bewegen und dort zu fixieren. »Wir werden die Platten magnetisch dort sichern, wo sie sich befinden, und dann verschwinden wir aus der Kälte wieder ins Innere, bevor uns hier noch irgendwelche Wölfe auflauern.«

Ihr Team kicherte bei dem Vergleich, aber Anna ärgerte sich, dass sie diese Aufgabe nicht endgültig abschließen konnte. »Georges«, sagte sie zu dem Franzosen, »reichen Sie mir doch bitte die magnetische Drohne, und dann übernehmen Sie die andere Seite des Stützrahmens.«

»Hier, Commander.« Er hielt ihr das c-förmige Werkzeug hin, und sie streckte die Hand aus, um es ihm abzunehmen.

Doch es war nicht da, und auf einmal war Georges ebenfalls verschwunden.

Anna hatte gerade noch genug Zeit, um verblüfft zu sein, als sie bemerkte, dass sie nicht mehr auf der Hülle der *Intrepid* herumlief. Die Sterne drehten sich wild um sie herum, und sie sah einen Raumanzug mit gerissenem Visier an sich vorbeifliegen. In ihren Ohren hallte ein Schrei wider, und sie wusste nicht, ob es ihr eigener war oder ob er von einem Mitglied ihres Teams stammte und sie ihn über das Komm-System hörte. Bevor sie überhaupt begriff, in welcher Situation sie sich eigentlich befand, oder die daraus resultierende Panik spüren konnte, blitzten die Sterne weiß vor ihren Augen auf. Tatsächlich wurde es rings um sie herum weiß, und das war auch das Letzte, was für Anna je passierte.

Die Sonne ging über dem Meer unter, auf das Admiral Sean Collins von seinem Büro im Hauptquartier der Sternenflotte in San Francisco hinausblickte, und tauchte den fernen Horizont in blutrotes

Licht. »*Harry wird sich gleich an die Arbeit machen*«, sagte Jason Lambert auf dem an der Wand angebrachten Schirm des Admirals. »*Es sei denn, Sie wollen die* Enterprise *hier rausschicken und uns …*« Dann verschwanden die Brücke der *Intrepid* und Lambert, wurden so vollständig von statischem Rauschen ersetzt, als wären sie nie da gewesen. Die plötzliche Veränderung ließ Collins zusammenfahren.

»Jason?« Collins griff nach der Kommunikationssteuerung am Rand seines Schreibtischs und versuchte, das Signal wiederzufinden. Als das nicht gelingen wollte, kontaktierte er die Kommunikationsabteilung.

»*Admiral*«, meldete sich der diensthabende Offizier, »*ich wollte mich gerade bei Ihnen melden. Wir haben das Signal der* Intrepid *verloren.*«

»Das ist mir aufgefallen. Wissen Sie schon, woran das liegt?«

»*Es könnte alles Mögliche sein. Ein Ausrüstungsversagen auf ihrer Seite, Subrauminterferenzen, Sternenaktivitäten … Das kommt gar nicht mal so selten vor.*«

Collins konnte das unausgesprochene »Aber« schon erahnen. »Fahren Sie fort.«

»*Die Computer analysieren die eintreffenden Signale automatisch, und sie haben eine Anomalie angezeigt, als das Signal der* Intrepid *verschwunden ist. Es gab eine Art Energieschwankung, als hätte sich die Quelle des Signals bewegt, oder als wäre es von einer Phalanx geschickt worden, deren Elemente sich verschoben haben. Aber das kann nicht sein, da sie keine derart große Phalanx haben und da es zu schnell geschah. Eigentlich fast im selben Moment.*«

Collins holte tief Luft und wusste instinktiv, dass er an diesem Abend nicht nach Hause gehen würde. »Wen haben wir, der nahe genug ist und sich an der Position der *Intrepid* mal umsehen kann?«

»*Alle Sternenflottenschiffe befinden sich wenigstens eine Woche von diesen Koordinaten entfernt, Sir. Es gibt da ein vulkanisches Schiff, die* Ni'Var *…*«

»Wie schnell könnte es diese Koordinaten erreichen?«

»*In einigen Tagen.*«

Collins nickte langsam. »Dann sollten wir sie darum bitten.«

»*Aye, Sir*«, entgegnete der Offizier und verschwand vom Schirm des Admirals. Collins drehte sich wieder zu seinem Bürofenster um und sah zu, wie der Himmel langsam dunkler wurde.

Es dauerte drei Tage, bis Licht auf Anna Byelevs Visier fiel und ihr in die halb geöffneten Augen leuchtete. Trotz der Aussicht auf Rettung lächelte sie nicht, sie blinzelte nicht einmal, und ihre Pupillen reagierten nicht auf das Licht.

Ein vulkanischer Medizintechniker in einem Raumanzug, an dem ein Jetpack befestigt war, näherte sich ihr, um ihren sich drehenden Körper festzuhalten. Mithilfe der Manövrierdüsen des Jetpacks hielt er neben ihr, sodass er ihre Bewegung verlangsamen konnte. Danach brachte er ihren Körper zur Luftschleuse der *Ni'Var*, die sich im hinteren Teil des schwertförmigen Rumpfes befand, in der Nähe des Warprings, der diesen wie eine Parierstange umgab.

Ihr Körper war der dritte, den sie bargen, und der Sensoroffizier der *Ni'Var* glaubte, nur noch einen weiteren in diesem Gebiet geortet zu haben. Eine humanoide Gestalt war klein und in dem gewaltigen All nur schwer zu entdecken, und sie hatten achtzehn Stunden gebraucht, um die drei Toten sowie die beiden Hüllenplatten zu finden. Während der Sensoroffizier den Bereich des Raums bestimmte, in dem sich seinen Berechnungen zufolge der letzte zu bergende Körper befand, konnte er hören, wie der Captain leise die Bergung des dritten Besatzungsmitglieds dokumentierte.

Einen Augenblick später richtete sich die Stimme des Captains direkt an ihn. »Wie lange brauchen wir Ihrer Meinung nach, bis wir den letzten Leichnam bergen können?«

»Wir sollten ihn innerhalb der nächsten zwanzig Minuten orten können.«

»Dann werde ich den Navigator anweisen, anschließend unseren Kurs wieder aufzunehmen, und die Sternenflotte über unsere bisherigen Fortschritte informieren.« Der Captain hielt inne und ging von seiner Station zur Sensorkonsole. »Gibt es Hinweise auf weitere romulanische Minen?«

»Nein, Captain. Aber es haben sich welche im markierten Gebiet befunden. Die Strahlungsanzeigen bestätigen das.«

»In mehreren Tausend Kilometern Entfernung, aber nicht hier ...«

»Captain?«

»Sind die beiden Hüllenplatten alles, was vom Erdenschiff übrig geblieben ist?«

»Zweifellos. Ich habe den Kurs berechnet, auf dem sie abgetrieben sind, und ihre genaue Ursprungsposition ermittelt. Wenn andere Wrackteile oder Schiffsmaterialien von dieser Stelle weggetrieben wären, dann hätten wir sie schon vor fünf Stunden entdeckt. Da das jedoch nicht geschehen ist, sind sie auch nicht da.«

»Selbst wenn die Minen in Kontakt mit dem Schiff gekommen wären, hätten sie nicht jeden Teil davon völlig zerstören können«, überlegte der Captain. »Faszinierend. Ich bin gespannt, wie die Menschen diese Angelegenheit interpretieren werden.«

»Logisch gesehen werden sie es so interpretieren, dass das Schiff zerstört wurde. Möglicherweise haben sie damit recht.«

»Vielleicht aber auch nicht. Meiner Ansicht nach wäre es angebracht, dass wir das Schiff schlicht als vermisst melden, da es keine Hinweise auf die wahre Ursache seiner Zerstörung gibt.«

Der Sensoroffizier nickte. »Allerdings gibt es auch so gut wie keine Hinweise darauf, dass das Schiff je existiert hat.«

»Das ist etwas, was die Sternenflotte nicht gerade erfreuen wird.«

ZWEI WOCHEN SPÄTER

Im hinteren Teil der Bar *The Hidden Panda* in Trenton waren laute Stimmen und Gelächter zu hören. Jetzt, zur Mittagszeit, saßen hier viele Männer und Frauen, die sich entspannten und die berühmten chinesischen Gerichte genossen. Dabei behielten die Gäste stets die 3-D-Projektion der Föderationsnachrichtensendung im Auge.

Sie hing über der großen, eckigen Bar von der Decke und projizierte die Köpfe der Nachrichtensprecher direkt über die Angestellten, die hinter der Bar arbeiteten. Nur drei der vier Plätze an der Bar waren besetzt. Ein schlaksiger Mann von Ende dreißig sah sich die Nachrichten sehr konzentriert an. Er war leger gekleidet, mit einer weiten Hose und einem locker sitzenden Hemd, und er runzelte leicht die hohe Stirn, als die Nachrichtensprecherin ihren Bericht fortsetzte.

»*Das vulkanische Schiff* Ni'Var *konnte nur vier Leichen bergen. Heute findet in San Francisco eine Gedenkfeier statt. Es gibt keine handfesten Hinweise darauf, was diese Katastrophe verursacht hat. Da sich in der Nähe der Position der* Intrepid *ein romulanisches Minenfeld befunden hat, geht die Sternenflotte davon aus, dass das Schiff bei der automatischen Deaktivierung der Minen zerstört wurde …*«

»Diese verdammten Romulaner«, knurrte Jo, die Barkeeperin. Sie war Anglo-Koreanerin und über vierzig, hatte sich jedoch ihr gutes Aussehen und ihren athletischen Körper bewahrt. »Automatische Deaktivierung, wem wollen die denn was vormachen? Dieser Waffenstillstand gibt ihnen die Gelegenheit, mit unseren Schiffen zu machen, was sie wollen, und wir knicken einfach ein und lassen es geschehen. ›Vielen Dank, Sir, darf's noch etwas mehr sein?‹ Diese verschlagenen Schweine. Hab ich recht oder nicht, B. R.?«

»Sieht ganz danach aus, Jo. Abgesehen von der Sache mit den Schweinen. Ich bin ziemlich sicher, dass sie auf zwei Beinen laufen.« B. R. erinnerte sich an einen Wettbewerb, den ein lokaler Nachrichtensender vor ein oder zwei Jahren abgehalten hatte: Zeichne einen Romulaner. Auf den meisten Einsendungen waren sie als Monster mit Fangzähnen und Klauen abgebildet worden, auf einigen sogar mit Tentakeln. Andere hatten den Präsidenten oder unbeliebte Prominente abgebildet.

»Kann schon sein. Aber du weißt, was ich meine. Das sind Schweine.«

Die Frau auf der anderen Seite der Bar beachtete sie nicht, aber der andere Mann, der ein Stück von den Mittag essenden Arbeitern entfernt etwas trank, blickte auf. Er war klein und rundlich, trug einen dunklen Tweedanzug und hatte ein sauertöpfisches, faltiges Gesicht. In jeder Hinsicht stellte er das genaue Gegenteil des groß gewachsenen B. R. mit den dünner werdenden Haaren dar. Er sah aus wie ein Geschichtsprofessor von der Universität, dessen Campus nur einige Blocks entfernt lag.

»Die Vulkanier, Andorianer, Klingonen, Orioner und Denobulaner sind alles Humanoide, warum sollte es bei den Romulanern dann nicht genauso sein?«, fragte der Mann, der wie ein Professor aussah.

B. R. blinzelte. »Ich wüsste keinen Grund, warum es bei ihnen anders sein sollte, aber es gibt da draußen auch nichthumanoide Rassen, wie beispielsweise diese Xindi-Käfer. Und die Romulaner haben uns angegriffen. Vielleicht kämpfen sie ja gegen uns, weil es keine Humanoiden sind.«

Der Professor sah aus, als ob er etwas erwidern wollte, aber dann klappte er den Mund wieder zu. »Das klingt eigentlich ganz logisch«, meinte er schließlich. »Und das beweist, dass Sie ein Denker sind. Das ist gut.«

»Ja, er ist ein Denker«, bestätigte Jo. »Genau das ist er, unser B. R. Er ist Wissenschaftler, müssen Sie wissen.«

»An der Universität?«

»In einem Privatunternehmen«, antwortete B. R. »Im Bereich Forschung und Entwicklung.«

»Ah.« Der Professor nickte wissend. »Ein Erfinder! Und was genau erfinden Sie?«

B. R. dachte einen Augenblick lang nach und widerstand dem Drang, ehrlich zu sein und zu gestehen: *Bisher nichts, das funktioniert hätte.* »Ich würde gern etwas erfinden, dass die Raumfahrt weniger gefährlich macht. Minendetektoren vielleicht, oder effektivere Schilde.«

»Das klingt doch gut«, warf Jo ein, die inzwischen etwas ernster klang. B. R. erinnerte sich, dass sie einen Bruder hatte, der auf einem Frachter im Weltraum arbeitete.

Der Professor nickte energisch. »Dem kann ich nicht widersprechen.« Er hob sein Glas. »Auf die Inspiration!«

B. R. prostete ihm zu und sah dann wieder auf den Schirm, auf dem jetzt Bilder aus den Sternenflottenpersonalakten der geborgenen Toten zu sehen waren. Wenn sie die Minen früher entdeckt hätten oder besser geschützt gewesen wären, dann wären sie jetzt nicht bloße Archivdaten. »Auf die Inspiration.«

TEIL I

Challenger

KAPITEL 1

Logbuch des Captains, Sternzeit 60074,2.

Die Enterprise *führt eine Untersuchung des Agni-Sternhaufens durch, einer Gruppe von Sternen der Klasse G im Föderationsraum in der Nähe des Ferengi-Gebiets. Die Häufung von gelben Hauptreihensternen lässt darauf schließen, dass es hier auch M-Klasse-Planeten geben könnte. Möglicherweise könnte sich dort ein Teil der Völker niederlassen, die noch immer aufgrund der Borg-Invasion vor über zwei Jahren ohne Heimat sind.*

Diese Aufgabe wird sich vermutlich nicht als, nun, aufregend erweisen, aber sie ist nichtsdestotrotz von großer Bedeutung. Abgesehen von den vielen Flüchtlingen, die noch immer nach einem neuen Zuhause suchen, ist es wichtig, dass die Föderation die Erkundung und Expansion nicht außer Acht lässt.

Goldenes Licht vom nächstgelegenen Stern, der sich etwa einhundertundzwanzig Millionen Kilometer backbord befand, verlieh der glatten Oberfläche der *Enterprise*, einem Schiff der *Sovereign*-Klasse, das gesunde Strahlen einer athletischen Kreatur. Selbst wenn es durch ein Sonnensystem flog, wirkte das Schiff erhaben und stolz wie ein vollblütiges Rennpferd.

Und wie alle Vollblüter besaß die *Enterprise* ein großes, kraftvolles Herz. Der Warpkern pulsierte beruhigend tief im Inneren des dreistöckigen Hauptmaschinenraums, während er die Reaktionen des

Aufeinandertreffens von Materie auf Antimaterie verarbeitete und sehr kontrolliert freisetzte. Das Geräusch zauberte stets ein Lächeln auf Commander Geordi La Forges Gesicht, wenn er hereinkam.

»Sie scheinen höchst erfreut zu sein, Commander«, bemerkte Lieutenant Taurik, als Geordi neben ihn trat, um einen Blick auf den Dilithiummatrixmonitor zu werfen. »Wurde die Kalibrierung der Dilithiummatrix zu Ihrer Zufriedenheit abgeschlossen?«

»Mit der Dilithiummatrix ist alles in Ordnung, Taurik«, erwiderte Geordi. Eigentlich war er ein wenig frustriert gewesen, weil ihm für seine Nachricht an die *U.S.S. Lexington* nicht die richtigen Worte eingefallen waren. Kaum hatte er sich daran gewöhnt, Tamala Harstad ständig um sich zu haben, da war sie dorthin versetzt worden. Also hatte er in den letzten Tagen seine freien Stunden damit verbracht, darüber nachzugrübeln, wie er ihr auf angemessene Weise mitteilen konnte, dass sie zwar aus seinen Augen, aber noch lange nicht aus seinem Sinn war. Auch wenn er hoffte, dass das so blieb und sie sich nicht noch weiter voneinander entfernten, musste er mal an etwas anderes als diese Nachricht denken. Aus diesem Grund war er hierhergekommen, da ihn die Nähe des Warpkerns stets beruhigte. »Hören Sie sich das gute Ding doch nur an.«

»Das gute Ding?« Die Gesichtszüge des Vulkaniers wirkten leicht irritiert. »Sie meinen die *Enterprise*?«

»Ich schätze schon, auch wenn ich mich eigentlich speziell auf den Warpkern bezogen habe. Können Sie das Schnurren hören?«

»Ich höre das Geräusch, aber ich hätte es nicht als Schnurren interpretiert.«

Geordi kicherte, während Taurik weitersprach.

»Mir ist aufgefallen, dass die meisten humanoiden Spezies ein Gefühl der Freude empfinden, wenn sie einem rhythmischen Geräusch mit einer gewissen Basslastigkeit und tiefen Frequenz zuhören.«

»Ja, das habe ich auch gehört. Counselor Troi sagte immer, das wäre für uns fast so, als würden wir wieder die Geborgenheit des Mutterleibs spüren.«

»Logisch. Zum Glück betrifft mich das nicht.«

Geordi hatte schon genug Erfahrungen mit Vulkaniern, um das besser zu wissen, aber er begnügte sich damit, einfach zu erwidern: »Das ist dann wohl Ihr Verlust, Taurik. Schließlich nennt man es nicht ohne Grund eine Freude.«

»Tee, Earl Grey, heiß«, sagte Jean-Luc Picard wie gewohnt und nahm die Tasse in die Hand, sobald sie sich im Ausgabeschacht des Replikators in seinem Bereitschaftsraum materialisiert hatte. Er setzte sich an seinen Schreibtisch und wandte sich wieder den Berichten zu, die er gerade durchging. Nur einige der Planetenscans würden ans Sternenflottenkommando weitergeleitet werden. Die Entscheidung darüber, welche dafür infrage kamen und welche nicht, war zwar eine wichtige, aber keine besonders spannende Aufgabe.

Er nippte an seinem Tee und wandte sich dem Bericht über Indra IV zu, einem Gasriesen in dieser Region, den die Sonden der *Enterprise* aus der Ferne überwachten. Auf einem Planeten der Jupiter-Kategorie konnte sich zwar keine zivile Bevölkerung niederlassen, aber es gab noch zwei marsgroße Monde, die sich möglicherweise zum Terraforming eigneten.

Picard hatte gerade beschlossen, den Bericht über Indra IV auf die Liste derjenigen zu setzen, die er vielleicht an das Sternenflottenkommando weiterleiten würde, als er über das Kommunikationssystem gerufen wurde. »*Captain Picard auf die Brücke*«, erklang Worfs Stimme im Bereitschaftsraum.

»Bin unterwegs.« Picard speicherte die Datei und trank seinen Tee aus. Dann betrat er die Brücke der *Enterprise*.

Wenn die Decks des Maschinenraums und die dazugehörige Besatzung das Herz des Vollblüters darstellten, dann war die Brücke, die sich in der obersten Ebene der Untertassensektion befand, sein Gehirn. Hier wurden aufgrund der Sensoreninformationen, die sie erhielten, die Entscheidungen gefällt.

Der bullige Klingone verließ den Kommandosessel, als Picard

näher kam, und dem Captain fiel auf, dass auf dem Hauptschirm ein normales Sternenfeld angezeigt wurde. Was immer die Aufmerksamkeit seines Ersten Offiziers erregt hatte, war entweder nicht sichtbar oder noch nicht in Reichweite. »Was gibt es, Mr. Worf?«

»Lieutenant Choudhury hat ein Objekt in unserer Flugbahn entdeckt.« Er deutete auf die Inderin an der Taktikkonsole.

»Ein Objekt?« Normalerweise wäre Picard verärgert gewesen, wenn man ihn aus einem derart schwammigen Grund auf die Brücke gerufen hätte, aber in diesem Fall sah es anders aus, da ihm der Zwischenfall eine Pause von den Überwachungsberichten gestattete. An Worfs Gesicht, das seltsam ausdruckslos blieb, erkannte er, dass der klingonische Offizier das ganz genau wusste. »So, so, und um was für ein Objekt handelt es sich?«

»Eine metallische Masse«, erklärte Jasminder Choudhury von ihrer Taktikstation, »fast direkt vor uns. Sie ist geschätzte zweihundert Meter lang und wiegt um die achtzigtausend Tonnen.«

»Ein Asteroid?«

»Das könnte sein, aber ...« Sie sah auf die Sensorenanzeigen, die über ihren Bildschirm scrollten. »Das Objekt scheint aus einer Mischung aus Nickel, Titan und einer geringen Menge Duritanium zu bestehen. Falls es ein Asteroid ist, dann muss er hohl sein.«

»Hohl?« Picard blickte über ihre Schulter. »Eine Zweihundertmetergeode ...« Der Anflug eines Lächelns umspielte seine Lippen. »Das wäre ein sehr seltener Fund und würde sich gut als Briefbeschwerer machen, finden Sie nicht auch, Lieutenant?«

»Auf jeden Fall. Ein Asteroid mit dieser Zusammensetzung, der über zweihundert Meter lang ist, sollte eine deutlich höhere Masse als achtzigtausend Tonnen aufweisen.« Choudhury runzelte die Stirn, während sie die Anzeige vor sich musterte, und schüttelte den Kopf. »Aber ich bezweifle ehrlich gesagt, dass ein Asteroid dieser Zusammensetzung auf natürliche Weise entstanden sein könnte, Sir. Duritanium ist eine künstliche Legierung.«

»Dann ist es ein Schiff?« Picard lächelte noch immer, aber sein

Tonfall war schärfer und wachsamer geworden.

»Höchstwahrscheinlich.«

»Aus diesem Grund habe ich Sie auf die Brücke gerufen, Sir«, erklärte Worf.

Picard überlegte einen Moment und sah sich die aktuelle Position sowie den Kurs der *Enterprise* an. »Sie sagten, es wäre ›fast direkt vor uns‹ ... Wie nah ist ›fast‹?«

Worf rief eine Navigationsanzeige auf. »Wenn wir es abfangen wollen, müssen wir unseren Kurs auf drei fünf zwei Komma vier ändern. Das wäre ein Umweg von etwa einer Stunde.«

»Nun, wir haben es momentan nicht besonders eilig ...« Picard drehte sich zur Steuerkonsole um, an der ein Bolianer saß. »Ensign Trell, passen Sie unseren Kurs auf drei fünf zwei Komma vier an und gehen Sie auf Warp vier.« Anschließend setzte er sich, und Worf nahm seinen Platz auf dem Stuhl zur Rechten des Captains ein.

»Ich hoffe, Sie kommen mit den Berichten gut voran, Sir?«, brummte Worf nach einem kurzen Schweigen.

»Man tut, was man kann.«

Nachdem einige Sekunden vergangen waren, meldete sich Choudhury erneut zu Wort. »Ich bekomme jetzt deutlichere Sensoranzeigen des Objekts, Sir. Es ist definitiv ein Schiff, und angesichts des Duritaniumanteils sehr wahrscheinlich eines der Föderation.«

Das überraschte Picard. »Ein Föderationsschiff? Sind Sie sich da sicher, Lieutenant?«

»Ja, wenn man die Daten betrachtet, Sir.«

»Behalten Sie Kurs und Geschwindigkeit bei. Ich versuche, die Berichte durchzuarbeiten, bis wir dieses geheimnisvolle Objekt erreichen, Mr. Worf.« Mit diesen Worten stand Picard auf und kehrte in seinen Bereitschaftsraum zurück.

Er benötigte noch eine gute halbe Stunde, um die restlichen Berichte durchzusehen, seine Empfehlungen an die Sternenflotte weiterzuleiten und auf die Brücke zurückzukehren. Sofort bemerkte er, dass

Worf nun neben einer der Wissenschaftsstationen an einer Seite der Brücke stand. Anstatt auf dem Kommandosessel Platz zu nehmen, ging Picard zu ihm hinüber. »Gibt es Neuigkeiten über den geheimnisvollen Asteroiden?«

Worf nickte. »Da wir vermuten, es könnte sich um ein Schiff der Föderation handeln, habe ich den Computer gebeten, die Zusammensetzung des Objekts mit allen bekannten Raumschiffplänen zu vergleichen.«

»Und Sie haben etwas gefunden«, vermutete Picard.

Worf knurrte als Bestätigung. »Mehrere Raumschiffklassen der Föderation wurden im zweiundzwanzigsten und dreiundzwanzigsten Jahrhundert aus diesen Materialien hergestellt. Die *NX*-Klasse, die *Daedalus*-Klasse und so weiter. Auch einige andorianische Schiffsklassen haben sich dieser Materialien bedient.«

Picard nickte. »Und wofür halten wir dieses Objekt?«

»Anhand der Dimensionen des Objekts würde ich auf ein Sternenflottenschiff der *NX*-Klasse aus dem zweiundzwanzigsten Jahrhundert tippen. Es hätte die entsprechende Zusammensetzung, die gleiche Masse und eine Länge von zweihundertundzwanzig Metern.«

»Das kommt der geschätzten Länge des Objekts ja sehr nahe.«

»Aye, Sir.«

»*NX*-Klasse?« Picard sah auf den Hauptschirm, als könnte er sich so ein Bild vom Schiff vor ihnen machen, auch wenn es noch nicht einmal in Sichtweite war. »Ich dachte, mit der Bergung der *Columbia* wären alle gefunden worden.« Er hielt einen Augenblick inne. »Wie viele Schiffe gab es insgesamt in der Klasse? Fünfzehn oder sechzehn, kommt das hin?« Er überlegte kurz. »Computer, sind in den Aufzeichnungen der Sternenflotte noch Schiffe der *NX*-Klasse als vermisst aufgeführt?«

»*Negativ*«, sagte die körperlose Stimme. »*Es werden keine Schiffe der* NX-*Klasse als verschollen geführt.*«

Worf machte ein finsteres Gesicht. »Ich habe mir die Freiheit erlaubt, die Sternenflottenaufzeichnungen über die *NX*-Klasse durchzugehen. Wie Sie sagten, hat man mit der Bergung der *Columbia* alle *NX*-Schiffe, die jemals gebaut wurden, gefunden. Man ist über keines mehr im Unklaren.«

»Verstehe. Dann gibt es entweder einen Fehler in den Aufzeichnungen der Sternenflotte oder ...« Picard ließ den Satz unvollendet und hoffte auf Anregungen.

»Oder das Schiff ist eine Art Duplikat oder Replik. Vielleicht eine Kopie oder bestenfalls ein Schiff, das nach dem Vorbild eines Originals entstanden ist.«

»Angesichts der Zeit, aus der die Klasse stammt, wären die Einzigen, die in der Lage wären, ein solches Schiff aus einem geborgenen zu rekonstruieren, die ...«

»Die Romulaner.« Worfs Stimme konnte man seinen Widerwillen deutlich anhören.

»Die Romulaner vor zwei Jahrhunderten«, korrigierte ihn Picard.

»Die Romulaner vor zwei Jahrhunderten waren trotz allem Romulaner, und sie haben einen Krieg mit der Erde und ihren Verbündeten begonnen. Captain, es kommt mir wie ein sehr glücklicher Zufall vor, dass das Schiff so nah an unserer Position entdeckt wurde. Ein verdächtig glücklicher Zufall. Vielleicht *sollten* wir es ja entdecken.«

»Sie glauben, es wäre eine Falle? Dass uns jemand damit anlocken will? Es wäre nicht das erste Mal, dass man versucht, die *Enterprise* zu ködern, nicht wahr?« Picard schüttelte den Kopf. »Aber aus welchem Grund?«

»Das weiß ich nicht, doch die Romulaner haben in den letzten Monaten definitiv ein gesteigertes Interesse an den Antriebssystemen der Sternenflotte gezeigt.« Worf schnitt diese unentschlossene Grimasse, die Picard so gut kannte. »Das gefällt mir gar nicht«, knurrte er. »Dass ein derart altes Sternenflottenschiff direkt vor uns auftaucht ...«

»Solche Dinge passieren, Mr. Worf.«

»Das tun sie in der Tat«, gab der Klingone zu, »aber im Allgemeinen handelt es sich dabei um Schiffe, über deren Schicksal man bisher im Unklaren gewesen war.«

»Dem kann ich nicht widersprechen, aber ...« Picard konnte seine Einwände nicht so recht in Worte fassen, da sie sich nicht mit Vernunft begründen ließen. »Es fühlt sich nicht wie eine Falle der Romulaner an, Commander. Wenn sie so begierig darauf wären, ein Schiff der Föderation anzulocken, dann gäbe es weitaus effektivere Methoden. Sie könnten beispielsweise eine Katastrophe verursachen, auf die wir reagieren müssten.«

»Wenn es nicht die Romulaner sind, dann vielleicht jemand anderes.«

»Selbst wenn es sich herausstellt, dass dieses Schiff von anderen gebaut wurde, könnte es sich dabei auch schlicht um eine Rasse handeln, die früher ein *NX*-Schiff gesehen hat und ... entsprechend beeindruckt gewesen ist.« Worf warf ihm nur einen skeptischen Blick zu. »Imitation ist die aufrichtigste Form der Bewunderung, Mr. Worf. Das ist ein sehr altes Sprichwort von der Erde.«

»Ein Sprichwort, das vermutlich von Imitatoren geprägt wurde.«

»Höchstwahrscheinlich, aber es trifft dennoch zu.« Picard rückte seine Uniform zurecht. »Dennoch sollten wir lieber vorsichtig sein.« Er nickte dem jungen Mann an der Ops zu. »Führen Sie einen gründlichen Scan des Systems durch und achten Sie auf Hinweise auf getarnte Schiffe.« Dann drehte er sich erneut zu Worf um. »Nummer Eins, bereiten Sie sich darauf vor, Shuttles einzusetzen, um ein Tachyongitter aufzubauen, falls dies erforderlich wird.«

»Aye, Sir.«

»Das Objekt ist jetzt in Sichtweite«, verkündete Choudhury.

»Auf den Schirm.« Ein winziger grauer Käfer schien auf sie zuzufliegen; ein Effekt, der durch die Vorwärtsbewegung der *Enterprise* hervorgerufen wurde. Es dauerte nur wenige Sekunden, bis sie eine scheibenförmige vordere Sektion sowie zwei zylindrische Einheiten dahinter erkennen konnten. »Nun«, Picard atmete aus und gestattete sich den Anflug eines Grinsens. »Das ist wohl doch kein Briefbeschwerer.«

»Nein, Sir.« Worf schien beeindruckt zu sein, und Picard konnte es ihm nicht verdenken. Klingonen bewunderten die Vergangenheit mindestens genauso wie die Menschen, und Picard vermutete, dass sich ein Teil seiner eigenen Leidenschaft für die Archäologie auf Worf übertragen hatte. Der Captain sah mit an, wie das Bild auf dem Schirm größer wurde, und war sich jetzt völlig sicher, dass die Sensorscans, mit denen sie nach Anzeichen auf eine Falle suchten, negativ ausfallen würden. Es sah einfach zu natürlich aus, wie das Schiff da im Vakuum schwebte, falls ein Raumschiff aus Metall in irgendeinem Kontext überhaupt natürlich aussehen konnte.

Das treibende Schiff sah im Grunde genommen aus wie eine dicke Untertasse, an deren vorderer Kante ein Deflektor angebracht war. Zwei bucklige Verkleidungen am Heck waren an einer flügelartigen Struktur befestigt, die einem abgeflachten »W« ähnelte, und die Warpgondeln befanden sich rechts und links davon.

Die Außenhülle, die früher einmal stählern und silbrig geglänzt haben mochte, hatte nun die tote graue Farbe des Erdenmondes angenommen. Sie sah aus, als bestünde sie aus gefrorenem Stein, und die nun matte Plattierung war übersät von Mikrometeoriteneinschlägen.

»*NX*-Klasse«, murmelte Picard leise und starrte das Bild gebannt an. »Wie Sie vorhergesagt hatten. Ich hätte nie gedacht, dass ich eines davon mal in freier Wildbahn sehen würde, wenn ich es so ausdrücken darf.«

»Es sieht uralt aus«, knurrte Worf.

»Auf jeden Fall sieht es ziemlich mitgenommen aus«, stimmte ihm Picard zu. »Vergrößern. Mal sehen, ob wir die Registrierung erkennen und das Schiff identifizieren können, das es zu sein vorgibt.«

Das Bild auf dem Schirm zoomte an die Oberseite der Untertassensektion heran, nahe der Brücke. Die Hüllenplatten waren angesengt und voller Dellen, und die oberste Metallschicht existierte nicht mehr, aber es war noch genug vorhanden, dass man die Registrierung und den Namen lesen konnte.

»NX-07«, murmelte Picard. »*Intrepid.*«

»Oder eine Kopie davon«, rief ihm Worf ins Gedächtnis.

»Hm.« Picard war noch nicht bereit, auf diese Theorie zurückzugreifen. »Worf, Sie sagten, es wäre bekannt, was aus allen *NX*-Schiffen geworden ist und wo sie gelandet sind. Was steht über die *Intrepid* in der Datenbank? Wenn sie in den Aufzeichnungen der Sternenflotte nicht als vermisst aufgeführt ist, welches Schicksal ist ihr dann vermeintlich zuteilgeworden?«

Worf sah kurz auf sein Display. »Die *Intrepid* wurde laut Datenbank von einer romulanischen Mine zerstört - kurz nachdem die Feindseligkeiten am Ende des Irdisch-Romulanischen Krieges eingestellt worden waren. Es wurden nur sehr wenige Wrackteile gefunden, und man hat gerade einmal vier Leichen bergen können.«

»Auf mich macht es nicht den Anschein, als wäre das Schiff zerstört worden.« Picard stand auf und ging näher an den Hauptschirm heran. »Wie ist die Sternenflotte auf die Idee gekommen, eine romulanische Mine wäre für den Verlust der *Intrepid* verantwortlich gewesen?«

Worf tippte auf seinem Display herum. »Captain Lambert war mitten in einer Übertragung an die Sternenflotte, als der Kontakt unterbrochen wurde. Bei diesem Gespräch ging es darum, dass die *Intrepid* die Detonation einer romulanischen Mine in der Nähe beobachtet hatte, und dass Lambert vorhatte, die genaue Größe des Minenfeldes festzustellen.«

Überrascht drehte sich Picard um. »Hätte das nicht einen Verstoß gegen das Waffenstillstandsabkommen bedeutet?«

Worf schüttelte den Kopf. »Man ging davon aus, dass das Minenfeld schon kurz nach Kriegsausbruch angelegt worden war. Die Detonation, deren Zeuge die *Intrepid* wurde, war vermutlich eine der letzten Minen, die als Teil der Vertragsbedingungen automatisch zerstört wurden.«

»Dann hat es also definitiv ein romulanisches Minenfeld in der Nähe der *Intrepid* gegeben?«

»Ja, Sir. Das vulkanische Schiff *Ni'Var*, eines der Schiffe, die nach der *Intrepid* gesucht haben, hat bestätigt, dass sich am Rand des Systems ein Minenfeld befunden hatte. Bis die *Ni'Var* dort eintraf, existierte es allerdings nicht mehr. Die romulanische Standardprozedur ist, einmal in Stellung gebrachte Waffen durch Selbstzerstörung zu vernichten«, fuhr Worf fort. »Sie sind nie das Risiko eingegangen, dass andere ihre Waffentechnologie in die Hände bekommen und studieren können.«

Picard nickte und setzte sich wieder, wandte dabei aber nicht den Blick vom Bild der *Intrepid* ab. »Also ging man angesichts der vorliegenden Beweise davon aus, dass eine Mine direkt unter der *Intrepid* automatisch gezündet wurde und das Schiff dabei zerstört hat.«

»Ja, Sir. Die *Ni'Var* hat auch die Leichen von vier Besatzungsmitgliedern der *Intrepid* geborgen.«

»Nur vier Leichen und kein richtiges Wrack? Hat sich denn niemand darüber gewundert?«

»Es wurde die Theorie aufgestellt, dass ein neues Minenmodell verantwortlich dafür war, das so wenig Spuren wie nur möglich hinterlassen sollte. Als man über die diplomatischen Kanäle versucht hat, die Romulaner danach zu fragen, hat man natürlich keine Antwort erhalten.« Man konnte Worfs Tonfall anhören, dass ihn diese Tatsache weder überraschte noch sonderlich beeindruckte.

»Das Schiff sieht so alt aus, dass es tatsächlich die *Intrepid* sein könnte, aber ... Wie sieht es vom taktischen Standpunkt aus?«

»Es gibt keine offensichtlichen Anzeichen für Waffenschäden«, antwortete Worf. »Keine Torpedoeinschlagstellen, keine Phaserbrandspuren, keine Karbonrisse.«

»Er hat recht, Sir«, stimmte ihm Choudhury zu. »Die Sensoren zeigen keine erhöhten Partikellevel an, die auf irgendeine Form eines Energiewaffeneinschlags hinweisen.«

»Aber diese Level hätten sich nach zweihundert Jahren doch wahrscheinlich wieder auf den Normalwert eingependelt.«

Choudhury runzelte die Stirn. »Der beste Weg, das herauszufinden, wäre, ein Außenteam rüberzuschicken und detaillierte Scans nach Überresten von Partikelstressmustern in den Strukturen anzufertigen. Aber ...«

»Ich würde davon abraten, ein Außenteam zu schicken, Sir«, unterbrach sie Worf. »Zumindest solange, bis wir gründlichere Scans vom Schiff und der Umgebung vorliegen haben. Es könnte sich trotz allem um eine Fälschung handeln.«

»Scannen Sie sowohl das Schiff als auch die nähere Umgebung, so gründlich Sie können«, ordnete Picard an und wandte seine Aufmerksamkeit dann erneut der *Intrepid* zu. Sie sah abgenutzt und grau aus, kalt und tot, aber ihr wohnte noch immer eine gewisse Schönheit inne, wie es bei allen Dingen, die so lange Zeit überdauert hatten, der Fall war. Vielleicht lag es in der Natur des Universums, dass die Zeit alles, was sie berührte, in Kunst verwandelte, oder es war einfach nur seine persönliche Neigung, die sich hier manifestierte. Picard konnte die Anziehungskraft, die das Schiff da draußen auf ihn ausübte, nicht leugnen und wollte nichts mehr, als an Bord zu gehen und über diese uralten Deckplatten zu wandeln.

Er lächelte. »Commander La Forge, melden Sie sich auf der Brücke.«

KAPITEL 2

Die *Intrepid* sah aus wie ein Fossil. Während die *Enterprise* im Licht glänzte und schimmerte wie ein Engel, der heranflog, um seinen betagten Vorfahren zu begrüßen, wirkte die *Intrepid* wie ein dunkler Stein, den man aus einem einzigen Erzbrocken geschnitten hatte. Ihre Hülle war stumpf und matt, voller Kratzer und Löcher, und ihre Fenster waren so schwarz wie die Leere um sie herum, fast so, als wäre das Schiff damit verbunden und zu einem Teil dieser Leere geworden.

Doch trotz all dem sah sie wunderschön aus.

La Forge spürte, wie ihm der Atem stockte, als er auf die Brücke kam und die *Intrepid* auf dem Hauptschirm sah. Er hatte die Form natürlich sofort erkannt, allerdings dauerte es etwas länger, bis er davon überzeugt war, dass er seinen Augen wirklich trauen konnte. »Das kann unmöglich das sein, wonach es aussieht ...«

»Ganz meiner Meinung«, knurrte Worf.

»Laut unseren Scans kann es in der Tat genau das sein, wonach es aussieht«, erklärte Picard bestimmt. »Ein Schiff der *NX*-Klasse, Hunderte von Lichtjahren und zwei Jahrhunderte von der Stelle entfernt, an der es den Aufzeichnungen zufolge von einer romulanischen Mine zerstört wurde.«

Geordi überprüfte die Sensoranzeigen, die Choudhury durch die Maschinenkontrolle auf der Brücke erhalten hatte. »Es scheint keine Hinweise darauf zu geben, was wirklich mit dem Schiff passiert ist.«

»Nein. Es ist ein Mysterium.« La Forge konnte Picard das Interesse und die Aufregung anhören. Der Captain mochte historische Rätsel sehr, ebenso wie sich Geordi an allem erfreute, was mit der Ingenieurkunst zu tun hatte. Jetzt musste er ebenfalls grinsen, da ihn die Freude an einem guten Rätsel ansteckte.

»Es gibt viele Anzeichen für Einschläge von Mikrometeoriten und Strahlungsschäden, aber nichts, was auf eine große Kollision oder Waffenschäden hinweisen würde ... und keinen Hinweis auf Restenergie in den Systemen der *Intrepid.*«

»Zumindest keine, die unsere Sensoren registrieren können.«

La Forge war bereits einen Schritt weiter. »Im internen Speicher könnte noch Restenergie vorhanden sein, aber wir müssten rübergehen und sie uns genauer ansehen, um das zu überprüfen.«

»Ich hatte gehofft, dass Sie das sagen, Geordi. Ich möchte, dass Sie ein Team aus Ingenieuren zusammenstellen, da rübergehen und dieses ... Schiffswrack unter die Lupe nehmen.«

»Sollen wir versuchen, es wieder zu aktivieren?«

»Zuerst müssen wir sicherstellen, dass es auch wirklich das Schiff ist, das es zu sein vorgibt. Wenn dem so ist, dann finden Sie heraus, wie es hierhergekommen ist.«

»Und wenn nicht ...«

»Wenn nicht ... Dann würde ich sehr gern wissen, was dieses Schiff wirklich ist und zu welchem Zweck es hier deponiert wurde.«

Geordi begriff, was von ihm verlangt wurde. »Falls es ein Stück Speck ist, mit der man die Maus fangen will, meinen Sie?«

»Genau.« Picard drehte sich zu Choudhury um. »Jasminder, stellen Sie ein kleines Sicherheitsteam zusammen und begleiten Sie Mr. La Forges Leute. Es ist höchst unwahrscheinlich, dass dort drüben Gefahren lauern, aber ...«

»Aber warum ein Risiko eingehen?« Choudhury nickte verständnisvoll. »Bin schon unterwegs.«

Der Korridor wurde kurz vom Transporterstrahl erhellt, als die freien Moleküle, die zusammen mit den Reisenden auf das Schiff gekommen waren, sich auflösten und dabei ihre Energie im sichtbaren Spektrum abgaben. Geordi La Forge hatte kaum Zeit, das Licht auf den Innenwänden der *Intrepid* zur Kenntnis zu nehmen, als es auch schon wieder verschwunden war.

Sein Außenteam und er waren in Weiß gekleidet, sodass sie aussahen wie Geister aus alten Filmen, und ihre Gesichter wirkten aufgrund der Lampen hinter den Visieren ihrer Helme blutleer und blass. Die weißen Raumanzüge waren individuell angepasst, sodass sie zwar eng, aber auch bequem saßen, und sie sollten verhindern, dass ihre Träger zu Geistern *wurden*, statt nur wie solche auszusehen.

Choudhury aktivierte als Erste die Stirnlampe an ihrem Helm, was ihr die anderen einen Moment später nachtaten. La Forge hatte drei Ingenieure mitgenommen, die ihre Ausrüstung an Gürteln um die Taille trugen, während Choudhury von zwei weiteren Sicherheitsleuten begleitet wurde. Das siebenköpfige Außenteam stand im zentralen Korridor auf Deck B, und Geordi war überrascht, wie eng er im Vergleich zu den Gängen auf der *Enterprise* war. Die Wände, die Decke und das Deck waren in Dunkelgrau gehalten, auch wenn die Pläne, die Geordi heruntergeladen hatte, vermuten ließen, dass es früher mehr Farbvariationen gegeben hatte.

»*Keine Atmosphäre*«, erklärte Choudhury nach einem Blick auf ihren Trikorder. Ihre Stimme klang durch die Helmlautsprecher ein wenig verzerrt. Es gab auch keine Schwerkraft, aber die magnetischen Stiefel bewirkten, dass sie fest auf dem Boden standen.

»Das überrascht mich nicht«, erwiderte La Forge, der auf die Anzeige seines eigenen Trikorders blickte. »Die Temperatur ist hier drin dieselbe wie außerhalb des Schiffes. Es muss einige Hüllenbrüche geben, auch wenn sie vermutlich nur sehr klein sind.«

»*Waffenfeuer?*«, fragte Choudhury. »*Damit meine ich altertümliche Projektilwaffen.*«

La Forge schüttelte den Kopf, da er vergessen hatte, dass diese Bewegung aufgrund seines Helms nicht zu sehen war. »Das liegt vermutlich eher an der Oort'schen Wolke dieses Systems.«

»Die Schilde und die Navigationsdeflektorsteuerung müssen ausgefallen sein.«

»Schilde? Nicht zu dieser Zeit. Damals mussten sie die Hüllenplatten polarisieren. Schilde waren, nun ja, nicht direkt Science-Fiction, aber definitiv kein Bestandteil des Sternenflottenarsenals.« Geordi drehte sich um und leuchtete den Korridor in beide Richtungen aus. »Und was den Navigationsdeflektor angeht, so vermute ich, dass der schon längst nicht mehr funktioniert hat, als das Schiff in diesem System eingetroffen ist.«

Choudhurys Wachleute begaben sich an die beiden Enden des Korridors, wobei sie ihre Phasergewehre zwar einsatzbereit hielten, aber nicht erhoben. Die Ingenieure verteilten sich und setzten ihre Ausrüstung ein. Taurik, der bei La Forge und Choudhury stand, zeigte ihnen das Display seines Trikorders, der darauf eingestellt war, die Strahlung zu messen. *»Commander, die Strahlung an Bord ist über der Grundbelastung, aber nicht sehr weit. Das Zerfallsmuster lässt vermuten, dass sie in der Vergangenheit höher gewesen sein muss.«*

»Aber nicht sehr viel höher.« La Forge sah, wie eine Linie über den Bildschirm des Trikorders wanderte, und rief einige gespeicherte Datensätze auf, um sie damit zu vergleichen. Es gab eine Spur für Hintergrundstrahlung, eine für den schiffseigenen EM-Hintergrund und eine für die Strahlung vom Hauptstern des Systems, in dem sie sich befanden. Er aktivierte die Komm-Einheit seines Raumanzugs. »La Forge an *Enterprise.*«

»Sprechen Sie, Geordi«, erwiderte Picards Stimme.

»Captain, das Strahlungsmuster hier ist konsistent mit der Annahme, dass die *Intrepid* seit zweihundert Jahren durch dieses System treibt.«

»Und der Mikrometeoritenschaden?«

»Ließe sich dadurch erklären, dass das Schiff ohne Schilde durch die Oort'sche Wolke getrieben ist, Captain. Allerdings müssen wir deren Zusammensetzung noch überprüfen.«

»*Das werde ich veranlassen*«, entgegnete Picard. Geordi hörte im Hintergrund, wie der Captain jemanden anwies, eine Sonde loszuschicken, bevor er sich wieder an das Außenteam richtete. »*Geordi, sind Sie der Ansicht, dass es sich wirklich um die* Intrepid *handelt?*«

»Wir haben bisher nur einen Korridor gesehen, Captain, aber er ist definitiv alt. Wenn dies nicht die NX-07 ist, dann muss die Rekonstruktion relativ zeitnah nach dem Bau des Originalschiffes erfolgt sein. Ich bezweifle nicht, dass dieses Schiff seit zweihundert Jahren hier durchs All treibt. Es ist zweifelsfrei kein modernes Schiff, das hier platziert worden ist, um uns anzulocken.«

»*Verstanden. Picard Ende.*« La Forge konnte der Stimme des Captains anhören, dass er erleichtert war, und da war auch ein Ansatz der Freude, die Geordi selbst ebenfalls verspürte, weil immer mehr darauf hindeutete, dass sie ein echtes Stück Geschichte vor sich hatten.

»*Wo möchten Sie zuerst hingehen, Commander?*«, fragte Choudhury.

»Zur Brücke und in den Maschinenraum. Taurik, der Maschinenraum nimmt die Achtersektionen der Decks D und E ein. Nehmen Sie Vargas mit, und überprüfen Sie, wie kalt die Antriebe und die Energiesysteme wirklich sind. Ich werde mir zusammen mit Khalid die Brücke ansehen.«

»*Aye, Commander.*«

»*Begleiten Sie Taurik, für alle Fälle*«, wies Choudhury ihre Leute an. »*Ich werde Commander La Forge begleiten.*«

Während Taurik, Ensign Emilia Vargas und die beiden Sicherheitsleute zum Achterende des Ganges marschierten, führte Geordi Choudhury und Ensign Leon Khalid einige Schritte in die andere Richtung, bis er vor einer mannshohen verschlossenen Zugangsluke stehen blieb. »Die Turbolifte werden nicht mit Energie versorgt, daher müssen wir klettern.« Er fühlte an den Rändern herum, bis er trotz der dicken Handschuhe des Raumanzugs einen festen Griff hatte, und versuchte, die Luke zu öffnen.

Doch es gelang ihm nicht. »Offenbar ist die Verkleidung festgeschmolzen. Khalid, reichen Sie mir bitte das Brecheisen.« Der Ensign zog eine kurze Metallstange aus seinem Gürtel und reichte sie La Forge. Mit einigem Kraftaufwand gelang es Geordi, die Luke zu öffnen, und Choudhury half ihm, die Tür beiseitezustellen. Dann leuchteten sie in den Raum dahinter, der so schwarz und hohl war wie das Loch unter einem frisch gezogenen Zahn. Das Licht spiegelte sich auf einer Leiter an der hinteren Wand, die nach oben führte.

»Damit sollten wir zum Deck A kommen.«

»*Vielleicht sollte ich vorangehen*«, schlug Choudhury vor.

»Wenn Sie darauf bestehen.« Er reichte ihr einen Phasercutter. »Vermutlich müssen Sie oben die Tür aufschneiden.«

»*Verstanden.*« Choudhury kletterte die Leiter hinauf, und nach einem Augenblick folgten ihr Khalid und La Forge. Die Leiter führte nur etwa vier Meter nach oben, und als Geordi dort ankam, konnte er das Licht des Phasercutters erkennen. Ein ovaler Teil der Tür, dessen Ränder noch glühten, fiel mit lautem Knall nach draußen, und La Forge konnte die Erschütterung durch seine Stiefel spüren.

Sie gingen alle drei geduckt durch die Öffnung und betraten die Brücke. Das klare Licht ihrer Helmlampen erhellte die sterile Kammer und die hufeisenförmigen Stationen auf jeder Seite des nach vorn gerichteten Teils der Brücke, zwischen denen sich die Steuerkonsole befand. Der Hauptschirm war kleiner, als Geordi erwartet hatte, und völlig schwarz. In der Mitte hätte sich natürlich der Kommandosessel befinden müssen, aber dort war nur noch die Verankerung zu sehen. Dahinter waren weitere Stationen angeordnet, und im hinteren Teil der Brücke stand ein tischartiges Gebilde. Geordi konnte keine Hinweise auf die Mannschaft entdecken.

Auf der Brücke waren überraschend viele Haltegriffe zu erkennen, und die Steuerkonsolen hatten deutlich mehr Knöpfe und Schalter, als Geordi seit langer Zeit gesehen hatte. Das war auch gut so, erkannte er, da sie auf einer glatten LCARS-Konsole absolut nichts hätten erkennen können, wenn sie so tot war wie diese Stationen hier. Vielleicht war damals ja einiges tatsächlich nicht schlecht gewesen, schoss es ihm durch den Kopf.

Er ging in die Mitte der Brücke, stellte sich über den Überrest der Verankerung des Kommandosessels und drehte sich dann einmal um dreihundertsechzig Grad. Ein Teil seines Bewusstseins konzentrierte sich darauf, das Licht auf die Stellen zu richten, die ihn besonders interessierten, nach Hinweisen auf die Besatzungsmitglieder oder auf das, was mit dem Schiff geschehen war, zu suchen. Der andere Teil seines Gehirns nahm schlicht und einfach die Tatsache zur Kenntnis, dass er auf der Brücke eines Schiffes der *NX*-Klasse und somit mitten in einem Stück Geschichte stand. Auf einmal bekam er einen kurzen Eindruck dessen, was Counselor Troi dank ihrer Fähigkeiten als Empathin empfand, denn er glaubte, Captain Picards Neid spüren zu können, da dieser jetzt nicht hier sein konnte.

»Hier gibt es keine sichtbaren Hüllenbrüche«, bemerkte La Forge, »und die Sensoren der *Enterprise* haben keine fehlenden Shuttles oder Fluchtkapseln registriert. Was ist dann also aus der Besatzung geworden?«

Choudhury gelang es, trotz des Raumanzugs mit den Schultern zu zucken. *»Vielleicht wurden sie irgendwann von einem anderen Schiff aufgenommen?«*

»Vor oder nach dem romulanischen Minenfeld?«

»Bevor oder nachdem sie hier gelandet sind?«

»Suchen Sie sich was aus.« Geordi ging weiter über die Brücke und leuchtete in jede Ecke. Da es keine Atmosphäre gab, die das Licht zerstreuen konnte, waren die hellen Kreise, die an die Wände und auf den Boden projiziert wurden, wunderbar rein und hell, wenngleich nicht sehr informativ. Auf der Steuerbordseite der Brücke warfen übereinandergeworfene Stahlkörbe seltsame dunkle Schatten. Geordi brauchte einen Moment, bis er begriffen hatte, dass dies die zerstörten Überreste der Stühle waren, die früher auf der Brücke gestanden hatten. »Ich wüsste zu gern, wie viel Kraft man aufwenden muss, um den Kommandosessel herauszureißen.«

»Und das, ohne irgendwelche anderen Beschädigungen am Schiff zu hinterlassen«, fügte Choudhury hinzu. *»Mit einer Bombe oder Granate hätte man das Chaos hier drin bewerkstelligen können, aber hier gibt es keine Schäden durch Schrapnelle.«*

»Was immer hier drin passiert ist, eine Explosion war es nicht. Falls einige Besatzungsmitglieder überlebt hätten, wären die Stühle vor den Stationen ersetzt worden. Und falls nicht ...«

»Wer hat dann die Leichen beseitigt?«, führte sie den Gedankengang zu Ende.

»Das ist die entscheidende Frage. Khalid«, wies La Forge den Ensign an, »scannen Sie die Struktur rings um die Brücke, vielleicht finden wir so heraus, welcher Belastung das Schiff ausgesetzt wurde und wann das passiert ist. Achten Sie auch auf Zeichen für mikroskopische Brüche. Wenn wir zumindest auf der Brücke einen Druckausgleich herstellen könnten, würde uns das die Überprüfung des restlichen Schiffes deutlich erleichtern.«

»Aye, Sir«, erwiderte Khalid und begann, Tiefenscansonden an der Wand zu platzieren. Diese würden ihre Signale tief in die Struktur schicken und die Resultate auf seinen Trikorder übertragen. Das ging deutlich langsamer vonstatten als ein normaler Trikorderscan, aber die Werte waren auch sehr viel präziser. Währenddessen ging La Forge zur Maschinenkontrolle und öffnete eine Zugangsplatte.

Er überprüfte die Schaltkreise dahinter mit einem kleinen Gerät, mit dem er den uralten Systemen auch gezielt Strom zuführen konnte, um herauszufinden, wo er floss und wo es eine Unterbrechung gab. Doch er erhielt überhaupt keine Reaktion. Seufzend dachte er, dass er genauso gut versuchen könnte, den Energiefluss in einem Stein zu überprüfen. Diese Aufgabe würde wohl längere Zeit in Anspruch nehmen.

Während La Forge und Khalid ihre Tests durchführten, nahm Jasminder Choudhury eine eigene Inspektion der Brücke vor. Sie war leer, steril und ihrer Meinung nach unheimlich. Selbst auf einem leeren Schiff konnte man meist auf irgendeine Weise noch die Personen spüren, die mal an Bord gelebt hatten. Manchmal schienen neue Schiffe eine spürbare Vorfreude auszustrahlen, während sie auf das Eintreffen ihrer Mannschaft warteten. Doch auf der *Intrepid* war nichts davon zu fühlen. Choudhury fand, dass sie sich wie etwas Unwirkliches anfühlte, das hier einfach nicht hingehörte. Schlimmer noch, sie hatte das Gefühl, das Schiff könne unmöglich hier bleiben und würde bei der ersten Gelegenheit aus ihren Augen und aus ihren Erinnerungen verschwinden.

Genau wie es seine Besatzung getan hatte.

Sie zitterte in ihrem Raumanzug und suchte vergeblich nach irgendwelchen Hinweisen auf Gewaltanwendung oder Waffenschäden. Doch sie fand nichts, bis ihr etwas anderes ins Auge stach. Die Wände, implodierten Bildschirme und Konsolenoberflächen in diesem Teil der Brücke schienen mit etwas bedeckt zu sein. Choudhury konnte nur anhand des Aussehens nicht feststellen, worum es sich dabei handelte, aber sie fühlte sich sehr unwohl. Die Masse war fest, wie eine dünne körnige Schicht aus Sandstein, und sie schimmerte schwarz und grau, wenn das Licht darauf fiel.

»Commander«, sagte sie, »hier ist etwas Merkwürdiges.«

»*Etwas Merkwürdiges?*« La Forge steckte sein Testgerät wieder in seinen Gürtel und kam zu ihr herüber.

Sie deutete mit einem Finger auf die abgelagerte Schicht. »Dieser Teil der Brücke ist mit irgendetwas überzogen. Die Wände, die Konsolen, einfach alles. Vielleicht ist es eine Art Pilz, etwas, das vor zweihundert Jahren hier gewachsen ist.«

»*Was immer es ist, es muss schon weitaus länger als zweihundert Jahre hier sein...*« Er streckte die Hand aus, um es zu berühren, aber Choudhury hielt ihn zurück, da sie auf einmal überzeugt davon war, dass man es nicht anfassen durfte. Es sah nicht ansteckend oder gefährlich aus, aber in ihrem Unterbewusstsein warnte sie eine leise Stimme davor, sich näher damit zu beschäftigen.

»Commander ... Vielleicht sollten wir es zuerst auf Biogefährdung überprüfen. Nur, um ganz sicherzugehen.«

La Forge sah erst sie und dann das Material an der Wand einige Sekunden lang an. »*Ja, da haben Sie wohl recht. La Forge an Taurik.*«

»*Taurik hier.*«

»*Taurik, gibt es Hinweise auf Restenergie in den Systemen da unten?*«

»*Negativ, Commander. Ich würde vermuten, dass nicht einmal ein Kaltstart diesen Antrieb wieder zum Laufen bringen würde. Er ist fast schon versteinert.*«

»*Das habe ich mir beinahe gedacht.*« La Forge seufzte. »*Da wäre noch etwas. Wir haben eine Art Schimmelpatina oder etwas Ähnliches auf Teilen der Brücke gefunden. Gibt es da unten bei Ihnen auch so etwas?*«

Daraufhin herrschte einige Zeit Schweigen, und Choudhury konnte leise Schritte hören, da Taurik die Komm-Einheit eingeschaltet gelassen hatte, während er herumging und offenbar nach den verkrusteten Überresten suchte. »*Ja, Commander. Ich sehe hier etwas, auf das diese Beschreibung zutrifft.*«

»*Okay, Taurik. Fassen Sie es vorerst nicht an.*«

»*Verstanden, Commander.*«

Geordi überlegte kurz, und sein Enthusiasmus für dieses Stück Geschichte schwand ein wenig. »La Forge an *Enterprise*«, sagte er schließlich. »Wir haben hier auf einigen Oberflächen ein seltsames Material entdeckt. Es könnte eine Art Schimmel oder ein anderer Pilz sein.«

»*Etwas, das im Vakuum wächst?*«, erkundigte sich Picards Stimme.

»Nein, Sir, es sieht aus, als wäre es völlig vertrocknet, fast schon versteinert, aber ich würde es gern auf Biomaterie untersuchen.«

»*Augenblick, Geordi.*«

Einige Minuten später erschien ein silbriges Licht in der Mitte der Brücke, und Doktor Beverly Crusher materialisierte sich. Sie trug einen Raumanzug und hatte ein Medikit in der Hand. »*Sie haben um einen Hausbesuch gebeten, Geordi?*«

»Könnte man so sagen«, erwiderte er grinsend. Er führte sie zu einer Tür auf der Backbordseite, auf der eine große Fläche des versteinerten Materials zu sehen war. »Dieses Zeug gehört definitiv nicht zum Schiff und sieht aus, als wäre es eine Art Biomaterie.«

Dr. Crusher nahm den medizinischen Scanner aus ihrem Koffer und richtete ihn auf das Material. Das schwache Licht, das von dem Gerät ausging, verdampfte die Oberflächenmoleküle des Materials, das in dem Strahl funkelte. Fast augenblicklich flackerte das Display und verkündete, dass die Teilchen analysiert worden waren. Geordi konnte durch das Visier des Helms erkennen, wie Beverlys Gesichtsausdruck ernst und traurig wurde. Sie wirkte allerdings nicht überrascht.

»*Organisches Material*«, bestätigte sie.

»Kann man es ungefährdet berühren?«

»*Es ist nicht gefährlich.*« Sie streckte eine Hand aus und strich zärtlich über die organische Materie. Sie ließ sich leicht abwischen und zerfiel zu Staub, der im Lichtstrahl funkelte. Darunter kam ein dunklerer Fleck zum Vorschein. Offenbar handelte es sich um ein blaues Stoffstück, das Geordi nicht sofort zuordnen konnte - bis ihm einfiel, dass die Sternenflottenuniformen zur Zeit der *NX*-Klasse aus blauen Einteilern bestanden hatten.

»Verdammt«, flüsterte er. »Ist es das, was ich denke?«

»*Leider ja, Geordi. Diese Biomaterie ist kein Pilz oder ein mikrobisches Gewächs. Das sind die Überreste der Besatzung.*«

»Wie kann das ...« Geordi verkniff sich den Rest der Frage. »Versagen der Trägheitsdämpfer.«

»*Ich denke, es ist ziemlich eindeutig, Geordi.*« Crusher erschauderte, was man trotz des Raumanzugs erkennen konnte. »*Der Einfluss nahezu relativistischer Geschwindigkeiten hat sichtbare Dellen in den Wänden hinterlassen, und Sie können ja sehen, was er aus den Zellen in den Körpern der Besatzung gemacht hat.*«

»Als hätte man eine Tomate von einem Wolkenkratzer geworfen ...«

»*Zweifellos.*«

»Verdammt«, flüsterte Geordi erneut.

Als sie Doktor Crushers Erklärung hörte, erschauderte Choudhury. Das instinktive Gefühl, die Biomaterie nicht zu berühren, hatte sie nicht getrogen, allerdings war der Grund dafür ein anderer als erwartet. Das Zeug war nicht etwa gefährlich, sondern stellte die Überreste der Mannschaft dar und sollte daher mit Respekt behandelt werden.

Sie sah sich unter diesem neuen Gesichtspunkt ein weiteres Mal auf der Brücke um. Nun kam ihr das Schiff nicht mehr so unwirklich vor. Es gehörte nicht in diese Zeit und war ein Kriegsmahnmal, das ihr Ehrfurcht einflößte.

»*Ich werde so viele der Überreste einsammeln, wie ich nur kann*«, sagte Doktor Crusher gerade. »*Hoffentlich kann ich die entsprechende DNA analysieren und die Nachfahren der Toten benachrichtigen.*«

»*Verstanden*«, erwiderte Picards Stimme. »*Ich werde das Sternenflottenkommando darüber informieren, was wir bisher herausgefunden haben. Picard Ende.*«

Mehrere Stunden später war La Forge froh, auf die *Enterprise* zurückkehren zu können. Es war auf seltsame Weise beruhigend gewesen, die Überreste der Mannschaft zu entdecken, aber Geordi hatte genug Zeit darin investiert zu versuchen, die Schaltkreise der *Intrepid* mit Strom zu versorgen, und ihm war klar geworden, dass das eine lange und frustrierende Aufgabe werden würde, falls es überhaupt möglich war.

Der Ingenieur war bei seiner Rückkehr in gedrückter Stimmung, und das hatte sich auch noch nicht gebessert, als er Captain Picard auf der Brücke Meldung machte. »Es gibt keine Anzeichen für einen Feindkontakt. Anhand des Zustands der Überreste würde ich vermuten, dass es zu einem Versagen der Trägheitsdämpfer gekommen ist, durch das die Mannschaft ihr Leben verloren hat. Ob dieses Versagen durch eine Schockwelle nach einer Minendetonation ausgelöst wurde, lässt sich erst feststellen, wenn wir auf die automatischen Logbücher zugreifen können. Darauf sollten wir uns meiner Meinung nach konzentrieren.« La Forge zögerte. »Ich ...« Er schüttelte den Kopf. »Ich weiß nicht, aber wenn das von einer Mine verursacht wurde, und zwar direkt nach dem Waffenstillstand ...«

Picard nickte verständnisvoll. »Es ist traurig, und es tröstet einen auch nicht, dass es immer ein letztes Kriegsopfer geben wird. Nur allzu oft tritt der unglückliche Fall ein, dass das letzte Kriegsopfer erst nach der Unterzeichnung des Friedensvertrags zu beklagen ist.«

Worf, der rechts neben Picard saß, nickte weise. »Es gibt an der Front immer Einheiten, die zu weit entfernt sind, um die Nachricht rechtzeitig zu erhalten.«

»So ist es. Ich frage mich, ob es für die Angehörigen der Besatzung der *Intrepid* einen Unterschied machen würde, wenn ihre Vorfahren nicht erst nach dem Waffenstillstand Opfer des Krieges geworden wären.«

»Sie sind in Ausübung ihrer Pflicht gestorben«, stellte Worf klar. »Was immer ihnen zugestoßen ist, es liegt keine Schande darin.« La Forge sah darin zwar keinen großen Unterschied, aber er wusste Worfs Aussage zu schätzen. »Die Toten, die an der letzten bekannten Position der NX-07 geborgen werden konnten, waren Chefingenieurin Anna Byelev sowie die Ensigns Yukio Kawazana, Georges Toussaint und Roland Brazzi«, fuhr der Klingone fort. »Alle gehörten zur Ingenieurabteilung der *Intrepid*.«

»Hatten sie das Schiff verlassen?«, wollte La Forge wissen. »Taurik hat auf den Maschinendecks keine Anzeichen für einen Hüllenbruch entdecken können.«

Picard zuckte mit den Achseln. »Das steht nicht in den Berichten, aber die vier trugen Raumanzüge, und wir wissen, dass Reparaturarbeiten geplant waren.« Er sah das Schiff auf dem Schirm nachdenklich an. Mitglieder seines medizinischen Teams hielten sich noch immer dort drüben auf und sammelten Proben, während die Nachforschungen der Ingenieure vorerst eingestellt worden waren. Es war, wie Choudhury in ihrem Bericht so treffend formuliert hatte, ein Kriegsgrab. »Wir wissen bis jetzt noch nicht einmal, wie viele an Bord gestorben sind, geschweige denn, warum.«

»Das wäre definitiv weitere Nachforschungen wert, Captain.«

»In Raumanzügen?«

»Da drüben ist alles tot. Es gibt einige Meteoriteneinschläge, die geflickt werden müssten, aber sobald das geschehen ist … Es gibt keinen Grund dafür, den Druckausgleich im Inneren nicht mithilfe eines tragbaren Systems wiederherzustellen. Die Brücke ist noch immer versiegelt, da könnten wir sofort damit anfangen.«

»Ich verstehe«, erwiderte Picard, »aber Doktor Crusher hat empfohlen, das Vakuum im Schiff vorerst bestehen zu lassen, um zu verhindern, dass sich die Überreste der Mannschaft weiter zersetzen. Zumindest so lange, bis alle identifiziert und die Angehörigen informiert wurden.«

»Wie lange wird das schätzungsweise dauern?«

»Ich habe keine Ahnung«, gestand Picard. »Fragen wir sie.«

Doktor Crusher hatte mehrere Proben von der Brücke der *Intrepid* in sterilen Behältern mitgebracht. Sie wollte nicht, dass die Überreste durch Zellen, die in der Atmosphäre der *Enterprise* herumschwirrten, kontaminiert wurden.

Als sie gerade eine Reihe von Proben im Biopsielabor der Krankenstation analysierte, kamen Jean-Luc und Geordi herein. Die bereits getesteten Proben standen, nach wie vor in sterilen Röhrchen, auf einem Tablett neben der Analyseausrüstung. »Ich wollte Sie gerade rufen, Captain.«

»Haben Sie erste Ergebnisse vorliegen?«

Crusher deutete auf die Proben mit versteinertem organischem Material auf dem Tablett. »Ich konnte die Überreste datieren.«

»Wie alt sind sie?«

»Zweieinhalbtausend Jahre.«

Geordi erstarrte. »Das ist unmöglich«, stieß er hervor. »Das Schiff ist bei Weitem nicht so alt.«

Picard runzelte die Stirn. »Beverly, hatten Sie nicht gesagt, das wären die Überreste der Besatzung? Wollen Sie damit etwa sagen, dass es sich um deutlich ältere organische Proben handelt, die an Bord gebracht und freigesetzt wurden ...«

»Nein, die DNA stimmt mit der überein, die von der Besatzung der *Intrepid* in den Dienstakten gespeichert ist. Bei der Biomaterie an den Wänden handelt es sich in der Tat um ihre Überreste.«

»Dann muss die Datierung fehlerhaft sein«, beharrte La Forge. »Sie können unmöglich zehnmal so alt wie das Schiff sein.« Allein der Gedanke war absurd.

»Sie ist aber korrekt. Ich habe den Analysator einer Ebene-Eins-Diagnose unterzogen, und er funktioniert einwandfrei. Ich habe nicht die leiseste Ahnung, wie so etwas möglich ist, aber das hier sind die zweieinhalbtausend Jahre alten Überreste von Personen, die vor zweihundert Jahren gelebt haben und gestorben sind.«

»Könnten sie durch die Zeit gereist sein? Wurde die *Intrepid* möglicherweise in der Zeit zurückversetzt, wie wir es auch bei der *Columbia* erlebt haben?« Picards Stimme klang jetzt angespannt, und sein Blick war durchdringend. Beverly wusste nur zu gut, warum das so war. Die Zeitreise der *Columbia* hatte letzten Endes zur Erschaffung der Borg geführt, und mit den Borg hatte Jean-Luc mehr als genug persönliche Erfahrungen gemacht.

»Das lässt sich zum jetzigen Zeitpunkt unmöglich sagen, da sich die zellulären Nebeneffekte, die durch Chronitonen hervorgerufen werden, in derart beschädigten Proben nicht nachweisen lassen. Die *Intrepid* selbst dürfte uns in der Hinsicht weiter helfen als diese Überreste.«

»Bedeutet das, dass ich rübergehen und mich genauer umsehen kann?«, erkundigte sich Geordi.

»Ich denke schon«, meinte Beverly. »Wir haben Zellen von allen Mannschaftsmitgliedern identifiziert, die zu dem Zeitpunkt, als die *Intrepid* verschwunden ist, an Bord gewesen sind. Noch haben wir nicht entschieden, wie wir mit den Überresten umgehen sollen, aber wenn Sie Teile des Schiffes testen können, an denen sich keine Biomaterie befindet, dann wüsste ich nicht, was dagegen spräche.«

»Es ist mir sehr viel lieber, Teile zu testen, an denen keine Überreste haften, das können Sie mir glauben, Doktor. Captain?«

»Machen Sie es so. Berufen Sie ein Treffen der leitenden Offiziere ein, sobald Sie Ergebnisse haben.«

»Aye, Captain.«

Das Treffen der Führungsoffiziere fand im Besprechungsraum hinter der Brücke statt. Meist achtete Geordi nicht auf die dort an der Wand aufgereihten goldenen Modelle älterer Schiffe, die den Namen *Enterprise* getragen hatten. Aber an diesem Tag wurde sein Blick von den klaren Linien der ersten warpfähigen *Enterprise* angezogen, der NX-01, da sie ihn umso mehr an das Schiff erinnerte, das am Backbordtraktorstrahl der *Enterprise* hing.

Die Vergangenheit dringt in die Gegenwart ein, dachte Geordi. *Vielleicht ist es aber auch umgekehrt.*

Picard saß bereits am Kopfende des geschwungenen Tisches. Worf saß neben dem Captain, ihm gegenüber hatte Beverly Platz genommen. Geordi ließ sich nieder, und der Captain fragte: »Mr. La Forge, haben wir Ergebnisse hinsichtlich der Diskrepanz zwischen dem Alter der *Intrepid* und den Überresten ihrer Mannschaft?«

Geordi nickte. »Wir haben die Struktur der *Intrepid* gründlich gescannt, bis hinunter auf die subatomare Ebene, und dabei vor allem auf temporale Belastungen geachtet.«

»Und?«

»Dazu haben wir einem Chronotronenrefraktionsindex verwendet.«

»Chronotronen?«, wiederholte Picard. »Meinen Sie nicht Chronitonen?«

Geordi bewegte abwägend die Hand. »Gewissermaßen. Wenn wir die Energie durch die Chronitonteilchen schicken, wird Chronotronstrahlung erzeugt, und ihr temporales Spektrum ...«

Worf sah ihn finster an, und Picard verzog das Gesicht und hob eine

Hand. »Ihre Schlussfolgerungen reichen völlig aus, Mr. La Forge.«

Geordi unterdrückte ein Grinsen und war nicht mehr ganz so beunruhigt ob dieser seltsamen Mischung aus vergangenen Zeiten, die bei den Proben und Scans zutage getreten war. »Die Belastungsmuster in der Struktur des Schiffes zeigen, dass es in der Tat einen Ausfall des Trägheitsdämpfungssystems gegeben hat, und dieser Vorfall muss sich vor zweieinhalbtausend Jahren ereignet haben. Offensichtlich hat Doktor Crusher recht.«

»Dann ist die *Intrepid* durch die Zeit gereist, bevor die Besatzung ums Leben gekommen ist?«

»Nicht unbedingt. Alles, was wir mit Sicherheit wissen, ist, dass das Schiff eine chronologische Zeitspanne von zweieinhalbtausend Jahren erlebt hat, in einem Zeitrahmen, der für uns etwa zweihundertundzwanzig Jahren entsprach. Es gibt verschiedene Möglichkeiten, wie das geschehen sein kann, von relativistischen Effekten bis hin zu Einmischungen durch die Q.«

»Diesbezüglich sollten uns doch die internen Logbücher der *Intrepid* Aufschluss geben«, schlug Beverly vor.

»Das würden sie, allerdings wissen wir bisher noch nicht, wie wir darauf zugreifen können. Das ist nicht nur ein totes Schiff, es ist gewissermaßen ... ein Fossil.«

»Wo wir gerade bei diesem Thema sind«, schaltete sich Picard ein. »Dieses versteinerte Material an Bord. Die Überreste der Besatzung. Sie meinten, ihr Tod könnte durch ein Versagen der Trägheitsdämpfer verursacht worden sein.«

»Die organische Materie bedeckt die inneren Oberflächen des Schiffes, was zu einem plötzlichen - tatsächlich sogar sofortigen - katastrophalen Versagen der Trägheitsdämpfer passt«, bestätigte Crusher.

»Niemand würde auf Warp gehen, wenn bekannt ist, dass die Trägheitsdämpfer ausgefallen sind«, meinte Worf.

»Dann sind sie vielleicht erst ausgefallen, nachdem sie auf Warp gegangen waren. Möglicherweise hat irgendetwas in den Energiesystemen dazu geführt, dass die Trägheitsdämpfer bei der Aktivierung des Warpantriebs versagt haben? Diese Schiffe besaßen noch nicht die Vielzahl an Sicherheitsmaßnahmen in ihren Systemen, die wir heute gewohnt sind.«

»Das kann sein, aber ich glaube nicht, dass sie gerade auf Warp gehen wollten, als ... passierte, was auch immer geschehen ist. Wenn dem so gewesen wäre, dann wären alle ...« La Forge machte eine Pause und holte tief Luft. »Alle Überreste wären auf den Achterschotten verteilt. Tatsächlich befindet sich der Großteil der organischen Materie jedoch an der Backbordseite jedes besetzten Raumes. Daraus könnte man schließen, dass das Schiff mit der Steuerbordseite voraus flog.«

Picard nickte nachdenklich. »Dann könnte die *Intrepid* in einer für damalige Verhältnisse hohen Warpgeschwindigkeit irgendwelche Manöver ausgeführt haben.«

»Das ist möglich«, stimmte Geordi zu. »Vielleicht haben sie ein Manöver versucht, für das ihre Systeme nicht ausgelegt waren, und etwas ist schiefgegangen.«

»In diesem Fall müssen sie sich in einer verzweifelten Lage befunden haben, wenn sie bereit waren, ein derart riskantes Manöver zu versuchen.«

»Wir sprechen über die Zeit des Irdisch-Romulanischen Krieges«, rief ihnen Worf ins Gedächtnis. »Möglicherweise waren sie in einen Kampf verwickelt, oder sie wurden angegriffen und verfolgt.«

La Forge zuckte mit den Achseln. »Wir wissen es einfach nicht. Alles, was wir sagen können, ist, dass die Trägheitsdämpfer komplett ausgefallen sind und dass das Schiff zu diesem Zeitpunkt mit der Steuerbordseite voraus flog. Auf jeden Fall benötigen wir den Zugriff auf die Bordlogbücher, um vollständig sicher zu sein, was damals passiert ist, und dazu müssen wir die Energiezufuhr wiederherstellen.«

Picard legte die Finger aneinander. »Und wie stehen die Chancen, die Systeme der *Intrepid* wieder zum Laufen zu bringen?«

»Nicht besonders gut, Captain. Unsere Systeme sind einfach nicht kompatibel. Das wäre fast so, als wollte man eine Dampfmaschine mithilfe von Impulsenergie starten.«

»Die Systeme der *Columbia* konnten nach ihrer Bergung wieder aktiviert werden.«

»Allerdings erst nach mehreren Jahren«, sagte Geordi etwas indigniert, »und mithilfe einer Spezialausrüstung. Außerdem gab es dort kaum Strahlungsschäden, und das Schiff befand sich auf einem Planeten. Die *Enterprise* ist für eine derartige Operation nicht adäquat ausgestattet. Falls die Sternenflotte ein Bergungsschiff mit einer auf die *Columbia* kalibrierten Ausrüstung herschicken könnte ...«

»Ich werde die Sternenflotte über unsere Entdeckung in Kenntnis setzen und herausfinden, ob sie so etwas in Betracht ziehen.«

»Hoffentlich tun sie das. Es wäre eine Schande, wenn nicht sogar ein Verbrechen, die *Intrepid* einfach hier draußen zu lassen.«

»Da bin ich ganz Ihrer Meinung, Geordi.« Picard nickte ihm zu und stand auf. »Jetzt müssen wir nur noch auf die Antwort der Sternenflotte warten.« Geordi wusste, dass das der schwierigste Teil war. Es war nie einfach, zu warten, anstatt etwas tun zu können, und er hörte am Tonfall des Captains, dass dieser das genauso sah.

Als sie den Besprechungsraum verließen, beschloss La Forge, mal im Maschinenraum nach dem Rechten zu sehen. Wenn er dort auch nichts bewirken konnte, so würde er sich wenigstens besser fühlen, während er dem Herzschlag der *Enterprise* lauschte.

Während die *Enterprise* über die *Intrepid* wachte, hatte La Forge in seiner Freizeit nicht das Bedürfnis, sich mit den anderen Besatzungsmitgliedern zu unterhalten. Die Diskrepanzen im Alter der *Intrepid* und ihrer Mannschaft beschäftigten ihn. Außerdem machte ihn das Gefühl, unter Toten zu wandeln, melancholisch.

Hinzu kam noch, dass er etwa zwölf Stunden am Stück gearbeitet hatte und nun dringend ein wenig Schlaf brauchte. Daher kehrte er in sein Quartier zurück, duschte und legte sich schlafen.

Fast war Geordi schon eingeschlafen, als er sich daran erinnerte, dass er noch immer die verdammte Nachricht an Tamala auf der *Lexington* fertigstellen musste. Es war ihm noch nie leichtgefallen, seine Gefühle in Worte zu fassen, zumindest nicht in einer romantischen Beziehung. Er hatte den schleichenden Verdacht, dass all seine Versicherungen, dass er ständig an sie dachte, nur den gegenteiligen Effekt erzielen würden. So war es schon immer gewesen; was immer er sagte oder tat, um die Dinge zwischen sich und einer Partnerin zu verbessern, machte alles nur noch schlimmer.

Vielleicht sollte ich versuchen, alles schlimmer zu machen, überlegte er, *möglicherweise wird es ja dann besser.*

Er fragte sich, was Tamala von der *Intrepid* und ihrer Besatzung gehalten hätte. Sie war ein Mitglied des medizinischen Teams, daher hätten sie die Überreste vermutlich besonders interessiert. Ob er ihr in seiner Nachricht davon berichten sollte? Von den Trägheitsdämpfern und dem Alter der Struktur des Schiffes; davon, wie unglaublich es war, in einem Raumschiff aus einem vergangenen Zeitalter herumzuwandern und die Schalter unter seinen Fingerspitzen zu spüren.

Bevor ihm überhaupt bewusst war, dass er aufstehen wollte, stand er schon vor dem Bett, und wenige Minuten später hatte er seinen Raumanzug angezogen und ließ sich zur *Intrepid* rüberbeamen.

Er materialisierte auf der Brücke, die noch genau so aussah, wie er sie verlassen hatte. Es fühlte sich an, als würde er in einem Grab stehen, allerdings nicht als Grabräuber, sondern als Forscher. So musste sich Howard Carter gefühlt haben, als er Tutanchamuns Grab entdeckt hatte.

Carter hatte gesagt, er könne »wunderbare Dinge« sehen, als das Grab zum ersten Mal geöffnet wurde. Geordi ließ sein Licht über die Brücke der *Intrepid* streifen und fand, dass die Tasten, Schalter und Handgriffe auf ihre Art und Weise ebenfalls wunderbare Dinge darstellten. Sie waren wunderbar, weil sie die Zeit überdauert hatten.

Auf der Wand direkt unter dem Hauptschirm entdeckte er einen

Fleck, dessen Farbe sich von der Umgebung unterschied. Dabei handelte es sich um ein mattes bronzefarbenes Rechteck, und Geordi begriff nach einigen Sekunden, dass er die Widmungsplakette des Schiffes vor sich hatte. Noch etwas Wunderbares. Er kniete sich davor und rieb die versteinerten Überreste darauf so vorsichtig und respektvoll wie möglich ab.

Auf der Plakette stand: »*Intrepid.* NX-07. San Francisco, Erde. *Per Ardua Ad Astra.*« Auf rauen Pfaden zu den Sternen. Das passte zu diesem Schiff, da es definitiv einige harte Zeiten erlebt hatte, und dennoch war es zusammen mit seiner Mannschaft zwischen den Sternen geblieben.

Die graue Materie klebte an den Fingerspitzen seiner Handschuhe, und er war froh, dass er sie trug, da er auf gar keinen Fall die Überreste der Besatzung auf seiner Haut haben wollte. Irgendwie machte die Tatsache, dass die organische Masse verblasst und grau geworden war, das Ganze nur noch schlimmer. Ihm war, als hätte er fremdartige Sporen vor sich, die über alles gewachsen waren, und nicht etwa die Überreste einer Schiffsbesatzung, zu denen er wenigstens eine Verbindung hätte herstellen können.

Je länger er die grauen Flecken auf seinen Handschuhen anstarrte, desto unheimlicher wurde ihm zumute. Stammte all das organische Material von einer Person, oder war es ein Gemisch aus den Teilchen aller, die sich auf der Brücke aufgehalten hatten, das in der Schwerelosigkeit durch die Luft geschwebt war und sich schließlich als homogene Schicht abgelagert hatte? Er war sich nicht sicher, ob er die Antwort auf diese Frage wirklich hören wollte.

»*Worf hatte in einer Hinsicht recht.*« Picards Stimme erklang auf einmal erschreckend laut über die Lautsprecher im Helm. La Forge fuhr herum und sah, dass der Captain, ebenfalls in einem Raumanzug, neben ihm an der Steuerkonsole stand. Geordi hatte nicht einmal mitbekommen, dass er hergebeamt war. »*Das Schiff übt einen unwiderstehlichen Reiz aus, dem ich mich einfach nicht entziehen konnte.*«

»Ich musste gerade an Howard Carter und Tutanchamuns Grab denken.«

»Ah, ›wunderbare Dinge‹.«

»Genau.« Geordi lachte leise.

»Und ... Was führt Sie in Ihrer Freizeit hierher?«

»Ich konnte nicht schlafen, und ehrlich gesagt hat dieses Schiff etwas an sich ... Ich weiß nicht, es geht mir einfach unter die Haut. Damit meine ich die wunderbaren Dinge, nicht die Überreste der Besatzung.«

»Manchmal«, meinte Picard, *»sind es nicht die Schätze, die uns an der Vergangenheit interessieren, sondern die Beziehung zu den Menschen. Wenn wir die Artefakte von Tutanchamun betrachten, bewundern wir nicht nur die Kunstfertigkeit und den Einfallsreichtum der Menschen, die sie geschaffen haben, wir erweisen ihnen überdies auch Respekt, und wir erinnern uns an sie.«*

La Forge betrachtete die Überreste an den Wänden. Einiges davon war entfernt worden, um analysiert und identifiziert zu werden, was jedoch nur bedeutete, dass jetzt noch mehr Uniformfragmente erkennbar waren. Blauer Stoff, auf dem hin und wieder etwas Rot oder Gelb erkennbar war. »Ich denke, dass sich an die Besatzung der *Intrepid* einige Leute erinnern werden.«

»Das werden sie in der Tat.« Picard trat einen Schritt näher und sah sich die Widmungsplakette an. *»Etwas betreten zu können, worüber man normalerweise nur in Geschichtsbüchern liest, ist etwas Großartiges. Wenn man dann aber noch ein neues Kapitel schreiben kann ... Das ist etwas ganz Besonderes, Geordi.«*

»Das sehe ich genauso.«

»Wir stehen gewissermaßen in unserer eigenen Vergangenheit, nur dass diese nicht so aussieht, wie wir sie uns vorgestellt haben.«

»Jetzt müssen wir herausfinden, wie diese Vergangenheit tatsächlich ausgesehen hat.«

Picard lachte leise. *»Das kann von mir aus gern die Sternenflotte übernehmen.«*

KAPITEL 3

La Forge wachte auf, als sein Weckruf durch den Schiffscomputer ertönte, und er fühlte sich überraschend ausgeruht, obwohl er nach seiner Rückkehr von der *Intrepid* erst sehr spät schlafen gegangen war.

Er beschloss, das Frühstück in der Messe der *Enterprise* einzunehmen, anstatt sich aus dem Replikator in seinem Quartier zu versorgen. Normalerweise wurde die Messe für diplomatische Zwecke benutzt, aber es gab immer einige Besatzungsmitglieder, die es bevorzugten, sich ihre Mahlzeiten von einem Koch zubereiten zu lassen. Er hatte gerade seinen Kaffee ausgetrunken, als er hörte: *»Commander La Forge, bitte melden Sie sich in meinem Bereitschaftsraum.«*

Augenblicklich ging er zur Brücke und betrat den Bereitschaftsraum. Picard saß hinter seinem Schreibtisch und sah auf, als La Forge eintrat. »Geordi«, begann der Captain, »wir haben eine Antwort von der Sternenflotte bezüglich der *Intrepid* erhalten.« La Forge bemerkte, dass Picards Gesicht ernster wirkte als sonst, und er fragte sich, ob das ein gutes oder ein schlechtes Zeichen war. Es lag auf jeden Fall eine gewisse Anspannung in der Luft, ein leichtes Zögern. »Die Sternenflotte schickt ein spezialisiertes Schiff, die *Challenger*, hierher, um die Untersuchung des Schiffswracks fortzusetzen. Man ist der Meinung, dass langfristige Studien angebracht wären.«

»Das klingt doch nach einem guten Ansatz.«

»Ein medizinisches Forensikerteam an Bord wird die biologischen Überreste der Mannschaft entfernen und für die Rückführung zur

Erde präparieren, während Ingenieurspezialisten versuchen, die Systeme der *Intrepid* zu reaktivieren und herauszufinden, was genau mit dem Schiff passiert ist.«

Geordi nickte begeistert. »Genau das habe ich ja auch empfohlen, Captain.«

Picard zögerte. »Es wurde außerdem darum ... gebeten« - da war wieder diese Anspannung, die andeutete, dass nicht wirklich »gebeten« worden war -, »dass Sie auf die *Challenger* versetzt werden, um für einige Zeit das Team zu verstärken, das für die Untersuchungen an der *Intrepid* zusammengestellt wird.«

Auf einmal wurde La Forge ganz kalt. »Ich soll versetzt werden? Von der *Enterprise*?«

»Vorübergehend an die *Challenger* ausgeliehen«, betonte Picard. »Entschuldigen Sie, das hätte ich vielleicht besser ausdrücken können. Die Sternenflotte ist der Ansicht, dass Sie dank Ihrer unverzichtbaren Kenntnisse und Erfahrung hervorragend für diese Mission qualifiziert sind. Sie sind nicht nur seit vielen Jahren der Chefingenieur der *Enterprise*, sondern haben auch Erfahrung mit der Technologie aus anderen Zeitepochen. Sogar beim Bau des ersten warpfähigen Schiffes der Erde, der *Phoenix*, hatten Sie Ihre Hand im Spiel.«

Geordi hob flehend die Hände. »Ich weiß, dass ich schon eine Menge gesehen und erreicht habe, aber ich wollte nie etwas anderes sein als Chefingenieur auf der *Enterprise*. Es hat Jahre gedauert ...«

»Und die Sternenflotte weiß das zu schätzen, aber man will eben den Besten für die Aufgabe auf der *Intrepid* haben.« Picards Miene wurde etwas entspannter, und seine Augen funkelten. »Und immerhin habe ich in Ihrem Bericht gelesen, dass Sie selbst vorgeschlagen haben, eine derartige Mission durchzuführen.«

»Das ist richtig, aber ...«

»Geordi«, sagte Picard und ließ seine Maske jetzt ganz fallen, »ich möchte Ihnen eine Frage stellen: Würde es Sie glücklich machen, nie wieder einen Fuß auf die *Intrepid* zu setzen?«

Geordi holte tief Luft und erinnerte sich an die Unterhaltung, die Picard und er auf der *Intrepid* geführt hatten. Er wusste, dass Picard sie ebenfalls vor Augen hatte. »Nein. Nein, ich würde sie nur zu gern auseinandernehmen und wieder zusammensetzen. Zu spüren, wie das Deck vibriert, wenn der Warpkern wieder aktiviert wird ...«

»Das geht mir genauso«, erwiderte Picard mit sanfter Stimme, »aber ich bin nicht derjenige, dem diese Gelegenheit geboten wird.« Sein Tonfall und sein Gesichtsausdruck wurden noch freundlicher. »Da gibt es noch etwas, das ich erwähnen sollte. Die Bitte, dass Sie sich dem Team anschließen, wurde von einem alten Freund von Ihnen ausgesprochen, Montgomery Scott.«

»Scotty?« Das war natürlich etwas ganz anders. Es war eine ganze Weile her, dass Geordi den legendären Wunderknaben zuletzt gesehen hatte.

»Die *Challenger* ist Mr. Scotts Lieblingsprojekt. Ein Raumschiff, das so nachgerüstet wurde, dass die Ingenieure es als Testfeld benutzen können. Offenbar hat er Ihre Karriere mitverfolgt, und er möchte, dass Sie an der Mission der *Challenger* beteiligt sind.« Geordi antwortet nicht darauf, aber das musste er auch nicht. Er wusste, dass der Captain seinen inneren Zwiespalt nachempfinden konnte. Er wollte die Luft der *Intrepid* atmen, aber er wollte auch die *Enterprise* nicht verlassen. Sie war schließlich die einzige Freundin, auf die er immer zählen konnte und die stets für ihn da war. »Geordi, ich werde Ihnen nicht befehlen zu gehen. Aber als Ihr Freund möchte ich Ihnen sagen, dass Sie es vermutlich den Rest Ihres Lebens bereuen und sich am liebsten selbst in den Hintern treten würden, wenn Sie es nicht tun.«

»›Sich selbst in den Hintern treten?‹ Hat der Captain das wirklich gesagt?« Worf klang ebenso überrascht wie amüsiert. Er saß neben Geordi an der Bar des »Riding Club«, und vor ihnen stand eine Reihe von Drinks und Snacks.

»Hat er«, bestätigte Geordi.

»Beeindruckend. Ich wüsste nicht, dass der Captain in meiner Gegenwart jemals solche Worte gebraucht hat.« Worf schob ein paar seiner Snacks auf einen kleineren Teller. Einige davon versuchten, wieder herunterzukriechen.

»Was machst du da?«

»Ein Krieger teilt seine Rationen.«

Geordi war kurz sprachlos, aber als es ihm dämmerte, musste er grinsen. »Du denkst an Spot.«

»Das Teilen der Beute ist ein wichtiges Ritual«, erklärte Worf mit ernster Miene. »Aber du bist nicht hier, um über Spot zu reden. Ich kann dir die Unentschlossenheit ansehen, und sie ist auch deiner Stimme deutlich anzumerken.«

»Ich weiß nicht, Worf. Es ist ... Ich meine, es wäre natürlich schön, Scotty wiederzusehen, und die *Challenger* leistet hervorragende Arbeit, aber die *Enterprise* ist mein Zuhause.«

»Ein Zuhause ist bloß der Ort, an dem man lebt.«

»Ja, das stimmt, aber ...«

»Geordi«, sagte Worf mit überraschend sanfter Stimme, »mir ist klar, wie schwierig es sein kann, einen Posten zu verlassen, selbst wenn es nur für begrenzte Zeit ist. Aber meiner Erfahrung nach bedeutet das nur, dass die Rückkehr zur *Enterprise* noch sehr viel ...«

»Schöner sein wird? Willst du damit sagen, dass eine Veränderung auch mal guttun kann?«

Worf nickte. »Genau. Du könntest es auch so betrachten, dass es deine Pflicht ist, das zu tun, was für die Sternenflotte das Beste ist. Und die Sternenflotte ist der Ansicht, dass du momentan woanders mehr bewirken kannst. Damit ehren sie dich und deine Fähigkeiten.«

»Ich kann nicht behaupten, dass ich mich besonders geehrt fühle.«

Worf legte den Kopf schräg. »Wenn Deanna hier wäre, dann würde sie bestimmt fragen: ›Was fühlst du?‹«

»Was ich fühle? Ich bin mir nicht sicher. Es ist ja nicht so, dass die aktuelle Mission der *Enterprise* besonders aufregend oder anstrengend wäre. Und ich würde wirklich gerne die *Intrepid* auseinandernehmen und wieder so zusammensetzen, dass sie funktioniert.«

»Obwohl sie kein neues Schiff ist?«

»Darum geht es doch gerade. Schon als Kind habe ich Modelle alter Schiffe der *NX*- und *Constitution*-Klasse zusammengebaut und die Fortschritte beim Bau der Warpantriebe von den alten Bauweisen bis hin zu modernen Warpkernen verfolgt ...«

»Das klingt für mich fast danach, als würdest du nach einem Grund suchen, *nicht* so zu wirken, als hättest du den Wunsch, die *Intrepid* zu untersuchen.«

»Ach, wirklich, Counselor Worf? Und was für einen Grund sollte ich dafür haben?«

Worf knurrte und goss sich noch etwas Pflaumensaft ein. »Weil du nicht den Eindruck erwecken willst, deine Mission oder deine Position auf der *Enterprise* würde dich langweilen.«

»Dem ist auch nicht so ...«

»Das weiß ich. Was hält dich also davon ab, zuzusagen?«

»Du denkst, ich sollte gehen.«

»Captain Picard hat es hervorragend auf den Punkt gebracht. Du würdest es bedauern, wenn du die Gelegenheit, die *Intrepid* zu studieren, nicht nutzt. Selbst wenn du keine ... Gefährtin hast, mit der du deine Entdeckungen teilen könntest.«

»Ich schätze, ich habe Tamala wohl etwas zu sehr vermisst ...«

»Ja. Du warst gar nicht mehr du selbst.«

»Die *Intrepid* hat mich auf andere Gedanken gebracht.«

»Gut.«

»Und Taurik würde sich um den Maschinenraum kümmern, während ich weg bin ...«

»Das hoffe ich doch, sonst bekommt er es mit mir zu tun.«

»Ich sollte Captain Picard wissen lassen, dass ich annehme, damit er die notwendigen Vorbereitungen treffen kann.«

Worf sah sich in der Bar um und deutete mit dem Kinn in Richtung Tür. »Das kannst du ihm sofort sagen.« La Forge drehte sich um und sah, wie Picard den Raum betrat. Sobald der Captain sie erblickte, kam er auf sie zu.

»Captain«, begann La Forge, »falls Sie mich gesucht haben ...«

»Eigentlich war ich auf der Suche nach Beverly. Wir wollten zusammen Mittag essen, aber ich bin wohl ein paar Minuten zu früh dran.«

»Aber ich bin froh, dass wir uns hier treffen. Ich habe über die Mission der *Challenger* nachgedacht und beschlossen, der Bitte der Sternenflotte – und von Scotty – nachzukommen.«

Picard strahlte. »Großartig.«

»Die *Challenger* wird unterwegs hierher an Sternenbasis 410 anhalten«, erklärte Worf, der auf einmal ganz geschäftsmäßig klang. »Wir kommen auf dem Weg zu unserer nächsten Mission dort vorbei.«

»Gut mitgedacht.« Picard nickte. »Ich werde die Sternenflotte benachrichtigen, dass wir Sie dort absetzen, damit Sie auf die *Challenger* gelangen können.«

»Das klingt nach einem perfekten Plan«, stimmte La Forge zu. »Ich werde Taurik informieren, damit er während meiner Abwesenheit alles weiß, was er wissen muss.«

La Forge saß in einem Café und blickte zur gewaltigen Fläche des Planeten Wexx hinauf. Ein Sturm zog vor einer der südlichen Inseln auf, und er sah den Wirbeln auf der Oberfläche seines *Raktajino* dermaßen ähnlich, dass er sich beinahe gekniffen hätte, um sicherzugehen, dass er nicht träumte. Die *Challenger* verspätete sich ein wenig, deshalb musste er achtundvierzig Stunden auf Sternenbasis 410 totschlagen.

Jede Sternenbasis war anders, und Geordi hatte in all den Jahren bei der Sternenflotte schon eine ganze Menge gesehen. Einige waren zweckmäßige Raumstationen, die häufig dem alten Raumdock der Erde nachempfunden waren. Andere nutzten ausgehöhlte Asteroiden. Und dann gab es noch Stationen, die von ansässigen Regierungen gemietet wurden, oder sogar Komplexe auf der Oberfläche von Planeten.

Sternenbasis 410 befand sich auf einem kleinen Mond von Wexx und war durch einen Weltraumlift mit dem Planeten verbunden. Anders als viele andere Sternenbasen war diese sogar von den Klingonen gemietet, da der Planet bis vor wenigen Jahrzehnten innerhalb der Grenzen des Klingonischen Reichs gelegen hatte. Um dieses Erbe zu bewahren, wurde die Sternenbasis von einer klingonischen Matriarchin namens Q'Hap geleitet, die täglich durch die Anlagen marschierte und dafür sorgte, dass alles so effizient geführt wurde, wie es sich für eine klingonische Basis gehörte.

Das Café befand sich in der Nähe des Fahrstuhlterminals, durch das man auf den Planeten gelangte. Wenn man auf der Oberfläche des Mondes stand, dann befand sich der Planet über einem. Geordi hatte schon kurz nach seiner Ankunft herausgefunden, dass man an dieser Stelle sehr gut sehen konnte, wie die Schiffe zwischen der Sternenbasis und dem Planeten hin und her flogen.

Während er jetzt Ausschau hielt, umkreiste ein Schiff der *Vesta*-Klasse mit seiner schlanken Form schnell den Planeten. Er wusste, dass es nicht die *Aventine* war, aber auf diese Entfernung konnte er den Namen auf der Hülle nicht erkennen. Sie war nicht die *Enterprise-E*, aber definitiv eine Schönheit.

»Ja, das ist sie, Geordi.« Die Stimme klang warm und sanft, wie süßer und zartschmelzender Karamell. Und sie kam ihm sofort vertraut vor.

»Guinan?« Er sprang auf die Beine und wirbelte herum. Die Frau hinter ihm lächelte ihn strahlend an, und in ihren Augen funkelte eine Lebenslust, dass es ihn beinahe zurück auf den Stuhl geschleudert hätte. Ihr Haar war unter einem Hut verborgen, dessen Form noch mehr an eine Untertasse erinnerte als die der äußeren Hülle der *Vesta*-Klasse.

»Hallo, Geordi. Was für ein Zufall, Sie hier zu treffen.«

»Das ist ja fantastisch! Hey, setzen Sie sich und trinken Sie ... Oh, oder ist das jetzt etwa Ihr Café?«

»Nein, das ist es nicht, aber ich kenne den Nausikaaner, der es führt.«

»Dieses Café wird von einem Nausikaaner geführt?« Geordi hatte nur Menschen und einige Bajoraner und Bolianer unter den Angestellten entdeckt. Er sah sich in dem von Chrom und Kunstwerken dominierten Café um. »Es wirkt gar nicht wie ein Ort, an dem ein Nausikaaner gern etwas trinken würde.«

»Er ist ein guter Mann. Außerdem würde Q'Hap nicht zulassen, dass er auf ihrer Station Ärger macht.«

»Sie kennen sie auch?«

»Eine gute Frau. Ich kenne eben viele gute Leute.« Guinan setzte sich und bestellte einen Eistee. »Ich war mir nicht sicher, ob Sie es wirklich waren, da ich nur Ihren Hinterkopf sehen konnte, aber als Sie dieses Schiff bewundert haben ...«

La Forge verengte die Augen. »Woher wussten Sie überhaupt, dass ich gedacht habe, das Schiff wäre eine Schönheit?«

»Weil Sie es nicht nur gedacht haben. Und die *Vesta* ist nun einmal ganz offensichtlich eine Schönheit.«

»Oh ...« Er hatte nicht einmal bemerkt, dass er den Satz laut ausgesprochen hatte, so sehr hatte ihn das Schiff fasziniert. »Entschuldigen Sie.« Zumindest wusste er jetzt, um welches Schiff es sich gehandelt hatte.

»Sie entschuldigen sich dafür, dass Sie ein Schiff bewundert haben?«

»Nein, eher dafür, dass ich wie ein Idiot ausgesehen und Selbstgespräche geführt habe.«

»Es wäre auch so offensichtlich gewesen, was Sie gedacht haben, da es Ihnen ins Gesicht geschrieben stand.«

»War es so offensichtlich?«

Guinan nickte. »Es waren Großbuchstaben, drei Meter hoch. In Neonfarben.«

»Das klingt doch nett.« Geordi lachte. »Was führt Sie überhaupt auf Sternenbasis 410?«

»Dasselbe wie Sie.«

»Tja, ich warte ... Nein ...?«

Sie nickte, und ein zufriedenes, wissendes Lächeln umspielte ihre Lippen. »Ich warte auf die *Challenger.*«

»Sie haben noch nie zuvor ein Interesse für das Ingenieurwesen bekundet.«

»Ich interessiere mich für viele Dinge. Manchmal lasse ich sie ein wenig schleifen, und später nehme ich den Faden wieder auf.«

»Wollen Sie damit sagen, dass Sie sich jetzt für das Ingenieurwesen interessieren oder es früher getan haben?«

»Eigentlich nicht«, gab sie lächelnd zu. »Mein Vater neigte dazu, mit elektronischen Dingen herumzuspielen. Aber ich zähle einige Ingenieure zu meinen Freunden und hielt es für richtig, ihnen etwas von meiner Zeit zu schenken.« Geordi konnte spüren, wie seine Ohren rot wurden.

»Außerdem«, fuhr sie fort, »wie könnte ich mir die Gelegenheit entgehen lassen, mal wieder etwas Zeit auf einem Schiff der *Galaxy*-Klasse zu verbringen?«

Geordi, der gerade etwas erwidern wollte, erstarrte. »Die *Challenger* gehört zur *Galaxy*-Klasse?«

»Wussten Sie das nicht?«

»Es gibt so viele Schiffe ...«

»Ich weiß, da ist es schwer, auf dem Laufenden zu bleiben. Ich bin froh, dass ich das nicht tun muss.«

»Aber Sie möchten Zeit auf einem Schiff der *Galaxy*-Klasse verbringen.«

»Mit einigen Freunden. Auch wenn das für Sie merkwürdig klingen mag, kommt das für mich einem Zuhause am nächsten. Zumindest in diesem Teil der Galaxis.«

»Nein«, entgegnete Geordi, »das klingt ganz und gar nicht merkwürdig.«

»Ich könnte mir vorstellen, dass es Ihnen ganz ähnlich geht.«

Geordi war sich da nicht so sicher. »Ich habe mich inzwischen sehr an die *Enterprise-E* gewöhnt.« Er sah Guinan an und verspürte leichte Schuldgefühle, dass er seine kybernetischen Augen nutzte, um Temperatur und Feuchtigkeit ihrer Haut zu messen. Dabei sagte er sich, dass er nur einschätzen wollte, ob es ihr Ernst war, und nicht, ob sie die Wahrheit sagte.

Schließlich wandte er den Blick ab. Eigentlich war es auch unwichtig, aus welchem Grund sie auf die *Challenger* ging. Er freute sich, ein weiteres vertrautes Gesicht auf der Mission dabeizuhaben. Dass mit diesem Gesicht auch zwei offene Ohren einhergingen, war überdies sehr beruhigend. Er hob seine *Raktajino*-Tasse und prostete ihr zu. »Auf die *Challenger* und ihre Mission.«

Guinan hob ebenfalls ihren Eistee. »Auf ihre Ingenieure.«

KAPITEL 4

Als La Forge die Meldung hörte, dass die *Challenger* eintraf, ging er zur Beobachtungslounge, um zuzusehen, wie das Raumschiff majestätisch an die Andockklammer heranflog. Die Lounge befand sich auf der Seite des Mondes, die dem Planeten Wexx abgewandt war. Von hier aus konnte man auf die beiden Buchten hinausblicken, durch die die Schiffe in die ineren Andockrampen flogen, sowie auf die gedrungenen grauen Türme, an denen die Schiffe andockten, die zu groß für die inneren Anlagen waren.

Ein in mehrere rechteckige Abschnitte geteilter Turm leuchtete für die Ankunft der *Challenger*, und die Andockklammer sowie der Zugangskorridor waren ausgefahren worden. Schwerkraftneutralisatoren am Fuß des Turms passten die lokale Schwerkraft an, die ansonsten etwa halb so hoch wie der Erdnormalwert gewesen wären, damit das näher kommende Schiff sicher darin schweben konnte.

La Forge konnte Guinan noch nicht sehen, aber er war überzeugt davon, dass sie mehr Gepäck dabei hatte als er mit seinen zwei Reisetaschen. Er war sich nicht sicher, ob er nervös oder aufgeregt sein sollte, und er wusste auch nicht, ob er enttäuscht oder erleichtert war, dass er die *Challenger* noch nicht sehen konnte. Auf jeden Fall war er überrascht. Das Schiff hätte in einiger Entfernung das Warpfeld verlassen und sich mit Unterlichtgeschwindigkeit dem Dock nähern sollen.

Als er schon kurz davor war, in der Kommandozentrale der Sternenbasis nachzufragen, ob sich die *Challenger* verspätet, war sie auf einmal da und füllte das Aussichtsfenster aus.

Und sie war nicht majestätisch näher gekommen.

La Forges Herz schlug ihm bis zur Kehle, als das sechshundertundvierzig Meter lange, viereinhalb Millionen Tonnen schwere Raumschiff auf einmal aus der Dunkelheit schoss, sodass er schon glaubte, es würde gegen den Weltraumlift prallen und auf dem Planeten abstürzen. Da es bis zum Aufprall nur noch Sekunden dauern konnte, sprang Geordi auf und suchte nach einem Alarmknopf.

Mit pochendem Herzen sah er zu, wie sich die *Challenger* um ihre vertikale Achse drehte und seitwärts in Richtung Andockturm raste. In dem Bruchteil einer Sekunde, die La Forge brauchte, um zu berechnen, wo sie dagegenprallen musste und wie viele Personen dabei umkommen würden, gelang es dem Schiff irgendwie, mit einer Vollimpulsbremsung zum Stillstand zu kommen.

Eine Sekunde später drückte sich die Hauptandockklammer des Schiffes mit präzisen zehn Zentimetern pro Sekunde sanft an die Rampe. Ein vorschriftsmäßiger Andockvorgang. La Forge holte tief Luft und zwang sich, seine Atmung und seinen Herzschlag zu beruhigen. Neben ihm war ein herzliches Lachen zu hören. Als er sich umdrehte, sah er Q'Haps kräftige Gestalt; sie applaudierte. Die meisten anderen, die in der Lounge anwesend waren, machten ein ebenso erstauntes wie amüsiertes Gesicht und wirkten beeindruckt. Er musste zugeben, dass das eben eine verdammt gute, wenn auch irrsinnig riskante Show gewesen war.

Jetzt, da das Schiff sicher angedockt war, breitete sich ein Grinsen auf Geordis Gesicht aus, während er die *Challenger* betrachtete. Es bereitete ihm großes Vergnügen, endlich wieder ein Schiff der *Galaxy*-Klasse vor sich zu haben. Gut, dabei handelte es sich nicht um die gute alte *Enterprise*, aber es war so nah dran, dass er das Gefühl bekam, in seine Vergangenheit zurückversetzt zu werden.

Natürlich gab es einige Unterschiede zur *Enterprise-D*: Die Thermal- und Energiesignaturen, die er dank seiner kybernetischen Augen registrierte, verliefen etwas anders, als er es von der *Enterprise* kannte. Selbst im sichtbaren Spektrum bildeten die Platten der Außenhülle ein etwas anderes Muster. Auch die Registrierungsnummer war anders: NCC-71099. Doch trotz all dessen spürte La Forge einen Kloß im Hals. Er hatte zu lange auf der *Enterprise* der *Galaxy*-Klasse gedient, um nicht berührt zu sein.

Außerdem fragte er sich, ob die *Enterprise-D* noch immer existieren würde, wenn sein VISOR nicht gewesen wäre. Möglicherweise hätte man sie ehrenhaft in den Ruhestand versetzt und im Flottenmuseum ausgestellt. Counselor Troi hatte ihn vor solchen Gedanken gewarnt und ihm geraten, keine Schuldgefühle zu empfinden, sondern im Gedächtnis zu behalten, dass Gedanken und Emotionen zwei völlig verschiedene Dinge sind und Erstere nicht immer Letztere kontrollieren, auch wenn man es noch so gern hätte.

»Dieses Schiff ist ebenfalls eine Schönheit«, sagte Guinan, die auf einmal neben ihm stand. Er hatte sie nicht kommen hören, doch das war früher im Zehn Vorne auch meist so gewesen. Sie schien ein Talent dafür zu haben, sich lautlos anzuschleichen. »Genau wie die alte *Enterprise*.«

»Ja. Gehen Sie jetzt an Bord?«

»Sie wissen doch, was du heute kannst besorgen ... Mein Gepäck wird bereits aufs Schiff gebracht, und ich möchte es nicht zu lange aus den Augen lassen.«

»Ihr Gepäck? Ist etwas Besonderes darunter?«

Sie machte eine vage Handbewegung. »Einige Kisten Single Malt Scotch. Etwas rekellianische *Kaspra* ... Sie wissen, was ich meine.«

»Ich hab's verstanden«, bestätigte er lachend. Sie unterhielten sich weiter, während sie durch die schweren Metalltüren in einen Korridor gingen, zu dem nur autorisierte Personen Zugang hatten. An den schlichten weißen Wänden vorbei gelangten sie schließlich in den kleinen Vorraum vor der Hauptluftschleuse der *Challenger*.

Der Zugang zur *Challenger* war bereits geöffnet, und einige Personen gingen hinein oder heraus. »Ich sollte mich wohl lieber beeilen«, meinte Guinan, »und mich vergewissern, dass auch alles richtig ausgepackt wird.«

»Wir sehen uns bestimmt bald wieder.« Sie lächelten einander zu, und dann betrat Guinan durch die beigefarbene Luftschleuse die *Challenger* und bog um eine Ecke. Als La Forge ihr folgte, sah er, wie sie einige Worte mit einem uniformierten Commander wechselte. Kurz blieb er stehen und überlegte, dass er sich zumindest offiziell an Bord melden sollte, bevor er sich auf die Suche nach Scotty machte.

Sobald der Commander das Gespräch mit Guinan beendet hatte, entdeckte er La Forge und streckte eine Hand aus. Er war schlank und trug eine kurze Igelfrisur. Tiefe Falten in den Mund- und Augenwinkeln straften seine ansonsten jugendliche Erscheinung Lügen. »Commander La Forge?«, fragte er mit nordenglischem Akzent. »Ich bin Tyler Hunt, Erster Offizier der *Challenger.*« Sie schüttelten einander die Hand.

»Erlaubnis, an Bord kommen zu dürfen?«, erkundigte sich Geordi.

»Die Erlaubnis wird nicht nur erteilt, ich bestehe sogar darauf. Hoffentlich war die Wartezeit hier für Sie erträglich. Wir wollten eigentlich schon etwas früher hier sein.«

»Das war nicht so schlimm. Diese Sternenbasis ist zwar ziemlich ungewöhnlich, wird aber gut geführt.«

Hunt nickte. »Das ist die klingonische Effizienz.«

»Als Sie ankamen, dachte ich schon, das Schiff würde nicht rechtzeitig stoppen können ...«

»Ja, das befürchte ich auch jedes Mal. Unser Pilot ist ...« Hunts Stimme brach ab, und er sah aus, als würde er nach dem richtigen Wort suchen. »Sie werden es ja bald selbst sehen. Dann werde ich Ihnen jetzt mal Ihr Quartier zeigen. Captain Scott freut sich schon sehr darauf, Sie wiederzusehen.« Sie gingen zum nächsten Turbolift.

»Das Gefühl beruht auf Gegenseitigkeit. Ich habe Scotty nicht mehr gesehen seit ... Nun ja, es ist schon einige Jahre her.« La Forge blieb im Gang stehen. Die Vertrautheit der Sand- und Pastelltöne im Korridor vor ihm traf ihn wie ein Schlag. Erinnerungen an die *Enterprise-D* strömten auf ihn ein und wirbelten durch seinen Kopf, was ihn gleichzeitig mit Zuneigung und Traurigkeit erfüllte. Das war das seltsamste Gefühl, das Geordi je erlebt hatte, und es packte ihn und erschütterte ihn bis ins Innerste.

Die *Galaxy*-Klasse war so sehr ein Teil von ihm, dass er sich vorkam, als ob er einen Schritt zurück in seine Vergangenheit machte. Er war sich nicht sicher, ob er sich freuen oder traurig sein sollte. Irgendwie konnte er sich keines der beiden Gefühle erwehren. Seufzend schüttelte er den Kopf.

»Stimmt was nicht?«, erkundigte sich Hunt.

»Nein, ich wurde nur gerade von meinen Erinnerungen an die *Enterprise-D* übermannt. Es stürzt regelrecht auf einen ein.«

»Ich kenne das Gefühl. Jedes Mal, wenn ich zurück nach Manchester komme, drehe ich beinahe durch. Aber keine Sorge, nach einem Trip ins Nelson's geht's Ihnen wieder besser.«

»Ins Nelson's?« Was meinte Hunt nur damit?

»Die Lounge. Ich glaube, auf der *Enterprise* wurde sie Zehn Vorne genannt? Was soll ich sagen? Ein britischer Captain und ein britischer Erster Offizier, wie sollten wir sie da schon nennen? Ich denke, Sie werden mit der Wirtin gut auskommen.«

»Dafür kann ich garantieren. Guinan weiß, wie man eine angenehme Atmosphäre schafft.«

»Ach, dann haben Sie Guinan bereits auf der Sternenbasis gesehen? Wie ich gehört habe, ist sie gerade dabei, einige Veränderungen vorzunehmen.« Sie betraten den Turbolift.

Da fiel La Forge noch etwas ein. »Da wäre noch etwas, das ich Sie fragen wollte, Commander ...«

»Wir haben den gleichen Rang, Commander. Bitte nennen Sie mich Tyler.«

»Geordi.«

»Ich bin froh, dass wir das schmerzfrei über die Bühne gebracht haben.«

»Ja.« La Forge lachte. »Das geht auch schon fast in die Richtung, in die meine Frage abzielt. Ich habe den Eindruck, dass die *Challenger* komplett besetzt ist, und ich vermute, dass Sie bereits einen Chefingenieur haben ... Nicht, dass Sie wirklich einen brauchen würden, da Scotty an Bord ist, aber ...«

»Aber jemand muss sich ständig um den Maschinenraum kümmern. Ja, wir haben einen Chefingenieur. Den Besten der Flotte, Anwesende natürlich ausgeschlossen.«

»Wie genau sieht mein Status an Bord dann aus?«

»Tja«, setzte Hunt an, »offiziell werden Sie als Ops- und zweiter Offizier geführt.«

»Sie haben keinen Ops- und keinen zweiten Offizier?«

»Transporterchief Carolan sollte diese Position auf dieser Reise übernehmen, aber als wir erfahren haben, dass Sie hierher versetzt werden, haben wir das vertagt, um eine Ihrem Rang angemessene Position für Sie zu haben. Doch eigentlich brauchen wir Sie als Missionsspezialisten, der Erfahrung mit historischen Schiffen hat. Außerdem glaube ich, dass Scotty ein Stück weit dazu neigt, Leute zu rekrutieren, deren Arbeit er bewundert.«

»Tut das nicht jeder Captain?«

»Im Prinzip schon.« Sie blieben vor einer Tür stehen, die Hunt durch Eingabe eines Zahlencodes öffnete. »Das ist Ihr Quartier.«

»Danke«, erwiderte La Forge langsam und leicht verwirrt, da der Raum und seine Position in der Untertassensektion dem Standort von Datas Quartier auf der *Enterprise-D* entsprachen.

Hunt bemerkte sein Zögern. »Noch eine Erinnerung? Sie wirken ein wenig ...«

»Es geht mir gut. Ich werde mich schon schnell wieder daran gewöhnen.«

»Ich sage dem Captain Bescheid, dass Sie an Bord sind. Er ist natürlich im Maschinenraum. Vermutlich ist Vol inzwischen so weit, dass er ihn erwürgen könnte ...« Hunts Kommunikationsabzeichen zirpte. »Hunt hier, sprechen Sie.«

»*Commander*«, sagte eine Frauenstimme, die Geordi irgendwie bekannt vorkam, auch wenn er sie nicht zuordnen konnte. »*Ich überprüfe gerade die Installation der Stasiseinheit, und sie erscheint mir brauchbar, aber eine weitere als Ersatz würde nicht schaden. Könnten Sie wohl mal beim Quartiermeister der Sternenbasis nachfragen, ob wir noch eine bekommen können?*«

»Ja, mache ich, Doc.« Er schaltete das Gerät wieder aus und warf Geordi einen entschuldigenden Blick zu. »Offenbar muss ich noch einiges organisieren. Ich lasse Sie nur ungern im Regen stehen, aber ich gehe davon aus, dass Sie den Weg zum Hauptmaschinenraum finden werden.«

»Keine Sorge, ich finde mich hier schon zurecht.«

»Dann bis später.« Hunt hob die Hand, winkte ihm kurz zu und ließ ihn dann in seinem neuen Quartier zurück. Die schräge Decke war ihm ebenso vertraut wie das Badezimmer zu seiner Rechten und das Schlafzimmer zu seiner Linken. Geordi erkannte, dass das Badezimmer in Datas früherem Quartier in ein Arbeitszimmer umgewandelt gewesen war und dass es keine Fenster gab. Außerdem roch es hier drin auch etwas anders, falls er sich das nicht nur einbildete.

»Das Altvertraute ist auf einmal wieder neu«, murmelte er leise. Er fragte sich, ob das auch umgekehrt gelten würde, wenn er zur *Enterprise* zurückkehrte. *Falls ich zur* Enterprise *zurückkehre*, dachte er mit mulmigem Gefühl im Bauch. Die Position als zweiter Offizier war nicht wirklich verlockend. Er warf seine Taschen aufs Bett, packte jedoch noch nicht aus. Vielleicht bekam er ja bessere Laune, wenn er sich gleich unter die Besatzung mischte.

»Reichen Sie mir den Plasmainduzierer«, sagte eine Stimme im vertrauten schottischen Akzent. Erneut hatte Geordi das Gefühl, in die Vergangenheit zurückversetzt worden zu sein. Der Hauptsystemmonitor an der vorderen Wand sah genau so aus wie der auf der *Enterprise*, und der Warpkern im Achterbereich war zwar kleiner als der auf einer *Sovereign*-Klasse, pulsierte jedoch mit ebenso viel Energie.

Die flache, tischartige Bedienkonsole fehlte hier. An ihrer Stelle befand sich ein ins Deck eingelassener Tank, und in der Decke unmittelbar darüber war eine ähnliche Einkerbung zu sehen. Dazwischen schwebte eine überwältigende Anzahl an holografischen Anzeigen und Daten in der Luft. La Forge konnte nicht widerstehen und ließ eine Hand hindurchgleiten, zuckte jedoch zurück, als die Anzeigen flackerten. Er wollte seinen Aufenthalt auf Montgomery Scotts Schiff nicht damit beginnen, eine Reihe von Alarmen auszulösen oder wichtige Einstellungen zu verändern.

»Ihnen *reichen?*«, entgegnete eine zweite Stimme, die rau und kraftvoll, aber irgendwie auch künstlich klang. »Versuchen Sie jetzt etwa, mich zu beleidigen?«

»Entweder ich beleidige Sie oder nicht, aber ich würde es nie bloß versuchen.« Falls einer der etwa zehn anderen Anwesenden im Maschinenraum diesen Austausch seltsam fand, so ließ er sich das nicht anmerken, und die Stimmen klangen auch nicht wirklich erzürnt. La Forge hatte eher den Eindruck, dass sich hier zwei alte Freunde einen Schlagabtausch lieferten, und er nahm sich vor, nicht zu heftig zu reagieren. Dann folgte er den Stimmen und dem Geräusch des Plasmainduzierers bis zu der Stelle, an der sich auf der *Enterprise* das Büro des Chefingenieurs befunden hatte. Anstelle des abgetrennten Büros sah er einige frei stehende Konsolen vor sich, die wie eine Art Hightech-Stonehenge kreisförmig angeordnet waren. Die meisten waren teilweise demontiert, und Schaltkreise und optische Kabel türmten sich auf eine Art, die unorganisiert, aber dennoch nicht wirklich chaotisch wirkte.

Inmitten dieses technischen Durcheinanders stand eine robuste Gestalt mit sorgfältig gescheiteltem Haar und eher traurigen Augen über einem noch immer ziemlich dunklen Schnurrbart. Anstelle der standardmäßigen Uniformjacke trug der Mann eine mit Taschen übersäte Ingenieurweste über einem weißen Rollkragenpullover. La Forge hatte den ältesten und seines Wissens auch dienstältesten Sternenflottenoffizier vor sich - und definitiv den ältesten und dienstältesten Ingenieur.

Montgomery Scott.

Ein Grinsen breitete sich unter Scottys Schnurrbart aus. Er legte den Plasmainduzierer beiseite und eilte herüber, um Geordi die Hand zu schütteln. »Commander La Forge! Willkommen an Bord, mein Freund!«

»Es ist schön, hier zu sein, Scotty.«

Scotty verengte die Augen und legte den Kopf ein wenig schief. »Ah, aber Sie vermissen die *Enterprise* bereits.«

»Sieht man mir das an?«

»Das muss man gar nicht. Ich war Chefingenieur auf zwei *Enterprises* und weiß, nichts anderes kann da mithalten. Sie wären ein herzloser Mann, wenn Sie nicht zumindest ein wenig enttäuscht darüber wären, sich woanders aufhalten zu müssen.« Er sah La Forge mit einem gespielt ernsthaften Blick an und fuhr fort: »Seien Sie ehrlich zu mir, mein Freund: Die *Enterprise* zu verlassen war so, als hätte man Ihnen einen Zahn gezogen, nicht wahr?«

»Auf jeden Fall«, stimmte ihm Geordi zu. »Aber da ich einige bekannte Gesichter um mich herum habe, fällt es mir gleich viel leichter. Und Sie wissen doch, was man sagt: Ein Tapetenwechsel ist schon fast wie Urlaub.«

»Da ist was Wahres dran. Wenn man den Ruhestand als Urlaub ansehen möchte, dann war es der größte Fehler meines Lebens, mich aus dem aktiven Dienst in der Sternenflotte zurückzuziehen. Vielleicht abgesehen von dem einen Mal, als ich mir die Haare blond gefärbt habe, doch das ließ ich ja zum Glück rückgängig machen.«

»Das klingt nach einem verdammt großen Fehler. Aber da Sie den Großteil dieses Ruhestands in einem Transporterpuffer festsaßen, haben Sie sich vermutlich nicht gelangweilt.« La Forge deutete nach oben. »Und den Haaren ist die Veränderung vermutlich ebenfalls bekommen.«

Scotty lachte. »Vielleicht habe ich Sie auf dumme Gedanken gebracht.«

»Es hätte schlimmer kommen können«, warf die andere Stimme

ein, die von irgendwo über ihren Köpfen kam. »Sie hätten sich auch Siskos Frisur zulegen können.«

Geordi sah nach oben und erschrak, als sich eine blasse, lederartige Kreatur von der Galerie herabließ, die sich rings um den Warpkern spannte. Sie hatte einen dicken Tentakel um das Geländer geschlungen und ließ ihren roten Körper mithilfe einiger anderer Tentakel, die am oberen Gang verankert waren, herunter. Das achtbeinige Wesen war eine Mischung aus einem Arachnid und einem Krebs und hätte fast schon einem Albtraum entsprungen sein können. Doch La Forge wusste, dass er diesem momentanen Ekelgefühl nicht nachgeben durfte, da er die Werkzeuggürtel sah, die die Kreatur um die dicken oberen Tentakel trug und die in den Farben der Sternenflottenuniform gehalten waren. Überdies waren an einem davon noch ein Kommunikationsabzeichen und an einem zweiten die Rangabzeichen eines Lieutenant Commanders befestigt.

Geordi hatte diese Spezies noch nie zuvor gesehen, aber das war auch nicht weiter überraschend, schließlich war die Galaxis verdammt groß.

»Das ist Lieutenant Commander Voloczin«, stellte Scotty den Neuankömmling vor. »Er ist der Chefingenieur der *Challenger.*«

»Hallo, Kumpel«, begrüßte ihn Vol, und Geordi erkannte die Stimme wieder, die sich bei seinem Eintreffen mit Scotty gezankt hatte. »Sie werden mir verzeihen, dass ich Ihnen nicht die Hand geben kann.«

»Natürlich.«

»Vol ist der einzige Voloczin in der Sternenflotte, und er ist ein verdammt guter Ingenieur, wenn ich das so sagen darf.«

»Dann ist Voloczin sowohl die Bezeichnung der Spezies als auch ein individueller Name?«

»Nicht ganz, Kumpel«, erwiderte Vol. »Die Silben ›vol‹, ›o‹ und ›czin‹ sind jedoch die einzigen, die Humanoide im Allgemeinen hören oder aussprechen können. Der Rest unserer Namen besteht aus seltsamen kleinen Geräuschen und Klangfarben, die Sie nicht einmal registrieren würden. Aber da es von uns nicht sehr viele gibt und es höchst unwahrscheinlich ist, dass man je ein zweites Mitglied unserer Spezies trifft, nennen wir uns alle einfach Voloczin, wenn wir mit anderen Rassen in Kontakt kommen.«

»Und um die Vorstellung abzuschließen«, schaltete sich Scotty wieder ein. »Vol, das ist Commander La Forge, Chefingenieur der *Enterprise*.«

»Der *Enterprise*?« Vol schien beeindruckt zu sein. »*Sovereign*-Klasse, das ist die Erfüllung, was?«

»Bis jetzt gefällt sie mir ausgesprochen gut.«

»Ich würde mich gern mal mit Ihnen darüber unterhalten, wenn Sie ein wenig Zeit haben. Schiffe der *Sovereign*-Klasse sind wahre Schönheiten. Mehr Energie, ein effizienteres Warpfeld, Spulen, die singen ...«

»Ich vermisse sie ohnehin schon genug, vielen Dank.« Geordi lachte leise.

»Das kann ich mir denken.« Vol sah Scotty mit einem großen, wässrigen Auge an. »Dabei fällt mir ein, dass sich diese neuen Spulen, die wir installiert haben, richtig gut machen, aber ich müsste noch die Injektoren neu kalibrieren, da sie mit den Neuankömmlingen noch nicht ganz auf einer Wellenlänge sind, wenn Sie verstehen, was ich meine.«

»Ich werde sie mir persönlich ansehen«, versprach Scotty. »Solange wir hier an der Sternenbasis andocken«, meinte er an La Forge gewandt, »kann ich mich hier unten aufhalten und ein bisschen handfeste Arbeit erledigen. Sie werden sich uns vermutlich gleich anschließen, wenn ich Sie richtig einschätze. Aber zuvor sollten Sie sich auf der Krankenstation melden, um sicherzugehen, dass Ihre Daten alle übertragen wurden, und danach auf die Brücke gehen, um die Ops-Station Ihren Wünschen entsprechend anzupassen. Wir werden erst in einigen Stunden aufbrechen, Sie haben also noch jede Menge Zeit.«

»Das werde ich machen. Vielen Dank.«

Die medizinische Abteilung des Schiffes sah genau so aus, wie La Forge die Krankenstation der *Enterprise-D* in Erinnerung hatte, zumindest was Größe, Anordnung und Ausstattung betraf. Die Biobetten und die medizinische Ausrüstung im Raum waren allerdings neuere Modelle und glichen jenen, die Beverly auf der aktuellen *Enterprise* nutzte.

In der Krankenstation erwarteten ihn neben Tyler Hunt noch zwei vertraute Gesichter, sodass er sich langsam fragte, wo er sich eigentlich aufhielt. Die Mischung aus Vergangenheit und Gegenwart hatte einen zunehmend traumartigen Effekt auf ihn.

Das erste bekannte Gesicht gehörte einem anderen Ingenieur. Er war etwas größer als Geordi, aber von ähnlichem Körperbau, und hatte lichter werdendes, dünnes Haar. Zusammen mit Hunt untersuchte er ein zylindrisches Stasismodul, das etwa so groß war wie eine Reisetasche. »Mit trockener Biomasse dürfte es keine Probleme geben, Commander. Das Material der Ummantelung wird das Stasisfeld nicht beeinflussen.«

»Gute Arbeit, Reg. Wir werden noch ein paar von diesen Dingern brauchen, wenn wir die *Intrepid* erreichen.«

»Reg?« Es war La Forge ein wenig peinlich, dass seine Stimme seine Überraschung nicht verhehlen konnte.

Reg Barclay drehte sich mit ebenso überraschtem und erfreutem Gesicht um. »Commander!«

»Was machen Sie denn hier? Ich dachte, Sie wären mit der *Voyager*-Flotte auf dem Weg in den Delta-Quadranten?«

»So war es auch.« Barclay senkte mit der für ihn typischen Verlegenheit den Blick. »Aber Captain Scott hat sehr viel Einfluss und liebt es, mit Transportern herumzuexperimentieren.« Er erschauderte.

»Das ist eine lange Geschichte«, unterbrach ihn Hunt. »Er hat das Pfadfinder-Projekt angepasst. Captain Scott hat ihn ebenso wie Sie rekrutiert, weil Reg Sie bei wenigstens einer Zeitreise begleitet hat.«

»Dem Flug mit der *Phoenix*.«

»Genau. Daher wissen wir, dass er gut mit der Ausrüstung und den Werkzeugen aus vergangener Zeit umgehen kann. Und das dürfte uns auf der *Intrepid* von Nutzen sein.« La Forge nickte. Das war eine gute Idee, und er freute sich darauf, wieder mit Reg zusammenzuarbeiten. »Das wird für Sie wie in alten Zeiten, was?«, fragte Tyler.

Einen Augenblick lang dachte Geordi über diese alten Zeiten nach. Borg-Invasionen, Holodeckfantasien, künstlich erweiterte Gehirne. Als er Barclays Miene bemerkte, wurde ihm klar, dass dieser dieselben Gedanken gehabt hatte. »Na, hoffentlich nicht ganz so wie in alten Zeiten«, erwiderte er hastig.

»Nein, lieber nicht«, stimmte ihm Barclay heftig nickend zu.

»Projekt Pfadfinder also? Transporterrelaisstationen?«

»Genau, Commander. Nicht gerade angenehm, wie ich finde.«

Eine Frauenstimme, dieselbe, die La Forge zuvor schon durch Hunts Kommunikator gehört hatte, meinte: »Oh, ich glaube, die beiden wissen, was Sie meinen, Tyler. Und ich weiß, wovon sie sprechen.«

Eine zierliche, hübsche Asiatin nahm das Stasismodul und legte es auf ein Biobett, damit es nicht mehr im Weg war. Sie trug einen Kittel, das jahrhundertealte Statussymbol eines Arztes, über ihrer Uniform. »Hallo, Geordi.«

»Hi, Alyssa. Oder sollte ich lieber Schwester Ogawa sagen?«

»Schön wär's. Aber eigentlich wäre ›Doktor Ogawa‹ die korrekte Bezeichnung.«

»Doktor Ogawa ist unser leitender medizinischer Offizier«, erklärte Hunt. »Sie ist vor einiger Zeit von der *Titan* zu uns gestoßen.«

»Doktor Ogawa? Das klingt gut, aber ... Ich dachte, Sie wollten keine Ärztin werden?«

»Schwester Ogawa war völlig in Ordnung für mich, und mehr als Oberschwester wollte ich nie werden, aber ...« Sie zuckte mit den Achseln. »Manchmal nimmt das Leben seltsame Wendungen.«

»Und wie kommt es, dass Sie jetzt die leitende Ärztin auf der *Challenger* sind?«

»Das habe ich vor allem für Noah getan. Für einen Sternenflottenoffizier ist es schön und gut, gefährliche und unbekannte Ecken der Galaxis zu erkunden, aber das ist wirklich nicht der beste Weg, um seinen Sohn aufzuziehen.«

»Aber ein Ingenieurtestschiff schon? Ist das Risiko, in die Luft zu fliegen, auf der *Challenger* nicht weitaus höher als auf der *Titan*?«

»Das kann gut sein, aber wenigstens hat die *Challenger* eine Heimatbasis auf Sternenbasis 410. So kann Noah bei seinen Großeltern leben und auf einem richtigen Planeten in eine richtige Schule gehen, und ich kann dennoch an den meisten Wochenenden nach Hause kommen und ihn besuchen.«

»Das macht sicher einen Unterschied.«

»Einen riesigen. Einen so großen, dass ich in den sauren Apfel gebissen habe und mich von der medizinischen Abteilung der Sternenflotte zur Ärztin habe ausbilden lassen. Seit dem Dominion-Krieg ist die Ausbildung aller medizinischen Fachkräfte, seien es Ärzte oder Krankenschwestern, standardisiert, um Lücken einfacher schließen zu können. Daher hatte ich das Training bereits abgeschlossen, und jetzt glaubt jeder, den ich treffe, dass ich meine gesamte Laufbahn als Krankenschwester bereits dieses Ziel vor Augen gehabt hätte.«

»Nur Leute, die Sie nicht wirklich kennen.«

»Tja, das schließt mit einer Ausnahme von einer Handvoll Personen jeden im Universum ein.«

»Ich bezweifle, dass man Ihnen das vorwerfen wird«, meinte Barclay.

»Nein, es ist nur etwas, womit ich mich häufiger herumschlagen muss. Aber ich vermute, Sie, Geordi, sind hier runtergekommen, um sich entweder die Stasismodule anzusehen oder sich zu erkundigen, ob Ihre medizinische Akte sicher übermittelt worden ist.«

»Letzteres, aber da Sie die Stasismodule erwähnen ... Sind sie für die Überreste der Mannschaft der *Intrepid* gedacht?«

»Ja. Die Sternenflotte hat verlangt, dass alle Überreste geborgen, in einer sterilen Umgebung untergebracht und separiert werden, damit sie zu den Familien der Besatzungsmitglieder überführt werden können. Ich habe weitere Stasisfächer an die Leichenhalle anbauen lassen, in denen genug separate Module für zweihundert Überreste vorhanden sind, sodass wir mehr als genug Platz für die Besatzung der *Intrepid* haben.«

»Das klingt gut.«

»Commander«, mischte sich Barclay ein. »Commanders. Ich muss das Laden der anderen Stasiseinheit überwachen. Würden Sie ...?«

»Sie entschuldigen. Aber natürlich.« Alyssa scheuchte ihn mit einem Lächeln hinaus.

»Und ich muss die Ops einrichten«, meinte Geordi. »Hat mich gefreut, Sie wiederzusehen, Alyssa.«

»Mich auch.«

Als Geordi die Brücke betrat, überkam ihn erneut ein starkes Déjà-vu-Gefühl. Die karamellfarbenen Sitze, das lange, geschwungene Geländer zwischen der Taktikkonsole und den drei Sitzen in der Mitte, der leichte Geruch, der in der Luft hing, und auch alles Weitere. Auf der Brücke hielt sich nur ein Bolianer auf, der eine der Wissenschaftsstationen überwachte, sowie zwei Personen, die an der Taktikkonsole am Geländer standen.

Einer der beiden an der Taktikkonsole war ein kleiner Ferengi mit sehr ernstem Gesicht, der eine gelb abgesetzte Sternenflottenuniform trug, während es sich bei der anderen Person um eine groß gewachsene und athletische Klingonin in einem körperbetonten schwarzen Einteiler mit Silber- und Goldbesatz handelte, die auch perfekt in jede Art von Palastwache gepasst hätte. Sie trug ihr kastanienbraunes Haar nach Klingonenart lang und zu einem Pferdeschwanz gebunden. La Forge fühlte sich stark an Worf erinnert, wenngleich er nicht einmal wusste, ob dieser noch lebende weibliche Verwandte hatte. Vermutlich gehörten die beiden nicht derselben Familie an.

Als Geordi näher kam, blickte der Ferengi auf und nahm Haltung an. »Kann ich Ihnen helfen, Sir?«

»Nein, danke. Ich bin nur hergekommen, um die Ops-Konsole meinen Wünschen entsprechend zu konfigurieren. Ich bin Commander La Forge«, fügte er etwas verspätet hinzu, da ihm einfiel, dass er sich zuerst einmal hätte vorstellen müssen. »Aber das wissen Sie vermutlich längst ... Lieutenant Nog, nicht wahr?«

»Lieutenant *Commander* Nog«, erwiderte der Ferengi. »Sicherheits- und Taktikoffizier der *Challenger.*« Geordi war überrascht. Ein Ferengi gehörte zu der letzten Spezies, die er in der Sicherheitsabteilung eines Föderationsraumschiffs erwartet hätte.

»Und wer ist der Verrückte, der dieses Schiff so wagemutig ins Dock geflogen hat?«

Nog machte ein erschrockenes Gesicht und wollte schon antworten, aber es war zu spät. Die Klingonin wirbelte bei diesen Worten herum. »Ich bin Qat'qa aus dem Haus Qang«, sagte sie mit eisiger Stimme.

Geordi fühlte sich augenblicklich schuldig, da er geglaubt hatte, der Pilot würde sich nicht auf der Brücke aufhalten. »Entschuldigen Sie. Als ich von einem ›Verrückten‹ sprach, wollte ich ...«

Sie lachte schallend. »Sie hatten durchaus recht. Ich bin verrückt, ich habe eine Leidenschaft fürs Fliegen. Aus diesem Grund bin ich so gut darin.«

»Und so gefährlich?« La Forge überlegte, ob er noch katastrophalere Worte hätte wählen können, aber ihm fielen keine ein.

»Eine Klingonin *sollte* gefährlich sein.«

»Nicht für das eigene Schiff.«

»Es bestand keine Gefahr, Commander.« Ihre Stimme und ihr Blick wurden wieder eisig. Die Türen des Turbolifts öffneten sich, und Scotty betrat die Brücke gerade noch rechtzeitig, um die letzten Worte dieses Gesprächs zu hören.

»Wenn Sie die Gefahr nicht einmal bemerken, in die Sie das Schiff bringen ...«

»Geordi«, schaltete sich Scotty schnell ein. »Lassen Sie's gut sein, mein Freund. Sie weiß, was sie tut.«

La Forge schluckte den Rest seiner Zurechtweisung herunter. »Das hoffe ich.«

»Vertrauen Sie in der Hinsicht meinem Urteil?«

»Ich schätze schon.«

»Gut, denn dann werden wir kein Wort mehr darüber verlieren. Wir haben noch viel zu besprechen.«

»Qat'qa trägt keine Uniform, ist sie eine zivile Spezialistin?«

»Ich gehöre nicht der Sternenflotte an«, bestätigte Qat'qa. »Ich wurde von der klingonischen Verteidigungsstreitmacht als Teil eines langfristigen Austauschprogramms hier stationiert.« Sie sah ihn mit großen Augen und unschuldiger Miene an, zumindest für klingonische Verhältnisse. »Ich habe kein Problem damit, unter einem Sternenflottenkommando zu dienen, aber ich vermute, dass mein Großvater aus dem Sto-Vo-Kor zurückkehren und mich beschimpfen würde, sollte ich mich ihr tatsächlich anschließen.«

Scotty nickte zustimmend. »Und der alte Teufel wäre ebenso stolz auf Sie, wie ihn dieser Gedanke abstoßen würde.«

»Das ist allerdings wahr«, gab sie zu.

La Forge beschloss, dass dies ein guter Zeitpunkt wäre, sich aus der Unterhaltung zu verabschieden. Ganz offensichtlich unterhielten sich hier zwei Personen, die einander sehr gut kannten, was wie immer dazu führte, dass er sich wie das fünfte Rad am Wagen fühlte. »Tja, ich kam auf die Brücke, um die Ops-Konsole zu konfigurieren, daher ...«

»Natürlich, Geordi«, entgegnete Scotty. »Wir brechen erst morgen früh auf, Sie können sich also den Rest des Abends freinehmen.«

»Danke, Scotty.«

Zwei Stunden später war La Forge zufrieden mit den Einstellungen der Ops-Konsole, die er an seine Wünsche angepasst hatte. Dabei hatte er nicht nur die operativen Systeme und Sensoren des Schiffes konfiguriert, sondern auch zahlreiche Datenbanken und Archive eingerichtet, die bei der Erforschung eines Schiffes der *NX*-Klasse von Nutzen sein konnten.

Seine Beine brachten ihn wie auf Autopilot zur Tür seines Quartiers, aber zu seiner Überraschung ließ sie sich nicht öffnen. Er drückte die Ruftaste und hörte es im Inneren läuten. »Einen Moment.« Diese Stimme erkannte Geordi sofort. Sie traf ihn wie ein Schlag in die Magengrube, ebenso erschreckend und schmerzhaft – nur dass ein solcher Schlag nicht annähernd so aufregend gewesen wäre wie diese Stimme. Als die Tür geöffnet wurde, trat eine Frau in einem eng anliegenden zivilen Aufzug heraus, der in diversen Grau- und Blauschattierungen gehalten war. Ihr Haar hatte sie in zahlreichen neckischen Knoten hochgesteckt. Leah Brahms zog eine Augenbraue hoch. »Das ging aber schnell. Ich hatte erwartet, Ihnen erst auf der Brücke zu begegnen, oder vielleicht im Maschinenraum oder im Nelson's.«

»Tut mir leid«, brachte La Forge endlich heraus. »Niemand hat mir gesagt, dass Sie ...«

»Ich habe darum gebeten, dass man es Ihnen nicht sagt.« Ein weiterer Schlag in die Magengrube. Hatte sie geglaubt, ihre Anwesenheit würde ihn von seinen Pflichten abhalten, oder dass er versuchen würde, sie irgendwie abzulenken?

»Ich bin nicht mit Absicht hierhergekommen ... Ich muss zugeben, dass ich ein wenig verwirrt bin. Anscheinend ist mein Orientierungssinn nicht ganz auf der Höhe, denn er hat mich offensichtlich zum Quartier des Chefingenieurs anstatt zu ...«

»Ihrem eigenen geführt?«

»Genau. In meinem Kopf ist es wohl noch als Datas Quartier abgespeichert ... Offenbar haben meine Beine geglaubt, ich wäre wieder auf der *Enterprise-D*.«

»Machen Sie sich deswegen keine Sorgen! Ich habe mich irgendwie sogar darauf gefreut, mit Ihnen zu plaudern.«

»Irgendwie?«

»Ich habe mich halb darauf gefreut und halb davor gefürchtet.«

La Forge nickte langsam. »Ich weiß, was Sie meinen.« Genau so fühlte er sich in diesem Moment.

»Das ist nicht gerade der beste Ort, um über alte Zeiten zu plaudern«, merkte sie an. »Vielleicht sollten wir uns im Nelson's treffen.«

»Ich könnte etwas zu essen und einen Drink vertragen«, gab er zu. Der eisige Klumpen in seinem Bauch schien nun langsam Schmetterlinge freizusetzen.

»Ich auch.«

»In einer Stunde?«

Leah behielt ihren frustrierend neutralen Gesichtsausdruck bei. »Ich werde auf Sie warten.«

Das Nelson's lag im vorderen Abschnitt von Deck zehn und hatte etwa dieselbe Größe und Aufteilung wie das alte Zehn Vorne, an das La Forge sich erinnerte, war jedoch etwas anders eingerichtet. An den Wänden hingen 3-D-Bilder und Kunstwerke diverser historischer Ingenieurprojekte, von der Cheops-Pyramide bis hin zu den hochmodernen Raumschiffen der *Vesta*-Klasse. Zu den weiteren ausgestellten Memorabilien gehörten eine Niete von der Forth Bridge, ein Zahnrad der Himmelsbrücke von Vanalis, eine Wandtafel von Zefram Cochranes *Phoenix* sowie zahlreiche andere Meilensteine der Ingenieurgeschichte.

Guinan hatte bereits einen Tisch gedeckt und Getränke bereitgestellt, als Geordi eintraf. Er war sich nicht sicher, ob Leah sie darum gebeten hatte oder ob Guinan einfach irgendwie geahnt hatte, was zu tun war. Sie sah ihn mit breitem Grinsen an, als er näher kam, huschte dann jedoch, ohne ein Wort zu sagen, wieder hinter die Bar. Ihr Blick hatte allerdings Bände gesprochen. Leah saß bereits am Tisch.

»Ich sollte mich vermutlich dafür entschuldigen, dass ich Sie nicht begrüßt habe, als Sie an Bord gekommen sind, aber ich dachte, das wäre ein wenig ...«

»Peinlich?«

»Ungelegen. Sie sind schließlich hier, um zu arbeiten, oder nicht?«

»Ja.« Er war sich nicht sicher, was er als Nächstes sagen sollte, was vor allem daran lag, dass er nicht wusste, was sie hören wollte.

»Sie scheinen mit sich selbst im Unreinen zu sein.«

»Nicht deswegen. Es liegt am Schiff und all den Gesichtern. Nicht nur Sie, auch Reg und Alyssa ...«

»Sie haben viel Zeit auf der *Enterprise-D* verbracht.«

»Und es war eine gute Zeit. Hier zu sein, kommt mir teilweise so vor, als hätte man die Uhr zurückgedreht, und dann auch wieder nicht. Manchmal weiß ich nicht, ob ich einen Schritt vor oder zurück gemacht habe.«

»Es war ein Schritt nach vorn, glauben Sie mir. Auf der *Challenger* geht es nur darum, vorauszuschauen.«

»Ins vorletzte Jahrhundert?«

»Wir besitzen neue Techniken, die wir an der *Intrepid* ausprobieren werden. Archäologische Techniken, forensische Methoden, neue Wege der Daten- und Energiewiederherstellung ...«

La Forge nickte. »Das klingt nach Spaß. Vielleicht hat sich mein Glück ja doch gewendet.«

»Zum Besseren, hoffe ich.«

»Ich bin mir noch nicht sicher. Es fühlt sich ganz und gar nicht gut an, die *Enterprise* zu verlassen, selbst wenn es nur für eine Weile ist. Insbesondere in Anbetracht einiger anderer Dinge, die in letzter Zeit geschehen sind.«

»Die da wären?«

Geordi wollte schon den Mund aufmachen und ihr antworten, überlegte es sich dann aber anders. Sie würde nichts über Tamala hören wollen.

Leah verengte die Augen zu schmalen Schlitzen, als er zögerte. »Dann verraten Sie mir wenigstens ihren Namen.«

»Tamala«, gestand Geordi zögerlich. »Sie wurde vor einigen Wochen auf die *Lexington* versetzt. Gerade als es so aussah, als ob die Sache zwischen uns interessant werden könnte.«

»Tamale?«

»Tamala. Tamala Harstad.«

»Oh.«

»Sie gehörte zum medizinischen Team.«

»War es etwas Ernstes?«

»Es hätte vielleicht was Ernstes werden können, aber ...«

»Aber ... sie wurde versetzt?«

»Nein. Ich meine, ja, aber schon vorher ...«

»Es lief nicht so gut?«

»Das würde ich so nicht sagen, aber ich glaube, dass es über die Zeit ... nicht gehalten hätte.«

Leah nickte. »Das ist Ihr Selbstbild.«

»Mein Selbstbild?«

»Oder vielmehr Ihr völlig verzerrtes Selbstbild. Sie haben nie das Gleichgewicht gefunden zwischen wahrem Selbstbewusstsein und der Angst, den Tag vor dem Abend zu loben.«

»Okay ... Und was soll mir das jetzt sagen?«

»Sie wollten mir gerade erzählen, dass Sie schon jetzt davon überzeugt sind, Ihre Beziehung hätte keinen Bestand. Wenn Sie Angst hatten, dass Tamala - Dr. Harstad - das Interesse an Ihnen verliert ...«

»Nein, so habe ich das ganz und gar nicht gemeint. Eigentlich glaube ich eher, die Tatsache, dass erst sie versetzt wurde und ich nun auch die *Enterprise* verlassen habe ... dass das für beide Seiten das Beste war.«

Leah runzelte die Stirn. »Augenblick mal ... Wollen Sie damit sagen, dass Sie das Interesse an ihr verloren hätten?«

»Nicht so ganz. Wir hätten miteinander glücklich werden können, da wir gut zusammengepasst haben. Es ist nur so, dass ich immer im Hinterkopf hatte, dass ...«

»Dass ...? Kommen Sie, Geordi, wo genau lag das Problem? Was war sie nicht?«

»Sie war nicht Leah Brahms.«

»Oh.« Erneut setzte sie die Maske auf, hinter der sie ihre wahren Gefühle verbarg.

»Ja.« Eigentlich hatte er ihr das nicht so unverblümt sagen wollen.

»Tja, das beweist dann wohl eins.«

»Ja.« Geordi seufzte. »Es beweist, dass Sie recht hatten. Ich kann das Gleichgewicht zwischen meinem Selbstbewusstsein und ... Ach, ist ja auch egal. Tut mir leid.«

»Was? Ich wollte vielmehr sagen, dass es Ihre Bindungsfähigkeit beweist. Oder Ihre trotzige Weigerung, den Dingen ins Auge zu sehen.«

»Warum sagen wir nicht einfach, es war ein Kompliment?« Er hob sein Glas. »Auf Doktor Brahms.«

Sie prostete ihm ebenfalls zu. »Auf die *Intrepid.* Und die Mission zu ihrer Wiederbelebung.«

»Darauf trinke ich«, stimmte ihr Geordi zu.

KAPITEL 5

Es kam La Forge seltsam vor, an der Ops-Konsole zu sitzen und auf den Hauptschirm der *Challenger* zu blicken. Als er zur Mannschaft der *Enterprise* gestoßen war, hatte er die Position eines Steuermanns übernommen, obwohl er sich auch damals schon als Raumschiffingenieur ausgezeichnet hatte. Zu dieser Zeit war eben kein anderer Posten verfügbar gewesen, er wollte aber unbedingt auf der *Enterprise* eingesetzt werden.

Und nun saß er wieder hier, auf einem Schiff der *Galaxy*-Klasse, und hatte das Gefühl, die Vergangenheit hätte ihn eingeholt. Der einzige Unterschied war, dass er jetzt auf der linken anstatt der rechten Seite saß. Vielleicht hielt ihm die Vergangenheit auch gewissermaßen einen Spiegel vor.

Eine Nachricht erschien auf seiner Konsole, und er drehte sich zu den Sitzen in der Mitte um. Scotty hatte auf dem Stuhl des Captains Platz genommen, Hunt und Dr. Brahms saßen links und rechts neben ihm. »Die *Agamemnon* bewegt sich in Formation mit uns.«

Scotty blickte auf. »Das wurde aber auch Zeit. Kat, bringen Sie uns aus dem Warp. Transporterraum, sind Sie bereit, unser letztes Teammitglied an Bord zu holen?«

»Bereit«, antwortete eine Frauenstimme.

»Geordi, Leah, würden Sie mich in Transporterraum eins begleiten, um unseren neuesten Gast zu begrüßen? Mr. Hunt, Sie haben die Brücke.«

La Forge und Brahms standen sofort auf und gingen zusammen mit Scotty zum Turbolift. Geordi fragte sich, wen die *Agamemnon* zu ihnen gebracht hatte und welches Spezialgebiet diese Person bediente. Ein wenig hoffte er ja, dass es sich dabei um Miles O'Brien handelte, den besten praktischen Ingenieur, der ihm neben Scotty einfallen wollte.

Im Turbolift musterte Scotty seine beiden Offiziere. »Guinan hat mir erzählt, dass Sie beide sich im Nelson's über alte Zeiten unterhalten haben.«

»Ich habe an Bord einige bekannte Gesichter gesehen«, erwiderte La Forge. »Es ist schön, sich mit Freunden zu unterhalten, die man eine Weile nicht gesehen hat.«

Scotty nickte und setzte eine gespielt ernste Miene auf. »Das höre ich gern. Eine Mannschaft muss wie eine Familie sein, wenn Sie verstehen, was ich meine. Zumindest ist es bei den besten Raumschiffbesatzungen so.«

Die Türen des Turbolifts öffneten sich, und sie gingen den kurzen Weg bis zum Transporterraum. Ein weiblicher Chief mittlerer Größe mit grauen Strähnen im Haar erwartete sie an der Konsole. »Hat uns die *Agamemnon* schon ihre Transporterbereitschaft signalisiert, Carolan?«, fragte Scotty.

»Ja, gerade eben.«

»Dann legen Sie mal los. Energie.«

Carolan bediente rasch die Steuerung, und eine Gestalt nahm auf dem leuchtenden Transporterfeld schimmernd Form an. Der Neuankömmling war groß und schlank, hatte ein breites, eckiges Gesicht und eine graue, sehr kurze Igelfrisur. Er trug locker sitzende Kleidung und hatte einen eher irritierenden selbstgefälligen Gesichtsausdruck.

La Forge war schockiert. »Rasmussen? Berlinghoff Rasmussen gehört dem Team an?«

Brahms nickte und schien sich über seine Reaktion zu wundern. »Ja, kennen Sie ... Oh, natürlich kennen Sie ihn, er wurde ja von der *Enterprise* ergriffen, nicht wahr?«

»›Ergriffen‹ ist meiner Ansicht nach nicht das richtige Wort. ›Auf frischer Tat ertappt‹ passt da schon besser.«

Rasmussen trat von der Plattform herunter, schüttelte Scotty die Hand und erblickte dann Geordi. »Moment mal, Sie kenn ich doch! Lieutenant La Forge.«

»Inzwischen bin ich Commander La Forge.«

»Ah, entschuldigen Sie. Ich wollte Sie nicht degradieren.«

La Forge tippte auf die Abzeichen an seinem Kragen. »Drei Punkte, Rasmussen. Ich weiß nicht, wie die Abzeichen eines Commanders zu Ihrer Zeit ausgesehen haben, aber ...«

»Eigentlich genauso, nur dass sie eher ...«, er tippte sich auf die rechte Brustseite direkt unter dem Schlüsselbein, »... hier waren.«

»Ich muss mich für diese Begrüßung entschuldigen«, unterbrach sie Leah. »Commander La Forge ist ...«

»Ach, das geht schon in Ordnung, Doktor Brahms«, erwiderte Rasmussen mit glückseligem und beinahe zerknirschtem Grinsen. »Die Reaktion des Commanders ist völlig nachvollziehbar, wenn man die Umstände bedenkt. Ich bezweifle, dass sich irgendeiner seiner Mannschaftskameraden von der *Enterprise* freuen würde, mich wiederzusehen. Vermutlich ganz im Gegenteil.«

»Sie haben einen bleibenden Eindruck hinterlassen«, meinte Geordi spitz.

»Einen unglücklichen und unangenehmen, das ist mir klar. Ich bedauere das und möchte mich aufrichtig dafür entschuldigen. Ich weiß, dass keine der Personen, die ich zu bestehlen versucht habe, mich gerne wiedersehen möchte. Tja, abgesehen von Mr. Data natürlich, der zu solchen Emotionen nicht fähig ist. Er würde es möglicherweise sogar verstehen.«

»Das bezweifle ich.«

»Wirklich? Er schien mir sehr ...«

»Data ist tot.« Geordi merkte erst, nachdem ihm die Worte über die Lippen gekommen waren, dass er nicht einmal überlegt hatte, ob er »tot« oder »deaktiviert« sagen sollte.

»Tot?« Rasmussen sah ehrlich überrascht aus. Noch unerwarteter war, dass ihn diese Neuigkeit tatsächlich zu betrüben schien. Das Lächeln verschwand von seinen Lippen. »Tut mir leid, das zu hören. Er war eine unglaubliche ...«

»Handelsware?«

»Schöpfung.« Einen Moment lang schien Rasmussen nicht zu wissen, was er sagen wollte. »Er war eine unglaubliche Schöpfung.«

Dagegen konnte selbst Geordi nichts einwenden.

Rasmussen nahm Geordi La Forge sein unfreundliches Benehmen nicht übel. Seine Reaktion auf das Angebot, in der Lounge des Schiffes etwas zu trinken, war entschieden mehr als nur unfreundlich, aber selbst das konnte ihm Rasmussen nicht verdenken. Schließlich hatte er versucht, ihn und seine Schiffskameraden zu bestehlen und seinen Freund zu entführen.

Wenn ich zur Besatzung der Enterprise *gehört hätte*, dachte Rasmussen, *dann hätte ich mich vermutlich auf der Stelle erschlagen.* Er hoffte nur, dass La Forge nicht einfiel, das noch nachträglich zu tun, und auch keinem anderen, der damals auf der *Enterprise* gewesen war.

Damals. Dieser Ausdruck war eigentlich blanke Ironie. Selbst dieses »Damals« lag zweihundert Jahre in seiner eigenen Zukunft.

Er sah sich in der Kabine um, die man ihm zugeteilt hatte, und erinnerte sich dunkel an seinen Besuch auf der *Enterprise* vor beinahe fünfzehn Jahren. Wahrscheinlich unterschied sich seine jetzige Unterbringung von der damaligen, selbst wenn die Schiffe derselben Klasse angehörten, aber er kannte sich nicht gut genug aus, um die Unterschiede zu bemerken. Der Unterschied zwischen seiner jetzigen Umgebung und der Strafkolonie in Neuseeland war dafür umso auffälliger.

Wenn er genauer darüber nachdachte, musste er feststellen, dass er in der Strafkolonie ein größeres Zimmer gehabt hatte, mit Terrasse. Doch er vermutete, dass der Raum nur deswegen so groß gewesen war, um der endlosen Parade aus Historikern und Personen, die ihn wie einen wieder auferstandenen Neandertaler anstarren wollten, Platz zu bieten. Man hatte ihn zwar nicht schlecht behandelt, aber er hatte stets gewusst, dass er nur eine Attraktion war, wie ein Tier im Zoo.

Seine Gefangenschaft war dadurch erleichtert worden, dass einige der Historikerinnen durchaus gut aussehend waren. Er konnte dem vierundzwanzigsten Jahrhundert nicht vorwerfen, keine hübschen Frauen hervorzubringen. Sie gehörten zu dem wenigen, das ihn derzeit nicht deprimierte.

Als er erstmals in dieses Jahrhundert gekommen war, hatte er es für magisch und voller Wunder gehalten. Er hatte geglaubt, er könnte fortschrittliche Technologie mit zurücknehmen, um sie neu zu »erfinden« und andere damit zu beeindrucken. Nachdem er nun schon seit so vielen Jahren größtenteils replizierte Nahrung zu sich nahm, wünschte er sich langsam, nie von diesem Gerät gehört zu haben. Außerdem war er erstaunt, dass man noch immer Transporter verwendete, trotz all der Schauergeschichten, die die Presse nach deren Erfindung in den 2150er-Jahren veröffentlicht hatte.

Der Reiz des Neuen hatte sich abgenutzt, aber das war noch nicht einmal das Schlimmste. Das Schlimmste war, dass er nicht ein Wort der technischen Zeitschriften verstand, die er abonniert hatte, obwohl er Wissenschaftler und Ingenieur war. Einige Schulkinder, denen er begegnet war, hatten mehr über Warptechnologie gewusst als er, und ihm war klar geworden, dass er diesen Vorsprung nie würde aufholen können.

Dann hatte er das Angebot bekommen, sich an dieser Mission zu beteiligen, und sofort gewusst, dass das seine Bestimmung war. Ein Schiff aus seiner Zeit. Ein Schiff und eine Technologie, die er kannte und verstehen konnte. Wie hätte er die Gelegenheit ausschlagen können, sich wieder nützlich zu machen?

Wie hätte er die Chance nicht nutzen können, weitere hinreißende Damen der Sternenflotte kennenzulernen?

Als Nog am Ende seiner Schicht die Brücke verließ, lief ihm Tyler Hunt nach und holte ihn am Turbolift ein. »Warten Sie, Nog!«

Nog stellte ein Bein zwischen die Türen, um zu verhindern, dass sie sich schlossen. Es war sein schwereres Bein, die biosynthetische Prothese, die er seit der Schlacht von AR-558 während des Dominion-Krieges tragen musste. »Was kann ich für Sie tun, Commander?«

Als sich die Türen geschlossen hatten, rief Hunt: »Fahrstuhl anhalten.« Dann drehte er sich zu Nog um. »Dieser Rasmussen macht mir Sorgen.«

»Mir auch. Er erinnert mich an die Leute, mit denen mein Onkel immer Geschäfte gemacht hat.«

»Dann wissen Sie ja, was ich meine. Er ist kein Mann, der einmal einen Fehler gemacht und daraus gelernt hat. Das liegt ihm im Blut, wissen Sie?«

Nog verstand, worauf Hunt hinauswollte. »Ich denke schon. Ich habe schon einige Männer wie ihn kennengelernt, bevor ich mich der Sternenflotte angeschlossen habe.«

Hunt legte den Kopf schief. »Wenn ich in meiner Jugend mit solchen Leuten zu tun gehabt hätte, dann hätte ich den Dienst bei der Sternenflotte wohl als ruhiges Leben angesehen.«

»Also sind Sie nicht wegen des ›ruhigen Lebens‹ zur Sternenflotte gegangen?«

»Nein. Eigentlich wollte ich die Galaxis erkunden. Zu einer Familie gehören, gewissermaßen.«

»Was ist mit Ihrer eigenen Familie?«

»Ich bin Waise.«

»Oh. Das tut mir leid.« Für einen Ferengi war die Familie das Wichtigste. Wenn man keine Familie hatte, wer brachte einem dann bei, zu verhandeln und Geschäfte zu machen? Die Ausbeutung begann schließlich bereits zu Hause. »Ich frage mich, ob der Captain einverstanden wäre, wenn ich ihm eine Wache an die Seite stelle«, kam Nog wieder auf Rasmussen zu sprechen.

»Irgendwie bezweifle ich das. Unschuldig, bis seine Schuld bewiesen wurde, lautet seine Devise.«

»Fahrstuhl wieder aktivieren. Deck zehn.«

»Zum Nelson's?«, wollte Tyler wissen.

»Wohin sonst?«

»Gute Idee. Hören Sie sich mal um. Zu schade, dass ich noch im Dienst bin.«

Nog stieg nicht weit vom Nelson's entfernt aus dem Turbolift, während Hunt wieder zur Brücke fuhr. Obwohl es in der Bar recht voll war, galt die Regel, dass die Führungsoffiziere immer einen Platz bekamen. Nog hielt auf einen Tisch an einem der Fenster zu, wo bereits Commander La Forge, Qat'qa und Barclay saßen. Qat'qa sah Nog und winkte ihn herbei, dann flüsterte sie dem rangniedrigeren Offizier neben sich etwas ins Ohr.

Dieser sprang auf und rutschte vom Stuhl, um in der Menge zu verschwinden. »Wir haben Ihnen einen Platz frei gehalten«, meinte Qat'qa.

»Vielen Dank.«

»Wenn Sie Ingenieurwesen studiert haben, wieso sind Sie dann jetzt Sicherheitschef?«, wollte Qat'qa wissen.

Nog setzte sich. »Das war die einzige Position, die noch frei war. Ich hatte während des Dominion-Kriegs verschiedene Aufgaben auf Deep Space 9; später wurde ich Chefingenieur der Station. Wenn der Posten des Chefingenieurs auf der *Challenger* frei wird, werde ich mich darum bewerben.«

La Forge verstand. »So läuft es häufig auf Schiffen der Sternenflotte«, erklärte er Qat'qa. »Als ich auf die *Enterprise* kam, war ich Steuermann, weil ich für diesen Posten empfohlen worden war. Nach einem Jahr wurde dann die Position des Chefingenieurs frei.«

»Warum wollten Sie überhaupt Ingenieur der Sternenflotte werden?«, wollte die Klingonin nun von Nog wissen.

»Das sind eigentlich zwei verschiedene Fragen«, erwiderte dieser.

»Ach ja?«

»Zur Sternenflotte gehen wollte ich wegen der Offiziere, die ich auf

DS9 kennengelernt habe, vor allem Chief O'Brien und Captain Sisko. Als ich sah, was sie bewirkten und wie sie zusammenarbeiteten, zum Wohle der Allgemeinheit ... Das wollte ich auch tun. Das ist eine Art Projekt von mir, und es fühlt sich gut an. Und was den Ingenieur betrifft ... Dafür hatte ich schon immer ein Talent, genau wie mein Dad.«

»Ihr Vater ist Ingenieur?«

»Das war er.«

»Er war? Oh, er ist doch nicht ...«

»Nein, nein ... So habe ich das nicht gemeint. Er war Ingenieur auf Deep Space 9. Heute ist er ...« Nog sah ein wenig peinlich berührt aus. »Nun ja, er hat den Beruf gewechselt und arbeitet jetzt nicht mehr als Ingenieur.«

»Oh. Verstehe.«

»Das ist eine Schande, weil er verdammt gut darin war. Er wurde nie richtig ausgebildet, sondern hat sich alles selbst angeeignet. Aber er besaß ein Naturtalent, einen Instinkt.«

»Angeborene Talente sind etwas, das man pflegen sollte«, verkündete Qat'qa.

»Auf jeden Fall.«

»Warum hat er seinen Beruf aufgegeben?«

»Die Umstände haben sich geändert. Das ist eine lange Geschichte.«

KAPITEL 6

Als die *Challenger* in den Agni-Sternhaufen flog, schob Tyler Hunt eine Doppelschicht, um sicherzustellen, dass jede Abteilung bereit für die Aufgabe war, die sie bei der Bergung der *Intrepid* zu erfüllen hatte. Außerdem wollte er dafür sorgen, dass die Abteilungen, die nicht daran beteiligt waren, hinsichtlich ihrer eigenen Projekte nicht nachlässig wurden. Die meisten Leute wären angespannt, wenn sie so lange am Stück arbeiten müssten, aber Hunt blühte dabei regelrecht auf.

Scotty schloss zu ihm auf, und Hunt wurde etwas langsamer, um sich dem Tempo des älteren Mannes anzupassen. »Captain.«

»Was gibt es, Tyler?«

»Ich habe einen Zeitplan für die Außenteams auf der *Intrepid* erstellt.« Er reichte Scotty ein Padd mit den Einzelheiten. »Die Sternenflotte hat klargemacht, dass wir erst die Überreste der Besatzung bergen sollen, bevor wir mit den anderen Arbeiten beginnen.«

Scotty nickte zustimmend. »Das ist auch richtig so.«

»Ich bin ganz der Meinung, dass wir mit Bedacht und respektvoll vorgehen sollten.« Hunt war erleichtert. »Tatsächlich war ich ein wenig besorgt, dass Sie es kaum erwarten können.«

»Keine Sorge, Mr. Hunt. Gerade ich habe allen Grund, die Vergangenheit zu respektieren.«

»Aye, Sir. Tut mir leid, aus dem Blickwinkel hatte ich es nicht gesehen.«

»Und, wie sieht Ihr Zeitplan aus?«

»Doktor Ogawa hat ein medizinisches Forensikteam zusammengestellt, das die Überreste der Mannschaft bergen und zurück zur

Challenger bringen soll, wo sie den einzelnen Individuen zugeordnet werden. Barclay und ich haben die Stasiseinheiten und die Separationsmodule überprüft, und sie sind bestens für diese Aufgabe geeignet. Sternenbasis 410 hat ausgezeichnete Arbeit geleistet.«

»Hätten Sie von Q'Hap etwas anderes erwartet? Berufen Sie für zwölf Uhr ein Treffen der Führungsoffiziere im Besprechungsraum ein. Ich möchte den Status der *Intrepid* noch einmal durchgehen, bevor wir dort eintreffen.«

»Aye, Sir.«

Scotty liebte es, sich bei jeder sich bietenden Gelegenheit im Maschinenraum aufzuhalten, aber das ließ sich in letzter Zeit leider nur selten einrichten. Seine vielen Pflichten als Captain hielten ihn davon ab, so häufig dorthin zu gehen, wie er es gern getan hätte.

Da das Schiff auch von der Hauptsystemkontrolle im Maschinenraum aus gesteuert werden konnte, war er versucht gewesen, alles dorthin zu verlegen, als er das Kommando über das Schiff übernommen hatte. Damals auf der alten *Enterprise* unter Jim Kirk war er in der Lage gewesen, den Zustand des Schiffes anhand der Vibration der Abdeckplatten einzuschätzen. Auf einem *Galaxy*-Schiff ging das nicht mehr, aber er konnte anhand der Geräusche des Warpkerns erkennen, wie gut es dem Antrieb ging, so, wie ein Arzt den Herzschlag eines Patienten abhörte, wenn er keinen medizinischen Trikorder zur Hand hatte.

Wenigstens konnte er an der Maschinenkontrolle der Brücke sitzen und alles von dort aus im Auge behalten. Er war zufrieden mit dem, was er sah, und wusste, dass Vol ihm alle Ehre machte. Ein Chronometer auf dem Bildschirm klingelte, um ihn daran zu erinnern, dass es Zeit für die Besprechung war.

Scotty ließ sich auf dem Stuhl am Kopfende des langen Tisches im Besprechungsraum nieder. Seiner Meinung nach war dies der bequemste Stuhl in allen Arbeitsräumen des Schiffes. Vielleicht war er nicht ganz so bequem wie sein Lieblingssessel in seinem Quartier, aber er war auf jeden Fall deutlich besser für seinen Rücken als der Kommandosessel auf der Brücke.

Er musterte die Personen, die nach und nach im Besprechungsraum eintrafen und sich an den Tisch setzten. Zu seiner Linken saßen vor einer Reihe von Modellen der Schiffe, die früher den Namen *Challenger* getragen hatten, Tyler Hunt, Nog und Ogawa. Vor den geschwungenen Fenstern zu seiner Rechten, durch die man die orangefarbene Sonne des Systems erkennen konnte, hatten Leah, Geordi, Barclay und Qat'qa Platz genommen. Vol saß am anderen Tischende.

»Mr. La Forge«, begann Scotty, »Sie waren schon auf der *Intrepid.* Wie würden Sie den Zustand des Schiffes beschreiben?«

»Die Hülle ist mehr oder weniger intakt und weist bloß wenige Löcher auf. Das Innere sieht so aus wie an dem Tag, an dem sie verschwunden ist. Das Problem, das eine normale Bergung unmöglich macht, ist, dass die Struktur des Schiffes physikalisch gesehen mehrere Tausend Jahre alt ist und nicht nur mehrere Hundert.«

»Das ist unmöglich«, protestierte Barclay. »Es sei denn, jemand hat schon vor uns Schiffe der *NX*-Klasse gebaut.«

Alyssa Ogawa schüttelte den Kopf und gab etwas in das Padd ein, das vor ihr auf dem Tisch lag. »Ich habe hier Doktor Crushers Bericht. Die DNA-Analyse der organischen Materie, die die Oberflächen im Schiffsinneren bedeckt, passt zu den medizinischen Akten der Besatzungsmitglieder. Es ist definitiv die *Intrepid*, die 2161 verschwunden ist.«

»Könnte sie durch die Zeit zurückgereist sein?«, wollte Vol wissen. »Etwas Derartiges ist doch auch mit der *Columbia* passiert.«

Hunt zuckte mit den Schultern. »Möglich wäre es, aber dann hätte man sie doch schon früher finden müssen.«

»Der Weltraum ist ziemlich groß, und das Schiff ist verdammt klein. Es war purer Zufall, dass die *Enterprise* es entdeckt hat«, rief ihnen La Forge ins Gedächtnis.

»Aye, das stimmt«, meinte Scotty. »Aber Leah und ich haben uns darüber unterhalten, und wir haben einige Zahlenspiele durchgerechnet.« Er berührte eine in die Tischplatte eingelassene Steuerung, und eine holografische Anzeige erschien über der Tischmitte in der Luft. Darauf war die übliche Darstellung eines Gravitationsschachts zu sehen: ein Gewicht, das in der Mitte einer Gummiunterlage liegt und diese nach unten zieht. »Jeder weiß, dass die Zeit am Boden eines Gravitationsschachts langsamer verläuft.«

Alyssa nickte. »In der Sternenflottenmedizin wird dieser Effekt gelegentlich genutzt, wenn man nicht auf ein Stasisfeld zurückgreifen kann. Wenn der Patient einige Stunden innerhalb eines geeigneten Gravitationsschachts verbringt, gewinnen seine Ärzte Wochen, wenn nicht gar Monate, um seine Behandlung vorzubereiten.«

Leah meldete sich ebenfalls zu Wort. »Genau, und was die *Intrepid* erlebt hat, ist genau das Gegenteil dieses Effekts.«

»Die Schwerkraft kann nicht weniger als null betragen«, merkte Nog an. »Das, was wir eine negative Gravitation nennen, ist eigentlich nur Schwerkraft, die in eine andere Richtung wirkt. Wie kann sie derart ins Negative gehen, um solche Auswirkungen zu haben?«

Scotty beugte sich vor. »Im normalen Raum ist das nicht möglich.«

»Ich spüre, dass da noch ein ›Aber‹ kommt«, meinte Hunt.

»Aber ... in einigen Quanten-Slipstream-Experimenten haben wir festgestellt, dass Slipstream-Matrizen, die im Subraum auf einen Gravitationsschacht treffen, manchmal das Gegenteil davon erzeugen, sozusagen sein Spiegelbild.«

»Eine Gravitationsspitze?«, fragte Barclay.

»Genau. Wir haben das Phänomen Subraumgravitationsspitze genannt.« Leah beugte sich vor und passte das Hologramm an. Das geisterhafte Bild bewegte sich und streckte sich als Spiegelversion des Gravitationsschachts nach oben. »Ein Objekt am oberen Ende dieser Gravitationsspitze durchlebt eine *beschleunigte* Zeit.«

»Im Fall der *Intrepid* wären das zwei Jahrtausende ...« La Forge nickte; offensichtlich hatte er es begriffen.

»Genau«, bestätigte Brahms. »Und wenn wir einen Kurs berechnen zwischen der Position, an der sie verschwunden ist, und der, wo sie später wieder auftauchte, dann werden wir irgendwo einen größeren Gravitationsschacht finden, der vermutlich näher an ihrem Ausgangspunkt liegt. Aber das ist nicht das eigentliche Mysterium. Dieser Effekt wurde während der Entwicklung des Slipstream-Antriebs entdeckt. Und dennoch ist genau das mit der *Intrepid* schon vor zweihundert Jahren passiert.«

La Forge erstarrte, und seine Gesichtszüge waren wie versteinert. »Es gab im zweiundzwanzigsten Jahrhundert keine Experimente mit Slipstream-Antrieben.«

Scotty knurrte. »Nicht von irgendwelchen bekannten Spezies aus dem Alpha-Quadranten. Keine von ihnen besaß damals die dafür erforderliche Technologie ...«, sagte er und machte dann eine dramatische Pause. »... soweit wir wissen.«

»Aber es gibt viele Spezies, über die wir kaum etwas wissen ...«

»Sie treffen den Nagel auf den Kopf, Geordi. Genau das ist es, was die Sternenflotte interessiert, und aus diesem Grund hat sie die *Challenger* losgeschickt.« Scotty räusperte sich. »Wo ist die *Intrepid* ursprünglich verschwunden?«

»In der Nähe des Sternensystems G-231«, berichtete Qat'qa.

»Das ist ziemlich weit von hier entfernt«, stellte Hunt fest.

»Etwa vierhundert Lichtjahre.« Leah tippte auf eine Stelle in der Anzeige, die gehorsam aufblitzte. »Das habe ich mir gedacht. Auf der anderen Seite des Schwarzen Lochs in der Bolus-Ausdehnung, die nur etwa sechs Parsec von G-231 entfernt ist.«

»Sie hätte nie so weit treiben können«, beharrte Hunt, »selbst in zweitausend Jahren nicht. Es würde Millionen von Jahren dauern, bis ein Objekt auch nur einen winzigen Bruchteil dieser Distanz getrieben wäre.«

»Das sehe ich genauso«, meinte La Forge. »Aber es ist irgendwie passiert, und ich würde gern wissen, wie.«

»Und was war danach?«, wollte Nog wissen. »Sind Sie etwa der Meinung, die *Intrepid* hätte es irgendwie durch das Schwarze Loch und auf der anderen Seite wieder heraus geschafft? Das ist doch verrückt.«

»Allein die Existenz dieses Schiffes ist verrückt«, entgegnete Vol. »Die Schwerkraft, die darauf einwirkte, hätte es auseinanderreißen müssen.«

»Vielleicht hat die Sternenflotte damals robustere Materialien verwendet«, wandte Qat'qa ein.

»Nein«, entgegnete Scotty, »das hat sie nicht. Die *NX*-Klasse war längst nicht mehr im Einsatz, als ich Chefingenieur auf der *Enterprise* wurde, doch wir hatten noch alle Baupläne in der Datenbank.«

»Die haben wir auch heute noch«, rief ihm Leah ins Gedächtnis.

»Aye, aber damals haben wir ab und zu mal einen Blick auf die alten Dateien geworfen. Schließlich gab es noch genug Schiffe aus dieser Zeit, denen wir begegnen konnten.«

»Das ist heute anders«, erkannte Barclay.

»Schiffe aus dem zweiundzwanzigsten Jahrhundert gibt es heute nicht mehr, aber die Sternenflotte hat bis vor einem Jahrzehnt noch die alten Schiffe der *Miranda*- und *Oberth*-Klasse eingesetzt, und die stammten aus meiner Zeit. Und die *Hood* ist sogar noch im aktiven Dienst, oder nicht?«, fragte Scotty.

»Ja. Außerdem können Privatleute Schiffe jeden Alters benutzen, solange sie deren Weltraumtauglichkeit nachweisen können«, meinte Vol.

Barclay nickte. »Auch die Klingonen benutzen noch immer den Bird-of-Prey der *B'rel*-Klasse, und auch einige *K't'ingas* sollen noch unterwegs sein.«

La Forge lehnte sich zurück und betrachtete das Hologramm. »Die *Intrepid* kann nicht durch ein Schwarzes Loch geflogen sein. Es ist physikalisch nicht möglich, den Sturz in eine solche Singularität zu überleben ...«

»Es sei denn, es ist ein rotierendes Schwarzes Loch«, schlug Barclay vor, »und es ist ihnen irgendwie gelungen, in den Orbit der Singularität zu gelangen und sich wieder hinausschleudern zu lassen.«

»Das ist unmöglich«, widersprach Leah.

»So etwas Ähnliches ist schon passiert«, wandte La Forge ein.

»Aye«, stimmte Scotty grinsend zu. »Die alte *Enterprise*, auf der ich gedient habe, hat zwei Schleudertouren um einen Schwarzen Stern überlebt, aber das war nur die Typ-3-Singularität der Warlock-Raumstation und nichts mit der Gravitationskraft eines echten Schwarzen Lochs.«

»Aber wenn ihr Orbit weit genug davon entfernt war?«, wandte Barclay ein.

»Auch das kann nicht sein. Sie vergessen die großen Unterschiede zwischen der *Constitution*-Klasse und der *NX*-Klasse: Erstens hätten die Materialien der *Intrepid* die Torsionsspannung nicht überstanden, und außerdem wäre Warp fünf nicht schnell genug, um so etwas zu bewerkstelligen. Zweitens, und das ist der wichtigere Punkt, war die Besatzung der *Enterprise* lebendig und auf ihrem Posten, während die der *Intrepid* längst tot gewesen sein muss.«

»Wissen wir das mit Sicherheit?«, hakte Qat'qa nach.

»Genau das wollen meine Forensiker herausfinden«, schaltete sich Ogawa ein. »Die Wände werden uns die Antwort geben.«

»Ich sehe ein, dass die Besatzung aufgrund des Versagens der Trägheitsdämpfer augenblicklich ums Leben gekommen sein muss, aber es ist doch durchaus möglich, dass dieses Versagen durch den Schleudereffekt überhaupt erst aufgetreten ist. Sie haben gerade gesagt, Sir«, meinte Barclay, »dass die *Intrepid* die Belastungen eines derartigen Manövers nicht überstanden hätte. Nun, sie ist ja auch beschädigt, nicht wahr?«

»Ich habe nicht gesagt, dass ihre Systeme die Belastung nicht ausgehalten hätten, Mr. Barclay, sondern dass die Materialien, aus denen sie gebaut wurden, das nicht überdauert hätten. Ihre gesamte Hülle wäre zersplittert wie eine Eierschale in einem Mixer. Nein, die *Intrepid* ist nicht durch ein Schwarzes Loch geflogen.« Scotty hielt kurz inne und dachte über den Zustand des Schiffes nach, das sie bald betreten würden. Es war alt und gebrechlich, aber vielleicht konnte man es immer noch reparieren und wieder zum Laufen bringen. *Klingt ganz nach mir*, dachte er amüsiert. »Okay, sobald wir eintreffen, soll das Ingenieurteam nach Hinweisen darauf suchen, dass das Schiff auf eine Umkehr der Gravitation oder ein Slipstream-Feld gestoßen ist. Das ist schon mal ein guter Ansatzpunkt, daher überlasse ich den Rest Ihnen.« Er stand auf. »Ich werde versuchen, ob wir einen Blick auf G-231 werfen können, wo wir schon mal dabei sind.«

Sie alle verließen den Besprechungsraum, und La Forge ging zusammen mit Qat'qa zurück auf die Brücke. »Ich frage mich, ob es mit der heutigen Technologie wirklich unmöglich wäre, einen Schleuderflug durch ein Schwarzes Loch zu überleben«, sagte die klingonische Pilotin nachdenklich.

»Ich möchte das lieber nicht am eigenen Leib erfahren, wenn's recht ist«, kommentierte Barclay, der an ihnen vorbeiging und im Turbolift verschwand.

»Mir ist die Funktionsweise dieses Schleudereffekts bekannt«, fuhr Qat'qa fort, »und ich habe gelesen, wie er in der Vergangenheit eingesetzt wurde. Es kam selten vor, war aber immer sehr effektiv.«

»Wie selten?«, fragte La Forge, während sie zu ihren Stationen gingen.

»Captain Scott hat den Vorgang vielleicht ein halbes Dutzend Mal überlebt. Ich glaube, das ist immer noch der Rekord.« Ihre Augen nahmen einen sehnsüchtigen Ausdruck an. »Ich habe im Reich viele Flugrekorde geschrieben, aber so einer fehlt mir bisher noch.«

»Und Sie würden es gern versuchen?«

»Oder etwas von ähnlicher Reichweite. Ein schwer zu erringender Erfolg ist eine Herausforderung, und an Herausforderungen bin ich stets gewachsen.«

»Freut mich, das zu hören ... glaube ich.« Als La Forge mit einem Auge die Statusanzeige der Ops-Station musterte, tippte ihm Scotty auf die Schulter und deutete auf den Bereitschaftsraum. Geordi folgte ihm, und Scotty setzte sich hinter seinen Schreibtisch.

Amüsiert stellte La Forge fest, dass bei Scotty an der Stelle, an der Picard ein Aquarium ausgestellt hatte, ein Schild und einige Claymores hingen.

»Machen Sie sich wegen Qat'qa keine Sorgen«, meinte Scotty. »Sie ist ambitioniert, dickköpfig und, nun ja, Sie wissen ja, wie Klingonen sind, wenn es um eine Herausforderung geht. Aber sie ist nicht dumm, und ganz bestimmt ist sie nicht verrückt.«

»Ich habe gesehen, wie sie fliegt«, erwiderte Geordi in einem Tonfall, der andeutete, dass er sich da nicht so sicher war.

»Man wird nicht zur am höchsten ausgezeichneten Pilotin des Reiches, wenn man dumm oder verrückt ist. Aye, man muss verrückt genug sein, um überhaupt erst mal in so einen noch nie getesteten Apparat einzusteigen und damit loszufliegen. Aber man muss auch stabil und professionell genug sein, um alles im Auge zu behalten und ein Schiff an seine Grenzen bringen zu können, ohne es zu demolieren, wodurch all die Zeit, und die Mühe, die man hineingesteckt hat, umsonst gewesen wäre.«

»Sie ist die am höchsten ausgezeichnete Pilotin des Reiches?« La Forge war überaus beeindruckt.

»Ja, als Testpilotin. Ich würde behaupten, dass es viele andere Klingonen gibt, die für ihre Leistungen im Kampf häufiger ausgezeichnet worden sind, aber was das Testen neuer Schiffe und neuer Manöver angeht, kann es niemand mit ihr aufnehmen.«

»Wie haben Sie es dann geschafft, dass sie ins Austauschprogramm aufgenommen wurde? Man sollte doch annehmen, dass sie viel zu wertvoll für die Klingonen ist und zu viele Staatsgeheimnisse kennt.«

»Davon gehe ich aus, aber ich habe bei einer der beiden klingonischen Familien im Hohen Rat ein bisschen Einfluss. Vielleicht nicht so viel wie Captain Picard, aber auch ich habe dort schon einiges vollbracht. Ich war bei der Konferenz von Khitomer dabei. Tatsächlich habe ich den Möchtegernattentäter erschossen, der den Präsidenten vor Kanzlerin Azetburs Augen ermorden wollte.«

La Forge nickte. »Ich erinnere mich, darüber mal etwas gelesen zu haben.«

»Ihr Haus hat mich noch in guter Erinnerung. Auch Qat'qas Großeltern väterlicherseits sind mir ein- oder zweimal begegnet, und ihr Haus ist der Ansicht, dass die Mannschaft der *Enterprise* zwar hin und wieder ihr Feind gewesen ist, allerdings ein würdiger und ehrenwerter Feind.«

La Forge dachte an Worf und dessen Ansichten und nickte erneut. »Ich verstehe.«

»Gut. Dann lasse Sie uns jetzt mal nachschauen, was wir über G-231 finden ...«

Nachdem La Forge gegangen war, öffnete Scotty einen Kanal und rief einen weiteren ehemaligen Ingenieur und jetzigen Captain. Nach einigen Augenblicken erschien eine äußerst gut aussehende, schwarzhaarige Lateinamerikanerin auf dem Bildschirm, die auf dem Kommandosessel eines Raumschiffs saß. Scotty setzte sein gewinnendstes Lächeln auf. »Captain Gomez, es ist mir wie immer eine Freude.«

Sie grinste. »*Ganz meinerseits, Scotty.*«

»Sonya, ich habe mich gerade gefragt, ob Sie mir wohl einen klitzekleinen Gefallen tun könnten?«

»*Wie ›klitzeklein‹ ist denn der Gefallen, der Ihnen vorschwebt?*«

»Wie schnell könnte die *da Vinci* das Sternensystem G-231 erreichen?«

Sonya Gomez drehte sich zu einem gedrungenen Tellariten um, der hinter ihr auf einen Bildschirm sah. »*Etwa achtzehn Stunden*«, antwortete dieser.

»Das klingt doch gut.«

»*Und was genau sollen wir da für Sie tun?*«

»Ich brauche einen kompletten Subraumscan des ganzen Systems. Suchen Sie nach allem, was Ihnen ... merkwürdig erscheint.«

»*Es wäre hilfreich, wenn Sie ›merkwürdig‹ etwas genauer definieren könnten.*«

»Wurmlöcher, Subraumanomalien, gravimetrische Verzerrungen ... Alles, was auf den Einsatz von Slipstream-Technik hindeuten könnte ...«

»Okay, das ist ziemlich eindeutig ...«

»... und zwar vor zweihundert Jahren.«

Sie riss die Augen auf. *»Vor zweihundert Jahren? Sie machen Witze.«*

»Alles hinterlässt irgendeine Spur, Sonya. Ich gehe davon aus, falls dort etwas ist, dann werden Sie es erkennen, sobald Sie es sehen.«

»Also gut, wir haben im Moment keine dringende Mission, und Sie haben mir diesen Posten verschafft. Ich melde mich wieder bei Ihnen, wenn wir G-231 erreicht haben.«

»Danke, meine Liebe. Ich schulde Ihnen was.«

»Dieses Mal einen Single Malt, Scotty. Da Vinci *Ende.«*

Zehntausend Kilometer von der Boje entfernt, mit der die *Enterprise* die Position der *Intrepid* markiert hatte, verließ die *Challenger* das Warpfeld und legte die restliche Strecke mit Impulsgeschwindigkeit zurück.

Jeder, dem eine Ausrede eingefallen war, sich auf der Brücke aufzuhalten, war dort, um einen ersten Blick auf die *Intrepid* zu werfen. Ogawa stand in einer Ecke, um niemandem im Weg zu sein, während Barclay versuchte, jedem über die Schulter zu sehen. Selbst Vol hatte sich in einen Turbolift gequetscht unter dem Vorwand, er müsse eine Diagnose der Maschinenkontrollkonsole auf der Brücke durchführen.

Qat'qa drehte sich auf ihrem Sitz um. »Wir sind an den Koordinaten, die von der *Enterprise* markiert wurden, Captain Scott. Die *Intrepid* befindet sich fünfzehn Kilometer von der Markierungsboje entfernt.«

»In Ordnung«, meinte Scotty. »Dann schauen wir uns das alte Mädchen mal an.«

Hunt, der neben ihm saß, berührte eine Schaltfläche auf seiner

Armlehne, und auf dem Hauptschirm erschien eine Nahaufnahme des Schiffes der *NX*-Klasse. La Forge hatte es bereits gesehen, aber Scottys Gesichtsausdruck bei diesem Anblick brachte auch ihn wieder zum Lächeln. »Da ist sie, genau so, wie wir sie zurückgelassen haben.«

»Ah, sie ist wirklich eine Schönheit«, hauchte Scotty. »So ein Schiff im Flottenmuseum zu sehen, ist ja schön und gut, aber hier draußen ... Hier draußen ist das etwas ganz anderes, finden Sie nicht?«

»Man bekommt fast das Gefühl, in diese Zeit zurückversetzt worden zu sein«, stimmte ihm Geordi zu. »Es ist derselbe Unterschied, ob man ein seltenes Tier in Gefangenschaft oder in freier Wildbahn zu sehen bekommt.«

Brahms stand auf und ging näher an den Hauptschirm heran, wobei sie sich mit einer Hand auf der Rückenlehne von La Forges Stuhl abstützte. »Wir wissen nicht, wie lange es dauern wird, die Lebenserhaltung der *Intrepid* wiederherzustellen, oder ob das überhaupt möglich ist. Daher werden wir unsere Runabouts und Shuttles an die Luftschleusen andocken und als Basislager für die Arbeitsteams nutzen sowie als Energiequelle für alle Systeme, die wir wieder zum Laufen bringen können.«

Geordi nickte. »Sobald die Hüllenbrüche repariert sind, müssten wir den Druckausgleich in der *Intrepid* mithilfe der Lebenserhaltungssysteme eines Shuttles wiederherstellen können.«

»Das wäre hilfreich«, stimmte ihm Hunt zu. »Je eher das Außenteam von den Raumanzügen befreit ist, desto besser, denn mehr Bewegungsfreiheit schadet nie.«

»Das sehe ich genauso«, meinte Leah.

»Eins nach dem anderen«, schaltete sich Ogawa ein. »Wir müssen erst die Überreste der Besatzung bergen, bevor die Lebenserhaltung wiederhergestellt wird.«

»Das könnte eine Weile dauern.«

»Das ist gut möglich, aber es wird einfacher und sehr viel hygienischer, wenn wir die Überreste sichern, bevor es eine Atmosphäre gibt, die als biologische oder bakterielle Einflussgröße wirken kann. Andernfalls wird das Material an den Wänden anfangen, sich zu zersetzen, und abgesehen von den damit zusammenhängenden Kontaminierungsproblemen würde das stinken.«

»Wir schicken die Runabouts *Clyde* und *Thames* zu den Hauptluftschleusen auf beiden Seiten der Untertassensektion«, sagte Hunt. »Die Standardmissionsmodule wurden bereits gegen Werkstätten ausgetauscht.«

Leah nickte. »Und wenn wir das Energienetz der *Intrepid* tatsächlich dazu nutzen können, die Energieversorgung zu gewährleisten, dann lassen sich die Warpkerne der Runabouts auch dazu nutzen, diese hochzufahren.«

Ogawa kam ein Stück auf Scotty zu. »Captain, wenn das medizinische Forensikerteam eines der Runabouts nutzen könnte ...«

»Einverstanden«, unterbrach sie Scotty. »Nehmen Sie die *Clyde*, Doktor. Konzentrieren Sie sich darauf, zuerst die Überreste von der Brücke und aus dem Maschinenraum zu bergen. Dann könnten sich Mr. La Forge und sein Team dort bereits an die Arbeit machen.«

»Das ist für mich ohnehin der beste Ansatz. Die drei Orte mit der höchsten Dichte an Überresten werden die Brücke, der Maschinenraum und die Messe des Schiffs sein. Bei der Biomaterie aus diesen Bergungsstätten wird es am längsten dauern, sie in individuelle Überreste zu separieren. Die Masse in den Kabinen dagegen dürfte von nicht mehr als vier Personen pro Raum stammen.«

»Also gut, dann ist die Messe Ihre dritte Priorität. Da sich dort keine Systeme verbergen, ist ihre Bedeutung vom Standpunkt der Ingenieure aus eher zweitrangig.«

Ogawa nickte und verließ die Brücke, um die Vorbereitungen für die Arbeiten auf dem anderen Schiff zu treffen. La Forge sah Brahms an. »Sie ist ein schöner Anblick, nicht wahr?«

»Ja, aber auch ziemlich veraltet. Sehen Sie sich nur an, wie die Warpgondeln angeschlossen sind ... Das ist ein Produkt eines vergangenen Zeitalters, das zu Recht nicht mehr genutzt wird.«

»Ach, kommen Sie, Doc«, protestierte Vol. »Es ist ein Klassiker. Gute, robuste, handverarbeitete Technologie.«

»Die ziemlich häufig versagt hat. Sie gehört in ein Museum, wohin wir sie auch bringen werden, damit man sich diese primitive Technik in einer sicheren Umgebung ansehen kann.«

»Und erleichtert sein, dass die Konstruktion und die Bauweise von Raumschiffen seitdem weiter fortgeschritten sind«, fügte Hunt hinzu.

Im Nelson's stand Guinan an den riesigen Fenstern und sah zur *Intrepid* hinüber. Das Schiff stammte aus einer Zeit, in der sie gelebt hatte, dennoch kam es ihr nicht vertraut vor. Doch sie neigte ohnehin dazu, dem Äußeren eines Schiffes wenig Beachtung zu schenken, und das Innere war nach einigen Jahrhunderten auch immer schwieriger auseinanderzuhalten.

Ein melancholisches Seufzen in der Nähe ließ sie herumfahren. In der Lounge hielten sich nur wenige Personen auf, von denen die meisten nach einer langen Schicht müde wirkten, aber eine Person beugte sich interessiert vor und hatte die Hände ans Fenster gelegt. Der Mann sah die *Intrepid* mit dem Gesichtsausdruck eines Menschen an, der in das Heim seiner Kindheit zurückgekehrt war und in einer Ecke sein Lieblingsspielzeug entdeckt hatte. Auf seiner Miene zeichnete sich eine Mischung ab aus Erstaunen, Freude und einer unendlichen Traurigkeit über das, was er verloren oder zurückgelassen hatte.

Er schien nicht zu bemerken, wie sie sich ihm näherte. »Sie müssen Rasmussen sein.« Erschrocken zuckte der Mann zusammen und sah erst aus, als wolle er sie anfauchen, doch er riss sich noch rechtzeitig zusammen.

»Äh, ja. Berlinghoff Rasmussen ist mein Name. Kennen wir uns?«

»Wir sind uns auf der *Enterprise* begegnet. Und niemand sonst würde die *Intrepid* so ansehen wie Sie.«

»So nostalgisch verklärt, meinen Sie? Sie ist einfach wunderbar.«

»Eigentlich ist das nicht das Wort, das ich im Sinn hatte. Nostalgie ist ein schönes Gefühl, das man gern empfindet, weil es einen an gute alte Zeiten erinnert. Sie sehen eher ... traurig aus. Als hätten Sie etwas verloren.«

Rasmussen sah sie an und ließ ein charmantes Lächeln aufblitzen. »Sie sind eine sehr scharfsinnige Dame, wenn ich mir die Bemerkung erlauben darf.«

»Dürfen Sie.«

»Oh!« Rasmussen strahlte erneut und deutete auf die Bar. »Darf ich die Dame vielleicht zu einem Drink einladen ...?«

»Ich hatte bereits einen.« Es war schon ziemlich lange her, dass ihr ein Krimineller einen ausgeben wollte, und auch das war ein nostalgisches Gefühl. »Allerdings sehe ich diese Zeit ebenfalls ein wenig mit nostalgisch verklärtem Blick.«

»Oh, sie hätte Ihnen bestimmt gefallen. Es war eine gute Zeit, damals auf der Erde.« Dann schien ihm etwas einzufallen. »Kommen Sie auch von dort?«

Sie schüttelte den Kopf. »Aber ich bin oft dort gewesen. Allerdings nicht im zweiundzwanzigsten Jahrhundert. Da hatte ich andernorts zu tun.« Seine Miene erstarrte kurz, also sprach sie schnell weiter. »Sie müssen sich an vieles erinnern, was die Missionen dieser Schiffe betrifft.«

»Tja, das geheime Material kenne ich natürlich nicht, aber ich weiß, was in den Medien berichtet wurde.«

Guinan sah zur Tür, da La Forge gerade das Nelson's betrat und direkt auf Rasmussen zusteuerte. »Ich habe nach Ihnen gesucht«, begann er barsch, dann hielt er inne. »Sie erinnern sich an Medienberichte über das Verschwinden der *Intrepid*?«

Rasmussen zuckte mit den Achseln. »Ich war doch nur ein einfacher Zivilist und hatte keinen Zugriff auf die Logbücher und Aufzeichnungen der Sternenflotte. Zumindest so lange nicht, bis sie für die Öffentlichkeit freigegeben wurden.«

»Und was haben die Nachrichten so berichtet?«

»Ehrlich gesagt habe ich da nicht so genau hingehört. Als die ersten Schiffe mit Warp fünf losflogen, war das Interesse groß, aber nach einer Weile wollte die Öffentlichkeit nicht mehr so viel darüber hören. So war es auch schon bei den Apollo-Mondlandungen, dem Spaceshuttle, dem Mars-Venus-Projekt und all den anderen Missionen.«

»Man sollte doch annehmen, dass etwas derart Wichtiges nicht so schnell ...«

»Langweilig wird?«, schlug Rasmussen vor.

»Ich wollte eher ›alltäglich‹ sagen.«

»Das liegt nun mal in der Natur der Menschen, Geordi. Etwas ist so lange ungewöhnlich, bis man sich daran gewöhnt hat. Dann wird es schnell alltäglich und irgendwann langweilig.«

»Wenn man überlegt, was die Menschen auf sich genommen haben, um überhaupt ins All zu fliegen ... All die technischen Fortschritte ...«

»Und doch waren wir irgendwann einfach nur ›hier draußen‹. Wie lange waren Sie Chefingenieur der *Enterprise*?«

»Neunzehn Jahre, auf zwei *Enterprises*. Warum?«

»Wie oft haben Sie innegehalten und gedacht: ›Wow, ich habe die Heimatwelt der Menschheit verlassen und reise in einem Raumschiff durchs Universum‹?«

»Ich bin mir immer bewusst, dass ...«

»Wie häufig denken Sie: ›Hey, es ist Zeit, mich für meine Schicht im Maschinenraum anzumelden‹ oder ›Wann kann ich endlich Feierabend machen und zu Abend essen‹?« La Forge musste ihm nicht antworten, sein Gesichtsausdruck sprach Bände. »Genau. Es ist alltäglich, langweilig, Routine.«

»Das stimmt doch gar nicht! Ich musste mich an der Sternenflottenakademie richtig anstrengen und ...«

»Und jetzt ist es Ihr alltäglicher Beruf. Sie müssen sich deswegen nicht schlecht fühlen, denn es gehört, wie gesagt, zur Natur des Menschen.«

La Forge deutete mit dem Kinn auf das Fenster. »Ist das auch alltäglich für Sie?«

Rasmussen sah erneut Guinan an, und sie wusste, dass es für ihn alles andere als das war.

»Nicht mehr«, antwortete er schließlich.

KAPITEL 7

Alyssa Ogawa führte das erste Forensikerteam an, das mit der *Clyde* losflog. Sie dockten an der Steuerbordluftschleuse der *Intrepid* an, und der Pilot, ein rauer, aber herzlicher Neuseeländer namens Carter, blieb an Bord, um sicherzustellen, dass der Transporter und der Replikator voll funktionstüchtig blieben, solange sie an das tote Raumschiff angedockt waren. Er würde auch nach den Stasismodulen sehen, die ins Runabout zurückgebracht wurden. Sobald genug an Bord waren, würde er sie zur *Challenger* hinüberfliegen, da man nicht riskieren wollte, die ohnehin schon anfällige Molekularstruktur durch Transporterstrahlen zu gefährden. Zwei Medizintechniker trugen die Stasismodule vom Runabout herunter, was aufgrund der Schwerelosigkeit auf der *Intrepid* kein Problem darstellte.

Das medizinische Forensikerteam, das Ogawa zusammengestellt hatte, trug zwar Raumanzüge mit Helmlampen, dennoch waren alle dankbar, dass die Ingenieure in den Hauptbereichen des Schiffes Lichter angebracht hatten. Die Ärztin wusste, dass die *Thames* an der Backbordluftschleuse angelegt hatte und dort als Einsatzbasis bleiben würde.

Die Lichter hingen hoch an den Wänden der Brücke, des Maschinenraums, der Kantine und der Krankenstation sowie entlang der Hauptkorridore auf jedem Deck. Sie waren unpersönlich und kalt und erinnerten Alyssa an die Kälte des Weltraums.

Die einzelnen Kabinen, die noch steriler abgeschottet waren als antike Grabstätten in der Wüste, mussten noch durchsucht werden, aber in den öffentlichen Bereichen des Schiffes befand sich der Großteil der Biomasse, daher würden sich die Forensiker zuerst um sie kümmern.

»Dann legen wir mal los«, meinte Ogawa zu ihren Leuten. »Mit den Schwerkraftgeneratoren dürfte es schnell gehen.« Sie hatte ihrem Team Werkzeuge zugeteilt, die ein lokales Schwerkraftfeld in einem Bereich von wenigen Zentimetern erzeugten und deren Wirkung der eines Staubsaugers geglichen hätte, wenn es auf dem Schiff denn Atmosphäre gegeben hätte.

»Der schwierige Teil kommt später«, meinte jemand.

Ogawa holte tief Luft, um ihre Nerven in den Griff zu bekommen. »Dann bringen wir diese Leute mal nach Hause.«

Am nächsten Morgen deutete La Forge an Bord der *Challenger* grinsend auf den Hauptschirm. »Wir haben die Andockstelle zwischen dem Runabout *Thames* und der Luftschleuse der *Intrepid* versiegeln können. Von dort aus sollten wir den normalen Raumdruck in der *Intrepid* wiederherstellen können.«

Scotty nickte. »Dann müssen wir unsere Schilde oder den Atmosphärenschild nicht erweitern, um die *Intrepid* mit einzubeziehen?«

»Nein. Wir haben sie sowohl innen als auch außen bis auf die Molekularebene gescannt. Alle Brüche wurden versiegelt.«

Unter Scottys Schnurrbart zeichnete sich ein breites Lächeln ab. »Sehr gut. Dann brauchen wir nur noch Doktor Ogawas Okay.«

»Der Forensikbericht müsste bald vorliegen.«

Leah Brahms führte eine Diagnose der fast schon versteinerten Schaltkreise durch, die von der *Intrepid* mitgebracht worden waren. Obwohl sie seit mehreren Stunden in der Wärme der *Challenger* lagen, fühlten sie sich noch immer eiskalt an, und Leah fragte sich langsam, ob das jemals aufhören würde.

Die holografische Anzeige des Hauptsystems im Maschinenraum wurde aktiviert. Energie floss und wirbelte, stieß aber immer wieder gegen Barrieren.

»Es liegt nicht an unserer Ausrüstung«, murmelte sie eher zu sich selbst.

»Sie haben doch gesagt, die *Intrepid* wäre primitiv«, merkte Vol an.

»Die Energie dringt in das System ein, daher ist die Abwärtskompatibilität nicht das Problem. Etwas blockiert den Energiefluss innerhalb der Systeme der *Intrepid.*«

Vol beäugte die Anzeige mit seinem Auge. »Sieht für mich aus wie Korrosion. Da ist alles verstopft. Das kann bei diesen Klassikern schon mal passieren.«

»Dann sollten wir herausfinden, wie sich die Verstopfung beseitigen lässt. Geordi, können wir ...« Sie unterbrach sich, als ihr einfiel, dass sich La Forge auf der Brücke aufhielt, und seufzte. »Selbst auf der Brücke ...«

»Was ist los?«

»Nichts, Vol. Ich dachte nur ... Es ist nichts. Lassen Sie uns weiterarbeiten. Vielleicht kann uns Rasmussen helfen.«

»Oder der Captain.«

»Auf jeden Fall würde er sich freuen, dass wir ihm einen Grund geben, hier runterzukommen.« Sie dachte einen Augenblick darüber nach. »In Ordnung. Ich werde rüber auf die *Intrepid* gehen und noch einige weitere Schaltkreise ausbauen, die wir hier testen können. Holen Sie Scotty und Rasmussen hier runter, vielleicht fällt denen ja was ein.«

»Geht klar, Doc.«

Die Stasiseinheit, die Alyssa Ogawa für die organischen Überreste von der *Intrepid* ausgewählt hatte, war ein zylindrischer Turm mit mehreren Schubladen, der in eine Ecke der Krankenstation der *Challenger* eingelassen war. Sie sah zu, wie zwei Medizintechniker den letzten Kanister in eine der Schubladen steckten, und ging dann näher heran, um zu beobachten, wie ein Servoarm den Kanister an eine freie Stelle steckte, als wäre er eine Weinflasche, die ins Regal geschoben wurde.

»Danke«, sagte sie zu den Technikern und tippte dann auf ihr Kommunikationsabzeichen. »Doktor Ogawa an Captain Scott.«

»Scott hier.«

»Die letzten Reste der Biomaterie sind sicher in der Stasis. Sie können jetzt den Druckausgleich auf der *Intrepid* beginnen.«

»Danke, Doktor.«

»Ogawa Ende.« Die Ärztin kehrte zu dem Fenster zurück, durch das sie die silbernen Kanister betrachten konnte, die alle in der Zeitlosigkeit der Stasiskammer eingefroren waren. Dort konnten keine Bakterien wachsen, falls sie während des Transports von der *Intrepid* irgendwie kontaminiert worden waren, und die Zellen konnten auch nicht weiter zerfallen.

Noch waren die Überreste ein homogenes Chaos und mussten auf die einzelnen Individuen aufgeteilt werden. Diese unangenehme Aufgabe würde sie in den nächsten Tagen beschäftigen, während sich die Ingenieure darauf freuen konnten, an dem uralten Schiff herumzuspielen.

Brahms traf im Transporterraum ein, wo La Forge und Barclay bereits auf sie warteten. Als sie sich auf der *Thames* materialisierten, meinte Geordi: »Wir haben die Freigabe für den Druckausgleich auf der *Intrepid.*«

»Das ist ja großartig, Commander.« Barclay klang ebenso erfreut wie Geordi darüber, dass sie bald ohne die lästigen Raumanzüge an Bord gehen konnten. Natürlich würde es auf der *Intrepid* noch immer eiskalt sein, selbst wenn die Luft, die bald auf dem Schiff zirkulieren würde, es sicher etwas erwärmte. Aber eine schöne warme Feldjacke war immer noch angenehmer als ein klaustrophobischer Raumanzug, der jedes Geräusch und jeden Geruch des eigenen Körpers verstärkte.

Barclay schob sich hinter eine sperrige Konsole, die die Stelle des Konferenztisches der *Thames* eingenommen hatte, und bediente diese. Ein tiefes, brummendes Geräusch ertönte.

»Warum bin ich hier?«, wollte Brahms wissen.

»Ich dachte, Sie wären gern die erste Person, die die *Intrepid* ohne Raumanzug betritt.«

»Sie sind wirklich durch und durch ein Romantiker, was?«

La Forge lachte weise, aber er schien zu wissen, dass sie *dieses* Thema nicht vertiefen sollten. »Ich sehe das weniger vom romantischen als vielmehr vom effizienten Standpunkt aus. Es wird sehr viel einfacher sein, da drin ohne Raumanzüge zu arbeiten.« Sie würden natürlich noch immer magnetische Stiefel benötigen, bis die Schwerkraft wiederhergestellt war.

»Der Druck ist jetzt so, dass Sie hineingehen können«, meinte Barclay.

»Sollen wir?« La Forge ging zur Luftschleuse der *Thames* und öffnete sie. Dann bedeutete er Brahms, hindurchzugehen.

Die Korridore der *Intrepid* hatten wieder ihre ursprüngliche braune und graue Farbe, auch wenn die Oberflächen matt und trübe waren und überall Dellen und Einkerbungen aufwiesen. Eine warme Brise wehte sanft durch das Schiff. »Das fühlt sich gut an«, sagte Brahms. Die Luft roch frisch.

»Ja, fast, als wäre man am Strand.«

»Sobald die Energieversorgung wiederhergestellt ist und die Umweltkontrollen der *Intrepid* laufen, müssen wir keine Luft mehr von der *Clyde* einleiten.«

»Dann ist das Schiff wirklich wieder lebendig geworden.«

Scotty kam zusammen mit Rasmussen in den Maschinenraum und versuchte, dessen Geplapper auszublenden. Seitdem er ihn gerufen hatte, redete Rasmussen in einer Tour über die Wunder des zweiundzwanzigsten Jahrhunderts, und so langsam ging er ihm auf die Nerven.

»Vol«, meinte er schließlich erleichtert, »wo liegt das Problem?«

»Die Schaltkreise, die wir zum Testen von der *Intrepid* mitgebracht haben, sind mausetot.«

»Korrosion?«

»Das glaubt Leah auch.«

»Und was denken Sie?« Scotty bezweifelte, dass sich Leah irrte, aber es zahlte sich immer aus, so viele Meinungen wie nur möglich einzuholen.

»Ich denke, dass sie recht haben könnte.« Vol legte einen Tentakel um den Schaltkreis und hielt ihn hoch. »Sehen Sie ihn sich nur an. Er ist seit mehreren Tausend Jahren gefroren.«

»Ich dachte«, meinte Rasmussen vorsichtig, »dass man für Korrosion Sauerstoff benötigt, oder zumindest eine Komponente, mit der eine Reaktion möglich ist.«

»Strahlung«, erklärte Scotty. »Der Schaltkreis wurde vermutlich derart viel Strahlung ausgesetzt, dass innerhalb der Verbindungen Material zusammengeschmolzen ist.«

»Oh nein!«, rief Vol. »Sie wissen genau, was das heißt! Wir müssen jeden einzelnen verdammten Schaltkreis des Schiffes nachbauen!«

»Aye«, erwiderte Scotty betrübt.

»Und wie lange wird das dauern?«, erkundigte sich Rasmussen. »Nur aus Interesse gefragt.«

»Dank der Replikatortechnik nicht sehr lange.«

»Es ist einfach der unnötige Aufwand, der mich so aufregt«, brummte Vol.

»Vielleicht sollten wir uns das lieber mal mit eigenen Augen ansehen«, meinte Scotty. Dann drehte er sich zu Rasmussen um. »Mit anderen Worten: Sind Sie bereit, zusammen mit Vol und mir in Ihre Vergangenheit zu treten?«

Rasmussen wurde bleich und räusperte sich. »Ich schätze schon. Schließlich bin ich doch genau aus diesem Grund hier.«

Zehn Minuten und ein Flug mit der *Clyde* später betrat Scotty die *Intrepid* zum ersten Mal. Sie unterschied sich von seiner alten *Enterprise*, war kleiner, enger und sah langweiliger aus. Er stieß mit seinem magnetischen Stiefel gegen eine Türschwelle und fluchte.

Wann hatte man aufgehört, in Raumschiffen Schottränder um die Türen zu machen? Er wusste es nicht, was ihn kurz ärgerte. Nie zuvor hatte er darüber nachgedacht, doch jetzt würde ihn das jedes Mal heimsuchen, wenn er durch eine Tür ging.

Im Maschinenraum stießen er, Vol und Rasmussen auf La Forge und Brahms, die sich über die Zugangssteuerung des Warpantriebs beugten. Barclay war mit Kopf und Schultern in einer offenen Luke an der Seite des riesigen Warpkerns verschwunden. *Dieser Mann ist dumm wie Bohnenstroh*, dachte Scotty und wünschte sich, an dessen Stelle sein zu können. »Eine Art kristallines Wachstum in den Verbindungen«, sagte Brahms gerade. »Das muss das Material sein, das man damals verwendet hat.«

»Ja«, stimmte ihr La Forge zu, »es sieht aus wie Monofilamentkeramid. Sobald die Hüllenpolarisierung ausgefallen ist, scheinen hier drin Kristalle gewachsen zu sein, vermutlich, weil es langfristig der Sonnenstrahlung ausgesetzt war.«

»Das vermuten wir ebenfalls«, schaltete sich Scotty ein. La Forge und Brahms sahen auf, und Barclay kletterte aus der Inspektionsluke. »Es gibt keine andere Möglichkeit, wir müssen alles austauschen.«

»Das ist unmöglich«, protestierte Brahms. »Dafür müssten wir das ganze Schiff auseinandernehmen.«

»Das hängt davon ab, welche Teile des Systems betroffen sind.«

Vol nahm Barclays Platz ein und schaffte es irgendwie, seinen halben Leib in die Luke zu quetschen. »Der ganze Bereich«, sagte er mit gedämpfter Stimme. »Das ganze Verbindungssystem ist in etwa so einsatzbereit wie eine tote Ratte in ...«

»Ich hab's verstanden.«

Daraufhin kam Vol wieder aus der Luke hervor. »Da drin ist alles verstopft.« Er zog einige Werkzeuge aus den Gürteln, die an seinen Tentakeln hingen. »Aber wenn wir sowieso alles auseinandernehmen, dann ... sollten wir keine Zeit verlieren.« Man konnte ihm die Aufregung regelrecht anhören.

»Augenblick mal«, unterbrach ihn La Forge. »Wir müssen ein neues Schaltkreisnetz replizieren, richtig?«

»Aye.« Scotty hörte an La Forges Tonfall, dass dieser eine Idee hatte. »Fahren Sie fort.«

»Der Replikator nutzt ein Materiesynthesesystem, wenn ich mich nicht irre. Könnten wir nicht einen der Frachttransporter modifizieren, um das, was aus dem Replikator kommt, über den Transporterstrahl direkt hierher zu bringen?«

Scotty wusste sofort, dass das möglich war. Und diese Lösung war überdies noch äußerst simpel. »Wir müssen Musterverstärker verwenden, um sicherzugehen, dass alles auch passgenau eingesetzt wird. Da wird uns Carolan gewiss eine große Hilfe sein.«

»Ich werde das Holodeck brauchen«, sagte Carolan, während sie das Padd mit den Plänen der Energieverteilerknoten der *Intrepid* musterte. Sie und Hunt hielten sich in Transporterraum eins auf und versuchten, eine Lösung zu finden, wie sich das neue Leitungsmaterial am besten auf die *Intrepid* beamen ließ.

»Warum?«, wollte Hunt wissen.

»Der Transporter muss immerzu laufen«, erklärte sie, »und die alten Leitungen heraus- sowie die neuen hineinbeamen. Es wird einfacher, das mit einer vergrößerten Übersicht durchzuführen und den Kontakt mit den Schaltkreisen als Steuerungseinheit zu verwenden.«

»Wohin wollen Sie das alte Material beamen?«

»Ich werde es vom Musterpuffer in den Replikationsspeicher umleiten lassen. Im Grunde genommen recycle ich die alten Leitungen während des Vorgangs.«

»Klingt gut.« Hunt nickte. »Dann sollten wir ein Holodeck vorbereiten.«

Fünf Minuten später stand Carolan auf Holodeck zwei in der Mitte einer vergrößerten Darstellung der Schaltpläne der *Intrepid.* Sie hob eine Hand und berührte damit einen der Schaltkreise, der zitterte und leise summte. Das hatte sie zuvor so eingestellt, damit sie wusste, dass der Kontakt hergestellt worden war.

Langsam ging Carolan durch den Raum, ohne den Schaltkreis loszulassen. Dabei erfasste das Holodeck die Position ihrer Hand und übermittelte sie an die Zielscanner des Transporters.

»Was tut sie da?«, wollte Guinan von Hunt wissen. Sie hatte gehofft, das Holodeck benutzen zu können, es jedoch besetzt vorgefunden.

»Sie repariert ein Raumschiff durch Handauflegen«, antwortete Hunt.

La Forge hörte ein leises Heulen, brauchte jedoch eine Weile, bis er herausgefunden hatte, woher es kam. Auf der Suche nach der Quelle des Geräuschs ging er die Metalltreppe zum Boden des Maschinenraums der *Intrepid* herunter und konnte es schließlich zu einer Abdeckplatte zurückverfolgen. Seine kybernetischen Augen erfassten das Flackern einer vertrauten Energie darunter.

»Was gibt es, Geordi?«, wollte Scotty wissen.

La Forge kniete sich hin und hob die Bodenplatte an. Ein silberner Regen aus Transporterenergie bewegte sich entlang einer Energieleitung, entfernte das trübe und fast versteinerte Material und hinterließ glänzende neue Verbindungen. »Sie hatten recht. Carolan ist eine Magierin am Transporter.« Alle im Raum grinsten begeistert, und selbst Vol verfärbte sich blassgolden.

Bis zum Abend war Vol gewittergrau. Mit zwei Tentakeln hielt er die Inspektionsluke auf, während er mit zwei kleineren den Sitz einiger Teile im Inneren überprüfte. »Tja, das ist ziemlich vertrackt, was?«

Scotty versuchte, an ihm vorbeizusehen. »Das ist es, aber ich bin mir sicher, dass uns Mr. Rasmussen mit Rat und Tat zur Seite stehen wird.«

»Ich tue, was ich kann, um zu helfen«, versicherte Rasmussen strahlend.

»Können Sie uns irgendetwas über diese Dilithiumkammer erzählen?«

»Ich sagte doch bereits, dass ich bloß Zivilist war. Diese Informationen waren nicht öffentlich.« Er machte eine Pause. »Da das Leitungsnetzwerk nun ersetzt worden ist, wüsste ich keinen Grund, warum Sie es nicht einschalten sollten.« Erneut zögerte er. »Oh, da fällt mir doch ein Grund ein. Man hat auch damals schon Dilithium verwendet.«

»Was Sie nicht sagen«, knurrte Vol.

»Das könnte ein Problem darstellen. Ihr ... Ich meine, unser Dilithium aus dem vierundzwanzigsten Jahrhundert ist viel reiner und besser raffiniert. Es könnte zu einer Überladung des Systems führen.«

Das klang für Scotty sehr vernünftig. Das wäre in etwa so, als würde man reines Ethanol anstelle eines guten, aber in der Destillerie verwässerten Scotchs trinken. »Da könnte er recht haben, Vol. Wenn man Raketentreibstoff in einen uralten Verbrennungsmotor gibt, was würde dann passieren?«

»Er würde in die Luft fliegen?«

»Aye.«

»Dann wollen Sie mir also erzählen, dass wir schlechtes Dilithium brauchen«, erwiderte Vol skeptisch.

»Aye. Und da vom Vorrat der *Intrepid* nicht mehr viel übrig ist, müssen wir das ebenfalls herstellen.« Scotty strich mit einem Daumen über seinen Schnurrbart, während er nachdachte. »Dilithium lässt sich nicht einfach replizieren, aber wenn wir einige unserer Reserven durch einen Transporterpuffer schicken und bewusst dafür sorgen, dass das Muster nachlässt, sagen wir um ...« Er drehte sich zu Rasmussen um. »Wie rein war das Dilithium damals? Zu meiner Zeit lag der Reinheitsgrad bei 99,25 Prozent, aber früher dürfte er noch niedriger gewesen sein.«

»Keine Ahnung«, gestand Rasmussen. »Ich habe nie mit dem Zeug gearbeitet. Aber ich könnte mir vorstellen, dass Sie historische Daten in der Datenbank haben, in denen all diese hilfreichen Details verzeichnet sind.«

»So ist es«, bestätigte Brahms.

»Ich halte es für klüger, wenn sich Geordi und Leah um dieses Problem kümmern«, entschied Scotty. »Gehen Sie zurück auf die *Challenger* und beschaffen Sie mir Dilithium in der korrekten Zusammensetzung. Anschließend bleiben Sie im Maschinenraum, damit Sie die Energie im Auge behalten können, die wir in diesen Warpkern übertragen müssen.«

»Starthilfe?«, meinte Rasmussen anerkennend. »Ich bin beeindruckt.«

La Forge tippte auf sein Kommunikationsabzeichen. »La Forge an *Ente... Challenger.* Zwei zum Beamen.«

Brahms und La Forge materialisierten auf der Transporterplattform der *Challenger* und nickten dem diensthabenden Ensign zu. »Das sollte funktionieren«, meinte La Forge. »Wir dirigieren die entsprechende Energie direkt in das Energieverteilersystem der *Intrepid*, und danach sollte ihr eigener Warpkern recht schnell übernehmen können.«

»Freuen Sie sich bloß nicht zu früh, Geordi. Konzentrieren wir uns lieber erst einmal auf die bevorstehende Aufgabe. Feiern können wir später noch.«

»Ein wenig Optimismus hat noch nie geschadet, Leah.«

»Doch, wenn man den Tatsachen damit zu weit vorausgreift. Das war schon immer Ihr Problem.« Daraufhin brummte La Forge nur, weil er wusste, dass sie recht hatte. »Wenn die Systeme der *Intrepid* reagieren, dann können wir uns Hoffnungen machen«, fügte sie noch hinzu.

Sie gingen in den Maschinenraum, und La Forge rief die Daten für die Verwendung von Dilithium im zweiundzwanzigsten Jahrhundert auf. »Eine Reinheit von 98,47 Prozent sollte richtig sein.«

Leah nickte. »Ich beschaffe das Dilithium und passe die Einstellungen des Transporterpuffers an.«

Als sich die Dilithiummatrix im Maschinenraum der *Intrepid* materialisierte, benötigte Vol nur wenige Sekunden, um sie zu installieren. Es war für einen Ingenieur durchaus von Vorteil, so viele Arme zu haben, fand Scotty. Er selbst hätte für diese Aufgabe wenigstens zehn Minuten benötigt. »Alles erledigt, Chef. Sitzt, paßt, wackelt und hat Luft.«

Scotty warf einen Blick auf die Haupttafel. »Wir erhalten Energie von der *Challenger.* Schalten Sie die Induktoren ein, Reg. Lassen wir diese Energie in die neue Matrix fließen.«

»Aye, Sir.« Als sich Vol aufrichtete und oben auf den Warpkern setzte, bewegte Barclay fast schon zärtlich die Hauptschalter in die erste Position. Scotty lauschte erwartungsvoll auf die Geräusche, die ein einsatzbereites Raumschiff von sich gab, während Barclay und Rasmussen wartend nach oben sahen. Aber nichts geschah. Reg verzog das Gesicht. »Es funktioniert nicht.«

»Weil Sie so scheu wie ein Mäuschen sind«, erwiderte Vol spitz.

»Ich bin bloß vorsichtig.«

»Vorsicht ist hier fehl am Platze, Kumpel. Man muss dem Ding einen Tritt in den Hintern geben.«

»Ich sehe keinen Hintern«, murmelte Barclay.

»Hören Sie, darauf kommt es doch nicht an. Ich sage Ihnen doch, dass es hier um Energie geht. Legen Sie mal einen Zahn zu! Mehr Energie!«

»Ich gebe ihr schon so viel, wie es geht!«

»Nein, das tun Sie verdammt noch mal nicht.« Vol streckte einen Tentakel nach unten aus und riss an den Hauptschaltern. »Maximale Energie! Erwecken wir sie mit einem Schock wieder zum Leben!«

»Sie sind verrückt! Sie könnten das ganze ... Oh, Moment mal, da passiert was.«

Vol wurde vor Selbstgefälligkeit ganz beigefarben. »Ich hab's doch gesagt. Energie.«

»Der Hauptstromkreis bekommt Energie ... Ich messe erste Energieströme ...«

Die Lampen an den Wänden, der Decke und dem Boden der Korridore flackerten und leuchteten schwach.

Im Maschinenraum erhellte gedämpftes Licht, grau und wabernd wie ein wolkiger Himmel kurz vor einem Sturm, die zweistöckige Kammer und den langen, flachen Zylinder, in dem sich der Hauptantrieb befand.

Die Krankenstation wurde heller und sah etwas mehr aus wie der reinweiße Raum, der sie früher während der aktiven Zeit des Schiffes gewesen war.

Auf der Brücke flackerten einige der Monitore, die noch intakt waren, an den Wänden der Kommunikations- und Ingenieurstationen und zeigten ein statisches Rauschen.

Im ganzen Schiff setzte die Schwerkraft ein, und Objekte, die nicht richtig standen, fielen ebenso herunter wie lockere Wandverkleidungen. Das gelegentliche Klappern und Knallen ließ die Leute zusammenzucken, als würden sie von Geistern heimgesucht.

Im Maschinenraum tippte Scotty auf sein Kommunikationsabzeichen. »Sie lebt, Geordi! Und sie ist eine wahre Schönheit!«

La Forge und Brahms konnten im Hauptsystemhologramm sehen, was geschah, und Geordi musste zugeben, dass die *Intrepid* in der Tat eine Schönheit war. Dasselbe galt für Leah, dachte er, da sie bei diesem Anblick regelrecht strahlte.

Er rang noch mit sich, ob er sie zur Feier des Tages in den Arm nehmen sollte, als sie auf dem Absatz herumwirbelte und ihn zuerst umarmte. Auch wenn die Berührung nur eine Sekunde dauerte, genoss er jeden Bruchteil davon. »Ist das etwa eine Antwort?«, fragte er.

»Das ist eine typisch menschliche Reaktion auf eine wunderbare Situation.«

»Okay.«

Scotty rief alle zu einem schnellen Mittagessen auf die *Thames*, zu dem er auch La Forge, Brahms und Qat'qa herüberbat.

»Was machen wir als Erstes?«, wollte Barclay wissen. Er verschränkte die Finger und ließ seine Knöchel knacken wie ein Konzertpianist, der sich gleich an einem schwierigen Stück versuchen wollte.

»Wir brauchen Zugriff auf den Hauptcomputer, damit wir Flugdaten, Logbücher und alles, was ein Licht auf die Geschehnisse von 2161 werfen kann, herunterladen können.«

»Was ist mit dem Warpantrieb?«

»Das hat noch etwas Zeit, Reg, schon allein deshalb, weil eine Warpfehlfunktion für das, was mit dem Schiff passiert ist, verantwortlich gewesen sein könnte.«

»Äh, ja, natürlich, Sir.« Reg war offensichtlich peinlich berührt, dass ihm das nicht selbst eingefallen war.

»Der Hauptcomputerkern befindet sich auf den Decks D und E, wenn ich mich recht erinnere«, brach Rasmussen endlich sein Schweigen. Scotty und Barclay sahen ihn skeptisch an. Während Scotty Rasmussen in die Augen blickte, ging Barclay auf seinem Padd einige Dateien durch. »Sie sollten ihn neben dem Transporter auf Deck D und in der Mitte des Wissenschaftslabors auf Deck E finden, Mr. Barclay. Sie sehen sich doch gerade eine praktische kleine Übersicht in Ihrem Padd an, nicht wahr?« Rasmussen lächelte gewinnend.

Barclay sah auf und nickte. »Stimmt. Die Übersicht bestätigt Mr. Rasmussens Angaben.« Rasmussen grinste, und Scotty fragte sich, ob er sich nur einbildete, einen Anflug von Überlegenheit in dessen Miene zu erkennen. Er hoffte es, denn ansonsten würde es bedeuten, dass die Arroganz, von der La Forge berichtet hatte, langsam durchbrach. »Tja, Mr. Rasmussen, wird auch Zeit, dass Sie Ihren Beitrag leisten.«

»Mit Vergnügen, Captain.«

Rasmussen führte sie durch die kalten, spartanischen Korridore und zeigte ihnen, wo sich die Fluchttüren und Zugangsluken befanden. In der Waffenkammer nahm er einige Phasenpistolen und

-gewehre in die Hand, die jedoch alle nicht funktionierten. Scotty ließ sie sofort auf die *Challenger* beamen.

Die Raumanzüge waren weiter als die modernen, unterschieden sich ansonsten aber nicht sehr davon. Doch als sie zur Galerie über den Warpspulen kamen, verlor Rasmussen merklich einen Teil seiner Selbstsicherheit. »Dieser Abschnitt sieht nicht aus wie etwas, das ich ohne Freigabe hätte betreten können. Ich vermute, dass er von den Vulkaniern übernommen wurde.«

»In dem Fall«, warf La Forge ein, »sollte es dazu Aufzeichnungen in den vulkanischen Wissenschaftsarchiven geben. Es dürfte kein Problem sein, Kopien dieser Pläne zu erhalten.«

»Das ist nicht vulkanisch«, warf Brahms ein, »sondern eine Spule nach Harker-Wade-Bauart. Die wurden bei allen späteren Warp-fünf-Schiffen verwendet.«

»Aber die Plasmainjektoren dürften im kompakten T'Lani-Stil sein«, erwiderte La Forge. »Das ist eine vulkanische Machart.«

»Die wurden nur in Schiffe eingebaut, die 2164 neu ausgerüstet wurden«, widersprach Scotty. »Daher werden wir sie nicht auf der *Intrepid* finden.«

Vol leuchtete in einem schwachen Rot. »Das ließe sich arrangieren, Chef. Ein ganzes Set T'Lanis. Und wir könnten den Kern mit einem neuen ...«

»Vol«, unterbrach ihn Geordi, »wir wollen die *Intrepid* wiederherstellen und nicht ...«

»Dann wäre sie besser als neu. Kommen Sie, Captain«, drängte er, »lassen Sie mich wenigstens eine Verbesserung der ...«

»Tut mir leid, Vol. Geordi hat recht, wir wollen diese wunderschöne alte Dame in ihren Urzustand zurückversetzen und sie nicht in eine Art Hybrid verwandeln.« Vol wurde steingrau, sagte aber nichts mehr.

Als sie zur Brücke kamen, sah sich Qat'qa um. Es gab keine Stühle, und viele der Missionskontrollstationen fehlten oder waren defekt. »Soll ich dieses Ding etwa fliegen?«

»Wenn wir die Antriebssysteme wieder zum Laufen bringen«, bestätigte Scotty.

»Und wie wahrscheinlich ist das?«

»Die Systeme der *Columbia* waren funktionsfähig, aber die war auch in einem völlig anderen Zustand als dieses Schiff, wie ich den Berichten der *Aventine* entnehmen konnte. Wenn wir es allerdings hinkriegen, dann sind Sie die Erste, die dieses Schiff fliegen wird.«

»Ich kann es kaum erwarten.«

Geordi war überrascht über ihren wenig begeisterten Tonfall. »Glauben Sie nicht, dass es interessant wäre, sie zu fliegen? Eine Herausforderung?«

»Interessant schon, aber eine Herausforderung? Wohl kaum. Selbst im Bestzustand kann sie es bei Weitem nicht mit der Leistung eines modernen Schiffes aufnehmen. Ein korvallenischer Frachter könnte sie problemlos abhängen.« Die Klingonin legte einige Schalter auf der angeschlagenen Steuerkonsole um und versuchte herauszufinden, wie komplex die Steuerung war und welche Manöver sich damit wohl bewerkstelligen ließen. »Und vom Handling will ich gar nicht erst anfangen. Vermutlich fliegt sie sich wie ein Ziegelstein.«

Scotty klopfte ihr auf die Schulter und nickte wissend. »Und wann sind Sie schon mal etwas geflogen, das sich leicht steuern ließ?«

KAPITEL 8

Sie hielten gerade die morgendliche Besprechung an Bord der *Challenger* ab, nachdem mehrere Ingenieurteams die ganze Nacht auf der *Intrepid* gearbeitet hatten. »Also«, begann Brahms, die den Vorsitz innehatte, »wo stehen wir?«

Barclay antwortete als Erster. »Der Warpkern erzeugt minimale Grundenergie. Gerade genug für Beleuchtung, Lebenserhaltungssysteme und die interne Schiffskommunikation, wenn die Energieleitungen dorthin nicht defekt wären. Der Computer hat Energie, ist jedoch nicht aktiv.«

»Prioritäten? Abgesehen von der Wiederherstellung des Computers?«

La Forge rief ein Hologramm der *Intrepid* auf und zeigte die Fortschritte, die sie gemacht hatten. »Ich schlage vor, dass wir den Antrieb zu unserer nächsten Priorität machen. Dann hätten wir nicht nur die Lebenserhaltung und die Umweltsysteme weiter gesichert, es wäre außerdem praktisch, wenn wir das Schiff bewegen könnten.«

»Wir müssen auch jede Menge Teile ersetzen«, fügte Barclay hinzu, »insbesondere auf der Brücke. Die meisten Monitore sind defekt und müssen ausgetauscht werden.«

»Alle benötigten Angaben sind in der Datenbank, daher sollten wir sie problemlos replizieren können.«

»Großartig.« Brahms deaktivierte die Anzeige und reichte jedem ein Padd. »Geordi, wenn Sie und Reg auf der *Intrepid* das Kommando übernehmen könnten, wäre das ideal. Ich werde Mr. Rasmussen fragen, ob er in Bezug auf die Replizierung der Ersatzteile noch irgendwelche Vorschläge hat.«

Als sich die Gruppe von Ingenieuren zerstreute, zog La Forge Brahms beiseite. »Leah, Sie müssen Rasmussen im Auge behalten.«

»Ich bin alt genug, um selbst auf mich aufzupassen, Geordi, und das bedeutet auch, dass ich selbst entscheiden kann, mit wem ich mich abgebe. Außerdem ist er ein überraschend charmanter Mann.«

Das gefiel La Forge nun ganz und gar nicht. »Nun, nachdem er seinen Charme hat spielen lassen, sollten Sie lieber überprüfen, dass Sie keines Ihrer Besitztümer vermissen.«

»Er hat sich geändert, Geordi.«

»Das hoffe ich.«

Geordi ging zum Turbolift, und als sich die Türen öffneten, stand Rasmussen in der Kabine. »Guten Morgen, Commander La Forge!«

»Morgen.« La Forge wartete, bis Rasmussen ausgestiegen war, und ging dann hinein. Barclay und einige andere Ingenieure warteten bereits am Runabout *Clyde*, als er zur Shuttlerampe kam. La Forge freute sich, auch Lieutenant Commander Nog dort zu sehen, und ging sofort zu dem Ferengi hinüber.

»Nog?«

»Ja, Commander?«

»Nehmen Sie einen Trikorder mit hinüber?«

»Ja, Sir. Ich bin zwar Sicherheitschef, aber in meinem Herzen bin ich noch immer Ingenieur.«

»Sie könnten mir einen Gefallen tun.«

»Worum geht es dabei?«

»Nun ja, es ist nicht wirklich ein Befehl, aber ...«

»Es geht um Rasmussen, richtig?«

La Forge war erleichtert, dass Nog so schnell begriff, worauf er hinauswollte. »Ich möchte, dass Sie ihn nach technischen Geräten scannen, und zwar sowohl beim Betreten als auch beim Verlassen der *Challenger*.«

»Sie glauben, er würde etwas stehlen.« Das war keine Frage.

»Ich muss sagen, dass er während seiner Zeit auf der *Enterprise* ziemlich kleptomanisch veranlagt gewesen ist.«

»Er wurde rehabilitiert.«

»Wenn Sie das so sagen können, als ob sie es tatsächlich selbst glauben, ziehe ich meine Bitte zurück.«

»Glaube ich aber nicht, Sir. Nicht bei ihm. Ich weiß zwar, dass Rehabilitation möglich ist, und dass eine Person unschuldig ist, bis ihre Schuld bewiesen wurde, aber ...«

»Aber?«

»Er erinnert mich an die Geschäftspartner meines Onkels Quark.« Nog sah sich um, als hätte er Angst, jemand könnte ihr Gespräch mit anhören. »Ehrlich gesagt, Sir, habe ich ihn bereits bei jedem Besuch auf der *Intrepid* heimlich gescannt.«

»Hat er sich etwas zuschulden kommen lassen?«

»Soweit ich weiß nicht. Ich habe ihn mehrmals gescannt, und er hat nichts gestohlen.« Nog sah sich verlegen um. »Sir, ich ...«

»Sprechen Sie weiter.«

»Ich fühle mich deswegen ... irgendwie schuldig. Das ist genau die Art von Diskriminierung, der mein Vater und mein Onkel auf Deep Space 9 durch Sicherheitschef Odo ausgesetzt waren, und ich weiß nicht, ob ich das noch weiter machen kann.«

»Trotzdem vielen Dank, Nog.«

Berlinghoff Rasmussen war ein bisschen enttäuscht, dass die Ingenieure der *Challenger* keine der Phasenpistolen repliziert hatten, die sehr viel gefährlicher aussahen als die Phaser, mit denen ihre eigenen Sicherheitsteams ausgerüstet waren. Dafür war er beeindruckt, wie perfekt die Ersatzteile für die Abdeckplatten und Stühle waren. Sie sahen aus, als wären sie geradewegs dem Jahr 2160 entsprungen, fabrikneu produziert.

Er rang mit sich, ob er versuchen sollte, Doktor Brahms mit seiner Bewunderung für diese Arbeit zu beeindrucken, aber er entschied sich dagegen. Geordi La Forge mochte ihn ohnehin schon nicht besonders, und er wollte dem Mann nicht noch einen weiteren Grund geben, ihn im Auge zu behalten. Stattdessen begleitete er lieber die neuen Möbel auf die *Intrepid.*

Als das Runabout *Clyde* an die *Intrepid* andockte, hielt Rasmussen kurz inne, bevor er ausstieg, und schob ein Padd unter ein Sitzkissen, wo niemand danach suchen würde. Dann ging er auf die Shuttlerampe der *Challenger* und ließ sich von dem trügerisch kleinen Sicherheitschef mit einem Trikorder scannen, da dieser sichergehen wollte, dass er nichts mitgehen ließ. Dieser Vorgang machte ihm nichts aus, sondern amüsierte ihn vielmehr jedes Mal.

Sie glaubten, dass er noch immer das Bedürfnis hätte zu stehlen, wo die Dinge doch jetzt ganz anders standen als vor fünfzehn Jahren. Er hatte es ihnen oft genug gesagt, aber natürlich glaubten sie ihm nicht. Im Grunde war es ihm auch egal, ob sie ihm Glauben schenkten oder nicht, weil er sich einfach prächtig amüsierte.

Auf der überfüllten Brücke, die nur spärlich erleuchtet wurde, war La Forge zum ersten Mal tatsächlich froh, Rasmussen zu sehen. Einerseits, dachte er, dass Rasmussens Anwesenheit auf der *Intrepid* bedeutete, dass er weder Leah noch Guinan noch irgendjemandem sonst auf der *Challenger* auf die Nerven ging. Andererseits hatte Geordi zwar den Schiffscomputer mit Strom versorgt, sich aber noch immer nicht Zugriff auf die Dateien verschaffen können.

So gut La Forge auch mit modernen Computern umgehen konnte, dieser war so veraltet, dass er genauso gut mit Lochkarten hätte arbeiten können. Sein Wissen reichte einfach nicht weit genug zurück. Rasmussen jedoch hatte zu einer Zeit gelebt, als dieser Computer auf dem neuesten Stand war, daher bestand die Chance, dass er auch damit umgehen konnte und wusste, wie man an die Daten herankam.

»Mr. Rasmussen«, rief er, »ich könnte Ihre Hilfe hier gut gebrauchen.«

»Wirklich?« Rasmussen klang erfreut. Er ging an einigen Ensigns vorbei, die den Kommandosessel und einige Konsolenteile anbrachten, die gerade mit der *Clyde* herübergebracht worden waren.

»Wirklich.« Geordi tippte auf den Masteranzeigetisch, der im hinteren Teil der Brücke stand. »Der Computer hat wieder Energie, aber ich komme einfach nicht an die Daten heran.«

Rasmussen kam zu ihm und sah auf den Bildschirm. »Vermutlich hat sich das Betriebssystem mit der Zeit fragmentiert. Aber wenn ich eine Befehlszeile bekomme ...« Er tippte einige lange Instruktionen in den Computer, und auf einmal wurde der Bildschirm schwarz.

»Hey!«, rief La Forge. »Sie haben ihn ausgeschaltet. Aber dieser Computer muss an bleiben.«

»Er läuft noch.« Rasmussen tippte weiter, und Text erschien auf dem Bildschirm. Da stand nur eine Zeile, die immer wieder durch eine neue ersetzt wurde, aber jetzt begriff Geordi, was Rasmussen tat, und seine aufkeimende Panik legte sich wieder. »Wenn hier dieselben Datenstrukturen benutzt wurden wie bei den meisten Universitäten und Privatunternehmen, dann müsste ich die Logbücher finden können«, versicherte ihm Rasmussen.

»Alle Aufzeichnungen des Captains und der Besatzung wären sehr hilfreich.«

Rasmussen runzelte seine breite Stirn. »Ich hab hier was, aber ich bezweifle, dass es ein einfaches Logbuch des Captains ist.«

Geordi sah sich die Zahlenreihe an, die Rasmussen aufgerufen hatte. »Das sieht eher aus wie eine Art Datenspeicher für eine andere Stelle des Schiffsnetzwerks. Es könnte Teil des Betriebssystems sein, aber auch etwas völlig anderes.«

»Nicht ganz. Anhand der Position im Verzeichnisbaum würde ich vermuten, dass es sich dabei um die Sensorlogbücher handelt.«

»Können wir sie entschlüsseln?« Beide Männer wussten, was »Wir« in dem Fall tatsächlich bedeutete.

»Wenn Sie die Konsolen mit den neuen Bildschirmen und dem bereits installierten Energienetz aktivieren können, dann dürften die hier auf der *Intrepid* einsetzbar sein.«

»Das lässt sich machen.« Entschlossen ging La Forge hinüber zur Wissenschaftsstation, wo er an den Schaltkreisen hantierte. »Der Hauptschirm wird sofort aktiviert, eine Sekunde noch.« Damit hatte er nicht übertrieben, denn der gerade erst reparierte Schirm flackerte und summte nur kurz, um dann zu zeigen, wie die *Challenger* im All schwebte. »Das hätten wir«, murmelte er. »Können Sie das Logbuch, oder was immer das ist, hierher umleiten?«

»Ich denke schon.«

Augenblicklich flackerte der Hauptschirm erneut, zeigte weißes Rauschen, und dann war ein Mann darauf zu sehen. Das Bild war körnig, und Pixelartefakte tauchten an vielen Stellen der Aufzeichnung auf, aber man konnte deutlich einen blonden Mann in einem blauen Einteiler erkennen. »*Jason*«, begrüßte ihn eine Stimme im Hintergrund. »*Was hat die* Intrepid *für Sorgen?*«

»Das muss Captain Lambert sein.« Rasmussens Erstaunen war ihm deutlich anzumerken. »Und die Stimme, die wir hören, gehört Admiral Collins.«

»*Romulanische Minen, Admiral*«, begann Lambert. »*Lieutenant al-Qatabi übermittelt Ihnen gerade unsere Position. Wir haben die Detonation einer getarnten Mine der Klasse vier in etwa dreißigtausend Kilometern Entfernung festgestellt. Harry hält die Augen auf, ob es noch mehr davon gibt ...*«

»*Normalerweise werden die nicht einzeln ausgelegt*«, sagte Collins und seufzte. »*Vermutlich gibt es ein ganzes Minenfeld.*«

La Forge starrte gebannt auf den Schirm. Ihm war, als würde diese Unterhaltung genau in diesem Moment stattfinden. Gleichzeitig war er sehr froh, dass es sich dabei um eine Aufzeichnung handelte, da er ja bereits wusste, wie die Sache ausging.

Lambert nickte. »*Ich wollte mich bei Ihnen erkundigen, ob es irgendeine Kommunikation mit den Rommies gegeben hat, die etwas Licht in diese Sache bringen könnte. Wie passt das Vorhandensein von Minen zu dem neuen Vertrag?*«

Rasmussen sah aus, als hätte er einen Geist gesehen.

»Tja, zu den Bedingungen des Waffenstillstands gehört, dass sie alle Minen in den umstrittenen Territorien, die im Vertrag aufgeführt werden, deaktivieren, und dazu gehört eindeutig auch Ihre Position.« Admiral Collins hielt kurz inne. *»Die Detonation war nicht nahe genug, um Ihnen Schaden zuzufügen?«*

»Nein, Sir, aber da wir jetzt wissen, dass es da draußen Minen gibt, sind wir ziemlich beunruhigt.«

La Forge konnte Lamberts Befürchtungen nachempfinden.

»Meine Herren«, schaltete sich eine hübsche Eurasierin ein, bei der es sich vermutlich um die erwähnte al-Qatabi handelte. *»Einige Minen haben nur eine begrenzte Lebensdauer, und andere können ferngezündet werden, um sie nach einem Konflikt unschädlich zu machen. Könnte es vielleicht sein, dass wir nur Zeuge geworden sind, wie die Romulaner ihre Minen deaktivieren? Wir wissen, dass sie ihre Ausrüstung lieber zerstören, als sie uns in die Hände fallen zu lassen.«*

»Ich werde das Diplomatische Korps bitten, eine Stellungnahme der Romulaner zu diesem Thema einzuholen«, meinte Collins. *»Dann wissen wir, ob sie sie tatsächlich nur deaktivieren.«*

»Besser wäre es«, knurrte Lambert. *»Wir haben alle schon mehr als genug Medaillen, und wenn Johnny Archer noch eine weitere bekommt, wird seine Uniform unter dem Gewicht zerreißen.«*

»Das werde ich ihm ausrichten. In der Zwischenzeit sollten Sie versuchen, die Größe des Minenfelds zu bestimmen.«

»Harry wird sich gleich an die Arbeit machen. Es sei denn, Sie wollen die Enterprise *hier rausschicken und uns …«*

Der Schirm wurde so plötzlich schwarz, dass La Forge zusammenzuckte wie unter einem Schlag. Er sah sich zu den anderen auf der Brücke um. Die Ingenieure sahen aus, als wären sie gerade von einer Klippe gestürzt, und auch Rasmussen war blass und wirkte erschüttert.

»Verdammt«, flüsterte er. »Das haben sie so oft in den Nachrichten gezeigt.« Er schüttelte den Kopf. »Ich hatte bis dahin noch nie jemanden sterben sehen.«

»Sie wussten nicht mit Sicherheit, dass er oder irgendjemand anderes an Bord tot war«, meinte Geordi.

»Nein, vom Kopf her konnten wir uns nicht sicher sein«, gab Rasmussen zu. »Aber in unserem Herzen wussten wir alle, die das gesehen hatten, dass sie tot waren. Die Romulaner ...«

»Wir wissen, dass es keine romulanische Mine gewesen ist«, merkte Geordi an. »Das Schiff ist noch immer hier.«

»Ich würde dennoch wetten, dass sie irgendwie dafür verantwortlich waren.«

Während Rasmussen mit den frisch replizierten Teilen auf die *Intrepid* flog, nutzte Brahms die Gelegenheit, im Nelson's etwas zu essen. Sie hätte auch den Replikator in ihrem Quartier benutzen können, aber sie wollte sich mit Guinan unterhalten. Mit ihr konnte sie über alles reden, selbst über Dinge, über die sie normalerweise mit niemandem sprechen würde.

»Ich weiß, dass Geordi zu Besessenheit neigen kann, aber ich hätte nie gedacht, dass er nachtragend sein könnte«, begann Leah.

Guinan runzelte die Stirn, was nur sehr selten vorkam. »Nachtragend? Ich wüsste nicht, dass ich das je bei ihm erlebt hätte.«

»Dann haben Sie nicht gesehen, wie er Rasmussen ansieht, oder gehört, was er über ihn sagt.«

»Ah, Rasmussen ...« Ihr Tonfall schien Bände zu sprechen. Leah mochte keine so gute Zuhörerin sein wie Guinan, aber sie erkannte die Zeichen, wenn sie sie sah.

»Dann wissen Sie, was ich meine?«

Guinan blinzelte einige Male. »Unglücklicherweise ja. Ich war ebenfalls auf der *Enterprise*, als Rasmussen ihr einen Besuch abgestattet hat, und erinnere mich sehr gut an ihn.«

»Er ist ja auch eine bemerkenswerte Persönlichkeit.«

»Aber auf die falsche Weise.«

Brahms war enttäuscht über Guinans Worte. Sie hatte geglaubt, dass Guinan ihre Einstellung mehr als alle anderen verstehen würde.

»Nicht Sie auch noch?«

»Rasmussen hat meine Freunde bestohlen. Er hat versucht, Commander Data zu entführen. Und er hat so getan, als könne er einem Planeten helfen, der in Gefahr war, sich dann jedoch geweigert.«

»Er konnte ihm doch eigentlich auch gar nicht helfen.«

»Nein, das konnte er nicht, weil er nicht aus der Zukunft stammte. Er hätte einfach zugeben können, dass er nicht wusste, was passiert. Selbst wenn er bei seiner Geschichte bleiben und weiter behaupten wollte, er käme aus der Zukunft, hätte er sagen können, das wäre nicht sein Fachgebiet, die Aufzeichnungen wären verlorengegangen oder etwas in der Art. Aber es schien ihm große Freude zu bereiten, so zu tun, als würde er anderen sein Wissen bewusst vorenthalten.«

»Sie scheinen damit andeuten zu wollen, dass er das Recht gehabt hätte, sich zu weigern, wenn er tatsächlich aus der Zukunft gekommen wäre und gewusst hätte, was passiert war.«

»Ja, das hätte er. Aber so war es nicht.«

»Denken Sie, dass ich mich von ihm fernhalten sollte?«

Guinan zögerte, schüttelte dann aber den Kopf. »Ich bezweifle, dass er grausam oder gewalttätig ist. Er ist ein Dieb, aber ich habe nie gesehen, dass er jemanden mutwillig verletzt hätte.«

»Und was ist mit Commander Data?«

»Ich bin mir ziemlich sicher, dass das aus Rasmussens Sicht eher Diebstahl statt Entführung gewesen ist. Er hat Data als Erfindung und nicht als Person angesehen.«

»Danke, Guinan.«

»Wofür?«

»Da bin ich mir noch nicht sicher«, gestand Leah.

»Wenn ich es nicht mit eigenen Augen sehen würde, dann hätte ich es niemals geglaubt«, hauchte Scotty.

»Dasselbe habe ich auch gedacht«, stimmte ihm La Forge zu. Scotty, Barclay, Brahms und er standen in dem Labor, das sie an

Bord des Runabouts *Thames* eingerichtet hatten, und besprachen die Daten, die sie aus dem Speicher der *Intrepid* gesichert hatten. »Tatsächlich frage ich mich sogar, ob es sich hierbei nicht doch um irgendeine moderne Fälschung handelt, wie Worf vermutet hat.«

»Und wie soll die hierher gelangt sein? Die Dateien der *Intrepid* waren seit Jahrhunderten unzugänglich.«

»Wäre Rasmussen ein Experte in Quanten-Slipstream-Techniken, dann würde ich mich fragen, ob er diese Anzeige irgendwie beeinflusst hat, während wir die Sensorlogbücher reaktiviert haben.«

»Aber das ist er nicht.«

»Nein, und die Datierungen passen alle perfekt zusammen.«

»Slipstream hin oder her ... So etwas habe ich noch nie zuvor gesehen«, meinte Scotty. »Es könnte natürlichen oder künstlichen Ursprungs sein ...«

»Auf jeden Fall sollten wir uns damit näher beschäftigen.«

Scotty nickte. »Aye ... Ich weiß nicht, welcher Gedanke schlimmer ist, dass es etwas Natürliches oder etwas Künstliches sein könnte. Leah und ich haben an den Tests der *Vesta*-Klasse mitgearbeitet, aber wenn diese Daten hier wirklich künstlich erzeugt wurden, dann ist das ein ganz anderes Kaliber ... Gibt es noch mehr davon im Computer der *Intrepid*?«

»Seit Rasmussen uns Zugang zum System verschafft hat, laden wir so viel herunter, wie wir nur können, und decodieren es so schnell wie möglich. Allerdings haben wir auch jede Menge defekter Dateien entdeckt«, antwortete La Forge.

»Geben Sie Ihr Bestes.«

Scotty und Barclay verließen das Labor, und La Forge sah sich erneut die Daten an. »Offenbar hat uns Rasmussen tatsächlich einen guten Dienst erwiesen.«

»Ist das so überraschend?«, entgegnete Brahms. »Die Sternenflotte hat ihn uns aus gutem Grund zugewiesen.«

»Anscheinend schon. Aber das heißt noch lange nicht, dass ich ihn mögen muss.«

»Er mag ein Lügner und ein Dieb gewesen sein, aber er kommt mir nicht wie jemand vor, der gewalttätig wird.«

»Er hat meinen Freund mit Waffengewalt entführt«, erwiderte La Forge entrüstet.

»Aber das ist ihm nicht gelungen.«

»Dennoch, er hat es versucht. Außerdem stellt sich noch die Frage, wie er überhaupt an diese Zeitkapsel gekommen ist.«

»Und, woher hatte er sie?«

»Ich weiß es nicht«, gab Geordi zu, »aber er hat angedeutet, dass ihr ursprünglicher Besitzer nicht mehr in der Lage gewesen wäre, sie zu benutzen.«

»Was man so verstehen kann, dass er tot ist. Tot war. Tot sein wird, falls er wirklich aus dem sechsundzwanzigsten Jahrhundert stammt ...« Brahms stöhnte und rieb sich die Schläfen. »Was auch immer.«

»Ich will damit nur sagen, dass niemand genau weiß, wie Rasmussen in den Besitz der Kapsel gekommen ist. Es ist durchaus möglich, dass er diesen Professor aus dem sechsundzwanzigsten Jahrhundert ermordet hat.«

»Aber Sie wissen es nicht.«

»Data meinte, dass Rasmussen so etwas angedeutet hätte, als er versucht hat, ihn zu entführen. Und Data hätte sich so etwas nicht einfach ausgedacht.«

Gerade wollte Rasmussen eintreten und sich das verdiente Lob für die Entdeckung der Sensorlogbücher abholen, als er hörte, dass sich die Unterhaltung um sein früheres Leben drehte.

Er hatte den Professor nie vergessen, dessen Zeitkapsel er geerbt hatte, und er bezweifelte, dass er es jemals tun würde.

Auch sonst hatte er nicht viel aus dieser Zeit vergessen.

So sehr er es auch versucht hatte.

KAPITEL 9

Die Blätter in Trenton färbten sich rot und golden, und Berlinghoff Rasmussen merkte, dass die Nächte langsam kühl wurden. Tagsüber war es noch immer fast so warm wie im Sommer, daher arbeitete er gern in seiner Werkstatt und ließ dabei das große Rolltor offen stehen.

So arbeitete er am liebsten, aber noch lieber hielt er sich unten am Fluss im Park auf oder aß im *The Hidden Panda* zu Mittag, wenn es in der Bar noch entspannt zuging und das Publikum ebenso abwechslungsreich war wie die chinesische Speisekarte. Während sein neues Molekularschneidegerät durch ein weiteres Neoprenrechteck schnitt, verspürte Rasmussen das Bedürfnis, gleich wieder dorthin zu gehen und seine Sorgen zu ertränken. Vielleicht könnte er ja so seine Muse hervorlocken.

Das Gerät war im Grunde nur ein röhrenförmiges Laserschneidegerät, das im Schneidbrenner reaktives Plasma verwendete. Er hatte ein Testobjekt aus mehrschichtigem Stahl, Neopren, Plastik und Kevlar in der Mitte der Werkstatt auf einem Rahmen montiert. In der Theorie sollte der Schneidbrenner nur das Metall durchtrennen und nicht die Materialien, die in Raumanzügen verwendet wurden. Somit könnte eine Person, die einen Raumanzug trug, ihn sicher verwenden.

So weit die Theorie. In der Praxis durchschnitt das verdammte Ding alles, und er konnte nicht herausfinden, wie es sich auf die richtigen Molekularstrukturen einstellen ließ. Er versuchte es erneut, dieses Mal mit einer anderen Einstellung und einem anderen Testobjekt. Das Schneidegerät brannte sich durch alles hindurch, und das Testobjekt fiel in zwei Hälften zerteilt zu Boden.

Rasmussen ließ die Schultern sinken und warf das Gerät auf seine Werkbank. So langsam fragte er sich, ob er sie nicht seine Schuttbank nennen sollte. Er setzte sich hin und starrte seinen Prototypen an. »Ich gehe erst mal Mittag essen. Danach sehen wir weiter.«

Es dauerte nur wenige Minuten, durch den kleinen grünen Park zum *The Hidden Panda* zu laufen. Unterwegs schaute er hin und wieder zu den Shuttles hinüber, die im Transportpark der Universität starteten und landeten. Das waren genau die Transportmittel, die seine Geräte an Bord haben sollten.

An den Tischen und in den Separees des *The Hidden Panda* lagen einige Kommunikations-Padds, die nur innerhalb des Restaurants funktionierten. Als Rasmussen hereinkam, warf er einen Blick darauf, ohne eines aufzuheben. Die meisten Schlagzeilen beschäftigten sich mit der Wirtschaftslage nach dem Romulanischen Krieg und damit, dass die Erkundungsmissionen wieder aufgenommen wurden. Geschichten über die Personen, die einen Posten bei der Föderation erhalten hatten, schafften es selten auch nur in die Nebenberichte.

Jo stand an der Bar, als er eintrat, und er freute sich, sie zu sehen. Der Tag wurde gleich viel besser, sobald sie ihn anlächelte. »Hi, B. R. Funktioniert das Ding immer noch nicht?«

»Woher weißt du das?«

»Du kommst um diese Uhrzeit nur hierher, wenn irgendwas nicht geklappt hat.«

»Oh, großartig. Gut beobachtet, Holmes, und jetzt schieb mir was rüber.«

»Das Übliche?«

»Ja, das Übliche.«

Sie schob ihm einen Cappuccino und einen Bourbon über den Tresen. Wie immer ließ Jo über der Bar den Föderationsnachrichtensender laufen. Der Kopf eines Sprechers strahlte breit und verkündete: *»Föderationsnachrichten: Der vulkanische Wissenschaftsrat hat Untersuchungen angekündigt, um die Möglichkeit von Zeitreisen* *zu überprüfen. In Übereinstimmung mit Vertretern von der Erde und Tellar ...«*

»Zeitreisen.« Jo schüttelte Kopf, an dem Rasmussen nicht ein graues Haar entdeckte, obwohl er schon danach Ausschau hielt, seitdem er das erste Mal hierhergekommen war. »Das Erste, was ich mit einer Zeitmaschine tun würde, wäre, zu meinem Junggesellinnenabschied zu fliegen und mir ein Ticket zu einem Ort zu besorgen, der möglichst weit weg von New Jersey ist. Verstehst du, was ich meine, B. R.?«

Berlinghoff Rasmussen verstand genau, was sie meinte. Er hatte Jos Mann kennengelernt. »Ich würde verdammt viel Geld bei diversen Worldcups setzen. Das wäre für die Reisekasse bestimmt hilfreich.« Bei dem Gedanken musste er grinsen.

Jo lachte. »Gut mitgedacht, mein Freund. Gut mitgedacht.« Sie schob Rasmussen ungefragt einen weiteren Cappuccino hin. »Das Buffet wird übrigens in etwa zehn Minuten eröffnet, falls du Interesse hast.«

»Das ist einer der beiden Gründe, aus denen ich hierherkomme.« Er fing sich gerade noch rechtzeitig, bevor er zu viel sagen konnte.

»Und dieses Ding, an dem du arbeitest, ist der andere?«

»Es gibt kein Ding.« Verschwörerisch legte er sich einen Finger auf die Lippen und tippte sich dann an die Nase. »Noch nicht jedenfalls, aber hoffentlich in ein paar Tagen. Vorausgesetzt natürlich, unsere Superregierung findet nicht jemand anderen, der an genau derselben Sache arbeitet.«

»Superregierung? Oh, du meinst die Föderation. Ich glaube nicht, dass die in New Jersey das Sagen hat ... nur außerhalb der Erde.«

»Das sagst du jetzt, aber ...« Seine Laune besserte sich, und er lachte auf. »Nun, es ist immer noch besser, als unter romulanischer Herrschaft zu stehen.«

»Der Krieg ist zu Ende.«

»Vorerst. Kriege neigen dazu, immer mal wieder auszubrechen.« Rasmussen verfluchte sich selbst. Es war nicht seine Absicht gewesen, die Unterhaltung in eine derart deprimierende Bahn zu lenken. »Ich meine, was wäre denn, wenn die zuerst die Zeitreisen erfinden? Dann könnten sie zurückkommen und den Ausgang des Krieges ändern.«

»Ich kann mir nicht vorstellen, dass der vulkanische Wissenschaftsrat seine Erkenntnisse an die Romulaner weitergeben wird. Du etwa?«

»Eigentlich nicht.« Er drehte sich um und entdeckte einen Mann, den er in den letzten Monaten schon ein- oder zweimal an der Bar gesehen hatte. Es war ein kleiner Mann mittleren Alters, der aussah wie ein Professor. Die Universität lockte viele KI- und Kybernetikexperten an.

Der Mann sah ihn und kam rüber. »Hallo. Sie sind B. R., nicht wahr? Wir haben uns gestern hier getroffen.«

»Gestern? Es muss acht Wochen her sein, dass ich Sie das letzte Mal gesehen habe.«

»Ach, wirklich?« Er sah auf seine Uhr. »Oh, das tut mir schrecklich leid. Ich habe wirklich geglaubt, wir hätten uns gestern gesehen, aber vielleicht bin ich auch ein wenig abgelenkt und habe Sie verwechselt.«

»Ich habe gestern nicht mal das Haus verlassen, tut mir leid.«

»Ah, Sie haben was erfunden! Etwas Gutes?«

Rasmussen war gleichzeitig erfreut und misstrauisch, dass ihm plötzlich so viel Aufmerksamkeit zuteilwurde, und suchte nach den richtigen Worten. »Nun ja, es hat Potenzial. Wie immer.«

»Freut mich zu hören.«

»Und, woran arbeiten Sie, äh, Professor? Doktor?«

»Professor. Dominic Kent.« Sie schüttelten einander die Hand. »Ich arbeite in der Geschichtsabteilung drüben in der Universitätsbibliothek.«

»Verstehe. Ich forsche an der Zukunft, Sie an der Vergangenheit.« So etwas Ähnliches hatte Rasmussen sich schon gedacht. Der Mann hatte »verstaubter Geschichtsprofessor« quasi schon auf der Stirn stehen.

»Ja, genau. Und ich erforsche auch gern das Buffet hier, wenn Sie verstehen, was ich meine. Es ist einfach hervorragend«, fügte er an Jo gewandt hinzu.

»Das beste in Trenton«, stimmte sie ihm zu. »Und soeben eröffnet.«

»Großartig«, jubelte Kent, und Rasmussen war ganz seiner Meinung. Sie liefen fast schon um die Wette zum Buffet.

Rasmussen traf Kent in dieser Woche noch zwei Mal und wechselte einige Worte mit ihm, aber ihre dritte Begegnung blieb ihm besonders im Gedächtnis haften. Diese verlief ganz ohne belangloses Geplauder; Rasmussen war überzeugt davon, dass der Professor ihn nicht einmal gesehen hatte.

Rasmussen war zur Universität gegangen, um in der Bibliothek einige Dinge nachzuschlagen. Als er zwei Stunden später wieder herauskam, bemerkte er eine vertraute Gestalt, die versuchte, ihren Mietwagen von einer Stahlkralle zu befreien, die um ein Rad gelegt worden war. Amüsiert überlegte Rasmussen, dass der biedere Professor falsch geparkt haben musste.

Doch das Lachen verging ihm, als Kent sich nach beiden Seiten umschaute, dann neben das Rad kniete und einen kurzen Metallzylinder aus der Tasche holte. Dabei handelte es sich um ein Laserschneidegerät, aber als Kent ihn über das Rad zog, fiel nur die Metallklammer ab und das Rad blieb unversehrt. Das Gummi des Reifens schien keine Spur von dem Schneidstrahl davongetragen zu haben.

Rasmussen erkannte das Konzept sofort wieder; schließlich arbeitete er bereits seit Monaten daran. Und auf einmal besaß dieser verstaubte Professor ein funktionsfähiges Modell! War er etwa selbst ein Erfinder und hatte ihn mit der Behauptung, er wäre Geschichtsprofessor, nur auf die falsche Fährte bringen wollen, um seine Erfindung zu stehlen? Oder hatte jemand anderes dieses Gerät längst erfunden und sogar schon auf den Markt gebracht?

Nach einigen Stunden Recherche war er überzeugt davon, dass der Professor das Schneidegerät nicht gekauft haben konnte. Damit blieben nur die Möglichkeiten, dass er es selbst erfunden oder von ihm, Rasmussen, kopiert hatte.

Eigentlich hatte er nicht vorgehabt, dem Professor von da an ständig zu folgen, aber irgendwie wurde es einfach zur Gewohnheit. Es schien der logischste Weg zu sein, um sicherzustellen, dass der Mann nicht etwa *ihm* folgte.

Außerdem machte es sogar Spaß, Kent zu beschatten, und Rasmussen begann zu verstehen, warum manche Leute Polizisten oder Privatdetektive werden wollten. Der Reiz des Neuen würde sicher irgendwann nachlassen, aber vorerst amüsierte es ihn. Eine Woche lang fuhr der Professor jeden Abend auf den Parkplatz eines u-förmigen, beigefarbenen Hauses mit falschen roten Schindeln auf dem Dach und einer Veranda auf der Innenseite des Us. Ein holografisches Schild, das von der Decke hing, verkündete, dass es sich dabei um das *Cheep'N'Cheerful Motel* handelte. Es war nicht gerade luxuriös, aber auch nicht zu schäbig. Solide Mittelklasse, sauber, aber nicht schick, billig, aber nicht heruntergekommen oder gefährlich. *Anonym und sicher*, überlegte Rasmussen. Genau der Ort, an den jemand gehen würde, der nicht auffallen will.

Eines Morgens kam Rasmussen etwas früher dorthin und sah, wie der Professor losfuhr. Der Prototyp seines Schneidegeräts, den er mitgebracht hatte, machte kurzen Prozess mit dem Türschloss, dem Türgriff und einem Teil der Tür. Rasmussen benötigte nur fünfzehn Sekunden, um festzustellen, dass sich im Zimmer nichts von Interesse befand. Also überprüfte er die Garage dahinter. Erneut entfernte er mit dem Schneidegerät das Schloss und ein Stück der Tür. Er rechnete damit, vielleicht eine Werkbank oder Werkzeuge vorzufinden, aber natürlich keinen Wagen, da der Professor ja mit seinem Auto losgefahren war.

Womit er auch nicht gerechnet hatte, war, dass in der Garage ein Shuttle stand. Einen Moment lang glaubte Rasmussen zu halluzinieren, doch das silberne Schiff mit den zackigen Kanten stand tatsächlich vor ihm.

Er berührte es und fühlte Metall, was beruhigend war. Da er keinen Mechanismus finden konnte, um die Tür zu öffnen, und auch nicht durch die dunkle Windschutzscheibe sehen konnte, versuchte er sich mit dem Schneidegerät Zutritt verschaffen.

Doch der erwärmte nicht einmal die Oberfläche des Materials.

»Aus welcher Zeit kommen Sie?«, fragte Rasmussen Professor Kent, kaum dass dieser die Tür öffnete. Der Professor wirkte noch immer erschüttert, da er das Loch in der Tür entdeckt hatte, und Rasmussen hatte beschlossen, diese Verwirrung auszunutzen und ihn direkt zu fragen.

»Was?«

»Das ist eine ganz einfache Frage, dachte ich. Aus welcher Zeit kommen Sie?«

»Sie meinen, von welchem Ort ich komme? Aus Cambridge.«

»Ich will wissen, aus welcher Zeit Sie kommen.« Rasmussen lachte über Kents Versuch, Verständnislosigkeit vorzutäuschen. »Ach, kommen Sie, vor mir müssen Sie doch nichts verbergen. Ich bin Wissenschaftler und Erfinder ... Ich habe schon hin und wieder darüber nachgedacht, ob Zeitreisen möglich wären.«

»In der Unterhaltungsindustrie ist Science-Fiction nach wie vor sehr gefragt. Sie könnten ein Vermögen machen ...«

»Professor, bitte. Ich habe Sie in den letzten Wochen beobachtet. Nachdem ich gesehen hatte, wie Sie die Parkkralle entfernt haben, bin ich Ihnen gefolgt. Ich habe Ihr ... was immer es auch ist in Ihrer Garage gesehen. Das Material, aus dem es besteht, ist mir noch nie unter die Augen gekommen.«

»Sie hatten kein Recht, so etwas zu tun! Was sind Sie, eine Art Stalker?!«

»Eigentlich«, erwiderte Rasmussen, »habe ich *Sie* genau dafür gehalten. Ich dachte, Sie wären mir gefolgt, hätten das von mir erfundene Schneidegerät gestohlen und umgemodelt, bis es funktioniert. Ich wollte es nur zurückstehlen. Doch dann habe ich die

Wahrheit herausgefunden. Gut, ich mag nicht das Recht dazu gehabt haben, diesen seltsamen kleinen Raum zu betreten, den Sie angemietet haben, aber ich bin dennoch froh, dass ich genau das getan habe.«

»Sie geben also zu, dass Sie bei mir eingebrochen sind? Ich werde den Sicherheitsdienst ...«

Rasmussen winkte abfällig. »Nur zu, tun Sie das.«

»Was?«

»Na los, tun Sie es, wenn Sie es wirklich wollen. Aber ich glaube nicht, dass Sie das tun können, denn die würden Sie bitten, sich auszuweisen. Und auch wenn Ihre Papiere offenbar gut genug sind, um ein Zimmer und eine Garage anzumieten, werden sie einer gründlichen Überprüfung wohl kaum standhalten.«

»Sie sind betrunken. Und beleidigend, wie ich hinzufügen möchte.« Kent versuchte, ihn aus dem Zimmer zu schieben, aber Rasmussen, der größer war, rührte sich nicht.

»Ich denke nicht, dass es beleidigend ist, anzunehmen, dass ein Mann, der noch nicht einmal geboren wurde, keine gültige Geburtsurkunde vorzeigen kann. Also, spucken Sie's aus: Aus welcher Zeit kommen Sie?«

»Ich bin ... nicht von der Erde.«

Rasmussen schüttelte nur den Kopf. »Nein, Sie sind ein Mensch. Sie haben eine Zeitung von nächster Woche auf dem Stuhl da vorn liegen lassen.«

Kent sackte in sich zusammen und ließ sich auf einen Stuhl fallen. »In Ordnung, Sie haben gewonnen. Ja, ich komme aus der Zukunft. So. Reicht Ihnen das? Oder müssen Sie es genauer wissen?«

»Lassen Sie uns im *The Hidden Panda* was trinken gehen und eine Kleinigkeit essen, dann können wir darüber reden.«

»Äh ... Okay. Ich möchte nur eben den Mantel wechseln.« Der Professor huschte nach draußen, und Rasmussen folgte ihm langsam. In der Garage holte er ihn ein. In der leeren Garage.

»Was haben Sie mit mein... mit meinem Eigentum gemacht?«

»Jeder kann sich einen LKW mieten.«
»Das war aber nicht jeder, das waren *Sie*.«
»Tja, ich kann Sie doch nicht dahin verschwinden lassen, woher Sie gekommen sind, ohne dass wir uns vorher unterhalten haben.«

Nach einigen Drinks hatten sich die Gemüter etwas beruhigt. Rasmussen schenkte Jo zur Abwechslung mal keine Beachtung.

»Was wäre, wenn Sie jede Menge Technik mitgebracht hätten? Sie könnten reich werden. Sagen Sie, Sie hätten all diese Sachen erfunden ...«

Er hielt inne, als Kent heftig den Kopf schüttelte.

»Das geht nicht. Man würde riskieren, die Erhaltung der Realität zu verletzen.«

»Die Erhaltung von was?!«

»Der Realität.« Der Professor trank einen Schluck und schniefte. »Passen Sie mal auf. Einige Leute denken, dass es eine unendliche Anzahl an Paralleluniversen gibt und dass jede Entscheidung, mag sie auch noch so unbedeutend sein, nur eine von vielen Möglichkeiten ist und es für jede ein eigenes Universum gibt.«

»Okay, so weit, so gut. Was ist falsch daran?«

»Tja. Sehen Sie sich diesen Drink an. Bourbon, eine ganz gute Marke. Was wäre, wenn es eine andere Marke wäre? Gibt es eine separate Realität, ein eigenes vierzehn Milliarden Jahre altes Universum für jede Bourbonmarke, die sich in diesem Glas in diesem Moment befinden könnte?«

Rasmussen bekam langsam einen schweren Kopf. Ihm war nicht bewusst gewesen, dass er schon so viel getrunken hatte. »Das kommt mir ein wenig übertrieben vor, aber so ist nun mal der natürliche und meiner Ansicht nach wunderbare Lauf der Dinge.«

»Genau!« Der Professor nickte und trank einen weiteren Schluck. »Aber das könnte möglicherweise auch nichts als Unsinn sein.«

»Ach ja?«

»Die Theorie der Erhaltung der Realität lautet wie folgt: Zeit und

Raum, wie wir sie kennen, existieren seit den ersten Sekundenbruchteilen des Urknalls, nicht wahr?«

»So habe ich es gelernt«, stimmte ihm Rasmussen zu.

»Sie sind beide ziemlich elastisch. Wenn ein neuer Planet aus einem Nebel gebildet wird, kann das Universum ihn problemlos aufnehmen. Können Sie mir so weit folgen?«

»Bis jetzt schon.« Glaubte Rasmussen zumindest.

»Gut. Und wenn ich jetzt in der Zeit zurückreise und diesen Bourbon trinke, womit ich bewirke, dass der Alkoholiker, der es sonst getan hätte, das nicht mehr tun kann; wenn er dann keinen Kater hat und morgen zur Arbeit gehen kann ... Dann kann die Zeit das ebenfalls absorbieren.«

»Okay ...«

»Aber wenn ich beispielsweise mit einer klingonischen Kriegsflotte, die es erst in vierhundert Jahren geben wird, zurückreise und dafür sorge, dass die Föderation nie existiert hat ...«

»Dann kann die Zeit das nicht mehr absorbieren?«

»Richtig. Sie müsste dafür eine neue Zeitlinie erschaffen.« Kent unterstrich die Worte, indem er mit einem Finger in die Luft stach.

Rasmussen konnte ihm folgen. »Gut. Also schließe ich aus Ihren Worten, dass es eine Art Limit gibt, unter dem man bleiben muss, damit das nicht passiert.«

»Genau.« Kent schien sich zu freuen, dass Rasmussen begriff, worauf er hinauswollte.

»Und wo liegt dieses Limit?«

Kent zuckte mit den Achseln. »Das wüsste ich selbst zu gerne. Es ist eigentlich keine präzise Wissenschaft. Oh, es gibt einige, die sich Namen für konkrete Einheiten der Unwirklichkeit oder des Paradoxen ausgedacht haben, aber die stochern genau wie wir im Dunkeln. Auf jeden Fall ist es immer sicherer, in kleinerem Maßstab zu denken.«

»Gut zu wissen.«

»Seien Sie sich da nur nicht zu sicher. Kleiner ist jetzt sicherer, aber das könnte sich irgendwann ändern oder längst geändert haben. Es hängt davon ab, ob es einen homöostatischen Faktor des Universums gibt.«

»Einen was?« Rasmussen hatte noch nie davon gehört.

»Es scheint, zumindest zu meiner Zeit, etwas an der Theorie eines homöostatischen Universums dran zu sein. Diese Theorie besagt, dass die Existenz oder Nichtexistenz von Dingen davon abhängt, ob das Universum sie benötigt, um seine eigene Existenz im Gleichgewicht zu halten.«

»Sie sind betrunken.«

»Nein, nein, nein ... Nehmen wir beispielsweise Magie und Drachen. Wenn das Universum Magie und Drachen für seine Existenz benötigt, dann gibt es sie auch. Braucht es sie nicht, existieren sie auch nicht. Falls es erforderlich ist, dass sie nie existiert haben, selbst wenn es sie mal gegeben hat oder jetzt gibt, dann haben sie nie existiert. Selbst wenn es und sie und so weiter und so weiter ... Sie haben recht, ich bin ein bisschen angeheitert, was?«

»Nur ein wenig. Nicht so stark, dass es auffallen würde.«

»Ich brauche ... Medizin.«

Zwei Wochen nach ihrer Unterhaltung im *The Hidden Panda* versuchte Rasmussen immer noch, Professor Kent dazu zu bringen, sein Wissen über die Zukunft in einer gleichberechtigten Partnerschaft mit ihm zu teilen, indem er ihm seine Zeitkapsel vorenthielt. Er hatte gehofft, dass die Gespräche über die Zufallsgesetze und die Erhaltung der Realität die Zunge des Professors so weit lockern würden, dass er etwas über künftige historische Ereignisse oder technologische Fortschritte verriet.

Wenn er etwas derart Fortschrittliches, dass es geradezu magisch war, sozusagen »neu erfinden« könnte, dann wäre er ein gemachter Mann. Doch zu seinem Leidwesen ließ Kent die Unterhaltungen nie in diese Themengebiete abschweifen, und so erfuhr der Professor von Rasmussen mehr über den kürzlich beendeten Romulanischen Krieg als dieser von ihm.

Zumindest hatte er Rasmussen, ohne es zu wissen, mit Lesestoff versorgt. In seiner Tasche hatte sich eine Datentafel befunden - ein aktuelles, zeitgenössisches Modell -, auf der lauter Akten und Berichte über Leute mit Namen wie Picard, Seven und Gowron gespeichert waren. Es war faszinierend zu lesen, und er hätte ganze Regale in der Bibliothek füllen können mit diesen Berichten über Raumschiffe und Raumstationen in weit entfernten Bereichen der Galaxis, von denen noch keiner etwas gehört hatte.

Jetzt allerdings spielte Kent offenbar den Kranken.

Wenigstens sparte der Professor Geld, da Rasmussen ihn in einem freien Zimmer in seinem Haus untergebracht hatte. Dort lebte er alleine, seitdem ihn seine Frau vor fünf Jahren verlassen hatte.

»Ich werde Ihnen Ihre Medizin besorgen. Zwei Blocks weiter ist eine Apotheke. Ich kann Sie auch ins Krankenhaus der Universität bringen, falls es etwas Ernsteres ist.«

»Nein, nicht ins Krankenhaus.« Kent lachte betreten. »Der fehlende Ausweis könnte da zum Problem werden, und sobald sie eine Blutprobe nehmen ... Sie könnten einige Dinge sehen, die sie lieber nicht zu Gesicht bekommen sollten.«

»Dann also die Apotheke.«

»Dort wird man das Medikament nicht haben, das ich benötige. Diese Krankheit wird erst in etwa dreihundert Jahren entdeckt werden, weil es noch so lange dauert, bis die Zufallsmutationen auftauchen, die sie erst hervorrufen. In diesem Jahrhundert gibt es kein Medikament dagegen. Ich brauche die Medizin aus meiner Kapsel.«

»Oh nein, nein, nein. Das wäre ein bisschen zu einfach, finden Sie nicht?«, erwiderte Rasmussen. »Nein, das kaufe ich Ihnen nicht ab, Professor!«

»Hören Sie, Sie verdammter Idiot, ich muss ...«

»Nein.« Und damit war Rasmussens Ansicht nach das Thema beendet.

Zumindest schnarchte und schnaufte Kent am nächsten Morgen nicht, was eine angenehme Abwechslung darstellte.

»Kommen Sie, Professor, es ist ein sonniger neuer Tag im wunderschönen Trenton!« Kent regte sich nicht. »Ich habe Würstchen, Tomaten und Pilze in der Pfanne. Das esst ihr Briten doch morgens so gern, oder nicht? Ein richtiges englisches Frühstück. Zumindest ist das in diesem Jahrhundert so, und ich hoffe, dass es das zu Ihrer Zeit auch noch gibt ...«

Der ältere Mann reagierte noch immer nicht, und so langsam fand Rasmussen es nicht mehr witzig. »Jetzt kommen Sie schon. Es reicht. Wird Zeit, dass Sie Ihren Hintern aus dem Bett schwingen und zur Arbeit gehen.« Er streckte den Arm aus und wollte den Professor an der Schulter wachrütteln.

Schon während er den Mann auf die Seite drehte, spürte er instinktiv, dass etwas nicht stimmte. Als er das schlaffe, blasse Gesicht des Professors sah, hatte Rasmussens Bewusstsein auch verarbeitet, wie kalt sich dessen Haut unter seinen Fingern anfühlte.

Die Augen des Professors waren leicht geöffnet, und ihm lief ein wenig Spucke aus dem Mundwinkel die Wange herunter. Er atmete nicht mehr, was Rasmussens gute Laune endgültig zunichtemachte.

Alle Flüche und Schimpfwörter, die Rasmussen je gehört hatte, schossen ihm durch den Kopf, doch er sprach keinen davon aus; es waren einfach zu viele. Er konnte keinen klaren Gedanken mehr fassen, und auf einmal stellte er fest, dass er auch aufgehört hatte zu atmen. Mit Mühe und Not stieß er ein ersticktes Keuchen aus.

Wie wurde man eine Leiche los? Und noch schlimmer: Wie entsorgte man eine Leiche, die nie am Leben gewesen war, zumindest noch nicht? Rasmussen wusste, dass er den Professor nicht in ein Krankenhaus bringen konnte, denn sonst würde ein Arzt etwas über die Medizin der Zukunft in Erfahrung bringen. Das durfte er auf keinen Fall zulassen, solange er kein Abkommen mit dem betreffenden Arzt geschlossen hatte, alle Patente und Tantiemen zu teilen.

Er konnte die Leiche aber auch nicht einfach irgendwo abladen, wenn er nicht in Verdacht geraten wollte, den Mann ermordet zu haben.

Letzten Endes brachte er den Leichnam im Schutz der Nacht zu der schäbigen, heruntergekommenen Lagereinheit, die er angemietet hatte, um die Zeitkapsel zu verstauen. Dort stand sie auf dem schmutzigen Zement und hatte nur eine Kühltruhe, einen stählernen Aktenschrank und einige verschimmelte Pappkartons als Gesellschaft.

Das war sein erster Glücksgriff seit einem Monat, denn als er die Leiche in Richtung der Kühltruhe schleifte, die an der Rückwand stand, fiel die Hand des Professors herunter und berührte für einen Augenblick die Seite der Zeitkapsel.

Und die Kapsel klackte.

Rasmussen erstarrte, ließ die Füße der Leiche fallen und drehte sich zur Zeitkapsel um. Das, worauf er lange gewartet hatte, geschah: Quälend langsam ging die Tür auf. Rasmussen konnte es kaum ertragen, dabei zuzusehen. Er legte den Kopf schräg, um die fabelhaften Enthüllungen so früh wie möglich erkennen zu können. Das war schließlich die erste funktionierende Zeitmaschine, oder sie würde es sein, sobald er sie »erfunden« hatte.

Wie fortschrittlich war ein derartiges Transportmittel? Würde sich überhaupt etwas darin befinden, das er als Technik erkennen konnte, oder würde sie sein Verständnis derart weit übersteigen wie ein Warpreaktor das eines viktorianischen Ingenieurs, der noch mit Dampf arbeitete? Die Spannung brachte ihn beinahe um.

Die Tür schwang nach oben und zur Seite, und Rasmussen sog den Anblick in sich auf. Es gab einen kleinen Frachtraum, und die Wände und die Decke waren mit einer Art metallischem Netz bedeckt, ansonsten unterschied sich der Innenraum nicht sehr von dem eines Lieferwagens oder eines Shuttles. Im vorderen Teil befanden sich einige Sitze, von denen aus man bequem die Steuerung auf dem Armaturenbrett bedienen konnte.

Rasmussens Grinsen gefror. Normale Sitze und ein Armaturenbrett. Das war bei Weitem nicht so magisch, wie er gehofft hatte. Es war eine Sache, das Clarkesche Gesetz zu beherzigen und zu akzeptieren, dass jede hinreichend weit fortgeschrittene Technologie von Magie nicht zu unterscheiden war, aber doch seltsam enttäuschend, wenn besagte Technologie dann schlicht und einfach alltäglich aussah.

Er seufzte. »Ich hätte vermutlich damit rechnen müssen«, murmelte er leise. Seitdem die Menschen geschlossene Fortbewegungsmittel bauten, hatte sich an deren Bauweise nicht mehr viel geändert. Zwei Sitze vor einem Armaturenbrett, das galt für Bodenfahrzeuge, LKW, Flugzeuge, Shuttle und offenbar auch für Zeitmaschinen.

Auf einem Sitz lag eine Datentafel, und er hoffte, dass es sich dabei um eine Bedienungsanleitung handelte.

Die Leiche, die auf dem Zement lag und immer kälter wurde, war vergessen, als er die Tafel aufhob und zu lesen begann. Schon jetzt wusste er, wohin er reisen wollte, und in welche Zeit.

KAPITEL 10

Scotty und La Forge gingen durch die Korridore auf dem D-Deck der *Intrepid* und bewunderten die Leistungen der Ingenieure. Das Schiff sah so gut wie neu aus, soweit Scotty es beurteilen konnte, und es war nicht ein Fitzel toter Biomaterie mehr zu sehen. Dennoch es war ein kaltes Schiff, als wären seine Knochen tief im Inneren noch gefroren.

»Es ist, als würde man hundert Jahre in der Zeit zurückreisen«, flüsterte Scotty erstaunt. »Eine Reise durch die Geschichte.« Er fragte sich, ob Geordi das in Bezug auf seine *Enterprise*, die ursprüngliche NCC-1701, genauso sah.

»Wohl eher zweihundert«, meinte La Forge, »aber Sie haben recht, man hat das Gefühl, im Jahr 2162 zu sein.«

Scotty streckte eine Hand aus und strich mit den Fingerspitzen über den Griff, der in den runden Stützpfeiler auf seiner Seite eingelassen war. »Aye ... Ich hätte nie gedacht, dass ich mich mal an Bord eines Schiffes befinden würde, an dem wir beide uns so fehl am Platze fühlen.«

»Ehrlich gesagt war ich mir nicht sicher, ob wir sie wirklich wieder zum Laufen bringen können.«

Scotty musste sich selbst eingestehen, dass auch er das nicht für möglich gehalten hatte. Aber er wusste, wenn man andere dazu bringen wollte, ihr Bestes zu geben, durfte man nie Überraschung über ihren Erfolg zeigen. Bei einem eigenen Erfolg durchaus, aber nie bei dem anderer. »Wenn wir nicht schon bei der Bergung der *Columbia* ein wenig hätten üben können, dann wäre uns das vielleicht nicht gelungen. Ich vermute, dass einem beim zweiten Mal alles etwas leichter von der Hand geht.« Sie blieben vor der Tür des Maschinenraums stehen, die La Forge öffnete. Scotty nahm mit Erstaunen zur Kenntnis, dass sich diese Raumschifftür tatsächlich noch an Türangeln aufschwingen ließ. »Verdammt noch mal, als Nächstes muss ich wohl noch feststellen, dass die Tore der Shuttlerampe mit Vorhängeschlössern verschlossen werden.«

»Man sagt doch immer, dass die Vergangenheit ein anderes Land wäre.«

»Und das Schwierigste überhaupt ist, ein Reisevisum zu bekommen, nicht wahr?«

La Forge lachte, und sie betraten den Maschinenraum. Der zentrale Reaktor und der Warpkern waren in bronzefarbene Platten gehüllt, statt wie gewohnt in durchsichtigen Behältern zu glühen. Reg Barclay an der Hauptkonsole drehte sich um, als sie eintraten. »Commander, Captain. Wir sind, äh, ziemlich sicher, dass der Warpkern einsatzbereit ist. Zwar würden wir gern noch einige Tests durchführen, bevor wir versuchen, das Schiff zu bewegen, aber es gibt keinen Grund, warum wir jetzt nicht auf Warp gehen sollten.«

»Wir haben es nicht eilig«, versicherte Scotty ihm. »Nehmen Sie sich so viel Zeit, wie Sie brauchen.« Es war schön, mal nicht unter Zeitdruck zu stehen und alles übereilen zu müssen.

»Wirklich?« Barclay wirkte überrascht, und Scotty vermutete, dass auch er sich im Verlauf seiner Karriere an all die Notfälle gewöhnt hatte.

»Wirklich.«

»Außerdem haben wir noch einiges vor uns, Reg«, fügte La Forge hinzu, »bis wir die komplette Kontrolle über den Computer haben, und vorher bewegen wir uns nicht von hier weg. Die Logbücher können uns verraten, was hier passiert ist. Falls es ein internes Problem gegeben hat, soll uns nicht dasselbe zustoßen.«

»Da bin ich ganz Ihrer Meinung, Commander.«

Scotty lächelte und nickte. »Gut. Das klingt, als hätten Sie hier alles im Griff, Geordi. Ich kehre auf die *Challenger* zurück und sehe mal, ob wir die Computer der *Intrepid* mit unseren verbinden und auf diese Weise aktivieren können.«

»Okay.«

Scotty tippte auf das Kommunikationsabzeichen an seiner Weste. »Scott an *Challenger*, eine Person zum Beamen.«

Gerade als Scotty aus dem Turbolift auf die Brücke der *Challenger* trat, erklang ein Annäherungsalarm. Scotty sah zu Nog hinüber.

»Ein klingonisches Schiff enttarnt sich, Sir. *Vor'cha*-Klasse.«

»Auf den Schirm.« Scotty ging zu seinem Stuhl, aber noch bevor er ihn erreichte, wurde er beinahe von den Beinen geholt.

Die Brücke wackelte und bebte, sodass Scotty und Nog sich am Geländer festhalten mussten, um nicht hinzufallen. Brahms wäre beinahe von ihrem Sitz an der Maschinenkontrolle gerutscht, auf dem sie sich erst zehn Minuten zuvor niedergelassen hatte. Nog wollte gerade etwas sagen, als weitere Alarmsignale losjaulten. »Das war ein verdammter Photonentorpedo«, kam ihm Scotty zuvor. »Roter Alarm!« Qat'qa flog bereits eine Rolle, aber Scotty schrie ihr dennoch zu: »Ausweichmanöver einleiten, Kat!« Eigentlich wollte er damit dem Rest der Brückenoffiziere nur zu verstehen geben, dass er alles im Griff hatte. Sie antwortete nicht, aber Scotty konnte sie grinsen sehen, als er sich auf dem Kommandosessel niederließ.

Was zum Teufel haben die Klingonen vor?, fragte er sich. Es war ja gut und schön, sich in die Geschichte zurückversetzt zu fühlen, aber doch bitte nicht in die Zeit der dauernden Konflikte mit den Klingonen.

Das Schiff erbebte erneut, dieses Mal allerdings nicht mehr so heftig, und das klingonische Kriegsschiff war kurz auf dem Hauptschirm zu sehen, wie es auf die *Intrepid* und ihre Wolke aus Unterstützungsshuttles und Runabouts zuraste. »Irgendetwas stimmt mit diesem Schiff nicht«, sinnierte Scotty laut. Er konnte nicht mit Sicherheit sagen, was genau es war, abgesehen davon, dass es zwei Schiffe der Föderation angriff. Noch immer musste er sich ins Gedächtnis rufen, dass die Klingonen dieser Zeit so etwas eigentlich nicht mehr machten.

»Lieutenant Nog, jagen wir diesem Schiff eine Ladung Torpedos in den Hintern, bevor es noch mehr Schaden anrichten kann. Versuchen Sie, den Antrieb lahmzulegen, dann können wir uns vielleicht mal kurz mit ihnen unterhalten.«

»Aye, Sir.« Nog sah auf seine taktische Konsole.

Dann war das klingonische Schiff erneut auf dem Schirm zu sehen. Die Bauart war ihm vertraut, mit den zwei außen gelagerten Warpzellen und dem langen Rumpf mit der teuflischen rot-gelben Hülle ... »Das ist es«, schnaubte Scotty und verfluchte sich dafür, das Offensichtliche nicht früher erkannt zu haben. Er hatte zu seiner Zeit oft genug mit den Klingonen zu tun gehabt, um zu wissen, wie ihre Schiffe aussahen. »Das ist kein Schiff der verdammten klingonischen Verteidigungsstreitmacht. Nicht in diesen Farben.«

»Nein, Sir«, stimmte ihm Qat'qa zu.

Nog betätigte eine Schaltfläche und blickte auf. »Es übermittelt keinen klingonischen Transpondercode.«

»Natürlich nicht«, fauchte Qat'qa.

»Wenn es nicht von den Klingonen ist, von wem dann?«

»Von niemandem, der es verdient hat, so ein Schiff zu fliegen«, antwortete Qat'qa bestimmt.

»Es könnte so gut wie jeder sein«, meinte Tyler Hunt, der auf dem Stuhl zu Scottys Rechter saß. »Seit dem klingonischen Bürgerkrieg haben einige Schiffe, die den Duras treu ergeben waren, den Weg auf den Schwarzmarkt gefunden, und das ist seit den Borgangriffen nur noch schlimmer geworden. Es gibt da draußen eine ganze Menge Schiffe, die man nur bergen muss.«

»Klingonische Schiffe sind sehr robust«, überlegte Scotty, »aber oftmals auch recht veraltet.«

»Sie sind beliebt, weil sie eine Tarnvorrichtung haben. Einige Orioner und Ferengi-Unternehmer sollen angeblich ganze Flotten aus ehemaligen Klingonenschiffen besitzen, bis hin zu den alten D7.«

»Tarnvorrichtungen werden bei Schmugglern immer beliebt sein«, stimmte Scotty seinem Ersten Offizier zu.

»Bei den jüngeren Warpzivilisationen sind sie ebenfalls groß in Mode«, erklärte Hunt. »Seit dem Dominion-Krieg und den Borg glauben viele, dass es eine gute Idee wäre, sich vor seinen Feinden zu verstecken. Und sie haben nicht einmal so ganz unrecht damit.«

»Sie greifen erneut an«, meldete Nog.

»Nicht mehr lange«, entgegnete Qat'qa und leitete mit der *Challenger* ein Ausweichmanöver ein, während Nog einen Torpedohagel abfeuerte.

Die *Intrepid* zitterte heftig und ohne Vorwarnung. La Forge, der gerade die Unterseite der Hauptantriebssteuerung unter die Lupe nehmen wollte, schnellte hoch. »Was war das?«

Barclay sah sich um wie ein verschrecktes Kaninchen. »Das war nichts, was wir gemacht haben.«

»Challenger *an* Intrepid«, ertönte Hunts Stimme über die Kommunikationsverbindung, »*haltet euch fest!*«

»Was ist los, Commander?«, rief La Forge, wusste aber im Grunde bereits die Antwort. Man brauchte kein Sherlock Holmes sein, um die bittere Wahrheit zu erkennen.

»*Wir werden angegriffen. Bereithalten.*«

»Angegriffen?«, wiederholte Barclay.

»Das hat er gesagt.« La Forge hastete zur nächstgelegenen Tür. »Behalten Sie hier alles im Auge, Reg. Ich gehe auf die Brücke.« Er war der ranghöchste Offizier an Bord der *Intrepid*, was bedeutete, dass er hier das Kommando hatte, also war sein Platz auf der Brücke.

Nog sah von den beunruhigenden Neuigkeiten, die seine taktische Konsole anzeigte, auf. »Sie greifen die *Intrepid* an.« Er konnte die tief sitzende Furcht in sich spüren, die ihm sagte, er solle ein richtiger

Ferengi sein und verhandeln, anstatt zu kämpfen, aber er ignorierte sie.

Scotty nickte. »Kat, bringen Sie uns zwischen sie und die *Intrepid.*«

»Aye, Sir, schon dabei.« Die Pilotin sah nicht von ihren Instrumenten auf.

Scotty drehte sich zur taktischen Konsole um. »Mr. Nog, sobald wir in Reichweite sind, erweitern wir unsere Schilde, um die *Intrepid* einzuschließen.«

»Bereit, Sir.« Nog hatte bereits damit gerechnet, dass der Captain diesen Befehl geben würde, und alles in die Wege geleitet. Die *Intrepid* hatte keine Schilde, was bedeutete, dass die Schilde der *Challenger* sie beschützen mussten.

Ein neuer Punkt tauchte auf den taktischen Sensoren auf, und Nog überprüfte ihn, ohne darüber nachzudenken. »Captain, das Runabout *Clyde* hat sich von der *Intrepid* gelöst.«

»Was zum Teufel hat Carter vor?«

Das Runabout *Clyde* schoss auf das klingonische Schiff zu, aktivierte seine Schilde und seine Waffen.

Lieutenant Carter, der breitschultrige, sommersprossige Neuseeländer, hatte die Verbindungen zwischen der *Clyde* und den Umweltkontrollen der *Intrepid* überwacht, als der Angriff begonnen hatte. Ihm war schnell klar geworden, dass die Waffen des Runabouts die einzige Verteidigungsmöglichkeit der *Intrepid* darstellten.

»*Carter*«, kam La Forges Stimme. »*Drehen Sie ab! Sie haben keine Chance!*«

»Wenn ich sie von der *Intrepid* fernhalten kann ...«

Die *Clyde* wurde von einem Photonentorpedo getroffen, und ihre Backbordwarpgondel sprühte Funken, als sich die Energie entlang der Hülle entlud, statt sicher über die Energieleitungen transportiert zu werden und das Schiff anzutreiben.

»Verdammt! Die Schilde sind ausgefallen! Das EPS-Netz ist ...«

»*Ausweichmanöver einleiten!*«, schrien La Forge, Scotty und Hunt gleichzeitig. Aber es war zu spät. Ein zweiter Torpedotreffer traf das jetzt ungeschützte Runabout, und das Schiff löste sich in einer Wolke überhitzter Trümmer auf.

Scotty sah das zerfallende Wrack an und verspürte den Drang, jemand anderem einen ähnlichen Schaden zuzufügen. »Mr. Nog. Jetzt haben wir verdammt noch mal lange genug einen auf nett gemacht.«

»Unsere Schilde wurden um die *Intrepid* ausgeweitet.«

Auf dem Schirm drehte das feindliche Schiff bei, schoss einige Torpedos aus den hinteren Abschussrampen ab und ging auf Warp.

»Verfolgen Sie den Kurs«, ordnete Hunt an. »Langstreckenscan, falls sie uns nur glauben machen wollen, dass sie abhauen, und stattdessen lediglich einen kurzen Sprung an den Rand des Systems machen.«

»Scan läuft«, rief Leah von ihrer Station im hinteren Teil der Brücke aus. »Sie sind auf Warp, aber es sieht nach einem gekrümmten Kurs aus. Wahrscheinlich kommen sie zurück.«

»Nicht, wenn ich es verhindern kann«, knurrte Scotty. »Commander La Forge«, rief er dann und wartete einige Sekunden, bis der Schiffscomputer den Ruf an die *Intrepid* weitergeleitet hatte. »Wie ist Ihr Status da drüben?«

»*Wir wurden ein bisschen durchgeschüttelt, Captain, scheinen aber nicht beschädigt zu sein.*« La Forges Stimme klang ruhig und beherrscht.

Scotty zögerte. Wenn er die *Intrepid* alleine ließ und das angreifende Schiff aus den Augen verlor, konnte es zurückkommen und sie erneut angreifen. Falls er es jedoch erwischte, konnte er der Sache ein für alle Mal ein Ende bereiten. »Gut. Weitermachen, Mr. La Forge. Wir sind bald wieder bei Ihnen.«

»*Verstanden*«, erwiderte La Forge.

»Verfolgungskurs.« Hunt nickte Qat'qa zu.

»Aye, Sir«, erwiderte sie mit unverhohlener Freude.

Auf der teilweise restaurierten Brücke der *Intrepid* sahen La Forge und Rasmussen zu, wie die *Challenger* losflog, auf Warp ging und ihren Angreifer verfolgte. La Forge wusste, dass die Lebenserhaltung der *Intrepid* für die elf Personen, die sich an Bord befanden, problemlos ausreichte, und im Notfall konnten sie sich sogar bewegen.

Rasmussen räusperte sich. »Was sollen wir Ihrer Meinung nach jetzt tun, Commander?«

La Forge schnitt eine Grimasse, weil ausgerechnet Rasmussen ihm diese Frage stellte. »Dasselbe wie vorher, nur schneller. Je eher wir uns aus eigener Kraft bewegen können, desto besser.«

»Oh, oh«, murmelte Ensign Balis an der Wissenschaftsstation. Der Bolianer wurde dunkelblau, als er die Sensoren beobachtete. »Sir, zwei Schiffe enttarnen sich.«

»Auf den Schirm!« Der Hauptschirm flackerte, blitzte auf und zeigte statisches Rauschen an. Dann konnte man im Pixelgewirr ein lang gezogenes Schiff mit in Feuerrot und Gold aufgemalten Gänseflügeln erkennen, gefolgt von einem größeren, gebogenen, krebsförmigen Schiff, dessen Farbe an marsianischen Staub erinnerte.

»Klingonischer Schlachtkreuzer der *K't'inga*-Klasse«, sagte Balis mit Blick auf die Sensoranzeige, »und ...«

»Und ein Ferengi-Marauder«, beendete La Forge den Satz. »Ich sehe sie. Rufen Sie die *Challenger*, und sagen Sie ihnen ...«

Balis rüttelte an den Kommunikationsreglern. »Sie senden ein Störsignal.«

»Verdammt. Können wir die Hüllenplatten schon polarisieren?«

»Ich denke schon, Sir.« Balis legte einige Hebel um. »Aber ich weiß nicht, wie viel das bringen wird.«

»Vermutlich nicht viel gegen Waffen aus dem vierundzwanzigsten Jahrhundert«, meinte Rasmussen. »Aber lassen Sie sich davon nicht abhalten. Für die Moral der Besatzung dürfte es ...«

»Danke«, meinte La Forge kurz angebunden.

Rasmussen zuckte mit den Achseln. »Weltraumschlachten sind nun wirklich nicht mein Fachgebiet, aber mir ist der Gedanke gekommen, dass wir ein wehrloses Ziel darstellen, solange die Shuttles noch angedockt sind.«

La Forge zuckte zusammen und erkannte, dass er selbst darauf hätte kommen müssen. »Holen Sie die Besatzungsmitglieder da raus. Sprengen Sie die Andockklammern. Wir können die Shuttles später wiederholen, oder die *Challenger* übernimmt die Bergung.«

Ein Shuttle trieb von der *Intrepid* ab und wurde fast augenblicklich von einem Disruptorstrahl getroffen. Es riss auseinander, und die Atmosphäre an Bord sorgte für eine kurze Explosion, die sich rasch zu weit zerstreut hatte, um weiter zu brennen.

Als die weiteren Shuttles von den Luftschleusen der *Intrepid* gelöst wurden und angetrieben vom Schwung der Notabkopplung, ins All trieben, flog das Schiff der *K't'inga*-Klasse einen Bogen, raste auf die verstreuten Shuttles zu und spießte sie mit seinen grünen Disruptorstrahlen auf, als wären sie Motten an der Wand eines Entomologen. Innerhalb weniger Sekunden war von den Shuttles nicht mehr übrig als einige Gaswolken und funkelnde Trümmer.

Der Marauder kam langsam näher, bis er über der winzigen silbrigen *Intrepid* schwebte.

Inmitten roter Wirbel materialisierten ein Ferengi, zwei Klingonen und zwei Breen auf der Brücke der *Intrepid*, die nun schon fast überfüllt war. La Forge wollte schon nach seinem Phaser greifen, doch er hatte ihn nicht bei sich. Keiner von ihnen hatte erwartet, auf einem Schiffswrack bewaffnet sein zu müssen.

Alle Neuankömmlinge hielten klingonische Disruptoren in den Händen, die sie auf die Sternenflottenangehörigen richteten. Die Breen trugen rote Kälteanzüge, die Klingonen das übliche Leder mit Metallbesatz. Der Ferengi, der athletischer und muskulöser aussah als alle Angehörigen dieser Rasse, denen La Forge je begegnet war, sah sich zu beiden Seiten um. Offensichtlich war er zufrieden, dass seine Männer ihre Gefangenen im Griff hatten, wobei Geordi dieser

Einschätzung bedauerlicherweise zustimmen musste. Dann senkte der Ferengi seine Waffe und trat auf La Forge zu.

»Es war sehr vernünftig, dass Sie sich nicht gewehrt haben.«

»Hätten wir etwas, womit wir uns wehren könnten, dann hätten wir es Ihnen schon gezeigt«, erwiderte La Forge.

»Freut mich zu hören. Ich vergeude meine Zeit nur ungern mit Feiglingen. Und nun, Commander La Forge ...« Der Ferengi lachte, als Geordi ihn erstaunt anstarrte. »Ja, ich weiß, wer Sie sind. Sie haben sich schließlich auf einem offenen Kanal mit der *Challenger* unterhalten.«

»Dann haben Sie mir ja etwas voraus.«

»Stimmt.« Der Ferengi grinste. »Und jetzt eine Frage: Wie viele Leute sind an Bord?«

»Wenn Sie das Schiff nicht scannen konnten, bevor Sie sich hergebeamt haben, dann sehe ich keinen Grund, Ihnen das zu verraten.«

»Natürlich haben wir das getan. Betrachten Sie es als Test.«

»La Forge, Geordi. Rang: Commander ...«, begann Geordi herunterzuleiern. Der Ferengi brachte ihn mit einem erhobenen Finger zum Schweigen, hob erneut seinen Disruptor und zielte damit in Rasmussens Gesicht.

»Elf«, kreischte dieser, dessen Augen beim Anblick des Disruptors fast aus ihren Höhlen traten. »Wir vier auf der Brücke, vier im Maschinenraum, einer in der Krankenstation und zwei ... erkunden das Schiff.«

»Sehr gut. Genau das, was uns unsere Sensoren verraten haben.« Er nickte den beiden Breen zu, die die Sternenflottenoffiziere und Rasmussen zum hinteren Teil der Brücke scheuchten. Die beiden Klingonen setzten sich an die Wissenschafts- und die Steuerstationen. »Sie«, sagte der Ferengi zu Rasmussen. »Hat La Forge gelogen, als er behauptet hat, Sie könnten sich nicht verteidigen?«

Rasmussen schüttelte den Kopf. »Er sagt die Wahrheit. Die Waffensysteme der *Intrepid* sind noch außer Betrieb. Die Phasenkanonen haben keine Energie, und die Steuerungseinheiten sind ohnehin noch geschmolzen.«

»Photonentorpedos?«

»Haben sich völlig zersetzt. Sie könnten möglicherweise noch abgefeuert werden, hätten aber keinen größeren Effekt als Kanonenkugeln.«

»Keine Sprengköpfe?«

»Nichts, was wirklich hochgehen könnte. Ein kräftiges Niesen wäre effektiver als alles, was sich momentan in der Waffenkammer befindet.«

»Was hab ich doch für ein Glück.« Der Ferengi hielt sich einen Kommunikator vor den Mund. »Die *Intrepid* ist gesichert. Erfassen Sie sie mit dem Traktorstrahl, und machen Sie sich bereit zum Andocken.«

»*Verstanden*«, erwiderte eine Stimme unter so starkem Knistern, dass Geordi sie kaum verstand. Einen Augenblick später sackte sein Magen nach unten, als der Traktorstrahl das Schiff erfasste und das Schwerkraftfeld beeinflusste. Dann ertönte irgendwo ein fernes, leises Klirren. Der Ferengi und die beiden Breen drängten La Forge und Rasmussen am Besprechungsbereich vorbei. Gerade noch rechtzeitig erinnerte Geordi sich, dass an der Stelle eine Stufe war.

Die Türen des Turbolifts öffneten sich, und ein weiterer Ferengi trat heraus. Er trug einen zivilen Anzug, der wie die Uniform eines DaiMons geschnitten war, und La Forge erkannte das dünnlippige, herablassende Lächeln und die Glut in den tief sitzenden Augen sofort wieder. »Bok ...«

Der Ferengi blieb abrupt stehen. »Sie kennen mich?« Dann trat er näher heran und musterte sein Gesicht mit kalter Miene. Als er zu den Augen kam, hielt er inne, hob eine Hand und legte sie waagerecht zwischen seine und Geordis Augen. Schließlich nickte er und grinste. »Ah ... Ich erinnere mich an einen Mann mit einer Sehhilfe vor den Augen, der Ihnen ähnlich sah ... Auf Picards *Enterprise*, richtig?«

»Ich habe früher einen VISOR getragen, wenn Sie das meinen.«

»An Ihr übriges Aussehen erinnere ich mich nicht.«

»Das geht vielen so. Die meisten haben nur den VISOR gesehen.«

Boks Gesichtsausdruck schwankte zwischen einem Lächeln und einem Schnauben, als wäre er sich nicht sicher, welches von beiden einschüchternder wirken würde. »Haben Sie ihn deshalb abgelegt? Aus Eitelkeit, oder damit Sie sich besser fühlen? Oder war es schlicht eine Schwäche, die von Ihren Feinden ausgenutzt werden konnte?«

»Die Technik ist vorangeschritten.« Dennoch konnte er nicht leugnen, dass Boks letzte Vermutung der Wahrheit recht nahe kam. Sowohl die Romulaner als auch die Duras-Schwestern hatten seinen VISOR schon einmal ausgenutzt, um die *Enterprise* und ihre Besatzung anzugreifen. »Außerdem war das Tragen des Geräts schmerzhaft.« Mit der Zeit hatte er sich an den Schmerz gewöhnt und ihn kaum mehr wahrgenommen, doch sobald ihm Beverly Crusher die kybernetischen Augen angepasst hatte, war es ihm wie eine Erlösung vorgekommen.

»Schmerzhaft? Tja, alle guten Dinge haben eben ihren Preis.« Er zog einen Phaser aus seinem Gürtel und drehte sich zu Rasmussen um. »Ich werde Ihnen demonstrieren, was ich meine«, sagte er und hob den Phaser.

»Nein!«, schrie La Forge. Rasmussen war eine Nervensäge und ein Dieb, aber er verdiente es dennoch nicht, kaltblütig exekutiert zu werden. »Was immer Captain Picard Ihnen Ihrer Meinung nach angetan hat, dieser Mann hatte nichts damit zu tun.«

»Sie wären überrascht, wie viel dieser Mann damit zu tun hatte«, erwiderte Bok mit boshaftem Grinsen. Er trat näher an Rasmussen heran. »Und jetzt wird er bekommen, was er verdient.«

»Nein!«

Bok zögerte und schien Geordis Unbehagen zu genießen, doch dann reichte er Rasmussen den Phaser. Für den Bruchteil einer Sekunde dachte Geordi schon, er würde sich ergeben, doch dann erkannte er die Wahrheit, als Rasmussen einen triumphierenden Laut ausstieß.

»Sie kennen La Forge?«, fragte er dann mit erstaunter Miene.

»Wir sind uns schon mal begegnet«, antwortete Bok.

»Wow. Ich meine, mir ist natürlich bewusst, dass das Universum deutlich näher zusammengerückt ist, als es im guten alten zweiundzwanzigsten Jahrhundert der Fall war, aber dennoch ...« Er hob entschuldigend die Hände. »Tut mir leid, Geordi, wirklich, aber, wissen Sie ... Das Leben in der Sternenflotte ist einfach nichts für mich.« Er sah Bok an. »Ich bin dann mal ... hier drüben.« Mit diesen Worten ging er zurück auf die Brücke und ließ einen schockierten und wütenden La Forge zurück, der seine Häscher anstarrte.

»Was wollen Sie dieses Mal, Bok? Glauben Sie wirklich, Sie könnten etwas gegen Captain Picard ausrichten, indem Sie sich dieses Schiff aneignen?«

»Eine simple Idee, die eine amüsante Ablenkung darstellen würde, aber nein. Wir haben ein weitaus profitableres Geschäft im Sinn.« Während er sprach, trugen einige Ferengi Kisten auf die Brücke. Tatsächlich hatte im Verlauf des gesamten Gesprächs rege Betriebsamkeit geherrscht.

»Wir? Meinen Sie damit etwa sich und Rasmussen?«

»Mr. Rasmussen ist erstaunlich klug und zugänglich für einen Menschen. Das Abkommen, das wir geschlossen haben, dürfte unvorstellbar großen Profit abwerfen.« Bok kicherte. »Und ich kann mir einen verdammt hohen Profit vorstellen.«

La Forge wollte seinen Ohren nicht trauen. »Wann haben Sie das letzte Mal etwas nur des Profits wegen getan? Sie haben doch nur so lange Zeit im Gefängnis gesessen, weil Sie völlig unprofitable Rache an Captain Picard nehmen wollten.«

»Die Rache an Picard wäre durchaus profitabel gewesen für meine ...« Er sprach nicht weiter, da ihm das passende Wort zu fehlen schien.

»Ihre Seele?«

Bok sah kurz verdutzt aus, als er versuchte, dieses Wort oder Konzept zu begreifen, dann schnaubte er. »Das ist ein Hirngespinst. Wohl eher mein Selbstwertgefühl.«

»Und jetzt sind Sie einfach zufällig auf uns gestoßen?«

Bok schüttelte den Kopf. »Tatsächlich haben wir schon einige Tage gewartet, abgeschirmt durch die Photosphäre des Sterns.«

»Einige Tage? Worauf haben Sie denn gewartet?«

»Was glauben Sie?«

»Dass wir die *Intrepid* wieder zum Laufen bringen?« Bok nickte. »Aber Ihre Ingenieure ...«

»Können es mit den Spezialisten, die die Sternenflotte herschicken würde, nicht aufnehmen. Sie können ein Schiff wieder in Betrieb nehmen oder sogar verbessern, aber ein derart antikes Schiff restaurieren? Nicht in der Kürze der Zeit.« Ein verschlagenes Grinsen umspielte Boks Lippen. »Erlauben Sie mir, Ihnen zu Ihrer ausgezeichneten Arbeit zu gratulieren.«

Ein anderer Ferengi trat an Bok heran. »DaiMon, alles ist an Bord, mit Ausnahme von Sloe. Die Sternenflottler werden vorerst in der Messe festgehalten.«

»Gut. Bringen Sie Mr. La Forge zu seinen Kameraden und sagen Sie Grak, dass er abdocken kann.«

Rasmussen legte eine Hand auf den Kommandosessel, der als Ersatz des Originals eingebaut worden war, und rüttelte daran, um sicherzustellen, dass er gut befestigt war. Sobald er sich vergewissert hatte, dass der Sessel nicht umfallen würde, setzte er sich darauf und rutschte herum, bis er eine bequeme Position gefunden hatte. »Hm, daran könnte ich mich gewöhnen.« Kurz überlegte er, ob er dem Breen an der Steuerkonsole einen Befehl erteilen sollte, überlegte es sich dann jedoch anders.

Zu seiner Zeit hat er die Medienberichte verfolgt, und in diesem Jahrhundert genug Aufzeichnungen und Holoprogramme über Raumschiffcaptains studiert. Er hätte schon ein Lügner sein müssen, um seinem Gefängnispsychiater zu erzählen, er habe sich nie vorgestellt, auf dem Kommandosessel eines Raumschiffs zu sitzen.

»Na gut«, meinte er zu dem Breen. »Dann bin ich eben ein Lügner.«

Rasmussen hatte durchaus versucht, es sich vorzustellen, und er hatte gedacht, dass ihm das ganz gut gelungen wäre, aber jetzt erkannte er, dass er sich geirrt hatte. Er hätte sich nie wirklich ausmalen können, wie es *tatsächlich* war. Es war wunderbar und aufregend und erschreckend, und letzten Endes war es doch nur ein nicht besonders bequemer Stuhl. Er rutschte noch etwas darauf herum und überlegte, dass er sich ein Kissen in den Rücken legen musste, wenn er in den nächsten Tagen längere Zeit hier sitzen wollte.

Bok trat an Rasmussen heran, der nicht widerstehen konnte und ihn abklatschte. In einiger Entfernung erklangen leise Geräusche. »Ist das Grak?«, erkundigte sich Rasmussen.

»Ja, er hat abgelegt. Wir können uns frei bewegen.«

»Großartig!« Rasmussen grinste. »Steuermann«, sagte er schließlich, »setzen Sie Kurs auf Sonnensystem Delta fünf im Sternenhaufen Gamma-Zeta-Alpha.«

Der Breen im Kälteanzug hantierte an einigen Schaltern und Knöpfen herum und verharrte dann regungslos. Es dauerte einen Moment, bis Rasmussen begriffen hatte, dass er den Kurs gesetzt hatte und auf den nächsten Befehl wartete. »Sollten Sie nicht etwas sagen wie ›Kurs gesetzt‹ oder ›Okay, was jetzt?‹ oder etwas in der Art?«

Der Breen antwortete nicht und drehte sich auch nicht um. Rasmussen fragte sich so langsam, ob in dem Anzug überhaupt ein lebendiges Wesen steckte.

Er seufzte und verdrehte die Augen. »Okay, gehen Sie auf Warp vier.« Die Hand des Breen bewegte sich bereits. »Energie.«

»Zum Kommando über ein Schiff und seine Besatzung gehört eben etwas mehr, als nur in der Mitte der Brücke zu sitzen, Rasmussen.« Bok kicherte und ging zur Kommunikationsstation. Er griff über die frisch replizierten, kastenförmigen Konsoleneinheiten hinweg und öffnete einen Kanal. »Grak, hier spricht Bok.«

»*Grak hier. Sprechen Sie, DaiMon.*«

»Wir machen uns jetzt auf den Weg. Aktivieren Sie die Tarnung und folgen Sie uns, nur für den Fall der Fälle.«

»*Verstanden. Gehen in den Tarnmodus. Ende.*«

Erleichtert stellte La Forge fest, dass alle, die sich in der Messe aufhielten, unverletzt waren, abgesehen von einigen blauen Augen und einer gebrochenen Nase. Er hatte es sich nicht nehmen lassen, Reg Barclay sowie die anderen acht Sternenflottenangehörigen sofort darüber zu informieren, wer sie verraten hatte.

»Dabei schien er mir eigentlich ein netter Kerl zu sein«, meinte Reg.

»Ich bin mir sicher, dass irgendjemand auch Colonel Green für einen netten Kerl hielt.« Geordi sah sich in der Messe um. Sie war nicht besonders klein, allerdings waren sie bisher noch nicht dazu gekommen, irgendwelche Möbel für diesen Raum zu replizieren. Das war nicht nötig gewesen, da sie davon ausgegangen waren, sich jederzeit zurück auf die *Challenger* beamen zu können, um dort zu essen, oder die Replikatoren an Bord der *Thames* oder der *Clyde* zu nutzen.

Ein tiefes Vibrieren ließ den Boden erzittern, und La Forge und Barclay schwankten kurz unter dem Druck der Beschleunigung, bevor die Trägheitsdämpfer ihre volle Wirkung entfalteten. »Tja, wir sind unterwegs«, meinte Reg.

»Und ich hatte mich gerade an sie gewöhnt.« Geordi seufzte.

»An die *Challenger*? Ein schönes Schiff ...«

»Nein, an Leah.«

»Oh. Ich, äh ... Tut mir leid, Commander.«

Geordi lachte freudlos. »Schon gut, Reg. Die *Challenger* ist ein schönes Schiff, aber die *Enterprise* ist mir trotz allem lieber.«

KAPITEL 11

Scotty beobachtete Leah Brahms, die an der Ops Platz nahm. Seit Projektbeginn war dies ihr Lieblingsplatz auf der Brücke, obwohl die *Challenger* ebenso ihr Baby war wie das vieler anderer und sie sich einen Platz auf einem der drei Stühle in der Mitte ehrlich verdient hatte.

Er wusste, dass sie gern an der Ops saß, weil die Anzeige dort weitaus besser war als die winzigen Monitore, die in die Armlehnen der mittleren Stühle eingelassen waren, und sie gern alles, was mit dem Antrieb und den Energiesystemen zu tun hatte, im Auge behielt. Wäre er einhundertundzwanzig Jahre jünger, dann wäre sie die perfekte Frau für ihn gewesen, stellte er fest.

Tyler Hunt ließ sich auf den Stuhl neben ihm fallen. »Wenigstens sollte die *Intrepid* in Sicherheit sein. Ich frage mich, worauf die überhaupt aus waren. Was kann man denn mit einem zweihundert Jahre alten Schiff anfangen?«

»Gute Frage«, meinte Nog an der taktischen Station. »Befindet sich vielleicht irgendetwas von Interesse an Bord? Etwas Wertvolles?«

»Was sollte das denn sein?«, meinte Scotty. »Technik? Das ist doch lächerlich. Alles an Bord der *Intrepid* ist seit zweihundert Jahren veraltet.«

»Vertrauliche Dokumente? Militärgeheimnisse?«

Scotty schüttelte den Kopf. »Auch die Daten sind uralt. Die einzigen als nicht öffentlich eingestuften Informationen an Bord wären die Befehle von damals, und vielleicht einige technische Messungen, die man vor anderen geheim halten wollte. Zum Beispiel, um ihre

Systeme gegen die Telepräsenzeinheit zu schützen, die die Romulaner mal besaßen. Aber heute könnte niemand mehr was damit anfangen.«

Hunt runzelte die Stirn. »Dann geht es vielleicht um eine Person? Eine Lebensform?«

»Wenn sie darauf aus sind, hätten sie uns einfach fragen sollen. Ich hätte sie an Bord gebeamt und ihnen viel Glück dabei gewünscht, den Gesuchten von den Wänden zu kratzen.«

»Wahrscheinlich waren sie eher hinter uns her als hinter der *Intrepid*«, sagte Leah. »Wir haben viele experimentelle Prototypen und Systeme an Bord. Vielerorts wäre diese Forschung sehr wertvoll.«

Das klang für Scotty nachvollziehbar. Während seiner Karriere war so etwas schon häufiger vorgekommen. Kämpfe mit den Klingonen um Planeten mit Dilithiumvorkommen, mit den Romulanern aufgrund von Grenzstreitigkeiten, und nicht zu vergessen das ganze Genesis-Projekt. Immer ging es dabei um Planeten, fortschrittliche Technik, oder zumindest etwas, das einem in einem dieser beiden Bereiche einen Vorteil verschaffen konnte.

»Wer immer es auch ist«, schaltete sich Qat'qa ein, »sie sind zwar ziemlich gut, aber auch unerfahren. Gerade frisch aus dem Training, schätze ich.«

»Ist das ein Problem?«

»Nicht für uns.«

»Wenn sie hinter uns her sind, dann tappen wir möglicherweise in eine Falle«, merkte Nog an.

»Keine Sorge, mein Freund«, erwiderte Scotty mit grimmiger Miene. »Dieses Schiff hat weitaus mehr Power unter der Haube als diese *Vor'cha.*«

»Es dreht bei«, meldete Qat'qa.

»Seltsam, dass sie sich nicht tarnen«, sinnierte Scotty laut. Das gefiel ihm ganz und gar nicht.

»Sie wissen, dass ihnen ein Kampf bevorsteht, warum da noch

Energie vergeuden?«, schlug Hunt vor.
»Tja, kämpfen wir also mit harten Bandagen.«

Das ehemals klingonische Schiff drehte sich im Näherkommen und feuerte Torpedos und Disruptorschüsse ab, doch die *Challenger* blieb durch ein Ausweichmanöver unbeschädigt.

Sie erwiderte das Feuer, und die goldenen Strahlen ihrer Phaser ließen die Schilde des Gegners aufflackern.

Dann machte das angreifende Schiff etwas Unerwartetes.

Die *Challenger* schlingerte, und Nog wusste instinktiv, was passiert war. Oft genug hatte er es während des Dominion-Krieges auf kleineren Schiffen gespürt. »Sie haben uns mit ihrem Traktorstrahl erfasst!«

»Reißen Sie uns los, Kat!«, knurrte Scotty.

Qat'qas Hände flogen über die glatte Bedientafel vor ihr, und die Brücke zitterte leicht. Nog konnte spüren, wie er sanft erst in die eine und dann in die andere Richtung gedrückt wurde. Das Schiff wackelte hin und her, als Qat'qa mehr Energie in die Manövriertriebwerke leitete und die Trägheitsdämpfer sich daran anpassten. »Die seitlichen Triebwerke reagieren nicht«, schnaubte sie und klang entrüstet, als hätten die Triebwerke sie persönlich beleidigt. »Der Traktorstrahl ist zu stark!«

Hunt stützte sich am Rand der Wissenschaftsstation ab und blickte auf die Energieanzeigen herab, die über den Bildschirm der Station liefen. »Sie hat recht. Das ist das stärkste Traktorfeld, das ich je außerhalb von Minenstationen gesehen habe.«

Scotty fluchte. »Wo genau haben sie uns erwischt, Mr. Hunt?«

»Im vorderen Backbordviertel der Sekundärhülle, hinter der Deflektorsteuerung.«

»Sie laden noch mehr Torpedos!«, rief Nog.

»Kat!«, brüllte Scotty. »Reißen Sie uns los.«

»Sie müssen den Traktorstrahl unterbrechen, Sir! Sonst ...«

Nog sah von seiner Konsole auf. »Torpedo im Anflug, Aufschlag steht kurz bevor!«

Hunt ging nach vorn, als könnte er Qat'qa irgendwie bei ihrer Aufgabe helfen, wenn er sich in ihrer Nähe aufhielt. Er überprüfte, welche Maßnahmen sie traf, und war überrascht, dass sie sich weder mit der Düsenenergie noch dem Steuern beschäftigte. »Was tun Sie?«

»Ich initiiere die Abtrennung der Untertassensektion!«, fauchte ihn Qat'qa an.

Scotty riss die Augen auf und strahlte, als er begriff, was sie vorhatte. »Weitermachen!«, ordnete er an.

»Die Torpedos nähern sich weiter«, meldete Nog. »Fünftausend Kilometer ... Zweitausend ...«

Scotty packte die Armlehnen seines Sessels, stemmte die Füße auf den Boden und hoffte, dass er darin keinen Krampf bekam. Er könnte die körperliche Anspannung der anderen spüren, die sich an der nächsten Wand oder Konsole festhielten und auf den Aufprall vorbereiteten.

Die riesige Untertassensektion löste sich von der geschwungenen Antriebssektion der *Challenger*. Einen Moment lang wurden sie beide noch vom selben Schild umhüllt, dann flackerte die Energie kurz im sichtbaren Spektrum auf, als der Schild sich trennte und jeder Teil des Schiffes von einem eigenen Schild umgeben wurde. Einen Sekundenbruchteil sprühten Funken zwischen den beiden Energiefeldern, bevor sich die Untertassensektion endgültig entfernte.

Eine Sekunde später sausten drei Torpedos, deren Ummantelung aufgrund der bevorstehenden Detonation bereits Strahlung freisetzte, dicht unter der Untertassensektion vorbei. Der Abstand zwischen den beiden Teilen der *Challenger* betrug gerade einmal zehn Meter, doch er reichte aus, um die Torpedos hindurchzulassen.

Als sie schließlich detonierten, waren sie längst am Schiff vorbeigeflogen.

»Nog«, sagte Qat'qa, ohne sich umzusehen, »die Energieversorgung befindet sich auf der Unterseite dieses *petaQ*.«

Nog verzog die Miene zu einem grimmigen Lächeln. »Bringen Sie mich in eine Position, von der aus ich die Unterseite anvisieren kann, dann müsste ich ihre Schilde ausschalten können.«

»Sie haben den Mann gehört«, bestätigte Scotty.

»Schießen Sie nicht daneben, Ferengi«, knurrte Qat'qa. Ihre Hände flogen über die Flugkonsole, als würde sie ein Klavierkonzert geben. So drehte sie die *Challenger* erst um neunzig Grad auf der Y-Achse und ließ das Schiff dann eine Rolle um die X-Achse machen, während es auf das näher kommende feindliche Schiff zuraste.

Obwohl die Trägheitsdämpfer auf maximaler Effizienz arbeiteten, konnte sie das Ziehen in ihrem Rücken und ein leichtes Schwindelgefühl spüren. An Leahs Miene zu ihrer Linken war abzulesen, dass es den anderen auf der Brücke genauso ging. Qat'qa war auch bewusst, dass keiner es so sehr genoss wie sie, und sie unterdrückte den Drang, vor Freude laut aufzulachen.

Die *Challenger* wirbelte herum, der Impulsantrieb am Heck hinterließ Spuren auf einer Oberfläche, die nur in Qat'qas Fantasie existierte, wie eine Eiskunstläuferin, die Pirouetten dreht. In zwei oder drei Sekunden würde die Unterseite des ehemals klingonischen Schiffes direkt vor ihrer Nase vorbeisausen.

Nog war bereit und stellte zufrieden fest, dass ihm Qat'qa genau das bot, worum er gebeten hatte. Er schoss drei Torpedos in die Flugbahn ihres Gegners ab, um dann für die wenigen Sekunden, bis die Torpedos ihr Ziel erreichten und explodierten, das Phaserfeuer zu eröffnen.

Die hellen Phaserstrahlen trafen blitzend auf die Schilde ihres Gegners, dann detonierten die Torpedos. Das klingonische Schiff wurde von der dreifachen Explosion erschüttert und ausgebremst. Automatisch verstärkten die Systeme die vorderen Schilde zum Schutz vor Strahlungsschäden oder einer zweiten Torpedowelle.

Dadurch wurden die Schilde um das restliche Schiff schwächer und fielen für einen Moment ganz aus. Da durchbrachen die Phaser der *Challenger* den geschwächten Schild und malten ein kompliziertes, spiralförmiges Tattoo auf die Unterseite des Schiffes.

Metall glühte und schmolz, und Energiekopplungen explodierten.

»Das ist einer von Odos Lieblingstricks«, sagte Nog grinsend, während seine Finger weiter über die Taktikkonsole tanzten.

Alle Augen richteten sich auf den Hauptschirm und rechneten damit, zu sehen, wie Phaserstrahlen das andere Schiff an den empfindlichsten Stellen durchbohrten. Stattdessen fing das gegnerische Schiff an zu schlingern. Nog kicherte an seiner Taktikstation. »Perfekt!«

»Sie haben nicht gefeuert«, merkte Hunt an.

»Das musste ich auch nicht«, erwiderte Nog selbstgefällig. »Ich habe ihre Brückenoffiziere durch die Lücke in ihren vorderen Schilden direkt in unsere Arrestzellen gebeamt. Ein weiterer von Odos Tricks.«

Scotty begann zu lachen. »Gut gemacht!«

Hunt tippte auf sein Kommunikationsabzeichen. »Hunt an Sicherheitsteam Beta. Postieren Sie ein paar Leute vor den Arrestzellen. Wir haben einige Gefangene, die es zu bewachen gilt.«

»Es wird nicht lange dauern, bis der Rest der Besatzung gemerkt hat, was passiert ist, und die Stationen erneut bemannt«, stellte Scotty klar. »Sorgen wir dafür, dass das nicht passiert, Mr. Nog.«

Nog war bereits auf dem Weg zum Turbolift. »Sicherheitsteam Alpha in Transporterraum eins. Phasergewehre ausgeben, und legen Sie eins für mich bereit.«

Tyler Hunt folgte ihm in den Turbolift. »Sicherheitsteam Delta in Transporterraum zwei. Gewehre ausgeben.« Er sah Nog an. »Ich schlage vor, dass Sie sich direkt auf die Brücke beamen, da Sie sie ja bereits geleert haben, während ich mit einem Team in den Maschinenraum gehe. Es wäre doch ungünstig, wenn sie dort ein Hilfs- oder Kampfkommandozentrum hätten.«

»Ganz meine Meinung, Sir.«

Zu seiner Freude erwartete das Sicherheitsteam Nog bereits auf der Transporterplattform. Ein athletisch aussehender menschlicher Mann und eine ebensolche Frau, ein drahtiger Andorianer und ein untersetzter Benzit standen mit Phasergewehren in der Hand und Handphasern an der Hüfte bereit.

Nog bekam von dem Benzit ein Gewehr gereicht und nahm seinen Platz auf der Transporterplattform ein. »Chief Carolan«, sagte er zu der zarten Frau an der Transporterkonsole, »ich wäre Ihnen sehr dankbar, wenn Sie es so einrichten könnten, dass das mittlere Feld drei Sekunden nach meinem Zeichen hinübergebeamt wird, und die anderen wiederum zwei Sekunden später.«

»Das lässt sich einrichten.« Sie lächelte. »Sagen Sie einfach Bescheid, wenn Sie bereit sind.«

Mit der freien Hand veränderte Nog die Einstellungen einer metallischen Kugel, bis diese piepte. Dann legte er sie auf das mittlere Feld, richtete sich auf und nahm sein Gewehr schussbereit in die Hand. »Kann losgehen.«

Carolan tippte auf eine Steuerung, und drei Sekunden später verschwand die Kugel wie vereinbart. Angespannt wartete Nog darauf, dass er an der Reihe war. »Energie«, sagte Carolan, und ein silberner Wirbelwind verwandelte den Raum um Nog herum in eine verzerrt erkennbare Brücke klingonischer Bauart.

Zwei Körper stürzten gerade zu Boden, drei weitere lagen bereits, ausgeschaltet durch die Betäubungsgranate, die er zuerst hatte rüberbeamen lassen. Nog machte einen Schritt über eine stöhnende Person hinweg, die zu seinen Füßen zusammengebrochen war, da wurde die Tür im hinteren Teil der Brücke geöffnet und zwei Ferengi kamen hereingerannt. Verspätet rissen sie ihre Phaser hoch, aber Nog und der Benzit waren schneller und streckten die beiden mit gezielten Betäubungsschüssen nieder.

Ein Nausikaaner auf der anderen Seite der Brücke war auf die

Knie gesunken, war der Wirkung der Granate jedoch noch nicht ganz erlegen. Er sah auf, als er Schritte und Waffenfeuer hörte, und erstarrte. Obwohl er eine klingonische Disruptorpistole am Gürtel hatte, war er klug genug, sie nicht zu ziehen, als er in die Läufe zweier Phasergewehre blickte. Langsam und unsicher hob er die Hände, blieb aber auf den Knien.

Während der andorianische Sicherheitsoffizier dem Nausikaaner Fesseln anlegte, lief der Benzit zur Tür und aktivierte das Notfallsiegel. Damit war die Brücke vor jedem weiteren Besatzungsmitglied sicher, das versuchen würde, herauszufinden, was hier vor sich ging.

Nog sah sich noch einmal auf der Brücke um, bevor er sich das Gewehr auf den Rücken schnallte. Wie auf den meisten Schiffen klingonischer Bauart war sie schwach beleuchtet und in dunklen Farben gehalten. Aber in den dichten Schatten zwischen den gedrungenen, industrieartig wirkenden Konsolen verbargen sich keine weiteren Besatzungsmitglieder, die noch bei Bewusstsein waren. Außer den beiden Ferengi, die neben der Doppeltür zu Boden gegangen waren, die in die hintere Sektion führte, sah er noch zwei weitere Ferengi, einen Menschen und einen Tellariten, die alle an ihren jeweiligen Stationen das Bewusstsein verloren hatten. Sie alle trugen einfache, aber praktische Jacken und Einteiler in verschiedenen Farben. Zufrieden aktivierte Nog sein Kommunikationsabzeichen. »Nog an *Challenger*, feindliche Brücke gesichert.«

Tyler Hunt holte in den Sekunden zwischen der Dematerialisierung der Betäubungsgranate und der Aktivierung des Transporterstrahls, der ihn hinüberbeamte, einige Male tief Luft. Das tat er nicht etwa aus Angst, sondern aus langer Gewohnheit, da er davon überzeugt war, dass so erst gar keine Nervosität aufkommen konnte.

Dann wirbelte der silbergraue Nebel um ihn herum, und der Transporterraum verschwand und wurde durch den weitaus größeren klingonischen Maschinenraum ersetzt. Grelle aktinische Lampen erhellten sowohl die riesigen Generatoren und den horizontalen

Warpkern als auch die drei zuckenden Körper auf dem Boden. Zwei der halb bewusstlosen Gestalten waren Ferengi, der dritte war ein Klingone. Alle trugen einfache Einteiler, die mit Brandflecken und chemischen Verätzungen übersät waren. Dummerweise sorgte das helle Licht, das vermutlich dazu dienen sollte, Verletzungen beim Arbeiten an den komplexen Maschinen zu verhindern, auch dafür, dass Hunt und sein Sicherheitsteam besonders gut zu sehen waren.

Ein Disruptorschuss ging knapp an seinem Kopf vorbei, und er ging in Deckung. Ein Mitglied seines Sicherheitsteams erwischte den Schützen, einen Nausikaaner, der auf dem Inspektionssteg stand, mit einem Glückstreffer. Ein Schuss reichte jedoch nicht aus, um den Nausikaaner auszuschalten, und erst nach einem zweiten ging er zu Boden. Leider war er nicht alleine.

Hunt rollte sich zur Seite ab und schoss einige Male in die Richtung, aus der das Geräusch nahender Schritte kam. Seine Instinkte hatten ihn nicht getrogen, denn ein Klingone in fellbesetzter Zivilkleidung kam um die Ecke getaumelt, hatte jedoch schon das Bewusstsein verloren, bevor sein Körper zum Stillstand kam.

Goldfarbene und smaragdgrüne Strahlen zischten durch die Luft über ihren Köpfen. Hunt stellte sich für einen Augenblick vor, das Jaulen der Waffen wäre eigentlich ein Schreien der Luft, die bei jedem Schuss verwundet wurde. Neben ihm wurde Ensign Michael am Oberschenkel getroffen, und binnen Sekundenbruchteilen verpufften Muskeln und flüssiges Blut zu Gas. Mit schmerzverzerrtem Gesicht fiel Michael zu Boden und feuerte noch mit einer Hand sein Gewehr ab, während er versuchte, sich mit der anderen in Deckung zu ziehen.

Hunt rutschte nach vorn und gab in Richtung einer Wartungsnische, von der aus zwei Gestalten auf seine Leute feuerten, Deckungsfeuer. Die Angreifer waren gut geschützt, und er konnte nicht erkennen, welcher Spezies sie angehörten, vermutete aber, dass es sich bei dem kleineren um einen Ferengi handelte. Hunt musste sich bei seinen Schüssen mehr vorsehen als seine Gegner, da er am Warpkern vorbeischießen musste, diesen jedoch nicht treffen wollte. Das Schiff in die Luft zu jagen, während er selbst noch an Bord war, war nicht der Plan, den er zur Neutralisierung der Feinde der *Challenger* im Sinn hatte.

Er packte Michael an dessen freiem Arm und schleifte ihn hinter eine breite Metallstütze. Dann schleuderte er eine weitere Betäubungsgranate in den Raum und hörte zu seiner Zufriedenheit mehrere dumpfe Aufschläge. Vorsichtig robbte er vorwärts und stellte fest, dass nun auch der letzte Widerstand gebrochen war. »Hunt an *Challenger*, wir brauchen medizinische Unterstützung. Beamen Sie Michael direkt auf die Krankenstation.« Er konnte das Geräusch des Transporterstrahls schon hören, als er weitersprach. »Maschinenraum und Hilfssteuerung sind gesichert. Das Schiff gehört uns.«

Nog und Hunt schritten an den Arrestzellen der *Challenger* entlang und musterten die Mannschaft des geenterten Schiffes. Einige weitere waren noch an Bord des klingonischen Schiffs und in ihre Quartiere eingesperrt worden, wo sie von einem Sicherheitsteam der Sternenflotte bewacht wurden. Die wichtigsten Komponenten des Antriebs und der Waffen waren entfernt und das Replikatorsystem war zerstört worden. Die Besatzung musste bleiben, wo sie war, bis sie von der Sternenflotte abgeholt wurde.

Die Brückenmannschaft bestand aus drei Klingonen, zwei Nausikaanern und sechs Ferengi, zu denen auch der Captain gehörte. Dass ein Ferengi den Angriff geleitet hatte, überraschte Nog. Das war einfach nicht ihre Art, auch wenn er wusste, dass es selbst unter seinen Leuten einige Söldner gab. Die Klingonen und Nausikaaner hatten sich kurzzeitig geweigert zu reden, schließlich aber doch zugegeben, dass der Ferengi auf dem Schiff das Sagen hatte. Hunt und Nog glaubten ihnen.

»Es dürfte schwierig werden, die Ferengi zum Reden zu bringen«, meinte Nog, während sie weitergingen.

»Ich hätte gedacht, dass die Klingonen oder die Nausikaaner länger schweigen würden«, gab Hunt zu.

»Das sind bloß Söldner«, stellte Nog klar. »Da gibt es keine familiäre oder kulturelle Loyalität. Für sie ist das nur ein Job.«

»Ich verstehe, was Sie meinen.«

»Aber bei den Ferengi wird das nicht so einfach sein. Sie werden den Mund halten, solange sie davon profitieren.«

»Dann müssen wir sie davon überzeugen, dass es klüger wäre, zu reden.«

Darüber hatte Nog bereits nachgedacht. »Ich glaube, ich weiß, wie wir mit ihnen umgehen müssen. Aber dazu muss ich mich zuerst umziehen.«

Als er in den Zellenblock zurückkehrte, trug Nog seinen besten und auffälligsten zivilen Anzug, der ein Geschenk - zu einem sehr vernünftigen Preis - von seinem Vater gewesen war. Er nickte dem hoch aufragenden menschlichen Wachmann zu. »Lassen Sie mich in Nummer drei.«

Der Mann deaktivierte das Kraftfeld, hinter dem der Ferengi-Captain festgehalten wurde, und Nog betrat die Zelle. Der Captain war untersetzt, hatte kleine Ohrläppchen und stumpfe Zähne. Nog schenkte ihm das breiteste, kälteste Lächeln, das er zustande bringen konnte. »Captain Kren, nicht wahr?«

Kren sah ihn finster an. »Und wenn es so wäre? Wer sind Sie überhaupt?«

»Wer ich bin, ist unwichtig«, erwiderte Nog ausweichend. »Wichtig ist der Profit, den Sie verdient haben.« Während er sprach, beugte er sich bedrohlich nach vorne.

»Und was für ein Profit soll das sein?«

»Der Profit, den Sie bestimmt nicht deklariert oder verzollt haben.«

»Wir sind weit von Ferenginar entfernt, und Sie tragen auch nicht die Medaille eines Liquidators«, entgegnete Kren ausweichend, allerdings mit einem Hauch von Unsicherheit in der Stimme.

»Ah.« Nog begriff. »Sie glauben, die FCA könne Sie hier nicht erreichen?«

»Hören Sie, ich habe keine Ahnung, was Sie an Bord dieses Menschenschiffes machen, aber ...«

»Hat man Ihnen das erzählt?«

»Was?« Kren erstarrte.

»Man hat Ihnen erzählt, dies wäre ein Menschenschiff? Ein Schiff der Sternenflotte?«

Kren deutete mit dem Kinn auf den uniformierten Wachmann. »Sternenflotte.«

Nog grinste noch breiter und schüttelte langsam den Kopf. »Oh, das Schiff gehörte mal der Sternenflotte, ein älteres Modell, und es ist eine Sternenflottenmannschaft an Bord, aber es ist so viel wertvoller.« Er beugte sich konspirativ vor, und Kren tat es ihm nach. »Sie wissen, dass die FCA neuerdings Abkommen mit der Föderation schließt.« Kren nickte. »Dazu gehört auch ein Schiffsaustauschprogramm. Das ist mein Schiff, und es gefällt mir gar nicht, dass Sie versuchen, es abzuwerten, indem Sie es beschädigen!« Die letzten Worte schrie Nog beinahe.

»Aber ...«

»Kein Aber, Kren! Hat man Ihnen nicht gesagt, mit wem Sie es zu tun bekommen würden?«

»Mit Ingenieuren der Sternenflotte ...«

»Sehe ich aus wie ein Ingenieur der Sternenflotte?« Kren schüttelte den Kopf und riss vor lauter Verwirrung die Augen weit auf. »Und wie sehe ich dann aus?«, fragte Nog, jetzt wieder mit leiser und ruhiger Stimme.

Kren dachte nach. »Keine Ahnung. Ich schätze, Sie sehen ein wenig aus wie ...«

»Nog, Sohn von Rom.«

Kren strahlte. »Ja, genau. Sie sehen ein bisschen so aus wie der Sohn des Großen Nagus ...« Er wurde blass. »Eigentlich sehen Sie sogar genauso aus wie der Sohn des Nagus.«

»Das liegt daran, dass ich sein Sohn bin!«

Jetzt geriet Kren in Panik. »Aber DaiMon Bok hat gesagt ...«

Und Nog hatte seine Antworten.

Während sie auf die Brücke zurückkehrten und zum Konferenzraum gingen, schüttelte Hunt erstaunt den Kopf. »Dieser Ferengi hat eine Heidenangst vor Ihnen. Und die anderen auch, wie es aussieht ...«

»Gut. Wenn sie uns respektieren, erreichen wir mehr, nicht wahr?« Da Nog dieses Thema unangenehm war, grinste er nur unsicher.

»Stimmt, aber das ist mehr als Respekt. Ich kann es nicht genau in Worte fassen, aber ich finde, die sehen Sie an, wie ein Gefangener einen Scharfrichter ansehen würde. Einen bestechlichen Scharfrichter, wenn ich es mir genau überlege ...«

»Keine Sorge, Sir, ich bin weder bestechlich, noch bin ich ein Scharfrichter.«

»Ich weiß, darum mache ich mir keine Sorgen. Ich frage mich nur, was sie derart beeindruckt hat.«

Sie setzten sich zu den anderen Führungsoffizieren an den Tisch. Nog erklärte, dass ihm Kren die Identität seines Auftraggebers enthüllt hatte und dass es sich dabei um einen bekannten Ferengi-Verbrecher namens DaiMon Bok handelte. Dieser besaß drei tarnfähige Schiffe, von denen sich zwei derzeit aus Gründen, die Kren und seiner Söldnertruppe offenbar nie erklärt worden waren, bei der *Intrepid* befanden.

Scotty lehnte sich zurück und dachte über das nach, was er gerade gehört hatte. »Nog, kennen Sie diesen DaiMon Bok?«

»Nicht persönlich. Ich weiß, dass er zwei Mal versucht hat, Captain Picard zu töten. Nach dem zweiten Versuch hat er einige Zeit im Rog-Gefängnis verbracht, bevor er sich freikaufen konnte.«

»Mich würde viel mehr interessieren«, meldete sich Hunt zu Wort, »wie ein entehrter ehemaliger DaiMon noch immer die Macht besitzen kann, sich tarnfähige Schiffe samt Besatzung zu beschaffen.«

»Ich habe mich in den Ferengi-Akten ein wenig über seine Zeit im Gefängnis schlaugemacht. Während seiner Inhaftierung hat er Kontakt zu den Schattenschatzmeistern aufgenommen.«

»Zu wem?«, hakte Hunt nach, der ebenso verwirrt aussah wie alle anderen am Tisch.

»Der kriminellen Unterwelt der Ferengi.«

Hunt blinzelte überrascht. »Die Ferengi haben eine Unterwelt? Ist das nicht ein Widerspruch in sich? Nichts für ungut.«

»Schon okay.«

Scotty tippte auf die Tischplatte. »Wie gefährlich ist dieser DaiMon Bok?«

»Für die Ferengi ist er wie ein ...« Nog überlegte.

»Verräter?«, schlug Hunt vor.

»Schlimmer. Seine Rachsucht verstieß gegen alles, woran ein Ferengi glaubt.«

»Ah, also ein Ketzer.«

Nog nickte enthusiastisch. »Ja. Bok ist ein Ketzer, weil ihm seine Rache wichtiger war als Profit.«

»Es muss doch in all den Jahren noch weitere Ferengi gegeben haben, denen Unrecht getan wurde, oder vermeintliches Unrecht, und die auf Rache aus waren«, meinte Leah.

»Natürlich«, erwiderte Nog. »Aber Ferengi rächen sich, indem sie den Profit ihrer Feinde schmälern, und nicht, indem sie versuchen, andere umzubringen und dabei alle Möglichkeiten, Profit zu machen, ungenutzt lassen.«

»Dann ist Bok also instabil.«

»Sehr sogar. Er ist besessen von Captain Picard.«

Scotty stand auf. »Das heißt, wir dürfen ihn mit der *Intrepid* nicht alleine lassen. Wir werden die Antriebssektion wieder ankoppeln und so schnell wir können in den Agni-Sternhaufen zurückfliegen.« Mit einem Nicken löste er die Besprechung auf.

Qat'qa blieb zurück, bis nur noch sie und Nog im Raum waren, dann trat sie ihm in den Weg, als er gerade zur Tür hinaus wollte. »Hunt sagt, die Ferengi hätten Angst vor Ihnen.«

»Ich schätze, sie sind einfach nur nicht daran gewöhnt, einen ...«

»Krieger-Ferengi zu sehen? Nein, da ist mehr. Haben Sie ihnen gedroht, ihnen die Ohrläppchen abzuschneiden oder ...«

Nog seufzte. »Sie haben Angst, ich könnte meinem Vater von ihnen erzählen.«

»Ihrem Vater? Dem ehemaligen Ingenieur?«

»Ja.«

»Warum sollten sie davor Angst haben, dass Sie ihm etwas erzählen?«

»Weil er ... Nun ja, er ist jetzt der Große Nagus.«

»Der Große ...« Qat'qa riss verblüfft die Augen auf. »Der Große Nagus? Ihr Vater ist der Große Nagus?«

»Ja.«

»Und das haben Sie uns nicht erzählt?«

»Nein, und ich möchte auch nicht, dass Sie es den anderen erzählen«, bat Nog eindringlich.

»Sind Sie denn nicht stolz auf ihn?«

»Natürlich bin ich stolz auf ihn! Aber ich möchte nicht, dass andere denken, ich wäre nur dank seines Einflusses da, wo ich jetzt bin. Es war seine Karriere als Ingenieur, die mich inspiriert hat, Sternenflotteningenieur zu werden, lange, bevor er zum Großen Nagus wurde. Er war erst Privatunternehmer und danach Mitglied des bajoranischen Militärs.«

»Als Ingenieur und nicht als Soldat.«

Nog schnaubte. »Sie haben meinen Vater nie kennengelernt. Mein Onkel Quark sagte immer, er wäre ein Idiot, weil er keine Ohren fürs Geschäftliche hat. Aber er war mutig genug, um zu erkennen, worin er gut war, und um es zu wagen, anders als andere Ferengi zu sein, eigene Ziele zu haben. Und genau das hat mich inspiriert.«

»Sie haben Mut.« Qat'qa deutete auf sein biosynthetisches Bein, das er seit dem Verlust seines richtigen Beins im Dominion-Krieg trug. »Und Sie möchten nur aufgrund Ihrer Taten beurteilt werden.« Jetzt lächelte sie anerkennend. »Ein Ferengi, der sich Narben und

Ehre im Krieg verdient hat, ebenso wie Weisheit.« Sie ging durch die Tür auf die Brücke. »Ich werde versuchen, einen besseren Kampf für Sie zu finden.«

KAPITEL 12

Die *Intrepid* flog durchs All und entfernte sich immer weiter vom Agni-Sternhaufen. Da sie ihre Kommunikationsabzeichen nicht mehr hatten, nahmen La Forge und Reg Barclay ein Interkom in der Messe auseinander. »Wenn wir damit eine Subraumverbindung anzapfen können«, meinte Geordi, »dann können wir die *Challenger* vielleicht kontaktieren.«

»Wahrscheinlich ist sie außer Reichweite«, gab Barclay mit finsterer Miene zu bedenken.

»Sie werden uns suchen.«

»Darauf würde ich nicht wetten«, sagte Rasmussen, der in der Tür erschienen war. Geordi verspürte den Drang, ihm an die Gurgel zu gehen, aber der Klingone, der mit einem Disruptorgewehr hinter ihm stand, erstickte dieses Bedürfnis im Keim. »Wir lassen von einem Schiff eine falsche Warpspur legen.«

»Damit werden Sie …« La Forge wollte eigentlich »nie durchkommen« sagen, erkannte dann aber, wie dumm dieses Klischee klang. Daher beschloss er, auszutesten, ob Rasmussen noch immer in Plauderlaune war, wie sein Erscheinen vermuten ließ. »Woher wusste Bok, wo er die *Intrepid* finden kann?«

»Ich habe es ihm verraten.«

»Sie? Aber wie?«

»Tja, ich muss zugeben, dass ich ihn am liebsten direkt von der *Challenger* kontaktiert hätte, aber da Sie mich alle ständig beobachtet haben …«

»Und das zu Recht!«

»Na gut, ich kann es Ihnen wohl kaum vorhalten. Tatsache ist, dass ich in der Rehabilitierungskolonie in Kontakt zu anderen Personen gekommen bin, die rehabilitiert werden sollten.«

»Und so haben Sie den Ferengi und andere kennengelernt.«

»Genau. Aber nach meiner Entlassung konnte ich nicht viel damit anfangen. Ich hing nur herum und habe versucht, mein Leben in diesem Jahrhundert zu leben. Bis die Sternenflotte erneut ihre Nase in meine Angelegenheiten steckte und mich bat, mir mal die *Intrepid* anzusehen. Da habe ich einen Plan geschmiedet. Ich konnte das Kommunikationssystem der *Challenger* nicht nutzen, um Bok zu kontaktieren, zumindest nicht, ohne dass ihr Sternenflottenleute darauf aufmerksam werdet.«

»Aber das Kommunikationssystem der *Intrepid* ist doch noch viel eingeschränkter.«

»Für Sie vielleicht. Aber vergessen Sie nicht, Commander, dass es aus meiner Zeit stammt. Ich kenne diese Geräte und weiß, wie sie funktionieren. Und ich weiß, wie man sie so benutzen kann, dass Sie es nicht mitbekommen.«

»Also haben Sie Bok mitgeteilt, wo er uns finden kann.«

»Genau.«

»Und ... Was wird aus uns?«

»Was soll denn aus Ihnen werden?«

»Was haben Sie mit uns vor?«

Die Frage schien Rasmussen zu überraschen. »Nichts.«

»Sie werden doch nicht erwarten, dass wir ...«

»Ich erwarte, dass Sie genau das tun, weswegen Sie an Bord gekommen sind. Oh, ich gehe davon aus, dass Bok Sie von seinen Wachen beobachten lassen wird, um sicherzustellen, dass Sie unserem Projekt nicht in die Quere kommen, aber ansonsten haben Sie noch dieselbe Aufgabe. Nur dass Sie jetzt ein anderes Schiff dabei unterstützt.«

»Sie erwarten doch nicht, dass ich glaube, Bok wäre nur hergekommen, um einen wissenschaftlichen Dienst zu leisten.«

»Natürlich nicht. Was er vorhat ... ist ein Geschäft, und es wird niemandem schaden. Niemandem mehr, sollte ich wohl sagen. Der arme Ensign Carter ... Das sollte ohne Blutvergießen über die Bühne gehen.«

»Ja, klar.« Das wäre Carters Familie bestimmt ein großer Trost.

»Kommen Sie mit auf die Brücke, wenn Sie mir nicht glauben. Die Wissenschaftsstation steht Ihnen zur Verfügung. Tja, Bok hat natürlich das Steuer und die Kommandosysteme deaktiviert, aber Sie können mit den Sensoren und Archiven der *Intrepid* nach Herzenslust herumspielen.« Rasmussen streckte eine Hand aus. »Na los, finden wir heraus, was Bok plant.«

La Forge und Barclay sahen einander an und standen auf. »Was ist das für ein Geschäft, das Sie planen?«

»Ach, das?« Rasmussen strahlte und wirkte sehr aufgeregt. »Es ist großartig! Ich würde es Ihnen gern verraten, aber Sie wissen ja, wie die Ferengi in diesen Sachen sind. Es würde Ihnen sehr gefallen, wenn Sie es hören. Ganz im Ernst!« Er hielt inne und zuckte mit den Achseln. »Na ja, gefallen vielleicht nicht, aber Sie wären beeindruckt von dem Einfallsreichtum, mit dem es durchgeführt wird.«

»Vielleicht sollte ich Bok lieber selbst fragen«, meinte Geordi mit säuerlicher Miene.

»Vielleicht sollten Sie das tatsächlich tun. Er ist gar kein so übler Kerl, wissen Sie. Nur macht er die Dinge gern auf seine eigene Art. Er ist, wie wir früher immer so schön gesagt haben, vom Leben gezeichnet.«

»Das sagt man auch heute noch«, kommentierte La Forge trocken.

»Dann werden Sie bestimmt verstehen, wie er ist. Mir macht das nicht sonderlich viel aus.«

»Verraten Sie mir jetzt endlich, was für ein Geschäft Sie planen?«

»Nein ... Geordi, Sie müssen wissen, dass ich mich Ihnen verbunden fühle. Ich bin Erfinder, und Sie sind Ingenieur ... Manchmal muss ich auch etwas konstruieren, und ich würde vermuten, dass Sie auch schon ein oder zwei Dinge erfunden haben.«

»Ja.« La Forge beschloss, erst einmal mitzuspielen.

»Genau, und deshalb wäre es unfair, Ihnen zu verraten, was wir vorhaben.«

»Unfair?«

»Oh, verstehen Sie mich nicht falsch, ich denke nicht, dass Sie es nicht wissen sollten, oder etwas in der Art. Ich habe keine Geheimnisse mehr vor Ihnen. Es ist nur so, dass Sie sich viel besser fühlen werden, wenn Sie es selbst herausfinden, als wenn ich es Ihnen einfach verrate.«

»Wirklich?« La Forge verspürte erneut das Bedürfnis, Rasmussen zu erwürgen, und so langsam waren ihm die Konsequenzen völlig egal.

»Natürlich! Ich wünschte wirklich, ich könnte es Ihnen sagen, aber ... Wo wäre denn da die Herausforderung, wenn ich Ihnen jetzt einfach verrate, was ich tue? Wenn Sie es herausfinden, werden Sie so stolz auf sich sein! Dieses Gefühl kann ich Ihnen doch nicht nehmen.«

»Sie haben ihnen *was* erzählt?«, fragte Bok.

Rasmussen saß entspannt auf dem Kommandosessel der *Intrepid*. »Sie haben doch selbst gesagt, dass Ihre Ingenieure die *Intrepid* niemals hätten instand setzen können. Das sind die Experten, die es geschafft haben. Sie werden von unschätzbarem Wert für uns sein.«

»Sie werden ein unschätzbares Risiko sein!« Bok kannte die Hartnäckigkeit der Sternenflotte viel zu gut. Andererseits könnte das auch einfach die Art der Menschen sein. Vielleicht war es ja doch ein Fehler gewesen, eine Partnerschaft mit einem Menschen einzugehen. Er war immerhin von derselben Spezies wie Picard, der Sohnmörder.

»Wir lassen sie nur die wichtigen Systeme bedienen, die kein Sicherheitsrisiko darstellen. Deflektorsteuerung, Sensoren und so weiter. Unser Unternehmen würde schließlich nicht davon profitieren, wenn wir ...« Rasmussen schlug mit einer Faust auf die Handfläche. »... mit voller Kraft einen Planeten rammen, nicht wahr?«

Bok brummte nur und dachte an all die Möglichkeiten, wie die Sternenflottler Unheil anrichten konnten, wenn man sie am Leben ließ. Seine größte Sorge war, dass sie versuchen würden, das Schiff zu sabotieren und die Sternenflotte zu kontaktieren.

»Wir werden sie brauchen, wenn wir das Infinite Loch erreichen«, bedrängte ihn Rasmussen. »Und sie *sind* Experten.«

Bok nickte widerstrebend. »In Ordnung. Sie können an den Sensoren und den anderen Systemen arbeiten, aber sie dürfen mit nichts in Kontakt kommen, was unsere Navigations- oder Steuerkonsole beeinflussen könnte. Und auch nicht mit irgendetwas, womit sie Nachrichten verschicken können. Außerdem werden sie jederzeit von bewaffneten Wachen begleitet.«

»Damit kann ich gut leben«, erwiderte Rasmussen.

La Forge war versucht, sich zu weigern und seinen Leuten zu befehlen, Bok nicht zu helfen, aber solange auch nur die geringste Chance bestand, die *Challenger* zu kontaktieren, war es die Mühe wert.

»Balis«, sagte er, »Sie übernehmen die Überwachung der Deflektorsteuerung. Reg, Sie unterstützen die Mannschaft des Marauders, der uns begleitet. Ich werde die Sensoren auf der Brücke übernehmen. Alle anderen ... Seht euch die Umweltkontrollen an. Da ist noch immer einiges zu tun.«

Alle erwiderten »Ja, Sir«, und dann verließen die Sternenflottenoffiziere die Messe und gingen wieder an die Arbeit.

Barclay traf Bok und Rasmussen auf dem Weg zur Transporterplattform der *Intrepid*, eine in verschiedene Segmente unterteilte, kupferfarbene vertikale Schüssel mit einem Durchmesser von etwa drei Metern. Rasmussen stand so weit davon entfernt, wie es nur möglich war, und schüttelte den Kopf. »Ich bin froh, dass wir dieses Ding nicht benutzen müssen.«

»Ich auch«, stimmte ihm Reg zu.

Bok schnaubte. »Ein Transporter ist nichts, wovor man sich fürchten muss.«

»Heute nicht mehr, da es inzwischen zwei Jahrhunderte voller technischer Fortschritte gegeben hat, aber zur Zeit der *Intrepid* ... Damals wurden damit nicht sehr häufig Personen transportiert. Und dieser ist schon seit einigen Jahrtausenden außer Betrieb.«

»Upgrades«, murmelte Bok nachdenklich. »Das wäre doch mal ein Konzept. Man muss die Aufrüstungen kaufen, damit das ursprüngliche Produkt überhaupt so funktioniert, wie man es sich vorstellt ...«

Rasmussen warf ihm einen Seitenblick zu. »Oder damit es etwas sicherer ist. In meinem Jahrhundert glaubten einige Leute tatsächlich, dass ein Transporter die Person kopiert und das Original tötet. Und Sie wissen ja, dass sich immer mehr Fehler einschleichen, je öfter man etwas kopiert.« Er erschauderte.

»Aber so funktionieren Transporter nicht.«

»Zumindest nicht heutzutage.«

»Sie sind viel sicherer, als man glaubt«, versicherte Barclay ihm halb ungläubig. »Relativ gesehen, natürlich. Hin und wieder passiert schon mal eine seltene Anomalie.«

»Was für eine Anomalie?«, wollte Rasmussen wissen.

»Manchmal wird ein Muster von Ionenstürmen umgelenkt oder von atmosphärischen Störungen reflektiert, und auf einmal findet man sich in einer anderen Realität wieder, oder es gibt ...«, er räusperte sich, »... einen gleich zweimal.«

»Und wann ist so etwas zum letzten Mal passiert?«, erkundigte sich Bok spöttisch.

»Tja, tatsächlich erst vor wenigen Jahren, als wir mit dem Beamen aktiver Hologramme experimentiert haben. Ein Energiestoß im Transporter hat ein Materieecho bewirkt ... Nun, wir reden eigentlich nicht gerne darüber. Doch es ist schon komisch, dass genau dann, wenn man glaubt, man hätte das Schlimmste gesehen, noch etwas viel Verstörenderes passiert.« Reg erschauderte bei der Erinnerung.

»Dann muss man etwas finden, was die andere Person tun kann, wie sich dem Maquis anschließen oder die entgegengesetzte Seite der Galaxis erkunden ...«

»Die entgegengesetzte Seite?«

Bok winkte verächtlich ab und zog seinen Kommunikator. »Genug der unsinnigen Kommentare. Grak, ist Sloe mit seiner Fracht bereit?«

»Bereit, DaiMon.«

»Energie.«

Vor den Augen der drei Männer erschien Licht am Boden und der Decke des Transporters, und ein Mensch materialisierte sich zusammen mit einem klobigen, metallischen, turmartigen Gerät, das mit Metall- und Kristallröhren bedeckt war. Das Gerät stand auf einem kleinen Antigravitationsschlitten, und der Mann hatte eine Hand an dessen Griff gelegt. Er musste etwa in Rasmussens Alter sein, doch in seinen hellen Augen lag ein jugendliches Funkeln, das im starken Kontrast zu seinem langen grauen Haar stand, das er zu einem Pferdeschwanz zusammengebunden hatte. Er war groß und trug sandfarbene Kleidung, die er vermutlich schon vor einem halben Jahrhundert erworben und nie ersetzt hatte.

»Willkommen an Bord, Sloe.«

»DaiMon.«

»Kann die Tarnvorrichtung installiert werden?«

»Sie wurde auf dem Marauder erfolgreich getestet. Natürlich gibt es dort moderne Energiesysteme und keine aus dem zweiundzwanzigsten Jahrhundert. Aber ich wüsste keinen Grund, warum sie hier nicht ebenfalls einwandfrei laufen sollte.«

»Großartig. Sie müssen sie so schnell wie möglich einbauen.«

»Das dürfte nicht lange dauern. Es ist ein älteres Modell, da gibt es keine komplexen Verbindungen.« Sloe tätschelte das Gerät, als wäre es ein Haustier.

»Älter, aber hoffentlich nicht weniger effektiv.«

»Das Originalmodell stammt aus der Zeit vor dem klingonischen

Bürgerkrieg, daher muss es irgendwann geknackt worden sein, aber wahrscheinlich eher von den Romulanern als von der Sternenflotte.«

»Dann wollen wir hoffen, dass die Romulaner ihre Daten nie weitergegeben haben«, murrte Rasmussen.

»Für den Fall, dass sie es doch getan haben, habe ich einige Modifikationen vorgenommen«, erklärte Sloe.

»Modifikationen?«, fragte Barclay.

»Das ist Reg«, stellte Rasmussen vor. »Er wird Ihnen assistieren.«

»Aber er darf die Tarnvorrichtung nicht berühren«, warf Bok ein.

»Okay«, erwiderte Sloe. »Tja, ich habe eine automatisierte Zufallsmodulation in den Phasendiskriminator eingebaut sowie ein oder zwei andere Veränderungen vorgenommen. Wenn jemand die Tarnvorrichtung durchschaut, dann sorgt die Modulation dafür, dass er nicht lange was davon hat, denn schon im nächsten Augenblick sind wir wieder verschwunden.«

»Gut«, entgegnete Bok. »Und jetzt hören Sie auf, Zeit zu verschwenden. Gehen Sie runter auf Deck D und bauen Sie sie ein.«

La Forge aktivierte die Langstreckensensoren auf der Brücke und führte rasch einen Scan nach der *Challenger* oder einem anderen Schiff der Föderation durch. Doch er fand nichts, und das beunruhigte ihn.

Er ertappte sich bei dem Gedanken, ob es klüger gewesen wäre, Leah zu fragen, wo sie standen, solange er die Gelegenheit dazu gehabt hatte. Es wäre doch paradox, wenn sie darauf gewartet hätte, dass er den ersten Schritt machte, und er jetzt vielleicht nie wieder die Chance dazu bekam. Schließlich riss er sich zusammen, da ihn die Gedankengänge eines liebeskranken Teenagers auch nicht weiterbringen würden, und konzentrierte sich auf seine jetzige Situation.

Langsam sah er sich auf der Brücke um, und zwar nicht nur im sichtbaren Spektrum, und suchte nach Anzeichen darauf, dass die Söldner nervös genug waren, um Fehler zu machen. Aber es schien alles normal zu laufen. Er wandte seine Aufmerksamkeit den Sensoren zu, die ihm Navigationsinformationen übermittelten, ohne dass er den Kurs des Schiffes beeinflussen konnte. Sie flogen zu einem System in der Nähe des Ferengi-Raums namens Delta-fünf-Gamma-Zeta-Alpha. Er kannte es nicht, aber die Bezeichnung kam ihm irgendwie vertraut vor.

Als er spürte, dass seine klingonische Wache näher kam, beschloss er, etwas zu tun, das der Klingone auch als Arbeit eines Ingenieurs erkennen würde. Er öffnete ein Werkzeugkit und begann, einen beschädigten Bildschirm gegen einen neuen auszutauschen, der auf der *Challenger* repliziert worden war.

Einige Zeit später kam Bok die kurze Treppe neben dem Hauptreaktor herunter und näherte sich den dort arbeitenden Menschen. »Sloe, Barclay«, rief er barsch. »Wie läuft es mit meiner Tarnvorrichtung?«

»Eigentlich ganz gut.« Sloe klang überrascht. »Das ist klingonische Wertarbeit. Die wurde für die Ewigkeit gebaut, was vermutlich für alles gelten muss, das von Klingonen benutzt wird.«

»Gut.« Bok beugte sich vor und sah Sloe direkt ins Gesicht. »Und jetzt sagen Sie mir, wo das Problem liegt, oder ich werde Ihren Vertrag auf handfeste Weise beenden.« *Und es wäre mir eine Freude*, dachte er.

»Warum sollte es ein Problem geben? Das ist alles gute, solide Wertarbeit, Bok.«

»Sie haben mir versichert, dass die Tarnvorrichtung innerhalb einer Stunde einsatzbereit wäre. Das ist sie jedoch nicht.«

Sloe lächelte ihn schief an und hob abwehrend die Hände. »Ach, das meinen sie. Nein, das hat sich erledigt, wir haben es gelöst. Keine Probleme mehr.«

»Was war es denn?«

»Ein Kompatibilitätsproblem. Die Technik der Klingonen und die der Sternenflotte können gewöhnlich problemlos aneinander angeschlossen werden, aber dieses Schiff ist uralt. Die Energiesubsysteme unterscheiden sich völlig von allem, was in den letzten hundert Jahren verwendet wurde.«

»Sie haben es gelöst?«

»Reg musste einige Teile anpassen und ...«

»Das reicht! Wenn es funktioniert, dann funktioniert es. Das ist alles, was zählt.«

»Oh, es wird funktionieren«, versicherte ihm Barclay.

»Sparen Sie sich die Worte, ich will Taten sehen«, ermahnte ihn Bok. »Tun Sie es einfach.« Damit verließ er den Maschinenraum und kehrte auf die Brücke zurück. Grak war bereits dort und beriet sich mit dem Breen an der Steuerkonsole.

»Grak, wenn Sie zum Marauder zurückkehren, dann halten Sie mit Ihren Sensoren nach Verfolgern wie der *Challenger* Ausschau.«

»Rechnen Sie denn damit, dass wir verfolgt werden?«

Bok knurrte. »Sie können gern glauben, dass sie aufgeben werden, aber ich sage Ihnen, die werden uns jagen. Diese Sternenflottenleute sind wie ein Tumor, der immer wiederkommt.«

»Das stimmt.«

»Außerdem, auch wenn wir die besten Söldner angeheuert haben, die zur Verfügung standen, und ein hervorragendes Schiff haben, die *Challenger* ist auch nicht zu verachten. Und Kren hat sich nicht zum abgemachten Zeitpunkt gemeldet.«

Grak machte ein finsteres Gesicht. »Ich habe doch gleich gesagt, wir hätten uns einen romulanischen Warbird anschaffen sollen. Die *D'deridex*-Klasse könnte es mit einem Raumschiff der *Galaxy*-Klasse durchaus aufnehmen.«

»Bei dem Versuch wären wir draufgegangen. Die Romulaner waren schon immer paranoid.«

»Dann brauchen Sie diese Tarnvorrichtung. Vielleicht ist es möglich, unser Tarnfeld auf die *Intrepid* auszuweiten ...«

Bok winkte ab. »Sloe hat mir versichert, dass die Tarnvorrichtung jeden Moment einsatzbereit sein wird. Sobald das der Fall ist, müssen wir keine Angst mehr davor haben, dass uns die *Challenger* folgt.«

»Solange sie die Tarnung nicht durchdringen. Derartige Geheimnisse und Technologien sind normalerweise nur sehr kurzlebig.«

»Aus diesem Grund legt unser anderes Schiff ja auch falsche Warpspuren durch den halben Sektor. Denen kann die *Challenger* folgen, solange sie möchte.«

In diesem Moment kam Sloe auf die Brücke geeilt und wischte sich die Hände an einem Lappen ab. »DaiMon Bok, die Tarnvorrichtung ist bereit.«

»Damit meinen Sie hoffentlich, dass sie bereit für den Einsatz ist und nicht nur für einen Test.«

»Sie ist vollkommen funktionsfähig und wird optimal mit Energie versorgt ... zumindest so gut, wie es eine altertümliche Schönheit wie dieses Schiff vermag.«

Bok sah ihm einen Moment lang in die Augen und versuchte, abzuschätzen, ob der Mensch recht hatte. Er war sich ziemlich sicher, dass Sloe ihn nicht anlügen würde, aber er war nicht vollkommen davon überzeugt, dass der Mann das Talent und die Fähigkeiten besaß, eine derart komplizierte Aufgabe korrekt auszuführen. Sloe nickte langsam und hielt ein Padd hoch, auf dem der Energiefluss und der Status der Tarnvorrichtung angezeigt wurden. Bok war kein Experte, aber für ihn sah es gut aus.

Daraufhin drehte sich Bok um und schnippte mit einem Finger, um dem Söldner an der taktischen Konsole ein Zeichen zu geben. »Aktivieren Sie die Tarnvorrichtung.«

Rasmussen saß in seiner Kabine und verglich eines der Padds der *Challenger* mit dem von der *Intrepid*, weil er herausfinden wollte, wie sich das erstere aus dem letzteren entwickelt haben mochte, als er auf einmal eine leichte Verschiebung der Perspektive spürte. Ihm war, als würde die Umgebung plötzlich leicht schwanken, als wäre sie nicht ganz im Gleichgewicht. Es fühlte sich ein wenig wie

Seekrankheit an, und er verspürte das starke Bedürfnis nach einem Drink. Ein Rum wäre gut, den tranken Seeleute doch auch immer. Also war er bestimmt gut gegen Seekrankheit.

Er lief zur Brücke, da die interne Kommunikation noch immer nicht funktionierte. »Was ist gerade passiert?«

Bok, Sloe und Grak sahen ihn verwirrt an. »Was meinen Sie?«

»Da war ein ... Ich spüre dieses ...«

»Oh«, meinte Sloe, »Sie meinen die Tarnvorrichtung. Sie funktioniert und ist gerade im Einsatz ...«

»Ist das immer so?«

»Sie werden sich dran gewöhnen.«

La Forge hatte das Gefühl erst wenige Male erlebt, aber oft genug, um es zu erkennen. »Wir sind getarnt.« Alle, die sich in der Messe aufhielten, verstanden, was er meinte, selbst wenn sie es noch nie zuvor gespürt hatten.

»Wird die *Challenger* die Tarnung durchdringen und uns finden können?«, wollte Balis wissen.

»Wenn es jemand kann, dann ein Schiff voller Ingenieure.«

KAPITEL 13

Die *Challenger* raste mit hoher Warpgeschwindigkeit direkt auf den Agni-Sternhaufen zu. Scotty stand auf der Brücke und konnte spüren, wie sich die Nervosität in seinem Magen aufbaute. Er musste einfach aufstehen und herumgehen, da er sonst vor Ungeduld angefangen hätte zu zucken. »Treffpunkt?«

»Ich habe die Position der *Intrepid* markiert«, sagte Qat'qa. »Wir müssten in wenigen Minuten dort sein.«

»Gut«, erwiderte Scotty.

»Sir«, sagte Nog vorsichtig. »Ich kann die *Intrepid* nirgendwo orten ... Dafür gibt es mehrere Hinweise auf mögliche Warpspuren.«

»Eine davon muss zum Antrieb der *Intrepid* passen, mein Junge. Rufen Sie die Aufzeichnungen über die Warpsignaturen der *NX*-Klasse auf.«

»Ich sehe nach ... Ja, Sir. Ich finde zwei Warpspuren, die zu denen der *NX*-Klasse passen.«

»Ich wüsste nicht, dass noch ein weiteres *NX*-Schiff hier gewesen ist, oder irre ich mich da?«

»Nein, Sir.«

»Dann versucht jemand, uns zum Narren zu halten. Arbeiten Sie den wahrscheinlichsten Verfolgungskurs aus. Wir brauchen die Spur der echten *NX*.«

»Aye, Sir.«

Geordi fand Rasmussen im Quartier des Captains. Obwohl es sich um das größte Quartier auf dem Schiff handelte, war es nur etwa ein

Viertel so groß wie ein modernes Sternenflottenquartier. »Was gibt es, Geordi? Übrigens, gute Arbeit an den Sensoren.«

»Danke.«

»Wollten Sie mich irgendetwas fragen? Oder mir etwas sagen? Ich sehe Ihnen doch an, dass Sie mir wieder eine Ihrer langweiligen Moralpredigten halten wollen.«

La Forge stritt es gar nicht erst ab. »Bitte, hören Sie mir zu, Rasmussen, und lassen Sie mich Ihnen etwas über Ihren Verbündeten erzählen. Als ich ihm das erste Mal auf der *Enterprise* begegnet bin, hat er ein Gerät zur Gedankenmanipulation benutzt, um Captain Picard dazu zu bringen, die *Enterprise* anzugreifen. Bok verwendete dazu ein altes Sternenflottenschiff, das er gefunden hatte, die *Stargazer.*«

»Also kennt er sich mit alten Schiffen aus. Das ist doch praktisch, finden Sie nicht?«

»Boks Mannschaft wusste nicht, was er vorhatte. Sie glaubten, er hätte einfach nur einen Plan, der ihnen Profit einbringt. Er hat sie angelogen und ihnen nicht gesagt, dass er eigentlich auf Rache aus war.«

»Er ist ein ziemlich ungewöhnlicher Ferengi, das muss ich zugeben.«

»Ich will darauf hinaus, dass er seine gesamte Mannschaft angelogen hat.«

»Damals war er ein DaiMon. Er musste seiner Besatzung nichts über seine Motive erzählen. Gilt das nicht auch für die Sternenflotte?« Geordi wollte ihm darauf nicht antworten, aber zu seinem Ärger interpretierte Rasmussen sein Schweigen richtig. »Sehen Sie. Das habe ich mir gedacht.«

La Forge ballte eine Faust, zwang sich jedoch, seine Finger wieder zu lockern. Er war kein gewalttätiger Mann, und in seiner gegenwärtigen Situation hätte es ihm auch nicht allzu viel gebracht. »Als die *Enterprise* Bok zum zweiten Mal begegnet ist, hatte er einen Jungen genetisch so verändert, dass er den Anschein machte, Captain Picards Sohn zu sein.«

Rasmussen sah ihn interessiert an. »Wollte er ihn damit erpressen?«

»Nicht ganz. Er wollte den Jungen umbringen, damit der Captain das fühlte, was Bok empfunden hatte, als er seinen eigenen Sohn verlor.«

»Das, was wir hier tun, hat nichts mit Picard oder Boks Sohn zu tun, Geordi.«

»Alles, was Bok tut, hat etwas mit seinem Sohn zu tun! Irgendwie wird auch diese Sache auf seinen toten Sohn hinauslaufen.«

Rasmussen legte den Kopf erst auf die eine, dann auf die andere Seite. »Ja, vielleicht, ich könnte mir vorstellen, dass ... Und?«

»Er hat seine eigene Mannschaft angelogen, hat sie betrogen, um zu erreichen, was er ...«

»Ich glaube, ich habe das Prinzip verstanden.«

Geordi nickte kurz. »Es wird wieder so kommen. Warum glauben Sie, Sie könnten Bok vertrauen ...?«

»Ich vertraue ihm nicht. Zumindest nicht so, wie Sie denken. Aber ich kann mich darauf verlassen, dass ich ihm nicht trauen kann. Und er weiß genau, dass mir ebenfalls nicht zu trauen ist.«

»Der Unterschied ist, dass Sie vermutlich nicht vorhaben, ihn übers Ohr zu hauen, um jemand anderem zu schaden. Doch genau das wird er mit Ihnen tun. Sie können Bok nicht vertrauen, und er wird Sie verraten.«

»Ich bin ganz gerührt, dass Sie sich um mich Sorgen machen, Geordi, aber das brauchen Sie nicht.«

Geordi sah etwas in Rasmussens Augen aufflackern. Schuldgefühle? Seine Libido? Vage erinnerte er sich, dass Rasmussen versuchte hatte, mit Deanna, Beverly und nahezu jeder anderen Frau an Bord des Schiffes anzubandeln. »Leah und Guinan, Sie kommen gut mit ihnen aus, richtig? Haben Freundschaft geschlossen?«

»Es gibt noch so viele andere Sterne in der Galaxis«, erwiderte Rasmussen und grinste. »So viele.« Dann sah er auf sein Chronometer. »Und noch viel mehr Sensoren, mit denen sie überwacht werden sollten. Sie sollten längst auf der Brücke sein.« Sein Lächeln wurde eisig. »Ganz im Ernst.«

In einem System, in dem ein Roter Riese alle Planeten, die sich früher in seinem Orbit befunden hatten, verschlungen hatte, drosselte die *Challenger* auf Impulsantrieb.

»Die Spur endet hier«, verkündete Qat'qa.

Hunt runzelte die Stirn. »Wie kann sie aufhören, wenn die *Intrepid* nicht hier ist?«

»Das kann sie nicht, es sei denn, sie wäre in ein Wurmloch geflogen ...«

»Ich kann in diesem Gebiet nicht die Neutrinolevel ausmachen, die ein Wurmloch hinterlassen hätte.« Leah runzelte die Stirn. »Aber da ist eine weitere Warpspur, die sich von der ersten unterscheidet. Für mich sieht sie aus wie die Signatur einer klingonischen Warpspule ...« Sie sah auf ihren Bildschirm. »*K't'inga*-Klasse.«

»Verdammt!«, murmelte Scotty. »Wir haben den halben Tag damit vergeudet, auf einen Köder hereinzufallen.«

»Ich setze Kurs auf den Agni-Sternhaufen«, sagte Qat'qa rasch. »Wenn wir uns beeilen, sollten wir die andere Spur noch finden können.«

Bok döste auf dem Kommandosessel der *Intrepid.* Eigentlich hatte er beabsichtigt, das größte und zweifellos luxuriöseste Quartier des Schiffes zu beanspruchen, das früher das Quartier des Captains gewesen war. Doch als er die Tür geöffnet hatte, war ihm das Herz in die Hose gerutscht und die Galle in die Kehle gestiegen. Das Quartier war weder geräumig noch luxuriös und entsprach hinsichtlich seiner Größe und Farbgebung seiner Zelle im Rog-Gefängnis, und es war ebenso karg eingerichtet.

Gut, darin hatten außer ihm noch drei andere Ferengi gewohnt, aber die unangenehmen Erinnerungen waren dennoch wieder in ihm aufgestiegen. Er hatte die Schande über sich ergehen lassen müssen, bei seiner Ankunft in der Empfangskneipe gefilzt und um jeden Streifen Latinum erleichtert zu werden, und danach hatte er als Teil seines Strafmaßes noch die Schulden ertragen müssen. Jeden Tag, den er im Gefängnis verbrachte, waren ihm einige Streifen für seine Unterbringung berechnet worden. Die tägliche Zahlung war nicht hoch, aber schließlich besaß er nach der Eröffnungseinzahlung, zu der er gezwungen worden war, auch nichts mehr, und im Laufe der Zeit waren die Schulden und der Druck immer größer geworden.

Die Menschen hatten eine uralte Foltermethode, die sie die »chinesische Wasserfolter« nannten, bei der ständig Wasser auf die Stirn des Gefangenen tropfte, was ihn langsam, aber sicher in den Wahnsinn trieb. Die Anhäufung dieser Schulden hatte auf die Insassen des Ferengi-Gefängnisses denselben Effekt.

Natürlich war es die Sache wert gewesen. Kein Preis war zu hoch, um wiedergutzumachen, was seinem Sohn zugestoßen war.

»Die *NX*-Warpspur endet hier.« Qat'qas Ankündigung war das Letzte, was Scotty hören wollte. Wenn er doch nur einen besseren Sensor bauen könnte …

»Noch ein Köder?«

»Es gibt im System keine andere Warpspur«, antwortete Leah. »Aber die Warpspur, der wir gefolgt sind, weist eine auffällige Verzerrung auf.«

Scotty stockte der Atem. Konnte diese Störung auf eine Katastrophe hindeuten? »Was meinen Sie?«

»Meiner Ansicht nach sieht diese Störung aus wie ein Tarnfeld, das die Warpspur zunehmend überlappt.«

»Sie denken, sie haben sich getarnt?« Das wäre ein gutes Zeichen, denn bei dem Schiff, das die falschen Warpspuren gelegt hatte, hatte nichts auf eine Tarnung hingedeutet.

»Das denke ich.«

Hunt runzelte die Stirn. »Waren *NX*-Schiffe mit Tarnvorrichtungen ausgestattet? Das war doch die Zeit vor dem Vertrag von Algeron.«

»Nein, aber es gibt keinen Grund, warum sie keine eingebaut haben sollten.«

»Das Schiff, das uns angegriffen hat, war klingonisch und hatte eine Tarnvorrichtung. Wenn sie noch eine weitere dabeihatten ...«

»Jeder von uns könnte eine Tarnvorrichtung in ein Raumschiff einbauen, wenn wir eine hätten. Als Erstes müssen wir herausfinden, welche Art von Tarnvorrichtung sie benutzen.«

»Die Tarntechnologie entwickelt sich stetig weiter«, meinte Qat'qa. »Sie ist sogar eine der kurzlebigsten Technologien. Jeder, der mal auf einem klingonischen Schiff gedient hat, kann Ihnen das sagen.«

»Aye, so ist es. Zu meiner Zeit war das noch alles klar, wenn auch nicht gerade einfach. Die Klingonen hatten Tarnvorrichtungen auf ihren Bird-of-Preys und die Romulaner auf ihren Warbirds.« Er schüttelte den Kopf. »Heutzutage besitzt fast jeder irgendeine Art von Tarntechnologie, und man benötigt für jede eine andere Gegenmaßnahme. Und wir wissen nicht, ob die Tarnvorrichtung, mit der wir es zu tun haben, nicht ein ganz neues Modell ist.«

»Ist sie nicht«, erklärte Nog voller Zuversicht.

»Warum nicht?«

»Weil Bok ein Ferengi ist. Er hat die Tarnvorrichtungen gekauft.« Nog schnitt eine Grimasse. »Das ist Ware aus zweiter Hand.« Dann schien er sich ein wenig aufzurichten. »Er würde niemals den Marktwert bezahlen, daher kann es sich bei seinen Tarnvorrichtungen nur um ältere Modelle handeln.«

Qat'qa knurrte. »Da bleiben noch immer jede Menge Möglichkeiten offen.«

»Es sei denn, einer unserer Gefangenen weiß, wo er sie herhat«, meinte Nog.

»Glauben Sie, einer von denen wird es uns verraten?«, wollte Scotty wissen.

»Ich kann sie vielleicht dazu überreden. Mit Ihrer Erlaubnis, Sir?« Scotty nickte, und Nog marschierte los, um sich erneut in seinen besten Anzug zu werfen. Da die Ferengi-Gefangenen nur bereit waren, mit dem Sohn des Nagus zu reden, musste er eben in der Gestalt zu ihnen gehen.

KAPITEL 14

»Das ist seltsam ...« La Forge saß im Besprechungsbereich hinter dem Kommandosessel der *Intrepid*, wo die Sternenflottenoffiziere sich üblicherweise aufhielten, und sah die alten Sensorlogbücher der *Intrepid* durch.

»Was denn, Commander?«

»Sehen Sie sich das an, Reg. Wonach sieht das für Sie aus?«

»Wenn ich es nicht besser wüsste ... Nein, das ist unmöglich.«

»Nichts ist wirklich unmöglich. Tun Sie doch einfach mal so, als wüssten Sie es nicht besser.«

»Tja, wenn ich es nicht besser wüsste, würde ich denken, dass das obere Band dieser Subraumsignatur aussieht, als wäre es von einer Art Quanten-Slipstream-Antrieb gestört worden.«

»Genau das habe ich auch gedacht, aber ich konnte es ebenfalls nicht glauben. Daher wollte ich eine zweite Meinung hören. Danke.«

»Doch diese Aufzeichnung ist zweihundert Jahre alt ... Damals hat niemand einen Slipstream-Antrieb benutzt.«

»Ja, das hatten wir bereits ... Und wie ich schon sagte, es hat bloß niemand, von dem wir wüssten, einen Slipstream-Antrieb benutzt. Aber es gibt da draußen noch jede Menge Zivilisationen, die wir noch nicht entdeckt haben.«

»Die anderen Aufzeichnungen deuten jedoch nicht auf eine Slipstream-Signatur hin, wie ich sie kenne.«

»Nein, aber sie kommen mir trotzdem irgendwie bekannt vor. Ich wünschte, ich könnte auf die Datenbanken der *Hera* zugreifen. Wir könnten diese Sensoranzeigen mit allem vergleichen, das die Sternenflotte ...« Er stockte, als er Barclays verdutzten Gesichtsausdruck bemerkte. »Reg? Was ist los?«

»Sie haben gesagt ... Entschuldigen Sie, Geordi, vielleicht habe ich mich auch verhört.«

»Was habe ich gesagt?«

Reg sah ihn betreten an. »Sie haben eben gesagt, Sie wünschten, Sie könnten auf die Datenbanken der *Hera* zugreifen. Nicht der *Challenger.*«

»Wirklich?« Geordi war überrascht. Er hatte schon eine ganze Weile nicht mehr an die *Hera* gedacht und hatte keine Ahnung, wieso sie ihm gerade jetzt wieder in den Sinn gekommen war.

Reg nickte und sah ihn ernst an. »Die *Hera* ist vor Jahren verschwunden. Kannten Sie jemanden an Bord?«

»Meine Mutter war der Captain ...«

»Oh. Das tut mir sehr leid, Commander. Ich wollte nicht ... Na ja, ich wollte keine schlimmen Erinnerungen heraufbeschwören.«

»Schon in Ordnung, Reg. Das ist lange her. Warum musste ich jetzt an die *Hera* denken? Obwohl, eigentlich habe ich nicht bewusst an sie gedacht. Vielleicht will mir mein Unterbewusstsein etwas sagen?«

»Es könnte mit diesen Sensoranzeigen zu tun haben. Erinnern sie Sie an die *Hera*?«

»Nicht dass ich wüsste ...« Geordi lehnte sich nachdenklich zurück. »Als die *Hera* verschwunden ist, war ich überzeugt davon, dass sie nicht zerstört worden war ... Daran musste ich einfach glauben, denn dann wäre meine Mutter noch Captain und, nun ja, sie wäre noch immer am Leben.«

»Das ist verständlich«, meinte Barclay leise.

»Daher wollte ich sie finden, und ich dachte, ich wüsste, wo ich suchen muss. Aber um ganz sicher zu sein, habe ich mir alles besorgt, was ich über die letzten Bewegungen der *Hera* in die Finger bekommen konnte ... Alle Telemetriedaten, die die Sternenflotte vor ihrem Verschwinden erhalten hatte.«

Reg sah die Anzeige skeptisch an. »Die *Hera* gehörte zur *Nebula-*

Klasse, nicht wahr?« Geordi nickte. »Ich wüsste nicht, wie ein solches Schiff eine derartige Telemetrie aussenden sollte, selbst wenn es einen modifizierten Antrieb besessen hätte.«

»Ich auch nicht. Und diese Anzeigen sind zweihundert Jahre alt.«

»Warum mussten Sie dann an die *Hera* denken?«

»Ich weiß es nicht. Es muss einen Grund dafür geben, aber mir fällt einfach keiner ein.«

»Waren bei den Telemetriedaten der *Hera* auch Sensorlogbücher oder -berichte enthalten?«

Geordi versuchte, sich zu erinnern. »Ja ... Ich glaube, das waren sie tatsächlich.«

»Dann waren in den Sensorlogbüchern vielleicht ähnliche Aufzeichnungen enthalten«, schlug Barclay vor.

La Forge dachte darüber nach. »Das ist keine schlechte Idee. Wenn ich doch bloß Zugang dazu hätte, dann ließe sich das schnell überprüfen.«

»Was uns wieder zu dem Punkt bringt, dass wir auf die Datenbank der *Challenger* zugreifen müssen.«

»Was wir momentan nicht tun können.«

Die *Challenger* flog noch immer mit Warpgeschwindigkeit, und ihre aktiven und passiven Sensoren suchten nach jedem noch so kleinen Hinweis auf die *Intrepid.*

Nogs Dienst war fast zu Ende, und er wollte sich gerade auf die Suche nach einem *Raktajino* begeben, als der Kommunikationsbereich seiner taktischen Konsole kurz rauschte und für einen Sekundenbruchteil eine Stimme zu hören war. »Was zum ...?«

Scotty drehte sich zu ihm um, und auf seinem Gesicht spiegelte sich Hoffnung wider. »Haben Sie was?«

»Ich dachte, ich hätte etwas gehört.«

»Von der *Intrepid*? Vielleicht versuchen Geordi oder Barclay, uns zu kontaktieren.«

Nog versuchte, das Signal wiederzufinden. »Es war nicht direkt an uns gerichtet. Ich glaube eher, dass ich den Ausläufer einer Übertragung empfangen habe.«

»Was wurde gesagt?«

»Ich bin mir nicht sicher. Moment, da ist es wieder.« Nog stellte das Signal durch, und ein schrilles Pfeifen erklang. Alle auf der Brücke zuckten zusammen, am heftigsten er selbst. »Es ist stark komprimiert.« Er ließ es durch die Datenbank laufen. »Definitiv kein Föderationssignal.«

»Können Sie feststellen, woher das Signal kommt oder an wen es gerichtet ist?«, fragte Tyler Hunt. »Bok hat schon früher Sonden benutzt, als er Picard glauben machen wollte, dieser Junge wäre sein Sohn ... Wenn diese Übertragung etwas mit ihm zu tun hat, dann könnte sie uns den Weg zur *Intrepid* weisen.«

Nog arbeitete an seiner Konsole und konzentrierte sich auf seine Aufgabe. »Ich glaube, ich kann die Quelle des Signals bis auf einen Bereich von wenigen Metern bestimmen. Sie ist sehr klein. Könnte nur eine Relaisstation sein.«

»Das würde ebenfalls zu Bok passen. Geben Sie die Koordinaten an Frachtraum zwei durch.«

»Commander Hunt an Transporterchief Carolan. Wir treffen uns in Frachtraum zwei.« Er stand auf, ging zum Turbolift und fuhr damit zur Frachtrampe hinunter. Carolan war bereits vor ihm in dem weitläufigen Raum und aktivierte gerade die Frachttransporterkonsole.

»Was immer Sie rüberbeamen wollen, ich bin bereit.«

»Gut. Können Sie einen würfelförmigen Teil des Alls von etwa vier Metern Kantenlänge bei diesen Koordinaten mit dem Transporter erfassen?« Er tippte auf die Anzeige, auf der die von Nogs Station weitergeleiteten Daten standen.

»Das fragen Sie noch?«

»In Ordnung, dann legen Sie los und beamen Sie alles, was sich dort befindet, hierher. Jedes Teilchen, verstanden?« Hunt spürte ein Flattern in der Magengrube. Sein Instinkt sagte ihm, dass dieser

Würfel wichtig sein könnte.

»Jedes Teilchen«, bestätigte Carolan und bediente die Konsolensteuerung. Nach einem Augenblick erfüllte das vertraute Transportergeräusch die Kammer, und ein silberner Schimmer erschien in der Raummitte, hinterließ jedoch nichts als Luft. »Das ist seltsam.«

»War dort etwa nichts?« Die wenigen Moleküle, die sich gewöhnlich in einem derart kleinen Bereich des Weltraums befanden, hätten so gut wie keinen Unterschied gemacht, aber leerer Raum übermittelte nun mal keine Signale.

»Laut Transporterlogbuch haben wir einhundertundsechsunddreißig Kilogramm Materie erhalten.« Carolan sah verwirrt aus. »Dabei kann es sich nicht um eine Singularität handeln, da diese den Eindämmungsstrahl abgelenkt hätte.«

»Ebenso wie die lokale Schwerkraft.« Hunt runzelte die Stirn. So viel Materie konnte nicht einfach verschwinden. Vorsichtig ging er auf die breite Transporterplattform zu und hob im Vorbeigehen einen selbstdichtenden Schaftbolzen auf, der auf einer Kiste lag. Als er noch einen Meter von der Plattform entfernt war, blieb er stehen und warf den Bolzen in Richtung Plattform.

Der Bolzen flog in einem Bogen über den Rand, prallte mit lautem Knall von scheinbar nichts ab und fiel aufs Deck. Zufrieden, dass ihn sein Instinkt nicht getrogen hatte, rieb sich Hunt etwas Schmiere von den Händen. »Getarnt.«

»Was ist das? Eine Art Boje oder ein Satellit?« Carolan streckte eine Hand aus, um das unsichtbare Objekt zu berühren.

»Vielleicht eine Sonde.« Hunt suchte nach einem Phaser. »Es ist klein genug, dass ein breiter Niedrigenergiestrahl die Tarnvorrichtung überladen dürfte.« Er stellte den Phaser auf mittlere Betäubung ein und ließ den Strahl durch die Luft über der Plattform gleiten. Blaue Funken stoben, und auf einmal erschien ein zwei Meter breites Objekt auf der runden Plattform. Dabei handelte es sich um eine flache, breite Röhre, etwa doppelt so groß wie die Ummantelung eines Photonentorpedos und völlig schwarz.

Hunt und Carolan sahen sich verblüfft an. »Sieh mal einer an. Was haben wir denn hier?«

Auf der Brücke versuchte Leah alle Methoden, die sie kannte, um ein Warpfeld durch eine Tarnung hindurch zu entdecken. Als nichts davon funktionierte, begann sie, sich neue Techniken auszudenken. Irgendetwas musste ihnen doch dabei helfen können, Geordi und die anderen zu finden.

»Da ist etwas …« Bei diesem »Etwas« handelte es sich zwar nur um ein paar einzelne Protonen, aber mehr brauchte sie nicht. »Scotty, ich habe Energierückstände entdeckt.«

»Die *Intrepid*?«

»Definitiv ein Antrieb aus dem zweiundzwanzigsten Jahrhundert.«

Scotty beugte sich vor. »Können wir herausfinden, wo sie sind und wohin sie fliegen?«

»Den Rückständen nach zu urteilen hat die *Intrepid* einen Kurs von zwei vier vier Komma sechs drei eingeschlagen und fliegt etwa mit Warp drei Komma fünf. Ziemlich langsam für eine Flucht.«

»Allerdings«, stimmte ihr Scotty zu, »aber das entspricht etwa Warp fünf nach der alten Skala und ist beinahe die Höchstgeschwindigkeit der *Intrepid*.«

»Die alte Skala?«, erkundigte sich Nog.

Scotty nickte. »Die Definitionen und Berechnungsmethoden der Warpfaktorskala wurden 2312 geändert, also einhundertfünfzig Jahre, nachdem die *Intrepid* verschwunden ist.«

»Dann können wir sie einholen.«

»Aye, wenn wir sie sehen. Aber es gibt eine bessere Methode. Wenn wir seinen Kurs setzen und herausfinden, wo Bok hinwill …«

»Ich denke, wir haben genug Informationen, um zu wissen, wohin die *Intrepid* fliegt«, meinte Qat'qa.

»Sehr gut! Und wohin ist der Dreckskerl unterwegs?«

»Kurs zwei vier vier Komma sechs drei führt von hier aus nur zu einem einzigen Himmelskörper, und zwar Delta fünf im Sternhaufen

Gamma-Zeta-Alpha.«

Der Name kam Scotty irgendwie bekannt vor, aber diese alphanumerischen Bezeichnungen klangen ärgerlicherweise immer irgendwie vertraut, ohne dass man sie wirklich auseinanderhalten konnte. Namen waren da viel besser. »Ist das ein Pulsar ...«

Es war Leah, die den Namen lieferte, der ihm partout nicht einfallen wollte. »Das Infinite Loch.« Sie projizierte eine Bilddatei auf den Hauptschirm, die einen quecksilberartig glänzenden Ball zeigte, dessen Oberfläche rote und goldfarbene Energiestöße aufbrachen. »Das Bild wurde von einer Sensorenphalanx aus drei Parsec Entfernung vor etwa zwei Jahrzehnten aufgenommen.«

»Ein bemerkenswertes stellares Phänomen«, meinte Nog.

»Pulsare und Neutronensterne kommen nicht so selten vor«, erwiderte Qat'qa.

»Es ist nicht der Stern, der so bemerkenswert ist«, sagte Leah, »sondern die Tatsache, dass sich an seiner Position auch einer der wenigen kosmischen Strings befindet, die je im normalen Raum verzeichnet wurden. Der String durchzieht den Neutronenstern und produziert ein Wurmloch, durch das man theoretisch direkten Zugang zum String bekommen könnte ...«

Scotty verengte die Augen. »Natürlich ... Deshalb ist Rasmussen hierhergekommen.«

»Wegen eines sich drehenden kosmischen Strings?«, wollte Nog wissen.

»Das ist gar nicht so unwahrscheinlich«, sagte Leah langsam. »Hier ist sehr viel Energie gebunden, aber er hat nicht die Ausrüstung, mit der er sie in irgendeiner nutzbaren Form sammeln könnte.«

»Für das, was er vorhat, muss er sie nicht sammeln«, entgegnete Scotty mit schwerer Stimme.

»Das ist ein natürlicher Tipler-Zylinder«, erkannte Leah plötzlich. »Darum geht es ihm. Wir haben Bok die ganze Zeit aus dem falschen Blickwinkel betrachtet.«

»In welcher Hinsicht?« Nog sah verwirrt aus.

»Wir haben alle geglaubt, Bok sei besessen von Jean-Luc Picard und seiner Rache an ihm. Aber darum geht es gar nicht. Bei seiner Besessenheit dreht es sich mehr um den Tod seines Sohnes.«

»Der von Captain Picard verursacht wurde.«

»Ja, aber die Besessenheit, sich an Picard zu rächen, ist nur die Folgeerscheinung. Das war das Einzige, was er seiner Meinung nach für seinen toten Sohn tun konnte, weil er die Trauer nicht verarbeiten konnte.«

»Und jetzt hat er etwas gefunden, was er deswegen unternehmen kann.« Scotty begann zu begreifen. »Mr. Nog, stellen Sie bitte eine Verbindung zu den Leuten in der Föderationsbehörde für temporale Ermittlungen her. Ich könnte mir vorstellen, dass unser Freund Rasmussen dort bereits aktenkundig geworden ist.«

KAPITEL 15

Die *Intrepid* ging auf Impulsgeschwindigkeit, als sie den Rand des Delta-fünf-Gamma-Zeta-Alpha-Systems erreicht hatte. Weit vor ihr im Herzen des Systems schien ein geschrumpftes silbernes Auge zu glänzen. Die Pole des Neutronensterns waren in den meisten Spektren sichtbar, aber der Rest wurde überstrahlt von weitaus größeren Energien, die ihren Ursprung irgendwo jenseits des Neutronensterns zu haben und ihn zu durchbohren schienen.

Wo immer die *Intrepid* auch hinflog, der Stern sah immer gleich aus. Die beiden Bögen des Neutronensterns oben und unten bildeten einen Rahmen, durch den man den Wirbel des Wurmlochs sehen konnte. Tief im Inneren dieses Wirbels, der an dem Stern zerrte, ohne ihn zu verkleinern, zuckte ein glühender Strang und drehte sich mehrere Tausend Mal pro Sekunde. Er spann ein Netz aus goldfarbener Energie, das aus dem Wurmloch herausstrahlte und den Rest des Sterns in den Schatten stellte.

In der Nähe des Sterns und seiner Anomalien fanden sich die steinernen Überreste von Planeten, die sich zu mehreren Ringen geformt hatten und einander unter dem Einfluss der immensen Gravitation umtanzten.

Das silberne und goldene Licht, das von dem anomalen Stern ausging, strahlte vom Hauptschirm auf die Gesichter und Einrichtungsgegenstände auf der Brücke der *Intrepid* herab. Bok, der direkt vor dem Schirm stand, sah das Licht auf seiner Hand tanzen und spürte, wie sein Herz einen Schlag aussetzte. Seine Hand glänzte, als bestünde sie aus goldgepresstem Latinum. »Beeindruckend«, murmelte er.

»Der Stoff, aus dem Träume gemacht sind«, stimmte ihm Rasmussen zu und verschränkte seine Finger.

»Es ist wunderschön«, flüsterte Barclay. Seine Miene wirkte ebenso ehrfürchtig und eingeschüchtert wie sein Tonfall. Zusammen mit La Forge kontrollierte er unter den wachsamen Augen eines Breen den Hauptsystemmonitor im hinteren Teil der Brücke, und sie waren beide ebenso beeindruckt vom Anblick auf dem Hauptschirm wie alle anderen.

La Forge hatte im Laufe der Jahre schon viele wunderschöne und seltsame astronomische Phänomene gesehen, aber noch kein derart strahlendes Juwel wie dieses. »Die Energieströmungen, die wir von dem Ding messen, sind mit nichts zu vergleichen, was ich schon einmal gesehen habe.«

»Was ist mit Planeten?«, fragte Rasmussen.

Geordi schüttelte den Kopf. »Die gravimetrischen Kräfte, die von diesem Stern ausgehen, sind um ... Klassen größer als alles, was ein Planet aushalten könnte. Sie sind jetzt nur noch Trümmer.«

»Im Orbit der meisten Neutronensterne finden sich tote Planeten«, meinte Reg.

»Auf die meisten Neutronensterne wirkt auch nicht all das andere Zeug ein.« Geordi deutete auf die Zahlen, die über den Bildschirm liefen. »Erhöhte Neutrino- und Chronitonenwerte ... Das ist ein Wurmloch, aber es scheint nirgendwo hinzuführen.«

Barclay führte auf einem anderen Monitor einige Berechnungen durch. »Ich glaube, es macht nur eine Schleife und führt hierher zurück, aber das erklärt nicht die Gravitationskräfte, die wir messen.«

»Was ist das da in der Mitte des Sterns? Hinter dem Wurmloch?«

»Ich vermute ... Nein, das ist unmöglich.«

»Meiner Erfahrung nach ist der Großteil von dem, was wir für unmöglich halten, einfach nur etwas, das wir noch nie gesehen haben. Nur zu, Reg, was denken Sie?«

»Die Anzeigen lassen auf einen kosmischen String schließen, aber die kinetodynamischen Werte sprengen jede Skala.«

»Er bewegt sich?« Geordi war überrascht.

»Ich glaube, er dreht sich. Und zwar unglaublich schnell.«

»Ein kosmischer String?« Geordi versuchte, sich mit dem Gedanken anzufreunden. »Der einen Neutronenstern kreuzt ...« Das war in mehrfacher Hinsicht beunruhigend. Aufgrund der Strahlung und der gravitationsbedingten Instabilität war es sehr unklug, sich in diesem System aufzuhalten.

»Und die gravimetrischen Interferenzmuster zwischen ihnen erzeugen eine Wurmlochverbindung, die der Energie ermöglicht, den String zu verlassen ...« Reg riss die Augen auf. »Das Infinite Loch!«

La Forge schlug sich eine Hand an die Stirn. »Natürlich! Ich wusste doch, dass mir die Bezeichnung dieses Systems bekannt vorkam.« Warum war ihm das nicht früher eingefallen??

»Die Strahlungslevel sind unglaublich«, fuhr Reg fort. »Nur ein Gammastrahlausbruch könnte das System noch mehr überfluten.«

»Ja, deshalb frage ich mich ...« La Forge senkte seine Stimme noch etwas mehr. »Was zum Teufel wollen Bok und Rasmussen hier?«

Reg zuckte mit den Schultern. »Augenblick mal ... Bok ist besessen davon, Rache an Captain Picard zu nehmen, und Rasmussen will Technologie stehlen und behaupten, er hätte sie erfunden ...«

»Genau. Aber was könnten sie vorhaben, das sie hierher geführt hat?«

»Die Strahlungseilchen, die da rauskommen, lassen sich vielleicht sammeln ... und als Treibstoff benutzen?«

»Oder als Waffe.«

»Aber weder die *Intrepid* noch der Marauder ist für eine solche Art der Energiesammlung ausgestattet.«

»Man bräuchte schon sehr spezielle Ausrüstung, um die Teilchen oder Energie zu nutzen. Daher glaube ich eher, dass sie hier warten.«

»Warten?«

»Ja, Reg. Der einzige Grund, den ich mir vorstellen kann, aus dem jemand hierherkommen würde, ist, um sich mit jemandem zu treffen. Vielleicht erwarten sie etwas, womit sie die Energie aus dem

Infiniten Loch sammeln können, ein anderes Schmugglerschiff zum Beispiel. Oder sie wollen die *Intrepid* an einen privaten Antiquitätenhändler verschachern. Ich weiß es nicht.«

»Wissenschaftliche Studien?«, schlug Barclay vor.

»Rasmussen mag in gewisser Hinsicht ein Wissenschaftler sein, aber Bok wirkt auf mich nicht wie jemand, der sich für wissenschaftliche Forschung interessiert.«

Auf einmal wandte Bok sich zu ihnen um. »Sie wissen nicht, warum wir hier sind? Das ist enttäuschend, wo ich doch zwei der besten Ingenieure der Sternenflotte vor mir habe.«

»Vielleicht möchten Sie ja damit prahlen, indem Sie es uns verraten?«, erwiderte Geordi säuerlich.

Bok verzog die Lippen. »Ich ziehe es vor, die Früchte meiner Arbeit zu genießen, anstatt darüber zu reden.«

»Sie rechnen damit, Profit zu machen?« Das war schließlich die Art der Ferengi, auch wenn Geordi nicht ganz klar war, wie man hieraus Profit schlagen konnte.

»Oh ja, La Forge. Mehr Profit, als Sie sich erträumen könnten.«

»Niemand in der Sternenflotte träumt von Profit. Das ist nicht der Grund, aus dem wir den Dienst antreten.«

»Dann sollte ich vielleicht sagen, mehr Profit, als sich Rasmussen erträumen könnte.«

»Ich könnte mir vorstellen, dass Rasmussen sich eine ganze Menge erträumen kann«, meinte La Forge.

Bok lachte. »Das glaube ich gern. Aber er ist nicht zu dem in der Lage, was Sie wohl den Blick über den Tellerrand nennen würden.«

»Sie meinen, dass Ihr Plan ein wenig anders ausfällt als seiner.« Damit hatte La Forge gerechnet. So war Bok nun mal.

Bok machte ein finsteres Gesicht und sah zu Rasmussen hinüber, der gerade die Brücke betrat. »Das habe ich nicht gesagt.«

»Weiß er, dass Sie über den Tellerrand hinausblicken?«

»Er weiß, was er wissen muss.«

»Das heißt dann wohl Nein.«

»Die ganze Sache wurde von ihm initiiert. Alles hat mit seinem Plan begonnen.«

»Aber es endet mit Ihrem Plan, nicht wahr?«

Bok packte Geordi am Kragen und drückte ihn gegen die Wand. Barclay machte einen Schritt nach vorn und wollte eingreifen, aber der Breen stieß ihm den Lauf seines Gewehrs nicht gerade besonders sanft in den Bauch. »Bilden Sie sich nicht mal für eine Sekunde ein, Sie hätten mich verstanden, Mensch!«, zischte Bok

»Vielleicht können Sie es mir ja erklären«, keuchte La Forge.

Bok verengte die Augen. »Ah, Sie versuchen, mich zu verärgern, damit mir etwas herausrutscht? Das hier ist kein *Tongo*-Spiel, La Forge.«

»Auf wen auch immer Sie hier warten ...«

»Warten? Ihnen steht eine große Überraschung bevor.« Bok stieß La Forge zur Seite und wandte sich ab. Dann wechselte er ein paar Worte mit Rasmussen und verließ die Brücke. La Forge überlegte, ob dies eine gute Gelegenheit für einen Vorstoß war, um ihre Lage zu verbessern, aber die Wachen schienen sie nur umso mehr im Blick zu haben. Daher beschloss er zu warten. Diese uralte Brücke war so schlecht ausgeleuchtet, dass man Bewegungen sehr schnell fehlinterpretieren konnte, und er wollte nicht erschossen werden, nur weil er sich mal kratzen musste. Es war immer besser, mit Köpfchen statt harten Bandagen zu kämpfen. Er konnte Boks Plan nicht sabotieren, solange er nicht wusste, wie dieser aussah.

»Commander«, sagte Reg zögernd, »ich habe über den String nachgedacht. Er dreht sich, und ein kosmischer String ist das Einzige, von dem wir wissen, dass er unendlich lang sein kann. Zumindest kann er sich über die gesamte Länge der Zeitlinie des Universums erstrecken ...«

Auf einmal lief es La Forge eiskalt den Rücken herunter, und er spürte, wie er am ganzen Körper Gänsehaut bekam. »Da kommt mir ein sehr unschöner Gedanke, und ich hoffe, das ist nicht derselbe, der auch Bok und Rasmussen gekommen ist.«

»Der String dreht sich, und wenn er lang genug ist ...«

»Dann könnte er als Tipler-Zylinder agieren.«

»Er wäre eine Tür in die Vergangenheit.«

»Genau ... Das würde erklären, warum Rasmussen hier ist. Er könnte versuchen, auf diesem Weg nach Hause zu gelangen. Aber Bok ...?«

»Ich mag gar nicht daran denken, was Bok in der Vergangenheit anrichten könnte.« La Forge wandte sich vom Tisch ab und ging auf Rasmussen zu, der auf dem Kommandosessel zusammengesunken war. »Das ist es, nicht wahr? Sie wollen mit der *Intrepid* durch die Zeit fliegen, in das Wurmloch hinein und auf einem spiralförmigen Kurs entlang des Strings zurück, mit Warpgeschwindigkeit.«

Rasmussen applaudierte. »Ich wusste, dass Sie es erraten würden! Seien Sie ehrlich, Geordi, ist es nicht aufregend, dass Sie die Antwort selbst herausgefunden haben, selbst wenn sie Ihnen nicht sonderlich gefällt?«

La Forge wollte nicht lügen, daher wich er der Frage aus. »Die *Intrepid* wurde nicht als Zeitmaschine gebaut. Sie wurde nicht für Expeditionen konzipiert, um zukünftige Technik zu erlangen und sie zurück in die Vergangenheit zu bringen.«

Rasmussen zuckte mit den Achseln. »Ich habe bloß vor, die *Intrepid* wieder nach Hause zu bringen.«

»Genau das wäre ohnehin geschehen. Wir würden sie zurück zur Erde fliegen ...«

»Nein, Geordi, Sie verstehen nicht. Ich habe vor, sie *richtig* nach Hause zu bringen.« La Forge spürte, wie das Blut aus seinem Gesicht wich, und bekam ein mulmiges Gefühl in der Magengegend. »Nächster Halt 2162.«

»Dann ist das hier nur ein weiterer Versuch, Technik aus der Zukunft in die Vergangenheit zu bringen, damit Sie sie ›erfinden‹ und reich werden können?«

»Die *Intrepid* ist keine Technologie aus der Zukunft«, protestierte Rasmussen. »Sie ist ein Schiff aus *meiner* Zeit, das entgegen der Annahme der Behörden nicht zerstört wurde.«

»An Bord befindet sich aber außerdem eine klingonische Tarnvorrichtung aus dem vierundzwanzigsten Jahrhundert, nicht zu vergessen all die Aufrüstungen und Werkzeuge, die wir von der *Challenger* mitgebracht haben.«

»Ah, ich muss zugeben, dass noch ein wenig zusätzlicher Schnickschnack eingebaut wurde. Der arme Mr. Nog hat sich jedes Mal so große Mühe gegeben, mich beim Verlassen des Runabouts zu scannen, aber nie einen Blick auf die Souvenirs geworfen, die ich *im* Runabout deponiert hatte. Doch sie sind eigentlich nur ein Bonus und nicht das Ziel dieser Übung.«

»Ein ziemlich großer Bonus.«

»Ehrlich gesagt, ich würde mich nicht einmal darum scheren, wenn nichts davon an Bord wäre. Verstehen Sie mich nicht falsch, ich werde diesem geschenkten Gaul nicht ins Maul schauen, aber ...« La Forge fand, dass Rasmussens Stimme jetzt traurig klang. Das war eine gute Darbietung, doch er würde sich davon nicht auf den Arm nehmen lassen.

»Okay, es ist ein Bonus. Für einen Bonus wollen Sie also unsere Ausrüstung ›erfinden‹ und uns dazu zwingen, Ihnen dabei zu helfen?«

»Ja beziehungsweise nein.« Rasmussen breitete in einer großmütigen Geste die Arme aus. »Wenn Sie auf einer entlegenen Insel in Alaska verschwinden und nie geschichtlich in Erscheinung treten wollen, werde ich Sie nicht aufhalten.«

Geordi glaubte ihm kein Wort.

»Commander La Forge ... Ich möchte nur nach Hause. Ich möchte vom Buffet im *The Hidden Panda* essen und mir von Jo Bourbon servieren lassen. Aber die kennen Sie ja ohnehin nicht.« Er wandte sich kopfschüttelnd ab. »Ich möchte die Luft riechen und schmecken, in der ich aufgewachsen bin. Die Straßen und Flussufer entlanggehen, was mich immer inspiriert hat. Verstehen Sie das nicht?«

»Doch, ich denke schon, aber ... Manchmal muss man einfach akzeptieren, dass die Vergangenheit ... *vergangen* ist. Wenn man sein Zuhause einmal verlassen hat, kann es nie wieder wirklich das Zuhause sein.«

»Ich habe New Jersey nicht verlassen wollen.«

»Eine Zeitkapsel zu stehlen hört sich für mich nicht nach einem Versehen an.«

»Ich hatte nur vor, Stippvisiten an einigen Orten zu machen und dann nach Hause zurückzukehren. Ich wollte die Erde ebenso wenig verlassen, wie ich mein Zuhause verlassen will, nur weil ich einkaufen gehe. Aber die Zeitkapsel hatte ihre eigenen Ideen ...« Sein übliches überhebliches Grinsen war verschwunden, und La Forge glaubte, dass Rasmussen dieses Mal tatsächlich die Wahrheit sagte.

»Commander ... Ich weiß, Sie halten mich nur für einen Dieb, und da liegen Sie auch nicht ganz falsch, aber ... Ich habe mehr als ein Jahrzehnt außerhalb meiner Zeit gelebt, und jetzt wird es Zeit, wieder nach Hause zu gehen.«

»Gibt es an unserer Art zu leben irgendetwas, das Ihnen nicht gefällt?«

»Nein, eigentlich nicht. Replikatoren, Holodecks, all diese Dinge sind großartig, und ich werde sie vermutlich vermissen.«

»Warum in aller Welt wollen Sie dann zurückgehen und ohne diesen Fortschritt leben, wenn Sie nicht darauf hoffen, reich, mächtig oder berühmt zu werden?«

Rasmussen wandte sich kurz ab. »Jeder, den ich kenne, ist tot, Geordi.« Er stieß einen tiefen Seufzer aus. »Es ist nicht nur, dass sie tot sind, weil sie vor zweihundert Jahren gelebt haben. Ich konnte mich nicht einmal ... Ich weiß nicht, wie ich das in Worte fassen soll, was ich Ihnen zu sagen versuche ...«

La Forge verstand es auch so. »Wir haben alle jemanden, von dem wir uns nicht verabschieden konnten, Rasmussen.«

»Aber nicht alle haben die Chance, zu diesen Personen zurückzukehren.«

Guinan trat vorsichtig auf die Brücke der *Challenger*, was ihr einige neugierige Blicke einbrachte. Scotty stand augenblicklich auf und bot ihr sehr charmant seinen Platz an. »Schon in Ordnung, Scotty«, sagte sie. »Ich wollte nur mit Ihnen reden.«

»Dann schießen Sie los.«

»Unter vier Augen.«

Scotty fragte sich, was sie ihm wohl zu sagen hatte, erhob jedoch keine Einwände. »Dann gehen wir in meinen Bereitschaftsraum.«

Nachdem sie hineingegangen waren, blieb Guinan stehen und bewunderte die Dekoobjekte an den Wänden. »Zwei *Raktajino*, doppelt Sahne«, sagte Scotty zum Replikator. »Was ist so wichtig, dass es Sie auf die Brücke führt?«

»Ich habe über Rasmussen und das Infinite Loch nachgedacht.«

Scotty war sicher, dass niemand sie über das, was passierte, offiziell informiert hatte, aber es überraschte ihn nicht, dass sie dennoch davon wusste. Auf einem Raumschiff wurde immer geredet, und Guinan gehörte einer Spezies an, die als besonders gute Zuhörer galten. »Sie erinnern sich aus Ihrer Zeit auf der *Enterprise* an Rasmussen?«

»So ist es.«

»Und haben Sie auch schon vom Infiniten Loch gehört?«

»Es ist da, wo ich herkomme, recht berühmt. Ahnen Sie, was ich von Ihnen wissen möchte?«

»Sie machen auf mich den Anschein einer Dame, die nicht allzu viele Fragen stellen muss, um herauszufinden, was sie wissen will. Aber nein, ich weiß noch nicht, worauf genau Sie hinauswollen.«

Guinan schloss halb die Augen, und ihr Lächeln erinnerte an das einer zufriedenen Katze. »Wenn Rasmussen nur versucht, in der Zeit zurückzureisen, warum kommt er dann dafür zum Infiniten Loch?«

»Die alten Warp-fünf-Antriebe der *Intrepid* können dic Belastung eines Schleuderkurses um einen Stern nicht aushalten ...«

Sie schüttelte schnell den Kopf, und ihr katzenartiger Blick wirkte jetzt konzentrierter. »Sie wissen genau, worauf ich hinauswill.

Warum nutzt er nicht einfach diesen großen alten sprechenden Donut? Sie wissen schon, was ich meine.«

»Ich versichere Ihnen, ich weiß es nicht, meine Liebe.« Er hoffte, dass er entsprechend beleidigt klang.

»Sie sind der beste Ingenieur, Scotty, aber ein schlechter Lügner. In Ordnung, dann versuche ich es mit drei kleinen Worten: Hüter der Ewigkeit.«

Scotty gab seine gespielte Unwissenheit auf. »Das unterliegt strenger Geheimhaltung, Guinan. Wie haben Sie davon gehört?«

Guinan warf ihm einen koketten Blick zu. »Ich bin viel gereist. Ich habe vielen Leuten zugehört. Sie haben immer noch nicht meine Frage beantwortet: Warum versucht Rasmussen nicht, ihn zu benutzen?«

Scotty nickte. »Aye ... Das unterliegt, wie gesagt, strenger Geheimhaltung. Es ist sehr unwahrscheinlich, dass er je Zugang zu Informationen gehabt hat, in denen der Hüter erwähnt wird. Und selbst wenn er davon gehört hat, seine Position ist noch besser geschützt.«

»Die Ferengi sind geschickt darin, Geheimnisse zu kaufen, und ich erinnere mich aus meiner Zeit auf der *Enterprise* noch sehr gut an Bok. Es würde mich überraschen, wenn er nicht zumindest davon gehört hätte.«

»Der Hüter wird außerdem gut bewacht. Nicht zuletzt von sich selbst. So einfach ist das.«

»Das hatte ich gehofft.«

»Was dachten Sie denn? Es wäre fatal, wenn die Borg ihn in die Finger bekämen oder man den Romulanern erlauben würde, damit herumzuspielen.« Er warf ihr ein, wie er hoffte, vertrauenerweckendes und beruhigendes Lächeln zu. »Zeitreisen mögen öfter vorkommen, als wir glauben, aber sie sind noch lange nicht so einfach, wie es einige Leute gern hätten.«

»Wer hätte gedacht, dass Zeitreisen so einfach sein können?«, sinnierte Rasmussen in seinem Quartier laut.

Bok brummte nur und versuchte, die Bewegung der Wände im Augenwinkel mitzubekommen. Er war davon überzeugt, dass der Raum jetzt sogar noch kleiner war als bei seinem letzten Besuch. Beinahe hätte er gezittert, aber er konnte dieses Zeichen der Schwäche gerade noch unterdrücken. Der Profit, den er hier machen würde, war einiges an Unbehagen wert. »Je riskanter der Weg, desto größer der Profit.«

»Ist das eine dieser Erwerbsregeln, von denen ich schon so viel gehört habe?«

»Regel zweiundsechzig.« Sollte der Mensch doch denken, dass er sich mit dem »riskanten Weg« auf die Zeitreise bezog und nicht auf seine Anwesenheit in diesem aufrecht stehenden Sarg, der es nicht verdiente, als Raum bezeichnet zu werden. »Wir sollten die Sternenflottler jetzt besser loswerden.«

»Dazu besteht keine Veranlassung. Außerdem habe ich Ihnen bereits gesagt, dass sie sehr gut darin sind, das Schiff am Laufen zu halten.«

»Sie sind auch sehr gut darin, sich einzumischen. Sie werden nicht ruhig dastehen und zusehen, wie wir unsere Mission durchführen. Und selbst wenn, was machen wir mit ihnen, wenn wir im Jahr 2162 eintreffen?« Bok wusste, dass Rasmussen sie nicht aus reiner Freundlichkeit am Leben hielt. Ihm war klar, dass der Mann eine private Abmachung mit ihnen treffen wollte, damit sie im Jahr 2162 Dinge für ihn »erfanden«.

»Wo ist das Problem?«

»Je mehr Leute wir mitnehmen, desto größer ist das Risiko, das einer davon die Erhaltung der Realität verletzt.«

Rasmussen schüttelte den Kopf und machte eine beschwichtigende Geste. »Nein, nein, nein. Das werden sie nicht tun.«

»Doch, das werden sie, weil die Sternenflottler sich immer überall einmischen müssen.«

»Sie werden es aber nicht tun, da die Sternenflotte nicht nur eine Oberste Direktive, sondern sogar eine Oberste Temporale Direktive hat, und eine Behörde für temporale Ermittlungen. Sie wurden speziell für den Fall ausgebildet, dass sie in der Vergangenheit landen, und es ist ihnen verboten, irgendetwas zu unternehmen, was den Lauf der Geschichte verändern könnte.«

»Und was würden sie dann tun?«

»Sie werden entweder versuchen, ein Schiff dazu zu bekommen, wieder in die Zukunft zu springen, oder sich irgendwo verstecken und kein Aufsehen erregen. So lauten ihre Befehle. Oh, möglicherweise lassen sie sich überreden, an einigen Projekten mitzuarbeiten, aber wenn wir erst einmal durch das Infinite Loch gereist sind, werden sie vermutlich untertauchen und ein ruhiges Leben führen.«

»Ohne aus ihrer Situation Profit zu schlagen?« Soweit es Bok betraf, war das noch ein Grund mehr, sie aus dem universellen Genpool zu beseitigen.

»Ja, ich weiß. Erstaunlich, nicht wahr?«

»Das ist nicht das Wort, das ich benutzen würde«, erwiderte Bok und verließ endlich die Kabine. Er war so froh, wieder draußen auf dem langweiligen, schlecht beleuchteten Korridor zu sein, dass er La Forge beinahe umgerannt hätte.

Geordi La Forge hielt es nur für fair, Bok gegenüber auf dieselbe Weise vernünftig zu argumentieren, wie er es bei Rasmussen versucht hatte. Er rechnete nicht damit, dass es funktionieren würde, aber er hoffte, dass die Strategie, Misstrauen unter seinen Widersachern zu säen, die Dinge ein wenig vereinfachte.

Er war, in Begleitung eines Breen-Wächters, unter dem Vorwand hier heruntergekommen, einen Energieverteiler überprüfen zu müssen. Es war ihm gelungen, im Abstand von wenigen Metern zur Tür der Kabine des Captains zu arbeiten, sodass er Bok und Rasmussen hören konnte.

Als Bok herauskam, stellte La Forge sich so hin, dass dieser beinahe in ihn hineinlief, und ging dann neben ihm her. Der Breen folgte ihnen im Abstand von einigen Schritten.

»Ich kann nicht glauben, dass Sie Rasmussen wirklich helfen wollen, wieder nach Hause zu kommen«, begann Geordi.

»Nicht? Nicht einmal, wenn Profit für mich dabei herausspringt?«

La Forge lachte auf. »Das zieht bei mir nicht, Bok. Sie mögen zwar ein Ferengi sein, aber ich weiß genau, dass Sie im Gefängnis saßen, weil Ihnen Ihre Rache wichtiger war als der Profit.«

»Vielleicht habe ich ja einen Weg gefunden, beides zu erreichen.«

»In der Vergangenheit? Wollen Sie etwa den Lauf der Geschichte verändern?«

»Ah ... Das ist ein gefährliches Spiel.«

»So etwas hält Personen, die von etwas besessen sind, im Allgemeinen nicht auf.«

»Wohl wahr.«

»Was haben Sie vor? Wollen Sie die Erde in die Luft sprengen, um Captain Picards Vorfahren auszulöschen?«

Bok lachte. »Ich bin auf Rache – und Profit – aus, Commander, nicht auf ein sinnloses Blutbad. Ich weiß, dass Sie mich für einen besessenen, verrückten Mörder halten. Ich weiß aber auch, dass Sie mich nicht sehr gut kennen. Nicht so gut, wie ich beispielsweise Picard kenne.«

»Ich war beide Male dabei, als Sie versucht haben, sich an ihm zu rächen. Daher kann ich mit Recht behaupten, Sie gut genug zu kennen.«

»Ich habe nicht die Absicht, die Vergangenheit völlig zu ändern, La Forge, denn ich bin nicht dumm. Zumindest nicht so dumm, etwas zu tun, das dafür sorgen könnte, dass mein Sohn nie existiert hat. Ebenso wenig habe ich die Absicht, das Gesetz zur Erhaltung der Realität zu übertreten und in einer alternativen Zeitlinie gefangen zu sein, während mein Sohn in dieser noch immer tot ist. Darüber hinaus gibt es noch einige andere Angelegenheiten, um die ich mich im zweiundzwanzigsten Jahrhundert kümmern muss.« Bok klopfte auf ein Padd. »Ich habe hier eine Liste mit Investitionen, die es zu machen gilt, und Banken, die hohe Zinsen für Anlagen bieten.

Gewinne, die über zweihundert Jahre anfallen, sollten sich selbst nach menschlichen Standards als äußerst profitabel erweisen.«

»Lassen Sie mich raten, das ist Ihre Seite des Deals mit den Schattenschatzmeistern.«

»Sie haben etwas als Gegenleistung dafür verlangt, dass sie die Schiffe und Söldner besorgt haben. Ein geringer Preis, den ich zu zahlen bereit bin.«

»Und der Gedanke, Captain Picard aus der Geschichte zu löschen, ist Ihnen nie gekommen.«

Bok blieb stehen. »Ah, eine wunderbare Idee, die den Traum vom Geiz noch übersteigt. Dafür zu sorgen, dass es keinen Jean-Luc Picard gibt. Ohne Jean-Luc Picard gibt es auch keine Schlacht von Maxia. Und ohne eine Schlacht von Maxia bleibt mein Sohn am Leben.«

»Ohne Jean-Luc Picard gäbe es auch keine Verteidigung gegen die Borg-Angriffe der Vergangenheit ...«

»Ohne Jean-Luc Picard wäre Q nicht dazu provoziert worden, den Borg ein Schiff aus dem Alpha-Quadranten zu zeigen«, konterte Bok augenblicklich. »Das bedeutet, dass es keine Borg-Invasion gegeben hätte. Wie Sie sehen, würde die Föderation durchaus davon profitieren, wenn Picard nie existiert hätte.«

»Ist das alles, was für Sie wichtig ist, Bok? Rache?«

»Nein, Mensch, nicht Rache. Die Familie.«

»Familie?«

»Nichts ist wichtiger als Blut. Kein Profit, kein Latinum, nicht der Nagus und nicht Ihre Föderation.« La Forge spürte eine bizarre Mischung aus Mitgefühl und Erstaunen. Er hatte noch nie gehört, dass ein Ferengi etwas über den Profit stellte, abgesehen von Boks eigener Rachsucht. »Haben Sie nie ein Familienmitglied verloren, Mensch?«

Sofort glaubte La Forge, wieder das Gesicht seiner Mutter vor sich zu sehen und den Duft ihres Parfums zu riechen. »Hat das nicht jeder?«

»Ich meine jemanden, der vor seiner Zeit gehen musste. Plötzlich und weit entfernt, sodass Sie nicht die Gelegenheit hatten, sich auf die Veränderung, die das für Ihr Leben bedeutet, vorzubereiten ... keine Chance, sich zu verabschieden«, schloss Bok leise.

»Doch«, gestand La Forge zögernd. »Ich verstehe, was Sie meinen. Es gibt eine alte Redewendung von der Erde, dass es der schlimmste Fluch der Götter sein kann, Eltern zu erlauben, ihre Kinder zu überleben.«

»Dann gibt es doch etwas Weisheit auf der Erde, und auch Unglück, wenn man diese Lektion gelernt hat. Haben Ihre Leute auch irgendetwas über die Rache zu sagen?«

»Es gibt eine Redewendung, dass man zwei Gräber graben muss, bevor man aufbricht, um Rache zu üben, eines für sich und eines für den Feind.« La Forge zögerte. »Sie wissen, dass Ihnen die Rache Ihren Sohn nicht zurückbringen wird.«

»Das haben mir im Lauf der Zeit schon viele Leute gesagt, und es hat lange gedauert, bis mir klar geworden ist, dass sie recht haben. Rache kann meinen Sohn nicht wieder lebendig machen.« Er ballte die Fäuste, schüttelte dann jedoch den Kopf und entspannte seine Finger wieder. »Mir ist bewusst geworden, dass ich die Sache aus dem falschen Blickwinkel heraus betrachtet habe. Ich hätte lieber überlegen sollen, wie ich meinen Sohn wieder zurückholen kann.«

»Das ist unmöglich.«

»Nichts ist unmöglich.«

»Und das Ziel heiligt die Mittel?« La Forge erschauderte. »Wie viel Schaden wollen Sie anrichten, um das von Ihnen angestrebte Ziel zu erreichen?«

»Ziele, Anfänge ... Ich werde tun, was immer nötig ist.« Bok sah Geordi an und grinste breit. »Haben Sie etwa Angst, La Forge? Angst um die Zukunft, um die Existenz Ihrer kostbaren Föderation?« Er lachte. »Das ist verständlich. Einen Mann, der einen Groll hegt und eine Zeitmaschine besitzt, sollte man tatsächlich fürchten.«

»Ist das Ihre Art des Prahlens, Bok?«

»Prahlen ...« Der Ferengi zuckte mit den Schultern. »Vielleicht. Es wäre noch befriedigender, diese Dinge zu Picard zu sagen, aber sein Lakai muss ausreichen. Falls Sie sich dann besser fühlen, kann ich Ihnen versichern, dass ich nichts tun würde, das die Existenz meines Sohnes in Gefahr bringen könnte.«

»Abgesehen von der Erschaffung neuer Zeitlinien.«

»Nein!« La Forge war überrascht, wie plötzlich der Zorn in Boks Augen aufflammte. Der Ferengi packte ihn an der Kehle und bohrte ihm die Fingernägel schmerzhaft in den Hals. »Keine neuen Zeitlinien! Ich werde keine Zeitlinie tolerieren, in der mein Sohn nicht am Leben ist, und ich werde nicht zulassen, dass sein Leben in eine alternative Zeitlinie gedrängt wird!« La Forge starrte in das verzerrte Gesicht eines Verrückten. Einen Moment später ließ Bok ihn wieder los und stieß ihn von sich. »Ich kann Ihnen versichern«, fuhr der Ferengi steif fort, »dass ich das Gesetz der Erhaltung der Realität stets im Hinterkopf behalten werde.«

»Erhaltung der Realität?« Es kam selten vor, dass La Forge von einem wissenschaftlichen Gesetz hörte, das ihm neu war, aber dieses kannte er definitiv noch nicht. »Sie haben das schon einmal erwähnt.«

»Das ist Wissenschaft des sechsundzwanzigsten Jahrhunderts, La Forge. Das verstehen Sie nicht.«

»Wenn Sie es verstehen, dann kann ich es ebenfalls.«

Bok seufzte und schien irgendwie kleiner zu werden, hatte aber nichts von seiner verbissenen Intensität verloren. »Ich werde Picard nicht aus der Geschichte entfernen, auch wenn ich es sehr amüsant fand, Sie in dem Glauben zu lassen.« Geordi verspürte ein leichtes Schwindelgefühl und wusste nicht, ob Boks gedankliche Kehrtwende der Grund dafür war oder die Tatsache, dass er beinahe erwürgt worden war. »Ich werde sicherstellen«, fuhr Bok fort, »dass mein Sohn nicht an der Schlacht von Maxia teilnimmt.« Er wedelte mit der Hand durch die Luft. »Picard kann einen anderen Ferengi umbringen, während mein Sohn sicher auf Ferenginar bleibt und seine eigenen Profite erzielt. Das ist die Veränderung, die ich an der Zeitlinie vornehmen werde. Ich werde das Leben meines Sohnes retten, und zwar zweihundert Jahre im Voraus.«

KAPITEL 16

Der einzige Ort an Bord des Schiffes, an dem die Wachen die Sternenflottenoffiziere nicht im Auge behielten, war das Badezimmer, das in der ehemaligen Dekontaminationsanlage der *Intrepid* eingerichtet worden war. Das blaue Licht verlieh den Duschkabinen ein bizarres Aussehen und verursachte Kopfschmerzen, außerdem wirkte der ganze Raum dadurch kalt und unpersönlich.

Dennoch war es der perfekte Ort, um sich zu treffen und Pläne zu schmieden. Reg und Balis warteten bereits. Balis' blaue Haut wirkte leichenartig grau in dem fahlen Licht, als La Forge hereinkam und berichtete, was ihm Bok soeben erzählt hatte.

»So besessen, wie Bok von dem ist, was seinem Sohn zugestoßen ist«, gestand La Forge, »überrascht es mich, dass er so etwas nicht schon früher versucht hat.« Er sah Reg und Balis mit grimmiger Entschlossenheit an. »Wir müssen die Kontrolle über die *Intrepid* zurückgewinnen. Oder ...« Er knirschte mit den Zähnen und wünschte sich, diese Worte nicht aussprechen zu müssen. »Oder wir müssen sie zerstören.«

»Wenigstens sind wir nicht alleine.«

»Sind wir nicht? Auf mich macht es ganz den Eindruck, Reg.«

»Auf diesem Schiff vielleicht, aber die *Challenger* wird uns folgen, das haben Sie selbst gesagt. Scotty kann ...«

»Wunder bewirken, ich weiß. Und wenn jemand einem getarnten Schiff folgen kann, dann er. Aber selbst wenn sie uns zum Infiniten Loch folgen, müssen wir immer noch verhindern, dass Bok das Schiff hineinfliegt. Und ich bezweifle, dass wir noch viel Zeit haben. Wir sind schon lange genug hier.«

»Ihre Wachen lassen uns nie aus den Augen«, meinte Balis. »Wie sollen wir da überhaupt die Chance haben, etwas zu unternehmen?«

»Dann müssen wir eben dafür sorgen, dass wir diese Chance kriegen«, stellte Geordi klar.

Auf der Brücke hastete ein Ferengi zu Bok und buckelte unterwürfig. »DaiMon, wir haben Krens Schiff geortet. Es wurde deaktiviert.«

»Dann hat es Kren also endlich geschafft, sein Schiff zerstören zu lassen?« Der Mann war schon immer risikofreudiger gewesen, als gut für ihn war.

»Nein. Wir empfangen weiterhin Telemetriedaten von ihrem Warpkern. Das Schiff existiert zumindest noch.«

»Auf jeden Fall wird die *Challenger* jetzt die Verfolgung aufnehmen.«

»Falls sie überhaupt wissen, wohin sie fliegen sollen.«

»Mit so vielen exzellenten Ingenieuren an Bord werden sie uns vermutlich bald aufspüren.«

»Wir hätten sie zerstören sollen«, meinte Sloe.

Bok schnitt eine Grimasse. »Ja, das wäre nett gewesen, aber ein Schiff der *Galaxy*-Klasse ist nun einmal leider sehr mächtig. Es ist deutlich Erfolg versprechender, sie aufzuhalten.«

»Hoffentlich haben Sie damit recht.«

»Die Erfahrung gibt mir recht«, rief ihm Bok ins Gedächtnis. Er ging zur Kommunikationskonsole und öffnete einen Kanal zum Schiff der *K't'inga*-Klasse, das sie begleitete. »Harga, hier ist Bok.«

»*Harga hier, DaiMon.*«

»Die *Challenger* hat Krens Schiff neutralisiert. Fliegen Sie zurück und sorgen Sie dafür, dass uns das Föderationsschiff nicht folgt. Falls doch, tun Sie Ihr Möglichstes, um es aufzuhalten.«

»*Betrachten Sie es als erledigt.*«

Rasmussen wartete vor der Dekontaminationssektion, als La Forge, Barclay und Balis herauskamen. In diesem Moment eilte Sloe auf ihn zu. »Es ist Zeit für den Test.«

Entzückt klatschte Rasmussen in die Hände. »Bin unterwegs.« Er drehte sich um. »Geordi, Reg, Sie sollten mitkommen und sich den Test ansehen.«

»Was für einen Test?«

»Die wissenschaftliche Methode, Geordi. Sie denken doch nicht im Ernst, wir würden es riskieren, ins Infinite Loch zu fliegen, ohne vorher sicherzustellen, dass die Reise auch möglich ist?«

»Wollen Sie damit sagen, dass Bok das nicht längst von seinem Schiff aus getestet hat?«

»Damit hätte er zu viel Aufmerksamkeit erregt.«

Rasmussen und Sloe führten sie zur Waffenkammer, die nun nur noch ein grauer Raum war, da Commander Hunt den Inhalt auf die *Challenger* überführt hatte. Die Kisten, die Boks Männer mitgebracht hatten, waren in einer Ecke gestapelt und wurden durch ein Kraftfeld aus einem tragbaren Generator gesichert. La Forge hätte nur zu gern gewusst, was sich darin befand und was der Inhalt mit Boks und/oder Rasmussens Plänen zu tun hatte, aber die Wachen bedrohten ihn stets mit ihren Waffen, wenn er auch nur einen Schritt auf die Kisten zu machte.

Bok starrte ihn aus seinen tiefen Augenhöhlen an und hob warnend einen Finger. »Beim nächsten Mal werden die Wachen Sie einfach erschießen, Geordi.«

Geordi machte einen Schritt zur Seite und fragte sich, was in diesem Raum etwas mit der Reise durch das Infinite Loch zu tun haben könnte.

Unter Boks wachsamen Augen trugen zwei Ferengi eine torpedoartige Sonde herein, die an einer Halterung befestigt war. Anders als bei einem Photonentorpedo war ihre matte Oberfläche geschwungen und übersät mit Sensoren und Linsen. Sie schoben sie in die Mitte der Waffenkammer und blieben direkt vor Bok stehen. »Die Sonde ist bereit«, verkündete einer der beiden überflüssigerweise.

»Gut. Rasmussen?«

Rasmussen reichte Sloe einen Steuerungschip. »Der Kurs ist

programmiert. Wir müssen nur noch zielen und abfeuern.« Er machte eine Geste, als würde er mit einer Pistole schießen, und pustete dann auf die Spitze seines Zeigefingers. Sloe nickte und schob den Chip in einen Zugangsschacht auf der Oberfläche der Sonde.

Bok zog seinen Phaser und stellte ihn auf eine niedrige Einstellung, um dann mit dem Strahl seinen Namen in Ferengi-Schrift auf eine glatte Stelle der Oberfläche zu schreiben. »Das sollte als Test genügen.«

»Und ist jetzt bereits ein Sammlerstück«, merkte Rasmussen an.

Bok starrte ihn eine Sekunde lang an und verzog den Mund zu einem Grinsen. »Wir machen schon Profit, bevor wir überhaupt anfangen. Das ist doch ein gutes Omen.«

Sloe schloss den Zugangsschacht und nickte den beiden Ferengi zu, die die Sonde zur Torpedoabschussrampe schoben.

Bis sie auf die Brücke zurückgekehrt waren, war die Sonde in Position und bereit zum Abfeuern. Sloe übernahm die Taktikkonsole, während Bok und Rasmussen links und rechts von ihm Stellung bezogen. La Forge und Barclay warteten am Konferenztisch. Bok und Rasmussen konnten vor lauter Aufregung kaum still stehen, während sich Sloe mit der Taktiksteuerung vertraut machte. »Wann immer Sie bereit sind«, forderte Bok ihn auf.

»Tja, wenn ich diese Anzeigen richtig deute ...«

»Dann dürfen Sie weiterleben«, knurrte Bok mit zusammengebissenen Zähnen. »Fangen Sie endlich an.«

»Zielen Sie auf das Infinite Loch«, sagte Rasmussen, »aber entlang des Vektors, den wir abhängig von unserer Position berechnet haben. Wenn wir nur einen Bruchteil daneben liegen, werden wir nie erfahren, ob es funktioniert.«

Sloe nickte und bediente die Steuerung, machte dann jedoch eine kurze Pause, bevor er den Auslöser drückte. Die *Intrepid* bebte leicht, und jeder auf der Brücke sah automatisch auf den Schirm. Ein greller Lichtfleck entfernte sich vom Schiff und flog in einem anmutigen Bogen auf die leuchtende, multidimensionale Plasmablume zu, die vor ihnen blühte.

»Sonde ist auf Kurs«, meldete Sloe. »Eintritt ins Infinite Loch in sechzehn Sekunden.«

Rasmussen rührte sich nicht von der Stelle, und sein Magen zog sich zusammen. Er war unendlich gespannt, was passieren würde. Bok ließ sich auf dem Kommandosessel nieder, ohne dabei den Schirm aus den Augen zu lassen.

»Acht Sekunden«, sagte Sloe. »Das ist wirklich aufregend ...«

»Furchtbar, wollten Sie wohl sagen«, stöhnte Rasmussen.

»Drei Sekunden ... zwei ... eine ... Kontakt mit dem Infiniten Loch.« Sloes Stimme war angespannt, weil er versuchte, seine Aufregung im Zaum zu halten. Er blickte auf. »Kontakt zur Sonde verloren. Kurz vor dem Kontaktverlust war sie noch auf Kurs.«

»Jetzt kommt der interessante Teil«, meinte Rasmussen. »Und mit ›interessant‹ meine ich langweilig und anstrengend.« Er setzte sich an die Wissenschaftsstation und rief Barclay zu sich. »Sie können mir hier helfen. Wenn unsere Berechnungen korrekt sind, müssen wir das Gebiet etwa zehn- bis fünfzehntausend Kilometer backbord scannen. Allerdings wissen wir nicht, was sich in den letzten zweihundert Jahren in diesem System abgespielt hat, daher könnte die Sonde vom Kurs abgekommen sein ...«

Leah hätte sich am liebsten nicht von der Ops wegbewegt, solange die *Intrepid* noch vermisst wurde, samt Geordi und den anderen, die sich an Bord befanden. Schließlich hatte Scotty ihr jedoch klargemacht, dass es niemandem helfen würde, wenn sie auf ihrem Posten einschlief, und sie weggeschickt, damit sie etwas aß und sich ausruhte. Die ganze Brückenbesatzung war weit über das Ende ihrer Schicht hinaus geblieben. Erst als sie ging, schien auch allen anderen bewusst zu werden, dass sie sich zurückziehen und die Arbeit dem Team der Beta-Schicht überlassen konnten.

Ohne darüber nachzudenken, ging Leah ins Nelson's, wo Guinan vor den riesigen Fenstern saß und es ihrem glatzköpfigen Barkeeper mit der braunen Jacke überließ, sich um die wenigen Gäste zu kümmern.

»Sie sehen aus, als würde eine große Last auf Ihren Schultern ruhen«, meinte Guinan.

»Elf Personen und ein historischer Schatz in den Händen eines zeitreisenden Betrügers und eines rachsüchtigen Ferengi-Söldners. Das ist doch genug Grund zur Sorge.«

Guinan nickte mitfühlend.

»Es ist nur so, dass ...« Leah zuckte mit den Achseln. »Wenn es ein technisches Problem mit dem Warpantrieb gäbe oder ein Triebwerk ausgefallen wäre, dann wüsste ich wenigstens, dass ich etwas unternehmen kann. Eine Lösung finden. Aber das hier ...« Sie ließ den Kopf in die Hände sinken. »Im Moment fühle ich mich wie die nutzloseste Person auf diesem Schiff.«

»Würde es Sie überraschen, wenn ich Ihnen verrate, dass es Scotty genauso geht?«

»Ich weiß nicht, ob ich Ihnen das glauben kann.«

»Es ist aber wahr. Ich habe gehört, dass Sie an den Sensoren gute Arbeit leisten. Sie haben das Infinite Loch direkt erkannt.«

»Ich hoffe nur, dass es Geordi gut geht. Und auch Reg und den anderen.«

»Ich denke, ihnen wird nichts passieren. Vorerst zumindest.«

»Vorerst?«

»Ich glaube ... Ich glaube, Geordi wird bald in einer schwierigen Lage sein, und ich vermute, das ist der Grund dafür, dass ich an Bord gekommen bin.«

»Sie vermuten es?«

»Ich spüre es eher, als dass ich es vermute. Das ist eine lange Geschichte, Leah.«

Leah erinnerte sich daran, was sie über den Grund gehört hatte, weshalb Guinan die *Enterprise* verlassen hatte. »Der Nexus, nicht wahr?«

»Ein Teil von einem verlässt den Nexus nie. Ich sehe, höre und habe Erinnerungen an Dinge, die geschehen sind, und an Dinge, die noch nicht passiert sind, aber möglicherweise geschehen werden. Und ich erinnere mich an einen Moment, in dem ich zusammen mit Geordi auf einem Raumschiff war und er erfahren hat ... Ach, lassen wir das. Das ist keine Erinnerung an den heutigen Tag.«

»Zumindest gehen Sie davon aus.«

»Es gibt eine alte Redewendung, die besagt: ›Die Zeit ist wie ein Fluss.‹ Im Nexus habe ich gelernt, dass der Fluss die Richtung wechseln kann. Dort kann er bergauf fließen.«

»Ich habe immer gedacht ...« Leah wurde unterbrochen, als der Rote Alarm schrillte, wie Phaserfeuer durchs Nelson's hallte und jeden von seinem Stuhl riss.

»*Alle Führungsoffiziere auf die Brücke*«, ordnete Carolans Stimme an.

Leah und Guinan wussten sofort, was den Roten Alarm ausgelöst hatte. Durch die riesigen Fenster des Nelson's sahen sie den ersten Torpedo auf die *Challenger* zurasen.

Die *Intrepid* glänzte, als sie sich drehte und dem entfernten Glühen des Infiniten Lochs ihr Heck zuwandte. Sie hatte sich während der stundenlangen unermüdlichen Suche nach der Sonde immer weiter davon entfernt.

La Forge ignorierte die Schönheit, die auf dem Hauptschirm zu sehen war, und konzentrierte sich auf die Sensoren. Er nutzte die aktiven Niedrigfrequenzsensoren und leitete so viel Energie, wie er riskieren konnte, ohne entdeckt zu werden, in die seitlichen Sensoren. Vermutlich war die Hoffnung, dass sie von der *Challenger* entdeckt wurden, ohnehin vergeblich, aber eine kleine Hoffnung war besser als gar keine.

Etwas blinkte auf dem Monitor, mit dem er die Sensoren überwachte, auf. Er war enttäuscht, als er entdeckte, was es war. Kurz überlegte er, es nicht zu melden, aber da Sloe ohnehin auf dem Weg zu ihm war, verkündete er: »Sensorkontakt an Backbord! Siebentausend Kilometer Entfernung.«

»Sloe?«, fragte Bok.

Sloe schob La Forge zur Seite und überprüfte die Anzeige. »Was immer es ist, es generiert keine Energie, ist aber etwa zwei Meter lang, und die Zusammensetzung passt zu unserer Sonde.«

»Beamen Sie sie an Bord«, ordnete Bok gierig an.

»Ein klingonischer Schlachtkreuzer enttarnt sich! Er feuert Torpedos ab!« Bei Tyler Hunts Worten fühlte Scotty sich augenblicklich in die Vergangenheit zurückversetzt. Er wurde allerdings jäh in die Gegenwart gerissen, als der erste Photonentorpedo unter der Untertassensektion detonierte und das Schiff nach oben geschleudert wurde wie der Kopf eines Boxers, dem gerade ein Kinnhaken verpasst worden war. Die Schilde hielten, aber Scotty wusste, dass die vorderen Decks etwas abbekommen hatten.

Nog und Qat'qa kamen angerannt und lösten ihre Kollegen von der Beta-Schicht ab, die sofort zu den Bereitschaftskonsolen im hinteren Teil der Brücke eilten, um alle Abteilungen, die Hilfe benötigten, unterstützen zu können.

»Das muss derjenige sein, von dem uns Kren erzählt hat«, sagte Nog.

»Dieses Mal lassen wir die Samthandschuhe gleich aus, Nog. Versuchen Sie, sie unschädlich zu machen, aber wenn Sie sie zerstören müssen, dann tun Sie das.«

»Verstanden«, erwiderte Nog mit ernster Stimme.

Qat'qa hatte bereits ein Ausweichmanöver eingeleitet, sodass die *Challenger* dem zweiten und dritten Torpedo problemlos ausweichen konnte.

Da Nog die lebenswichtigen Systeme nicht anvisieren konnte, beschloss er, die Schilde ihres Gegners im Vorbeifliegen mit einigen Phaserschüssen auf die Probe zu stellen. Doch diese hielten stand. »Kat, ihre Schilde scheinen unter der Halssektion am anfälligsten zu sein.«

»Ich bringe uns in Position.«

Die *Challenger* flog unter dem feindlichen Schiff hinweg, als dieses sich erneut in Angriffsposition bringen wollte, und Nog ließ einen Hagel aus Phasern und Torpedos los, wobei er sich auf die Unterseite des langen Halses konzentrierte. Die Schilde des Söldnerschiffes flackerten auf und brachen zusammen. »Schilde sind unten. Ich werde es mit Odos Trick versuchen.« Nog wollte die Transportersteuerung aktivieren, aber es funktionierte nicht. »Sie haben einen Transporterblocker aktiviert.«

»Sie wissen, wie man eine Schlange am effektivsten tötet.« Scotty deutete auf das klingonische Schiff auf dem Schirm. »Schneiden Sie den Kopf ab, dann stirbt auch der Körper.«

Qat'qa drehte sich zu ihm um und grinste wie eine Dschungelkatze am Wasserloch. »Nog, verdreifachen Sie die Stärke der vorderen Schilde. Nutzen Sie die Energie der seitlichen und der Achterschilde, wenn es sein muss.«

»Sir, Sie wollen doch nicht etwa ...?«

»Aye«, erwiderte Scotty mit einem Blick, der Kats gleichkam. »Doch, ich will!«

Das klingonische Schiff bewegte sich, und seine Schilde flackerten wieder auf, aber es war zu spät. Die Besatzung hatte zweifellos mit einem weiteren Phaserangriff gerechnet, möglicherweise auch mit dem Versuch, sie gefangen zu nehmen.

Sie hatte jedoch nicht erwartet, dass die vordere Kante der Untertassensektion der *Challenger* wie die Klinge einer Guillotine auf den Hals ihres Schiffes zurasen würde.

Leah, Guinan und die wenigen anderen Besatzungsmitglieder im Nelson's nutzten jede Deckung, die sie finden konnten. Sie wussten, dass ihnen das nichts bringen würde, wenn die Schilde versagten, aber sie mussten es dennoch versuchen.

Sie klammerten sich an alles, was fest verankert war, als ob ihr

Leben davon abhängen würde, während sie einen erstklassigen Blick auf den näher kommenden, mit Flammen bemalten Halsabschnitt des feindlichen Schiffes hatten. Über und unter den Fenstern flackerte Phaserfeuer auf, und einige brennende Torpedos flogen von unten heran und bohrten sich in den Hals des klingonischen Schlachtkreuzers.

Die Schilde des gegnerischen Schiffes fielen aus, und Hüllenplatten lösten sich und wurden durch die Explosionen in Richtung der Fenster des Nelson's geschleudert. Dann verpufften die brennenden Gase im Vakuum, als die dreifach verstärkten vorderen Schilde der *Challenger* sich in die freiliegenden Korridore und Röhren bohrten.

Die Schilde leuchteten grellweiß auf und blendeten sie einen Moment lang. Dann flogen Schiffsteile und versengte Leichen an den Fenstern vorbei, als die *Challenger* die Kommandosektion des anderen Schiffes von der größeren Sekundärhülle abtrennte.

Danach waren wieder nur Sterne vor den Fenstern zu sehen, und Leah konnte ebenso wenig wie die anderen glauben, dass sie tatsächlich unverletzt geblieben waren.

Der uralte Transporter aus dem zweiundzwanzigsten Jahrhundert funkelte und fauchte, während er jaulend versuchte, zum ersten Mal seit Jahrhunderten etwas an Bord zu beamen. Barclay erschauderte. Er hatte seine Transporterphobie zwar überwunden, aber eine derart alte Maschine konnte schnell für einen Rückfall sorgen.

Nach mehreren qualvoll langen Sekunden materialisierte sich eine zylindrische Form auf der Plattform. Sie war kalt und dunkel, aber noch deutlich als die Sonde zu erkennen, die sie vor Kurzem erst abgefeuert hatten.

Bok näherte sich ihr vorsichtig und fuhr mit einem Finger über die Signatur, die er eingraviert hatte. »Das *ist* dieselbe Sonde ...«

Sloe öffnete den Zugangsschacht, um das interne Chronometer der Sonde herauszunehmen und zu untersuchen. »Das Chronometer hat aufgezeichnet, dass die Sonde siebenundvierzig Standardjahre lang aktiv war und ihre Funktion vor einhundertundzwanzig Jahren eingestellt hat.«

»Perfekt! Sie ist hier ... Hier zur korrekten Zeit!«, rief Bok, während Rasmussen vor Freude auf und ab sprang.

»Es funktioniert! Es funktioniert!«

»Sobald alles Unnötige an Bord des Marauders gebracht wurde, können wir die Reise wagen.«

Rasmussen musste den Gedanken erst einmal verarbeiten und das Glücksgefühl genießen. »Es ist an der Zeit, nach Hause zu gehen.«

KAPITEL 17

Barclay schrubbte sich im Dekontaminationsraum die Hände mit einem chemischen Reinigungsmittel, während La Forge die Gelegenheit nutzte, um einige Wartungsarbeiten an seinen Augen durchzuführen.

»Irgendetwas stört mich an der ganzen Sache«, meinte Barclay auf einmal.

»Was denn?«

»Bok ... Er will in der Zeit zurückreisen, richtig? Und er hat ein Raumphänomen gefunden, das als Tipler-Zylinder dienen kann, das ihm also die Zeitreise ermöglicht, ohne dass er dafür eine viel zu gut bewachte Technik erwerben muss ...«

»Ja, und?«

»Warum die *Intrepid*? Mir ist natürlich klar, dass Rasmussen gern ein Schiff aus seiner Zeit nimmt, aber was ist mit Bok?«

»Wie meinen Sie das?«

»Ich meine, er besitzt genug moderne Schiffe. Einen Marauder der *D'Kora*-Klasse, ausgestattet mit einer klingonischen Tarnvorrichtung, eine *K't'inga*- und eine *Vor'cha*-Klasse ... Warum macht er sich dann die Mühe, mit diesem uralten Schiff zurückzureisen? Warum nicht ein Schiff nehmen, das allen anderen um Jahrzehnte, wenn nicht gar Jahrhunderte voraus wäre?«

»Ich denke, das liegt daran, dass er paranoid ist«, meinte La Forge.

»Paranoid?«

»Denken Sie doch mal darüber nach. Er hat diese Idee von Rasmussen, der eine Zeitreise gemacht hat, indem er ein Schiff aus der Zukunft gestohlen hat. Ich glaube, Bok hat Sorge, dass ihm dasselbe passiert, was diesem Professor aus dem sechsundzwanzigsten Jahrhundert zugestoßen ist.«

»Dass sein Schiff gestohlen wird.«

»Genau. Die *Intrepid* stammt aus der Zeit, in die er reisen will, daher wird sie nicht weiter auffallen. Würde er mit einem modernen Schiff zurückfliegen, wäre das Risiko viel zu groß, dass jemand anderes es dafür benutzt, die Zeitlinie in einer anderen Weise zu beeinflussen, als er es vorhat. Und da er mit seinem Wissen die Dinge ändern will, braucht er auch keine Technik aus dem vierundzwanzigsten Jahrhundert dafür.«

»Das klingt nur nach einem Grund mehr ...«, Barclay sah nicht gerade glücklich aus, fuhr aber fort, »... ihn aufzuhalten.«

»Und zwar lieber früher als später«, stimmte La Forge zu.

»Boks Handlanger stehen direkt vor der Tür, und sie scheinen nur darauf zu brennen, von ihren Schusswaffen Gebrauch zu machen.« Barclay marschierte auf irritierende Weise auf und ab, wie er es immer tat, wenn er über etwas nachdachte. La Forge ignorierte es, da ihm alles recht war, was ihnen dabei half, einen Plan zu schmieden. »Ich weiß, dass es irrational ist, aber ich hatte von Anfang an das Gefühl, dass es eine schlechte Idee war, hierherzukommen.«

»Ja, ich weiß, Reg.«

»Das ist ein Geisterschiff. Ich erinnere mich noch genau, dass ich das gesagt habe.«

»Ja, das haben Sie. Aber ...« La Forge hielt inne. Etwas an diesem Wort brachte ihn auf eine Idee.

Geisterschiff.

Geist.

Ein Schauer überlief ihn. Er war schon mal ein Geist gewesen, im wahrsten Sinne des Wortes. »Das ist es! Sie sind ein Genie, Reg!«

»Bin ich das?«

»Das ist ein Geisterschiff, es fehlen nur noch die Geister, die herumspuken.«

Reg sah ihn unsicher an. »Wie ... erschaffen wir denn Geister?«

»Indem wir den Phasenumkehrer des Transporters so anpassen, dass er eine Chronitoninterferenz von der Tarnvorrichtung verursacht.«

»Wir bringen uns in eine Phasenverschiebung zum Schiff?« Barclay hatte die Idee sofort begriffen.

Geordi nickte. »Das ist mir einmal auf der *Enterprise* passiert. Niemand konnte mich sehen oder hören, und ich konnte durch Wände gehen. Ro Laren war bei mir, und ihr ist dasselbe passiert, ebenso wie einem Romulaner. Wir konnten miteinander interagieren, aber mit niemandem sonst.«

»Ist das nicht ein bisschen so, als würde man sich ... bei vollem Bewusstsein dematerialisieren?« Reg wurde kreidebleich.

»Sehen Sie die Vorteile, Reg: Sie müssen nicht jedes Mal daran denken, über die Türschwelle zu treten, wenn Sie auf diesem Schiff in einen Raum gehen.«

»Aber wie werden wir dann wieder ... stofflich?«

Geordi erinnerte sich jetzt, da er darüber nachdachte, an weitere Einzelheiten. »Als Ro und ich in die Interphase versetzt wurden, konnte der Effekt der Chronitonen durch eine Bombardierung mit Anyonenteilchen aufgehoben werden, sodass wir wieder in der richtigen Phase waren.«

»Aber wir werden keine Konsolen berühren und keine Anyonenbombardierung auslösen können. Es sei denn, wir programmieren vorher einen Timer. Den könnten wir so einstellen, dass das Schiff überflutet wird mit ...«

»Und riskieren, mitten in einer Wand zu stecken, wenn das Anyonenfeld aktiviert wird?« La Forge schüttelte den Kopf. »Oh nein. Was wir brauchen, ist ein tragbares Gerät, das ebenfalls in der Phase verschoben wird, damit wir es benutzen können, um die Anyonenteilchen zu erzeugen, sobald wir sie brauchen.«

»Würde das gehen? Ich meine, würde das Gerät auch funktionieren, wenn es phasenverschoben ist?«

»Das sollte es. Der Romulaner, der gleichzeitig mit uns verschoben wurde, hatte einen Disruptor bei sich, der fehlerfrei funktionierte, obwohl er ebenfalls die Phase gewechselt hatte. Das wirkt natürlich nur auf Materie in derselben Phase, aber das ist doch für unsere Zwecke perfekt.«

»Was für ein Gerät brauchen wir denn für das Anyonenfeld? Einen Trikorder?«

»Ich bin mir nicht sicher, ob ein Trikorder ein Feld erzeugen kann, das stark genug ist, um uns zurückzubringen. Wir brauchen eher einen Phaser oder einen Disruptor, den wir modifizieren können, damit er einen Anyonenstrahl abfeuert.«

»Was ist mit einem Photonen-Notsignal? In den Fluchtkapseln habe ich einige davon gesehen. Bok denkt offenbar nicht, dass wir sie als Waffe benutzen könnten.«

»Perfekt. Wir können das Notsignal mithilfe eines Trikorders modulieren, sodass es Anyonen abgibt, und es wäre nach wenigen Minuten wieder aufgeladen und erneut einsatzbereit.«

»Okay. Wie initiieren wir die Phasenverschiebung?«

»Sie gehen zur Tarnvorrichtung und passen den temporalen Diffraktionsindex auf eine Varianz zwischen null Komma drei und null Komma vier sieben Nanometern an. Das sollte dafür sorgen, dass Chronitonen ins Schiffsinnere abgegeben werden, und zwar in einer so geringen Menge, dass sie nicht von den Sensoren erfasst werden. Ich passe den Phasenumkehrer des Transporters an, damit er auf die Chronitonen reagiert. Balis und den anderen sage ich, dass sie sich normal verhalten sollen. Nur wir beide werden vermutlich nicht so schnell vermisst.«

»Was ist mit den Wachen? Wir werden beobachtet.«

»Ich bezweifle, dass sie verstehen, was wir tun. Wenn sie fragen, kümmern wir uns um eine Jefferies-Energieschleife.«

»So etwas gibt es nicht«, bemerkte Barclay.

»Nicht in diesem Jahrhundert ...«

»Nicht in ... Natürlich, unsere Leute werden es verstehen.«

»Sie wollen was tun?«, fragte Sloe Barclay im Maschinenraum.

Zum ersten Mal wünschte sich Barclay, dass er es nur mit Breen oder klingonischen Söldnern zu tun hätte. Sie hätte er problemlos anlügen und damit durchkommen können. Aber Sloe war derjenige, der die Tarnvorrichtung eingebaut hatte, daher war es durchaus möglich, dass er tatsächlich erkannte, was Reg daran manipulieren wollte.

Er beschloss, dass die beste Lüge diejenige war, die noch immer einen Teil der Wahrheit enthielt. »Ich, äh, ich muss den temporalen Diffraktionsindex anpassen. Er sorgt für Interferenzen bei den Sensoren.« Er zeigte Sloe eine Trikorderanzeige mit Messungen, die vermuten ließen, dass die Tarnvorrichtung eine deutliche Menge an Chronitonen abgab.

Diese Anzeige war natürlich gefälscht.

Sloe sah darauf und brummte: »Ich dachte, ich hätte das längst in Ordnung gebracht.« Dann schüttelte er den Kopf. »Verdammte Klingonentechnologie. Sie ist eben bei Weitem nicht so ausgefeilt wie die Tarnvorrichtungen der Romulaner.«

»Ich schätze, Sie wollen nicht im halben Sektor eine Chronitonenspur hinterlassen«, meinte Barclay verständnisvoll.

»Nein, natürlich nicht.« Sloe sah sich erneut die Anzeige an. »Sieht so aus, als müssten wir den Index auf etwa null Komma vier einstellen, um das Problem zu lösen ...«

Barclay machte diensteifrig einen Schritt nach vorn. »Ich kann mich darum kümmern, wenn Sie möchten.«

Sloe hielt eine Hand hoch. »Nein. Tut mir leid, alter Freund, aber Sie wissen ja, wie so was ist. Ich kümmere mich lieber selbst darum ...« Barclay konnte sein Glück kaum fassen und wandte sich ab, bevor Sloe sein Grinsen sehen konnte.

Der Transporterraum war unbemannt, als La Forge und sein Breen-Wächter dort eintrafen. Niemand hatte etwas dagegen einzuwenden gehabt, dass er am Transporter arbeitete, um »das Leck« zu stopfen, da ihn sowieso niemand benutzen wollte.

Er hatte gerade erst mit der Arbeit am Phaseninverter begonnen, als Barclay zu ihm kam. »Das war schnell.«

»Eigentlich musste ich gar nichts machen. Mr. Sloe hat darauf bestanden, den Index selbst einzustellen.«

La Forge grinste. »Das macht die Sache leichter.«

Barclay sah schnell und unauffällig zum Breen-Wächter hinüber, der sich neben die runde Transporterplattform gestellt hatte, um La Forge besser im Auge behalten zu können, ohne die Plattform betreten zu müssen. »Und was ist mit …?«

»Was er nicht weiß …« Auf einmal stieß La Forge Barclay zu Boden und legte einen Schalter an der Transporterkonsole um. Ein gewaltiger elektrischer Funke raste über die hintere Wand des Transporters, dessen Parabolform dafür sorgte, dass sich die Entladung direkt auf den Breen konzentrierte. Bevor dieser auch nur sein Gewehr heben konnte, begann er schon zu brennen. »… kann ihn durchaus heiß machen.«

Der verkohlte und rauchende Leichnam fiel zu Boden, und Geordi wurde übel. Reg gelang es nicht, seinen Mageninhalt bei sich zu behalten.

La Forge zog einige Schaltkreise aus der Konsole. Dann reichte er Barclay eine Photonensignalfackel und einen Ferengi-Kommunikator, während er selbst je ein zweites Exemplar einsteckte. »Es wäre praktisch gewesen, wenn wir auch einen Phaser oder einen Disruptor hätten stehlen können, aber die werden reichen müssen.«

Barclay sah so mitgenommen aus, wie La Forge sich fühlte, aber es gelang ihm zu nicken. »Können sie nicht hören, wie wir uns über die Kommunikatoren verständigen?«

»Nicht, sobald wir in der Phase verschoben sind. Aber ich wollte sie eigentlich auch nicht als Kommunikatoren nutzen, sondern um den Transporter zu fokussieren. Wenn wir in derselben Phase mit dem Schiff sind und schnell wechseln müssen, können sie als Auslöser agieren, damit nur wir in der Phase verschoben werden und nicht etwa jeder auf dem Schiff.« Er passte einige Einstellungen an. »Ich habe die Konsole vorsichtshalber deaktiviert, darüber lässt sich der Transporter nicht mehr steuern.«

Barclay nickte und machte ein finsteres Gesicht. »Commander ... Müssen wir diesen Transporter wirklich benutzen? Er ist ...«

»Ich weiß. Glauben Sie mir, das gefällt mir ebenso wenig wie Ihnen.« La Forge wünschte sich, seinem Freund das ersparen zu können, aber das war ihre beste Chance, Rasmussen und Bok aufzuhalten. Er drückte die Taste auf seinem Kommunikator und spürte ein leichtes Kribbeln, während ihn plötzlich Übelkeit und Benommenheit überkamen.

Barclay schien es genauso zu gehen, denn er streckte eine Hand aus, um sich an der grauen Wand abzustützen, doch sie glitt einfach hindurch. Er zog sie zurück, als wäre er gebissen worden, und sah Geordi erschrocken an. »Es hat funktioniert.«

»Ja, das bringt alte Erinnerungen zurück.«

»Wo fangen wir an?«

»Wir sollten erst mal herausfinden, was sich in diesen Kisten befindet, die Bok mit an Bord gebracht hat. Wenn es Waffen sind, dann können wir das Schiff damit sehr viel leichter zurückerobern.«

Es war ein Kinderspiel, zur Waffenkammer zu gelangen. La Forge stellte fest, dass es eine Erleichterung war, nicht über jede Türschwelle treten zu müssen. Sie gingen direkt durch das Kraftfeld, das Boks geheimnisvolle Kisten bewachte. Instinktiv streckte er die Hand aus, um eine zu öffnen, und fluchte dann, als sie hindurchging und er nichts als ein leichtes Prickeln spürte. »Ich schätze, es ist Zeit, die Anyonfackeln zu testen.«

Er aktivierte seine Fackel und wurde von der Übelkeit beinahe übermannt. Er fiel auf die Knie und spürte beim Aufprall auf dem Deck einen seltsam beruhigenden Schmerz. Als Reg und er taumelnd wieder auf die Beine kamen, stellten sie fest, dass die Kisten fest verschlossen waren. Aber dann entdeckten sie in der Nähe ein Brecheisen.

Nachdem er sich ein weiteres Mal umgesehen hatte und sich sicher war, dass nicht jeden Moment jemand hereinkommen konnte, versuchte La Forge ein weiteres Mal, den Deckel der Kiste anzuheben. Er lockerte sich mit einem so lauten Geräusch, dass Geordi fürchtete, man hätte es noch auf der Brücke hören können.

Barclay schob den Deckel beiseite und pfiff leise. »Commander ... Sehen Sie sich das an.« Er nahm einige Goldbarren heraus und spürte, wie sich das flüssige Latinum darin bewegte. »Goldgepresstes Latinum. So viel auf einem Haufen habe ich noch nie zuvor gesehen.«

»Und wenn die andere Kiste dasselbe enthält ... Vielleicht wollte Bok überprüfen, ob Zeit wirklich Geld ist.«

»Es ergibt doch wenig Sinn, die heutige Währung mit in die Vergangenheit zu nehmen.«

»Nicht?« Geordi hob einige Barren an. »Es gab viele Zivilisationen, die langfristige Anlagen ermöglichen. Man tätigt beispielsweise 2180 eine Einzahlung, und bis heute hat sich die Summe dann vervielfacht.«

»Aber das Geld von heute, selbst das der Ferengi, wird doch in der Vergangenheit vermutlich nicht akzeptiert. Es wäre falsch datiert.«

Geordi untersuchte den Barren. »Ich bezweifle, dass die Ferengi ihr Geld datieren. Sie werden sich nur für die Reinheit des Latinums interessieren. Und es wird immer Orte geben, an denen man kostbare Steine oder Mineralien umsetzen kann, insbesondere in der Zeit vor der Erfindung der Replikatoren.«

»Was haben Sie hier zu suchen?« Rasmussen stand auf einmal im Türrahmen. Er kam näher und schaltete das Kraftfeld mit einem kleinen Gerät aus. »Wie sind Sie überhaupt da reingekommen?«

Barclay sah schuldbewusst auf seinen Kommunikator, aber La Forge versperrte Rasmussen einfach die Sicht auf ihn. »Hören Sie mir gut zu, Rasmussen. Ich kenne Bok nicht sehr gut, und von den Schattenschatzmeistern hatte ich vorher noch nie etwas gehört. Aber mir ist klar, dass keine der beiden Parteien uns am

Leben lassen wird, da wir uns sonst in ihren Plan einmischen oder jemandem davon erzählen könnten.«

»Wenn Sie mir damit sagen wollen, dass es keine Ehre unter Dieben gibt, dann können Sie sich das sparen, da ich das längst weiß.«

»Ich versuche, Ihnen zu sagen, dass es keine lebendigen Menschen mehr auf diesem Schiff geben wird, sobald es durch das Infinite Loch geflogen ist.«

Rasmussen grinste und hob einen Finger. »Ach, kommen Sie, Geordi. Sie können mir nichts vormachen. Glauben Sie, ich würde ein Ablenkungsmanöver nicht erkennen?«

Geordi schluckte die Frustration herunter, die in ihm aufstieg. »Im Moment würden Sie nicht mal eine Sackgasse erkennen, an deren Ende Sie stehen. Und genau das wird Ihnen sehr bald passieren!«

Barclay hatte einen Kommunikator und einen Trikorder inzwischen halb demontiert und setzte sie mithilfe einiger Werkzeuge zu einem Gerät zusammen. »Hören Sie sich das an«, meinte er. »Es ist mir gelungen, Boks privaten Kanal zum Marauder zu entschlüsseln.«

»*Grak*«, erklang Boks Stimme, »*denken Sie an den Zeitplan. Bei Eintritt minus fünfunddreißig Minuten werde ich die Gefangenen und Rasmussen exekutieren lassen, und der Rest der Mannschaft wird auf Ihr Schiff evakuiert. Danach werde ich alleine durch das Infinite Loch reisen.*«

»*Verstanden, DaiMon. Brauchen Sie noch weitere Leute, die sich um die Menschen kümmern?*«

»*Nein. Die Sternenflottler werden bereits bewacht, und Rasmussen glaubt noch immer, er würde nach Hause fliegen.*«

Rasmussen riss die Augen auf, und La Forge deutete auf Barclays behelfsmäßigen Entschlüssler. »Sie wollten es mir ja nicht glauben, dass Bok Sie verraten wird. Glauben Sie es jetzt, wo Sie es aus seinem Mund gehört haben?«

»Dieses Schwein!«, kreischte Rasmussen.

La Forge nickte. »Wenn Sie noch länger als ein paar Stunden leben wollen, dann müssen Sie uns helfen.«

»Bok hat gesagt, wir wären Partner!«

»Lassen Sie mich raten: Er hat Ihnen gesagt, dass er die Ferengi-Handelsbehörde nutzen würde, damit Sie das, was Sie erfinden, nicht nur auf der Erde verkaufen können?«

»So in der Art, ja.«

»Warum geht er wirklich ins Jahr 2162?«

»Wer sagt, dass er tatsächlich 2162 anpeilt?«, mischte sich Barclay ein. »Dieses Schiff würde schließlich in der gesamten Zeitperiode zwischen 2155 und 2220 überhaupt nicht auffallen.«

La Forge erschauderte. »Das ist ein gutes Argument. Wir wissen nicht mit Sicherheit, in welches Jahr er zurückgehen will, oder warum.« Er runzelte die Stirn, weil ihn das an eine Frage erinnerte, die er längst hatte stellen wollen. »Wie haben Sie Bok überhaupt kennengelernt?«

Rasmussen seufzte. »Nach meinem Besuch auf der *Enterprise* wurde ich in eine Rehabilitationskolonie geschickt. Da war alles sehr zivilisiert und viel schöner, als es in einem Gefängnis im zweiundzwanzigsten Jahrhundert gewesen wäre, aber eine Sache, die es mit diesen Gefängnissen gemein hatte, war die Gelegenheit zum Netzwerken.«

»Netzwerken?«

»Wissen Sie, an jedem Tag im Gefängnis, Verzeihung, in der Rehabilitation, habe ich jemanden kennengelernt, der jemand Interessantes kannte. Größtenteils lernte ich dabei natürlich etwas über das alltägliche Leben im vierundzwanzigsten Jahrhundert. Sachen, die in den historischen Aufzeichnungen in der Zeitkapsel nicht erwähnt waren. Doch es hat mir dabei geholfen, mein Heimweh zu vergessen und mich anzupassen.«

»Das ist doch auch der Zweck einer Rehabilitation.«

»Oh, da bin ich mir sicher, und ich gehe davon aus, dass die meisten dieser Leute aus genau diesem Grund zu mir geschickt worden sind. Und Sie können mir glauben, dass ich der Sternenflotte sehr dankbar dafür bin, dass sie mich dorthin geschickt hat, denn so konnte ich mich viel besser in dieses Jahrhundert eingewöhnen, als es mir sonst möglich gewesen wäre.«

»Auch das war wohl der Sinn der Übung.«

»Genau. Aber es gab auch andere Geschichten und Unterhaltungen, die vielleicht nicht ganz so ermutigend ausfielen.«

»Die da wären?«

»Hin und wieder sprach ich mit einem Schmuggler oder Hehler oder Ähnlichem, der mir von den Deals erzählte, die er durchgezogen hat, oder von den Jobs, die er für gewisse Individuen oder Organisationen ausgeführt hat. Das Orion-Syndikat, die Schattenschatzmeister, die nausikaanischen Kartelle, all so was. Es wurden Namen genannt.«

»Kontakte?«

»Kontakte«, bestätigte Rasmussen. »Daher hatte ich bei meiner Entlassung nicht nur eine sehr gute Vorstellung davon, wie die Dinge liefen, sondern ich wusste auch, mit wem ich reden musste, wenn ich Arbeit suchte, sei es eine ehrliche oder auch nicht.«

»Zu schade, dass Sie nicht auch gelernt haben, wem Sie trauen können und wem nicht. Das klingt für mich ganz so, als ob Bok Sie vor eine ganz klare Wahl gestellt hat: er oder Sie.«

Rasmussen sah ihn finster an. »Sie können sich ja wohl vorstellen, wie diese Entscheidung ausfällt.«

Darauf hatte Geordi gewartet. »Dann helfen Sie uns, ihn aufzuhalten. Ich weiß, dass es Ihnen nicht gefällt, in diesem Jahrhundert zu leben, aber wenigstens wären Sie am Leben.«

Doch Rasmussen zögerte. »Ich ... Ich weiß nicht so genau, was ich tun soll. Rebellion ist nicht gerade mein Fachgebiet.«

»Was wissen Sie über die Sicherheitssysteme des Schiffes? Die Abwehr von Eindringlingen?«

»Es gibt die standardmäßigen Bewegungssensoren und Betäubungsgas ... Aber ich weiß nicht, ob das Gas die Jahrhunderte, die die *Intrepid* im All getrieben ist, überlebt hat. Oder haben Sie es ersetzt?«

»Nein, und es würde gegen die Breen ohnehin nichts ausrichten.«

»Außerdem gibt es ein Schallstörfeld. Das dürfte die Ferengi, die Klingonen und die Breen ausschalten. Uns Menschen allerdings auch.«

La Forge nickte. »Also gut, Rasmussen. Wenn Sie uns sagen können, wie sich das Störfeld aktivieren lässt ...«

»Ich kann noch viel mehr tun.« Rasmussen rief ein Diagramm der entsprechenden Steuerung auf einem Padd auf und reichte es Geordi.

»Gut. Holen Sie Stimulanzien aus einem medizinischen Kit und halten sich bereit, den Rest unserer Leute aufzuwecken, während Reg und ich das Feld aktivieren.«

»Brauchen Sie keinen Hörschutz oder etwas in der Art?«

»Vertrauen Sie mir, wir sind immun dagegen«, versicherte ihm La Forge und genoss Rasmussens Verwunderung. »Gehen Sie schon mal vor. Wir folgen Ihnen dann gleich.« Er schob ihn sacht in Richtung Tür und auf den Korridor. Sobald sich die Tür wieder geschlossen hatte, nutzte Geordi den gestohlenen Kommunikator, um sich und Barclay wieder in eine andere Phase zu versetzen. »Gute Arbeit, Reg«, meinte er, nachdem sie sich von dem Übelkeit erregenden Übergang erholt hatten.

»Danke, Commander.«

»Ich hätte nicht gedacht, dass Bok so verrückt ist, seine Pläne über einen solchen Kanal zu erörtern, aber ich bin froh, dass er es getan hat.«

»Eigentlich gibt es da etwas, das ich Ihnen sagen sollte, Commander ... Der Entschlüssler funktioniert nicht.«

»Was?«

»Mein Trikorder hat nur einfach alles aufgezeichnet, seit Bok an Bord gekommen ist, und ich habe ihn laufen lassen. Danach musste ich die Worte nur neu zusammensetzen, wenn Sie verstehen, was ich meine.«

Barclay grinste ihn schelmisch an, und Geordi grinste zurück. »Das ist großartig, Reg!« Barclay schaffte es, gleichzeitig beschämt und stolz auszusehen. »Na los, dann wollen wir uns mal um die Eindringlinge kümmern.«

Die *Intrepid* hatte sich dem Infiniten Loch schon wieder genähert, nachdem der Sondentest erfolgreich abgeschlossen worden war. Bok stand vor dem Hauptschirm der *Intrepid* und betrachtete die wirbelnden Himmelsfeuer.

Sein Sohn hätte so etwas gut vermarktet, schoss es ihm durch den Kopf. Tourismus, Energiegewinnung oder irgendetwas anderes, auf das er selbst nicht einmal gekommen wäre. Eines Tages in seiner Zukunft, aber der Vergangenheit der Galaxis, würde sein Sohn hierherkommen und stolz auf das zurückblicken, was er getan hatte.

Sollte Picard doch eintausend Ferengi-Söhne töten, die dann keine Konkurrenz mehr für das Streben seines Sohnes nach Profit darstellen würden.

»Wir fliegen jetzt in das äußere Neutrinoband des Infiniten Lochs«, kündigte Sloe an und riss Bok aus seinen Gedankengängen. Wie als Reaktion auf seine Worte begannen die Konsolen und Steuerungseinheiten auf der Brücke zu zittern und zu beben.

»Polarisieren Sie die Hüllenplatten.«

Sloe räusperte sich. »Und ich bin ja nur sehr ungern der Überbringer schlechter Neuigkeiten, aber ich habe leider ein Notsignal von Hargas Schiff empfangen.« Bok wirbelte wütend und mit aufgerissenen Augen herum. »Das Schiff wurde schwer beschädigt, und die *Challenger* ist hierher unterwegs.«

»Grak soll einen Hinterhalt zwischen unserer Position und dem Vektor der *Challenger* legen.« Er hatte sich selbst geschworen, zu tun, was immer nötig war, um das Leben seines Sohnes zu bewahren. Und wenn dafür die Zerstörung von Krens und Hargas Schiff sowie der *Challenger* nötig war, dann wäre das eine gute Investition.

Die *Intrepid* klapperte und wackelte so heftig, dass Barclay schon glaubte, sie würde jede Sekunde auseinanderfallen. Das Schiff konnte die Belastung einfach nicht aushalten, wie Scotty es vermutlich ausdrücken würde. Reg wollte sich an eine Wand anlehnen und an einer Strebe festhalten, um mal Luft zu holen und seine Nerven zu beruhigen, aber er hatte ganz vergessen, dass er das nicht konnte. Er stolperte, und seine Schultern und seine Hand verschwanden in einer strukturellen Stütze. Zum Glück konnte er sie unbeschadet wieder herausziehen.

»Wir scheinen bereits ins Infinite Loch zu fliegen«, murmelte La Forge. »Wir müssen uns beeilen.«

Barclay nickte, ging um die Ecke und marschierte fast direkt durch einen Ferengi durch, der ebenso erschrocken über die Begegnung wirkte wie Barclay selbst. Der Ferengi kreischte auf und zog seinen Phaser. Reg hatte nicht mal mehr Zeit, sich zu ducken, als der Phaserstrahl durch ihn hindurchsauste.

Doch er spürte nichts.

Der Ferengi fühlte offensichtlich etwas, und zwar Todesangst, wie es aussah. Er schrie und feuerte seinen Phaser noch mehrmals ab, aber die weiteren Schüsse gingen ebenso harmlos durch Reg hindurch wie der erste und brannten am anderen Ende des Korridors ein Loch in die Wand.

Nachdem Reg endlich die Kontrolle über seine Gliedmaßen zurückerlangt hatte, sprang er zur Seite und durch die Wand des Korridors. Geordi folgte ihm eine Sekunde später. »Was ist passiert?«

»Ein Ferengi hat mich gesehen!«

»Der Phaseneffekt scheint eingeschränkt zu sein, je weiter man sich vom Transporter entfernt. Die Zielscanner sind ziemlich alt ...«

»Und das sagen Sie mir jetzt!«

Ein Alarm schrillte durch das Schiff und hallte durch die Korridore, während Barclay und La Forge in den Schiffskontrollraum liefen. Dabei handelte es sich um eine enge, dunkle Kammer voller Monitore und Sicherheitskonsolen.

»Dann hoffen wir mal, dass Rasmussens Diagramm korrekt ist.«

»Was ist los?«, wollte Bok wissen. Selbst der schweigsame Breen-Pilot hatte den Kopf gehoben.

»Ich habe einen Geist gesehen«, sagte der Ferengi-Söldner vor ihm. »Es war der Mensch Barclay, und er ist einfach durch die Wand gelaufen!«

»Ein Geist, bei meinen Ohrläppchen!«, schnaubte Bok und versetzte dem anderen Ferengi einen Schlag. »Das war wohl eher ein Hologramm.«

»An Bord gibt es keine Hologramme«, merkte Sloe an. Langsam schien ihm etwas zu dämmern. »Die temporale Differenzialvarianz der Tarnvorrichtung ...«

»Was?«

»Er sagte ... Verdammt, er hat mich reingelegt. Das war kein Geist, das war eine Phasentrickserei!«

»Findet ihn und schaltet ihn aus!« Bok war vor Zorn schon fast purpurrot angelaufen. »Und bringt die anderen Sternenflottengefangenen ... gleich ... mit ... um ...« Er zuckte zusammen, als etwas um seinen Kopf herumzusausen schien. »Was ist ...« Vor seinen Augen verschwamm alles, und er konnte Sloe und den Breen-Piloten nicht mehr voneinander unterscheiden.

Auf einmal stürzte die Person, die ihm am nächsten stand, zu Boden, und Bok folgte ihm kurz darauf.

Auf dem ganzen Schiff taumelten die Söldner ebenso wie die Sternenflottengefangenen und verloren das Bewusstsein. Ferengi, Klingonen, Breen, Menschen und Bolianer, alle lagen innerhalb weniger Sekunden am Boden.

Die einzigen Ausnahmen bildeten La Forge, Barclay und Rasmussen.

La Forge übernahm es, die Brücke zu sichern. Dort war jeder bewusstlos. Zufrieden aktivierte er seinen Anyonenstrahler und wurde erneut stofflich, damit er den leblosen Breen vom Pilotenstuhl schieben konnte. Er drosselte den Antrieb und begann, sich vom Infiniten Loch zu entfernen. Dann aktivierte er das Interkom und rief den Maschinenraum. »Reg, sind Sie da?«

»Ich bin hier, Commander.«

»Wie sieht es aus?«

»Hier sind alle bewusstlos.«

»Gut. Finden Sie Rasmussen und wecken Sie Balis und die anderen. Jetzt haben wir vielleicht die Kontrolle über die *Intrepid*, aber dieser Marauder ist noch irgendwo da draußen, und er wird Bok nicht so einfach hängen lassen.«

»Aye, Sir.«

»Das wird nicht gerade der beste Tag, sich an Bord eines Schiffes aufzuhalten, das keine Schilde hat. Unsere Probleme fangen gerade erst an.«

KAPITEL 18

Die *Challenger* ging innerhalb der Oort'schen Wolke aus dem Warp. »Wir fliegen jetzt ins Delta-fünf-Gamma-Zeta-Alpha-System, Captain«, meldete Qat'qa.

»Irgendwelche Hinweise auf die *Intrepid*?«, fragte Scotty.

Leah, die an der Ops saß, rief die Sensoranzeigen auf. »Scan läuft. Keine direkten Anzeichen, aber da wir jetzt wissen, dass sie eine Tarnvorrichtung haben, könnten sie bereits hier sein.«

»Selbst wenn sie nicht getarnt sind, könnten sie durch die Energie, die vom Infiniten Loch ausgeht, abgeschirmt werden«, merkte Nog an. »Sie ist fast schon zu stark für die Sensoren.«

»Aufgrund der Plasmastürme, erhöhten Neutrinowellen, gravimetrischen Verzerrungen und einfach nur Gammastrahlung kann ein Schiff auf der anderen Seite von hier aus so gut wie gar nicht entdeckt werden«, stellte Hunt fest.

»Und dabei haben wir noch nicht einmal die Menge an Asteroiden berücksichtigt, die in diesem System vorhanden ist«, fügte Leah hinzu.

Scotty seufzte. »Aye, aber das könnte auch ein gutes Zeichen sein. Die *Intrepid* kann uns aufgrund dieser Störungen auch nur schwer entdecken.«

»Ist es nicht recht wahrscheinlich, dass wir vor ihr hier eingetroffen sind?«, erkundigte sich Qat'qa.

»Wir sollten lieber keine Vermutungen anstellen«, erwiderte Leah.

Scotty stimmte ihr zu. »Eines habe ich während meiner Zeit bei der Sternenflotte gelernt: Je sicherer man sich einer Sache ist, desto größer ist die Wahrscheinlichkeit, dass man sich irrt.«

»Captain.« Nog sah von seiner Konsole auf, und seine Miene wirkte angespannt. »Das Entschlüsselungsteam, das ich darauf angesetzt habe, das Signal von der getarnten Sonde zu decodieren, hat etwas herausgefunden.«

»Und?«

»Sie ist romulanischen Ursprungs.«

Auf der Brücke wurde es ganz still.

Scotty schüttelte den Kopf. »Die müssen ihre Nase wirklich in alles stecken, was?«

Hunt ging die Rampe hinauf und umrundete das Geländer, um die Ergebnisse an der Wissenschaftsstation zu überprüfen. »Ein romulanisches Signal ... Bedeutet das, dass sie Rasmussen unterstützen? Oder Bok?«

»Rasmussen ist ein Lügner und ein Betrüger, aber ich kann mir nicht vorstellen, dass er mit den Romulanern unter einer Decke steckt.«

»Warum nicht?«, wollte Qat'qa wissen. »Das ist doch genau ihre Art: Sie verleiten Ehrlose dazu, ein Bündnis mit ihnen zu schließen.«

»Aufgrund der Zeit, aus der er kommt. Vergessen Sie nicht, dass die Erde zu Rasmussens Zeit gerade einen langen, blutigen Krieg mit den Romulanern hinter sich hatte. Bei jemandem, der das gerade erlebt hat, ist es unwahrscheinlich, dass er sich mit ihnen einlassen würde.«

Hunt ging zur Ops und beugte sich über Leah. »Stellen Sie die Sensoren auf die Frequenzen der Tarnvorrichtung und die Sendefrequenzen der Sonde ein. Falls es noch mehr davon gibt, will ich das wissen.«

»Commander«, schaltete sich Nog ein, »wenn diese Sonde romulanisch ist, dann könnten sich auch romulanische Schiffe in der Gegend aufhalten.«

»Genau das macht mir Sorgen. Falls hier draußen ein Warbird ist ...«

»Wenn hier draußen ein Warbird ist«, schaltete sich Scotty ein, »dann haben wir ein großes Problem. Nog, glauben Sie, dass Bok einen Deal mit den Romulanern gemacht haben könnte?«

»Das ist nicht unmöglich. Aber wenn jemand wirklich einen Deal mit den Romulanern gemacht hat, dann hat derjenige höchstwahrscheinlich bei den Schattenschatzmeistern eine höhere Position inne.«

»Das sind doch diejenigen, die seinen Plan unterstützen, nicht wahr?«, erkundigte sich Hunt. »Zumindest haben sie ihn finanziert.«

»Ich schätze, es ist durchaus möglich«, erwiderte Nog langsam, »dass sie zusätzlich zu den Schiffen, von denen wir bereits wissen, Verstärkung hergeschickt haben, aber eigentlich bezweifle ich das. Unsere Gefangenen haben gesagt, Bok hätte drei Schiffe; zwei von klingonischer Bauart und seinen Marauder.«

»Könnte ein romulanisches Schiff ohne Boks Wissen hergeschickt worden sein?«

»Möglich wäre es, aber ich kann mir nicht vorstellen, dass die Schattenschatzmeister dem zugestimmt hätten. Wenn sie eine Art Informationsaustausch mit den Romulanern vereinbart haben, dann ist es wahrscheinlicher, dass die Romulaner aus eigenem Antrieb ein Schiff hergeschickt haben.«

Leah drehte sich um. »Das könnten sie allein schon getan haben, um sie auszuspionieren.«

»Was sie ja auch tun, wie die Sonde bewiesen hat«, stimmte ihr Hunt zu.

»In dem Fall könnten wir noch mehr Sonden erwarten.«

Hunt nickte. »Gut mitgedacht.«

»Ich denke, ich habe tatsächlich etwas entdeckt«, fuhr Leah fort. »Aber nicht auf einer romulanischen Frequenz. Die Sensoren melden eine Unregelmäßigkeit in den Neutrinowellen, die vom Infiniten Loch ausgehen. Dabei könnte es sich nur um eine gravimetrische Störung durch den String handeln, aber sie könnte auch durch ein hindurchfliegendes getarntes Schiff ausgelöst werden.«

Scotty war augenblicklich in Alarmbereitschaft. »Die *Intrepid*?«

»Das bezweifle ich. Wenn es ein getarntes Schiff ist, dann ist die Masse zu groß für ein Schiff der *NX*-Klasse. Und zu klein für einen romulanischen Warbird«, fügte sie rasch hinzu.

»Was glauben Sie, worum es sich dabei handelt? Lassen Sie Ihrer Fantasie freien Lauf.«

»Aufgrund der Berechnungen ist es etwas Großes und Klobiges. Da wir bereits wissen, dass die Ferengi ihre Finger im Spiel haben, würde ich auf einen Marauder der *D'Kora*-Klasse tippen.«

»Boks Schiff?«

»Das würde Sinn ergeben«, überlegte Hunt. »Er stationiert es als Abfangschiff in der Nähe der Oort'schen Wolke, um uns aufzuhalten, falls wir an dem klingonischen Schiff, das er uns auf den Hals gehetzt hat, vorbeikommen.«

»Er muss gewusst haben, dass wir dem klingonischen Schiff mehr als gewachsen sind«, meinte Nog.

Hunt lachte freudlos. »Natürlich wusste er das. Es sollte ihm nur Zeit verschaffen.«

»Gibt es Hinweise darauf, dass sie uns entdeckt haben?«, erkundigte sich Scotty.

Nog überprüfte die Anzeigen. »Das ist unmöglich zu sagen. Sie sind dem Infiniten Loch etwas näher als wir und befinden sich in dessen Orbit, daher dürften die Interferenzen ihre Sensoren noch stärker beeinflussen als unsere. Falls es überhaupt ein Ferengi-Marauder ist und nicht nur ein gravimetrischer Strudel.«

»Ich habe irgendwie das Gefühl, dass es sich dabei um Boks Freund handelt und dass er uns längst bemerkt hat. Das spüre ich in meinen Knochen.«

Auf der Brücke des Marauders gab es keinen Kommandosessel, vielmehr waren mehrere Konsolen um einen zentralen, kugelförmigen Schirm angeordnet. Grak zog es vor, das Kommando von der taktischen Konsole des Schiffes aus zu übernehmen, damit er sich im Fall, dass sie Waffengewalt anwenden mussten, persönlich darum kümmern konnte. Darum saß er jetzt an der Waffenstation und aktivierte die Waffen des Marauders.

Er strich über die Konsole und freute sich darauf, der Sternenflotte die Modifikationen zu demonstrieren, die er im Lauf der Jahre vorgenommen hatte.

»Die *Challenger* ändert den Kurs und aktiviert die Waffen«, meldete einer der Ferengi. »Sie haben uns zweifellos entdeckt.«

»Tarnung deaktivieren.« Es war nutzlos, noch länger so zu tun, als wären sie nicht hier. Und sich erst zu enttarnen, wenn die *Challenger* in der Nähe war, hätte nur bedeutet, dass sie verwundbarer waren, bis sie selbst feuern konnten. Da enttarnten sie sich lieber gleich und glichen die Chancen von Anfang an aus. »Rufen Sie sie.«

Nach einigen Sekunden erschien das von Falten überzogene und von weißem Haar umrahmte Gesicht eines älteren Menschen auf dem zentralen Schirm. *»Hier spricht Captain Montgomery Scott vom Raumschiff* Challenger*. Deaktivieren Sie Ihre Waffen.«*

»Das werde ich nicht tun, Captain Scott. Sie haben heute einige meiner Freunde getötet, aber das geht schon in Ordnung, schließlich erbt meine Mannschaft nun ihren Anteil am Profit dieser Mission. Daher bin ich großzügig gestimmt. Drehen Sie um und verlassen Sie dieses System. Sie müssen auch nicht lange fortbleiben. Kommen Sie morgen wieder, wenn Sie wollen. Dann werde ich nicht mehr da sein, um Sie aufzuhalten.«

Man kann sich immer darauf verlassen, dass ein Ferengi versuchen wird, zu verhandeln, dachte Scotty. »Keine Chance, Kumpel. Die *NX*-Klasse fliegt auf keinen Fall dahin, wo Bok mit ihr hin will. Ich war noch nie jemand, der sich von anderen Raumschiffcaptains Vorschriften machen ließ, nicht einmal von solchen, die ich respektiere, also kann ich Ihnen diesen Wunsch nicht erfüllen.«

Der Ferengi auf dem Hauptschirm zuckte auf überaus menschliche Weise mit den Schultern. *»Ich werde so oder so denselben Profit machen. Ist ja Ihr Leben, das Sie wegwerfen.«* Damit verschwand er vom Schirm.

»Captain«, meldete Nog bestürzt, »der Marauder hat deutlich mehr Waffen an Bord, als es bei Ferengi-Schiffen sonst üblich ist. Phaser und Disruptorbänke, Plasmatorpedos, Photonentorpedos ...«

»Die beste Verteidigung ist, nicht dort zu sein, wo die Waffen explodieren!«, verkündete Qat'qa. »Machen Sie sich mal keine Sorgen.«

»Ich mache mir keine Sorgen. Es gibt auch gute Neuigkeiten: Ich habe die *Intrepid* entdeckt, und sie ist auf Abfangkurs.«

»Mr. Hunt, haben wir den Prefix-Code der *Intrepid* in der Datenbank?«, fragte Scotty und setzte sich mit nachdenklichem Gesichtsausdruck auf.

»Er könnte in der historischen Datenbank sein.«

»Prefix-Code?«, wiederholte Qat'qa.

Scotty nickte. »Bis zur *Excelsior*-Klasse hatten Raumschiffe der Sternenflotte einen Prefix-Code, mit dem ein Schiff per Fernsteuerung unter Kontrolle gebracht werden konnte, falls der Mannschaft etwas zustieß. Im Notfall konnte man zum Beispiel die Schilde ferngesteuert senken, damit ein Schiff, dessen Besatzung tot ist, geentert und unter Kontrolle gebracht werden konnte.«

»Dessen Besatzung tot ist ...« Leah erschauderte. »Geordi ...«

»Leah?«

»Ich war ... Ich schätze, das trifft auch auf die *Intrepid* zu, da ihre ursprüngliche Besatzung tot ist. Der Status ihrer aktuellen Besatzung ist derzeit unbekannt.«

»Also ist es auch noch zu früh, sich Sorgen zu machen.«

»Die *Intrepid* nähert sich.«

Da er den Sensoren des Schiffes aufgrund der Interferenzen nicht traute, blickte Grak hinüber, um die Meldung seines Untergebenen zu überprüfen. Er hatte recht, das uralte Erdenschiff bewegte sich tatsächlich vom Infiniten Loch weg und hatte die Tarnung deaktiviert, sodass sie jeder sehen konnte.

»Sorgen Sie dafür, dass wir zwischen ihr und der *Challenger* bleiben. Wenn Bok seinen Anteil am Ruhm haben will, dann werden wir ihm das nach Möglichkeit erlauben, aber die *Challenger* darf nicht zu nah kommen.«

»Verstanden.«

»Rufen Sie die *Intrepid.*«

»Keine Antwort.«

»Warum reden sie nicht mit uns?« Da kam Grak ein Gedanke. »Viele dieser alten Föderationsschiffe hatten einen Prefix-Code, mit dem man einige Systeme fernsteuern konnte ... Hat es schon Funkverkehr zwischen der *Intrepid* und der *Challenger* gegeben?«

»Noch nicht.«

»Senden Sie vorsichtshalber ein Störsignal.« Grak wechselte auf einen sicheren Kommunikationskanal. »Grak an *Intrepid.* Grak an *Intrepid.* DaiMon Bok, bitte kommen.« Doch er hörte nichts als Rauschen.

»Die *Intrepid* ändert den Kurs«, warnte ihn Graks Untergebener. »Sie kommt auf uns zu.«

»*Grak*«, sagte eine Stimme, und Rasmussens Gesicht erschien auf dem runden Hauptschirm. »*Wir haben einige Schwierigkeiten, die Tarnung aufrechtzuerhalten, und wir haben keine Schilde. Könnten Sie so schnell wie möglich Ihre Schilde um uns erweitern?*«

»Ja, das kann ich tun.« Kurz fragte sich Grak, warum der Mensch und nicht Bok mit dieser Bitte an ihn herantrat, aber da die beiden bei diesem Unternehmen Partner waren, stand es ihm nicht zu, danach zu fragen. Er nickte dem Ferengi an der Maschinenkontrolle zu.

Die Brücke der *Intrepid* schien wieder finster und Unheil verkündend, da sie sich vom Infiniten Loch abgewandt hatte und dessen Licht nicht mehr auf sie herabstrahlte. Barclay und La Forge hatten ihre Kommunikationsabzeichen der Sternenflotte wieder angelegt und den bewusstlosen Söldnern die Waffen abgenommen, bevor sie sie in die Arrestzellen gesperrt hatten.

Als er Graks Versprechen hörte, die Schilde zu erweitern, hätte Barclay nur schwerlich ein noch dümmeres Gesicht machen können. »Sie machen es tatsächlich?«

Rasmussen kicherte über die Frage. »Sie haben keinen Grund, es nicht zu tun.«

»Commander«, begann Barclay, »sollten wir die *Challenger* nicht wissen lassen, dass wir wieder die Kontrolle über das Schiff haben?«

La Forge hatte darüber nachgedacht. »Nicht, solange uns der Marauder belauschen kann.« Er überlegte kurz und beschloss, dass sie den Vorteil, den sie nun hatten, nicht wieder abgeben durften. »Haben wir irgendwas, das wir als Waffe gegen den Marauder einsetzen können?«

»Es ist uns gelungen, mit einigen Teilen der Sonden, die Boks Männer an Bord gebracht haben, zwei der Photonenraketen zu reaktivieren, aber sie werden nicht gerade großen Schaden anrichten.«

»Das müssen sie auch nicht, da wir jetzt innerhalb ihrer Schilde sind. Laden Sie einen Photonentorpedo und zielen Sie auf den Marauder.«

Der Ferengi an der Maschinenkontrolle des Marauders sah auf seine Anzeige und dann zu Grak hinüber. »Irgendetwas geschieht ... Die *Intrepid* lädt ihre Waffen.«

»Gut, jedes Bisschen hilft.«

»Und sie zielt auf uns!«

»Was?« Grak wollte seinen Ohren nicht trauen.

Auf dem Hauptschirm sah er, wie ein Torpedo von der *Intrepid* abgeschossen wurde und immer größer wurde, da sie direkt auf den Marauder zuflog.

»Schilde verkleinern!«, brüllte er panisch. »Minimale Distanz von der Hülle!« Doch der Befehl kam einen Augenblick zu spät. Der Photonentorpedo drang auf der Backbordseite achtern in den Marauder ein und explodierte in einer Wolke aus vaporisierten Hüllenplatten. Das Schiff wurde durchgeschüttelt, und Grak und seine Brückenoffiziere hielten sich an ihren Konsolen fest, um nicht hinzufallen, während der Boden unter ihren Füßen schwankte und sich neigte. »Schadensbericht!«

»Hüllenbruch in Frachtraum sieben, keine Verletzten, keine Schäden an den Systemen.«

Grak ließ sich erleichtert auf seinen Sitz fallen.

»Visiere die *Intrepid* an«, verkündete ein junger Offizier.

»Nein!«, rief Grak schnell. »Bok ist noch an Bord. Das können wir nicht riskieren.«

Die anderen Ferengi sahen ihn schockiert an. »Die Sternenflottler müssen die Kontrolle über das Schiff errungen haben«, meinte einer.

»Sternenflottler töten ihre Gefangenen nicht, was bedeutet, dass Bok noch an Bord ist. Wir müssen dafür sorgen, dass er in Sicherheit bleibt.«

Tyler Hunt beugte sich zusammen mit Nog über die taktische Station. »Was können wir vom Captain des Marauders erwarten? Aggression, Zurückhaltung, Verschlagenheit ...?«

»Ferengi neigen dazu, alles als Geschäft zu betrachten. Selbst den Kampf. Sie werden versuchen, ihre Investmentrendite zu maximieren.«

»Was genau bedeutet das?«

»Es bedeutet, dass sie an den Profit denken werden, den sie machen wollen.«

»Sie werden versuchen, dieses Schiff zu entern?«

»Ich bezweifle, dass sie das für möglich halten«, gab Nog zu. »Das sind keine Piraten, sondern Geschäftsleute. Sie wollen uns davon abbringen, uns in die Belange der *Intrepid* einzumischen, daher werden sie sich vermutlich darauf konzentrieren, uns vom Infiniten Loch abzudrängen, anstatt zu versuchen, uns direkt zu zerstören.« Nog wandte für einen Moment den Blick ab. »Mich wundert, dass sie keine Minen ausgelegt haben.«

»Zugangsverweigerung.« Hunt begriff und nickte. »Dann sollten wir uns also so nah wie möglich bei der *Intrepid* aufhalten und vielleicht sogar versuchen, die *Intrepid* zwischen uns und sie zu bringen.«

»Sie werden es auf keinen Fall wagen, auf die Quelle ihres Profits zu schießen, Sir«, stimmte ihm Nog zu. »Sie sind keine Romulaner, die ihre eigenen Truppen vernichten, wenn ihre Mission scheitert.«

»Also gut. Programmieren Sie einige Angriffsmuster. Wir werden sie brauchen.«

Nicht zum ersten Mal wünschte sich Leah, dass sie ihr Problem einfach mit technischen Mitteln lösen könnte. Sie dachte einen Augenblick lang darüber nach. Es war nicht nur Energie, die durch die Schiffssysteme verteilt wurde. Nahrung, Moral, Aufgaben, die richtigen Leute, all das musste in einem Schiff korrekt eingesetzt sein, damit es optimal funktionierte.

Sie drehte sich von der Ops weg. »Scotty, mir ist da was eingefallen. Wenn wir einige Leute von der Beta-Schicht aktivieren, könnten wir jetzt die Kampfstationen und die Hilfssteuerung bemannen. Da sie alle gut trainiert sind, wären wir in der Lage, unsere Reaktionszeiten deutlich zu verkürzen, wenn der Marauder angreift.«

»Sie denken jetzt an die Einsatzpläne?« Scotty konnte weder sein Erstaunen noch seine Anerkennung verbergen.

»Die Mannschaft ist Teil des Raumschiffs, genau wie die Antriebskomponenten. Sie muss ebenso eingestimmt werden ...«

Scotty lachte. »Das ist eine wertvolle Lektion, die wir alle auf der Akademie lernen. Wenn Sie sich nicht vorsehen, geben Sie eines Tages noch einen richtigen Offizier ab.« Er grinste verschmitzt. »Dann stünden Sie mit Geordi auf einer Stufe, was?«

»Ich bleibe lieber Zivilistin, wenn es Ihnen nichts ausmacht.« Leah wurde rot und machte sich daran, die Beta-Schicht zum Dienst zu rufen.

KAPITEL 19

Die *Intrepid* drehte bei, als die Schilde des Marauders eingezogen wurden. Dann wendete das Ferengi-Schiff, sodass seine schaufelähnliche Nase sowohl in Richtung der *Intrepid* als auch der näher kommenden *Challenger* zeigte.

Auf der Brücke der *Intrepid* ließ sich Geordi im Kommandosessel nieder. Er war angespannt, ließ sich das jedoch nicht anmerken. »Rufen Sie den Marauder.«

Graks Stimme antwortete sofort. »*Sprechen Sie.*«

»Grak, hier spricht Commander Geordi La Forge. Die *Intrepid* ist Eigentum der Sternenflotte. Beenden Sie Ihren Angriff und ziehen Sie sich zurück.«

»*Wo ist Bok?*«

»Bok und seine Mannschaft wurden entwaffnet und befinden sich in den Arrestzellen.«

»*Sind sie am Leben?*«

»Solange Sie tun, was ich Ihnen sage. Sollten Sie Ihren Angriff fortsetzen, wird Bok sterben.«

»*Sternenflottler töten keine Gefangenen*«, erwiderte Grak dickköpfig.

Rasmussen räusperte sich und trat neben Geordi. »Nun, das stimmt, Grak, aber wie Sie wissen, gehöre ich nicht der Sternenflotte an, sondern habe ebenso wie Sie und Bok im Gefängnis gesessen. Commander La Forge ist ziemlich beschäftigt damit, das Schiff zu führen, ebenso wie die anderen Sternenflottentechniker, da fühle ich mich irgendwie wie das fünfte Rad am Wagen, und, nun ja ...

Ich glaube, wenn ich mal mit einem Disruptor runter in die Arrestzellen gehen und mit Bok ein paar Zielübungen machen würde, hätte niemand die Muße, mich aufzuhalten. Begreifen Sie, worauf ich hinauswill?«

»Ja, ich habe verstanden.« Es kam zu einer langen Pause. *»Die Sache ist noch nicht vorbei, Verräter.«* Er beendete die Kommunikation.

La Forge stand auf und ging zu Balis an die Taktikkonsole, wo er sehen konnte, dass sich der Marauder entfernte, allerdings nur ein kleines Stück. Die Waffen waren noch aktiviert, schienen aber auf Stand-by zu stehen.

»Offenbar haben wir uns gerade ein wenig Zeit verschafft.«

Auf der größeren und besser beleuchteten Brücke der *Challenger* atmeten die Führungsoffiziere erleichtert auf. Sie hatten den Austausch zwischen La Forge und Grak gehört. Scotty schlug triumphierend auf die Armlehne seines Sessels. »Können wir Geordi direkt kontaktieren?«

»Sie senden noch immer ein Störsignal«, informierte ihn Nog. »Und es ist auch nicht gerade leicht, die Zufallsinterferenzen herauszufiltern, die vom Infiniten Loch ausgehen.«

»Mit elektromagnetischen Interferenzen war zu rechnen ...«

»Nein, Sir, das sind nicht nur Strahlung und Elektromagnetismus. Es sind richtige Nachrichten, Bruchstücke von Unterhaltungen ... Ich glaube, es sind Signale, die das System passieren und vom Infiniten Loch reflektiert werden.«

Leah riss die Augen auf und sagte leise und im andächtigen Tonfall: »Nachrichten aus der Vergangenheit und der Zukunft ...« Scotty begriff, wie faszinierend sie das fand, weil es ihm ebenso ging. »Ich werde sie aufzeichnen«, entschied Leah. »Möglicherweise erfahren wir etwas über technologische Entwicklungen aus der Vergangenheit und der Zukunft.«

Nog hatte sein Ohr an die Taktikkonsole gelegt und lauschte den

Signalen. »Ich glaube nicht, dass sie uns viel verraten werden. Das sind bloß einzelne Worte und Klänge, alles ist aus dem Kontext gerissen. Ich kann keine ganzen Sätze ausmachen.«

»Es kann aber dennoch nicht schaden, so viel zu speichern, wie wir nur können«, entgegnete Leah.

Eine ähnliche Unterhaltung fand auf der *Intrepid* statt, wo Barclay die Signale ebenfalls aufzeichnete. »Wow ... Sehen Sie sich das an, Commander.«

»Was ist es, Reg?«

»Fragmente von Übertragungen, die das System passieren und im Infiniten Loch aufgefangen wurden. Einige davon sind *wirklich* alt, und damit meine ich Jahrzehnte, wenn nicht sogar Jahrhunderte. Andere stammen sogar aus der Zukunft.«

»Aus der Zukunft?«

»Hören Sie.«

»*... Sternzeit 72238,5, unterwegs* ... Qapla' ... *herzlichen Glückwunsch ...*«

»Vielleicht sollten wir uns das lieber nicht anhören, Reg.«

»Doch, das sollten wir!«, schaltete sich Rasmussen ein.

»Halten Sie den Mund!«, fuhren ihn Barclay und La Forge gleichzeitig an.

Plötzlich hörte La Forge etwas. »Warten Sie, halt!«

»Was ist?«

»Ich weiß, dass es unmöglich ist, aber ich dachte ... Ich dachte, ich hätte gerade den Transponder-Erkennungscode der *Hera* gehört.«

»Das ist nicht völlig unmöglich, Commander. Es sind Übertragungen, die durch die Zeit gereist sind.«

»Das ist nicht das, was ich mit unmöglich meine.« Geordi scrollte im Transkript der aufgezeichneten Signale zurück. »Ich hab es gefunden.«

Barclay sah es sich an. »Sie haben recht, das ist die *Hera*, aber mir ist nicht klar, was daran so unmöglich sein soll.«

»Sehen Sie sich den Datumsstempel an«, drängte ihn Geordi. »Sternzeit 47221,3.«

»Und?«

La Forge sah ihn ungläubig an. »Der letzte bekannte Funkspruch der *Hera* wurde zu Sternzeit 47215,5 übermittelt. Dieses Signal stammt aus der Zeit, in der sie bereits als verschollen aufgeführt wurde.«

In den Arrestzellen wachten die unbewaffneten Söldner langsam auf. Die Breen schienen durch das Schallfeld am stärksten beeinflusst worden zu sein, und Bok befürchtete, dass wenigstens einer von ihnen tatsächlich tot war.

Er selbst war mit starken Kopfschmerzen aufgewacht, die jedoch schnell einer unglaublichen Wut gewichen waren. Dann verdammte jetzt also La Forge, dieser Lakai von Picard, seinen Sohn zum Tode! Er hätte den Menschen sofort töten sollen. Er hätte sie einfach alle umbringen sollen, Rasmussen eingeschlossen.

»Bok ...« Das war Sloe. Ein Mensch, wie all die anderen Kindermörder. Bok drehte sich zu ihm um, packte ihn an der Kehle und drückte ihn gegen die Metallpritsche.

»Wir können die Brücke wieder übernehmen ...«, konnte Sloe gerade so hervorbringen.

Bok rang mit sich, um seinen Zorn unter Kontrolle zu bringen, und lockerte schließlich seinen Griff. Er ließ Sloe los und stieß ihn von sich. *Denk an deinen Sohn*, rief er sich ins Gedächtnis. *Dein Sohn ist alles, was zählt, und sein Schicksal ist noch nicht besiegelt.*

»Warum sollten wir uns die Mühe machen?« Er holte ein kleines elektronisches Gerät aus seiner Tasche. »Ich habe mir die Freiheit erlaubt, unseren Kurs zu programmieren.« Er drückte einen Knopf. »Und jetzt ist er unabänderlich eingespeichert.«

»Der Kurs hat sich geändert«, sagte der Ensign an der Steuerkonsole der *Intrepid.* Er schien Probleme mit der Steuerung zu haben.

»Ändern Sie ihn zurück«, ordnete Geordi an.

Die Hände des Ensigns flogen über die Konsole, und dann zuckte er hilflos mit den Achseln.

»Ich habe es versucht. Die Konsole reagiert nicht.«

Barclay hastete nach vorn. »Lassen Sie mich mal einen Blick auf die Navigationskontrolle werfen.«

»Nur zu.«

»Wir fliegen auf einem programmierten Kurs«, stellte Barclay nach einigen Sekunden fest.

La Forge stand auf und sah Barclay über die Schulter. »Können Sie das Programm abbrechen?«

Regs Hände flogen so schnell über die Konsole, dass sie kaum noch zu erkennen waren. »Ja ... Nein. Jede Überbrückung, die ich versuche, scheint im ersten Moment zu funktionieren, aber dann ... geschieht nichts.« Seine Stimme klang entschuldigend, wütend und frustriert zugleich.

»Er ist ... verschlüsselt. Können Sie ihn umgehen?«

»Nein, alle ausführbaren Anweisungen werden von einer sicheren, separaten Einheit aus gesteuert. Vermutlich wurde sie mit der Hauptantriebskonsole verbunden und per Fernsteuerung ausgelöst. Möglicherweise sogar von einem Trikorder oder Kommunikator aus.«

»Und jetzt ...?«

»Wir wurden programmiert, denselben Kurs zu nehmen wie die Sonde, die durch das Infinite Loch geschickt wurde. Was immer auch passiert, uns steht eine Reise ohne Wiederkehr ins Jahr 2162 bevor.«

La Forge nahm diese Nachricht mit fatalistischer Miene zur Kenntnis. »Wir müssen die Dilithiummatrix destabilisieren.«

»Können Sie dafür sorgen, dass wir genug Zeit haben, um zu entkommen?«

»Wenn es irgendwie möglich ist, schon, Reg.«

Barclay nickte mit ernstem Gesicht und runzelte dann nachdenklich die Stirn. »Was wäre, wenn wir das Antimaterieeindämmungsfeld mit den gravimetrischen Sensoren verbinden? Wir könnten es so einstellen, dass sich der Antrieb unter bestimmten gravitationsabhängigen Bedingungen wie dem Eintritt ins Infinite Loch überlädt.«

»Keine schlechte Idee, aber ich glaube, wir können es sogar noch besser hinkriegen. Wir werden das Eindämmungsfeld so ausbalancieren, dass es zusammenbricht, wenn die gravimetrische Scherkraft unter einen bestimmten Wert fällt.«

»Darunter?«

»Wenn das Schiff versucht, das Infinite Loch zu verlassen. Falls es überhaupt hineinfliegen sollte.« Mit diesen Worten war Geordi durch die Tür verschwunden.

Bok suchte in seinen Taschen nach dem Kommunikator und aktivierte ihn. Nichts auf der *Intrepid* hinderte ihn daran, sein Schiff zu rufen. »Grak, sind Sie da?«

»*Ja, DaiMon.*«

»Das Sternenflottenschiff wird versuchen, uns daran zu hindern, ins Infinite Loch zu fliegen. Sie müssen sie beschäftigen, bis wir weg sind.«

»*Es ist ein mächtiges Schiff. Ich kann nicht garantieren, dass wir es zerstören können.*«

»Das ist auch nicht wichtig, solange Sie es uns vom Hals halten können.« Bok machte eine Pause. »Aber können Sie uns zuerst direkt auf die Brücke der *Intrepid* beamen?«

»*Wen genau?*«

»Sloe und mich. Den Rest der Mannschaft können Sie zurück auf Ihr Schiff beamen.«

»*Ja, DaiMon.*«

Als der grelle rote Transporterstrahl Bok und Sloe in der Mitte der Brücke der *Intrepid* materialisierte, sah die dort versammelte Mannschaft auf, spannte sich an und machte sich bereit, sich zu verteidigen. »Sie können sich entspannen«, meinte Bok. »Das war ein tapferer Versuch, La Forge, aber es macht jetzt keinen Unterschied mehr. Was immer auch passiert, wir sind auf dem Weg ins Jahr 2162.«

La Forge kehrte auf die Brücke zurück und richtete einen Disruptor auf Bok und Sloe. »Deaktivieren Sie das, was immer Sie da getan haben.«

Bok schürzte die Lippen, als würde er nachdenken, und schüttelte dann kurz den Kopf. »Das kann ich nicht tun.«

»Das ist mein Ernst, Bok ...«

»Wenn ich sage, dass ich das nicht tun kann, dann meine ich, dass es tatsächlich nicht möglich ist.« Er warf La Forge die Fernsteuerung zu. »Sie können sich selbst davon überzeugen.« Geordi hob sie misstrauisch auf und sah, dass sie nicht mehr aktiv war. »Nach der Aktivierung ist der Kurs fest in den Triebwerken eingespeichert. Sie müssten sie schon zerstören, um unsere Reise zu verhindern, und wir haben beim Betreten des Schiffes als Erstes dafür gesorgt, dass die automatische Selbstzerstörung deaktiviert wurde.«

»Was passiert dann mit uns?«

»Das ist mir egal. Rasmussen hat vielleicht einige Vorschläge, was Sie unternehmen könnten.« Bok grinste sie gespielt entschuldigend an. »Leider haben Sie Ihre Chance zu fliehen verpasst.«

KAPITEL 20

Verfolgt von dem Marauder umkreiste die *Challenger* die *Intrepid* und achtete darauf, das kostbare Relikt so gut wie möglich vor Graks Schiff abzuschirmen. Graks Pilot war ziemlich gut, und sie waren ihm nie mehr als ein paar Sekunden voraus.

»Captain«, sagte Nog, »ich habe daran gedacht, was wir mit dem ersten Schiff, dieser *Vor'cha*, gemacht haben.«

»Odos Lieblingstrick?«, erwiderte Scotty. »Aye, der war richtig gut.«

»Die *Intrepid* hat keine Schilde«, rief ihm Nog ins Gedächtnis.

»Die Hülle lässt sich polarisieren, um gebündelte Energieentladungen abzuweisen«, sagte Scotty. »Auf diese Weise soll das Schiff vor Energiewaffen, Strahlungsstürmen und dergleichen geschützt werden, aber die Polarisierung richtet beim Eindämmungsstrahl des Transporters ein ziemliches Unheil an. Und sie müssten sie nicht einmal depolarisieren, um die Tarnvorrichtung zu aktivieren, so wie ein Schiff die Schilde senken müsste.«

»Sie werden die Hüllenplatten polarisieren müssen, um die Strahlung des Infiniten Lochs zu überleben«, erklärte Nog eindringlich, »aber bis jetzt haben sie es noch nicht getan.«

Scotty sah auf, und auf seinem sonst so sauertöpfischen Gesicht spiegelte sich Hoffnung. »Wenn wir ihre Leute von unseren unterscheiden können ...«

»Wir könnten entweder unser Team herbeamen oder einen Sicherheitstrupp rüberschicken, der die *Intrepid* wieder einnimmt.«

»Es gefällt mir gar nicht, jemanden durch diese Strahlung zu beamen. Aber von den beiden Optionen ist die, unsere Leute da rauszuholen, die ungefährlichere.« Scotty stand auf. »Ich gehe zum Transporterraum eins. Sagen Sie mir Bescheid, wenn Sie unsere Leute erfasst haben.«

Rasmussen hätte es nicht getan, wenn er Zeit genug gehabt hätte, um darüber nachzudenken, aber ein Schlieren des Schiffes hatte ihn ohnehin schon in Boks Richtung taumeln lassen. Es war einfacher, die Gunst der Stunde zu nutzen, als sich zurückzuziehen und etwas anderes zu tun. Er holte weit aus, um Bok zu schlagen, da prallte er beinahe gegen den Ferengi. Der Schlag traf Bok nicht so richtig, aber er überraschte ihn, da er durch den Aufprall des größeren Mannes nach hinten gedrückt wurde.

»Verräter!«, schnaubte Bok und versuchte, ihn ins Gesicht zu schlagen. Aufgrund des Größenunterschieds erwischte er ihn jedoch nur an der Brust. Rasmussen riss die Augen weit auf vor Überraschung und Wut darüber, dass er geschlagen wurde. Er holte erneut aus, landete einen Treffer auf Boks Ohr und machte sich auf einen ernsthaften Kampf gefasst.

Bok jaulte und trat nach seinem Knie, um ihn zu Fall zu bringen. Inzwischen war der Ferengi richtig wütend. Er ignorierte den Schmerz in seinem Ohr und konzentrierte sich lieber darauf, Rasmussen mehrere Tritte in den Bauch zu versetzen. Bok war kein Krieger, aber er hatte nicht sechs Jahre im Gefängnis überlebt, ohne ein paar Dinge darüber zu lernen, wie man sich durchsetzte.

Rasmussen hingegen hatte seine Zeit in einem Rehabilitations- und Umerziehungslager der Föderation auf Neuseeland verbracht und dort vor allem gelesen. Seine einzige körperliche Ertüchtigung hatte darin bestanden, Schafe zu scheren.

La Forge, Barclay und Sloe stürzten vor, um die beiden voneinander zu trennen. »Was soll das denn?«, brüllte Sloe. »Wir sitzen doch alle im selben Boot!«

Wenn der nur wüsste, dachte Geordi.

»Dieser Mistkerl hat uns verraten!«, schrie Bok. »Er hat meinen Sohn sterben lassen.«

Rasmussen trat noch einmal nach ihm. »Sie wollten mich umbringen!«

Im Transporterraum der *Challenger* gab Scotty gerade Nogs taktische Anzeige in Carolans Transporterkonsole ein. *Sieht vielversprechend aus*, dachte der Schotte, als er die Signale von elf Sternenflottenkommunikationsabzeichen auf der *Intrepid* erkannte. Das war zwar keine Garantie dafür, dass ihre Besitzer wirklich noch am Leben waren, aber er wollte sie auf keinen Fall zurücklassen.

»Vier der Signale sind auf der Brücke«, meinte Carolan. »Die anderen sind auf dem Schiff verstreut.«

»Beamen Sie die vier von der Brücke hierher und die anderen in Transporterraum drei.«

Carolan legte die Ziele fest und strich mit einer Hand über die Steuerung, um den Transporter zu aktivieren.

Bok spürte auf einmal ein Kribbeln in den Händen und ließ Rasmussen reflexartig los. Alle taumelten nach hinten, als wären sie von einem sich drehenden Karussell gefallen. Das Surren der Energie wurde lauter, und die Brücke wurde plötzlich in silberfarbenes Licht getaucht.

Bok und Sloe sahen einander an und machten ein paar Schritte nach hinten, um den nach ihnen greifenden Händen der Sternenflottler zu entgehen.

»Nein!«, schrie Bok.

»Es gibt Interferenzen vom Infiniten Loch«, warnte Carolan. Scotty beugte sich an ihr vorbei und hantierte ebenfalls an der Steuerung herum in dem Versuch, die Zielsensoren zu stabilisieren. »Wir haben sie.«

»Aye, und ich habe nicht vor, sie wieder zu verlieren!«

In einem Moment befand sich La Forge mitten in einem Handgemenge, bei dem jeder versuchte, den anderen zu bezwingen, und im nächsten stolperte er in den deutlich ruhigeren Transporterraum der *Challenger*. Er blinzelte und wagte es kaum zu glauben, dass er tatsächlich der *Intrepid* entronnen war.

Barclay, Balis und Rasmussen standen neben ihm auf der Plattform und sahen sich ebenso erstaunt und verblüfft um.

»Und die anderen?«, erkundigte sich La Forge.

»Transporterraum drei«, antwortete Scotty. »Willkommen an Bord.« Er kniff die Augen zusammen, als er Rasmussen musterte. »Das gilt allerdings nicht für Sie. Balis, eskortieren Sie Mr. Rasmussen in die Arrestzelle. Reg, helfen Sie Vol im Maschinenraum.«

Dann wandte Scotty sich an Geordi. »Die Brücke wartet.« Nebeneinander liefen sie aus dem Transporterraum. »Wie ist die Lage da drüben?«

»Bok und sein wissenschaftlicher Berater haben einen vorprogrammierten Kurs ins Jahr 2162 eingeschlagen. Reg und ich haben ihren Warpkern sabotiert, aber er hat einen ziemlich klugen Ingenieur namens Sloe an Bord. Es würde mich nicht wundern, wenn sie unsere Sabotage rückgängig gemacht haben.«

»Dann sehen wir uns das Ganze lieber mal an.«

Die *Intrepid* wackelte und klapperte wie eine Lore, aber das störte Bok nicht im Geringsten. Sein Sohn würde nicht nur beschützt und in Sicherheit sein, sondern sogar noch erfolgreicher, als er es je geahnt hätte. Er würde die Investitionen der Schattenschatzmeister tätigen und ein reicher Mann werden. Und er würde nie als DaiMon an einer gefährlichen Expedition teilnehmen.

Endlich würde Bok der gute Vater sein, der er immer hatte sein wollen.

Sloe räusperte sich und riss Bok damit wieder in die Gegenwart zurück. »Unsere temporale Kursprojektion weicht vom Programm ab«, meinte er entschuldigend.

»Wie ist das möglich?« Bok stürzte nach vorn, um sich die Anzeigen der Steuerkonsole anzusehen.

»Ich weiß es, ehrlich gesagt, nicht«, gestand Sloe. »Aber es ist definitiv der Fall. Es gibt eine temporale Varianz von null Komma null vier dr...«

»Was verursacht diese Varianz?«

»Ich bin mir nicht sicher, aber das Einzige, was das Programm nicht mit einberechnet hat, war der Transporterstrahl, mit dem die *Challenger* die Sternenflottler zurückgeholt hat.«

»Was bedeutet das genau?«

»Es bedeutet, dass wir nicht in dem Jahr ankommen, in dem wir ankommen wollten«, meinte Sloe achselzuckend.

Boks Augen funkelten gefährlich. »Wie bitte? Wie viel später werden wir rauskommen?«

»Eigentlich kommen wir gar nicht später raus, im Gegenteil. Die Abweichung bewirkt, dass wir weiter in der Zeit zurückreisen.«

Bok richtete sich auf und schien ganz aufgeregt. »Wie viel weiter?«

»Mindestens einige Jahrzehnte, aber der Effekt ist exponentiell. Je länger er anhält, desto weiter reisen wir in der Zeit zurück.«

»Das bedeutet, dass die Dinge noch primitiver sein werden, aber unser Wissen wird dadurch auch noch fortschrittlicher wirken ...« Bok entspannte sich. Tatsächlich war er sogar erfreut über diese Entwicklung. »Grak«, sagte er in seinen Kommunikator, »zerstören Sie die *Challenger* um jeden Preis. Und leben Sie wohl, mein getreuer Angestellter. Ich ermögliche Ihnen den Zugriff auf Ihr Konto ab dem morgigen Tag.«

Lachend lehnte sich Bok zurück, um den Flug in die Vergangenheit zu genießen.

KAPITEL 21

Scotty und Geordi rannten aus dem Turbolift auf die Brücke der *Challenger.* Geordi blieb nur kurz stehen, um Leah fest zu umarmen, wogegen sie nichts einzuwenden hatte. Dann ließ er sich auf den Stuhl an der Ops fallen. »Ich muss den genauen Kurs der *Intrepid* wissen.«

»Ich leite ihn an Ihre Konsole weiter«, erwiderte Hunt.

La Forge sah sich die Zahlen an und stutzte. »Moment mal, Scotty, das hier …« Er gab die Daten ein, die er auf der Steuerkonsole der *Intrepid* gesehen hatte, sodass ein anderer Kurs generiert wurde. »Das sind die Koordinaten, die die *Intrepid* angeflogen hat. Sie haben sich geändert.«

Scotty rief die Anzeige mit dem Kurs der *Intrepid* auf und verglich die Daten. »Sie haben recht, Geordi, der Kurs hat sich geändert. Sie fliegen nicht mehr auf dem projizierten Kurs ins Wurmloch.«

»Nein, und mehr als das: Sie fliegen nicht auf ihrem *programmierten* Kurs.«

»Haben sie das Programm geändert?«

»Das kann nicht sein. Sobald es gestartet wurde, hätte nicht einmal mehr Bok das Programm ändern können. Das bedeutet, dass ein externer Faktor ihren Kurs beeinflusst hat.«

»Gravimetrische Scherkräfte?«, schlug Qat'qa vor.

»Ihr Programm bezieht die natürlichen Kräfte, die vom Infiniten Loch ausgehen, mit ein.«

Scotty schnippte mit den Fingern. »Der Transporterstrahl …«

»Was? Wie?«

»Das ist der einzige andere externe Faktor. Ich weiß nicht, wie das passieren konnte, aber es muss etwas mit dem Transporter zu tun haben.«

La Forge sah sich die Kursprojektion auf seiner Konsole an und folgte der spiralförmigen Schleife, die sich um den kosmischen String wand. »Es sieht so aus, als kämen sie dadurch etwas näher an den String, was bedeutet, dass es länger dauern wird, bis sie die geschlossene Zeitkurve wieder verlassen ... Dadurch geraten sie weiter zurück in die Vergangenheit und können noch mehr Veränderungen vornehmen!«

»Aye, möglicherweise ...« Scotty wirkte überraschend gefasst ob dieser Feststellung, aber La Forge konnte das nicht so ruhig hinnehmen.

»Da gibt es kein ›möglicherweise‹, Scotty. Je weiter Bok zurückgeht, desto mehr Zeit haben die Veränderungen, die er vornimmt, um ihre Wirkung zu entfalten.«

»Nur, wenn er an einem Punkt aus dem Zeitstrom kommt, an dem er genug Schaden anrichten kann ...« In Scottys Augen trat ein verschlagenes Glitzern.

»Wie meinen Sie das?«

»Der Transporter! Wenn das Rausbeamen den temporalen Kurs beeinflusst hat, dann könnten wir, indem wir die *Intrepid* mit dem Eindämmungsstrahl erfassen, vielleicht dafür sorgen, dass sie noch länger im Zeitstrom bleibt.«

»Die Chance, dass das klappt, ist nicht besonders hoch.«

»Warum denn nicht? Wir haben gerade festgestellt, dass der Transporterstrahl genau diesen Effekt hat, als wir Sie rausgebeamt haben.«

»Na gut, das ist ohnehin die einzige Idee, die wir haben.«

»Das ist die richtige Einstellung, mein Freund.« Scotty runzelte die Stirn. »Aber wir brauchen eine stabile Position am Rand des Infiniten Lochs, und die wird man uns nicht zugestehen ...«

»Teilen Sie das Schiff«, erwiderte La Forge schlicht.

»Captain«, rief Graks Pilot. »Etwas Seltsames geschieht mit der *Challenger*. Es ist, als würde sie auseinanderbrechen.«

Grak verspürte ein unbändiges Triumphgefühl. Das würde einen prächtigen Bonus bedeuten. »Zeigen Sie es mir!«

Eine vergrößerte Ansicht der *Challenger* erschien auf dem Hauptschirm. Die riesige Untertassensektion, die den Großteil der *Challenger* ausmachte, entfernte sich langsam von der Antriebssektion. Graks Freude war augenblicklich verflogen. »Idiot! Das Schiff bricht nicht auseinander, es teilt sich in zwei Schiffe auf!« Er hatte fast vergessen, dass viele Föderationsschiffe zu diesem Manöver fähig waren.

Grak zögerte und beobachtete, wie der kleinere Raumschiffteil drehte, während die Untertassensektion weiterflog, bis sie außer Sicht war. »Fangen Sie die Antriebssektion ab«, ordnete er an. Dieser Teil des Schiffes enthielt die Waffen und war daher eine größere Bedrohung sowohl für sein eigenes Schiff als auch für die *Intrepid*.

Es war schon einige Jahre her, dass er die Untertassensektion der *Enterprise* alleine gesteuert hatte, aber La Forge erinnerte sich noch genau an alles, was man dabei zu tun hatte. »Hoffentlich kann uns Tyler diesen Marauder lange genug vom Hals halten.« Der Erste Offizier, Qat'qa und Nog hatten die Kontrolle über die Antriebssektion übernommen.

»Wenn das jemand kann, dann Mr. Hunt.« Scotty beugte sich über die Ops-Konsole. »Wir müssen in Transporterreichweite des Infiniten Lochs oder zumindest der Wurmlochschwelle bleiben.«

La Forge flog mit der Untertassensektion bereits auf voller Impulskraft und versuchte, sogar noch etwas mehr herauszuholen. Das Deck begann, leicht zu vibrieren, als sie durch die gravimetrischen Verzerrungen flogen, die vom Infiniten Loch ausgingen. »Ich kann uns an den Rand des Wurmlochs bringen, aber ich wage es nicht, zu nah an die Schwelle des Wurmlochs heranzufliegen. Wenn wir sie überqueren, dann sind wir entweder Geschichte, oder wir landen in der Geschichte.«

»Wir wären völlig erledigt«, stimmte ihm Scotty zu. »Die Untertassensektion hat keinen Warpantrieb, und den bräuchte sie, um einen Kurs um den String herum in den Zeitstrom zu fliegen.«

Die Kampfbrücke der *Challenger* war kleiner als die Hauptbrücke, und ihre Wände und der Boden bestanden nur aus nacktem Plastiform und Metall. Es gab nur einen einzigen Kommandosessel, auf den sich Hunt fallen ließ. Die anderen Stationen standen dichter beieinander. Im Großen und Ganzen war der Raum fast genauso beengt wie die Brücke der *Intrepid.*

Qat'qa spürte sofort, welchen Unterschied es machte, ob sie nun ein ganzes Schiff oder nur die Antriebssektion flog. Befreit von der Masse der Untertassensektion, deren Abschirmung Energie brauchte, sowie den taktischen Auswirkungen, die Zivilisten an Bord mit sich brachten, war die Antriebssektion der *Challenger* eine wahre Kampfmaschine, schneller, wendiger und mit mehr als genug Energie.

Aus dem vorderen Teil des Marauders wurde eine volle Breitseite an Torpedos abgeschossen, während die Disruptorkanonen der Achtersektion eine Energiesalve nach der anderen in Richtung *Challenger* feuerten.

Qat'qa steuerte die Antriebssektion geschickt hindurch und wich den Schüssen sauber aus, konnte aber nicht allen Torpedos entrinnen. Einer explodierte im hinteren Viertel der Backbordschilde, und die Backbordwarpgondel flackerte. »*Was zum Henker macht Ihr mit meinem Antrieb?*«, brüllte Vol aus dem Maschinenraum herauf. »*Ihr verdammten Banausen! Wisst ihr denn nicht, dass das hier eine Antiquität ist?*«

Hunt antwortete nicht, konnte sich das Grinsen jedoch nicht verkneifen. »Wir müssen näher ran«, rief er. »Geben wir ihnen gar nicht erst die Gelegenheit, noch mehr Torpedos abzufeuern.«

»Klingt nach einem Plan.« Qat'qa ließ das vordere Ende des Schiffes abtauchen und flog unter dem näher kommenden Marauder hindurch. Dieses Mal war ihr Manöver jedoch paradoxerweise zu früh. Bevor sie überhaupt wussten, wie ihnen geschah, befand sich die Antriebssektion der *Challenger* direkt unter dem Bug des Marauders und fast wortwörtlich in seinen Fängen.

Die Kollisionssirenen plärrten los, und Qat'qa versuchte, abzudrehen. Instinktiv duckte sich Tyler Hunt, auch wenn er eigentlich wusste, dass das keinen Unterschied machen würde.

Es geschah ohnehin viel zu spät.

Es gab einen unglaublich lauten Knall, und dann wurde der hintere Teil der Decke sauber vom schaufelförmigen Bug des Marauders aufgerissen. Instinktiv hielt sich Nog an seiner Konsole fest, er klammerte sich förmlich daran. Qat'qa gelang es, die Beine unter ihre Flugkonsole zu stemmen, wobei ihr Körper jedoch von der herausströmenden Luft nach hinten gepresst wurde. In einer Mischung aus Schmerz und Wut schrie sie auf, während sie sich mühsam auf ihrem Sitz hielt, auch auf die Gefahr hin, dass ihr die Beine gebrochen wurden.

Hunt hatte weniger Glück. Er war gerade in Bewegung, als sich ein sich lösendes Kabel unter seinen Armen verfing. Bevor er auch nur den Versuch unternehmen konnte, sich zu befreien, glitt das Kabel nach oben und in die Schwärze des Alls hinaus und zog ihn mit sich.

»Wo bleibt das Notfallkraftfeld?«, schrie Qat'qa gegen die lautstark ausströmende Luft an.

»Es hat versagt!«, brüllte Nog. »Ich versuche ... eine Überbrückung!«

Nog hangelte sich zur taktischen Station hinüber und versuchte, die Notfallüberbrückungssteuerung zu erreichen, die sich etwas von ihm entfernt an der Umweltkontrolle befand. Das Ventilationssystem des Schiffes pumpte atembare Luft auf die Brücke, so schnell es nur ging. Normalerweise sollte dies den Druck in der Kammer erhalten, während der Hüllenbruch automatisch mit einem Kraftfeld versiegelt wurde. Da das Kraftfeld jedoch ausgefallen war, sorgte dies für einen ständigen Luftstrom, der an Nog und Qat'qa zerrte und versuchte, sie ins Weltall zu befördern.

Schon spürte Nog, wie er von der Konsole weggerissen wurde. Seine Arme und Schultern schmerzten von der Belastung, während sein Körper nach oben gezogen wurde. Jeden Moment drohte er den Halt an der Konsole zu verlieren, und er krallte die Finger um die Kanten, als wolle er sie hineinbohren. Doch er musste diesen Instinkt, sich festzuhalten, irgendwie überwinden, da die Luft, die momentan auf die Brücke gepumpt wurde, irgendwann aufgebraucht sein würde. Wenn er das Kraftfeld nicht bald aktivierte, würden sie alle sterben.

Während ihm all seine Instinkte sagten, dass die kurzfristigen Risiken weitaus schwerer wogen als die langfristigen möglichen Gewinne, zwang er sich, die Sache von der anderen Seite zu betrachten. Er hatte die Wahl zwischen einer riskanten Investition und einem unausweichlichen Verlust. Angespornt durch diesen Gedanken warf er sich nach vorn und hakte gerade noch den Unterarm um eine Ecke der Konsole, als seine Füße den Kontakt zum Boden verloren.

Qat'qa stieß lautstark Flüche aus, da sie langsam, aber sicher von ihrem Stuhl gezogen wurde, obwohl sie sich eisern festzuhalten versuchte. Nog sah zu ihr hinüber und machte sich bewusst, dass auch sie in allergrößter Gefahr war. Als er den Kopf bewegte, bildete die tosende Luft auf einmal einen Wirbel über seinem linken Ohr, und er konnte spüren, wie darin etwas platzte. Es war, als hätte ihm jemand einen Nagel seitlich in den Schädel gejagt, sodass sein Gehirn herauslief.

Die Rückenlehne des Pilotensitzes brach mit einem lauten Knacken, da Qat'qa sich mit letzter Kraft an ihren Platz klammerte. Plötzlich flog auch die Klingonin nach oben, und Nog stürzte sich mit einem ebenso frustrierten wie wütenden Schrei auf die Konsole. Er schleuderte seinen ganzen Körper in Richtung der Umweltkontrolle und der Kraftfeldsteuerung, die sich darauf befand.

In dem Moment, da er die Umklammerung löste, wurde er auch nach oben gezogen, ebenso schnell wie Qat'qa. Er schleuderte einen Arm Richtung Steuerung, so weit er nur konnte, auch auf die Gefahr hin, sich die Schulter auszukugeln.

Kaltes, glattes Plastik prallte gegen seine Knöchel, was schmerzhafter war, als er erwartet hatte, und dann fiel er glücklicherweise wieder zu Boden.

Erleichtert sackte er vor der Umweltkonsole zusammen, während Qat'qa in einiger Entfernung mit einem gedämpften Fluch auf dem Boden aufkam. Das Kraftfeld über ihren Köpfen war endlich aktiviert worden, und das Loch in der Decke wurde von einem blauen, statischen Knistern verdeckt.

Nog zog sich an der Konsole hoch und sah, wie Qat'qa wieder zum Pilotensitz hastete. »Geht es Ihnen gut?«

Sie sah ihn mit wildem, fiebrigem Gesicht an. »Ja!«

»Wo ist der Marauder?«

»Hinter uns.« Sie drehte das Schiff, und auf einmal war die riesige, geschwungene Antriebssektion des Marauders kopfüber direkt vor Nogs Augen auf dem Hauptschirm zu sehen.

Da kam ihm eine Idee. »Vol? Ist bei Ihnen da unten alles in Ordnung?«

»*Im Großen und Ganzen.*« Er klang ein wenig angeschlagen.

»Großartig. Können Sie all unsere Energiereserven und so viel Antriebsenergie, wie Sie erübrigen können, in den Hauptdeflektor leiten?«

»*Was, jetzt?*«

»Ja, jetzt!« Der Marauder begann bereits, sich zu drehen.

»*Okay, schon erledigt.*«

Nog sah auf der taktischen Konsole, wie die Energieanzeige höher schoss, als er es je bei den Deflektoren gesehen hatte.

Er betätigte die Schaltfläche.

Die Hauptdeflektorschüssel der *Challenger* blitzte auf und sandte einen gebündelten Deflektorimpuls direkt in die Backbordseite des Marauders.

Daraufhin verschwand das Ferengi-Schiff schlicht und einfach; es explodierte in einem einzigen, novaartigen Blitz. Einige Augenblicke später fielen Trümmer auf die Überreste der Schilde an der Steuerbordsektion, aber dieser letzte Angriff des Marauders konnte keinen Schaden mehr anrichten, dafür waren die Stücke zu klein.

Nog hielt den Atem an und beugte sich über seine Konsole, wobei er versuchte, sich nicht anmerken zu lassen, dass er sich darauf abstützen musste. Qat'qa stieß lautstark die Luft aus und ließ sich auf ihren Sitz sinken. »Und wer von uns hat jetzt das Kommando?«

»Gute Frage.« Nog zuckte mit den Achseln. »Sie wissen, was getan werden muss, um das Schiff wieder zusammenzusetzen, also sollten Sie mir einfach sagen, was ich tun muss.«

Qat'qa sah ihm einen Moment lang in die Augen und nickte dann. »Ich setze einen Kurs zum Rendezvous mit der Untertassensektion.«

Scotty war zufriedener, als er es seit Tagen gewesen war, während er auf dem Boden der Transporterplattform lag und Kopf und Schultern in deren Technik vergraben hatte. Neben ihm kniete Leah und arbeitete an den Schaltkreisen hinter einer Wandtafel. Geordi hatte die halbe Konsole auf der anderen Seite des Raums demontiert und versuchte, die *Intrepid* zu erfassen, aber er klang ziemlich frustriert. »Die Transporterreichweite ist einfach nicht ausreichend, um ins Infinite Loch und entlang einer geschlossenen Zeitkurve zu reichen.«

Scotty hob kurz den Kopf aus der Luke. »Dann brauchen wir eine Art Verstärker.«

»Transportermusterverstärker?«

Über diesen Vorschlag schnaubte Scotty nur. »Die muss man auf der anderen Seite anbringen. Wollen Sie die einfach aus einem Torpedorohr abfeuern oder was?«

»Dann vielleicht ein Shuttle? Wir könnten dessen Transportersystem als Relais nehmen.«

»Das wäre eine Selbstmordmission.«

»Eigentlich eher eine Reise in die Vergangenheit, ohne Wiederkehr.«

»Noch schlimmer«, knurrte Scotty. »Es würde bedeuten, dass wir noch eine Person zurückschicken, die Ereignisse verändern kann. Außerdem würde ein Shuttle die Belastungen im Infiniten Loch niemals aushalten, und erst recht nicht die Reise durch den Zeitstrom. Wir brauchen ein Transporterrelais, so ähnlich wie das, mit dem wir Mr. Barclay von der *Voyager*-Flotte für diese Mission zurückgeholt haben.«

»Sie haben das Pfadfinder-Projekt angepasst, um ein Transportersignal zwischen Relais zu verschicken? Nicht nur komprimierte Daten, wie ein Holoprogramm?« Scotty nickte. »Und Reg war damit einverstanden?« Das wunderte La Forge dann doch.

»Aye, aber er musste dann doch vor dem Beamen sediert werden. Jetzt brauchen wir etwas, das eine hohe übermittelte Energie und große Bandbreite bei ebenso großer Reichweite verkraften kann.«

»Die romulanische Sonde«, fiel Leah ein. »Sie wurde dafür entwickelt, eine Vielzahl an Bandbreiten zu versenden und zu empfangen.«

»Und sie hat die entsprechende Reichweite.« Scotty war von dem Vorschlag sehr angetan. »Schließlich muss sie ihre Signale bis in den romulanischen Raum senden.«

»Um den Großteil der Systeme der Sonde brauchen wir uns nicht einmal zu kümmern. Sie muss schließlich nur ein Trägersignal unterstützen.« Leah sprang auf die Füße. »Ich mache mich sofort an die Arbeit.«

Einige Minuten später hallte ihre Stimme durch den Transporterraum. *»Die Sonde ist bereit und kann gestartet werden.«*

»Feuer«, befahl Scotty und bildete sich ein, ein leises Donnern zu hören, als die Sonde abgeschossen wurde.

»Sonde ist unterwegs. Überquert die Wurmlochschwelle in drei ... zwei ... eins ... Eintritt ins Infinite Loch erfolgt.«

Scotty lief zur Transporterkonsole. »Gut, dann wollen wir dem großohrigen Bastard mal ordentlich einen verpassen«, sagte er laut und strich mit der Hand über die Steuerung, um den Strahl auf Maximalkraft zu stellen. »Wenn er in die Vergangenheit will, dann soll er in die Vergangenheit reisen - weiter, als ihm lieb ist.«

KAPITEL 22

Als Scotty und Leah auf die Brücke zurückkehrten, streckten sich Wellen gravimetrischer Interferenzen wie Klauen aus, die versuchten, die Untertassensektion in das Wurmloch zu ziehen. Der String hatte genug Masse, um eine beliebige Anzahl Schwarzer Löcher zu erzeugen, und diese Masse zog unerbittlich an der *Challenger.*

»Wir brauchen Warp, um eine stabile Position halten zu können«, meldete La Forge von der Steuerkonsole. »Ich bezweifle, dass Impulskraft reichen wird.«

Scotty setzte sich erneut auf den zentralen Stuhl. »Versuchen Sie dennoch, uns so ruhig wie möglich zu halten, Mr. La Forge. Ich habe die Vergangenheit während meiner Karriere schon oft genug besucht.«

»Ich versuche es. Ich werde die Sektion drehen und den Impulsantrieb noch etwas hochfahren, aber wir brauchen die Antriebssektion dringend wieder zurück.«

»Es sieht so aus, als ob der Marauder zerstört wurde«, meldete der Ensign an der taktischen Konsole. »Die Antriebssektion ist auf dem Weg zu uns.«

»Endlich eine gute Nachricht.« Scotty öffnete einen Kanal. »Gut gemacht, Mr. Hunt. Jetzt wäre es sehr schön, wenn wir mein Schiff wieder zusammensetzen könnten. Wir brauchen Ihre Warpenergie, um eine stabile Position halten zu können, während wir den Eindämmungsstrahl auf das Infinite Loch richten.«

Nog und Qat'qa verzogen beide das Gesicht. »Captain«, antwortete Nog. »Ich muss Ihnen leider mitteilen, dass Mr. Hunt tot ist.«

»Danke, Mr. Nog.« Scottys Stimme klang jetzt gedämpfter. *»Sind Sie in der Lage, die Ankopplung an die Untertassensektion vorzunehmen?«*

»Die Automatik ist beschädigt«, meldete Nog. »Und ich bezweifle außerdem, dass wir genug Zeit für die üblichen Ankopplungsprozeduren haben.«

»Nicht genug Zeit?«, wiederholte Qat'qa. »Das höre ich doch andauernd.« Sie betrachtete die näher kommende Untertassensektion einige Sekunden lang und tippte dann etwas in ihre Konsole ein. »Traktorstrahl.«

»Ah.« Nog nickte zustimmend. »Gute Idee, Kat. Vol, Energie auf den Traktorstrahl ...«

Die Brücke vibrierte leicht, und La Forge stellte auf einmal fest, dass die Steuerung viel besser reagierte. Er drehte sich zu Scotty um. »Die Antriebssektion hat uns mit einem Traktorstrahl erfasst.«

»Das sollte uns dabei helfen, eine feste Position zu halten.« Wieder stellte Scotty die Verbindung her. »Gute Arbeit, Mr. Nog. Halten Sie uns in dieser Position. Vol, nutzen Sie den Warpantrieb, um den gravimetrischen Wellen entgegenzuwirken.«

»Aye, aye, Sir.«

Auf der Brücke der *Intrepid* hatte das himmlische Licht, das vom Hauptschirm herabstrahlte, nicht länger den goldenen Schimmer gepressten Latinums, sondern war kalt und blau. Bok und Sloe hatten damit gerechnet; da sie in der Zeit zurückreisten, raste das Licht immer schneller auf sie zu.

Auf einmal fluchte Sloe, und sofort sah Bok auf. »Was ist los?«

»Erneut Interferenzen!«

»Was für Interferenzen?«

»Eine Art Transportersignal. Ein Eindämmungsstrahl.«

»Wie ist das möglich?« Bok konnte sich nicht vorstellen, dass ihnen die *Challenger* in das Infinite Loch gefolgt war.

»Ich weiß es nicht ...«

»Beeinträchtigt das unseren Kurs?«

»Ja«, antwortete Sloe in entschiedenem Tonfall.

»Wir können das Transportersignal nicht unendlich lange aufrechterhalten«, warnte Leah.

La Forge riskierte es, den Blick für einen Moment von der Steuerkonsole abzuwenden, da die Antriebssektion jetzt trotz der enormen Gravitationskräfte und Energiestöße für Stabilität sorgte. »Das müssen wir auch nicht. Je länger die *Intrepid* um den String herumfliegt und je schneller sie in der Zeit zurückreist, desto schwieriger wird es für sie, sich aus der geschlossenen Zeitkurve zu befreien.«

»Was bedeutet, dass wir ihren Kurs nur so lange verändern müssen, bis wir den Punkt erreicht haben, an dem sie nicht mehr aus eigener Kraft entkommen können?«, fragte Leah.

»Genau!«, entgegnete Scotty.

»Wie lange noch?«

»Wir haben es gleich geschafft«, antwortete La Forge. »Dieser alte Antrieb ist lange nicht so gut wie unsere modernen.«

Auf der Brücke der *Intrepid* ertönte eine Kakofonie von Alarmsignalen, die für Ferengi-Ohren äußerst schmerzhaft waren. »Strahlungsalarm, Bok! Er sprengt jede Skala ...«

»Dies ist ein altes Schiff, da reichen die Skalen vermutlich nicht sehr weit ...«

»Laut dieser Anzeige beträgt die Außentemperatur ... Das ist unmöglich!« Sloes Gesichtsausdruck war eine Mischung aus Panik und Erstaunen.

»Unmöglich?«

»Die normale Umgebungsraumtemperatur außerhalb des Zeitstroms beträgt über eine Milliarde Kelvin!«

»Was?« Bok war kein Wissenschaftler, aber selbst er wusste, dass dieser Wert weit über der Temperatur im Herzen der heißesten Sonne lag.

»Und die Wasserstoffdichte liegt bei über einer Erdatmosphäre.«

»Endet der Zeitstrom innerhalb eines Sterns? In einem Gasriesen?« Er musste diese Fragen einfach stellen, auch wenn er es besser wusste.

»Nein ...« In einer hilflosen Geste riss Sloe die Arme in die Luft. »Eine Art Quark-Gluon-Plasma. So etwas habe ich noch nie gesehen.«

»Reißen Sie uns los!«

»Das kann ich nicht! Wir werden durch den äußeren Druck im Zeitstrom festgehalten. Dieser verdammte Transporterstrahl.«

»Wie ist unser temporaler Kurs?«

Sloe rief die Navigationsanzeige auf. »Hier steht nur ›Null‹.«

»Null? Was soll das denn heißen?« Bok fragte sich, ob der uralte Schiffscomputer langsam seinen Geist aufgab.

»Ich weiß es nicht.«

Auf einmal war Bok sehr kalt, und ihm wurde übel. Das Schiff bebte, die uralten Hüllenplatten schienen nicht mehr lange standhalten zu können.

»Wasserstoffdruckwelle! Weitere Druckwellen voraus«, verkündete Sloe. »Leptonen, Hadronen ...«

»Was ist ein Lepton?«, wollte Bok wissen.

»Ein Elementarteilchen, das das Universum in den ersten zehn Sekunden nach dem Urknall ausgefüllt hat.« Sloe war kreidebleich geworden. »Und Hadronen wurden größtenteils in der ersten Sekunde erschaffen und verschwanden wieder, der ersten Sekunde ...«

Bok sackte auf dem Stuhl des Captains zusammen. Das Bild seines Sohnes stand ihm vor Augen, als Neugeborener, als frisch Angestellter, als Erbe des Familienunternehmens und als Erbe des Familienprofits. Ein Kind, das nun auf ewig tot sein würde. »Nein ... Das kann nicht sein ...«

»... des Urknalls«, beendete Sloe seinen Satz.

Der kosmische String existierte noch nicht, und damit auch kein geschlossener Zeitstrom. Vom äußeren Druck befreit, explodierte der Warpkern der *Intrepid* und zersetzte das Schiff augenblicklich auf subatomarer Ebene, da die Zeit selbst noch nicht existierte. Bok würde nie erfahren, dass er nicht einmal Zeit gehabt hatte, diese Tatsache zu registrieren, bevor alles, was er je gekannt hatte, sowohl endete als auch begann.

Das Infinite Loch wurde entzweigerissen, es fiel in einer Eruption kosmischer Energien in sich zusammen.

Der Neutronenstern, mit dessen Polen das Infinite Loch so lange Zeit verschmolzen gewesen war, löste sich bereits in einer sengenden Plasmawolke auf, während sich das Wurmloch von innen nach außen stülpte. Die bei der Schöpfung entstandenen Energien wurden in einer spektakulären, scheinbar nie enden wollenden Explosion freigesetzt. Irgendwo im Inneren wurde laut den Sensoren der *Challenger* der kosmische String entwirrt, und die Energieentladungen, als er mit der Materie des Sterns und des Wurmlochs in Berührung kam, entzündeten immer noch weitere Detonationen.

Scotty erkannte die Gefahr als Erster. »Das war's, wir sind lange genug hier gewesen. Alles beenden!«

»Was?« La Forge war kurzzeitig verwirrt. Selbst wenn der Transporterstrahl die Maximalstufe erreicht hatte, konnte es doch nicht schaden, ihn einige Augenblicke länger aktiviert zu lassen, nur für den Fall.

»Deaktivieren Sie den Transporter und den Traktorstrahl. Die Energie erzeugt ein Feedback entlang des Strings.«

Es war zu spät. Tentakel aus Quark-Gluon-Plasma sausten, angetrieben von der ersten und größten Explosion des Universums, an den Strahlen entlang und trafen auf die Untertassensektion der *Challenger.*

Die plötzliche Ladung bewirkte einen Kurzschluss zwischen den Transporterplattformen und den Energiespulen in der Decke, der alle Transporterräume völlig zerstörte. Die Transporterkonsolen explodierten, und die Türen der Transporterräume gaben nach, da sie die Explosionen kaum noch eindämmen konnten.

Auf der Brücke knisterten Blitze über die Stationen und ließen die glatten Oberflächen zerspringen. Splitter flogen durch die Luft und trafen jeden, der sich dort aufhielt, und Scotty wurde über die Brücke geschleudert und brach vor dem Hauptschirm zusammen.

Als sich die Decks neigten, wurden die Möbel durch das Nelson's geschleudert, Regale voller Flaschen knallten zu Boden, und Glasscherben flogen durch die Luft. Tische rutschten durch den Raum, und einer prallte auf Guinan und drückte sie gegen die Wand.

Nog und Qat'qa sahen, wie die Untertassensektion von knisternder Energie eingehüllt und langsam aus ihrer Position gezogen wurde.

»Die Sektion verliert Energie«, stellte Nog fest. »Können Sie manuell an die Untertassensektion andocken?«

»Ich habe es nie versucht«, erwiderte Qat'qa in einem Tonfall, der andeutete, dass sie es aber schon längst hatte ausprobieren wollen. »Halten Sie sich fest. Das könnte ein holpriger Ritt werden.« Sie flog mit der Antriebssektion vorwärts.

»Soll der Traktorstrahl an oder aus sein?«

»Lassen Sie ihn an!«

Es hätte ein beruhigender Anblick sein sollen, wie die Untertassensektion langsam auf die Verbindungen der Antriebssektion zuglitt. Doch zu sehen, wie die riesige graublaue Oberfläche auf das klaffende Loch in der Decke zuschwebte, war nervenaufreibender, als Nog erwartet hatte, insbesondere da sie unvorhersehbar bebte und wackelte.

Qat'qas Gesichtsausdruck ließ sich schwer deuten, da sie sich ungemein konzentrieren musste. Die Geschwindigkeit, mit der sie an die Untertassensektion andockte, musste ausreichend sein, damit die

Kopplungen ausgelöst wurden, jedoch nicht so hoch, dass die Untertassensektion vom Schwung der Antriebssektion beiseitegeschoben wurde.

Rasmussen war davon überzeugt, dass das Schiff gleich explodieren würde. Er war von einem Schiff geholt worden, das kurz davor stand, zerstört zu werden, und auf ein anderes gekommen, das in derselben Bredouille war - wie unfair war das denn? Als er schon resignieren wollte, wurde ihm bewusst, dass das Kraftfeld vor seiner Zelle durch die Explosion eines Energieknotens deaktiviert worden war.

Vielleicht war es ja doch sein Schicksal, dass er seine Reise fortsetzen konnte. Das Schicksal hatte den Professor mit seiner Zeitkapsel zu ihm geführt und danach die *Enterprise*, die *Challenger* und die *Intrepid*, warum dann nicht noch ein weiteres Schiff?

Das Shuttle, das in der Shuttlerampe der *Challenger* stand, unterschied sich nicht sehr von jenen aus seiner Zeit und ließ sich vermutlich noch einfacher fliegen. Schließlich sollten die Dinger ja von so gut wie jedem benutzt werden können.

Obwohl er sich alles genau überlegt hatte, war er dennoch überrascht, wie leicht es war, ein Shuttle zu stehlen. Niemand achtete auf ihn oder behielt die Shuttles im Auge.

Wie er erwartet hatte, ließ sich das winzige, aber warpfähige Schiff leicht steuern, und er hatte keine Probleme, damit die Shuttlerampe zu verlassen und ins All zu fliegen.

Als er das Shuttle von der Supernova weglenkte, die kurz zuvor noch das Infinite Loch gewesen war, fiel ihm auf, dass die beiden Sektionen der *Challenger* wieder zusammengesetzt worden waren und sich das Schiff drehte. Da er nicht vorhatte, der Besatzung die Gelegenheit zu geben, ihn mit dem Traktorstrahl zu erfassen, richtete er die Nase des Shuttles auf irgendeinen Stern und ging auf Warp zwei.

Die Warpgondeln der *Challenger* wurden aktiviert, das Schiff ging auf Warp und ließ den sich ausbreitenden Nebel sowie die ausströmenden Elementarteilchen, die auf Lichtgeschwindigkeit begrenzt waren, hinter sich.

KAPITEL 23

»Sind wir hier fertig oder schicken Sie mir noch weitere Verletzte?« Alyssa Ogawa war lange nicht mehr so erschöpft gewesen, und sie hatte selten so viele Schnittwunden und gebrochene Gliedmaßen an einem einzigen Tag gesehen, nicht einmal als Krankenschwester auf der *Enterprise*. Zumindest konnte sie Noah wieder eine spannende Geschichte erzählen, wenn sie ihn das nächste Mal sah. Und noch wichtiger, sie lebte noch, um die Geschichte erzählen zu können.

»Ich glaube, wir haben das Schlimmste hinter uns«, meinte Scotty mit einem Blick, der ihr sagte, dass er es mit ganzer Seele hoffte. Vornübergebeugt und schwer atmend saß er auf einem Biobett, während ein Medizintechniker ein Hypospray für ihn vorbereitete.

»Da bin ich beruhigt. Die meisten dieser Verletzungen sind relativ harmlos, aber es sind einfach so viele, dass mir auf der Krankenstation langsam der Platz ausgeht. Wenn noch mehr Patienten kommen, muss ich sie irgendwo anders unterbringen.«

»Wie wäre es mit einem Holodeck?«, schlug Barclay vor, dem eine Krankenschwester gerade das Handgelenk behandelte. Alle sahen ihn fragend an. »Nein, das ist mein voller Ernst. Auf einem Holodeck können wir jeden Raum erschaffen, und der Computer kann die internen Sensoren zu den Computersystemen der Krankenstation umleiten, sodass die holografischen Biobetten genauso funktionieren wie die echten.«

»Es gäbe eine kleine Verzögerung«, gab Scotty zu bedenken.

»Von wenigen Nanosekunden. Das stünde einer schnellen Behandlung kaum im Wege.«

»Von einem holografischen Arzt?«, fragte Ogawa skeptisch.

»Nun ja, ich habe in diesen Belangen einen gewissen Einfluss«, erwiderte Barclay. »Wenn Sie wollen …«

»Schon in Ordnung, Reg. Ich glaube, mein medizinisches Personal ist dem Ansturm gewachsen. Der Platz ist das Problem, nicht die Belegschaft.«

»Oh, okay.« Sie mussten beide lachen.

Dann führte Ogawa Scotty in ihr Büro, damit sie sich unter vier Augen unterhalten konnten.

»Na gut«, begann Scotty direkt, »dann mal her mit den schlechten Neuigkeiten.«

»Wie kommen Sie auf die Idee, es gäbe schlechte Neuigkeiten?«

»Ich war schon öfter verletzt und weiß, wie sich das anfühlt. Und ich kann die Besorgnis in Ihren Augen erkennen.«

»Tja, die schlechten Nachrichten sind eigentlich nicht unbedingt schlecht. Ich habe viele Leute mit schwereren Verletzungen als Ihren hier, aber …«

»Aber kein anderes Besatzungsmitglied ist so alt wie ich«, beendete Scotty den Satz für sie.

»Ich möchte nicht, dass Sie denken, ich würde Ihr Alter in irgendeiner Form als negativ ansehen, Captain, aber ich kann Sie auch nicht anlügen. Ihre Verletzungen werden nicht so schnell oder so einfach heilen, wie es bei einer jüngeren Person der Fall wäre. Außerdem wird Ihre Heilung nicht unbedingt begünstigt dadurch, dass Sie achtzig Jahre in einem Transporterpuffer verbracht haben. Der Schaden ist nicht schwer, aber er trägt seinen Teil dazu bei.«

»Keine Sorge, Doktor, mir ist klar, worauf Sie hinauswollen.«

»Worauf ich damit hinauswill, ist, dass Sie alle achtundvierzig Stunden zu einer zellularen Regenerationsbehandlung zu mir kommen müssen. Ihre Milz wurde stark in Mitleidenschaft gezogen, und dieses Organ heilt ohnehin schon sehr schlecht.«

»Alle achtundvierzig Stunden?«

»Sie sollten auf jeden Fall über eines nachdenken.« Sie hielt inne, als sie die Traurigkeit in seinen Augen sah. »Es gibt ... Vorschriften. Ich werde sie nicht zitieren, aber früher oder später ...«

»Sie meinen, eher früher?«

»Ja.« Sie zwang sich zu einem Lächeln. »Aber vorerst verschreibe ich Ihnen ein schönes Single-Malt-Schmerzmittel, das ich auch gegen Geordis Schnittwunden und Guinans gebrochene Rippen verordnet habe. Ich könnte mir vorstellen, dass Guinan im Nelson's eine kleine Apotheke dieses schmerzlindernden Mittels zur Verfügung steht, und dagegen habe ich keine Einwände. Gehen Sie runter ins Nelson's. Das ist ein Befehl von der einzigen Person an Bord, die Ihnen Befehle erteilen *darf.*«

Das Infinite Loch dehnte sich nicht mehr weiter aus. Scotty lehnte sich gegen eine der großen Säulen im Nelson's und gestattete sich ein Lächeln. »Tja, das ist schon eine Schönheit, nicht wahr?«

»Ja«, antwortete La Forge und schwieg dann. Es gab einhundert andere Dinge, die er gern gesagt hätte, aber er konnte es nicht, weil er wusste, dass seine Stimme dabei zittern würde. »Haben wir wirklich gerade das getan, wovon ich denke, dass wir es getan haben?«

Scotty sah ihn an, und man merkte, dass er sich sehr zusammenreißen musste. Schließlich stieß er einen Seufzer aus. »Wer kann das schon sagen, Geordi? Entweder wurde der Warpkernbruch durch die Explosion unterdrückt, in die sie geraten sind, oder er hat sie erst ausgelöst. Wie dem auch sei, Bok ist auf jeden Fall tot.«

»Ja, aber als Grabrede klingt ›Es werde Licht‹ doch deutlich poetischer als ›Verpassen wir ihm ordentlich eins‹ oder etwas in der Art.«

Scotty kicherte. »Das stimmt schon, aber es war meiner Meinung nach nicht so passend.«

»Na gut, in Ordnung«, meinte Geordi schließlich. »Ich sollte wohl lieber mal Leah besuchen gehen.«

»Und ich brauche eine Mütze Schlaf«, fügte Scotty hinzu.

Guinan hob ihr Glas. »Und ich sehe noch jemanden, der ein Schmerzmittel gebrauchen kann.«

Guinan hielt den Drink schon bereit, als Nog an der Bar ankam, aber sie hob das Glas nicht wie sonst zum Gruß. Sie hatte Schmerzen, wenn sie eine Hand höher als bis zur Nasenspitze hob, aber sie zwang sich zu einem Lächeln, schließlich war das ihr Job. Sie war nicht nur die Betreiberin des Nelson's, sie hörte zu. »Kat hat mir erzählt, dass Ihr Vater der Große Nagus ist.«

»Bitte denken Sie deswegen nicht schlechter von ihm. Oder von mir.« Er schnitt eine Grimasse. »Ich hatte sie gebeten, es niemandem zu verraten.«

»Tja, sie hat es mir eigentlich nicht wirklich erzählt. Ich habe es nur sozusagen zwischen den Worten, die sie gesagt hat, herausgehört. Sie wären überrascht, wie viel man auf diese Weise in Erfahrung bringen kann.«

»Eigentlich bin ich nicht daran interessiert, zu ...« Er unterbrach sich.

»Zuzuhören? Zu lernen? Das passt gar nicht zu Ihnen.«

»Jemanden zu belauschen«, erwiderte er säuerlich.

»Ah.«

»Entschuldigen Sie, das wollte ich eigentlich nicht sagen. Ich weiß, dass Sie so etwas nicht tun, aber ... Aber mir fällt einfach kein anderes Wort ein. Das kommt daher, dass uns Odo ständig ausspioniert hat, als ich aufgewachsen bin.« Nog sah sie ein wenig nervös an. »Sie werden mir doch jetzt nicht erzählen, dass Sie Odo ebenfalls kennen?«

»Nun gut. Ist Ihr Vater ein guter Nagus?«

Nog wunderte sich ein wenig über diese Frage. »Ich ... Ich schätze schon. Gut, er hat einige komische Vorstellungen, aber wenn er die Wirtschaft als eine Art Motor betrachtet, dann versteht er durchaus, wie sie funktionieren sollte.«

»Als Motor? So habe ich die Sache noch nie betrachtet.«

»Oh, aber das passt durchaus.« Nog wurde mit dem Thema langsam warm. »Der Treibstoff sind Investitionen, er generiert eine Art kulturelles Solvenzfeld ...«

Guinan lachte, und dieses Mal bemerkte sie nicht einmal, dass es wehtat. »Sie klingen, als hätten Sie das ebenfalls ganz gut verinnerlicht.«

»Das liegt uns im Blut.« Er hielt inne. »War Ihr Vater Ingenieur?«

Mit dieser Frage hatte Guinan nicht gerechnet, und sie warf sie aus der Bahn. »Mein Vater ...«

»Ach ja«, sagte Nog schnell, »Sie kommen nicht gut miteinander aus. Entschuldigen Sie ...«

»Schon in Ordnung.« Sie freute sich wirklich darüber, dass er gefragt hatte. »Ich schätze, in gewisser Weise war er das.« Der Gedanke war angenehm überraschend. »Ich bin nie wirklich ...« *Gut mit ihm ausgekommen? Nein, das war eigentlich nicht fair.* »Ich bin nie wirklich auf die Idee gekommen, ihn so zu sehen.« Der Schmerz in ihrer Seite schien nachzulassen. »Danke, Nog. Sie sind ein sehr scharfsinniger Ferengi.«

Als La Forge dieses Mal Leahs Türmelder betätigte, rief sie nicht »Wer ist da?«, sondern öffnete einfach die Tür. Ihm fiel sofort die frische Narbe über ihrem rechten Auge auf, und er konnte nicht anders, als darüber betrübt zu sein.

»Sieht es so schlimm aus?«, fragte sie, als sie seinen Blick bemerkte.

»Eigentlich betont es nur umso mehr, wie gut der Rest aussieht.« Er hielt inne. Möglicherweise war es ein Fehler, herzukommen, aber er hatte unbedingt über etwas sprechen wollen, das sie erwähnt hatte und das ihm seitdem durch den Kopf schwirrte. »Sie sagten, dass mir niemand verraten sollte, dass Sie an Bord sind, bevor ich der Mission zugestimmt habe. Hatten Sie Angst, dass ich sofort vor Ihrer Tür stehen würde?«

»Nun, Sie standen vor meiner Tür.«

»Das war ein Versehen!«

»Ich hatte nicht die Sorge, dass Sie zu mir kommen und mit mir reden wollten.« Leahs Gesichtszüge wurden weicher. »Ich dachte, wenn Sie wissen, dass ich hier bin, würden Sie die Versetzung vielleicht ablehnen.«

»Warum sollte ich das tun?« Geordi konnte sich keinen Grund dafür vorstellen.

»Weil wir in der Vergangenheit unsere Probleme miteinander hatten.«

»Als wir zusammen am Genesis-Wellen-Problem gearbeitet haben, schienen diese Probleme irgendwie unwichtig zu werden.«

»Ich sagte ja, dass sie in der Vergangenheit liegen«, entgegnete sie und lächelte.

KAPITEL 24

Die *Challenger*, deren Antriebs- und Untertassensektion wieder vereint und deren Hüllenschäden repariert worden waren, umkreiste die neue Supernova in sicherer Entfernung. Alle Sensoren zeichneten die Energieströme auf, die immer noch ans Universum abgegeben wurden.

Der Anblick war wunderschön; dort, wo das Infinite Loch gewesen war, schimmerte nun eine Blume aus Licht in unzähligen Farben. Leah Brahms saß im Nelson's und wusste, dass dieses Phänomen eine wertvolle Informationsquelle über die Bedingungen bei der Entstehung des Universums war und dass Astronomen und Physiker mit den Daten sehr viel anfangen konnten. Aber es war kein Triebwerk. Es würde sich nicht direkt auf die Entwicklung neuer Raumschiffantriebe auswirken und war daher für sie persönlich nicht besonders interessant.

»Leah?« Es war Geordi. »Ich dachte, ich bringe Ihnen etwas, um Sie aufzuheitern.«

Er legte ein Padd vor sie auf den Tisch und stellte einen cardassianischen Sunrise daneben.

Sie nahm das Padd mit einem leichten Lächeln in die Hand, das breiter wurde, als sie sah, worum es darin ging. »Wo haben Sie das her?«

»Aus den Sensorlogbüchern der *Intrepid*. Reg und ich haben lange an der Wiederherstellung gearbeitet, und ich glaube, dass wir den Großteil der Daten rekonstruiert haben. Jetzt können wir sie also darauf untersuchen, ob es Hinweise auf die romulanische Mine gibt, die das Schiff angeblich zerstört hat, oder ...«, er hob sein Glas, »... auf diese neue Subraumverzerrung, die meiner Meinung nach wie eine Slipstream-Spur aussieht, wovon Sie sich gerne selbst überzeugen können.«

Leah sah sich das Padd an und spürte ein unbehagliches Gefühl der Vertrautheit. Die Daten, die es anzeigte, glichen den Resultaten, die sie während ihrer Arbeit an der *Vesta*-Klasse erhalten hatte, aber sie unterschieden sich auch davon und hatten etwas Fremdartiges und Beunruhigendes an sich. »Sie haben recht, es sieht danach aus ...«

»Wenn Sie ausgetrunken haben, würde ich Ihnen gerne im Konferenzraum etwas zeigen.«

Gespannt folgte Leah Geordi in den Besprechungsraum, wo er das Tischhologramm aktivierte. Scott, Barclay und Vol waren ebenfalls anwesend. »Etwas an dieser Slipstream-Signatur kam mir irgendwie bekannt vor, und ich wusste, dass ich sie schon mal irgendwo gesehen habe. Daher ließ ich den Computer nach Querverweisen und ähnlichen Messergebnissen suchen, die im Laufe der Jahre aufgetreten sind, und ...« Er rief die erste Wellenfrontanalyse auf dem Padd auf. Daten scrollten über den Bildschirm, während darunter ein dreidimensionales Bild der Wellenfront erzeugt wurde, das sich langsam drehte. »Das ist eine Messreihe aus den Sensorlogbüchern, die Reg und ich aus dem Computer der *Intrepid* sichern konnten. Hier sieht man etwas, das aussieht wie ein Quanten-Slipstream-Effekt, nur dass er die Parameter jeglicher Slipstream-Technologie, wie wir sie kennen, weit übersteigt.«

»Also eher ... Trans-Slipstream als Slipstream?«, schlug Barclay vor.

»So könnte man es nennen. Und diese Messreihe ist eine der letzten, die von den Sensoren der *Intrepid* aufgezeichnet wurden, bevor jedes System auf dem Schiff deaktiviert wurde.«

Leah sah ihn skeptisch an. »Ehrlich gesagt bin ich überrascht, dass die Sensoren der *Intrepid* überhaupt so etwas aufzeichnen konnten. Im Vergleich zu dem, was wir heute haben, waren ihre Sensoren kaum besser als ein Schiffsteleskop.«

»Mich wundert das nicht«, erwiderte La Forge. »Die Frage ist nicht, ob das Ereignis von einem Ausmaß war, dass es gemessen werden konnte - offensichtlich war es das -, sondern vielmehr, ob die Computer der *Intrepid* oder eines der Besatzungsmitglieder es *interpretieren* konnte.«

»Sie hätten es vermutlich als massive Subraumanomalie angesehen, ohne zu verstehen, was sie verursacht hat«, meinte Scotty.

»Was auch wir trotz aller Spekulationen nicht mit Sicherheit wissen«, gab Geordi zu. »Wir wissen auch nicht, ob es sich dabei um eine technische Errungenschaft handelt.«

Vol blinzelte. »Okay, dann hat diese Trans-Slipstream-Wellenfront die *Intrepid* bei G-231 getroffen und bis in den Agni-Sternhaufen geschleudert?«, fragte er dann.

»Dazu wäre sie auf jeden Fall in der Lage gewesen«, erwiderte Barclay, der die Daten mit offensichtlicher Bewunderung ansah.

»Und das romulanische Minenfeld?«, hakte Vol nach.

»Was wäre passiert, wenn eine Wellenfront dieses Ausmaßes auf eine Mine getroffen wäre?«, wollte Scotty wissen.

Leah zuckte mit den Achseln. »Eine Mine besitzt weniger Masse als ein Raumschiff. Wenn die Wellenfront die *Intrepid* mitreißen konnte, dann hätte sie die Minen noch leichter und noch weiter wegtragen können. Allerdings wären sie dadurch vermutlich detoniert.«

La Forge schnippte mit den Fingern. »Dafür wurden Minen doch entwickelt, oder? Um hochzugehen, wenn etwas darauf trifft. Stellen wir uns mal vor, diese Trans-Slipstream-Wellenfront trifft auf die Minen, lässt sie detonieren, während sie diese mit sich reißt, und trifft dann die *Intrepid*, die sie durch den Subraum von G-231 in den Agni-Sternhaufen befördert, indem sie in der Bolus-Ausdehnung eine Subraumgravitationsinversion erzeugt.«

Leah ging um das Hologramm herum. »Und angesichts der Wellenfront und der Energie durch die Minendetonationen sind die Trägheitsdämpfer der *Intrepid* völlig ...«, sie riss sich zusammen, »... machtlos.«

»Cool«, meinte Vol. »Nun, da wir das geklärt haben ...«

»Das haben wir nicht«, fiel ihm La Forge ins Wort. »Nun gut, jetzt wissen wir, warum die Trägheitsdämpfer der *Intrepid* ausgefallen sind und die Mannschaft gestorben ist, aber wir wissen noch immer nicht, was diese Trans-Slipstream-Welle erzeugt hat.«

Leah deutete mit einer Hand auf die Daten, die von der Welle gemessen worden waren. »Könnte es sich dabei um ein natürliches Phänomen handeln? Derartige Zahlen weisen darauf hin, dass der Ursprung in einem Stern liegen könnte.«

Geordi schüttelte den Kopf. »Ich denke, es handelt sich dabei um eine Heckwelle.«

»Eine Heckwelle impliziert aber, dass sie von einem Schiff erzeugt wurde, oder? Dann ist das womöglich das falsche Wort. Wir sollten sicherheitshalber bei Wellenfront bleiben.«

»Eben nicht, aus dem Grund zeige ich Ihnen allen auch die Daten. Ich bin mir sicher, dass das die richtige Bezeichnung ist. Anhand der Form, die wir auf diesen Messwerten sehen, breitet es sich definitiv hinter einem bewegten Objekt aus.«

»Was könnte das sein? Ich meine, was könnte so etwas bewirken?«

La Forge hob seufzend die Hände. »Ich habe keine Ahnung. Aber ich weiß, dass das, was mit der *Intrepid* passiert ist, kein Einzelfall war, unabhängig davon, ob es sich nun um ein natürliches oder ein künstliches Phänomen handelt.« Er rief eine andere Anzeige auf, die nahezu identisch mit der ersten war. »Ich wusste, dass ich so etwas schon einmal gesehen hatte, und zwar, als meine Mutter und die *Hera* verschwunden sind. Damals war ich derart überzeugt davon, dass die *Hera* noch irgendwo da draußen sein muss, dass ich mir jede Aufzeichnung besorgt habe, die sie an die Sternenflotte geschickt hat. Zu dieser Zeit suchte ich nach Hinweisen auf das Schicksal der *Hera*, daher habe ich ihren ersten Berichten kaum Beachtung geschenkt. Aber an das hier habe ich mich erinnert.«

Leah beugte sich vor und stützte die Ellenbogen auf den Tisch. »Das stammt von der *Hera*?« Der Duft ihrer Haare stieg Geordi in die

Nase, und er musste sich in Erinnerung rufen, dass er im Dienst war.

»Diese Sensormessungen stammen von Untersuchungen, die die *Hera* drei Monate vor ihrem Verschwinden vom Kaladian-System gemacht hat.« Geordi rief eine dritte Anzeige auf. »Und das gehörte zu den letzten Telemetriedaten, die von der *Hera* übermittelt wurden.«

»Dieselbe Art der Wellenfront. Oder Heckwelle ...«, murmelte Vol, während alle die drei Diagramme anstarrten.

»Und das ist noch nicht alles. Ich habe mir das letzte Nacht angesehen und die Übereinstimmungen bemerkt. Daher habe ich im Computer nach weiteren Sternenflottenaufzeichnungen dieser Art gesucht.«

»Und?«, wollte Scotty wissen.

»Und ...« Geordi rief weitere Daten auf, und ein Schwall von gleichartigen Wellenformen wurde angezeigt. »Ich habe einige gefunden.«

»Dutzende ...«

»Die zum Teil Jahrhunderte zurückreichen.« Schweigen senkte sich über den Besprechungsraum. Endlich setzte sich Geordi. »Meist wurde dieses Phänomen nur aus der Ferne gesichtet, aber es gibt auch einige Aufzeichnungen, bei denen die Sichtung mit dem Verlust eines Schiffes zusammenhängt.«

»Wie zum Beispiel die *Hera*?«

»Die *Intrepid* und die *Hera*, genau. Falls die *Hera* irgendwie von einer solchen Trans-Slipstream-Welle mitgerissen wurde ... Dann könnte sie noch immer da draußen sein.«

»Sie?« Leah zögerte. »Meinen Sie die *Hera* oder Ihre Mutter?"

»Ich weiß es nicht. Ich weiß es wirklich nicht.«

Als es an der Tür zu La Forges Quartier klingelte, war er davon überzeugt, dass es Leah sein würde. Er hatte seine Jacke ausgezogen, trug aber noch sein Uniformhemd. »Immer herein«, rief er - und stellte dann überrascht fest, dass es sich um Scotty handelte. Der Captain hatte einen Verband an der Stirn, eine frisch versorgte Wunde auf der Wange und eine Flasche Scotch in der Hand.

»Scotty!«

»Hatten Sie jemand anderen erwartet? Doktor Brahms vielleicht?« Er zwinkerte. »Falls dem so ist, kann ich es Ihnen nicht verdenken. Sie wäre ein guter Fang für einen Ingenieur.«

»Lassen Sie mich raten: Wenn Sie zwanzig Jahre jünger wären ...«

»Wohl eher hundertundzwanzig!« Scotty ließ sich in einen Sessel fallen und stellte die Flasche auf einen Tisch. »Ich gehe davon aus, dass Sie Gläser haben«, meinte er dann.

La Forge kicherte, während er zwei Gläser replizieren ließ. »Was kann ich für Sie tun?«

»Ich habe über diese Trans-Slipstream-Heckwellen nachgedacht, und dann über die *Intrepid* und darüber, wie sie verschwunden ist.«

»Ja, die Heckwellen.« Er fragte sich, worauf Scotty abzielte, aber er hatte da schon einen Verdacht. Außerdem überlegte er, ob Guinan Scotty wohl auf diese Idee gebracht hatte. »Und da mussten Sie an die anderen Schiffe denken, die dasselbe Schicksal erlitten haben.«

»Aye, und vor allem an eines: die *Hera*.«

»Die Messwerte sind für mich ziemlich eindeutig.«

»Sie sahen für mich auch offensichtlich aus, auf jeden Fall. Guinan hat mir erzählt, dass Sie wegen der *Hera* einige fixe Ideen hatten, was auch durchaus verständlich ist.«

»Falls Sie sich fragen, ob die Möglichkeit, dass wir die *Hera* finden könnten, mein Urteilsvermögen ...«

»Nein.« Scotty schüttelte beschwichtigend den Kopf. »Ich weiß, dass Sie sich nicht von Ihrer Pflicht ablenken lassen. Aber ich frage mich, ob Sie vielleicht zu besessen davon werden könnten, um sich in Ihrer Freizeit wirklich zu entspannen, und das wäre durchaus ein Problem.« Er goss ihnen beiden großzügig etwas ein. »Daher habe ich Ihnen ein wenig Entspannung mitgebracht.« Er hob sein Glas. »Auf Captain La Forge von der *Hera*.«

»Ich glaube nicht, dass ich ...« Geordi hielt inne und musste sich erst einmal sammeln. »Ich glaube nicht, dass ich meine Mutter zurückkriege, falls Sie meinen, dass ich darauf hoffe. Mit diesem Verlust habe ich mich abgefunden. Aber wenn es eine Chance gibt, herauszufinden, warum ich sie verloren habe und was mit der *Hera* passiert ist, dann muss ich sie nutzen. Das, was mit der *Hera* geschehen ist, könnte schließlich auch anderen Schiffen zustoßen ... Verdammt, wenn die Sensoren der *Intrepid* recht haben, dann ist das längst passiert.«

»Das könnte sich definitiv als Gefahr für künftige Schiffe erweisen«, meinte Scotty nachdenklich. »Aber ich möchte Sie eines fragen. Wären Sie ebenso entschlossen, wenn beispielsweise die *Lexington* verschwunden wäre?«

Sofort musste La Forge an Tamala Harstad denken und fühlte sich schuldig, da er nicht mehr an sie gedacht hatte, seitdem er sich an Bord der *Challenger* aufhielt. Er wusste ja nicht einmal mehr genau, wie sie aussah.

»Nein«, gestand er schließlich. »Ich denke, in uns allen steckt irgendwo noch das Kind ...«

»Das nur eine weitere Gelegenheit haben will, seiner Mutter, seinem Vater, der Großmutter oder dem Großvater Hallo zu sagen? Da könnten Sie allerdings recht haben.«

La Forge nickte nur und sah ihn traurig an.

»Das ist doch der Knackpunkt«, fuhr der Captain fort. »Wenn jemand stirbt, der einem nahesteht, dann wünscht man ihn sich zurück, aber man denkt nie daran, dass man ihn, falls man ihn wirklich zurückkriegt, nur eines Tages erneut verlieren wird. Und beim zweiten Mal ist es noch schlimmer.« Scotty betrachtete sein Glas aus verschiedenen Blickwinkeln. »Nachdem Jim Kirk von der *Enterprise-B* verschwunden war, hat mich Guinan aufgesucht und mir gesagt, dass er eigentlich gar nicht wirklich weg wäre.«

»Dass er sich im Nexus aufhielt.«

»Aye. Natürlich habe ich ihr kein Wort geglaubt. Ich dachte, sie würde mir nur irgendetwas erzählen, um meine Trauer zu lindern. Ich glaube, auf der *Jenolan* habe ich angefangen, daran zu glauben. Das Schiff war abgestürzt, die Lebenserhaltung fiel aus, und ich dachte an das, was Guinan gesagt hatte. Dass Jim noch da ist, nur eben im Nexus. Vielleicht hat mich das erst auf die Idee gebracht, diesen armen Kerl und mich im Transporterpuffer zu speichern, bis wir gerettet werden konnten.« Er kicherte leise. »Leider hatte ich Guinans Nexus nicht parat, daher musste ich mit dem improvisieren, was ich hatte.«

Unbewusst hob La Forge eine Hand an die Stelle, wo sich früher sein VISOR befunden hatte, als müsste er ihn zurechtzurücken. »Ich denke, ich hätte ein leichteres Leben gehabt, wenn Soran lediglich beschlossen hätte, in einen Transporterpuffer zu springen ...«

»Das Leben ist weder einfach noch fair. Wenn es das wäre, wären wir alle Präsidenten von Pacifica.«

Darüber musste Geordi lachen. »Als wir Sie gefunden haben, glaubten Sie zunächst, Captain Kirk hätte uns geschickt.«

»Ich habe irgendwie immer noch daran geglaubt, dass er überlebt hätte und auf irgendeine Weise zurückgekommen wäre.« Er seufzte und trank noch einen Schluck. »Doch dann nahm der Glaube immer weiter ab. Irgendwann hörte ich dann ganz auf, daran zu glauben. Bis es sich als wahr herausstellte. Als ich davon erfuhr ... da war es zu spät und der Captain war wirklich tot.« Er stellte das Glas ab. »Damals dachte ich, es würde leichter, damit umzugehen. Schließlich waren seit meiner Trauerphase Jahre vergangen.«

»Doch so war es nicht?«

Der ältere Mann sah ihn mit Augen an, die schon zu vieles gesehen hatten. »Was glauben Sie?«

Alyssa Ogawa freute sich nicht auf den Termin mit dem Captain. Sie saß in ihrem Büro und wünschte sich, sie könnte irgendwo auf der Krankenstation sein und Patienten behandeln. Das tat sie weitaus lieber, es war eigentlich das, was sie schon immer hatte tun wollen.

Sie rief sich ins Gedächtnis, dass sie das, was sie jetzt tat, für Noah machte. Der zusätzliche Papierkram und die schwierigen Entscheidungen waren es wert, solange er in Sicherheit leben und zur Schule gehen konnte.

Scotty kam langsam herein und setzte sich ihr gegenüber auf einen Stuhl. »Entschuldigen Sie, dass ich zu spät komme. Ich musste selbst erst ein wenig Doktor spielen.«

»Selbstmedikation ist keine gute Idee.«

»Keine Sorge, es war Geordi, den ich verarztet habe.« Er sah ihr in die Augen. »Tja, ich schätze, es wird Zeit für die Unterhaltung, die Sie gestern Abend schon mit mir führen wollten.«

»Captain«, begann Ogawa.

»Ich dachte, ich hätte deutlich gemacht, dass mich alle Führungsoffiziere Scotty nennen sollen.«

»Ich weiß. Es ist nur ... Das fällt mir auch so schon schwer genug.«

»Keine Sorge, Alyssa. Spucken Sie's einfach aus.«

»Es ist nichts, was irgendjemandem auf irgendeinem Raumschiff leichtfallen dürfte, wenn er seinem Captain sagen muss ... dass er nicht einmal die minimalen gesundheitlichen Anforderungen für seine Position erfüllt.«

»Ah. Und das bezieht sich jetzt nicht nur auf meine Verletzungen, schätze ich?«

»Nein, allerdings tragen sie natürlich dazu bei. Tut mir leid, Captain ... Scotty, aber ein jüngerer Mann würde sich schneller von diesen Verletzungen erholen und bräuchte weniger Nachbehandlungen.«

»Und ich bin definitiv kein jüngerer Mann.«

»Es tut mir leid.« Ogawa wäre am liebsten im Erdboden verschwunden. Sie fragte sich, wie Beverly Crusher so etwas nur immer wieder gelang.

»Das muss es nicht. Sie leisten gute Arbeit, und falls Sie denken, Sie hätten mich irgendwie beleidigt, dann kann ich Ihnen versichern, das haben Sie nicht.«

»Ich möchte Sie nicht den Tests unterziehen. Das würde ich Ihnen lieber ersparen.«

»Das ist sehr freundlich von Ihnen. Es ist schon einmal vorgekommen, dass ich meinen Rücktritt aus der Sternenflotte erklärt habe. Das muss etwa neunzig Jahre her sein«, meinte er mit wehmütigem Lächeln.«

»Neunzig Jahre? Das war aber ein ziemlich gutes Comeback.«

»Aye, aber nichts dauert ewig, was?«

»Captain …«

»Bitte, *Scotty.* Zumindest daran sollten Sie sich gewöhnt haben, wenn ich …« Er sackte ein wenig in seinem Stuhl zusammen, und zum ersten Mal, seit Alyssa ihn kannte, sah man ihm sein Alter an. »Wenn ich nicht mehr der Captain bin.«

»Scotty«, vorsichtig suchte sie nach einer Alternative für die Entscheidung, die einer von ihnen beiden treffen musste. »Die Gesundheitsanforderungen gelten nur für Personen, die ein Kommando innehaben.«

»Es gibt Minimalanforderungen für den Dienst auf jedem Rang«, rief er ihr ins Gedächtnis. »Und ehrlich gesagt fiele es mir schwerer, auf einem niedrigeren Rang weiterzumachen, als aufzuhören, solange ich ganz oben bin.«

»Ich dachte mir, dass Sie das so sehen würden.«

»Die *Challenger* ist mein Projekt, und das Ingenieurkorps ebenfalls. Ich schätze, ich habe genug Einfluss, um als ziviler Spezialist weiterhin daran mitzuwirken.«

»Ich wüsste nicht, wie Sie jemand von etwas abhalten könnte, das Sie sich einmal in den Kopf gesetzt haben.«

Guinan hatte ein Glas Scotch bereitgestellt, als Scotty das Nelson's betrat. »Ich dachte mir, den könnten Sie gebrauchen.«

»Sie haben doch nicht etwa meine Gefühle gelesen, oder, Guinan? Ich hatte Sie nie für eine Betazoidin gehalten.«

»Man muss kein Betazoid sein, um einen Gesichtsausdruck deuten zu können oder zu erkennen, was sich anbahnt.«

»Wenn eine gewisse Ärztin ihre Schweigepflicht nicht gebrochen hat, dann wüsste ich nicht, wie Ihnen das möglich gewesen wäre.«

»Oh nein, so etwas würde Alyssa nie tun. Aber ein Raumschiff hat seine eigene Stimme, seinen eigenen Tonfall. Unterhaltungen bleiben gewissermaßen in den Wänden gespeichert und fliegen durch die Luft. Sie wären überrascht, was man alles hört, wenn man nur die Ohren aufsperrt.«

»Ah. Und was haben Sie gehört, was sich auf der *Challenger* so alles anbahnt?«

»Dass sie morgen früh einen neuen Captain haben wird.«

Scotty nickte. »So ist es.« Die Worte kamen ruhiger heraus, als er erwartet hatte.

»Das wird nicht leicht.«

»Ich bin schon einmal in den Ruhestand gegangen.«

»Dieses Mal wird er aber nicht nur vorübergehend sein.«

»Das weiß ich doch, verdammt!«, schnauzte Scotty sie an. Dann ließ er sich auf einen Stuhl fallen, rührte den Scotch aber nicht an. »Deshalb bin ich nicht hergekommen. Ich bin hier, weil ... ich es brauche, Dinge so zu sagen, wie ich sie eigentlich gar nicht sagen will. Sachen wie ›Ich will verdammt noch mal nicht in den Ruhestand gehen‹ oder ›Ich wünschte, ihr würdet erkennen, dass ich es noch draufhabe, auch wenn ich selbst weiß, dass das nicht stimmt‹.«

»Ein guter Mann kennt seine Grenzen.«

»Wer sagt, dass ich ein guter Mann wäre?«

»Jeder, der Sie kennt.«

Scotty wurde rot. »Aye, tja, das mag schon sein, aber manchmal muss selbst ein Mann, der seine Grenzen kennt ... ein bisschen darüber motzen.«

Guinan setzte sich ihm gegenüber an den Tisch. »Ich bin ganz Ohr.«

La Forge stand vom Kommandosessel auf, als Scotty zur ersten Tagesschicht aus dem Turbolift trat. Scotty blieb nicht stehen, sondern ging direkt weiter zu seinem Bereitschaftsraum und winkte ihm, ihm zu folgen. La Forge tat es und hatte zum ersten Mal das Gefühl, zu wissen, wie es war, ein Betazoid zu sein. Um sie herum schien eine dunkle Wolke zu schweben, die man nicht sehen konnte, die Scotty jedoch beeinflusste und seine Schultern herunterzudrücken schien.

Der Captain setzte sich nicht hin, sondern wartete nur, bis sich die Türen hinter ihnen geschlossen hatten. »Geordi, wir müssen reden.«

»Geht es um Ihren Rücktritt?« Jeder kannte die Bestimmungen und wusste, was sie bedeuteten.

»Aye. Und ich werde nicht um den heißen Brei herumreden, sondern es Ihnen direkt ins Gesicht sagen. Ich möchte, dass Sie das Kommando der *Challenger* übernehmen.«

»Ich?« La Forge hielt die Hände hoch. »Aber ... Ich gehöre nicht einmal wirklich zur Hierarchie der *Challenger*. Ich bin nur vorübergehend hier und sehr zufrieden mit meiner Position als Chefingenieur ...«

»Aye, und das kann ich Ihnen nicht verdenken. Ich war auch nie glücklicher als während meiner Zeit als Chefingenieur auf der *Enterprise*, und damit meine ich die Original-1701, die noch keinen verdammten Buchstaben dahinter hatte. Aber die Dinge ändern sich, und wenn sie es nicht tun ... wenn Sie es nicht tun ... dann stagniert man. Und bevor Sie es merken, geht es nur noch rückwärts.«

»Im Ingenieurkorps und auf der *Challenger* scheint so gut wie nie etwas rückwärts zu gehen.«

»Genau. Ich bin von einem Schiff aus weitergezogen und habe noch mehr bewirkt. Und selbst wenn ich das Gefühl habe, auf der *Enterprise* am glücklichsten gewesen zu sein, so kann ich doch nicht behaupten, ich wäre danach unglücklich gewesen.« Er hielt eine Hand hoch, um dem Protest zuvorzukommen, den La Forge gerade vorbringen wollte. »Ich habe die Sternenflotte bereits kontaktiert, und man hat meinem Vorschlag, Sie zum Captain der *Challenger* zu befördern, zugestimmt.«

»Selbst wenn man meine Position auf der *Enterprise* außen vor lässt, bin ich erst seit wenigen Wochen an Bord dieses Schiffes.«

»Das ist kein Hinderungsgrund, insbesondere nicht in Anbetracht der Umstände. Sie sind der beste Ingenieur, der mir in diesem Jahrhundert begegnet ist.«

»Dann haben Sie vermutlich noch nicht genug Ingenieure kennengelernt.«

»Es ist auch eine praktische Entscheidung. Normalerweise würde der Erste Offizier einen Anspruch anmelden, aber da Mr. Hunt nicht mehr ...«

»Verstehe.«

»Sie sind der zweite Offizier und somit automatisch der Nächste in der Reihe. Kat ist keine Angehörige der Sternenflotte, daher kommt sie nicht infrage. Leah ist Zivilistin, sie kann das Kommando auch nicht übernehmen. Nog ist zu gut an der taktischen Konsole, um ihn von dort wegzuholen ... Ich denke, Sie können mir folgen.«

»Ich schätze schon«, hörte sich La Forge sagen.

»Gut.« Scotty zwang sich zu einem Grinsen. »Wie sollte ich es auch sonst schaffen, den Stuhl des Captains zu verlassen und endlich wieder in den Maschinenraum zurückzukehren, wo ich hingehöre?« Er zog sich die Abzeichen vom Kragen, drückte drei davon La Forge in die Hand und brachte das letzte wieder an seinem Kragen an. Da er jetzt so dicht vor ihm stand, konnte Geordi sehen, dass dem älteren Mann Tränen in den Augen standen. »Ich übergebe Ihnen das Kommando«, sagte Scotty leise, »Captain La Forge.«

Es gab noch einige Formalitäten, die geregelt werden mussten, wie den Transfer der Autorisierungscodes, aber nach fünf Minuten war Scotty als ziviler Spezialist in den Maschinenraum zurückgekehrt, sodass er nun denselben Status wie Leah innehatte. Geordi rief Reg Barclay zu sich in den Bereitschaftsraum.

»Reg, ich würde gern kurz mit Ihnen reden.«

»Natürlich, Geordi ... Ich meine, Captain. Ja, Sir.«

»Schon in Ordnung, Reg, ich kann es ja selbst kaum glauben.« Geordi fingerte an dem vierten Abzeichen an seinem Kragen herum, als würde es ihn stören. »Ich wollte mit Ihnen über die Position des Ersten Offiziers reden.«

»Ich will sie nicht, Sir.«

Das macht mir das, was ich zu sagen habe, zumindest etwas leichter, dachte Geordi.

»Wenn ich das so offen sagen darf, Sir«, sprach Barclay weiter, »ein Erster Offizier muss gut organisieren können, und ich weiß, dass ich da einige ... Nun ja, ich kann zwar vieles, aber organisieren kann ich nicht. Daher weiß ich, dass ich nicht der Richtige für diesen Posten bin.«

»Reg, da wir einander nun schon so lange kennen, sollten Sie wissen, dass ich darüber nachgedacht habe, Ihnen den Posten anzubieten ...«

»Bevor Sie sich dagegen entschieden haben.« Das war keine Frage, und Reg sah auch nicht aufgebracht oder enttäuscht aus. »Das ist schon in Ordnung, Sir. Das wäre wirklich nichts für mich.«

»Gut. Aber ich muss die Positionen der Führungsoffiziere ein wenig verändern, und ich brauche einen neuen Ops- und zweiten Offizier. Wenn Sie die Position haben wollen, gehört sie Ihnen.«

»Das klingt großartig ... ich meine, danke, Sir.«

Geordi klopfte ihm auf die Schulter. »Gut gemacht, Reg.«

»Chief Carolan.« La Forge betrat Transporterraum drei, wo sie einige Reparaturen beaufsichtigte. »Ich weiß, dass ich Sie um Ihre Beförderung zum Ops- und zweiten Offizier gebracht habe, als ich an Bord gekommen bin. Daher möchte ich Sie nun zum Lieutenant Commander und Ersten Offizier befördern.«

»Sir, Lieutenant Nog wäre doch gewiss vor mir an der Reihe.«

»Das hat der Captain zu entscheiden. Außerdem ist Nog einfach zu gut an der taktischen Konsole und wird eines Tages einen hervorragenden Chefingenieur abgeben.«

»In diesem Fall ist es mir eine Ehre, Sir.«

Am nächsten Tag war alles unterschrieben und geregelt. Die Zustimmung der Sternenflotte wurde im Logbuch des Schiffes festgehalten. La Forge war früh aufgestanden und wusste, dass er dieses Quartier zum letzten Mal verlassen würde. Wenn seine Schicht endete, würden die wenigen Besitztümer, die er mit an Bord der *Challenger* gebracht hatte, ins Quartier des Captains gebracht worden sein. Sein Quartier.

Geordi musterte sein Spiegelbild. Objektiv sah er kaum Unterschiede zum Vortag, aber sein Blick wurde direkt vom vierten Abzeichen an seinem Kragen angezogen. Einem Kragen, der jetzt rot war für einen Kommandooffizier und nicht mehr goldgelb wie bei einem Ingenieur.

Es kam ihm fast wie ein Makel vor, und kurz fragte er sich, ob es in den Schaltkreisen seiner Augenimplantate vielleicht eine Fehlfunktion gab. Vielleicht hatte sich das Abzeichen ja irgendwie magnetisiert und beeinflusste sie, sodass sie sich nur darauf konzentrierten und alles andere ausblendeten.

Doch er wusste es besser. Weder musste Ogawa seine Augen untersuchen, noch brauchte er einen Counselor, um seine Psyche unter die Lupe zu nehmen. Er brauchte nur auf die Brücke zu gehen. Als er zum Turbolift ging und dorthin fuhr, hatte er allerdings beinahe das Gefühl, zu seiner eigenen Hinrichtung unterwegs zu sein.

Er zögerte einen Moment und spürte, wie ihn alle ansahen, als er die Brücke betrat. Nach einem Augenblick ließ er sich auf dem Kommandosesel nieder. Links von ihm saß Leah, Carolan zu seiner Rechten. Reg und Qat'qa sahen ihn über die Schulter hinweg fragend an.

»Maschinenraum, haben wir wieder volle Antriebskraft?«

»*Alles cushti*«, antwortete Vol.

»*Damit meint er, dass der Warpkern bereit für alles ist, was Sie vorhaben, Captain La Forge*«, fügte Scotty hinzu.

Geordi nickte. »Qat'qa ... Setzen Sie einen Kurs auf Sternenbasis 410.«

INTERMEZZO: ROMULUS

Einige Wochen zuvor

Subcommander Saldis verließ den Fahrstuhl auf der untersten Ebene des unterirdischen Bürogebäudes. Auf der Oberfläche war das Gebäude ein einfaches, zehnstöckiges Bürohaus für zivile Angestellte und Senatsassistenten, aber unter der Erde befanden sich weitere zwanzig Stockwerke mit Büros und Arbeitsplätzen für den Tal Shiar.

Wie alle Geheimdienste der Galaxis war auch der Tal Shiar eine Bürokratie, die eine riesige Menge virtuellen Papierkrams erzeugte, und er unterhielt mehrere Regionalbüros, sowohl auf Romulus selbst als auch auf anderen romulanischen Welten.

In dem Gebäude, in dem Saldis arbeitete, gab es keine Verhörzellen oder Trainingsanlagen, hier waren nur die Büros der Analytiker, Entscheidungsträger, Kommunikationsexperten und dergleichen beheimatet. Saldis hatte ein Büro im fünften Stock, aber er war nach unten in einen der Kommunikationssicherungsräume gerufen worden. Wegen der empfindlichen Ausrüstung wurde hier stets auf die exakt richtige Temperatur und Luftfeuchtigkeit geachtet.

Die Technikerin, die ihn gerufen hatte, saß an einer leicht geschwungenen Konsole, die die Telemetriedaten von getarnten Sonden in fernen Sternensystemen aufzeichnete und überwachte. Sie drehte sich um, als Saldis näher kam, und machte Anstalten, aufzustehen. »Subcommander ...«

»Schon gut.« Saldis bedeutete ihr, sie möge sitzen bleiben. »Sie sagten, es gäbe eine Übertragung mit höchster Priorität?«

»Eine abgefangene Kommunikation von der Erde nach Ferenginar.« Sie rief die codierten Daten auf. »Sie wurde automatisch markiert, damit sie einem entscheidungsbefugten Mitarbeiter vorgelegt wird, und Sie waren der Erste, den ich erreicht habe.« Sie sah ihm in die Augen, und Saldis wurde bewusst, dass sie froh war, ihn vor sich zu haben.

»Dann zeigen Sie mal, was Sie da haben.« Er nahm den Datenkristall, den sie ihm reichte, und ging zurück zum Fahrstuhl.

Als er wieder in seinem eigenen, abgeschirmten und schalldichten Büro im fünften Stock saß, ging Saldis die Daten auf dem Kristall durch. Das meiste war langweiliges Geplapper zwischen unterschiedlichen Ferengi, die einander übers Ohr hauen wollten, aber Saldis war geübt darin, die wichtigeren Dinge herauszufiltern. Er erkannte die entscheidende Stelle schon, bevor ihn der Computer darauf hinwies.

»Rasmussen« war das Schlüsselwort. Saldis wusste, dass das kein Ferengi-Name war, und es dauerte nur wenige Sekunden, bis er ihn den gebräuchlichen Namensgebungsmustern der Menschen zugeordnet hatte. Menschen und Ferengi, die gemeinsame Sache machten, das musste auf jeden Fall im Auge behalten werden.

Obwohl es der erste Nachweis einer tatsächlichen Kommunikation war, überraschte sie ihn nicht, da das Projekt schon seit einiger Zeit Interaktionen zwischen Menschen und Ferengi beobachtete, die nicht an die Sternenflotte beziehungsweise die FCA gebunden waren. Der Name Rasmussen war dabei mehrmals in Verbindung mit einem bekannten Ferengi-Verbrecher namens Bok aufgetaucht. Saldis hatte mehrere Tage damit verbracht, Informationen über beide Individuen zu sammeln, und war fasziniert von der Tatsache, dass der Mensch Rasmussen aus der Vergangenheit stammte. Dass Bok einige Zeit im Gefängnis gesessen hatte, war weniger interessant, aber seine Verbindungen zur Ferengi-Unterwelt waren weitere Nachforschungen wert. Allein die Information, wen man in diesem Kreis kontaktieren konnte, würde sich als wertvoll erweisen, falls

Agenten in Ferengi-Territorien eingeschleust werden mussten.

Während Saldis weiterlas, begann es in ihm zu kribbeln, und seine Instinkte sagten ihm, dass hier etwas Ungewöhnliches vor sich ging. Etwas Ungewöhnliches, von dem das Romulanische Imperium möglicherweise profitieren konnte.

Nachdem er einige Stunden lang gesucht hatte, fand er das, wovon er wusste, dass es da sein musste. Er hatte keine Ahnung gehabt, was es sein würde, bis er es gefunden hatte, aber er hatte dennoch gewusst, dass es da sein musste.

»Zeitreisen«, gefolgt von »Rasmussen nach Hause bringen. Nach Hause ins zweiundzwanzigste Jahrhundert.«

Der Praetor hatte schon immer ein Büro im Hauptquartier des Tal Shiar besessen, bei dem es sich jedoch eher um eine Einsatzleitzentrale handelte als um ein Büro, in dem man den Papierkram erledigte oder Audienzen abhielt. Es war ideal für Besprechungen mit Sicherheitsexperten des Imperiums. Saldis, der eher ein Analyst als ein politischer Entscheidungsträger war, hatte dort erst an wenigen Besprechungen teilgenommen - genug, um sich auszukennen und nicht aufgrund der Anwesenheit des Praetors nervös zu werden.

Gell Kamemors persönlicher Sicherheitsdienst machte ihn allerdings durchaus nervös. Sie hatte den Tal Shiar bisher gut und die anderen Behörden gerecht behandelt, aber man wusste nie, wann ein übereifriger Leibwächter eine unschuldige Handlung falsch interpretierte und als versuchtes Attentat auslegte. Um derartige Fehler zu vermeiden, hielt Saldis sein Padd und den Datenkristall in der Hand, statt das Risiko einzugehen, vor den Augen der Leibwächter in die Tasche zu greifen.

Die Leiter mehrerer Tal-Shiar-Direktorate waren ebenfalls anwesend, ebenso wie die Vorsitzende, ein General und ein Admiral. Saldis musste lächeln, da dies bewies, dass er richtig vermutet hatte. Die Aufnahmen, die er entdeckt hatte, waren wichtig, und er hatte zu Recht das Augenmerk ranghöherer Personen darauf gelenkt.

»Subcommander«, eröffnete Kamemor die Besprechung. Ihr Haar glänzte, als sie sich ihm zuwandte. »Was haben Sie für uns?«

»Abgefangene Signale zwischen der Erde und Ferenginar, und später auch zwischen den beiden Planeten und verschiedenen Schiffen. Diese Signale wurden alle über zahlreiche Proxys und Relaisstationen umgeleitet, aber unsere Systeme konnten den Kommunikationen problemlos folgen.« Er hielt den Datenkristall und das Padd hoch. »Ich habe hier Kopien aller relevanten Übertragungen. Außerdem habe ich eine gründliche Analyse angefertigt und einen umfassenden Bericht erstellt, in dem die relevanten Daten zusammengefasst werden.«

Kamemor nickte und streckte eine Hand aus. Saldis meinte zu sehen oder zumindest zu spüren, wie sich die Leibwächter anspannten, als er ihr das Padd reichte. Dann schob er den Kristall in die Aussparung in der vor ihm stehenden Station und rief, für alle Anwesenden sichtbar, eine holografische Anzeige auf. »Was Sie hier sehen«, verkündete er, »ist eine Reihe verschlüsselter Signale zwischen Kriminellen sowohl aus der Föderation als auch der Ferengi-Allianz. Die meisten beziehen sich auf Angelegenheiten, die von geringem Interesse für die Sicherheit des Imperiums sind. Diese hier allerdings ...«, er berührte die Steuerung, sodass einige der angezeigten Zeilen gelb hervorgehoben wurden, »sind von höchster Wichtigkeit.«

»Warum?«, fragte die Vorsitzende leise. »Weil ein Mensch Geschäfte mit den Schattenschatzmeistern macht?«

»Nein. Weil ein menschlicher Wissenschaftler aus einem anderen Jahrhundert die Schattenschatzmeister um Hilfe ersucht, damit sie ihn wieder nach Hause bringen. Was bedeutet, in die Zeit zurück, aus der er gekommen ist.«

»Zeitreisen?«

»Das wurde schon mehrmals auf unterschiedliche Arten erfolgreich bewerkstelligt«, hob der Leiter des Technischen Direktorats hervor. »Leider ist keine davon reproduzierbar.«

»Es versteht sich von selbst«, fügte der Admiral hinzu, »dass es eine direkte und offensichtliche Gefahr für die Sicherheit des Imperiums darstellen würde, wenn die Föderation zu einem vierdimensionalen Feldzug in der Lage wäre. Und wenn die Schattenschatzmeister ebenfalls über diese Fähigkeit verfügen ...«

»Wäre das eine noch größere Gefahr«, beendete Praetor Kamemor ihren Satz. »Ihre Dienste könnte jeder kaufen.« Alle Anwesenden nickten, Saldis eingeschlossen. »Und was empfehlen Sie?« Sie sah in die anderen Gesichter, wich seinem Blick jedoch aus.

»Sie wollen, dass wir eine militärische Option vorschlagen«, meinte der General, »aber nur, damit Sie uns die Gegenargumente vorhalten können. Gegen wen sollten wir vorgehen? Die Föderation? Da ist derzeit nur ein Mann in dieser Sache aktiv, und es ist einfacher, einen Mann im Dunkeln zu beseitigen, als gegen ihn in den Krieg zu ziehen.«

»Ebenso ist die Ferengi-Unterwelt schon per Definition eine verborgene Gesellschaft«, stimmte ihm der Admiral zu, »gegen die keine Flotte etwas ausrichten kann.«

»Weise Worte«, entgegnete der Praetor. »Und dennoch müssen wir etwas gegen diese Gefahr unternehmen.« Erneut allgemeines Nicken.

»Wir brauchen mehr Informationen«, überlegte der technische Direktor laut. »Wir müssen herausfinden, wo und wie diese Kriminellen glauben, ihren Plan ausführen zu können. Wir müssen sie studieren, ihre Bewegungen überwachen und ihre Kommunikation noch genauer abhören.«

»Das entspricht den Empfehlungen, die Saldis ausgesprochen hat.« Kamemor hielt das Padd hoch, das er ihr gereicht hatte. »Hervorragende Arbeit, Subcommander. Leider muss ich diese gute Tat bestrafen, indem ich Ihnen eine belastende und langweilige Aufgabe übertrage. Wir werden getarnte Sonden aussenden, um den Verlauf dieser kriminellen Machenschaften zu verfolgen. Sie werden als Entscheidungsbefugter dieses Programm betreuen und täglich über alles, was Sie herausfinden, Bericht erstatten, so unverfänglich es Ihnen auch erscheinen mag.«

»Vielen Dank, Praetor.«

»Sie können gehen, Saldis. *Jolan tru.*«

»*Jolan tru*, Praetor.« Mit diesen Worten zog Saldis sich aus dem Blickfeld der Leibwächter zurück und ging wieder an die Arbeit.

Drei Tage später

Ein Warbird der *D'deridex*-Klasse ging in einem namenlosen System, durch das einige der abgefangenen Signale geschickt worden waren, aus dem Warp. Weiterhin getarnt begann er, Sonden abzusetzen. Nachdem die erste Welle an Sonden aus den Abschussrampen des Warbirds abgefeuert worden war, machte er einen kurzen Warpsprung auf die andere Seite des Systems und wiederholte den Vorgang.

Nach wenigen Momenten, während derer die Besatzung überprüfte, ob alle Sonden korrekt funktionierten, ging der Warbird wieder auf Warp und nahm Kurs auf das nächste Ziel seiner Route.

Kein Sensor des Ferengi-Marauders, der sich im Orbit des vierten der sechs Planeten befand, registrierte die Ankunft oder den Abflug des Warbirds oder die Existenz der Sonden.

Einen Monat später

»Was bedeutet dieser Teil des Signals?«, fragte Subcommander Saldis die Mitarbeiterin des Technischen Direktorats. Sie befanden sich im Abhörraum auf der untersten Ebene des Gebäudes, und Saldis hatte den diensthabenden Offizier hinausgeschickt, damit sie sich ungestört unterhalten konnten.

»Das sind Kopien von Sensorlogbüchern. Vermutlich hat das Schiff, das diese Nachricht übermittelt hat, sie mit übertragen.«

»Sensorlogbücher ... Können Sie sie auswerten?«

»Dazu bräuchte ich etwas Zeit. Hier sind zwei Sätze von Sensorlogbüchern, beide stammen von der Sternenflotte. Ein Satz ist zweihundert Jahre alt und stammt aus dem Krieg mit der Erde. Der andere ist aktuellen Datums.«

»Wurden sie bereits entschlüsselt?«

»Ja. Es müssen nur noch die Sensordaten ausgewertet werden«, entgegnete Saddie.

»Wir haben Emulatoren von Sternenflottensystemen auf der zehnten Etage. Kommen Sie in einer Stunde zu mir, dann können wir herausfinden, was dort gesagt wird.«

Genau eine Stunde später begrüßte eine sehr aufgeregte technische Angestellte Saldis in einem Computerlabor, das offenbar mit wissenschaftlichen Computern der Sternenflotte ausgestattet war. »Subcommander, der Praetor wird Sie mit Belohnungen überhäufen!«

»Dann darf ich annehmen, dass die Sensorlogbücher etwas von Wert beinhalten?«

»Etwas von Wert? Sie wissen also nicht ... Nein, natürlich wissen Sie es nicht, sonst hätten Sie mich nicht gebraucht. Die Sensorlogbücher scheinen etwas darzustellen, das der Heckwelle eines Slipstream-Antriebs im Subraum zu entsprechen scheint, aber nicht wirklich von einem Slipstream stammt.«

»Worin unterscheiden sie sich?«

»Sie stehen in ähnlichem Verhältnis zum Slipstream wie der Slipstream zum Warp.«

»Trans-Slipstream ...«, murmelte Saldis leise.

TEIL II

Möbius-Reise

KAPITEL 25

Logbuch des Captains, Sternzeit 60214,1.

Seit der Gedenkfeier für Tyler Hunt und dem Abschluss der Reparaturen an der Challenger *hatten wir den Langzeitauftrag, ein neues Transporterupgrade zu testen, das einen nahezu sofortigen Transport ermöglichen soll. Keine sichtbare Materialisierungsphase, man beamt und ist auch schon da. Das klingt leider nicht besonders technisch, ist aber die beste Beschreibung, die ich bisher gehört habe. Im Idealfall sollen die kompletten Dematerialisierungs- und Materialisierungsphasen zusammen keine 0,02 Sekunden dauern. Bisher funktioniert die Technik, aber der Druckunterschied bei einer derart schnellen Abreise oder Ankunft hat in Tests mit menschenähnlichen Testobjekten zu geplatzten Trommelfellen sowie anderen druckbezogenen Problemen geführt. Daher geht das Programm vorerst zurück an die Forscher und Entwickler des Daystrom-Instituts, und die* Challenger *kann hoffentlich einer Aufgabe nachgehen, die ich zugegebenermaßen reizvoller finde.*

Captain Geordi La Forge saß in Scottys - nein, er musste es endlich einsehen - *seinem* Bereitschaftsraum und begrüßte auf dem Schirm Admiral Halliday, die erfreut wirkte. »*Was kann ich für Sie tun, Captain La Forge?*«, fragte die Französin.

»Admiral, ich habe mich gefragt, ob es irgendwelche Einwände gibt, dass die *Challenger* Nachforschungen über die Quelle der Trans-Slipstream-Wellen anstellt, die wir während unserer Untersuchung der *Intrepid* entdeckt haben.«

»Falls das natürliche Phänomene sind, könnte es sich um etwas handeln, das uns regelmäßig begegnet, ohne dass wir es wirklich bemerken.«

»Das wäre möglich, Sir, aber wenn man bedenkt, was mit der *Intrepid* passiert ist, sieht es für mich nach mehr als einem natürlichen Phänomen aus. Ich habe alle relevanten Daten übermittelt, und Mr. Scott, Doktor Brahms und unser Chefingenieur sind alle der Meinung, dass es genug Hinweise darauf gibt, dass diese Wellen auf künstliche Weise hervorgerufen werden.«

»Damit meinen Sie ein Schiff«, erwiderte Halliday und zog in einer fast schon vulkanisch wirkenden Geste eine Augenbraue hoch.

»Genau das glauben wir: dass irgendeine Art Schiff diese Heckwellen verursacht.«

»Dann sind Sie immer noch davon überzeugt, dass Sie eine technologische Entdeckung machen können.«

»So ist es. Selbst wenn die Effekte natürlichen Ursprungs sind und nicht von Schiffen hervorgerufen werden, lässt die Tatsache, dass wir die *Intrepid* wegen einer solchen Welle verloren haben, auf ein mögliches Navigationsrisiko schließen. Und wenn sie das Produkt einer neuen Technologie sind ...«

»Tja, Sie sind die ersten Ansprechpartner für Antriebstechnologien«, gab Halliday zu. *»Ziehen Sie los und finden Sie Ihre Trans-Slipstream-Wellen, Captain La Forge.«*

La Forge unterdrückte den Drang, einen Triumphschrei auszustoßen. »Danke, Admiral.«

»Halliday Ende.«

Scotty saß auf einem Biobett in der Krankenstation, während eine Krankenschwester den Zellularregulator über seinem Kopf einstellte und Alyssa Ogawa die Ergebnisse seiner letzten Tests durchging. Er hatte es sich wieder angewöhnt, seine alte Uniformhose mit dem roten Streifen an der Seite aus den 2280er Jahren zu tragen, dazu einen grauen Pullover und eine Wildlederjacke. Diese Kleidungsstücke waren definitiv bequemer als die moderne Uniform.

»Ihre Milz scheint gut zu heilen«, meinte Alyssa. »Ich bezweifle, dass sie je wieder zu einhundert Prozent funktionieren wird, aber ... Ihr Herz macht mir größere Sorgen. Sie sind in letzter Zeit schnell außer Atem, nicht wahr?«

»Ja, das bin ich.« Scotty musste sie nicht fragen, woher sie das wusste; sie war Ärztin, daher war es ihr Job, solche Dinge entweder zu wissen oder herauszufinden.

»Das sind die Nachwirkungen Ihres Aufenthalts im Transporter der *Jenolan*.«

»Lassen Sie mich raten«, erwiderte er charmant, »der Rhythmus der elektrischen Impulse, die das Herz zum Pumpen bringen, ist aus dem Takt geraten.«

»An Ihnen ist ja ein Mediziner verloren gegangen.«

»Das nicht gerade, meine Liebe, aber ich weiß, wie stark der Materiestrom in einem Musterpuffer die elektrischen Impulse des Körpers beeinflusst. Normalerweise ist der Effekt harmlos, aber ...«

»Selbst nach neun Jahrzehnten war er noch so harmlos, dass er bei Doktor Crushers Untersuchung auf der *Enterprise* nicht entdeckt werden konnte. Aber der Effekt war kumulativ, und jedes Mal, wenn Sie angeschlagen waren ...«

»So ist es doch immer.«

»Aber kein Grund zur Sorge.« Sie entfernte die Schutzfolie eines Pflasters und brachte es auf seinem Handrücken an. »Bitte sehr. Das Pflaster gibt ein radiogenes Feld ab, das auf Ihr Herz zugeschnitten ist. Es muss etwa einmal die Woche ausgetauscht werden.«

»Danke sehr.«

»Und, wie gefällt es Ihnen, ziviler Spezialist zu sein?«

»Viel zu sehr«, gab er zu.

Nach der Behandlung wollte Scotty eigentlich ins Nelson's gehen, doch als er die Krankenstation verließ, wartete La Forge dort auf ihn. »Hi, Scotty.«

»Ich wollte gerade etwas trinken gehen. Möchten Sie mich vielleicht begleiten?«

»Mit dem Gedanken könnte ich mich anfreunden.« Und so gingen sie zusammen ins Nelson's. Guinans kahlköpfiger Barkeeper bediente heute, daher nahmen sie direkt an einem der Fenster Platz, im sicheren Gefühl, dass niemand den Captain und den legendären Ingenieur stören würde.

»Ich hatte gehofft, dass wir uns unterhalten können«, begann La Forge. »Wir werden uns erneut auf die Suche nach den Trans-Slipstream-Wellen machen.«

»Das habe ich mir beinahe gedacht. Diese Wellen sind wirklich bemerkenswert. Darum hatte ich auch nicht damit gerechnet, dass die Sternenflotte etwas dagegen haben könnte.«

»Ich wünschte, ich wäre mir da so sicher gewesen.« La Forge sah durchs Fenster zu den Sternen in der Ferne hinaus. »Ich weiß nicht, ob ich die richtige Person bin, derartige Entscheidungen zu treffen.«

Scotty verstand genau, was er meinte. »Ah, Kommandoentscheidungen. Die trifft man nicht so einfach wie solche im Maschinenraum.«

»Nein ... Zumindest gibt es für einen Ingenieur ein direktes Ergebnis, Ursache und Wirkung. Man muss sich keine Gedanken um Gefühle oder die Politik machen.«

»Aye. Als Kommandant trifft man schwierigere Entscheidungen, über die man gründlicher nachdenken muss.«

»Ich weiß nicht, ob ich dafür bereit bin.«

»Das können Sie erst wissen, wenn Sie mitten drin stecken, Geordi. Es ist und bleibt der einzige Weg, wie man das herausfinden kann. Bis heute stelle ich mir immer zuerst die Frage: ›Was würde Captain Kirk tun?‹« Geordi lachte leise, während Scotty fortfuhr: »Aber dann fällt mir ein, dass Captain Kirk wahrscheinlich Teil des

Landetrupps gewesen wäre und sich mitten ins Kampfgetümmel gestürzt hätte. Dafür bin ich zu alt, und ich hänge zu sehr an meinen Maschinen.«

»Also mussten Sie selber eine Lösung finden.«

»Aye, aber ich kann mich glücklich schätzen, dass ich von den Besten gelernt habe: Captain Kirk und Mr. Spock. Und das gilt nicht nur für mich. Ich bin mir ziemlich sicher, dass der Dienst unter diesen beiden Männern auch Mr. Sulu zu einem so guten Captain gemacht hat, als man ihm die *Excelsior* gegeben hat.«

»Wenn Captain Kirk also dem Außenteam ... ich meine, dem Landetrupp angehörte und Sie das Kommando hatten, wie haben Sie dann entschieden?«

»Nach Vorschrift, den Anweisungen des Captains entsprechend ... und von Zeit zu Zeit, indem ich damit gedroht habe, eine Ladung Photonentorpedos abzufeuern.« Scotty unterstrich die letzte Bemerkung mit einem verschlagenen Grinsen. »Wir werden immer von den Kommandanten beeinflusst, unter denen wir dienen, sie prägen stets unseren Kommandostil. Das wird bei Ihnen genauso sein, Geordi.«

»Sie meinen, dass ich mich fragen werde, was Captain Picard tun würde?«

»Aye. Solange Sie sich nicht bewusst für das genaue Gegenteil entscheiden, werden Sie immer davon beeinflusst sein, wie Ihr Captain die Dinge geregelt hat, und sei es auch nur unbewusst.«

»Tja, ich bin nicht Captain Picard ...«

»Und ich bin nicht Jim Kirk. Und Jim Kirk war nicht Captain Garrovick. Aber jeder Captain findet immer seine eigene Stimme. Das wird bei Ihnen ebenso sein, und eines Tages wird sich jemand fragen, was Captain La Forge tun würde.«

Geordi schien mit seinen Gedanken ganz woanders zu sein. »Ich glaube, ein Teil meines Problems ist, dass ich mir genau diese Frage stelle.«

»Wirklich?«

»Was würde meine Mutter tun? Ich schätze, das, was immer ihr zugestoßen ist, hat mich in letzter Zeit sehr beeinflusst. Man könnte fast sagen, dass mich die *Hera* ... heimsucht.«

»Es ist nur natürlich, dass Sie an sie denken, wenn nach all diesen Jahren Hinweise auf ihr Schiff aufgetaucht sind.«

»Es hat eine Zeit gegeben, in der ich gedacht habe, dass sie ... die *Hera* irgendwo da draußen wäre und dass ich nur weitersuchen müsste, um sie irgendwann zu finden. Letzten Endes war es nur ein Traum. Ich war derart besessen davon, dass ich nicht mehr rational denken konnte. Nein, noch schlimmer«, gab er ebenso vor sich selbst zu wie vor Scotty, »ich war gar nicht mehr dazu in der Lage, zu akzeptieren, was geschehen war, und es hinter mir zu lassen.«

»Trauer verwirrt uns allen die Sinne.«

»Ich weiß, und nach einer Weile konnte ich das dank Counselor Trois Hilfe überwinden. Ich hatte akzeptiert, dass die *Hera* verschwunden und meine Mutter tot war. Aber es war nicht einfach.«

»Das ist es nie.«

»Und jetzt auf einmal ...« La Forge schüttelte den Kopf. »Jetzt sieht es fast so aus, als hätte ich die ganze Zeit recht behalten. Vielleicht hätte ich damals einfach weitersuchen sollen.«

Scotty seufzte. »Es ist wirklich schrecklich, dass Sie das durchmachen müssen, Geordi, und ich wünschte, ich wüsste die richtigen Worte.«

»Ich weiß noch immer nicht, ob es wirklich etwas Schreckliches oder etwas Gutes ist. Oder beides.«

»Zweifellos beides.« Scotty beugte sich vor, und seine Miene wurde ernst. »Ich erzähle Ihnen mal was aus meiner langjährigen Erfahrung: Wenn jemand, der einem am Herzen liegt, stirbt, dann wünscht man ihn sich zurück, weil man denkt, dass es dann einfacher wäre, dass alles wieder gut werden würde. Und hin und wieder wird einem dieser Wunsch erfüllt. Manchmal wurde diese Person nur vermisst oder kann auf irgendeine Weise wieder in Ihr Leben zurückkehren.«

»Und es wird dann doch nicht alles einfacher oder wieder gut?«

Scottys Augenbrauen schossen bei diesen Worten nach oben. »Oh doch, absolut. Es fühlt sich großartig an. Man ist wieder zusammen, und was könnte daran falsch sein? Was könnte unangenehm sein?«

»Aber es muss einen Haken geben. Das sehe ich Ihnen doch an.«

»Tja, die Angehörigen der meisten Spezies haben nur eine begrenzte Lebensspanne. Sie sind nicht unsterblich, und früher oder später sterben sie.«

»Aber ...«

»Genau. Von Ihrem Standpunkt aus sterben sie erneut. Man verliert sie ein zweites Mal. Und man denkt, es wäre leichter, weil man dieses Mal Zeit hatte, sich darauf vorzubereiten, oder weil man glaubt, man hätte die Trauer beim ersten Mal bereits hinter sich gebracht.« Er schüttelte den Kopf. »Und ich würde Ihnen gern erzählen, dass das stimmt und dass es so funktioniert, aber so ist es nicht.«

La Forge wusste bereits, was als Nächstes kommen würde, und er wollte es eigentlich gar nicht hören. Aber er brachte es einfach nicht fertig, sein Gegenüber davon abzuhalten, die Worte auszusprechen.

»Es ist noch schlimmer.«

»Wie kann es noch schlimmer sein?« La Forge konnte seine eigene Stimme kaum noch hören.

»Weil man dieses Mal ganz sicher weiß, dass es endgültig vorbei ist ... Und man hat so viel mehr Zeit und Liebe, die man in die Trauer investieren kann.«

Am nächsten Morgen frühstückte La Forge zusammen mit Leah in seinem Quartier. »Du hast die Sternenflotte also davon überzeugt, dass die Quelle dieser Trans-Slipstream-Heckwellen identifiziert werden sollte«, sagte sie, während sie bei Kaffee und Waffeln saßen.

»Ich denke, die Entdeckung der *Intrepid* gibt uns die Möglichkeit, etwas über die nächste Phase der Slipstream-Technologie zu erfahren.«

»Und die *Hera*.«

»Vielleicht. Es ist immer noch möglich, dass wir außer den

Hinweisen, die wir haben, nichts weiter finden können, aber ... Ich halte es eher für einen bedeutungsvollen Zufall. So was wie Schicksal.«

»Dir ist klar, dass man deine Fokussierung auf die *Hera* ...«

»Als Besessenheit bezeichnen könnte?« Das wusste er selber. Sie wirkte wie eine Droge auf ihn, gleichzeitig zerstörerisch und unwiderstehlich tröstend.

»Nur ein wenig. Ich denke nicht, dass man es medizinisch behandeln müsste, versteh mich nicht falsch. Es könnte tatsächlich sogar etwas Gutes sein.«

»Ich habe noch nie gehört, dass Besessenheit etwas Gutes sein soll.«

»Man kann keine Leidenschaft für etwas entwickeln, von dem man nicht wenigstens ein bisschen besessen ist, und du wirst mir gewiss zustimmen, dass Leidenschaft etwas Positives ist.«

»Wenn es um etwas geht, das man liebt, dann ja, aber ... Denk nur mal an DaiMon Bok, er ist ein Beispiel für leidenschaftlichen Hass.«

»Das ist mir durchaus bewusst. Nimm mich als Gegenbeispiel. Ich habe eine Leidenschaft für Antriebe und für Technik. Und ich denke nicht, dass mir das irgendwie geschadet hat. Manchmal ist Besessenheit krankhaft, aber ich finde, dass es auch eine Art von Besessenheit gibt, die einen antreibt, sozusagen das mentale Äquivalent zum Slipstream.«

»Das hast du wirklich schön gesagt ... Aber dann frage ich mich doch, was für eine Heckwelle dieser mentale Slipstream hinterlässt und welchen Schaden er anrichtet.«

»Das wollen wir lieber nicht herausfinden.«

KAPITEL 26

Zu La Forges Überraschung wartete Guinan im Bereitschaftsraum auf ihn, als er den Dienst antrat. Seines Wissens war sie in all den Jahren, die sie auf der *Enterprise* verbracht hatte, vielleicht ein oder zwei Mal auf die Brücke gekommen.

»Guinan ... Gibt es ein Problem?«

»Eigentlich bin ich hier, um *Ihnen* dieselbe Frage zu stellen.«

La Forge gestattete sich ein verständnisvolles Lächeln. »Ah, Sie haben von unserem Auftrag gehört.«

»Wir suchen nach den Trans-Slipstream-Heckwellen. Ich werde mir nicht anmaßen, Sie zu fragen, ob das wirklich etwas ist, das die *Challenger* tun sollte. Sie sind der Captain.«

»Ich höre schon das ›Aber‹.«

»Aber ... ich möchte Sie eines fragen, Geordi.«

»Nur zu.«

»Suchen Sie nach der Ursache für diese Heckwellen oder suchen Sie die *Hera*?«

»Sie denken, ich würde diese Wellen nur als Ausrede nutzen, um ... was genau zu tun? Mich Wunschvorstellungen hinzugeben?«

»Ich musste nur daran denken, dass Sie einmal ein wenig zu ... übereifrig waren, die *Hera* zu finden, wenngleich aus durchaus verständlichen Gründen.«

»Ehrlich gesagt bin ich mir nicht ganz sicher, Guinan. Ich denke ... Ich sage mir, dass es viele gute Gründe gibt, um herauszufinden, was diese Wellen verursacht und welche Konsequenzen sich daraus ergeben, und ich finde meine Argumentation durchaus schlüssig.

Aber gleichzeitig erinnere ich mich daran, wie ich mich gefühlt habe, als die *Hera* verschwunden ist, und frage mich, ob mir mein Unterbewusstsein da nicht etwas einredet.«

Sie schenkte ihm ein warmherziges Lächeln. »Das klingt für mich, als wären Ihre Motive sehr ausgeglichen.«

»Und es betrifft nicht nur uns, die *Challenger*. Die Sternenflotte hat ein allgemeines Gesuch herausgegeben, in dem um Berichte mit Sichtungen derartiger Ereignisse gebeten wird. Das ist zu einem sehr wichtigen Thema geworden.«

»Dann bin ich froh, dass ich die Gelegenheit bekommen werde, mitzuerleben, wie die Sache ausgeht.«

»Für mich oder für die Sternenflotte?«

»Beides. Die Sternenflotte will Geschichte schreiben, aber es ist auch immer schön, wenn Freunden etwas Gutes passiert.«

»Etwas Gutes! So kann man es auch ausdrücken. Reg wird es vermutlich ebenso sehen ...« Er stand auf. »Was mich daran erinnert, dass ich dringend mit ihm sprechen muss.«

»Dann sehen wir uns später, Geordi.«

»Ganz bestimmt, schließlich hat das Nelson's eine Art Monopol an Bord.«

Sie beugte sich konspirativ zu ihm hinüber, als vertraute sie ihm ein Geheimnis an. »Genau so ist es mir am liebsten.«

Barclay saß an der Ops, daher musste Geordi nicht weit laufen. »Reg, wie läuft die Suche nach den Heckwellen?«

Sofort rief Barclay eine Sensorkalibrierungsanzeige auf seiner Konsole auf. »Ich habe diese Sensoren umprogrammiert, damit sie die Wellenform sofort erkennen und einen Alarm auslösen, sobald wir eine entdecken.«

»In welcher Reichweite?«

»Sie scannen den Subraum auf eine Distanz von bis zu drei Lichtjahren. Ich dachte, es wäre klüger, die Langstreckensensoren zu nutzen, da diese Heckwellen aus der Nähe sehr gefährlich sein können.«

»Gut mitgedacht.«

»Captain La Forge«, sagte Nog, der im hinteren Teil der Brücke saß. »Wir werden von der *U.S.S. da Vinci* gerufen. Sie fragen ... Das ist wirklich seltsam ...«

»Raus damit, Nog.«

»Sie fragen, ob Sie eine heiße Schokolade wollen.«

Geordi lachte. »Sagen Sie ihnen, ich hätte gerne eine, und machen Sie einen Termin aus.« Er bezweifelte, dass irgendjemand an Bord der *Challenger*, vielleicht mit Ausnahme von Guinan, die Anspielung verstand.

Einige Minuten später verließ die *da Vinci* neben der *Challenger* das Warpfeld, sodass beide Schiffe Seite an Seite flogen. »Sie haben die Brücke, Carolan«, sagte Geordi und ging zu Transporterraum zwei, um die Besucherin von der *da Vinci* zu begrüßen.

Die noch immer gut gebaute und lebenslustige Sonya Gomez war von einer etwas tollpatschigen Ingenieurin zum Captain der *da Vinci* und einer der tragenden Stützen des Ingenieurkorps der Sternenflotte herangereift. »Sonya! Lange nicht gesehen!«

»Geordi! Dann haben Sie es endlich auch zum Captain gebracht!«

»Sieht ganz danach aus.«

»Ich werde versuchen, Sie nicht mit heißer Schokolade zu bekleckern.«

»Das ist eine kluge Entscheidung. Sie sollten wissen, dass Captain Picard das mit Ihnen vorhat, seitdem Sie Captain der *da Vinci* geworden sind.«

»Ich habe noch immer Albträume von diesem Tag.«

»Er auch.« Geordi fügte allerdings nicht hinzu, dass das vermutlich eher daran lag, dass ihm Q die Borg gezeigt hatte, als an dem peinlicherweise verschütteten Getränk. »Gehen wir doch in den Maschinenraum, dann können Sie berichten, was Sie zu uns führt.«

»Ich dachte schon, Sie würden das nie vorschlagen.«

Im Maschinenraum herrschte nicht viel Betrieb, und Scotty und Vol freuten sich, Gomez zu sehen. Geordi wusste, dass Scotty viel dazu beigetragen hatte, ihr das Kommando über die *da Vinci* zu verschaffen, aber er hatte nicht gewusst, dass sie Vol ebenfalls kannte.

»Soweit ich weiß, hatte Scotty Sie gebeten, nach etwas Merkwürdigem in G-231 Ausschau zu halten ...«

»Ich bin nicht sicher, ob man das, was wir gefunden haben, merkwürdig nennen kann, aber ungewöhnlich ist es auf jeden Fall.« Sie reichte Vol einen isolinearen Chip, und er speiste die Daten in eine holografische Anzeige ein, die in der Mitte des Hauptmaschinenraums erschien. Darauf war die Subraumkarte eines Sternensystems mit einem seltsamen, grobkörnigen Muster zu sehen, das La Forge völlig unbekannt vorkam. »Das hier ist ein erhöhter Hintergrundlevel einer Subraumverzerrung. Es scheint eine Art Subraumgranulation auf Quantenebene zu sein.«

»Haben Sie so etwas schon einmal gesehen, Scotty?«, fragte Geordi.

»Noch nie.«

»Ich auch nicht. Gibt es einen Ort innerhalb des Systems, wo das Phänomen besonders gehäuft auftritt?«, erkundigte sich Vol.

»Wir konnten nichts feststellen«, antwortete Gomez. »Es sieht aus wie eine Art Langzeiteffekt, der sich über Jahrhunderte aufgebaut hat. Wir haben uns gefragt, ob es eine Verbindung zwischen Ihrer Wellenform und dieser allgemeinen Subraumgranulation gibt.«

»Es sieht für mich eigentlich nicht danach aus, aber wer weiß?«, meinte La Forge.

»Das haben wir uns auch gedacht, also haben wir einige Vergleiche durchgeführt. Wir haben die Subraumgranulation und Ihre Trans-Slipstream-Wellenform miteinander verglichen und eine Verbindung gefunden.«

»Großartig! Wie genau sieht sie aus?«, wollte Scotty wissen.

Gomez deutete auf die Art, wie die einzelnen Elemente des Musters angeordnet waren. »Unsere Granulation folgt einem Beugungsmuster. Als wir die Wellenform darübergelegt haben, konnten wir sehen, dass einige Punkte übereinstimmten. Die Granulation ist die

Nachwirkung von sehr, sehr vielen Wellen, die einander im Laufe einer langen Zeit überlagert haben.«

»So wie sich das Kielwasser von einander kreuzenden Booten überlagert und Wellen erzeugt?«, schlug Scotty vor.

»Genau. Was immer diese Wellen erzeugt, es gibt entweder sehr viele davon, oder es durchquert G-231 sehr häufig. Nach und nach haben die ständigen Überlagerungen dieser Heckwellen eine Quantengranulation im Subraum des gesamten Systems erzeugt.«

»Warum dort?«, fragte sich La Forge. »Gibt es dort irgendein strategisch wichtiges Objekt?«

»Wenn ich raten müsste, würde darauf tippen, dass das Schwarze Loch in der Bolus-Ausdehnung als Navigationsboje benutzt wird«, meinte Vol.

»Das ist eine verdammt ungewöhnliche Boje«, kommentierte Scotty.

»Der Meinung waren wir ebenfalls.« Gomez gähnte. »Aber ich habe einen langen Tag hinter mir, und wir sind auf dem Weg, um einen planetaren Deflektorschild gegen einen Gammastrahlausbruch aufzubauen, daher kann ich nur die Daten abliefern und muss schon wieder los.«

»Danke, Sonya«, sagte Scotty nachdrücklich.

»Ich hoffe, wir sehen uns bald mal wieder«, fügte La Forge hinzu.

»Machen Sie was aus den Daten«, rief Gomez zurück, die bereits in Richtung Transporterraum unterwegs war.

Scotty, Vol und La Forge sahen erst einander und dann die holografische Anzeige an. »Was denken Sie?«, fragte La Forge Scotty nach einigen Sekunden.

»Ich würde gern Leahs Meinung dazu hören.«

Diesem Vorschlag konnte La Forge mit vollem Herzen zustimmen.

La Forge sah durch das Fenster in seinem Bereitschaftsraum, wie die *da Vinci* abdrehte und auf Warp ging. Leah, die auf der anderen Seite des Schreibtisches saß, beugte sich vor und sah sich die Daten an.

»Diese Subraumgranulation muss nicht unbedingt das Produkt eines Slipstreams sein, aber da ist ein Element ...«

»Du bist die Expertin für Quanten-Slipstream. Wenn du glaubst, dass es nichts damit zu tun hat, dann müssen wir nach einer anderen Erklärung suchen.«

Leah hob eine Hand, um ihn aufzuhalten. »Wie gesagt, es gibt da ein Element in der Slipstream-Matrix, das ... an diese Granulation erinnert. Aber ein Slipstream-Antrieb kann so etwas unseren Erkenntnissen zufolge nicht verursacht haben, zumindest nicht ganz alleine und über längere Zeit hinweg.«

»Darüber habe ich auch nachgedacht.«

»Über die Zeitspanne?«

»Ja.« La Forge setzte sich hinter seinen Schreibtisch. »Wenn es sich dabei um Schaden handelt, der sich im Verlauf von zweihundert Jahren nach und nach aufgebaut hat, dann frage ich mich, ob es sich nicht genauso gut um den angestauten Schaden von Generationen von Warpantrieben handeln könnte.«

»Definitiv nicht. Wie du dir vorstellen kannst, sind die Anzeichen dieser Art von Subraumschäden etwas, das jeder, der Raumschiffantriebe entwirft und entwickelt, auf den ersten Blick erkennen würde.«

»Könnte es denn eine Art natürliches Phänomen sein?«, fragte Geordi.

»Ich weiß es nicht. Es gibt noch sehr viel, was wir über den Subraum nicht wissen. Alles ist möglich.«

»Was passt deiner Meinung nach am besten zu den Fakten?«

Leah schwieg lange Zeit, und La Forge wusste, dass sie nur sehr ungern voreilige Schlüsse zog, sondern lieber auf logische und überlegte Weise zu Erkenntnissen kam. »Reisen auf eine unbekannte Art mit einem unbekannten Antriebsprofil.«

»Unbekannt?«

»Und völlig neuartig.« Sie schob den Schirm beiseite und sah ihm in die Augen. »Du hattest recht. Das sieht aus wie eine völlig neue

Antriebsart, und wer immer sie nutzt, navigiert durch die Bolus-Ausdehnung.«

Zu demselben Schluss war auch La Forge gekommen, und es schien auf der Hand zu liegen, wie er weiter vorgehen musste, wenn er mehr über die Wellenformen und das, was sie verursachte, herausfinden wollte. Er berührte den Kommunikationsschalter auf dem Tisch. »Brücke, hier spricht der Captain.« Es kam ihm noch immer seltsam unwirklich vor, das zu sagen. »Setzen Sie Kurs auf das Sternensystem G-231. Warp sechs.«

KAPITEL 27

Captain K'Vadra stürmte auf die Brücke der *I.K.S. Iw'Bat*, einem Bird-of-Prey der *B'rel*-Klasse, und ließ sich von seiner taktischen Offizierin und dem Piloten begrüßen. »Bericht!«

»Sir«, knurrte die taktische Offizierin, »es wurde eine Subraumstörung in der Nähe eines Pulsars im Garath-System gemeldet. Offenbar versucht da jemand, unsere Grenze zu überqueren.«

K'Vadra leckte sich gierig die Lippen. »Abfangkurs!«

Die *Iw'Bat* drehte bei, und ihre Flügel gingen in Kampfstellung, während die Besatzung die Quelle der geheimnisvollen Energiewellen im Subraum ansteuerte. Zu K'Vadras Verwirrung wurden die Wellen jedoch schwächer anstatt stärker, je näher sie kamen.

»Was immer es auch war, es ist weg«, bestätigte die taktische Offizierin.

»Könnte es sich getarnt haben?« Das würde auf Romulaner hindeuten. K'Vadra hatte seit Jahren nicht mehr gegen Romulaner gekämpft, und er vermisste es.

»Gut möglich.«

K'Vadra marschierte auf der Brücke auf und ab, zu angespannt, um still sitzen zu können. Kurz darauf hatten sie die Koordinaten erreicht, von denen die Störung ausgegangen war. Es war nichts zu sehen, sie registrierten lediglich einen seltsamen Messwerts am äußersten Rand der Sensorreichweite. Es wirkte, als würden die Sensoren einfach durch etwas hindurchgehen; als wäre das, was immer es war, nicht nur getarnt, sondern eigentlich gar nicht da. Außerdem musste es riesig sein, aber das störte K'Vadra nicht weiter, da er wusste, dass die Romulaner einige sehr große Schiffe besaßen.

»Was ist das?« Er hoffte auf den Namen einer romulanischen Schiffsklasse.

Diesen Gefallen tat die taktische Offizierin ihm jedoch nicht. »Unbekannt, Sir.«

K'Vadra warf ihr einen finsteren, überaus enttäuschten Blick zu. »Überprüfen Sie die taktische Datenbank.«

»Überprüfung läuft.« Sie richtete sich gerade auf und fluchte. »Das ist unmöglich!«

»Was ist unmöglich?« Er wollte Fakten, keine Meinungen. Wer immer da draußen war, hielt sich unerlaubt in klingonischem Raum auf und würde schon bald erfahren, was für einen Fehler er begangen hatte. Da wollte K'Vadra nichts darüber hören, wie unmöglich diese Situation war.

»Laut Computer handelt es sich um den Streitwagen des *Fek'lhr.*«

»Ich sagte, Sie sollen die taktische Datenbank überprüfen, nicht die literarische ...«, fauchte K'Vadra.

»Das *ist* die taktische Datenbank.«

K'Vadra ging zur Taktikkonsole und schob die Offizierin beiseite, damit er die Anfrage selbst eingeben konnte. »Sie Idiotin! Ich werde ...« Er sprach nicht weiter, da der Computer auf seine eigene Anfrage dieselbe Antwort ausspuckte. »*Qu'vatlh!*«

Damit drehte er sich um und ging zu seinem Stuhl, von dem aus er die Steuer- und Ops-Konsole im Blick hatte. »Wenn es der Streitwagen des *Fek'lhr* ist, dann hält er sich ohne meine Erlaubnis oder die des Hohen Rates in der Welt der Lebenden auf. Schicken wir den Bastard also zurück ins *Gre'thor*, wo er hingehört.« Er deutete mit einem Finger auf den Schirm. »Abfangkurs!«

Die *Iw'Bat* flog auf das ferne Schiff zu. K'Vadra stand wieder vom Kommandosessel auf und setzte sich selbst an die taktische Konsole. »Geben Sie mir ein Zeichen, wenn wir in Schussweite sind.«

»Schussweite in neuntausend«, meldete der Pilot. »Es kommt näher.«

Auf einmal war auf dem angewinkelten Hauptschirm etwas zu

sehen, doch das Objekt war immer noch so durchsichtig, dass er die Sterne dahinter schimmern sah. »Wir sind in Schussweite!«

K'Vadra feuerte einen einzelnen Torpedo sowie eine kurze Salve aus den Flügeldisruptoren ab, da er auf diese Entfernung keine Energie vergeuden wollte. Andererseits konnte er aber auch nicht warten, bis sie nahe genug herangekommen waren. Der Torpedo flog direkt in das Zentrum der haiähnlichen Gestalt vor ihnen.

Zu K'Vadras Erstaunen und Freude verschwand das Objekt augenblicklich. Doch seine Freude verflog einen Augenblick später, als ihm bewusst wurde, dass der Torpedo direkt hindurchgeflogen war, ohne auf etwas zu treffen, und bald automatisch gezündet werden würde.

Er trommelte mit beiden Fäusten auf die Konsole. »Wo ist es hin?«

»Unbekannt, aber diese Subraumstörung ist wieder da, und sehr viel stärker als zuvor. Es sieht aus wie eine Wellenform oder ...«

»Ein Slipstream-Schiff? Die Föderation?«

»Nein, aber ...« Die taktische Offizierin blickte auf, und auf ihrem Gesicht zeichnete sich Erstaunen ab. »Es gibt Ähnlichkeiten zur Signatur von Slipstream-Antrieben, aber das hier übersteigt alles, was unseres Wissens möglich ist. Und da ist noch etwas. Der Computer gibt eine Warnung aus, dass derartige Sichtungen sofort dem Hohen Rat gemeldet werden müssen.«

Das ließ K'Vadra aufhorchen. Vielleicht handelte es sich um ein neues romulanisches Schiff mit eigenem Slipstream-Antrieb ... Das wäre sicherlich von großer Bedeutung für den Hohen Rat.

»Dann melden Sie es.« Er drehte sich zum Piloten um. »Wir setzen unseren Patrouillenkurs fort.«

La Forge wusste nicht, wen er erwarten sollte, als es an seiner Tür klingelte. »Herein.« Er war nicht im Dienst und trug Zivilkleidung. Er bereitete sich darauf vor, mit Leah im Nelson's essen zu gehen, aber bis zu ihrer Verabredung hatte er noch etwas Zeit.

Qat'qa kam herein und reichte ihm ein Padd. Sie war die letzte Person, mit der er gerechnet hatte. »Ich habe das vom Hohen Rat erhalten. Es ist ein Bericht über den Angriff eines Bird-of-Prey auf ein vermeintliches Schiff im klingonischen Raum. Scans, die zu dieser Zeit durchgeführt wurden, zeigen Hinweise auf die Subraumstörung, nach der wir suchen.«

»Warum wurde es an Sie privat geschickt und nicht über die offiziellen Kanäle?«

»Weil die Familie schneller ist als die Bürokratie.«

»Dagegen lässt sich nichts einwenden. Danke, Qat'qa.«

Es dauerte weitere zwei Tage, bis die offizielle Version vom klingonischen Hohen Rat die *Challenger* erreichte. Carolan machte La Forge während der regulären morgendlichen Besprechung darauf aufmerksam.

»Was ist das?«, fragte er, als sie ihm die Kommunikationsdatei reichte.

»Eine Zusammenstellung von Berichten über Trans-Slipstream-Wellen in verschiedenen Bereichen des Alpha-Quadranten in den letzten Wochen. Darin ist diese klingonische Sichtung enthalten, eine von der *Aventine* und sogar ein Bericht aus dem cardassianischen Raum.«

»Aus dem cardassianischen Raum?«

Carolan zuckte mit den Achseln. »Offensichtlich. Eine Störung eines Kommunikationsrelais in einem ansonsten unbewohnten System. Die Meldung der Klingonen ist auch sehr seltsam.«

»Inwiefern?«

»Sie beschreiben es als eine Art ... real gewordene Mythologie. Angeblich haben sie einen *D'Vey Fek'lhr* gesichtet.«

»Ein ... Teufelsschiff? Sie meinen, wie eine UFO-Sichtung auf der Erde des zwanzigsten Jahrhunderts, oder das Monster von Loch Ness?« Geordi hätte nie gedacht, dass die Klingonen Dinge sehen könnten, die gar nicht da waren.

»Das kommt dem ziemlich nahe«, erwiderte sie.

»Tja, wir haben es ja nicht anders gewollt. Berufen Sie in fünf

Minuten eine Besprechung der Führungsoffiziere ein. Mal sehen, was sie dazu sagen.«

»Aye, Sir.«

Scotty, Leah, Vol, Nog, Barclay und Qat'qa setzten sich zu ihnen an den Obsidiantisch im Konferenzraum, und Carolan stellte auch ihnen die Liste von Trans-Slipstream-Sichtungen der Sternenflotte vor.

»Ich schätze, die nächste Frage ist, ob all diese Sichtungen ein Muster ergeben«, meinte La Forge. »Etwas, das uns an eine Stelle führt, von der aus wir diese Heckwellen selbst beobachten können.«

»Das lässt sich leicht herausfinden.« Barclay rief eine holografische Sternkarte auf, die über dem Tisch angezeigt wurde. »Wenn ich die Positionen und Vektoren all dieser Sichtungen astrometrisch anzeigen lasse ...« Eine Reihe von blinkenden Punkten erschien, dazwischen mehrere schwach leuchtende Linien, die sich in mehreren Bereichen überkreuzten. Bei den Schnittpunkten handelte es sich größtenteils um Objekte mit großer Masse und entsprechend hoher Schwerkraft. »Da.«

»Das sieht aus wie eine Energieflussanzeige«, meinte Leah.

»Zieht man die Häufigkeit der Sichtungen in Betracht, dann ist offensichtlich, dass einige davon ...«, Reg berührte eine Schaltfläche, und einige der Linien wurden rot, »eine Art ... Spur darstellen, und zwar desselben Objekts, das sich in einem völlig unmöglichen Zeitrahmen von einem Ort zum anderen bewegt.«

»Unmöglich nach jedem aktuellen technologischen Maßstab, meinen Sie«, hob Leah hervor.

»Das ist für mich unmöglich genug«, meinte La Forge.

»Ebenso wie das hier.« Leah streckte eine Hand aus und malte mit der Fingerspitze eine geschwungene Linie im Hologramm.

»Eine Projektion, woher sie gekommen sind?«, fragte Vol, woraufhin Leah nickte.

»Von außerhalb der Galaxis«, flüsterte Qat'qa, da die Spur über den Rand der Anzeige hinausging.

»Was?«, fragte Scotty erstaunt.

»Sie müssen von außerhalb der Galaxis gekommen sein, wenn die Vektoren korrekt sind. Oder sie stammen einfach aus einer anderen Zeit«, stellte Qat'qa fest.

Barclay löschte das Bild der Spur, die aus der Galaxis herausführte. »Auch das würde mich nicht überraschen. Vielleicht nutzen sie diese Objekte mit hoher Schwerkraft für den Schleudereffekt, um durch die Zeit zu reisen.«

La Forge konnte den Blick nicht von der Anzeige abwenden. »Das ist durchaus möglich, aber meiner Ansicht nach wäre es schon ein ganz schön großer Zufall, dass derjenige, wer immer es auch sein mag, stets in unserer Zeit erscheint und genau so einen Kurs fliegt, als hätte er die Galaktische Barriere durchquert.« Er berührte die Darstellung eines dichten Neutronensterns, an dem sich mehrere Linien kreuzten, und dieser blinkte gehorsam. »Diese Punkte, an denen sich die Linien treffen ... Ich würde wetten, dass wir dort Subraumgranulation finden werden.«

Leah begegnete seinem Blick. »Es würde mich überraschen, wenn es nicht so wäre«, stimmte sie ihm zu.

»Und wenn man in eine Galaxis reisen will, dann ist ein Punkt mit höherer Masse und Schwerkraft von außerhalb der Barriere deutlich leichter anzupeilen«, merkte Vol an.

Qat'qa warf die Hände in die Luft. »Sie können nicht einfach ...«

»*Wir* könnten es nicht, aber wir sind auch nicht im Besitz dieses ... Trans-Slipstreams.«

»Die Galaktische Barriere«, sagte Scotty nachdenklich. »Ich würde nicht behaupten, dass es unmöglich ist, sie zu durchqueren, da ich es selbst einige Male getan habe, aber es ist verdammt schwer und außerdem ziemlich unklug.«

»Wie ist es Ihnen im dreiundzwanzigsten Jahrhundert gelungen, sie zu durchqueren?«, wollte Leah wissen.

»Das geschah unabsichtlich. Oh, wir haben es einmal bewusst versucht, aber selbst als wir den Warpantrieb perfekt auf den maximalen Ausstoß ausbalanciert und die Schilde besonders verstärkt hatten, ist es uns aus eigener Kraft einfach nicht gelungen.«

»Was hat gefehlt? Die Unterstützung von außen?«, hakte Leah nach.

»Genau. Einmal haben diese Widerlinge aus der Andromeda-Galaxis, die sich Kelvaner nannten, die *Enterprise* gekapert und meinen armen kleinen Liebling modifiziert, um die Barriere zu durchbrechen, indem sie eine Maschine nutzten, die sie selbst mitgebracht hatten.«

»Und wie hat sie funktioniert?«

»Wie funktioniert das, Scotty?«, fragte James T. Kirk.

Hilflos sah Scotty den glänzenden, verchromten Mechanismus an, der im Kontrollraum über dem Hauptmaschinenraum der *U.S.S. Enterprise* eingebaut worden war. Er musste gegen die aufsteigende Übelkeit und die Kopfschmerzen ankämpfen, die er dem vergangenen Abend zu verdanken hatte, an dem er in Ausübung seiner Pflicht viel zu viel Alkohol getrunken hatte.

Vier Kelvaner, Wesen aus der Andromeda-Galaxis, hatten menschliche Gestalt angenommen und die *Enterprise* gekapert. Sie hatten den Antrieb mit einem von ihnen konstruierten Gerät modifiziert, das in der Lage gewesen war, den Großteil der Besatzung in kristalline Blöcke zu verwandeln. Mithilfe dieses Geräts hatten sie die gewaltige Energiebarriere am Rand der Galaxis durchdrungen bei dem Versuch, nach Hause in die Andromeda-Galaxis zu gelangen. Scotty hatte einen von ihnen unter den Tisch getrunken, um ihm die Kontrolle über das Gerät abnehmen zu können, und jetzt musste er den Preis dafür bezahlen.

Zum Glück hatten die Kelvaner gemerkt, dass sie sich schon zu sehr an das Dasein als Mensch gewöhnt hatten, und die *Enterprise* umkehren lassen.

»Es funktioniert ... viel zu gut, aber ich will verdammt sein, wenn ich weiß, wie, Captain.«

Kirk schnitt eine Grimasse, und Scotty wusste, dass er mit einer derartigen Antwort gerechnet hatte. Mr. Spock jedoch ließ nicht so leicht locker. »Mr. Scott«, sagte er betont, »wenn das kelvanische Gerät nachgebaut werden kann, dann würde das einen großen technologischen Fortschritt bedeuten.«

»Außerdem«, fügte Kirk hinzu, »würde es bedeuten, dass wir eine deutlich bessere Kontrolle über unsere Heimreise hätten.«

Scotty verstand den Captain nur zu gut. Er freute sich auch nicht gerade darauf, die Barriere ein zweites Mal zu durchqueren. Fast war er froh, dass die Kelvaner die Mannschaft dieses Mal in Kristalle verwandelt hatte. Das bedeutete, dass keiner von ihnen seltsame Psi-Fähigkeiten entwickeln konnte, wie es der arme Gary Mitchell und Elizabeth Dehner getan hatten, als das Schiff zum ersten Mal versucht hatte, die gewaltige und unbegreifliche Energiewelle zu durchdringen, die die Galaxis umschloss.

Wenn Scotty ehrlich zu sich selbst war, gefiel ihm der Gedanke, es mit der Galaktischen Barriere aufzunehmen, jetzt, über einhundert Jahre später im Konferenzraum der *Challenger*, ebenso wenig wie damals auf der *Enterprise.* Trotz all des technischen Fortschritts stellte sie noch immer eine beachtliche Hürde dar.

Laut sagte er jedoch: »Ich schätze, dass wir einen Weg finden werden.«

»Okay«, meinte La Forge entschlossen. »Welcher dieser Punkte mit hoher Schwerkraft liegt unserer jetzigen Position am nächsten, abgesehen von der Bolus-Ausdehnung?«

Leah deutete auf eine glühende Kugel im Hologramm. »Pulsar Alpha Sechs-Vier. Er liegt nahe dem Rand der neutralen Zone«, fügte sie warnend hinzu.

La Forge nickte ernst. »Qat'qa, setzen Sie einen Kurs dorthin. Mal sehen, ob wir in der Gegend dieselbe Subraumgranulation vorfinden wie in der Bolus-Ausdehnung und G-231.«

»Wir sind schon so gut wie unterwegs, Sir.«

KAPITEL 28

Auf Romulus verharrte die Politik nicht im Stillstand, nur weil Praetor Gell Kamemor einen Staatsbesuch auf ihrer Heimatwelt Glintara machte. Sie war auch nicht allein unterwegs; zur Eskorte ihres Schiffs gehörte einer der neuesten Warbirds der romulanischen Flotte, Remus wurde von einem Schiff repräsentiert, und schließlich hatte der Tal Shiar die *Sturmkrähe*, ein Schiff der *Valdore*-Klasse, gesandt, als hätte er es nötig, irgendjemanden an seine stetige, wachsame Präsenz zu erinnern.

Der Praetor wusste, dass kein Vorsitzender des Tal Shiar sich gerne in der Öffentlichkeit sehen ließ, aber bei einigen Staatsangelegenheiten war es unvermeidbar, derart wichtige Personen in diplomatische Funktionen einzubeziehen.

Es war über ein Jahr her, dass die Vorsitzende des Tal Shiar Romulus zuletzt verlassen hatte, und sie stellte fest, dass sie es genoss. Ihr Büro war fast schon zu einem Gefängnis geworden. Sicher, es war geräumig und luxuriös, und sie besaß mehr Macht als jeder Schiffscaptain, aber es änderte sich nie etwas, und sie bekam keine Gelegenheit, etwas Neues zu sehen.

»Frau Vorsitzende?« Eine tiefe Stimme erregte ihre Aufmerksamkeit. Sie gehörte dem Captain dieses Schiffes, einem grauhaarigen Commander namens Marist. Die Vorsitzende hatte die politischen Akten aller Schiffsoffiziere gelesen, bevor sie an Bord gekommen war - Wissen war schließlich Macht - und diesen Mann als loyalen Untertan eingestuft. Das bedeutete aber noch lange nicht, dass er auch vertrauenswürdig war. Vertrauen musste man sich persönlich verdienen, zumindest ihres.

»Commander Marist«, sagte sie. »Sie haben ein schönes Schiff.«

»Vielen Dank, Frau Vorsitzende.« Stolz straffte er die Schultern.

»Gehen Sie ein Stück mit mir, Commander.« Er kam dieser Aufforderung nach und begleitete seine höchste Vorgesetzte durch das Schiff.

»Diese diplomatischen Funktionen sind äußerst lästig«, meinte die Vorsitzende, »aber sie können zuweilen auch eine gute Gelegenheit darstellen. Ich bewundere Ihre Arbeit schon seit einigen Jahren.«

Marist schien angenehm überrascht. »Vielen Dank, Frau Vorsitzende.«

Sie kamen auf der Brücke der *Sturmkrähe* an, wo Marist, nachdem ihn die Vorsitzende lächelnd entlassen hatte, mit einer groß gewachsenen, muskulösen Frau sprach. »Danke, Subcommander Voktra«, sagte er, nachdem sie ihren Bericht beendet hatte. Dann drehte er sich wieder zu der Vorsitzenden um. »Wir haben dem Praetor unsere Bereitschaft gemeldet, Frau Vorsitzende. Sobald sie das Signal gibt, geht das Geschwader auf Warp. Bei normaler Reisegeschwindigkeit braucht man drei Tage bis nach Glintara.«

»Ich weiß, ich bin schon einmal dort gewesen.« Jeder nahm seinen Platz ein, und nach wenigen Minuten erschien Praetor Kamemor auf dem Hauptschirm und gab den Befehl, auf Warp zu gehen. Die vier Schiffe und ihre Eskorten reagierten sofort.

Drei Tage später verließen drei der zum Staatsbesuch gehörenden Schiffe im Sonnensystem von Glintara den Warp. Die *Sturmkrähe* jedoch flog weiterhin mit Warp, dabei wurde sie sogar immer schneller. Marist war perplex und trug seinem Chefingenieur Voktra auf, herauszufinden, was nicht stimmte.

Marist sagte nichts, aber jeder an Bord kannte den Grund für seine Panik. Die Vorsitzende des Tal Shiar war Passagier des Schiffes, und der Tal Shiar verzieh keine Fehler. Nach mehreren Schichten verkündete Voktra Marist die Neuigkeiten, die er nicht hören wollte. »Sabotage, Commander«, schnaubte sie. »Jemand hat einen Virus in die Software des Warpkerns eingeschleust und diesen ausgelöst, als wir aus dem Warp gehen wollten. Die Navigationskonsole und die Steuerung sind blockiert, und der Warpkern wird überladen.«

»Dann ziehen Sie den Stecker«, befahl Marist.

»Das geht nicht. Wenn wir das tun, wird die Quantensingularität im Warpkern freigesetzt. Wer immer das getan hat, war ein technisches Genie.«

»Kontaktieren Sie den Praetor und den Rest der Flotte und informieren Sie sie über unsere Lage«, ordnete Marist an. Der Centurion an der Kommunikationskonsole wollte das gerade tun, hielt jedoch erschrocken inne, als ein Gesicht auf dem Hauptschirm erschien. Ein Gesicht, das nur zwei Personen an Bord kannten.

»Direktor Vellil«, zischte die Vorsitzende mit eiskalter Wut in der Stimme.

Der Leiter des Technischen Direktorats des Tal Shiar lächelte. »Frau Vorsitzende. Ich müsste lügen, wenn ich behaupten würde, Ihre aktuellen technischen Schwierigkeiten täten mir leid.«

»Was hat das zu bedeuten?«, wollte Marist wissen.

»Dies ist eine Nachricht an die Vorsitzende vom verstorbenen Vorsitzenden Rehaek. Sie lautet: ›Wir sehen uns bald.‹« Mit diesen Worten verschwand Vellil vom Bildschirm, während das Schiff unkontrolliert weiterflog.

»Commander«, schrie der Pilot, »ich habe die Störung im Navigationscomputer beseitigt, und wir befinden uns mitten in der neutralen Zone.«

»Drehen Sie um«, fauchte Marist.

»Das Steuer reagiert nicht. Und wir sind auf Kollisionskurs mit einem Pulsar, Alpha Sechs-Vier, Sir.«

»Das ist im Föderationsraum«, sagte die Vorsitzende.

»Irgendetwas nähert sich«, erkannte Voktra auf einem Sensormonitor. »Es kommt mit unglaublicher Geschwindigkeit näher, schneller als alles, was ich je gesehen habe.«

»Von der Föderation?«

»Das Signal wird stärker«, meldete Voktra. »Wenn diese Messwerte stimmen ... Sie deuten auf eine Art Slipstream...« Ihr wurde das Wort abgeschnitten, als ein heftiges Beben die ganze Brücke erfasste und herumwirbelte, sodass Voktra, Commander Marist, die Vorsitzende und alle anderen über die Konsolen und schmerzhaft gegen Wände und Stützpfeiler geschleudert wurden. Kurzzeitig wurde alles schwarz.

Auf dem Hauptschirm war ein grüner Flügel zu sehen, der sich taumelnd vom Schiff wegbewegte. Alarme schrillten auf allen Decks, und das Licht auf dem Kommandodeck wurde dunkelrot. »Was ist passiert?«, verlangte die Vorsitzende zu erfahren.

»Wir verlieren Plasma!«, rief eine Stimme. »Druckverlust auf den Decks vier bis neun. Keine Energie mehr!« Aber das war noch nicht das Schlimmste. Voktra hatte sich wieder aufgerappelt und war zur Hauptsystemkonsole gehumpelt. Beinahe wäre sie über Commander Marist gestolpert, und sie erkannte, dass er tot war. Er hatte keinen Kopf mehr.

»Bericht!«, verlangte die Vorsitzende erneut. »Was hat uns getroffen? Welche Waffe?«

»Das war keine Waffe, Vorsitzende ... Das war eine Kollision.«

»Eine Kollision? Womit? Einem Schiff der Föderation?«

»Unmöglich zu sagen, da unsere Sensoren ausgefallen sind. Vorsitzende ... Wir haben den Backbordflügel verloren. Er wurde einfach abrasiert.«

»Fahren Sie fort, Voktra.«

»Der Antrieb ist ausgefallen, Schilde und Waffen ebenfalls, genau wie die Tarnvorrichtung ...«

»Das sind zu viele ausgefallene Systeme. Was ist denn überhaupt noch aktiv?«

»Die Lebenserhaltung, die Replikatoren und die Hauptenergie. Oh nein!« Voktra konnte kaum glauben, was sie da sah, aber sie hatte das Gefühl, dass sich in ihrem Magen vor lauter Panik ein Knoten bildete.

Die Vorsitzende bemerkte ihren Gesichtsausdruck. »Was ist los?«

»Die Hauptenergie ist aktiv, aber es gibt eine Feedbackschleife. Die künstliche Quantensingularität ist irreparabel destabilisiert. Ihre Drehung ist unstet und außer Kontrolle.«

»Wie ernst ist es?«

»Die Singularität wird in weniger als einer Stunde jede mögliche Eindämmung durchbrechen.«

»Stoßen Sie sie ab!«

»Die Abstoßsysteme sind außer Betrieb.«

»Dann explodieren wir in einer Stunde ...«

»Wir *implodieren* in einer Stunde.« Diese Worte brachten Voktra einen finsteren Blick der Vorsitzenden ein. Sie machte diesen Vorschlag nur sehr ungern, aber da sie nach Marists Tod jetzt das Kommando innehatte, lag es nun einmal in ihrer Verantwortung. »Vorsitzende ... Wir sollten das Schiff aufgeben.«

»Senden Sie ein Notsignal«, meinte die Vorsitzende endlich.

KAPITEL 29

Die *Challenger* flog mit Warp fünf auf den Pulsar Alpha Sechs-Vier zu, als Nog verkündete: »Captain, ich empfange ein Notsignal auf allen Frequenzen. Nur Audio, aber es ist ein starkes Signal, was bedeutet, dass sie in der Nähe sein müssen.«

»Lassen Sie hören.«

»... *Warbird* Sturmkrähe. *Wir sind mit einem unbekannten Schiff kollidiert und verlieren Atmosphäre. Unsere Energieversorgung ist ausgefallen, und unser Antrieb ist instabil. Implosion in geschätzt ...*«

»Ein Warbird? In der neutralen Zone?«

»Ja, Sir.«

»Nun, das können sie uns immer noch erklären. Setzen Sie erst mal Kurs zur Position der *Sturmkrähe*, maximale Warpgeschwindigkeit.«

»Kurs gesetzt, maximale Warpgeschwindigkeit«, wiederholte Qat'qa, in deren Stimme sich Enttäuschung und Abscheu widerspiegelte.

La Forge wusste genau, warum die Vorstellung, Romulaner zu retten, ihr nicht behagte. Er war sich nicht sicher, ob er sich das Privileg bereits verdient hatte, ihren Spitznamen zu verwenden, aber er fand, das wäre ein ausgezeichneter Zeitpunkt, um es auszutesten. »Kat ... Ich habe viele Jahre lang mit Worf gedient und weiß, was Sie über die Romulaner denken, aber ... ein Notsignal ist und bleibt ein Notsignal, selbst in der neutralen Zone.«

»Falls es wirklich ein Notsignal ist, Sir.«

»Keine Sorge, dieser Gedanke ist mir auch schon gekommen. Nog, lassen Sie die Schilde oben und halten Sie die Waffen bereit, nur für den Fall der Fälle.« Er dachte kurz nach. »Qat'qa, kommen Sie mit in meinen Bereitschaftsraum.« Sie übergab ihre Konsole ihrer Ablösung und folgte ihm.

»Sir, wenn Sie mir einen Vortrag über interplanetare Beziehungen und meine Pflichten auf diesem Schiff halten wollen ... Mein Hass wird sich nicht auf meine Pflichterfüllung auswirken. So bin ich nicht.«

La Forge war froh, das zu hören. »Aus diesem Grund wollte ich nicht mit Ihnen reden. Sie sollen begreifen, dass ... dass ich den Romulanern auch nicht traue.«

»Sir?«

»Ich bin schon in romulanischer Gefangenschaft gewesen.«

Qat'qa sah ihn schockiert an, und er war sich ziemlich sicher, ein gewisses Mitgefühl in ihrer Miene zu erkennen. »Man hat Sie gefoltert ...«

»Nein, eigentlich nicht. Zumindest nicht dass ich wüsste.«

»Nicht dass Sie wüssten? Ich hätte gedacht, dass es ein ziemlich einprägsames Erlebnis wäre, sich in der Gewalt der Romulaner zu befinden.«

»Nein ... Tatsächlich sollte ich mich gar nicht daran erinnern.« Er machte eine Pause und rief sich ihre Personalakte ins Gedächtnis. »Sie haben im klingonischen Bürgerkrieg Familienmitglieder verloren, nicht wahr? Als die Duras-Familie mit Unterstützung der Romulaner versucht hat, das Imperium zu übernehmen.«

»Meine ältere Schwester und beide Brüder.« Sie sprach die Worte wie ein Mantra aus, etwas, das sie motivierte. Er war davon überzeugt, dass sie genau das für sie waren, denn seiner Erfahrung nach entsprach das der Art der Klingonen.

»Vor dem Krieg haben die Romulaner versucht, einen Keil zwischen die Föderation und das Imperium zu treiben. Ich schätze, sie hatten gehofft, sowohl den Widerstand auf ihre Expansion zu schwächen als auch zu verhindern, dass sich die Föderation einmischt, wenn sie die Duras ... auf den Thron heben.«

»Doch die Föderation hat sich, Kahless sei Dank, eingemischt.«

»Ja. Die Romulaner hatten allerdings einen Sternenflottenoffizier entführt. Unter Einsatz von psychochirurgischen Techniken haben sie ihn umprogrammiert, damit er einen klingonischen Gouverneur ermordet und es zu Feindseligkeiten zwischen der Föderation und dem Imperium kommt. Sie nutzten die neuralen Implantate, die sein Gehirn und seine visuelle Prothese verbanden, um ihn zu kontrollieren.«

»Das waren Sie.«

»Das war ich.«

»Aber Sie ... Sie habe keinen Gouverneur ermordet?«

»Nein. Aber ich wusste nicht mehr, was ich tat. Ich habe mich nicht daran erinnert, Gefangener der Romulaner gewesen zu sein ... Ich glaubte, einen sehr amüsanten Urlaub auf Risa verlebt zu haben.«

»Wir sind eins in unserem Schmerz«, erwiderte Qat'qa langsam. »Ich verstehe. Darf ich frei sprechen?«

»Nur zu.«

»Ich habe Ihnen nicht die Erlaubnis erteilt, mich Kat zu nennen.« Sie zuckte mit den Achseln. »Ein Versäumnis, das ich hiermit korrigiere. Es steht Ihnen frei, mich Kat zu nennen.«

»Vielen Dank, Kat.« La Forge war wirklich tief berührt. Er wusste, wie ernst es Klingonen mit Namen war. »Und jetzt haben wir ein paar Romulaner zu retten.«

Die Mannschaft der *Sturmkrähe* konnte aufgrund des austretenden Kühlmittels und des Löschgases kaum noch atmen. Das statische Rauschen aus dem Kommunikationssystem bildete die passende zischende Geräuschkulisse. Die Vorsitzende fragte sich, ob sie ersticken würde, bevor die Singularität im Herzen des Warpkerns das Schiff implodieren ließ.

»Zehn Minuten«, sagte Voktra mit derart kalter Stimme, dass der Vorsitzenden der Gedanke kam, ob die Frau wohl etwas vulkanisches Blut in den Adern haben mochte. Ohne Vorwarnung verwandelte sich das statische Rauschen in Wortfragmente. Einen Augenblick lang glaubte die Vorsitzende schon zu halluzinieren, doch dann sah sie, dass Voktra es ebenfalls hörte.

»...ff ... ist d... empfangen. Ich wiederhole: Romulanisches Schiff, hier ist die U.S.S. Challenger, *wir haben Ihr Notsignal empfangen.«*

Ein Föderationsschiff, dachte die Vorsitzende. *Das musste ja so kommen.* Sie sah Voktra in die Augen, in denen ein Hoffnungsschimmer aufflackerte. Dann nickte sie ihr langsam zu und akzeptierte das Unausweichliche. »Antworten Sie ihnen, und setzen Sie sie über unsere Lage in Kenntnis.«

Voktra fiel auf die Knie, die hart auf der Transporterplattform aufkamen, sobald der Strahl sie freigab. Sie war eine von einem halben Dutzend Romulanern, die von der Plattform heruntertaumelten und nach Luft schnappten.

Sie hatte sich als eine der letzten Personen vom Schiff beamen lassen, um dafür zu sorgen, dass so viele wie möglich evakuiert wurden. Ihr war klar, dass es eine Weile dauern würde, bis sie das Gift aus ihrer Lunge befördert hatte. Aber wenigstens konnte sie wieder atmen. Ein Mensch mit vier Abzeichen am Kragen - der Captain - und seltsamen Augen, die sie rasch als kybernetische Implantate erkannte, half ihr auf. »Wir haben achtundsechzig Überlebende, Sie eingeschlossen. Fehlt noch jemand?«

Voktra wollte nicken, was jedoch nur in einer schwachen Bewegung mündete. »Unser Passagier wollte erst gehen, wenn alle anderen Überlebenden gerettet wurden.«

»Offenbar ist uns das jetzt gelungen. Ihr Passagier muss nicht zusammen mit dem Schiff untergehen.«

»Nein.« Voktra hob ihren Kommunikator. »Vorsitzende, hier spricht Ingenieurin Voktra. Alle Überlebenden sind jetzt an Bord des Föderationsschiffes. Sind Sie bereit zum Beamen?«

»*Ich bin bereit*«, erwiderte die resignierte Stimme.

La Forge lief es eiskalt den Rücken herunter, als er Voktra zu einem wartenden Medizintechniker führte, aber er hätte nicht genau sagen können, warum. »Beamen Sie den Passagier her«, befahl er dem

Ensign an der Transporterkonsole, während er sich fragte, was das für ein Passagier war, dass er nicht als Erster das Schiff verlassen wollte. Vermutlich jemand, der der Sternenflotte nicht in die Hände fallen sollte.

Als der romulanische Passagier auf der Transporterplattform Gestalt annahm, begriff La Forge, woher seine ungute Vorahnung gekommen war. Die Stimme war ihm bekannt vorgekommen, ebenso wie jetzt der Anblick des ungewöhnlichen strohfarbenen Haars, das im üblichen romulanischen Bob geschnitten war. Er wusste, dass er gleich ein bekanntes Gesicht sehen würde, noch bevor sie sich zu ihm umgedreht hatte.

»Captain La Forge«, sagte Sela und lächelte etwas gequält, aber trotz allem herablassend. »Es ist mir wie immer ein Vergnügen.«

Unter Kats sicheren Händen drehte die *Challenger* bei, verließ die neutrale Zone und machte einen kurzen Warpsprung. Die Hülle der *Sturmkrähe* blitzte auf, brannte und fiel dann in sich zusammen.

Die Vorsitzende Sela gehörte nicht gerade zu den Personen, die Geordi gern auf die Brücke der *Challenger* brachte, aber sie war ein hochrangiges Mitglied einer fremden Regierung und verdiente somit eine diplomatische Behandlung und Respekt, ob ihm das nun passte oder nicht. Schnell eskortierte er sie in den Bereitschaftsraum.

»Danke, dass Sie uns das Leben gerettet haben«, sagte Sela. »Und jetzt bitte ich Sie offiziell darum, dass Sie mich und die Mannschaft der *Sturmkrähe* zu einem Rendezvous mit einem unserer Schiffe in der neutralen Zone bringen. Ich gehe doch davon aus, dass Sie Romulus ebenso wie die Sternenflotte über diesen Zwischenfall informiert haben.«

»Das haben wir.« Geordi wollte direkt zum Punkt kommen. »Was hatten Sie in der neutralen Zone zu suchen?«

»Ich muss Ihnen eigentlich nur meinen Namen, meinen Rang und meine Dienstnummer nennen.«

»Wie wäre es, wenn ich Ihnen dann sage, was Sie dort getan haben?« Sie schenkte ihm ein gespieltes ermutigendes Lächeln, und er fuhr fort: »Nach dem zu urteilen, was unsere Sensoren von Ihrer Warpspur gemessen haben, war Ihr Schiff außer Kontrolle geraten und hatte Kurs auf den Pulsar genommen. Das bedeutet, dass entweder Ihr Antrieb ausgefallen ist oder Sie sabotiert wurden. Da es sich bei dem Schiff um ein häufig verwendetes Modell handelt, würde ich auf Letzteres tippen.«

»Sehr gut, Captain La Forge.« Sie klang, als wäre sie wirklich beeindruckt. »Wir könnten es als politischen Unfall bezeichnen.«

»Sie müssen sehr viele Feinde haben, insbesondere unter den Ingenieuren.«

»Ich kann Ihnen versichern, dass es eine umfangreiche Untersuchung geben wird, sobald ich nach Romulus zurückgekehrt bin. Und das sollte unter den gegebenen Umständen wohl möglichst bald passieren. Ich bezweifle, dass der Senat meine Abwesenheit gutheißen wird; ebenso wenig, wie Ihre Regierung es zu schätzen wüsste, wenn der Leiter des Sternenflottengeheimdienstes längere Zeit unser Gast wäre. So etwas macht Ihre Leute ...«

»Nervös.«

Sela lachte, konnte es aber nicht leugnen. »Vielleicht wäre es einfacher für Sie - für die Sternenflotte als Ganzes -, wenn ich mit meiner Regierung sprechen und ihr versichern könnte, dass ich in Sicherheit bin.«

La Forge nickte. »Natürlich.« Das war ein durchaus übliches Recht, das einem Würdenträger gewährt wurde, der ein Föderationsschiff besuchte. Ihm fiel es zwar schwer, Sela als Würdenträgerin zu sehen, aber offiziell war sie das. Das Amt der Vorsitzenden des Tal Shiar entsprach in etwa einem Posten im Kabinett der Föderationsregierung, soweit er das beurteilen konnte. »Mein Erster Offizier wird sich sofort darum kümmern, und dasselbe gilt auch für die Besatzung des Schiffes, falls diese ihren Familien mitteilen will, dass es ihr gut geht, und falls Ihre Regierung das gestattet.«

»Sie wird es gestatten. Die Besatzung der *Sturmkrähe* hat zumindest einen hochrangigen Fürsprecher.«

»Es muss angenehm sein, Vorsitzende des Tal Shiar zu sein.«

»Oh, das ist es.«

»Und nervenaufreibend, wenn andere Unfälle arrangieren, um einen aus dem Weg zu räumen.«

Sie sah ihn gespielt kokett an. »In so vielen Berufen gibt es ein erhöhtes Verletzungsrisiko. Jeder, der mal beim Militär war, ist an so etwas gewöhnt.«

Binnen einer Stunde hatte die Vorsitzende Sela mit Praetor Kamemor gesprochen, die sich noch auf Glintara aufhielt. La Forge hatte ihr versichert, dass sie sich auf einem sicheren Kanal unterhalten konnten, der nicht von der Sternenflotte überwacht wurde, und sie glaubte zumindest daran, dass er seine eigenen Worte glaubte. Sela war nicht zur Vorsitzenden aufgestiegen, indem sie naiv war; sie wusste ganz genau, dass jeder überall von irgendjemandem überwacht wurde.

»*Vorsitzende Sela*«, sagte Kamemor. »*Ich bin erleichtert, dass Sie in Sicherheit sind.*«

»Das bin ich, aber das Imperium hat ein gutes Schiff, Commander Marist und viele Besatzungsmitglieder der *Sturmkrähe* verloren.«

»*Commander Marist?*«

»Leider ja.«

»*Was für eine Schande. Er war einer unserer zuverlässigsten Kommandanten. Was ist passiert?*«

»Ich möchte, dass sich Direktor Vellil um die Sache kümmert«, sagte Sela vorsichtig. »Ganz offiziell«, fügte sie dann hinzu.

»*Ich werde es an Ihren Stab weitergeben, falls Sie das noch nicht getan haben*«, erwiderte Kamemor mit einem wissenden Lächeln. »*Zunächst müssen wir Ihre Rückkehr in die Wege leiten. Ich werde Commander Varaan bitten, sich an Koordinaten, die sowohl für uns als auch die Sternenflotte akzeptabel sind, mit der* Challenger *zu treffen. Prokonsul Tomalak kennt die besten Kanäle, auf denen sich das arrangieren lässt.«*

»Ich habe verstanden, Praetor.«

Carolan betätigte den Türmelder am Bereitschaftsraum und trat ein, als La Forge sie hereinrief. »Neuigkeiten von der Sternenflotte?«, vermutete er.

»Koordinaten für das Rendezvous mit einem romulanischen Schiff in vierundzwanzig Stunden. So lange braucht ihr Schiff, bis es dort eintrifft, aber wir sind nur zwei Stunden von dieser Position entfernt.«

»Dann haben wir ja genug Zeit, um unseren Scan dieses Systems abzuschließen«, beschloss Geordi. »Solange mich Sela in Ruhe lässt, soll mir alles recht sein.«

Zwei Sicherheitsleute eskortierten Sela zur Krankenstation. La Forge stand neben Nog, bis sie gegangen waren.

»Rasmussen war unzuverlässig«, meinte Nog, »aber immer noch kein Vergleich mit Romulanern.«

»Es ist bald vorbei«, versprach La Forge. »Carolan hat die Sternenflotte und den romulanischen Botschafter benachrichtigt. Sobald wir dieses System gescannt haben, sorgen wir dafür, dass sie wieder nach Hause kommen.«

»Solange sie an Bord sind, würde ich gerne alle Schichten des Sicherheitspersonals verdoppeln, Captain.«

»Das ist vermutlich das Beste.« La Forge machte einen Schritt zur Seite, weil er sehen wollte, wie Qat'qa auf Sela reagierte. Die Klingonin sah schnurstracks geradeaus und saß da wie eine Statue. Auch das war vermutlich das Beste.

Er betrat den Turbolift und fuhr zum Maschinenraum. Dort traf er auf den fluchenden Vol, der versuchte, einen Schaltkreis in einer Wand, den er unmöglich einsehen konnte, zu erfühlen. Scotty arbeitete an etwas, das aussah wie das Leitsystem einer Klasse-zehn-

Sonde, aber er kam zu La Forge herüber, als er ihn sah.

»Suchen Sie Leah?«

Das konnte Geordi nicht abstreiten. »Ist sie hier?«

»Da oben.« Scotty deutete auf den Steg, der um den Warpkern führte. »Ich glaube, sie bastelt an den Injektoren herum.«

»Die Glückliche.«

»Setzt Ihnen der Druck des Kommandos bereits zu? Oder liegt es eher daran, dass wir momentan Romulaner an Bord haben?«

»Raten Sie mal, Scotty.«

»Keine Sorge, die Romulaner werden sich vermutlich ruhig verhalten. Aber nur«, setzte er hinzu, »solange sie wissen, dass sie mit Adleraugen beobachtet werden. Und damit meine ich nicht, dass Sie sie in dem Glauben lassen sollen, sie würden beobachtet, sondern dass Sie sie tatsächlich überwachen sollten.«

»Das tun wir auch. Nog hat alle Sicherheitsschichten verdoppelt.«

Scotty nickte anerkennend. »Dieser kleine Ferengi hat einen klugen Kopf auf seinen Schultern. Er wird das schon hinkriegen.«

La Forge nickte und betrat den kleinen Lift, der ihn nach oben brachte.

Als Leah ihn sah, legte sie sofort ihre Werkzeuge hin, unterbrach ihre Arbeit und stand auf. »Du wirkst ... angespannt.« Angespannt, deprimiert und langsam bekam er wieder diesen besessenen Blick, den sie zu erkennen gelernt hatte, seitdem er wieder in ihr Leben getreten war.

»Ja, es ist ...«

»Wenn Scotty nicht überzeugt gewesen wäre, dass du mit dem Stress fertigwirst, hätte er dich nicht zum Captain gemacht.«

»Ja.«

»Und hätte die Sternenflotte geglaubt, dass du das nicht schaffst, dann hätte sie der Beförderung nicht zugestimmt.«

»Ja.«

»Und ich weiß, dass du schon schlimmere Situationen gemeistert hast als ein Schiff voller geretteter Romulaner.«

»Ja.«

»Kannst du auch noch etwas anderes sagen als ›Ja‹?«

»J... Du hast recht. Es liegt nicht nur daran, dass es Romulaner sind, es liegt an ... ihr.«

»Sela.«

La Forge nickte. Leah wollte ihn nicht verletzen, deshalb schluckte sie eine ironische Bemerkung, dass sie auf eine solche Frau wenigstens nicht eifersüchtig sein bräuchte, herunter, obwohl der Gedanke ihr durch den Kopf schoss. Sie wusste jedoch, dass er das nicht witzig finden würde. »Sie sieht deiner alten Freundin Tasha sehr ähnlich.«

»Es ist nicht nur das.«

»Erzähl es mir.« Er zögerte noch immer. »Geordi«, drängte sie ihn sanft, »wir hatten bei unserer ersten Begegnung Geheimnisse voreinander«, das war eine sehr beschönigende Art, es auszudrücken, »aber seitdem nicht mehr. Was auch immer es ist, ich werde es verstehen.«

»Ich weiß, dass du es verstehen wirst, es ist nur ... Es ist etwas, das ich selbst nicht richtig verstehe. An das ich mich nicht genau erinnere.«

»An das du dich nicht erinnerst?«

»Du weißt bestimmt, dass ich Gefangener der Romulaner gewesen bin und wie eine Fernbedienung dazu programmiert wurde, um einen klingonischen Gouverneur zu ermorden?«

»Ja.«

»Das war sie.«

Leah war zu verblüfft, als dass ihr eine passende Antwort einfallen wollte. Es wäre zumindest nicht besonders passend, Sela mit einem Plasmaschweißgerät aufzusuchen, aber der Gedanke war ausgesprochen reizvoll. »Es tut mir so leid ...«

»Sie hat die Mission geleitet und die Befehle gegeben, auch wenn sie die Operation nicht selbst durchgeführt hat.« Er strich sich mit der Hand über den Kopf.

»Du kennst doch die Redewendung: Keine gute Tat bleibt unbestraft.«

»Das habe ich schon mal gehört. Danke, dass du mich daran erinnerst.«

Leahs Miene wurde weicher, und sie nahm ihn beim Arm. »Geordi.«

»Ich weiß.«

Leah ballte die freie Hand zur Faust. »Ich kann ihr leider nicht sagen, was ich von ihr halte, ohne einen diplomatischen Zwischenfall heraufzubeschwören, den mir der Föderationsrat sehr übel nehmen würde.«

»Weil sie eine Frau ist?«

»In diesem Fall kommt das erschwerend hinzu.«

»Nicht nur die Tatsache, wer sie ist, setzt mir zu, sondern auch das, *was* sie jetzt ist: die Vorsitzende des Tal Shiar.«

»Das ist eine bedeutsame Position.«

»Daher wird man sie wenigstens nicht sehr lange bei uns lassen«, erwiderte Geordi und fragte sich, wie viel Ärger ihm das Verschwinden einer derart hochrangigen Person wohl einbringen würde.

KAPITEL 30

Die *Challenger* umkreiste Pulsar Alpha Sechs-Vier mit einem Viertel Impulskraft. Beide Regierungen hatten zugestimmt, dass dies ein passender Ort wäre, an dem eine romulanische Delegation die Schiffbrüchigen abholen konnte.

»Vom romulanischen Schiff ist nicht mehr viel übrig«, meldete Nog von der taktischen Konsole aus. »Der Flügel, der beim Zusammenstoß abgetrennt wurde, ist das einzige Stück, das noch größer als ein Latinumstreifen ist.«

»Danke, Nog.« La Forge drehte sich zu Sela um, die mit einigen Sicherheitsleuten der *Challenger* vor dem Turbolift wartete. Erschaudernd stellte er fest, dass sie irgendwie so aussah, als würde sie auf diese Brücke gehören. Ob das an ihrer romulanischen Arroganz lag oder daran, dass sie ihrer Mutter so ähnlich sah, die einst die taktische Position auf der *Enterprise* besetzt hatte, konnte er nicht sagen. »Sollen wir das Wrackteil, das wir entdeckt haben, mit dem Traktorstrahl erfassen? Wir könnten es für Sie bergen ...«

»Nein.« Das klang eher wie ein Befehl als wie eine Antwort, und er verspürte tatsächlich den leichten Drang, ihr zu gehorchen. Vielleicht war das ein Überbleibsel der Dinge, die sie ihm einst angetan hatte. Möglicherweise testete sie gerade, wie viel von der Konditionierung noch übrig geblieben war.

»Es ist Ihre Entscheidung«, meinte Geordi achselzuckend, »aber das Angebot steht.«

»Vielen Dank.« Sie sah auf den Hauptschirm, auf dem sich der Pulsar schnell drehte. »Ich würde jetzt gern die Mannschaft des Warbirds aufsuchen und mich vergewissern, dass sie gut behandelt wird.«

»Das wird sie.« La Forge unterdrückte das Bedürfnis, hinzuzufügen, dass die Sternenflotte ihre Gefangenen immer angemessen behandelte. Er wollte sich nicht vor ihr zu einer derartigen Reaktion hinreißen lassen. »Die Verletzten sind auf der Krankenstation, und wir haben die Frachträume zwei und drei in behelfsmäßige Unterkünfte verwandelt. Diese Sicherheitsleute werden Sie bringen, wohin Sie möchten.«

»Wohin ich möchte? Das ist sehr großzügig.«

»Im vernünftigen Rahmen.« Er nickte den Sicherheitsleuten zu, die Sela in den Lift begleiteten. Als sie endlich gegangen war, atmete er auf und stellte erstaunt fest, dass er sich die Fingernägel in die Handflächen gebohrt hatte, ohne es zu bemerken.

Leah, die dort saß, wo auf der *Enterprise* der Counselor Platz genommen hätte, beugte sich zu ihm herüber, als er sich setzte. »Captain«, flüsterte sie ihm ins Ohr. »Vielleicht ist das, was immer die Romulaner getroffen hat, noch in der Nähe. Wenn man sich den Zustand ihres Schiffes ansieht, könnte das geheimnisvolle Schiff ebenfalls beschädigt worden sein.«

»Oder es wurde zerstört.«

Leah schüttelte den Kopf. »Ich denke, wenn es zerstört worden wäre, dann hätten wir ebenfalls Wrackteile davon gefunden, wie vom romulanischen Schiff.«

»Es sei denn, die Wrackteile sind alle im Subraum.«

»Diese Dinge haben ein Subraumelement an sich, aber sie können nicht ausschließlich im Subraum existieren, sonst hätte das romulanische Schiff keine derartigen physischen Schäden davongetragen.«

»Gutes Argument.«

»Falls es beschädigt ist, könnte es ein Energieleck haben oder Strahlung abgeben, oder Plasma verlieren, irgendwas, wonach wir Ausschau halten könnten. Das wäre die vielversprechendste Herangehensweise, da es vermutlich getarnt oder auf andere Weise nicht sofort erkennbar sein wird.«

»Die Romulaner haben es jedenfalls nicht kommen sehen«, stimmte ihr La Forge zu.

»Wahrscheinlich ist es ein Stück weitergeflogen oder hat gar nicht angehalten, aber ein Energieleck wäre besser erkennbar, wenn wir uns vom Schauplatz dieser Explosion wegbewegen.«

»Ganz meine Meinung. Qat'qa, geben Sie ein Suchmuster ein. Eine sphärisch expandierende Spiralsuche.«

»Wie beim Apfelschälen, Sir?«

Qat'qas Kommentar überraschte La Forge, und er musste lachen. »Genau. Führen Sie ein Apfelschälsuchmuster aus, ein Viertel Impuls.«

»Aye, Sir.«

»Ich werde die Sensoren anpassen, damit sie nach kinetodynamischen Energiesignaturen im Subraum suchen«, meinte Leah und stand auf. »Das ist die wahrscheinlichste Heckwelle, die dieses Ding hinterlassen haben könnte.«

»Machen Sie ...« Geordi hielt inne. Es war eine Sache, zu überlegen, was Picard tun würde, aber eine ganz andere, auch zu sagen, was er sagen würde. »Gute Idee.«

»Die Vorsitzende Sela wäre beinahe umgekommen?« Gell Kamemor konnte noch immer nicht glauben, was geschehen war. Die Vorsitzende des Tal Shiar musste vor allem eines sein: in Sicherheit. Darauf musste immer Verlass sein, schließlich war ihre Position für das Imperium von großer Bedeutung. »Was ist passiert?«

»Wir sind uns nicht sicher, Praetor«, erwiderte Prokonsul Tomalak. »Wir wissen, dass das Schiff, auf dem sie sich aufhielt, sabotiert wurde und außer Kontrolle geraten ist. Anscheinend bestand die Absicht, das Schiff in einen Pulsar stürzen zu lassen, während sich die Vorsitzende an Bord befindet. Ein viel zu komplexer Attentatsplan, wenn Sie mich fragen. Nicht sehr effizient.«

Kamemor runzelte die Stirn. »Könnte die Föderation bei der Sabotage ihre Hand im Spiel gehabt haben?«

»Wir wissen, dass Direktor Jano Vellil vom Technischen Direktorat des Tal Shiar der Saboteur gewesen ist. Er behauptet, dass er den verstorbenen Vorsitzenden Rehaek habe rächen wollen. Wenn er dabei mit Föderationsagenten zusammengearbeitet hat, werden es unsere Verhörspezialisten bald herausfinden«, versprach Tomalak.

Bis zu der Reise nach Glintara hatte Saldis Romulus nie verlassen und die Welt nicht einmal aus dem Orbit gesehen. Sobald er sich auf dem Warbird *Tomalaks Faust* materialisiert hatte, war er losgerannt, um ein Fenster zu finden und auf den Planeten hinabzublicken. Er wusste, dass »hinabblicken« nur bedeutete, dass er oberflächenzentriert war und so dachte wie die meisten Romulaner.

Der Planet war sehr schön. Blassgrün und blau, in Weiß gehüllt. Der schmutzig gelbe, natriumreiche Ball Remus war weiter links hinter der Heimatwelt zu sehen. Beide Planeten sahen auf einmal so klein und verletzlich aus. Es war schwer zu glauben, dass irgendjemand, selbst der loyalste Diener des Imperiums, wie er, ein solch zerbrechliches Juwel schützen und für seine Sicherheit sorgen konnte. Die winzigste Laune des Universums in Form eines Kometen oder Meteors konnte schon dafür sorgen, dass der Tal Shiar und das Militär nicht die geringste Bedeutung mehr hatten.

Doch nichts davon machte seine Aufgabe weniger lohnenswert.

»Subcommander Saldis, nehme ich an?«, riss ihn eine Stimme aus seinen Gedanken. Sie gehörte einem Mann in der Uniform und mit den Insignien eines Flottenkommandanten. Er war älter als Saldis, was man schon an den Falten um seine tief liegenden Augen erkennen konnte, und etwa einen halben Kopf größer. Abgesehen davon sah er schlank und durchtrainiert aus. »Als man mir sagte, Sie wären eine der Personen, die unsere Heimatwelten im Auge behält, hätte ich nicht gedacht, dass es wörtlich gemeint war.«

Das war vor vier Tagen gewesen, und seitdem hatte sich viel geändert. Jetzt fühlte er sich irgendwie beschäftigungslos, da seine Vorgesetzte, Vorsitzende Sela, in den Händen der Sternenflotte war. Er wollte der Sternenflotte keine Schuld zuweisen, zumindest noch nicht, da sie einfach nur zur richtigen Zeit am richtigen Ort gewesen war. Oder etwa nicht? Möglicherweise hatten sie Jano Vellil bei seinem Attentatsversuch unterstützt. Vielleicht war es auch nie als Attentat geplant gewesen, sondern sollte schon immer darauf hinauslaufen, dass die Föderation die Leiterin des Tal Shiars entführt und ihr Informationen entlockt.

Jedenfalls wünschte sich Saldis nichts mehr, als die Hände um Vellils Kehle legen zu können. Doch dann überkam ihn auf einmal eine seltsame Ruhe, und er erkannte, dass er unrecht hatte. Er war froh, dass er den Verräter nicht in die Finger bekommen hatte. Es wäre eine viel zu große Gnade, ihn einfach nur zu erdrosseln. Die Experten vom Direktorat für Informationsbeschaffung waren schon die richtigen Leute, die wussten, wie man mit ihm umgehen musste. Er hoffte, dass sie ihren Spaß mit ihm hatten.

»Ich hab's gefunden!« Barclay sprang von seinem Stuhl an der Ops auf, nur um sich peinlich berührt sofort wieder hinzusetzen.

»Sie haben gefunden ... was immer das romulanische Schiff getroffen hat?«

»Captain, die Sensoren registrieren kinetodynamische Energiemuster im Subraum. Sie werden bereits schwächer, was es mir erschwert, herauszufinden, aus welcher Richtung sie kommen und wohin sie sich bewegen.«

»Die Stärke ist überall gleichmäßig?«, fragte La Forge.

»Soweit ich es erkennen kann. Sie passen definitiv zu einer Trans-Slipstream-Heckwelle. Ich dachte, ich suche nach einer Welle zwischen den Koordinaten der Implosion und einem Vektor, der bewirkt hätte, dass der Flügel des romulanischen Schiffes an seiner aktuellen Position landet, und ...« Barclay unterbrach sich, als er den ungeduldigen Gesichtsausdruck seines Captains bemerkte. »Was immer die Heckwelle verursacht hat, hinterlässt auch das Energiemuster.«

»Dann ist es definitiv ein Schiff ...«

»Und definitiv eine Antriebstechnologie, die uns völlig unbekannt ist«, fügte Leah hinzu, die sehr beeindruckt klang. Und Geordi wusste, wie selten das bei ihr vorkam. »Das könnte der ideale nächste Schritt nach dem Quanten-Slipstream sein. Ich frage mich, wie sie das ...«

La Forges nächste Worte blieben ihm im Hals stecken und sämtliche Luft wich aus seiner Lunge, als er seitlich auf Leah geschleudert wurde. Gnädige Stille und Dunkelheit umhüllte ihn, bevor er das dumpfe Knallen hören konnte, das sein Kopf beim Aufprall an der Wand erzeugte.

»Sie ist wunderschön«, meinte Captain James T. Kirk. »Ziemlich tödlich, aber wunderschön.«

»In der Tat, Captain.«

Chefingenieur Montgomery Scott saß auf der Brücke an der Maschinenkontrolle auf Kirks linker Seite, und er war ebenso fasziniert wie alle anderen von dem schimmernden gold- und lilafarbenen Vorhang, der sich vor ihnen ausstreckte. Er bestand aus derart hohen Energieleveln, dass selbst Spocks Sensoren sie nicht mehr erfassen konnten, und er war so dicht und hell, dass er wirkte wie mehrere Schichten aus durchsichtigem Gummiband, die alles dahin zurückschleudern würden, woher es gekommen war.

»Sie mag wunderschön sein«, knurrte Scotty, »aber sie liegt zwischen uns und unserem Zuhause.«

»Rojan war sich sicher, dass die Modifikationen, die er an den Triebwerken vorgenommen hat, uns hindurchbringen können«, meinte Kirk.

Scotty bezweifelte das. Die Barriere stellte ein ausgesprochen effektives natürliches Kraftfeld dar. Er fragte sich, ob die Maschine der Kelvaner sie tatsächlich hindurchgebracht hatte, oder ob sie die Barriere stattdessen irgendwie umgangen hatte. Vielleicht im Subraum ...

»Subraum?«, wiederholte Kirk, und Scotty merkte, dass er es laut ausgesprochen hatte.

»Aye ... Ich habe mich nur gefragt, ob uns Rojans Maschine irgendwie zwischen den normalen Raum und den Subraum bringen kann.«

»Sie wollen damit andeuten«, schaltete sich Spock ein, »dass das Gerät ähnlich einem Phasenverschieber funktioniert und uns so durch die Barriere bringt.« Er zog nachdenklich eine Augenbraue hoch. »Das ist logisch, Mr. Scott. Es ist offensichtlich, dass die Barriere im normalen Raum undurchdringlich ist.« Er sah in sein Sichtgerät. »Doch ich erkenne keine Hinweise darauf, dass die *Enterprise* in irgendeiner Form die Phase wechselt.«

»Nur weil Sie etwas nicht sehen können, bedeutet das nicht, dass es nicht geschieht, Mr. Spock.«

»Es ist unmöglich, die Nichtexistenz von etwas zu beweisen«, stimmte ihm Spock zu. »Aber wenn wir nicht in der Lage sind, es zu entdecken, dann können wir es auch nicht replizieren oder ausnutzen.«

Scotty nickte traurig. »Aye.«

Die *Challenger* war nicht da. Auf dem Hauptschirm war nur der leere Raum zu sehen, als wolle er Varaan und Saldis verspotten. Einige Wrackteile von der *Sturmkrähe* waren die einzigen künstlichen Objekte in diesem Teil der neutralen Zone nahe der Grenze. Von der *Challenger* gab es weit und breit kein Lebenszeichen.

Varaan ließ sich auf seinem Stuhl auf der Brücke nieder, sein Gesicht eine undurchdringliche Maske, aber Saldis konnte seine Empörung nicht im Zaum halten. »Wo sind sie? Die Föderation hat uns angelogen!«

Varaan nickte langsam. »Und dafür werden sie bezahlen. Aber wir müssen melden, was geschehen ist. Kühlere Köpfe müssen über das weitere Vorgehen entscheiden.« Er stand auf. »Scannen Sie das System, so gründlich Sie können. Ich will wissen, was genau hier passiert ist. Waffenfeuer, Antriebsspuren, alles.«

Das persönliche Flaggschiff des Praetors befand sich noch immer im

Orbit von Glintara, und im Konferenzraum wurden erregte Unterhaltungen geführt. »Was ist los?«, wollte Gell Kamemor von den Admirals und Generals, die sich in diesem Raum versammelt hatten, wissen.

»Wir sind uns nicht sicher, Praetor«, antwortete Prokonsul Tomalak. »Wir wissen, dass das Sternenflottenschiff *Challenger* die Vorsitzende und die Besatzung des Warbirds an Bord genommen hat und versprochen hat, sie zurückzubringen. Aber jetzt scheint auch die *Challenger* verschwunden zu sein. Entweder hat das Sternenflottenschiff unsere Leute entführt - inklusive der Vorsitzenden, die für ihre Verhörspezialisten von unschätzbarem Wert sein muss - oder es wurde ebenfalls zerstört. Commander Varaans Berichten zufolge wurden allerdings nahe den angegebenen Koordinaten keine anderen Wrackteile als die der *Sturmkrähe* gefunden.«

»Warum sollten sie uns wissen lassen, dass sie die Vorsitzende in ihrem Gewahrsam haben, wenn sie vorhaben, sie zu behalten?«, überlegte Kamemor laut. »Das ergibt doch keinen Sinn.«

»Nach meiner Erfahrung ergibt vieles, was die Menschen tun, keinen Sinn«, meinte Tomalak. »Aber es ist offensichtlich, dass sie sie gehabt haben, daher muss sie noch immer bei ihnen sein. Angesichts dieser simplen Tatsache ist es irrelevant, welcher Sinn sich dahinter verbirgt.«

Kamemor nickte. »Hat die Sternenflotte schon eine Erklärung abgegeben?«

»Sie behaupten, den Kontakt zur *Challenger* verloren zu haben und nicht zu wissen, was mit dem Schiff passiert ist. Das könnte allerdings auch bedeuten, dass sie auf Zeit spielen.«

»Die einfachste Erklärung ist normalerweise die richtige«, stimmte ihm einer der Generals zu.

»Wir sollten uns darauf vorbereiten, entsprechende Maßnahmen zu ergreifen«, schlug ein Admiral vor. »Es kann kein Zufall sein, dass dies am Jahrestag Ihres Amtsantritts geschieht. Das ist eine Prüfung unserer Entschlossenheit.«

Dieser Gedanke war Kamemor auch schon gekommen. Falls es

zum Krieg kam, würde das Imperium diesem zuversichtlich entgegensehen, aber sie verspürte nicht den Wunsch, einen zu beginnen. »Geben Sie Anweisungen an die Flotte heraus, die *Challenger* zu finden. Wir müssen wissen, welche Rolle sie dabei gespielt hat. Und dann reagieren Sie dementsprechend.«

An Bord der *Tomalaks Faust* arbeitete Saldis, so gut er konnte, an den Scans des Alpha-Sechs-Vier-Systems mit, als ihm eine interessante Subraummessung auffiel. Es erschien genau die Form von Granulation zu sein, wie sie auch in den abgefangenen Sternenflottensignalen erwähnt wurde. »Commander«, rief er, »sehen Sie sich das an. Ich glaube, dabei handelt es sich um eine Art Heckwelle, die von einer Antriebssignatur hinterlassen wurde.«

»Von der *Challenger*? Hat sie einen neuartigen Antrieb?«

»Möglicherweise. Ich weiß nur, dass Schiffe, die diesen Effekt gemeldet haben, häufig kurz darauf beschädigt wurden.«

»Dann muss ich meine Ingenieure anweisen, das zu untersuchen und uns darauf vorzubereiten. Möglicherweise können wir der *Challenger* dann dorthin folgen, wohin sie unsere Leute gebracht hat.«

Varaan lehnte sich auf dem Kommandodeck seines Schiffes in seinem Sitz zurück und musste die jüngsten Befehle erst einmal verdauen. Rächt das Halbblut. Das waren nicht Kamemors Worte gewesen, sondern seine eigene Interpretation. Ein interessantes Konzept, jemanden zu rächen, der nicht einmal ein richtiger Romulaner war. Solange Sela am Leben gewesen war, hatte man sie als Offizierin respektiert und später auch als Vorsitzende des Tal Shiar, weil sie ihre Pflicht tat und weil sie Beziehungen hatte. Aber man hatte ihr weder wirklich vertraut noch sie gemocht. Zumindest hatte er, Varaan, das nie getan. An ihr war einfach zu vieles menschlich.

»Beunruhigt Sie etwas, Subcommander?« Sein Erster Offizier Tornan runzelte die Stirn, als er die Befehle sah. Einige Sekunden lang schwieg er, während er die Lippen aufeinander presste.

»Zwischen uns gibt es keine Geheimnisse, Tornan«, rief ihm Varaan sanft ins Gedächtnis. »Sagen Sie, was Sie denken. Ihnen gefällt unser neuer Auftrag nicht besonders, was?«

»Es ist unwichtig, ob er mir gefällt oder nicht, Commander. Ich werde tun, was nötig ist, um dafür zu sorgen, dass unsere Mission ein Erfolg wird.«

»Ich weiß. Aus diesem Grund habe ich auch nichts dagegen, dass Sie sagen, was Sie denken. Ich würde gern Ihre Meinung hören, da sie mir möglicherweise neue Einsichten bieten kann. Ich weiß, dass sie nicht die Ausführung Ihrer Pflicht beeinflussen wird. Also sprechen Sie. Das ist ein Befehl, wenn es Ihnen dann leichter fällt, den Praetor zu kritisieren.«

»Der Zweck dieses Auftrags ... Sind Sie damit einverstanden?«

»Einen Bruch mit der Föderation zu riskieren? Nein.« Varaan lachte. »Wir streiten uns seit zwei Jahrhunderten immer mal wieder. Warum jetzt auf einmal ...«

»Diesen Teil habe ich nicht gemeint.«

»Ah.« Jetzt verstand Varaan. »Das Halbblut.« Er hätte es nie gewagt, dieses Wort laut auszusprechen, solange die Vorsitzende des Tal Shiar am Leben war. Sie hatte ihre Ohren überall.

»Genau.« Der Erste Offizier nickte. »Wenn die Föderation Sie, Tomalak oder eine Reihe anderer Romulaner getötet hätte, wäre das eine Sache, aber das Halbblut zu rächen ...«

»Sie sind nicht der Ansicht, dass die Vorsitzende des Tal Shiar gerächt werden sollte?«

»Doch, ebenso wie die Mannschaft der *Sturmkrähe*. Aber sie war keine Romulanerin, nicht wahr?«

»Ihr Vater war Romulaner.« Varaan nickte. »Aber ich verstehe, worauf Sie hinauswollen. Sie hat viel von ihrer Mutter in sich. Die Haarfarbe. Die Dickköpfigkeit. Doch da ist auch vieles von ihrem Vater: ihre Loyalität, ihre Arbeit ...«

»Ich frage mich nur, ob das ausreicht, all diesen Aufwand zu rechtfertigen.«

»Darüber habe ich ebenfalls nachgedacht, als wir unsere Befehle bekommen haben, und ich kann Ihnen versichern, dass auch mir einige Zweifel gekommen sind.«

»Was für Zweifel waren das?«

»Anfangs habe ich ähnlich gedacht wie Sie. Sie war ein Halbblut und zählt nicht. Andererseits ist sie für das Imperium gestorben, in Ausübung ihrer Pflicht. Dadurch wird ihr Tod zu etwas Besonderem.«

»Er ist ehrenwert.«

»Genau. Das macht sie auf jeden Fall romulanisch genug, dass ihr Tod es wert ist, gerächt zu werden.«

»Wenn man es so sieht, dann ergibt es auch für mich einen Sinn, Commander.«

»Wenn Sie hören, dass ein Mitglied der Besatzung mit unserem Auftrag unzufrieden ist, dann geben Sie diese Interpretation weiter. Dann fällt es ihnen vielleicht etwas leichter, ihr Leben zu riskieren.«

»Wie Sie wünschen.«

KAPITEL 31

Viereinhalb Millionen Tonnen Metall, Kunststoff und Keramik schwebten einsam durch eine Dunkelheit, die tiefer war als jemals zuvor. Kein Licht ging von der *Challenger* aus. Ihre Bussardkollektoren und der Warpkern waren dunkel und kalt, und aus keinem der Fenster schien auch nur der winzigste Funke.

Guinan erwachte in einer so völligen Dunkelheit, dass sie einen Moment lang glaubte, sie hätte die Augen gar nicht geöffnet. Sie blinzelte einige Male und konzentrierte sich auf das leicht klebrige Gefühl ihrer sich öffnenden Augenlider. So wusste sie wenigstens, dass sie offen waren.

Die Dunkelheit, die sie umgab, war ebenso umfassend wie die Stille, fiel ihr jetzt auf. Nichts, was sie hörte, war mechanischen Ursprungs, keines der Geräusche kam vom Schiff. Sie hörte Atemgeräusche und Stimmen, das Rascheln von Kleidung, den dumpfen Aufprall von Gliedmaßen, die gegen den Boden, die Wände oder auch die Decke stießen.

Einigen wurde offenbar übel, da sie nicht an das plötzliche Ausbleiben der Schwerkraft gewöhnt waren. Die Flüssigkeit in ihrem Innenohr benahm sich in der Schwerelosigkeit anders, störte den Gleichgewichtssinn und ließ sie ein ständiges Schwindelgefühl verspüren. Wer daran nicht gewöhnt war, fühlte sich benommen und unwohl.

Guinan störte das nicht weiter. Anders sah es da schon mit dem Geruch nach Erbrochenem aus. Als sie spürte, wie Stücke davon ihre Haut berührten, musste auch sie würgen, und ihre gerade erst verheilten Rippen brannten wie Feuer, stärker, als sie erwartet hätte. Vielleicht kam ihr der Schmerz auch nur schlimmer vor, weil sie durch keine anderen Sinneseindrücke abgelenkt wurde.

»Ist jemand verletzt?«, rief sie. »Sagt doch was!«

Da fingen die Leute an zu schreien.

La Forge erwachte auf einer völlig toten Brücke, die nur von einigen tragbaren Lichtern erhellt wurde. Zum Glück brauchten seine kybernetischen Augen kein Licht. Er konnte die Körperwärme der Leute sehen, die in dem grünen Nebel, der vor seinen Augen erschien, versuchten das Gleichgewicht zu halten. »Was ist passiert?«

»Irgendetwas hat uns getroffen ...« La Forge meinte, Carolans Stimme zu erkennen, die benommen, aber ruhig klang.

»Die Romulaner«, fauchte Qat'qa. »Sie müssen etwas unternommen haben.«

»Was denn?«

»Ich weiß es nicht ... Sabotage. Sie müssen etwas mit den Trägheitsdämpfern gemacht haben.«

Geordi versuchte, seine Muskeln anzuspannen. Es tat weh, aber er konnte sie alle bewegen und schien sich, soweit er es sagen konnte, höchstens einen oder zwei Zehen gebrochen zu haben. »Was immer geschehen ist, ich bezweifle, dass die Romulaner schuld daran waren. Bericht.«

»Offiziell?«, fragte Leah. »Ich habe keine Ahnung. Inoffiziell sagt mir mein Bauchgefühl, dass wir eine dieser Trans-Slipstream-Heckwellen gefunden haben, die wir suchen.« Ihre Stimme klang angespannt, als hätte sie Schmerzen, und sie verzog das Gesicht.

»Da haben Sie vermutlich recht.«

»Sagt Ihnen das auch Ihr Bauchgefühl?«, erkundigte sich Leah.

»Mein Bauchgefühl sagt mir, dass er gerne die letzte Mahlzeit wieder von sich geben möchte«, meinte Barclay.

»Geht mir ähnlich«, bestätigte Nog.

»Der erste Befehl lautet immer überleben«, stellte Carolan entschlossen fest, »und das bedeutet, dass wir die Systeme wieder zum Laufen bringen müssen. Wir müssen Prioritäten setzen, mit welchen Systemen wir anfangen wollen.«

»Das Naheliegendste ist doch die Lebenserhaltung.«

»Eigentlich ist das gar nicht so naheliegend. Solange es keine Hüllenbrüche gibt, müssten wir für einen oder zwei Tage genug Atemluft haben.«

»Was ist mit der Temperatur und der Strahlung?«

»Die Hüllenisolierung reicht aus, um die Temperatur innerhalb der Toleranzwerte zu halten und uns vor Sonnen- und kosmischer Strahlung zu schützen.«

»Für wie lange?«

»Tja, lange genug, dass wir ersticken würden, bevor wir uns deswegen Sorgen machen müssten.«

»Oh, jetzt geht es mir doch gleich viel besser.«

La Forge hakte sich zwischen einen Stuhl und das Geländer der Taktikkonsole. Nog hatte ein paar Zähne verloren, und Qat'qa hatte sich den linken Arm gebrochen. Barclay blutete aus Ohren und Nase.

»Die *Enterprise* hat einmal einen Quantenfaden getroffen und die Hauptenergie, Computersteuerung und Lebenserhaltung verloren, und selbst dann ... Wir hatten noch immer die Hilfsenergie, Licht und Schwerkraft.« Ihm schoss ein Gedanke durch den Kopf. »Antimaterieeindämmung! Wenn nichts funktioniert, was ist dann mit der Antimaterieeindämmung?«

»Sie muss noch aktiv sein, sonst wären wir längst tot«, merkte Nog an.

La Forge und Leah wollten sich mit Vermutungen nicht zufrieden geben. »Wir müssen das überprüfen«, sagten sie gleichzeitig.

»Keine der Konsolen funktioniert.«

Barclay hustete und spuckte Blut, das langsam über die Brücke waberte, und La Forge war froh, dass die anderen es nicht sehen konnten. »Einen Moment mal ...«, stieß Reg dann hervor. »Ich glaube, wir stellen hier die falschen Fragen.«

»Wie meinen Sie das?«

»Wenn wir sämtliche Energie verloren haben, wäre auch die Antimaterieeindämmung ausgefallen. Da dem aber nicht so ist ...«

La Forge begriff. »Die Frage ist, woran es liegt, dass wir noch am Leben und mehr oder weniger an einem Stück sind.«

Vol hatte das Gefühl, als wäre er wieder daheim in den Wolken des Gasriesen, in denen sich seine Spezies entwickelt hatte. Es fiel ihm nicht schwer, in der Schwerelosigkeit zurechtzukommen, tatsächlich fühlte er sich sogar wohler und agiler als sonst. Doch ihm war bewusst, dass der Ausfall der künstlichen Schwerkraft den anderen Spezies an Bord einige Probleme bereitete, also musste er sich so schnell wie möglich darum kümmern. Sein Auge konnte die Thermalbilder im infraroten Spektrum erkennen. *Damit man besser durch die Methanwolken sehen kann*, dachte er.

Er bewegte sich hinüber zu Scotty, der direkt unter dem Steg schwebte, der um den inaktiven Warpkern führte. Der Mann atmete noch, aber seine Herzfrequenz war anders als normal, und Vols erster Instinkt war, ein medizinisches Team zu rufen. Doch er wusste, dass er mit dem Versuch nur Zeit vergeuden würde, da die interne Kommunikation unter diesen Umständen sowieso nicht funktionierte.

Selbst die Alarme, die eigentlich hätten anspringen müssen, waren nicht zu hören. Vol zog Scotty hinunter auf den Boden und sicherte seinen Körper zwischen zwei Konsolen, damit er nicht hinfiel, sobald die Schwerkraft wiederhergestellt war. Dann wandte er seine Aufmerksamkeit dem dunklen Warpkern und der Materie-Antimaterie-Reaktionskammer zu. »Also gut. Was geht hier vor sich? Warum sind wir noch nicht alle tot?«

Doktor Alyssa Ogawa wurde geweckt vom Geräusch heiserer Schreie. Noch erschreckender war jedoch das schwache, gequälte Stöhnen derjenigen, die über das Stadium des Schreiens hinaus waren.

Es war einigen Krankenschwestern gelungen, die Notfalllampen aus einem Schrank zu holen, bevor Ogawa aufgewacht war, und diese ließen nun genug von dem Chaos auf der Krankenstation erkennen, um ihr für Wochen Albträume zu bescheren. Grelle blauweiße Lichtstrahlen fielen auf erschöpfte, schmerzverzerrte Gesichter, die im Raum schwebten, und verwandelten sie in blutleere Geister.

Kleine Kügelchen aus Blut und Erbrochenem trieben durch das Licht und sahen für einige Sekunden wie bunte Flecken aus, bevor sie wieder in der Dunkelheit verschwanden.

»Verwenden Sie die Fesseln«, ordnete Ogawa an. »Wir müssen die Patienten in den Betten sichern. Und wir brauchen Gravitationsstiefel. Wir können niemanden behandeln, während wir durch die Luft schweben.«

Carolan hatte das Notfalllager in einer Wand der Brücke bereits geplündert und Raumanzüge sowie Gravitationsstiefel gefunden. Die Anzüge wurden vorerst nicht gebraucht, obwohl die Lebenserhaltung ausgefallen war, aber die Stiefel und die Lampen waren sehr hilfreich, daher hatte sie alles verteilt. Nog, Barclay und Qat'qa nahmen einige davon, um die Situation besser einschätzen zu können.

Natürlich hatte sie auch dem Captain und Dr. Brahms Gravitationsstiefel angeboten, aber sie hatten abgelehnt. Die Reise, die La Forge vorhatte, würde durch Stiefel, die an einer Oberfläche haften blieben, nur erschwert.

Bei dem, was eine lange und anstrengende Kletterpartie durch die Jefferies-Röhren hätte werden können, kam ihnen die fehlende Schwerkraft tatsächlich zugute. Sie schwammen einfach durch die Luft in die gewünschte Richtung.

Vol erwartete sie bereits, als sie im Maschinenraum ankamen, und machte auf sich aufmerksam, indem er lautstark brüllte: »Au, richten Sie das verdammte Licht gefälligst woanders hin, Sie Idiot!« Dann blinzelte er mehrmals mit seinem riesigen Auge.

»Tut mir leid, Vol«, rief La Forge zurück. Er richtete das Licht auf den Boden und sah Scotty dort liegen, gesichert zwischen zwei Konsolen im Hauptkonsolenring, der das Büro des Chefingenieurs ersetzte. Sein Herz setzte einige Schläge aus. »Ist Scotty ...«

»Noch am Leben«, entgegnete Vol.

»Erste Frage«, kam La Forge gleich zum Punkt, »wie kommt es, dass wir immer noch hier sind, wenn die Antimaterieeindämmung keine Energie mehr hat?«

»Das ist ihm zu verdanken.« Vol deutete mit einer Tentakelspitze auf Scotty. »Er hat einen Notfallgenerator für die Reaktor- und Antimaterielagerkammern installiert. Das habe ich selbst erst vor zwei Minuten rausgefunden, als ich sie mir angesehen habe.«

»Dann haben wir Warpenergie?«

»Wir besitzen die Fähigkeit, sie zu generieren, aber eigentlich haben wir sie nicht.«

»Was ist mit der künstlichen Schwerkraft passiert? Der Generator hätte uns gute vier Stunden lang wenigstens drei Viertel der Schwerkraft ermöglichen sollen, selbst wenn das EPS-Netzwerk ausgefallen ist.«

»Sechs Stunden bei unserem aktuellen technischen Stand, falls das von Bedeutung ist.«

»Können wir sechs Stunden lang bewusstlos gewesen sein?«, fragte Leah.

»Nur wenn das Chronometer in meinem Trikorder ebenso lange angehalten wurde. Das ist nicht der Grund, weshalb die Schwerkraft ausgefallen ist. Die Eindämmungsfelder haben einen Notfallgenerator. Der erhält also nicht die Schwerkraft aufrecht, sondern sorgt lediglich für die Antimaterieeindämmung.«

Leah sah ihn ungläubig an. »Sechs Stunden lang?« Dann konnte es Tage dauern, bis sie wieder Energie hatten.

»Ja. Tut mir leid.«

»Okay, das sind unsere Prioritäten«, meinte La Forge. »Wir müssen die Lebenserhaltung und die Schwerkraft wieder aktivieren.

Außerdem müssen wir jeden darüber informieren können, wenn das Schwerkraftnetz wieder aktiviert wird.«

»Ich schätze mal, das werden sie schon merken.«

»Ich möchte sie vorwarnen, damit sich niemand den Kopf stößt.« La Forge überlegte, wo sie die Energie herbekommen konnten. »Die tragbaren Generatoren, die wir für die *Intrepid* benutzt haben, wo werden die gelagert?«

»In Frachtraum eins«, antwortete Leah.

»Wenn wir sie ans EPS-Netzwerk anschließen können, um die Eindämmungsfelder, die Lebenserhaltung und das Schwerkraftnetz mit Energie zu versorgen, verschaffen wir uns Zeit, eine dauerhafte Lösung für unsere anderen Probleme zu finden, ohne uns Sorgen darum machen zu müssen, dass das Schiff in sechs Stunden explodiert.«

»Ich kümmere mich darum«, versprach Vol und schwebte davon in die Dunkelheit.

Leah und La Forge sahen erst einander und dann den bewusstlosen Scotty an. Vielleicht lag es an der Farbe, die seine Augen erzeugten, um den Lichtmangel auszugleichen, oder es waren die Auswirkungen der Schwerelosigkeit, aber Scotty sah zum ersten Mal, seit La Forge ihn kannte, schwach aus.

Leah sprach den Gedanken aus, der auch ihm durch den Kopf ging. »Wir sollten ihn auf die Krankenstation bringen.«

In den Gästequartieren, die Voktra mit einigen anderen romulanischen Offizieren teilte, quetschte sich Sela in die Ecke zwischen einem Schott und einem Stützpfeiler. »Was ist passiert, Voktra?«

»Dasselbe, was mit unserem Schiff passiert ist, glaube ich.«

»Dann wäre es wohl wenig sinnvoll, sich zu fragen, wer dieses Schiff retten wird.«

Voktra machte sich nicht die Mühe, darauf zu antworten. Sie hatte Selas Sinn für Humor noch nie wirklich verstanden. »Wie lauten Ihre Befehle, Vorsitzende?« Eigentlich war Sela Passagier und Voktra der kommandierende Offizier der Besatzung der *Sturmkrähe*, aber sie war nicht so dumm, jetzt darauf hinzuweisen.

»Wir wissen nicht, in welchem Zustand dieses Schiff ist oder wie viele Verluste die Mannschaft erlitten hat ...«

»Wenn wir jegliche Energie verloren haben«, erwiderte Voktra, »dann könnte es bald ein Problem mit dem Antimaterieeindämmungsfeld des Schiffes geben.«

»Gehen Sie mit einer Gruppe in den Hauptmaschinenraum und vergewissern Sie sich, dass das Eindämmungsfeld weiterhin aktiv ist. Ich werde mich mit einer Gruppe auf die Brücke begeben und sehen, was sich von dort aus bewerkstelligen lässt.«

»Was machen wir mit der Föderationsmannschaft?«

»Ignorieren Sie die Toten und Verletzten. Wenn man versucht, uns gefangen zu nehmen, handeln Sie entsprechend. Falls sie versuchen, die Systeme wieder in Gang zu bringen, sollten wir sie unterstützen, so gut wir können. So sehr mir der Gedanke auch zuwider ist, ist es unsere größte Chance, das hier zu überleben.«

Einer der anderen Offiziere näherte sich. »Falls es nötig sein sollte, die Kontrolle über das Schiff zu übernehmen, wann schlagen wir dann zu?«

»Ich bin mir sicher, dass es erforderlich sein wird, aber noch nicht sofort. Wenn die Zeit kommt, werden Sie es wissen.«

»Wir sollten ein Signal vereinbaren, damit wir wissen, dass es so weit ist.«

Sela nickte. »Wenn ich die Worte ›auf gerader Linie‹ sage.«

»Wenn wir das Schiff übernehmen sollen, brauchen wir Waffen, und wir haben nicht sehr viele.«

»Das ist ein Schiff der *Galaxy*-Klasse. Es mag zwar für den experimentellen Einsatz modifiziert worden sein, aber es gibt hier ein Sicherheitsteam und einen taktischen Offizier, und das bedeutet, dass es irgendwo auch eine Waffenkammer geben wird.«

»Die durch Sicherheitsmaßnahmen geschützt ist.«

»Falls es dafür Energie gibt«, stellte Sela fest.

»Und Wachen.«

»Sternenflottensicherheit«, sagte sie nachdenklich. »Wir haben Glück, dass meine Mutter taktischer Offizier auf einem Schiff der *Galaxy*-Klasse gewesen ist. Ich erinnere mich an einige Dinge, die sich als nützlich erweisen könnten.«

Wenn sie alleine auf Sicht eine Diagnose hätte stellen müssen, dann hätte Alyssa Ogawa geschworen, das Scotty tot war, als La Forge und Leah ihn in die Krankenstation schweben ließen. Seine Haut war aufgerissen, da er sich an den Stützen des Stegs gestoßen hatte, seine inneren Verletzungen waren wieder aufgeplatzt, wie sie mit einem Trikorderscan herausfand, und er war kreidebleich. Seine Gliedmaßen wirkten schlaff, als ihn der Captain und Leah auf ein Biobett bugsierten. Sie hielten ihn dort fest, während Ogawa unter das Bett griff und ihn darauf festband.

»Wie geht es ihm?«, erkundigte sich Leah.

»Das weiß ich noch nicht.« Keine der Sensor- oder Behandlungsfunktionen des Biobetts war aktiv, aber sie konnte ihn wenigstens im Auge behalten. Alyssa bereitete ein Hypospray mit passenden Komponenten - Gerinnungshemmern und Schmerzmitteln - vor, auch wenn sie wusste, dass sie keine Chance hatte, seine Milz oder andere beschädigte Organe zu heilen, solange der Zellregenerator über dem Biobett nicht funktionierte.

»Können wir irgendetwas tun?«, wollte La Forge wissen.

»Ich könnte dringend Energie gebrauchen, damit ich hier wieder vernünftig arbeiten kann.«

»Wir werden Ihnen bald welche beschaffen. Kommen Sie, Leah.«

Sie gingen, und einige Sekunden später schlug Scotty ermattet die Augen auf. »Doktor Ogawa?«

»Ja. Sie sind auf der Krankenstation.«

»Angesichts der möglichen Alternativen ist das beruhigend.« Er versuchte, sich aufzusetzen, musste dann jedoch feststellen, dass er von Riemen über der Brust und an den Beinen festgehalten wurde.

»Was hat das zu bedeuten?«

»Es ist nichts Persönliches, Scotty. Die Schwerkraft ist ausgefallen, und ich wollte nicht, dass meine Patienten wegschweben.«

Scotty zupfte bereits schwach an den Fesseln herum. »Ich will nicht wegschweben, meine Liebe, ich will zurück in den Maschinenraum und dafür sorgen, dass wir wieder Energie haben!«

»Und Sie denken, dazu wären Sie in Ihrem Zustand in der Lage?«

Er sah sie mit einem durchtriebenen Gesichtsausdruck an, und ihr wurde klar, dass er derartige Debatten schon häufig mit Ärzten geführt hatte. »Lassen Sie mich Ihnen eine Frage stellen: Bin ich hier irgendjemandem eine Hilfe?«

»Sie können sich selbst helfen. Sie wissen schon: gesund werden.«

»Also haben Sie mich bereits behandelt.«

»So gut ich kann. Aber ohne den Zellregenerator und die Biobettfunktionen ...«

»Dann können Sie derzeit nichts mehr für mich tun, aber Sie haben dafür gesorgt, dass ich wieder auf die Beine komme - zumindest sobald die Schwerkraft wiederhergestellt ist.«

»Ja.«

»Und wer hat Ihrer Meinung nach die besten Aussichten, die Energie für Ihre Biobetten wieder zu aktivieren?«

»Sie könnten sich kaum auf den Beinen halten!«

»Es geht mir gut, meine Liebe. Aber wenn ich nichts unternehme, wird sich das ändern. Das haben Sie selbst gesagt. Also geben Sie mir einfach ein paar gute alte Gravitationsstiefel ...« Alyssa rang mit sich. Sie hatten ohnehin schon nicht genug Stiefel für alle Mitarbeiter auf der Krankenstation, aber in einer Hinsicht hatte er recht: Das Schmerzmittel und ihre Behandlung würden dafür sorgen, dass er auf den Beinen blieb, zumindest, solange die Wirkung anhielt. Und, wenn auch nur die Hälfte der Dinge, die sie über ihn gehört hatte, stimmte, hatte er gute Chancen, das Problem zu beheben.

Scotty grinste, und sie konnte ihm ansehen, dass er wusste, was sie dachte.

Als er in den Gravitationsstiefeln lautstark die Krankenstation verließ, drehte sich die Krankenschwester, von der er sie geliehen hatte, zu Alyssa um. »Denken Sie wirklich, dass er in seinem Zustand arbeiten sollte?«

»Nein. Aber ich denke, dass es mehr geschadet als genützt hätte, ihn hierzubehalten.«

KAPITEL 32

»Äh, ähm, Test, Test. Kann mich irgendjemand hören?« Reg Barclays Stimme hallte blechern durch die Räume und Korridore der *U.S.S. Challenger.* In den dunklen Bereichen übertönte sie das Stöhnen, die Schreie und die Unterhaltungen, und im Nelson's brachte sie Hoffnung.

»Reg?«, antwortete Guinan. »Sind Sie das?« Sie war gerade dabei, kleinere Schnittwunden mit dem Alkohol zu reinigen, den sie eigentlich für besondere Kunden aufbewahrte, und Blutungen zu stillen. Tatsächlich war es ihr gelungen, eine Art Erste-Hilfe-Station aufzustellen, wo die weniger verletzten Besatzungsmitglieder den Schwerverletzten halfen.

»*Test*«, wiederholte Reg, und Guinan bemerkte, dass die Stimme nicht aus den Interkom-Lautsprechern kam, sondern aus ihrem Kommunikationsabzeichen, sowie aus dem jeder weiteren Person, die im Raum herumschwebte. Guinan tippte auf das Abzeichen und versuchte es erneut. »Reg, hier ist Guinan. Wir hören Sie. Wir können Sie alle hören!«

»*Großartig!*«, rief Reg. »*Wo sind Sie?*«

»Im Nelson's. Wo sonst?«

»Oh ja, natürlich. Wie ist die Lage?«

»Wir haben Verletzte, keine Schwerkraft und nur wenige Lampen. Wir brauchen medizinische Hilfe.«

»Ich habe Sie gehört«, schaltete sich Ogawa ein. *»Ich werde jemanden zu Ihnen schicken.«*

»*Reg?*«, erklang La Forges Stimme. »*Wo sind Sie?*«

»Äh, in einem Shuttle, Sir. Das ist ein unabhängiges System, daher dachte ich, ich versuche mal, die Kommunikation durch das Shuttle umzuleiten.«

»Eine hervorragende Idee, Reg!«

Im Maschinenraum hielt La Forge einen Moment inne und dachte nach. »Alle tragbaren Geräte mit einer eigenen, unabhängigen Energieversorgung funktionieren. Lampen, Trikorder, Phaser, all diese Dinge. Vol versucht, die Antimaterieeindämmung, Lebenserhaltung und Schwerkraft an die tragbaren Generatoren anzuschließen.« Er tippte auf sein Kommunikationsabzeichen. »Carolan?«

»Ja, Captain?«

»Statusbericht. Wir müssen herausfinden, wo unsere Leute sind, und vor allem jedem sagen, dass er sich eine sichere Position an Deck suchen soll. In wenigen Minuten werden wir versuchen, die Schwerkraft wieder zu aktivieren. Ich werde eine schiffsweite Ankündigung machen, wenn wir so weit sind.«

»Alles klar.«

»*Vol*«, rief Barclay. »*Wie läuft es mit den Generatoren?*«

»Ich habe vor fünf Minuten einen an das Eindämmungsfeld angeschlossen.« Vols Antwort kam nicht über das Kommunikationsabzeichen, sondern irgendwo aus der Dunkelheit. Danach folgten ein metallisches Klappern und ein gemurmeltes »Verflixt!« Es klapperte erneut, und irgendetwas rieb über Metall. »Ich kann die Schwerkraft jederzeit aktivieren. Auf einer geringeren Einstellung wird sie allerdings länger anhalten.«

»Danke.«

»*Brücke an Captain*«, sagte Carolans Stimme. »*Alle Sektionen melden, dass sie für die Schwerkraftwiederherstellung bereit sind.*«

»Verstanden«, erklärte La Forge, dann ordnete er an: »Ein halbes *g*, Vol. Schalten Sie ein!«

Augenblicklich fiel er zu Boden. Es war ein seltsames Gefühl, sich bei halber Schwerkraft zu bewegen. Es war nicht so niedrig, dass man weite Sprünge zurücklegen konnte, aber man fühlte sich auch nicht normal. Ein wenig war es so, als würde man durch einen Swimmingpool waten.

Als Scotty den Maschinenraum erreichte, war er sehr beeindruckt von Barclays Einfallsreichtum. »Ich weiß nicht, wieso mir das nicht eingefallen ist«, gab er zu. »Wie weit können wir diese Idee ausreizen?«

»Scotty?«, rief Leah überrascht.

»Was ich meine, ist: Wie viele der Systeme der *Challenger* können wir über den Warpkern eines Runabouts laufen lassen? Die *Thames* steht noch in der Shuttlerampe.«

Sie runzelte die Stirn. »Die Runabouts wurden nicht für so etwas geschaffen, aber ich schätze, für eine kurze Zeit sollte es gehen. Die entscheidende Frage ist, wie wir die Verbindung herstellen. Wir können keinen Energietransferstrahl benutzen, wenn es beim Empfänger keine aktiven Schaltkreise gibt.«

»Dann müssen wir es eben auf die altmodische Weise machen, mit Kabeln, wie bei der *Intrepid*.«

»Das könnten wir tun, aber wir können es nicht einfach mit dem EPS-Netzwerk auf der Shuttlerampe verbinden. Wir müssen die Energieversorgung des Runabouts über den Verteilerknoten des Warpkerns anschließen, und das bedeutet, dass wir Kabel von der Shuttlerampe bis in den Maschinenraum verlegen müssten.«

»Können wir helfen?« Die Frage kam von einer Romulanerin. Drei Romulaner hatten soeben den Maschinenraum betreten. »Ich bin Voktra, Chefingenieurin der *Sturmkrähe*. Diese Offiziere sind ebenfalls Ingenieure.«

Geordi zögerte, nickte dann aber. »Wir legen einen direkten Kanal durch die sekundäre Hülle zum EPS-Hauptanschluss«, schlug er vor. »Fliegen Sie das Runabout aus dem Schiff, docken Sie es magnetisch außen an der Sekundärhülle an und schneiden Sie direkt hindurch.«

»Das könnte funktionieren«, meinte Scotty.

La Forge wandte sich an Barclay. »Reg, nehmen Sie einen der romulanischen Ingenieure mit. Wir stecken alle zusammen in dem Schlamassel.«

»Ich gehe mit«, sagte Voktra, warf Barclay jedoch einen abschätzigen Blick zu.

Nachdem Barclay und Voktra im Laufschritt den Maschinenraum verlassen hatten, kam Scotty auf La Forge und Leah zu. »Was genau ist eigentlich passiert? In einem Augenblick habe ich hier noch gearbeitet, und im nächsten lag ich schon auf der Krankenstation. War es eine Art Kollision, wie bei dem romulanischen Schiff?«

Leah schüttelte den Kopf. »Nicht ganz. Die Kollision hat das romulanische Schiff fast auseinandergerissen. Ein direkter Treffer hätte die *Challenger* ebenfalls zerstört.«

La Forge hielt ein Padd hoch und zeigte ihnen zwei Messreihen von Subraumsensoren. »Einer davon stammt aus den Sensorlogbüchern der *Intrepid*, der andere wurde von uns gemessen, kurz bevor die Lichter ausgingen.«

»Beides Trans-Slipstream-Wellen?«, erkundigte sich Leah.

»Für mich sieht es ganz so aus, als wären wir in eine davon geraten und mitgezogen oder geschleift worden ...«

»Ich schätze, wir sollten dankbar sein, dass sich die Trägheitsdämpfertechnologie in zweihundert Jahren so stark weiterentwickelt hat«, meinte Scotty.

»Das ist also mit der *Intrepid* passiert?«, fragte Leah.

»Ich denke schon«, bestätigte La Forge.

»Wo sind wir überhaupt?«

»Ohne Sensoren oder den Hauptschirm ...«, begann La Forge.

»Junge«, schaltete sich Scotty ein, »sind Sie noch nicht auf die Idee gekommen, mal aus dem Fenster zu sehen?«

Das Nelson's war zu einem Notlazarett umfunktioniert worden, als sie dort ankamen, aber es waren nicht die Verwundeten oder die Schäden, die die Aufmerksamkeit von La Forge, Scotty und Leah erregten.

Sie gingen zu den riesigen Fenstern und betrachteten den unglaublichen Anblick, der sich ihnen bot. »Verdammt noch mal ...«

»Das können Sie laut sagen«, flüsterte La Forge wie benommen.

Guinan trat zu ihnen und wischte sich die Hände an einem Geschirrhandtuch ab. »Ich bin in den letzten fünfhundert Jahren viel gereist, aber so etwas habe ich bisher noch nie gesehen.«

Keiner der anderen brachte einen Ton heraus.

Draußen war nichts. Keine Sterne, keine Nebel, gar nichts. Mit Ausnahme eines einzigen schimmernden Lichts an Backbord. Dort glühte die Galaxis mit perlenartiger Schönheit. Aus dieser Perspektive ähnelte sie dem Profil der Untertassensektion der *Challenger.* Und sie war auch nicht größer als eine Untertasse, die man am ausgestreckten Arm festhielt.

KAPITEL 33

Die *Challenger* trieb noch immer in den Tiefen der intergalaktischen Leere, aber sie war nicht mehr völlig ohne Energie. Das Runabout *Thames* haftete nun magnetisch auf der Unterseite der Sekundärhülle, direkt vor der hinteren Torpedoabschussrampe.

Während Barclay und Voktra alles vom Cockpit aus überwachten, hatten sich zwei Romulaner in geborgten Raumanzügen der Sternenflotte daran gemacht, die Bodenluke des Runabouts zu öffnen und sich durch die Hüllenplatten der *Challenger* zu schweißen.

»Sind Sie sicher, dass Ihnen das nichts ausmacht?«, fragte Reg.

Voktra zog eine Augenbraue hoch. »Löcher in Föderationsraumschiffe zu schneiden? Sie machen wohl Witze, ich habe mich seit Monaten nicht mehr so gut amüsiert.«

»Wirklich?

»So etwas wollte ich schon immer mal tun«, erklärte sie. »Allerdings hätte ich angenommen, dass es unter politisch deutlich unangenehmeren Umständen passieren würde.«

»Oh.«

Sobald die Romulaner eine temporäre Luftschleuse zwischen dem Runabout und der Unterseite der *Challenger* geschaffen hatten, übernahmen Barclay und Voktra und führten die Kabel durch das neu entstandene Loch. Sie dachten auch daran, sich in der Mitte umzudrehen, wo die Schwerkraft umgedreht wurde, da das Schwerkraftgitter der *Challenger* und nicht mehr das des Runabouts auf sie einwirkte. Am anderen Ende der Hauptenergietransferleitung wartete Vol auf sie, und sie überließen es ihm, die Energie vom Warpkern des Runabouts ans Energieverteilersystem der *Challenger* anzuschließen und das EPS-Netzwerk wieder zu aktivieren.

Der Warpkern des Runabouts würde nicht ausreichen, um der *Challenger* Warpgeschwindigkeit zu ermöglichen, aber zumindest würden sie das Licht, die Lebenserhaltung und die Hauptcomputerfunktionen wiederherstellen können. Außerdem konnten sie besonders wichtige Bereiche wie die Krankenstation mit Energie versorgen.

Auf der Brücke nutzte Leah Wissenschaftsstation eins, um zu überprüfen, ob der Computer richtig wieder hochgefahren war. Qat'qa testete derweil die Steuerkonsole und wollte herausfinden, wie gut sich das Schiff noch manövrieren ließ. Scotty saß an der Maschinenkontrolle und überprüfte Vols Fortschritte. Von ihnen allen schien ihm die geringere Schwerkraft am wenigsten auszumachen. Bewegungen waren weniger schmerzhaft für ihn, und seine Verletzungen machten ihm nicht so sehr zu schaffen.

»Ich hatte mich schon gefragt, ob die Romulaner für das verantwortlich waren, was mit uns passiert ist«, gestand Qat'qa, »aber dem war offensichtlich nicht so.«

Scotty sah sich nicht um, verzog aber amüsiert das Gesicht. »Meine Liebe, wenn irgendjemand den Warpantrieb eines Raumschiffs dazu bringen kann, die galaktische Barriere zu durchqueren, wie ein heißes Messer durch Butter gleitet, dann hätte ich am ersten Tag meines Kommandos über die *Challenger* dafür gesorgt, dass diese Person für mich arbeitet, ob es nun ein Romulaner ist oder nicht.«

»Ich mache mir trotzdem Sorgen, dass sie versuchen könnten, die Situation irgendwie auszunutzen. Wir sollten sie besser bewachen.«

»Sie sind unsere Gäste und keine Gefangenen«, sagte La Forge vom Kommandosessel aus.

»Das waren sie, als wir noch ein voll funktionstüchtiges Raumschiff hatten. Doch jetzt hat sich die Lage geändert.«

»Captain, Kat hat nicht unrecht«, warf Nog ein. »Die Romulaner waren schon immer am gefährlichsten, wenn ...«

»Wenn es sich um eine Krisensituation handelte, die sie selbst vorsätzlich geplant oder provoziert haben. Doch das ist hier nicht der Fall. Sie können das unmöglich verursacht haben«, meinte La Forge.

»Sie werden dennoch einen Weg finden, es zu ihrem Vorteil zu nutzen, denn sie wären reichlich dumm, das nicht zu tun«, meinte Nog.

»Wir brauchen die Kooperation unserer Gäste. Allerdings ...«

»Ich werde sie im Auge behalten, Sir«, versprach Nog mit ernster Miene.

Guinan fühlte sich nicht wohl, und das lag nicht nur an ihren angeknacksten Rippen und schmerzhaften Schnittverletzungen, sondern ebenso an Selas Anblick. Selbst für die Angehörige eines Volkes, das dafür bekannt war, anderen zuzuhören und sie einschätzen zu können, stellte Sela ein Rätsel dar. Ihr Gesichtsausdruck konnte ebenso gut kochende Wut wie herausfordernde Arroganz widerspiegeln. Vielleicht lag es am romulanischen Blut in ihr, dass man das so schwer erkennen konnte, oder auch nur an ihr selbst und daran, wie sie aufgewachsen war.

»Hallo, Guinan.« Auch Selas Tonfall ließ sich nicht deuten.

»Sela.« Guinan fragte sich, warum sie alleine ins Nelson's gekommen war. »Kann ich Ihnen etwas bringen?«

»Ich bezweifle, dass Sie mir bringen können, was ich haben möchte.«

»Stellen Sie mich auf die Probe.«

»Sie denken gerade an sie, nicht wahr?«

»Sie?«

»Meine Mutter.«

Guinan hatte in der Tat an Tasha Yar gedacht. Die Ähnlichkeit zwischen Mutter und Tochter war einfach zu groß. Beim Anblick dieser Romulanerin konnte sie nicht anders, als an die Frau zu denken, die sie nie kennengelernt, über die sie aber so viel gehört hatte. »Sie sehen aus wie ihr Bild.«

»Zu sehr.«

»Man sagt, jede Frau würde irgendwann auf die eine oder andere Weise so werden wie ihre Mutter.«

»Wirklich? Und wer genau ist ›man‹? Nein, sagen Sie es mir nicht. Das ist eine Redewendung der Menschen, richtig?«

»Ich habe sie auch schon von Klingonen, Ferengi und sogar Romulanern gehört. Schade, dass ich sie nie kennengelernt habe.«

»Sie hat sich an Sie erinnert, müssen Sie wissen. Nun, an eine andere Guinan aus einer anderen Zeitlinie. Ich bin mir nicht mal sicher, ob es die richtige Guinan ist, mit der ich mich gerade unterhalte.«

»Geben Sie mir die Schuld am Tod Ihrer Mutter?« Guinan fühlte sich unsinnigerweise schuldig. Sie wusste, dass die andere Guinan versucht hatte, jemandem, der tot war, die Chance zu geben, wieder zu leben.

»Nein. Zumindest nicht so, wie Sie zu denken scheinen.«

»Ich kenne die Geschichte, Sela. Tasha Yar wäre auch dann noch tot, wenn diese andere Guinan nichts gesagt hätte, wenn sie nicht einmal gewusst hätte, dass ihre Existenz in dieser Zeitlinie falsch war.«

»Eine Sternenflottenoffizierin wäre tot. Aber sie wäre nicht meine Mutter gewesen.«

»Nein, und Sie hätten nie existiert.«

Sela beugte sich näher zu ihr heran. »Und genau *daran* gebe ich Ihnen die Schuld.«

»An Ihrer Existenz? Und wie sieht die Bestrafung dafür aus?«

Sela stand auf. »Ich bin im Konferenzraum verabredet.«

Die Vorsitzende des Tal Shiar war mit dem Sternenflottencaptain verabredet, der ihr ein Padd mit den Daten über die Trans-Slipstream-Wellen reichte. »Was ist das?«, wollte sie wissen.

»Das ist eine Sensormessung einer Trans-Slipstream-Heckwelle. Bitte, Sela, machen Sie sich nicht lächerlich, indem Sie behaupten, Sie hätten so etwas noch nie zuvor gesehen.«

Selas Gesichtsausdruck wurde kalt und abweisend. »Ich mache mich niemals lächerlich, Captain, sonst wäre ich im Imperium nicht so weit gekommen.«

»Nein, vermutlich nicht ... Aber ich würde gern wissen, ob Sie derartige Messwerte schon einmal gesehen haben. Bevor das, was sie verursacht, Sie gerammt hat.«

»Wie kommen Sie auf die Idee, dass ich sie schon mal gesehen hätte?«

»Sie haben meine Frage nicht verneint«, betonte La Forge.

»Wäre Ihnen das denn lieber?«

»Seitdem wir diese Wellenform zum ersten Mal entdeckt haben, stehen wir deswegen in ständiger Kommunikation mit der Sternenflotte. Wir haben die Aufzeichnungen an andere Schiffe weitergegeben, die ebenfalls danach Ausschau halten. Wir wissen, dass Sie Sonden haben, die unsere Kommunikation abhören, weil wir eine davon gefunden haben, als Bok die *Intrepid* übernommen hat. Da spräche es doch nicht gerade für romulanische Technik, wenn diese Sonden die Nachrichten nicht abgefangen hätten. Einmal ganz abgesehen davon, dass Ferengi-Schmuggler und -Kriminelle in der ganzen Galaxis darüber gesprochen haben.«

»Wenn Sie auf etwas hinauswollen, dann kommen Sie bitte zum Punkt.«

»Eine Heckwelle muss von irgendetwas verursacht werden. Einer Art Schiff. Wir haben versucht, es zu identifizieren, und Sie haben ebenfalls danach gesucht. Ihnen blieb nichts anderes übrig, da es sich um eine Antriebstechnologie handelt, die sogar noch über den Quanten-Slipstream-Antrieb hinausgeht.«

»Ein Tal-Shiar-Offizier namens Saldis hat daran gearbeitet. Ich habe seine Berichte gelesen und sofort gewusst, was uns hierher gebracht hat.«

La Forge zögerte. »Diese Trans-Slipstream-Welle hat vor zweihundert Jahren ein romulanisches Minenfeld zerstört und die NX-07, die *Intrepid*, Hunderte von Lichtjahren vor sich hergetrieben. Eine weitere Heckwelle hat vor etwa einem Dutzend Jahren dafür gesorgt, dass die *U.S.S. Hera* verschwunden ist. Eine dritte traf uns und brachte uns her, wie Sie gesagt haben.«

»Und?«

»Meine Mutter war Captain der *Hera*. Die Schiffe, die diese Heckwellen erzeugen, haben sie getötet. Ich dachte einfach ... Ich dachte, wir finden vielleicht eine gemeinsame Basis, da wir jetzt dieselbe Mission haben, Vorsitzende.« Die Worte blieben ihm beinahe im Hals stecken.

»Weil wir beide eine tote Mutter haben?«, spottete Sela. »Dass wir dieselbe Mission haben, gebe ich zu, wir wollen beide nach Hause zurückkehren. Der Unterschied ist, dass ich nicht einfach auf einer gepunkteten Linie unterschrieben habe, mich an die Dienstvorschriften der Organisation zu halten, der ich mich angeschlossen habe. Ich wurde in diese Organisation hineingeboren. Für mich ist es ein Privileg, nicht nur eine Pflicht.«

»Ihr Vater war Admiral, nicht wahr?«

»Ja, und?«

La Forge konnte ein trauriges Lächeln nicht unterdrücken. »Sie glauben, Sie wären die Einzige, die von ihren Eltern dazu inspiriert wurde, ins Weltall zu fliegen? Meine Mutter war Captain dieses Raumschiffs, und mein Vater ist ebenfalls in der Sternenflotte. Ich wusste schon, als ich gerade mal alt genug war, mit Spielzeugraumschiffen zu spielen, was ich später tun und was ich sein wollte.«

»Ich ebenfalls, trotz meiner Mutter.«

»Tut mir leid, das zu hören.« Das meinte La Forge ernst. »Ich habe gehört, dass die Vorsitzende des Tal Shiar mehr Einfluss hat als ein Prokonsul. Sie wäre stolz gewesen, dass Sie es so weit gebracht haben, selbst in einer fremden Regierung.«

»Letzten Endes war ich ohne sie besser dran. Vielleicht ging es anderen ebenso, insbesondere den Menschen.«

»Nein, das bezweifle ich. Tatsächlich denke ich sogar, dass auch Sie ohne sie nicht besser dran waren. Ich glaube, es ist ganz gut für

Sie, dass Sie sich an die Zeit erinnern können, in der sie für Sie da gewesen ist.« Er versuchte, Selas Sichtweise zu begreifen, aber er bezweifelte, dass ihm das je gelingen würde. »Irgendwie hat ihr Tod Sie angetrieben und Ihnen geholfen, es so weit zu bringen. Doch das hätte nicht geschehen können, wenn es sie gar nicht gegeben hätte.«

»Ich habe sie umgebracht, Captain.« Selas Stimme klang kurzzeitig angespannt, genau so, wie er Tasha Yars Stimme in Erinnerung hatte. Es war, als hätte er einen Geist gehört. Doch der Eindruck verging, als sie weitersprach. »Zumindest war ich für ihre Exekution verantwortlich. Und ich habe nie zurückgeblickt, sondern bin die Leiter nur immer weiter hinaufgestiegen.«

»Wir kommen irgendwie von dem Thema ab, über das wir eigentlich sprechen wollten«, meinte La Forge.

»Wir sollten eigentlich über unser Überleben sprechen.« Sela runzelte die Stirn. »Bilde ich mir das nur ein, oder ist die Schwerkraft etwas stärker geworden?«

»Wir haben zumindest nicht angepasst ... Schließlich dürfen wir keine Energie vergeuden.« Er verlagerte versuchsweise sein Gewicht auf die Zehenspitzen. »Aber Sie haben recht, ich fühle mich etwas schwerer als noch vor einigen Stunden ...« Sie gingen hinaus auf die Brücke, wo La Forge die Umweltkontrollen überprüfte. »0,6 g ... Aber wir generieren nur 0,5.«

»Der einzige Grund, aus dem wir einen Anstieg der lokalen Schwerkraft spüren könnten, wäre, wenn die *Challenger* beschleunigt«, sagte Sela.

»Was gar nicht möglich wäre, es sei denn, jemand steigt aus und schiebt uns an.«

»Stimmt ... Was wiederum bedeutet, dass wir von irgendeiner Masse in der Nähe angezogen werden. Aber was könnte das sein?«

»Die Fragen sind: ›Was ist es?‹ und ›Wie lange noch, bis wir dagegen prallen?‹«

KAPITEL 34

»*Hallöchen, Doc*«, rief Vol aus dem Maschinenraum herauf.

Leah, die wusste, dass sie gemeint war, antwortete: »Was gibt's, Vol?«

»*Das Sensornetz hat jetzt Saft, allerdings gilt das nur für die externen Sensoren.*«

»Die externen reichen völlig aus, Vol. Mit etwas Glück können wir das Objekt identifizieren, dessen Gravitationskraft uns bewegt.« Sie aktivierte die Sensoren und begann mit einem Scan in der Richtung, in die die *Challenger* mit 0,1 g beschleunigte. In Reichweite der Sensoren war nichts zu erkennen, sie wusste jedoch, dass es nur eine Frage der Zeit sein konnte, und stellte den Computer so ein, dass er sie benachrichtigte, wenn er ein Resultat hatte.

Dann scannte sie nach Trans-Slipstream-Wellen.

Diese Suche ergab sofort einen Treffer, und sie rief La Forge zu sich. Er lehnte sich neben sie an die Ops. »Was haben wir?«

»Die Trans-Slipstream-Heckwellen-Signatur. Eigentlich sogar mehr als eine. Ich habe eine ganze Menge davon gefunden.«

»Wenn es ein Objekt mit hoher Gravitationskraft in der Gegend gibt ... Wir sollten nach der Quantengranulation im Subraum scannen, die Sonya in G-231 gemessen hat.«

»Aus irgendeinem besonderen Grund? Oder ist das nur so eine Ahnung?«

»In der Nähe des Schwarzen Lochs in G-231 ist diese Granulation vermehrt aufgetreten, was für eine hohe Anzahl an Trans-Slipstream-Wellen spricht. Das deutet auf viel Verkehr von, nun, was immer sie auch verursacht, falls sie Objekte mit großer Masse als Orientierungspunkte benutzen.«

»Alles klar.«

»Und warum in der Nähe eines Schwarzen Lochs? Weil es ein natürlicher Orientierungspunkt ist.«

»Die Gravitation dieses Objekts ist nicht mit der eines Schwarzen Lochs vergleichbar.«

»Aber es ist das einzige Objekt mit starker Anziehungskraft in der Nähe, daher kann eine Spezies, die Gravitationsströmungen als Navigationsmarkierungen nutzt, den einzigen Marker in einem Bereich von mehreren Tausend Lichtjahren nicht außer Acht lassen. Hier draußen ist er ebenso auffällig, wie es ein supermassereiches Schwarzes Loch in einer stellar dichten Gegend wäre.«

»Das ist eine ziemlich gewagte Annahme, Geordi. Nur weil sie anscheinend die Bolus-Ausdehnung genutzt haben und wir hier gelandet sind, heißt das noch lange nicht, dass sie regelmäßig Gravitationsströmungen zur Navigation benutzen.«

»Es ist nicht nur das. Im Bericht der Klingonen hieß es, dass etwas, das einer Trans-Slipstream-Welle ähnelt, in der Nähe eines Schwarzen Lochs entdeckt wurde. Die Cardassianer haben etwas Vergleichbares in einem toten System mit einem superdichten Neutronenstern entdeckt.«

»Das sind alles Objekte mit großer Masse und entsprechend großem Gravitationsfeld.«

»Und das ist die einzige Gemeinsamkeit, daher muss es von Bedeutung sein.«

Sie betrachtete die Zahlen, die über ihren Bildschirm scrollten. »Anscheinend haben Sie recht«, meinte sie. »Die Messwerte sprengen die Skala. Dies ist definitiv ein Gebiet, durch das die Schiffe, die diese Wellen nach sich ziehen, häufig hindurchkommen. Ein regelrechter Verkehrsknotenpunkt.«

»Dann müssen wir nur noch wissen, was das massereiche Objekt ist und wo es sich befindet.«

»Ich habe den Computer so eingestellt, dass ich benachrichtigt werde, sobald diese Information vorliegt.«

»Dann können wir ja erst mal was essen.«

»Sie denken zu so einer Zeit ans Essen?«

»Ich denke an unseren Blutzucker und unsere Aufmerksamkeit. Niemand kann effektiv arbeiten, wenn er nicht gut genährt und ausgeruht ist.«

Völlig erschöpft saßen La Forge und Leah im Nelson's am Tisch und lauschten dem leisen Knacken und Knirschen fernen Metalls, das im Weltall abkühlte, was normalerweise vom Geräusch des Antriebs übertönt würde. Eigentlich hätte es diese Klänge auch gar nicht gegeben, wenn das Schiff mit voller Energie unterwegs gewesen wäre.

»Ich habe nachgedacht ...«, begann La Forge.

»Ich auch.«

»Wir wohnen eigentlich schon fast zusammen. Wenn wir wieder nach Hause kommen ...«

»Du glaubst, wir kommen wieder nach Hause?« Die Worte kamen etwas verzweifelter aus ihrem Mund, als sie beabsichtigt hatte.

»Ich erlaube mir einfach nicht, das Gegenteil zu glauben.«

»Ich auch nicht«, log sie. »Und ...«

»Ich hatte gehofft, dass unser Arrangement eines Tages etwas dauerhafter werden würde.«

»Jede Wahrscheinlichkeitskurve muss auch die unwahrscheinlichsten Fälle in Betracht ziehen.«

»Ich hatte gehofft, dass du das sagen würdest.«

»Manchmal«, unterbrach Guinans sanfte Stimme ihr Gespräch, »hat es Vorteile, in der Nachtschicht zu arbeiten.«

»Alles, was Sie glauben, gerade gehört zu haben«, meinte La Forge, ohne die Augen zu öffnen, »kann als vertrauliche Information eingestuft werden.«

Im Maschinenraum hetzte Barclay hin und her und half Vol auf der einen und Voktra auf der anderen Seite. Jeder, der ihn nicht kannte, hätte ihn für einen höchst effektiven Arbeiter ohne jegliche Furcht gehalten.

Das war natürlich auch genau der Eindruck, den er machen wollte. Er mochte es im Allgemeinen nicht, wenn seine Mannschaftskameraden seine Nervosität mitbekamen, und die Romulaner sollten ihn erst recht nicht ängstlich oder nervös erleben. Vermutlich konnten sie Angst riechen, aber er würde sein Bestes geben, um das Bild eines guten Sternenflottenoffiziers aufrechtzuerhalten.

»Wir befinden uns außerhalb der Galaxis«, sagte er, »was bedeutet, dass wir früher oder später wieder zurück durch die galaktische Barriere fliegen müssen.«

»Wie konnten wir die Barriere überhaupt durchdringen?«, wollte Voktra wissen.

»Das ist schon früher passiert, aber fast immer zufällig. Niemand konnte bisher einen Antrieb oder Schilde konstruieren, mit denen sich das auf regelmäßiger Basis durchführen ließ.«

»Niemand ...?«

»Niemand, von dem ich gehört hätte.«

»Was ist mit dem, wer auch immer uns hierher mitgeschleift hat? Anscheinend konnte dieses Objekt problemlos weiterfliegen, während wir völlig außer Gefecht gesetzt wurden.« Voktra lächelte ihn an, und Barclay war fasziniert. Er hatte noch nie eine hübsche Romulanerin gesehen und auch noch nie gedacht, dass er eine einmal hübsch finden würde. »Denken Sie nur an die strategischen Vorteile, wenn man in der Lage ist, die Galaxis zu verlassen, durch den leeren Raum zu reisen und an einem beliebigen Punkt wieder einzutreten, ohne das Territorium eines Feindes durchfliegen zu müssen.«

»Sie meinen, man könnte Grenzen umgehen.«

»Genau das meine ich. Niemand würde nach Warbirds Ausschau halten, die durch die galaktische Barriere in fremden Raum eindringen.«

»War diese Chance es wert, eines dieser Dinger anzuziehen?«, erkundigte sich Barclay.

»Wir haben das, was immer uns getroffen hat, nicht angezogen.« Sie sah verwirrt aus und runzelte die Stirn. »Was wollen Sie damit andeuten?«

»Sind Sie sicher? Wir wissen, dass sie Objekte mit hoher Anziehungskraft als Orientierungspunkte verwenden, und Sie sind sehr anziehend.« Barclay wurde puterrot und wedelte mit den Händen, als könne er seinen Ausrutscher beiseiteschieben. »Ich meine die künstliche Quantensingularität in Ihrem Warpkern. Die hat eine hohe Anziehungskraft auf ...«

»Romulaner neigen nicht dazu, andere Spezies anzuziehen«, erwiderte Voktra kühl.

»Äh, so könnte man es natürlich ausdrücken, denke ich.«

»Tut mir leid, das hörte sich ein wenig ...«

»Seltsam an?«, schlug Reg etwas nervös vor

»Dies ist eine stressige Situation, und ich war mit den Gedanken woanders.«

»Oh, ich weiß genau, was Sie meinen.«

»Gut.«

»Also«, fuhr Barclay zögerlich fort, »was genau ist denn eigentlich passiert, als Ihr Schiff getroffen wurde?«

»Wir hatten versucht, eine Sabotage zu finden und rückgängig zu machen, die von einem politischen Rivalen der Vorsitzenden vorgenommen worden war. Der Warpkern war manipuliert worden, um die Singularität zu überlasten.«

Barclay nickte verständnisvoll. Voktras Geschichte ergab für ihn deutlich mehr Sinn als Qat'qas Verdächtigungen. Er sah auf seine Hände hinab und war froh, dass sie nicht zitterten. »Wissen Sie, Sie wirken gar nicht wie eine Romulanerin.«

»Ich werde versuchen, das nicht persönlich zu nehmen.«

»Das war als Kompliment gedacht.«

»Sie wirken auch nicht wie jemand von der Sternenflotte.«

»Oh.« Er war enttäuscht. Seine Bemühungen, dem Bild gerecht zu werden, waren gescheitert.

»Sie sind nicht so faul.«

Barclay strahlte.

»Ich habe unsere Manövrierfähigkeit getestet«, meldete Qat'qa, als La Forge und Leah, etwas gestärkt von der Mahlzeit, auf die Brücke zurückkehrten. »Dadurch, dass wir die Energie aus dem Runabout beziehen, spüre ich eine leichte Verzögerung bei der Steuerung, aber sie funktioniert.«

»Geben Sie eine Reihe von Orbitalkursen ein, die wir nutzen können, und bringen Sie uns in den stabilsten Orbit, den Sie um das Objekt mit der hohen Gravitation finden können.«

»Aye, Sir.«

»Sobald wir im Orbit sind, sollten wir uns etwas entspannen können. Dann können wir die *Challenger* genauer unter die Lupe nehmen und herausfinden, was wir als Nächstes tun müssen.« Er drehte sich zu Leah um. »Welche Sensormesswerte erhalten wir von dem Gravitationszentrum?«

»Keine.«

»Keine?« Das war merkwürdig, denn jedes Phänomen mit hoher Schwerkraft, von dem La Forge je gehört hatte, gab irgendwelche Strahlung ab. »Nicht einmal Röntgen- oder Gammastrahlung?«

»Nein, keine Röntgen- oder Gammastrahlen, nichts, was man von einer natürlichen Quelle erwarten würde.«

»Nog, starten Sie eine Sonde in Richtung des Objekts. Ich möchte sehen, was es ist, um das wir bald kreisen werden.«

Nog gab den entsprechenden Befehl in seine Konsole ein. »Sonde abgefeuert.« Nach einigen Augenblicken meldete er: »Noch keine Sensoranzeigen von der Sonde, aber etwas im visuellen Spektrum. Wir können das Objekt sehen.«

»Was ist es?«

Nog zögerte einen Sekundenbruchteil. »Es scheint sich dabei um ein Raumschiff zu handeln.«

»Auf den Schirm.«

Der Hauptteil des Schiffes glich in Form und Größe der Untertassensektion der *Challenger*. Von dem Schiff ging kein Licht aus, aber eine schwache Reflexion ließ den Umriss erkennen. Auf einer Seite waren an einem keilförmigen Aufsatz zwei Warpgondeln befestigt, während dem gegenüber eine dreieckige Struktur aus dem scheibenförmigen Rumpf hinausragte.

»Es ist von der Föderation ...«, stellte Qat'qa fest.

»*Nebula*-Klasse«, bestätigte Nog.

La Forge wagte kaum zu atmen. »Mal sehen, ob die Sonde etwas Licht in die Sache bringen kann, Nog.«

Nog bediente einige Tasten und schaltete die starke Lichtquelle ein, die in die Sonde eingebaut war. Dann lenkte er sie über den vorderen Teil der Untertassensektion und richtete das Licht auf die Registrierungsnummer. »NCC-62006.«

»Die *Hera*«, hauchte La Forge. Seine Augen füllten sich mit Tränen. »Es ist die *Hera*.«

KAPITEL 35

La Forge war buchstäblich von Ehrfurcht ergriffen. Ihn überkam nicht nur eine große Freude, sondern gleich ein ganzer emotionaler Tsunami. »Das ist ja unfassbar ...«

»Ich dachte, das wäre genau das, was Sie finden wollten«, meinte Leah verwirrt.

»Darauf hatte ich vielleicht gehofft, es aber nie wirklich *erwartet.* Zumindest nicht, dass wir die *Hera* so intakt vorfinden würden. Das ist, als ...« Er konnte nicht einmal sagen, wie es war. Hiermit hatte er das Ende einer persönlichen Reise erreicht, die sein Leben seit vielen Jahren überschattet hatte, ob er es nun zugeben wollte oder nicht. »Das ist, als würde man den Heiligen Gral finden.«

Scotty freute sich für La Forge. Der Junge hatte es verdient, die Wahrheit zu erfahren, und das Schiff hier draußen im Nichts zu entdecken, glich fast schon einem Wunder. *Ein solches Wunder, dass jeder aus der Mannschaft es erkennen kann*, dachte Scotty. Und davon ging diese gewaltige Anziehungskraft aus? Er konnte sich nicht einmal vorstellen, wie das möglich sein sollte, aber er konnte es gleichzeitig auch kaum erwarten, es herauszufinden. Das wäre deutlich besser, als darüber nachzudenken, wie viele Behandlungen mit dem Zellregenerator er verpasst hatte.

»Ich bin seit über einem Jahrhundert in der Sternenflotte«, sagte er, als er auf die Brücke kam, »aber so etwas habe ich noch nie gesehen.«

»Das ist der Grund, aus dem ich zur Sternenflotte gegangen bin«, stimmte ihm Nog mit von Staunen erfüllter Stimme zu.

Sela sah sich die Telemetriedaten der Sonde auf einem Bildschirm in ihrem Quartier ein. Der Anblick war beeindruckend, aber sie dachte nur immer wieder, dass dies unmöglich ein Zufall sein konnte. Das Schiff von La Forges Mutter, hierher gebracht von Trans-Slipstream-Wellen, Jahre bevor sie angeblich von der Sternenflotte entdeckt wurden?

Sie glaubte kein Wort davon, und sie wusste, dass Saldis es auch nicht geglaubt hätte.

»Nun«, meinte sie zu ihren Offizieren, die sich um sie herum versammelt hatten. »Das ist der Beweis dafür, dass die Sternenflotte schon die ganze Zeit mit der Trans-Slipstream-Technologie experimentiert hat.«

»Es ist offensichtlich«, stimmte ihr ein übereifriger junger Centurion zu.

Darauf antwortete Sela nicht. *Ich frage mich, ob seine Mutter ebenso geopfert wurde, wie man meine geopfert hat.*

»*Captain La Forge, kann ich Sie unter vier Augen sprechen?*«

Guinans Bitte war derart ungewöhnlich, dass La Forge ihr sofort nachkam. Er fand sie nicht im Nelson's, sondern in ihrem Quartier. Vor den Fenstern hingen Seidenvorhänge, und es roch angenehm. Zum ersten Mal überhaupt sah La Forge Guinan ohne Hut.

»Was gibt es, Guinan?«

»Ich muss mit Ihnen über das reden, was gerade geschieht und was geschehen wird. Und über den Grund, warum ich mich an Bord der *Challenger* aufhalte.«

»Auf Sternenbasis 410 haben Sie gesagt, Sie wollten Ihren Ingenieurfreunden ein wenig Ihrer Zeit schenken.«

»Ja, das habe ich gesagt.«

»Ich habe viel darüber nachgedacht.«

»Vielleicht denken Sie zu viel darüber nach.«

»Irgendetwas ist mir aufgefallen an der Art, wie Sie reden, wie Sie die Leute beobachten. Es ist, als würden Sie auf etwas warten. Oder auf jemanden«, sagte La Forge.

»Vielleicht tue ich das ja.«

»Auf wen oder was?«

»Das weiß ich noch nicht. Aber das ist der Grund, warum ich mit Ihnen reden muss.«

»Sie warten auf etwas oder jemanden und haben keine Ahnung, auf wen oder was?«

»So ist es. Das ist in meinem Leben eigentlich relativ häufig vorgekommen, zumindest in den letzten hundert Jahren.«

»In den letzten hundert Jahren? Seit Sie aus dem Nexus gezogen wurden?«

Guinan nickte. »Manchmal weiß ich einfach, dass ich zu einer bestimmten Zeit an einem bestimmten Ort sein muss, weil dann und dort etwas Wichtiges geschehen wird.«

»Das verrät Ihnen Ihre Verbindung mit dem Nexus?«, nahm La Forge an.

»Verraten ist nicht ganz das richtige Wort. Es sind eher Hinweise, Vorschläge, Tipps, die hinter meinem Rücken gegeben werden.«

»Aber wenn Sie vor einhundert Jahren aus dem Nexus gebeamt wurden, wie kann sich das dann bis heute auf Sie auswirken? War es eine derart eindrucksvolle Erfahrung, oder ... haben Sie einen Teil der zukünftigen Geschichte gesehen ...?«

Ausnahmsweise sah sie mal ernst aus. »Es war das seltsamste und intensivste Erlebnis, das ich je hatte. Bewegender und realer als alles, das ich in meinem wirklichen Leben erlebt habe, wenn man es denn so nennen will. Aber es geht dabei nicht darum, eine Prophezeiung zu sehen und zu versuchen, sich an die Daten und Orte zu erinnern. Es war eine viel vagere, und viel tiefere, Verbindung.«

»Wie eine vulkanische Gedankenverschmelzung?«, schlug La Forge vor.

»Ja, das geht in die richtige Richtung. Aber es war keine Verschmelzung mit einer anderen Person oder mit den Energien des Nexus. Es war eher eine Gedankenverschmelzung mit meinem eigenen Schatten. Mit einer Erinnerung an mich selbst.«

»Was für eine Art von Erinnerung?«

»Als ich aus dem Nexus gebeamt wurde, habe ich darum gekämpft, dortbleiben zu können. Ich wollte einfach nicht gehen, nicht von dem Transporterstrahl erfasst werden. Und ein Teil von mir ist tatsächlich zurückgeblieben. Ein Echo, ein Schatten ... Ob das daran lag, dass ich unbedingt dortbleiben wollte, ob der Nexus das mit jedem macht, der ihn einmal betreten hat, oder vielleicht eine Mischung aus beidem und der Energie des Transporters ... Ich weiß es nicht. Ich weiß nur, dass für meinen ... Schatten Vergangenheit, Gegenwart und Zukunft miteinander verschmelzen, und dass er das Gefühl hatte, ich sollte hier auf der *Challenger* sein.«

»Weil etwas Wichtiges geschehen wird?«

»Ich glaube schon. Aber die Definition von wichtig könnte variieren. Es könnte darum gehen, die Galaxis vor fremden Invasoren zu retten oder das perfekte Cocktailrezept mit *Kanar* zu entdecken.« Ihre Augen funkelten. »Es muss doch irgendetwas geben, wofür man *Kanar* gebrauchen kann.«

»Wenn Sie das sagen.« La Forge entspannte sich ein wenig. Guinan hatte die Unterhaltung geschickt in andere Bahnen gelenkt, und er war dankbar dafür, da er jetzt beim besten Willen keine tiefgreifenden Gespräche führen wollte. »Wenn Sie es herausfinden, wird man vermutlich allein dafür einen brandneuen kulinarischen Zee-Magnees-Preis ausrufen.«

KAPITEL 36

Die *Challenger* umkreiste die *Hera* auf einem stabilen Kurs und beschleunigte nicht länger, sodass sich die Schwerkraft wieder bei einem halben g einpendelte.

»Nog«, erkundigte sich La Forge, »hat es irgendwelche Kommunikationen von der *Hera* gegeben?«

»Nein, Captain.«

»Nicht einmal ein Notsignal?«

»Nichts. Von dem Schiff gehen keine Signale aus.« Nog spreizte hilflos die Hände. »Möglicherweise ist ihre Energie ebenso ausgefallen wie die der *Intrepid*.«

»Das automatische Notsignal eines Raumschiffs hat eine separate Energiequelle für genau diesen Fall eines völligen Energieverlusts. Es sollte eigentlich jahrzehntelang weitergesendet werden.« Frustriert knirschte La Forge mit den Zähnen. »Die *Hera* ist erst vor zwölf Jahren verschwunden, daher müsste das automatische Notsignal eigentlich noch gesendet werden.«

»Es sei denn, es wurde manuell deaktiviert«, überlegte Leah.

Nog nickte. »Vielleicht haben sie das Schiff verlassen und sind irgendwo anders hingeflogen. Sie würden das Notsignal nicht laufen lassen, wenn sie sich in Sicherheit glauben.«

»Wohin sollten sie gegangen sein? Kat, gibt es in Sensorreichweite irgendwelche Planetensysteme?«

»Nichts, Captain. Keine Sterne, keine Planeten. Nur das Gravitationsfeld, das uns in Richtung der *Hera* gezogen hat. Ich kann nicht einmal klare Messwerte aus dem Inneren der *Hera* bekommen.«

»Keine Lebenszeichen?«

»Nein. Ich sehe die übliche Zusammensetzung eines Schiffes der *Nebula*-Klasse aus Tritanium, Duranium und so weiter, aber ich bekomme keine Sensormesswerte vom Inneren des Schiffes. Es ist, als ... als gäbe es gar kein Inneres. Oder als wäre das Innere getarnt.«

»Das ist allerdings merkwürdig.« La Forge dachte einen Augenblick nach. »Versuchen Sie es weiter, aber modulieren Sie die Sensorenfrequenzen. Scannen Sie nach allem, das Anzeichen für eine nicht richtig funktionierende Tarnung an Bord sein könnte, nur für den Fall.«

»Eine Tarnvorrichtung auf einem Föderationsraumschiff?«, meinte Leah.

»Haben wir genug Energie, um das astrometrische Labor zu benutzen?«, fragte La Forge.

Leah nickte. »Gerade so.«

»Dann bekommen wir vielleicht einige Antworten.«

Das astrometrische Labor der *Challenger* war ein Holodeck mit einer Rampe, die in einen kugelförmigen Hohlraum hineinreichte. Projektionen wurden im Inneren des Raums angezeigt, sodass man eine reale Abbildung des Weltalls bekam.

»Ist das ein Vorwand, damit wir alleine sein können?«, fragte Leah, als sie mit La Forge das Labor betrat.

»Glaube mir, das ist das Letzte, woran ich gedacht habe.«

»Das war nur ein Witz, Geordi.«

»Entschuldige.« Er rief eine Darstellung des Teils des Weltraums auf, in der sie sich gerade befanden, und sah die *Challenger*, wie sie die *Hera* umkreiste. »Wir brauchen eine Projektion des Gravitationseffekts, der auf uns einwirkt. Etwas, das die Position des Gravitationsschachts anzeigt.«

»Ich habe ab dem Zeitpunkt, an dem die Sensoren wieder aktiv waren, in regelmäßigen Abständen Messwerte anfertigen lassen.«

»Wir wissen, dass wir in diese Richtung gezogen wurden, seitdem wir in dieser Region angekommen sind. Wir wissen, dass die Gravitationskraft etwas stärker geworden ist, daher sollten wir in der Lage sein, die Quelle zu projizieren.« Es wurde nichts Neues angezeigt, nur die *Hera* wurde ein kleines Stück größer. »Das ist unmöglich. Hier sieht es so aus, als wäre sie nicht weiter weg als die *Hera*.«

»Es sei denn ... Könnte es die *Hera* selbst sein?«

»Ich wüsste nicht, wie das gehen sollte. Wenn es ein romulanisches Schiff wäre, dann hätte die Singularität in ihrem Warpkern anfangen können, Materie zu verschlingen und zu wachsen, aber ich kann mir nicht vorstellen, wie ein Sternenflottenwarpreaktor zu so etwas in der Lage wäre. Sie etwa?«

Leah hätte beinahe aufgelacht. »Ich entwickle jetzt seit sehr langer Zeit Warpantriebe, und ich habe noch nie etwas Künstliches gesehen, das ein Gravitationsfeld dieser Größenordnung erzeugen konnte, selbst wenn eine ganze Menge schiefgelaufen ist.«

La Forge spürte, wie sich in ihm alles zusammenzog, und erschauderte. »Okay, ich bezweifle nicht, dass Sie recht haben und es unmöglich ist, aber ...« Er berührte eine Taste auf der Konsole. »La Forge an Nog.«

»*Nog hier, Captain.*«

»Können Sie mir einen Sensormesswert von der Masse der *Hera* geben?«

»*Einen Moment ...*« Dann ein Keuchen, fast schon ein Quietschen. »*Captain! Das ist unmöglich, aber ...*«

»Das habe ich mir fast schon gedacht, Nog. Wir groß ist die Masse der *Hera*? Ich vermute, dass sie nicht die drei Millionen metrische Tonnen wiegt, wie es sein sollte.«

»*Viertausendsiebenhundert ... Sonnenmassen.*«

Leah und Geordi sahen sich erstaunt an. »Das ist unmöglich!«, rief Leah. »Dann könnte dort gar kein Schiff mehr sein. Nur ein supermassives Schwarzes Loch könnte eine derartige Masse haben. Und seine Anziehungskraft wäre weitaus größer.«

»Ich wünschte, Data wäre hier«, sagte La Forge bedrückt, als sie auf die Brücke zurückkehrten. Der Androide hatte Zahlen schneller verarbeiten können als jeder Mensch, dabei aber entschieden nichtmechanische Instinkte besessen, die es ihm ermöglichten, Intuitionen zu vertrauen und ihnen zu folgen. Diese Fähigkeiten hätte La Forge jetzt gut gebrauchen können.

Scotty hätte Geordis Wunsch gut nachfühlen können. Er war an Bord der *Enterprise* sehr beeindruckt von dem Androidenoffizier gewesen und hatte mit Trauer von seinem Tod erfahren. Wenigstens Spock war noch am Leben, aber es war eine Schande, dass er ihn nicht erreichen und hierherholen konnte.

Wenn ihnen das möglich gewesen wäre, dann hätten sie es eigentlich gar nicht tun müssen, überlegte er. Es war ein frustrierendes Paradox, eines von viel zu vielen, die Scotty im Laufe der Jahre begegnet waren. Er ging um das Geländer auf der Brücke herum und stellte sich neben Nog.

»Einen Penny dafür?«

»Was?«

»Für Ihre Gedanken«, erklärte Scotty. »Sie sahen gerade sehr gedankenverloren aus.«

»Ich habe mit gerade gewünscht, Jadzia Dax wäre hier ...«

Sela sah aus dem Fenster ihres Quartiers und konnte ihr eigenes Spiegelbild sehen. Das Ebenbild ihrer Mutter, das ihr überallhin folgte und sie heimsuchte.

Sie schloss die Augen, und als sie sie wieder öffnete, konzentrierte sie sich darauf, das Romulanische zu sehen. Es war zu schade, dass es sich nur um ihr Spiegelbild handelte und nicht um einen weiteren Romulaner. Oder, noch besser, einen oder zwei Warbirds.

Verstärkung wäre in ihrer aktuellen Lage nützlich gewesen. Ausgesprochen nützlich.

Scotty und La Forge standen in dem Kreis aus Konsolen im Hauptmaschinenraum und führten einige Berechnungen durch. Vol stand auf der Galerie über ihnen und genoss die geringe Schwerkraft.

»An diesem Gravitationsfeld der *Hera* ist etwas wirklich sehr merkwürdig«, meinte La Forge.

»Abgesehen von der bloßen *Existenz* eines Gravitationsschachts oder der Tatsache, dass sich die *Hera* an derselben Stelle aufhält?«, entgegnete Scotty. »Aber Sie haben recht. Sie hat nicht die Anziehungskraft, die viereinhalbtausend Sonnenmassen ausüben müssten. Vielleicht waren die Sensoren nicht ganz präzise.«

Vol ließ sich kopfüber zu ihnen herunterhängen und sah sich die Zahlen an. »Tja ... Vielleicht ist eine Merkwürdigkeit ja die Erklärung für die andere.«

La Forge sah dem Oktopoiden ins Auge. »Ich bin offen für Vorschläge. Sprechen Sie weiter.«

»Die Sensoren lassen vermuten, dass sich die räumliche Ausdehnung des Gravitationsschachts im Inneren der *Hera* befindet. Ziemlich genau fünfzig Meter hinter der Hülle, wenn die Messwerte verlässlich sind.«

»Was angesichts unseres desolaten Zustands nicht unbedingt der Fall sein muss«, warf Scotty ein.

»Und angesichts der anomalen Natur der ...«

»Anomalie?«, unterbrach ihn Geordi. »Ich finde, als Captain sollte ich die Benutzung dieses Wortes verbieten dürfen.«

»Des Dings, meinetwegen«, fuhr Vol fort. »Die Sache ist doch die, dass das bedeutet, dass die Hülle kein absoluter Ereignishorizont ist. Es sollte möglich sein, physischen Kontakt zu ihr herzustellen und Proben zu nehmen.«

Eine interessante Idee, dachte Geordi. Er musste zugeben, dass er daran gedacht hatte, die *Hera* zu betreten, als er sie zum ersten Mal gesehen hatte. Ein Außenteam auf die *Hera* schicken. Das war ein verlockender Gedanke.

»Stellen wir ein Team zusammen.«

KAPITEL 37

»Status der Transporter?«

»Immer noch außer Betrieb«, antwortete Scotty entschuldigend. »Wir können die Energie dafür nicht entbehren. Außerdem würde ich ohnehin nicht dazu raten, den Transporter zu benutzen.«

»Wenn wir uns auf die *Hera* beamen könnten ...«

»Wir würden uns in eine Raumkrümmung beamen, und das wäre unter Garantie eine Reise ohne Wiederkehr.«

»Weil es keinen Innenraum gibt, in den man sich beamen kann, nicht wahr?« La Forge seufzte. »Können wir eines der Shuttles für die Reise zur *Hera* entbehren?«

Scotty überlegte. »Sie sind jetzt alle an das EPS-Netz angeschlossen. Aber wenn wir die internen Sensoren deaktivieren und die Benutzung der Turbolifte einschränken ...« Er führte einige schnelle Berechnungen durch. »Aye, das müsste funktionieren.«

»Dann fliege ich rüber zur *Hera.*«

»Wie kommst du auf die Idee, du würdest das Außenteam anführen?« Ungehalten stand Leah in seinem Bereitschaftsraum. Sie hatte seine Ankündigung nicht sehr gut aufgenommen.

»Es ist meine Mission ...«

Sie schnitt ihm mit einer Geste das Wort ab. »Erstens bist du jetzt der Captain. Daher wäre es unklug. Außerdem bist du emotional beeinträchtigt. Das ist ein Interessenkonflikt, wie du es auch drehst und wendest. Und drittens wirst du unter den gegebenen Umständen hier viel dringender gebraucht, um alles am Laufen zu halten, da das

Schiff schwer beschädigt ist und sich potenziell feindselige Gäste an Bord befinden. Insgesamt wäre es dumm.«

»All das sind gute, rationale Gründe, aber ...«

»Soll ich dir einen irrationalen Grund nennen?«

»Wieso sollte ich mir irrationale Gründe anhören?«

»Also gut, dann eben einen emotionalen. Ich ...« Sie schüttelte den Kopf und schien sich sehr zusammenreißen zu müssen. »Ich musste bereits erfahren, wie es ist, Witwe zu werden. Das möchte ich kein zweites Mal erleben.«

Er nahm sie kurz in die Arme. »Das verstehe ich, aber ... Ich muss gehen.« Er trat hinaus auf die Brücke.

Leah folgte ihm. »Nog, sagen Sie dem Captain, warum er das Außenteam nicht anführen sollte.«

»Es wäre taktisch unklug, wenn Sie das Außenteam zu einer gefährlichen Anomalie anführen, Captain.«

»Hab ich's nicht gesagt?«

»Es ist immer noch meine Entscheidung«, entgegnete La Forge.

»Ist dem so?« Leah aktivierte ihren Kommunikator. »Doktor Brahms an Doktor Ogawa.« Geordi erstarrte und konnte nicht fassen, dass sie ihm das antat. »Der Captain denkt darüber nach, ein Außenteam zu leiten.«

»*Zum Schiff seiner Mutter?*« Ogawas Stimme klang ebenso besorgt wie ungläubig.

»Schon gut.« La Forge hob die Hände. »Ich gebe auf.« Leah wirkte nicht etwa triumphierend, sondern sackte erleichtert in sich zusammen. »Ich schätze, es sollte jemand gehen, der einen klaren Kopf hat.«

»Ich gehe«, sagte Scotty. La Forge sah ihn an, wie er hinter dem Geländer stand. Scotty erwiderte seinen Blick. »Ich war schon bei mehr riskanten Landetrupps dabei, als Sie warme Mahlzeiten zu sich genommen haben.«

»Sind Sie sicher, dass Sie das tun wollen?«

»Wem würden Sie das sonst anvertrauen?«

Darauf antwortete La Forge lieber nicht. Er vertraute jedem Mitglied seiner Besatzung, aber wenn er das ausgesprochen hätte, wäre Scotty beleidigt gewesen, und wenn er ihm einen Sonderstatus zugestand, hätte er alle anderen brüskiert.

»Mit Ihrer Erlaubnis werde ich mich dem Außenteam anschließen«, sagte Barclay rasch.

»Es wäre mir ein Vergnügen, Mr. Barclay.«

Voktra, die Barclay assistiert hatte, räusperte sich. »Darf ich ebenfalls an der Mission teilnehmen?«

Barclay drehte sich zu ihr um. »Sind Sie sicher, dass Sie das tun wollen?«

»Sie erwarten doch wohl nicht, dass wir tatenlos mit ansehen, wie Sie von der Sternenflotte die Geheimnisse der *Hera* alleine lüften, oder? Die Vorsitzende Sela würde darauf bestehen, dass ein Romulaner an der Außenmission beteiligt ist.«

»Da hat sie recht, Sir«, meinte Nog. »Ich melde mich ebenfalls freiwillig. Jemand muss schließlich die Romulaner im Auge behalten.«

»Wir treffen uns in einer Stunde in Shuttlerampe eins«, erklärte Scotty. »Ich weiß nicht, wie es Ihnen geht, aber ich brauche vorher erst einmal ein ordentliches Frühstück.«

In sicherer Entfernung von Barclay und Voktra saß Nog im Nelson's und berichtete Guinan von der Zusammenstellung des Außenteams.

»Ich denke, die beiden haben unterschiedliche Beweggründe, warum sie gehen wollen«, meinte er abschließend.

»Als der jeweils andere?«

»Nein, das nicht. Eher als alle anderen.«

»Nog«, meinte Guinan in gespielt ermahnendem Tonfall. »Sie wollen doch nicht etwa andeuten, dass Reg seinem romulanischen Gegenstück schöne Augen macht?«

»Doch, genau das.« Fassungslos schüttelte er den Kopf. »Ich hatte mit Spannungen zwischen unseren Leuten und den Romulanern gerechnet, aber ...«

»Nicht mit sexuellen Spannungen.«

»Er ist verrückt«, fand Nog.

»Er könnte mit gebrochenem Herzen enden«, stimmte ihm Guinan zu, »aber es sind schon seltsamere Dinge passiert.«

»Menschen und Romulaner?«

»Denken Sie doch nur an Sela.«

»Und ich fand es schon merkwürdig, dass mein Vater Leeta geheiratet hat.«

»Leeta?«

»Ein bajoranisches *Dabo*-Mädchen.«

Guinan verschränkte die Finger ineinander und sah auf einmal sehr weise aus. »Manchmal ist gerade das Fremdartige attraktiv. Es gibt einen Unterschied zwischen dem fremden Individuum und dem Fremden als Kollektiv. Das Individuum wird bewundert oder sogar begehrt. Es ist ein Außenseiter, der nicht in das alltägliche Leben passt, an das wir gewöhnt sind. Jemand, der die Dinge anders angeht. Der ungewöhnlich und exotisch ist. Aber als Kollektiv ist das Fremde nicht exotisch, sondern gefährlich, eine Bedrohung für die Werte und die Lebensweise, die wir gewohnt sind.« Sie sah erneut zu Reg und Voktra hinüber. »Das hat etwas damit zu tun, wie wir unsere eigene Identität wahrnehmen. Ich als Individuum, oder ich als Mitglied meiner Gesellschaft, treffe auf einen Fremden als Individuum, oder auf den Fremden als Mitglied seiner Gesellschaft.«

»Sie meinen, wenn Reg an die Romulaner denkt, dann sieht er sie als Feinde und hat Angst vor ihnen, aber wenn er an eine Romulanerin denkt ...«

»Diese Romulanerin.«

»... dann hält er sie für exotisch und attraktiv?«

»Im Grunde genommen ja. Manchmal erwischt es einen einfach. Das Lustige ist, dass wahrscheinlich keiner der beiden es selbst gemerkt hat.«

Nog stöhnte. »Hoffentlich leben sie lange genug, um es herauszufinden.«

La Forge war der Stuhl des Captains noch nie so unbequem vorgekommen wie in dem Moment, wo er mit ansehen musste, wie das Shuttle mit seinem halben Dutzend Passagieren vom Schiff wegflog.

Während es sich der *Hera* näherte, wurde ihm bewusst, dass er wieder einmal die Fingernägel in die Armlehnen seines Stuhls bohrte, dieses Mal aus Frustration. Leah legte eine Hand auf seine und zog sie sanft weg.

»Ich hätte sie begleiten sollen«, sagte er angespannt.

»Nein, das hätten Sie nicht.«

Statt einer Antwort wandte er sich an den Ensign an der Ops: »Lassen Sie sie die ganze Zeit auf dem Hauptschirm.«

»Aye, Sir.«

Als das Bild auf dem Schirm dem Shuttle folgte, blitzte auf einmal etwas auf. Was immer es war, es hatte eine dreieckige Grundform und war zehnmal so lang wie die *Challenger.* »Was war das?«

Der Annäherungsalarm wurde ausgelöst. »Ein Schiff ist ... angekommen«, verkündete der Ensign mit belegter Stimme.

»Fliegt es hinter dem Shuttle her?«

»Nein, es befindet sich auf der anderen Seite der *Hera*, außerhalb unseres Orbits. Es hat eine Trans-Slipstream-Heckwelle hinterlassen, als es angekommen ist.«

»Auf den Schirm.«

Der Ops-Ensign bediente seine Konsole, woraufhin der Hauptschirm wieder die gigantische, haiähnliche Hülle eines Schiffes anzeigte, wie La Forge es nie zuvor gesehen hatte. Es war am Bug schmaler als am Heck, hatte ein farbiges Zickzackmuster und schien sich zu winden, wenn es in Bewegung war.

Auf einmal hatte La Forge das unangenehme Gefühl, dass das Schiff seinen Blick erwiderte. Einen Moment lang wünschte er sich, Deanna Troi würde neben ihm sitzen, damit er sie fragen konnte, ob er sich das nur einbildete.

»Schalten Sie wieder zum Shuttle zurück«, ordnete er an. Das Bild auf dem Schirm änderte sich augenblicklich und zeigte eine Nahaufnahme der *Hera.* Das Shuttle war nirgendwo zu sehen. »Wo sind sie?«

»Ich weiß es nicht, Sir ...« Der Ensign sah ihn hilflos an. »Das Shuttle ist einfach verschwunden. Fast so, als wäre es von der *Hera* verschluckt worden.«

KAPITEL 38

»Was gibt es?«, wollte der Centurion wissen. Die romulanischen Überlebenden der *Sturmkrähe*, die nicht bei den Reparaturarbeiten mithalfen, beobachteten das fremde Schiff durch die Fenster ihrer Quartiere.

Es erinnerte Sela an den Raubfisch, den ihr Großvater - väterlicherseits natürlich - gern im westlichen Ozean von Romulus gejagt hatte. Dieser Fisch war eine Delikatesse und ein gefürchteter Jäger. Einer hatte ihren Großvater schließlich einen Arm gekostet, und Sela vermutete schon seit langem, dass der erzwungene Rückzug von der Jagd die Ursache für sein gebrochenes Herz gewesen war, an dem er letztendlich gestorben war.

Es war quälend gewesen, mit anzusehen, wie er verwelkt war, wie er seinen Lebenswillen zusammen mit dem Beruf verloren hatte. Der Abschied von ihm, bei dem sie trotz allem gehofft hatte, eine Reaktion in seinen gleichgültigen Augen zu sehen, war eine ihrer schlimmsten Kindheitserinnerungen. Schlimmer war nur noch die Nacht gewesen, in der ihre Mutter versucht hatte, sie zu entführen und sie ihrem Vater wegzunehmen.

Was ist das?, fragte sie sich. *Ein Schiff der fremden Wesen? Eines der Dinger, die sie hergebracht hatten?*

»Das könnte auch unsere Fahrkarte nach Hause sein«, sagte sie.

»Der Sternenflotte wird das aber gar nicht gefallen.«

»Es braucht ihnen auch nicht zu gefallen. Sie müssen lediglich akzeptieren, dass es keine andere Möglichkeit gibt.«

»Und wenn sie es nicht tun?«

»Das werden sie schon. Auf die eine oder andere Art.«

Der Centurion grinste grimmig, und sie wusste, welche Weise er bevorzugen würde, um der Sternenflotte zu zeigen, wie die Dinge liefen. Er war ein guter Centurion, und diese Haltung war vermutlich einer der Gründe, aus denen der Kommandant der *Sturmkrähe* ihn in der Mannschaft hatte haben wollen.

Er würde seine Arbeit genießen, wenn es so weit war.

»Und die Fremden?«, wollte er wissen.

»Eine Allianz wäre zu unserem Vorteil, denke ich. Wir müssen einen Weg finden, sie zu kontaktieren.« Durch den Trans-Slipstream wäre das Imperium allen anderen Mächten im Alpha-Quadranten einen Schritt voraus und könnte den Typhon-Pakt wahrlich dominieren.

»Die Föderationsleute werden dasselbe vorhaben.«

»Natürlich, aber aus anderen Gründen. Sie haben den Slipstream-Antrieb schon. Wir müssen bereit sein, wenn die Zeit gekommen ist.« Sela dachte kurz nach. »Tatsächlich könnte es sogar zu unserem Vorteil sein, wenn die Föderationsleute den Kontakt herstellen ...«

»Sie wollen *was?*« La Forge konnte kaum glauben, was er da hörte. Er saß in seinem Bereitschaftsraum, und das Fenster in seinem Rücken gab den Blick auf das fremde Schiff frei.

»Die *Challenger* hat keinen Warpantrieb«, sagte Sela, »und dieses Schiff besitzt eine Art Trans-Slipstream-Antrieb. Sie könnten uns nach Hause bringen.«

»Uns?«

»Uns alle. Ihre Besatzung und meine. Wir sollten verlangen, dass sie das tun. Es ist schließlich ihre Schuld, dass wir hier sind.«

»Verlangen? Wir können noch nicht einmal mit ihnen reden.«

»Haben Sie es versucht?«

»Auf allen Ruffrequenzen. Carolan sitzt seit Stunden an der Kommunikationskonsole.«

»Vielleicht sagen Sie das Falsche. Warum lassen Sie es meinen Kommunikationsoffizier nicht mal versuchen?«

»Damit er ihnen einen Deal vorschlagen kann?«

»Hören Sie uns etwa ...«

»Nein, ich kenne Sie nur zu gut. Aber danke, dass Sie es bestätigt haben«, erwiderte La Forge kühl und sah Wut in Selas Gesicht aufblitzen. »Wir werden weiterhin versuchen, den Kontakt herzustellen. Keine Sorge.«

Stunden später zog sich La Forge in sein Quartier zurück. Sie hatten nichts vom Außenteam gehört, und das fremde Schiff blieb reglos und antwortete nicht. Es war jedoch nicht allein geblieben; inzwischen waren es zwei Schiffe, die in einiger Entfernung zur *Hera* und zur *Challenger* im All schwebten.

Als er eingeschlafen war, träumte er von riesigen Haien, die nach Raumschiffen schnappten, und von Romulanern, die einander in einer Art Kolosseum bekämpften. Er träumte von den toten Gesichtern derjenigen, die er kannte und liebte: seiner Mutter, Scotty, Data, Leah.

Als er erwachte, saß Leah neben dem Bett und betrachtete ihn. Zuerst glaubte er, noch immer zu träumen. Doch diese Leah war lebendig und strahlte, und er überlegte, was für ein Privileg es war, beim Aufwachen als Erstes ihr Gesicht zu sehen. Wenn es irgendetwas gab, das davon überzeugen konnte, dass im Universum wenigstens noch ein paar Dinge in Ordnung waren, dann war es dieser Anblick.

»Du bist wach«, sagte sie.

»Glaub schon.«

»Du hast sehr unruhig geschlafen, aber ich wollte dich nicht wecken. Ich dachte, es ist immer noch besser, wenn du schlecht schläfst als gar nicht.«

»Auf Schlaf kann ich notfalls verzichten, daher ist es eigentlich nicht wichtig, ob ich gut oder schlecht schlafe. Dich zu sehen ... das ist alles, was zählt.«

»Du siehst mich jeden Tag.«

»Dich zu sehen, wenn ich aufwache«, präzisierte er. »Ich weiß nicht, ob ich den heutigen Tag sonst überstehen könnte.«

»Das klingt, als wärest du sehr von mir abhängig.«

»Nicht jeden Tag, Leah. Nur heute.«

Sela ging mit ihrer Sternenflotteneskorte den Korridor entlang, der an der Kampfbrücke vorbeiführte. Sie war auf dem Weg zum Maschinenraum, um nach ihren Leuten zu sehen, die dem oktopoiden Ingenieur der *Challenger* assistierten. Als sie daran vorbeiging, streckte sie die Hand aus und berührte kurz die Wand neben der versiegelten Tür zur Kampfbrücke.

Ihre Sternenflotteneskorte bemerkte es nicht einmal.

Im Maschinenraum nahm sie den Centurion beiseite, der gerade einige Verbindungen überprüfte. »Ich habe eine Markierung an der Tür des zweiten Kontrollzentrums angebracht, der sogenannten Kampfbrücke«, sagte sie leise. »Wenn die Zeit gekommen ist, und sie wird kommen, werden Sie direkt dorthin gehen und diesen Raum sichern.«

»Verstanden, Commander«, flüsterte der Centurion zurück.

Noch während Sela im Maschinenraum mit dem Centurion sprach, öffneten sich die Türen der Kampfbrücke, und Qat'qa kam heraus. Sie betrat den Korridor und entdeckte den winzigen Marker schnell.

Nickend murmelte sie: »Ich wusste es.«

KAPITEL 39

Die graublaue Untertassensektion der *Hera* wurde größer und größer, je näher das Shuttle ihr kam.

»Noch zehn Meter«, meldete Nog, der das Shuttle lenkte. Scotty, der neben ihm saß, beugte sich vor, und seine Augen leuchteten vor Neugier, während unter seinem Schnurrbart ein Lächeln zu sehen war. »Acht Meter ... Sieben ...«

Hinter ihnen warf Barclay Voktra, die mit müden Augen nach vorn starrte, einen nervösen Blick zu. Sie erwiderte den Blick und nickte kaum merklich. Die anderen Sternenflottenangehörigen und Romulaner sahen das näher kommende Schiff schweigend an. Barclay vermutete, dass sie der Ansicht waren, bei den Reparaturen auf der *Challenger* mehr bewirken zu können, oder, im Fall der Romulaner, indem sie Pläne gegen deren Besatzung schmiedeten. Jedenfalls fragte sich Barclay, warum er sich freiwillig gemeldet hatte.

Voktra sah ihn an, und er erinnerte sich daran, dass diese Außenmission ein wichtiger Teil seiner Arbeit war.

»Drei Meter«, sagte Nog. »Zwei ... Ich docke jetzt an ...«

Es gab einen lauten Knall, und auf einmal befand sich Barclay im freien Fall. Wind wehte ihm um die Ohren, und er dachte bestürzt, dass das Shuttle Luft verlieren musste. Irgendwer schrie, und er versuchte, sich an der Lehne des Pilotensitzes festzuhalten, der auf einmal so unendlich weit weg zu sein schien, dass er schon glaubte, ihn niemals erreichen zu können.

Der Schrei wurde lauter und übertönte den Alarm, der losgeschrillt war. Er war sich nicht sicher, ob es Voktra war, die so schrie, oder er selbst, oder Luft, die lautstark durch einen Riss entwich, oder ob Nog dieses Kreischen ausstieß, das Ferengi manchmal in Todesangst von sich gaben.

Der Schrei war jetzt so laut, dass er glaubte, seine Trommelfelle müssten platzen, doch seltsamerweise taten sie das nicht. Plötzlich erwachte er mit einem Ruck und setzte sich mühsam auf. Seine linke Schulter, Hüfte und sein ganzer Rücken fühlten sich an, als hätte ihm ein Elefant einen Tritt versetzt.

Barclay biss die Zähne gegen die Schmerzen aufeinander und kam auf die Füße. Erleichtert stellte er fest, dass er sich offenbar nichts gebrochen hatte. Er wollte schon die Krankenstation rufen, als er auf einmal bemerkte, dass er im Freien stand.

Über seinem Kopf war der Nachthimmel, klar, wolkenlos und voller Sterne. Verwirrt blinzelte er. Die *Challenger* war in den intergalaktischen Raum geschleudert worden, und da gab es keine Sterne. Er drehte sich zwei-, dreimal um die eigene Achse und sah die Landschaft und die Umrisse des restlichen Außenteams im Sternenlicht. Einen Moment lang beugte er sich zu Voktra herab und bot ihr seine Hand an, aber sie war bereits auf den Beinen. Hinter ihr entdeckte er Scotty, der noch auf dem Boden saß.

Barclay hastete zu ihm und kam zeitgleich mit dem benommen aussehenden Nog dort an, der mit einer geschwollenen Hand einen Trikorder umklammerte. Ein wenig hatte Barclay ein schlechtes Gewissen, weil er nicht sofort nach dem alten Mann gesehen hatte.

Die Sitze des Piloten und des Copiloten ragten aus einer mit Teppich bedeckten Plattform am Boden heraus. Darüber spannten sich die Stützstreben des Shuttles, offen und nackt wie die knochigen Finger eines Skeletts. ODN-Kabel schlängelten sich über zerfetztes Metall, in dem hier und dort ein paar optronische Schaltkreise verstreut waren, die wirkten wie Büsche in einer kargen Landschaft.

»Was zum Teufel ...?«, stieß Barclay im Namen aller hervor.

Scotty ging steifen Schrittes zum Pilotensitz und untersuchte ihn, dann musterte er die Hecke aus Schaltkreisen vor den beiden Sitzen. »Wenn ich es nicht besser wüsste, dann würde ich sagen, das Shuttle wurde umgekrempelt.«

»Genau so sieht es aus«, stimmte ihm Voktra zu, »aber das ist unmöglich.«

»Aye, den Aufprall, der erforderlich gewesen wäre, um das Shuttle in Stücke zu reißen, hätte keiner von uns überlebt.«

»Vielleicht haben wir das auch nicht.« Barclay sah sich nervös um. »Ich meine, das hier ist definitiv nicht das Innere der *Hera*. Was, wenn wir ... Ich meine ...«

»Seien Sie nicht töricht, Junge. Wir sind nicht tot, falls es das ist, was Sie andeuten wollen. Das ist ein realer Ort. Außerdem, wenn wir abgestürzt wären, würde das Shuttle nicht so aussehen, sondern hätte sich über die gesamte Botanik verteilt.«

»Oh.«

»Und dieses Shuttle mag zwar umgekrempelt worden sein, aber es ist noch alles da, im richtigen Verhältnis ...« Scotty streckte die Hand aus und berührte eine Steuerung, aber nichts geschah. »Es ist noch richtig zusammengesetzt, nur falsch herum.«

»Und hat keine Energie.«

»Aye, das ist ein weiteres Rätsel. Warum sind wir nicht explodiert, als die Warpfeldeindämmung ausgefallen ist?« Darauf schien niemand eine Antwort zu haben.

»Sir.« Nog hob eine Hand. »Könnten wir in einem der Holodecks der *Hera* gelandet sein?« Er deutete auf die Umgebung. »Vielleicht ist nichts davon real und das Shuttle ist eine holografische Nachbildung.«

Scotty nickte nachdenklich. »Ich bezweifle, dass es das Holodeck der *Hera* ist, nicht, solange diese Raumkrümmung die Hälfte ihrer Decks einnimmt, aber es könnte auf jeden Fall ein Holodeck sein.«

Sofort straffte Nog die Schultern. »Computer, Programm beenden.« Er behielt seinen erwartungsvollen Gesichtsausdruck etwa fünf Sekunden lang bei. Auch Barclay hoffte, dass es funktionieren würde, aber tief in seinem Herzen wusste er, dass es das nicht würde. Wenn dies ein Holodeck gewesen wäre, hätte er es gespürt. Er hätte den alten Rausch und die alte Selbstsicherheit gefühlt, hätte die kleinen verräterischen Zeichen erkannt, die er durch jahrelanges Training und Erfahrung - sowohl während als auch außerhalb des Dienstes - nur zu gut kannte.

»Es könnte trotzdem ein Holodeck sein«, meinte Scotty, »nur eben keines der Föderation, und der Computer, der es am Laufen hält, muss nicht unbedingt Föderationsstandard verstehen oder einen Universalübersetzer eingebaut haben.«

Scotty führte die Gruppe von dem Shuttle weg und auf einen kleinen Felskamm, unter dem sich eine Ebene erstreckte. Dort schwärmten sie aus, wobei sie alles scannten, was sie sahen. »Tja, meine Damen und Herren, es sieht ganz so aus, als wären wir nicht mehr in Kansas ...«

Vor ihnen erstreckte sich gewissermaßen eine Stadt: mehrstöckige Arrangements aus offenen Räumen und Korridoren, hoch aufragende, geschwungene Säulen und Streben aus metallischen Elementen, die sich über die metallbedeckten Straßen und Wege spannten.

Das Sternenlicht glitzerte auf der Scheinstadt und spendete gerade genug Licht, um zu erkennen, dass dieser Ort von einem fortschrittlichen Volk aus moderner Technik gebaut worden war. Es war nicht hell genug, um Einzelheiten zu sehen, dennoch konnte Scotty viele Bauweisen und Materialien ausmachen, die ihm sehr vertraut vorkamen. Er hatte keinen Zweifel, woher das Material oder sogar ganze Bauteile stammten.

Sie gingen durch die Randbezirke der Stadt, Trikorder und Waffen stets griffbereit, die Augen weit offen und mit angespannten Reflexen. Schon nach dem kurzen Weg waren sie alle schweißgebadet. Es mochte Nacht sein auf diesem Planeten, aber es war so heiß wie an einem Sommertag in der Sahara.

Barclay richtete seinen Trikorder auf einen geschwungenen Metallarm, der sich gen Himmel erstreckte und von einer Art Moos umgeben war. »Das ist ziemlich merkwürdig, Scotty. Die Säule besteht aus einer Legierung aus Tritanium und Duranium. Und das, was da unten zu wachsen scheint, ist auch kein Gewächs, sondern Aluminiumkristallschaum und Polyduranid. Außerdem Spuren von Molybdän.«

»Das ist doch eine uns sehr bekannte Mixtur, finden Sie nicht, Mr. Barclay?«

»Das klingt ganz nach den Materialien, die in den letzten Jahrzehnten in den meisten Föderationsschiffen verwendet wurden. Insbesondere bei der *Excelsior*-, *Galaxy*-, *Nebula*- und *Akira*-Klasse.«

»Und die *Hera* war ein Schiff der *Nebula*-Klasse.«

Die Schlussfolgerung war unvermeidlich. »Das ist die *Hera*.« Barclay erschauderte. Im Nachhinein war es offensichtlich. Die Wände bestanden aus demselben Material und hatten dieselbe Farbe wie die der *Challenger*, und die *Galaxy*- und *Nebula*-Klassen waren einander in der Bauweise besonders der Untertassensektion sehr ähnlich. »Jemand muss Jahre damit verbracht haben, die Innenteile auszubauen und das hier daraus zu errichten.« Barclay war beeindruckt. Die Fähigkeiten, die man dafür brauchte, das komplette Innenleben eines Raumschiffs zu demontieren und es in perfekt funktionierender Weise auf der Oberfläche eines Planeten nachzubauen, überstiegen seine Vorstellungskraft. Wer immer das getan hatte, er würde ihm wahnsinnig gern die Hand schütteln, falls derjenige überhaupt Hände hatte.

»Nein«, erwiderte Scotty. »Niemand hat das getan.«

»Niemand?« Barclay wollte es nicht glauben. Hier stand es doch, direkt vor ihren Augen ... »Das ist doch nicht einfach so erschienen!«

»Doch, das ist es, Reg. Genau das ist der springende Punkt. Es ist einfach so erschienen. Ebenso wie das Innenleben unseres Shuttles hier erschienen ist, als wir angedockt haben.« Scotty ging weiter und schnaufte ein wenig, da ihn das Laufen und Reden in der dünnen

Luft anstrengte. Dieses Geräusch gefiel Barclay gar nicht, aber er konnte wohl wenig für ihn tun.

»Sie meinen, das ist das Innenleben der *Hera*, das aus dem Schiff herausgerissen wurde?«

»Genau wie bei unserem Shuttle, aye.«

»Wie soll das überhaupt möglich sein?« Das Ganze erschien Barclay völlig absurd.

»Das ist es nicht, soweit ich weiß. Aber das bedeutet nur, dass ich nicht alles weiß, und das ist eine Erleichterung.«

Dieses Mal zog Voktra gleich beide Augenbrauen hoch, wodurch sie Barclays Meinung nach überraschend unschuldig aussah. »Es ist gut, etwas nicht zu wissen?«

»Würde ich alles wissen, dann gäbe es doch keinen Grund, hier rauszukommen, oder? Wir könnten uns alle auf Norpin V zur Ruhe setzen und für den Rest unseres Lebens dahinvegetieren.«

»Das klingt nach einem Schicksal, schlimmer als der Tod«, befand Voktra.

»Meiner Erfahrung nach kann ich Ihnen da nur recht geben.« Scotty streckte einen Arm aus und berührte den dunklen Stein, der sich um die untere Hälfte des nächsten Metallsparrens gewickelt hatte. »Dieser Felsen da ... Was ist das?«

Barclay scannte ihn schnell. »Laut meinem Trikorder ist das simpler Basalt.«

»Wenn dies das Innenleben der *Hera* ist, wie kommt es dann, dass der Stein schon an so vielen Stellen eingedrungen ist?«

»Das Schiff muss sich teilweise in den Felsvorsprüngen materialisiert haben.«

»Das glaube ich nicht ...« Scotty trat von dem Stein herunter und wischte sich den Staub von den Händen. »Wir befinden uns definitiv nicht auf einem Holodeck.«

»Aber wo dann? In Sensorreichweite waren keine anderen Planeten zu entdecken«, meinte Nog.

»Ihnen ist doch bestimmt schon aufgefallen, dass wir uns hier lange nicht mehr in Sensorreichweite befinden.« Scotty deutete nach oben. »Wir sind in der Galaxie.«

»Wir sind in *einer* Galaxie«, sagte Voktra leise. Barclay sah sie erschrocken an und wünschte, sie hätte das nicht gesagt. »Noch eine Heckwelle?«, fragte er.

Scotty schnitt eine Grimasse. »Das bezweifle ich. Eine solche Welle hätte das Shuttle wie eine Eierschale zerplatzen lassen und es nicht so sauber umgekrempelt.«

»Wo sind wir dann?«

»Wenn ich das Ganze mal logisch betrachte, falls man dieses Wort hier überhaupt gebrauchen kann, würde ich vermuten, dass wir uns auf der anderen Seite der Raumkrümmung befinden.«

Reg fühlte sich, als hätte er einen Eisklumpen im Magen. »Wie das?«

»Ich habe nicht die leiseste Ahnung, aber das Innenleben der *Hera* ist hier bei uns.« Scotty ging ein paar Schritte und kniete sich dann auf den Boden, um einige Gleichungen in den Staub zu kritzeln. »Wenn es sich dabei um eine torusförmige Krümmung im Raum-Zeit-Kontinuum handelt, könnte das funktionieren ...«

»Dann könnten wir überall im Universum sein.«

»Aye, mein Freund, so ist es. Es wäre schön, sich einreden zu können, dass wir wieder in unserer eigenen Galaxie gelandet sind, und vielleicht ist das sogar so, da sie ganz in der Nähe der Falte war, aber eine Garantie dafür gibt es nicht.« Ächzend richtete Scotty sich wieder auf und verzog dabei das Gesicht. »Wenn jemand einige astronomische Messungen vornehmen könnte, lässt sich vielleicht herausfinden, ob wir uns in unserer eigenen Galaxie aufhalten oder auch nicht.«

»Bin schon dabei«, sagte Nog.

Während Nog versuchte, ihre Position zu bestimmen, und Barclay weiter die Stadt untersuchte, die einst das Innere der *Hera* gewesen war, gingen die beiden romulanischen Soldaten in entgegengesetzte

Richtungen davon, um die bestmögliche Verteidigungsstellung zu finden.

Voktra ließ ihren Trikorder derweil einen Umgebungsscan durchführen. »Diese Messwerte ergeben keinen Sinn«, beschwerte sie sich bei niemand Bestimmtem.

Scotty hatte sie jedoch gehört. »Inwiefern?«

»Zum einen in Bezug auf die Hitze.«

»Ich brauche keinen Trikorder, um festzustellen, dass es heiß ist.« Scotty drehte den Kopf in Richtung Horizont, wo sichtbare Hitzewellen vom ausgedörrten Boden aufstiegen.

»Ja, es ist heiß, aber was ich meine, ist: *Warum* ist es heiß?«

»Aye, das ist ein ziemliches Rätsel. Am Himmel ist keine Sonne zu sehen, und es lässt auch nichts auf Vulkane schließen.«

»Die Felsen und der Boden sehen alt aus. Ich bin keine Geologin, aber ich bezweifle, dass es hier in den letzten Jahren seismische oder vulkanische Aktivitäten gegeben hat.«

»Warum ist es hier dann so heiß?«

»Mir fällt nur eine Antwort ein«, rief Barclay herüber, »und einige Leute wollen mich zugegebenermaßen hin und wieder dort hinschicken.«

Scotty lachte. »Aye, ich weiß, was Sie meinen. Und ich wüsste zumindest einen satanisch aussehenden Herrn, der sich hier wie zu Hause fühlen würde.«

Der Planet bestand aus mehr als nur Felsen. Voktras Trikordermessungen ergaben eine gewaltige Menge an Lebensformen. Sie hatten herausgefunden, dass sich jenseits der Ebene, auf dem sich die *Hera*-Stadt befand, dichte grüne und gelbe Wälder erstreckten.

Da auf der Ebene keine Anzeichen für irgendwelche Gefahren zu erkennen waren und die Raumschiffstadt nicht bewohnt war, hatte Voktra die beiden Soldaten losgeschickt, um den Waldrand zu erkunden.

Als Scotty ihnen hinterher sah, blickte er in die Ferne und schätzte, dass der Horizont etwa fünfundzwanzig Kilometer entfernt sein musste, sodass der Planet deutlich kleiner als die Erde wäre. Er hatte etwa die Größe des Erdenmondes oder eines vergleichbaren Himmelskörpers, vermutete er.

Etwas zog an den Härchen auf seinem Handrücken, und er stellte fest, dass das Pflaster, das die elektrischen Impulse seines Körpers regulieren sollte, abgefallen war. Bei allem, was in den letzten Tagen geschehen war, hatte er es ganz vergessen, doch jetzt fiel ihm auch etwas anderes wieder ein. Er schloss kurz die Augen und versuchte, das Pochen zu ignorieren, das sich in seinem Bauch und in seiner Brust aufbaute. Dabei überlegte er, ob er in dem, was früher einmal die Krankenstation der *Hera* gewesen war, noch einen funktionstüchtigen Zellregenerator und einen Vorrat an radiogenen Teilchen finden würde.

Wie viele Behandlungen habe ich verpasst? Zwei? Drei? Soweit er sich erinnern konnte, mussten es drei sein, und so langsam konnte er es spüren.

Doch es brachte nichts, sich darüber jetzt Gedanken zu machen. Er war schon immer der Ansicht gewesen, dass es besser war, einfach loszuziehen und Dinge zu erledigen. »Wie sieht es aus, Nog? Haben wir Glück?«

»Nein, Sir. Falls wir uns in unserer eigenen Galaxie befinden, dann müssen wir im Delta-Quadranten oder auf der anderen Seite des Beta-Quadranten sein, aber ich kann es nicht mit Sicherheit sagen.«

»In Ordnung.«

»Das ist ein unmöglicher Planet, Sir«, fuhr der Ferengi fort. »Er passt zu nichts, was wir über planetare Geologie wissen. Oder über Planetenformationen, Plattentektonik, Astrophysik ...«

»Dann müssen wir wohl damit leben, dass wir über diese Dinge noch lange nicht alles wissen.«

»Sieht ganz danach aus.«

»Ich schätze, der größte Teil der Sternenflotte wäre arbeitslos, wenn es auf einmal nichts mehr zu entdecken gäbe.«

»Es gibt da ein Zitat, das wir auf der Akademie gelernt haben: ›Und Alexander weinte, weil es keine neuen Welten mehr zu erobern gab.‹«

Voktra legte den Kopf schief, als würde sie dieses Zitat im Kopf wiederholen. »Dieser Alexander klingt sehr ... ambitioniert.«

»Das ist noch milde ausgedrückt«, murmelte Scotty.

»Es gibt eine ähnliche Redewendung auf Romulus, die ich schon mehrfach von Prokonsul Tomalak gehört habe: ›Arm ist der Mann, der sich all seine Träume erfüllt hat.‹«

»Scotty! Scotty!« Aufgeregt kam Barclay um eine Ecke gerannt und lief auf das Trio zu. »Ich habe etwas gefunden, das wir uns lieber alle ansehen sollten.« Scotty ging ihm nach, und Nog und Voktra folgten ihm.

Barclay führte sie ein kurzes Stück zu einer seltsam ausgerichteten Wand mit jetzt völlig unbrauchbaren Regalbrettern, die einst Teil einer Kabine gewesen sein musste. Am Boden der Wand war ein Fenster zu sehen, auf dem sich zentimeterdick Staub abgelagert hatte. Mit den Händen hatte jemand, vermutlich Barclay, diesen größtenteils weggewischt.

Scotty kniete sich davor und stützte sich mit den Händen ab, um sich steif zu bücken. Er neigte den Kopf und blickte durch das dicke, transparente Aluminium, das in den Boden eingelassen war. Sein Gesicht wurde kreidebleich, und er flüsterte: »Das kann doch nicht wahr sein ...«

Nog beugte sich ebenfalls vor, um herauszufinden, was eine derartige Wirkung auf Scotty gehabt hatte. Der Anblick erschütterte ihn derart, dass er beinahe stolperte und auf das Fenster fiel.

Anstatt unter dem transparenten Aluminium wie erwartet Boden oder Felsen zu sehen, oder vielleicht eine dunkle Höhle, sah man dadurch in die Schwärze der intergalaktischen Leere. Eine ferne Spiralgalaxie spendete das einzige natürliche Licht. Etwas näher, aber noch immer weit von diesem Fenster entfernt, war die *Challenger* zu erkennen. »Ich weiß, dass wir das in letzter Zeit ziemlich häufig sagen, aber das ist wirklich unmöglich.«

»Ich wünschte, es wäre so«, murmelte Scotty leise.

Während sie durch das Fenster sahen, flog etwas hinter der *Challenger* vorbei, das sie im Vergleich winzig aussehen ließ. Dabei handelte es sich um eine völlig fremdartig wirkende Konstruktion, die vage an einen Hai erinnerte und sich schlangenförmig bewegte.

»Ist das ...« Nogs Stimme versagte.

»Das muss es sein. Das Ding, das uns hergebracht hat.«

Ein zweites Schiff gesellte sich zu dem ersten, und dann verschwanden beide einfach. »Sie müssen den Gravitationsschacht hier an der *Hera* benutzt haben, um sich zu treffen. Das ist die einzige Erklärung, die irgendeinen Sinn ergibt. Und ich muss zugeben, dass ich das Wort ›Sinn‹ nur in Ermangelung eines besseren Begriffs benutze. Es muss also tatsächlich eine torusförmige Krümmung im Raum-Zeit-Kontinuum sein, die die *Hera* kreuzt.«

Barclay lief hin und her und malte kleine Diagramme in die Luft. »Es kann nicht einfach nur eine Raumkrümmung sein. Es muss sich dabei um ein ... Wurmloch oder so etwas handeln, das die Teilchen, die hindurchfliegen, per Quantentunnel zu einem Endpunkt innerhalb unserer - oder einer *anderen* - Galaxie befördert.«

»Das habe ich zuerst auch gedacht.« Scotty nickte. »Aber das kann nicht sein, denn dann wäre das Shuttle ganz hindurchgeflogen. Und wir sollten auch die Schwerkraftanomalien nicht vergessen.«

»Die Schwerkraft hier scheint etwa fünf Viertel der Erdschwerkraft zu betragen.«

»Aye, und was messen Sie, wenn Sie das Innere der *Hera* scannen?«

Barclay holte seinen Trikorder aus der Halterung. »Viereinhalbtausend Sonnenmassen?«

»Der Trikorder liest die Raumkrümmung aus, die die wahre lokale Schwerkraft überdeckt.«

»Aber viereinhalbtausend Sonnenmassen, Sir? Wir würden zerquetscht wie Käfer.«

»Das würden wir. Aber passen Sie auf.« Scotty nahm den Trikorder und passte die Reichweite an. »Da befindet sich eigentlich eine große Masse mit hoher Anziehungskraft einige Dutzend Meter unter den Überresten der *Hera.*«

»Das ist immer noch nah genug, um ...«

»Erinnern Sie sich noch, wie wir die *Hera* von der *Challenger* aus gescannt haben? Dabei haben wir ein Objekt mit viereinhalbtausend Sonnenmassen und einer Breite von etwa einhundert Metern innerhalb der *Hera* entdeckt. Und doch war die Anziehungskraft bei Weitem nicht hoch genug, nicht wahr?«

»Nein ...« Auf einmal war Reg sehr aufgeregt. »Nein, das war sie nicht. Aber das bedeutet ja, dass die Masse sich auf der anderen Seite des Wurmlochs oder der Krümmung befunden haben muss, was wiederum bedeutet, dass es sich dabei um diesen Planeten handelt der allerdings nicht so massiv ist.«

»Aye, und die Messwerte hier sagen genau dasselbe aus: dass sich auf der anderen Seite eine riesige Masse befindet.«

Regs Kiefer klappte herunter. »Auf der anderen Seite, wo sich die *Challenger* befindet. Aber wir wissen, dass das nicht der Fall ist. Und von dieser Seite ...« Er schnippte mit den Fingern. »Die Masse ist immer auf der anderen Seite, nie auf der, wo sich der Betrachter befindet!«

Scotty nickte mit finsterer Miene. »Irgendwie, und fragen Sie mich bloß nicht, wie, gibt es immer ein Gleichgewicht. Zwei Seiten einer Raumkrümmung, jede mit relativ normaler Schwerkraft für das jeweilige Gebiet, aber einem supermassiven Masseobjekt auf der anderen Seite.«

»Die *Challenger* wurde durch reale Gravitationskraft zur *Hera* gezogen«, stellte Voktra fest, »aber nicht von einer so riesigen.«

»Ich denke, dass es sich dabei um die Masse dieses Planeten gehandelt hat«, meinte Scotty. »So wurde die *Challenger* hierher gezogen, aber es ist die falsche Masse der Raumkrümmung, die die fremden Wesen herlockt. Aus diesem Grund kommen sie hierher, und so ist auch die *Challenger* hier gelandet.«

KAPITEL 40

Auf der *Challenger* gab es nach dem Anblick der beiden fremdartigen Schiffe kein anderes Gesprächsthema mehr. Auch Guinan hatte sie gesehen, und sie waren ihr irgendwie vertraut vorgekommen. Noch vertrauter schien ihr aber die Art, in der die Mannschaft darüber sprach. Der gedämpfte Tonfall, die Ungläubigkeit und Unsicherheit, all das erinnerte sie stark an Leute, die von religiösen Erfahrungen berichteten.

Doch das waren keine mythischen Gestalten, sondern riesige Ungeheuer, neben denen die *Challenger* winzig wirkte.

»Da sind Sie ja.« La Forge trat zu Sela, die sich gerade eine Wiederholung der Ankunft und Abreise der fremden Wesen auf dem großen Schirm ansah, der hinter der Bar im Nelson's aufgebaut worden war. »Sie wollten wissen, wonach wir suchen, und ich schätze ... Wir haben es gefunden.«

»Sie sind zurück.« Guinan deutete auf die Fenster. Sie hatte recht, die beiden fremden Schiffe waren wieder zurückgekehrt. Ihr Rumpf, zehnmal so lang wie die *Challenger*, war mit einem mehrfarbigen, überkreuzten Rautenmuster bedeckt.

Sela riss die Augen auf und wirkte noch menschlicher als sonst. Hätte Geordi es nicht besser gewusst, dann wäre er glatt auf die Idee gekommen, sie hätte Angst. *Nein*, dachte er, *keine Angst, aber sie ist eingeschüchtert, als hätte sie sich übernommen.* »Derartige Schiffe habe ich noch nie gesehen«, gestand sie.

»Ich auch nicht. Aber darum geht es ja auch bei der Sternenflotte.

Hier draußen ist nie zuvor jemand gewesen ...«

»Mit Ausnahme der *Hera.*«

»Und niemand hat sie ... wer immer sie auch sein mögen ... je getroffen.«

»Sagen Sie mal, Captain La Forge«, begann Sela mit honigsüßer Stimme, »haben wir auch nur eine Ahnung, wie weit außerhalb der Galaxis wir uns befinden?«

»Etwa eine halbe Million Lichtjahre.« *Ein Viertel des Weges bis nach Andromeda*, dachte Geordi.

»Das ist eine ziemlich lange Strecke. Sogar für ein Schiff mit funktionierendem Antrieb.«

»Selbst mit maximaler Warpgeschwindigkeit würde es mehrere Hundert Jahre dauern.«

»Und Sie finden es in Ordnung, dass der Heimweg so lange dauern wird?«

»Wir scheinen keine andere Wahl zu haben, oder?«

Sela ging zum Fenster hinüber, und ihre Stimme zitterte ein wenig. »Wir haben sogar mehrere Optionen, Captain. Sie befinden sich alle da draußen und kommen und gehen, wie sie wollen.«

»Die Schiffe der Fremden?«

»Eines davon hat uns in wenigen Minuten hierher gebracht. Sie brauchen keine Jahrhunderte, um zurück in unsere Galaxis zu reisen.«

»Das stimmt, aber sie sind nicht wir.« Er verstand ihre Besorgnis, oder glaubte es zumindest. »Es wäre nicht das erste Mal, dass ein Raumschiff weit entfernt von zu Hause festsitzt und sich darauf einstellen muss, dass die Heimreise mehrere Generationen dauern wird.«

Sela drehte sich wieder zu ihm um. »Sie meinen damit die *Voyager*?«

»Sie haben davon gehört?«

»Natürlich.« Ihre Arroganz war ebenso zurückgekehrt wie ihre gespielte Freundlichkeit. »Tatsächlich hat der Tal Shiar schon einige Jahre, bevor sie tatsächlich im Delta-Quadranten verschwunden ist, davon gehört. Zu der Zeit glaubten wir allerdings, dass der Offizier, der den Kontakt gemeldet hat, eine Art mentalen Zusammenbruch erlitten hätte."

»Tja, aber die Tatsache bleibt bestehen, dass der *Voyager* eine Reise von siebzigtausend Lichtjahren bevorstand, was bei der maximalen Leistung, die man einem Antrieb unter den Umständen abverlangen kann, einer etwa siebzig Jahre dauernden Reise entsprochen hätte. Aber sie haben sich nicht unterkriegen lassen, sind losgeflogen und waren nach sieben anstatt nach siebzig Jahren zu Hause.«

»Und worauf wollen Sie hinaus? Dass wir uns alle wie nette kleine Sternenflottendrohnen benehmen sollen? Vielleicht haben wir dann das Glück, ein oder zwei alte Transwarpkanäle zu finden, damit wir in nur wenigen Jahrzehnten anstatt in mehreren Jahrhunderten nach Hause kommen?« Sie schüttelte entschieden den Kopf. »Tut mir leid, aber das ist definitiv keine Option für mich.«

»Ich habe das keineswegs als eine mögliche Option vorgeschlagen.«

»Freut mich, das zu hören.«

»Ich wollte nur anmerken, dass es noch lange nicht der sichere Untergang ist, wenn man weit von seinem Heimatquadranten oder sogar seiner Heimatgalaxie entfernt ist.«

»Davon bin ich auch nicht ausgegangen. Zufälligerweise bin ich jedoch der Ansicht, dass wir ein anderes Schiff brauchen, es sei denn, Sie haben Mittel und Wege, die Sternenflotte auch von hier aus zu kontaktieren.«

»Wir *haben* ein Schiff, falls Ihnen das noch nicht aufgefallen sein sollte. Sie befinden sich an dessen Bord.«

Sela kicherte leise, was überraschend angenehm klang. »Captain La Forge, wir halten uns in einem ... Gefährt auf, allerdings ist die Bezeichnung ›Schiff‹ dafür momentan doch etwas beschönigend. Schiffe haben einen Antrieb und bringen einen irgendwohin. Im Moment ist dies hier gerade mal eine behelfsmäßige Raumstation.«

»Wir arbeiten daran, den Antrieb wieder in Gang zu bekommen. Leah und Vol schieben Doppelschichten ...«

»Und es wird doch nichts bringen. Sie wissen das alle, ebenso gut wie ich. Selbst wenn wir lange genug leben würden, um den Weg zurück in unsere eigene Galaxie zu schaffen, glauben Sie doch nicht wirklich auch nur eine Sekunde lang, die *Challenger* könnte in ihrem Zustand die Energiebarriere durchdringen?«

»Um dieses Problem kümmern wir uns, wenn es so weit ist.«

»Zu diesem Problem wird es nie kommen, Captain. Dieses Schiff ist Geschichte, und das ist uns allen klar.«

»Wie lautet Ihre Alternative?«

»Wir kapern eines der Schiffe der Fremden.«

La Forge lachte laut auf. »Ist das Ihr Ernst? Ihnen ist doch wohl aufgefallen, wie weit ihre Technologie der unseren voraus ist.«

»Ob Sie es glauben oder nicht, das ist mir durchaus aufgefallen.«

»Ach, und haben Sie auch darüber nachgedacht, dass ihre Waffentechnologie vermutlich ebenso fortschrittlich sein dürfte? Und falls dem so ist, dann können weder Sie noch ich irgendetwas tun, um ihnen zu schaden, wohingegen sie uns jede Menge Schaden zufügen könnten.«

»Oder aber sie verlassen sich auf ihre Schnelligkeit, um jeder Gefahrensituation zu entkommen, und sind ebenso anfällig für Waffenfeuer wie jeder andere.«

»Möchten Sie wirklich unser aller Leben riskieren, um diese These zu testen?« Als er ihren Gesichtsausdruck sah, hob La Forge eine Hand, um sie gar nicht erst zu Wort kommen zu lassen. »Lassen Sie es mich anders ausdrücken: Möchten Sie *Ihr* Leben riskieren, um herauszufinden, ob dem wirklich so ist?« Sie antwortete nicht. »Dachte ich mir. Bisher haben sie keine feindlichen Absichten an den Tag gelegt, und ich habe nicht vor, sie auf irgendeine Weise dazu zu provozieren.«

»Haben Sie mal über die Möglichkeit nachgedacht, dass sie keine feindseligen Anzeichen gezeigt haben, weil sie gar nicht die Mittel dazu besitzen?«, erwiderte Sela.

»Sie denken also, die *Challenger* ist ein so gut wie ausgemustertes

Schiff, das es aber trotz allem noch mit einem unbekannten Schiff aufnehmen kann, das in der Lage war, uns hierher zu schleifen?«

»Wenn wir die Energieanforderungen konzentrieren, dann ja. Wir haben noch immer unsere Sensormesswerte von dem, was passiert ist, und wir könnten sie mit denen der *Challenger* kombinieren.«

»Und wie wollen Sie die Energieanforderungen konzentrieren?«, wollte La Forge wissen.

»Indem wir die Untertassensektion opfern.«

»Was?«

Sie beugte sich so kameradschaftlich vor, dass es ihn auf fast unheimliche Weise an Tasha Yar erinnerte. »Wenn wir uns nur um die Antriebssektion kümmern müssten, könnten wir sehr viel mehr Energie für die Schilde, die Waffen und die Manövrierbarkeit nutzen.«

»Vorsitzende, wir haben nicht die leiseste Ahnung, was diese Fremden für Fähigkeiten besitzen. Was tun wir, wenn sie die Antriebssektion zerstören? Kehren wir in die Untertassensektion zurück und hauchen dort im Dunkeln unser Leben aus?«

Darauf hatte Sela keine Antwort. Zumindest noch nicht.

Während sich Geordi und Sela unterhielten, trafen mehr und mehr Schiffe der Fremden ein. Inzwischen waren es über ein Dutzend, und obwohl sie auf Abstand blieben, machten sie Guinan nervös.

Sie war es nicht gewohnt, nervös zu sein, und es gefiel ihr gar nicht. Schmerz war eine Sache, da er für körperlichen Schaden stand, aber Nervosität war etwas völlig anderes.

Das Schlimmste daran war, dass sie nicht wusste, woher diese Nervosität kam. Sie konnte sich nicht daran erinnern, so etwas schon einmal gesehen zu haben. Und plötzlich begriff sie. Sie erinnerte sich nicht an etwas aus ihrer Vergangenheit, sondern an etwas aus dem Nexus. Das mentale Bild eines verstörten La Forge, eines Schiffes der *Galaxy*-Klasse und eines riesigen Schiffes der Fremden, das durch die Leere flog; das waren die halb vergessenen Nexusträume, die sie überhaupt erst dazu bewogen hatten, auf die *Challenger* zu kommen.

Als ihr das klar wurde, fiel Guinan in Ohnmacht.

Sie erwachte, als sich Alyssa Ogawa über sie beugte. »Was ist passiert?«

»Geordi hat gesehen, wie Sie bewusstlos geworden sind.« Alyssa scannte sie mit einem Trikorder. »Ich vermute, dass es eine leichte allergische Reaktion auf das Schmerzmittel ist, das ich Ihnen aufgrund Ihrer verletzten Rippen verabreicht habe. Ich habe Ihnen ab jetzt ein anderes verordnet, damit sollte das nicht mehr passieren.«

Auf der Brücke saß Carolan auf dem Kommandosessel, während die Beta-Schicht auf ihren Posten arbeitete. »Können wir irgendwelche Messwerte aus dem Inneren der Schiffe erhalten? Insbesondere Lebenszeichen?«

»Nichts, Commander«, antwortete der Junior Lieutenant an der Ops. »Für unsere Sensoren sind sie überhaupt nicht vorhanden. Wie Geister. Vielleicht sind es ja wirklich Fliegende Holländer oder so etwas.«

»Irgendwie bezweifle ich das«, entgegnete Carolan. *Fliegende Holländer*, dachte sie. *Nun, ein Name ist so gut wie jeder andere.* »Scannen Sie unsere Fliegenden Holländer weiter, und zeichnen Sie alles auf.«

KAPITEL 41

Trotz der vielen Stunden, die sie jetzt schon auf dem Planeten verbracht hatten, ging die Sonne noch immer nicht auf. Scotty war sich nicht einmal sicher, ob er überhaupt eine hatte, da sich die Sterne am Himmel nie veränderten, was vermuten ließ, dass sich der Planet nicht drehte.

Die Romulaner waren zurückgekehrt und hatten berichtet, dass sie am Rand des Mooswaldes eine weitere Siedlung entdeckt hatten, dieses Mal aus richtigen, wenngleich behelfsmäßigen Gebäuden.

Scotty konnte nicht sehr schnell gehen, aber sie erreichten die Siedlung nach etwa drei Stunden, mit einigen Pausen, um sich auszuruhen, was zumindest für Scotty dringend erforderlich war.

Die Siedlung war eine Art Fort mit etwa drei Meter hohen Wällen aus den Wandplatten eines Raumschiffs, die außen silbern metallisch und innen beigefarben waren. Da sie keine anderen Raumschiffe gesehen hatten, gingen sie davon aus, dass auch diese Teile aus der *Hera* stammten.

An jeder Ecke stand ein breiter Turm, der nur etwas höher als der Wall daneben war, aus demselben Material bestand und den Blick über die verlassene Ebene ermöglichte. Die Türme waren fünfeckig, sodass sich die Bereiche, die man von dort aus überblicken konnte - oder mit Feuerwaffen in Schach halten, ging es Scotty durch den Kopf - überschnitten. Einfache Treppen, die aus Rohren zusammengebaut worden waren, führten an den Innenwänden entlang zu breiten Plattformen auf den Türmen. An den Mauern gab es keine Wehrgänge.

Im Inneren des Forts standen nur eine Handvoll Gebäude. Sie bestanden aus demselben Material wie die Mauern und hatten als Dächer einfache flache Abdeckplatten. Auf jedem Dach war eine dünne Staubschicht zu sehen. Scotty wählte zufällig eines der Gebäude aus und öffnete die Tür. Das Innere war staubig und kalt, aber überraschend bequem eingerichtet. Die Tische und Stühle stammten offenkundig aus den Mannschaftsquartieren der *Hera*.

Bei einem anderen Gebäude handelte es sich um einen Schlafsaal, dessen Betten aus den Quartieren und der Krankenstation stammten. Die Biobetten waren nicht angeschlossen und wurden anscheinend als normale Betten genutzt. Scotty schnitt eine Grimasse, da ihm jetzt klar war, dass er hier keine Behandlung finden würde.

»Mr. Scott!«, rief Nog. »Sehen Sie sich das an!«

Er stand vor einem weiteren umzäunten Bereich, der jedoch keine Verteidigungstürme hatte und keine Gebäude umschloss.

Dieser Bereich war jedoch nicht verlassen. Seine Bewohner würden auf ewig hier sein, unter Markierungen aus Duraniumplatten. Sie hatten zwanzig bis dreißig Gräber vor sich.

Voktra kniete sich hin, um die in die Duraniumplatten eingravierten Namen vorzulesen. »Serval, Ensign, ein Vulkanier. Baker, Michael, Lieutenant. T'Pren, Commander, noch eine Vulkanierin.«

»Sehen Sie sich die hier an.« Reg kniete sich ebenfalls hin und pustete den Staub weg. Beim Anblick der Buchstaben wurde ihm ganz mulmig. »La Forge, Silva, Captain.«

»Captain La Forge«, wiederholte Nog.

»Aye«, meinte Scotty traurig und legte ihm eine Hand auf die Schulter.

Barclay konnte den Blick nicht von der Platte abwenden. Geordi würde deswegen natürlich traurig sein, aber es war auch gut, dass das Mysterium um das Schicksal seiner Mutter endlich gelüftet war. Er wünschte nur, es gäbe einen Weg, Geordi wissen zu lassen, was sie entdeckt hatten, oder ihn herzubringen, damit er hier trauern konnte.

Als er aufblickte, sah er, dass sich Scotty mit gerötetem Gesicht auf einen Stein gesetzt hatte. Die anderen hatten sich ein wenig zerstreut, daher nutzte Barclay die Gelegenheit, auf die er schon seit einigen Stunden gewartet hatte. »Scotty, kann ich mit Ihnen reden?«

»Das tun Sie doch gerade.«

»Ich meine, über ... Nun ja, ich weiß nicht, wie ich es ausdrücken soll, aber es scheint Ihnen ... nicht gut zu gehen.«

»Ah, darum geht es.« Scotty lächelte schwach.

»Aye, genau. Ich meine, ja.« Barclay zögerte. »Ich bin kein Arzt, aber als ehemaliger Hypochonder habe ich in meinem Leben einiges gelesen, und ... Sie sehen aus, als würde Ihr Herz ...«

Scotty lächelte erschöpft. »Ich habe einen neuroelektrischen Schaden, weil ich neunzig Jahre in einem Transporterpuffer verbracht habe, und einen Organschaden, seit das Infinite Loch zur Supernova geworden ist. Ich sollte eigentlich alle achtundvierzig Stunden in der Krankenstation behandelt werden, aber ...«

»Da wir keine Energie mehr haben ...«

»Mussten einige Behandlungen ausfallen.«

Barclay nickte betroffen. »So etwas habe ich mir beinahe gedacht. Können wir mit dem Feldverbandskasten aus dem Shuttle irgendetwas ausrichten?«

»Mir wird es wieder gut gehen, sobald wir zur *Challenger* zurückgekehrt sind.«

Reg sparte sich lieber den Kommentar, für wie wahrscheinlich er das hielt. »Sir, Sie hätten eigentlich gar nicht mit auf diese Mission kommen dürfen, nicht wahr?«

»Nein«, gab Scotty leise zu. »Aber wenn ich es nicht getan hätte, wäre Geordi stattdessen gegangen, und das wäre noch viel schlimmer gewesen. Die *Challenger* braucht ihren Captain, wenn die Besatzung eine Chance haben soll, wieder nach Hause zu kommen.«

»Denken Sie nicht, Sie hätten das Schiff ...«

Scotty sah Reg direkt in die Augen und schüttelte den Kopf. »Ein Schiff braucht einen Captain, der nicht im Sterben liegt, mein Junge.« Er deutete mit einer Hand auf die Duraniumgrabsteine. »Ich schätze, dass ich hier alles haben werde, was ich brauche, wenn es tatsächlich so weit kommt, dass wir nicht mehr zurück zur *Challenger* können.«

Barclay schüttelte den Kopf, allerdings eher, um die unangenehmen Gedanken zu verscheuchen, als um etwas zu verneinen. »Sie dürfen nicht sterben, Scotty.«

»Das ist schon in Ordnung, Reg. Ich hatte über einhundertundfünfzig Jahre. Damit liege ich weit über dem Durchschnitt.«

»Aber ...« Barclays Protest wurde von einem tiefen Poltern abgeschnitten. »Was ist das?«

Nog, Voktra und die Romulaner kamen vom Rand dessen angelaufen, was sie von weitem für einen Wald gehalten hatten. Tatsächlich handelte es sich nur um eine dicke Moosschicht, deren pelzartige Ausläufer, hoch wie Zaunpfosten, sich über mehrere Kilometer erstreckten.

Der Boden wackelte, und es war schwer zu sagen, ob er dieses tiefe Grollen verursachte oder im Einklang mit diesem Geräusch bebte. »Ein Beben!«

Während das Außenteam versuchte, nicht den Halt zu verlieren, schwoll das Grab neben Nog zu einer Blase an, die aus dem Boden herausragte. Die dünne Erdschicht teilte sich und rieselte zur Seite, sodass eine um sich schlagende Masse aus feuchten braunen und grünen Tentakeln zum Vorschein kam. Ungläubig und panisch sah Reg, wie sich dieses Ding auf zwei Beine aufrichtete und auf ihn zukam.

Es hatte in etwa humanoide Gestalt und bestand größtenteils aus glatten Wurzeln und feuchtem Moos, das von schimmernden Venen wie kristallines Gestein durchzogen war. Moosstücke fielen herunter, als es sich bewegte, und darunter kamen Knochen zum Vorschein.

Einer der Romulaner ging in Schussposition, stützte eine Hand unter die andere und feuerte mit seinem Disruptor auf die Kreatur. Der Strahl schoss an Barclay vorbei und versengte Moos und Wurzeln an der linken Kopfseite der Kreatur. Darunter war ein jetzt leicht angesengter menschlicher Schädel zu erkennen. Rauchschwaden vom verbrannten Moos trieben durch die freigelegte Augenhöhle, und das Wesen wandte sich von Barclay ab, um auf den Romulaner zuzugehen. Er schoss ein zweites Mal, und dieses Mal fingen das Moos und die Wurzeln, die sich um die Wirbelsäule und die Rippen gelegt hatten, Feuer.

Während eine übernatürliche Stille herrschte, in der nur das Knistern der Flammen zu hören war, packte die Kreatur den Romulaner und begann, ihm den Kopf abzureißen. Er schrie, als die Flammen auf seine Uniform übergriffen.

Noch mehr Gräber bebten, Moos und verdrehte Wurzeln begannen zu zucken, und auf einmal stand eine weitere Kreatur vor ihnen, und dann noch eine. Binnen einer Minute war es ein ganzes Dutzend.

Nog warf dem anderen Romulaner einen Blick zu. Sie sahen einander in die Augen und verstanden sich, wie es nur zwei Krieger in einer Krisensituation tun konnten, die beide eine ähnliche Ausbildung hatten und wussten, was getan werden musste.

»Lasst euch in Zweiergruppen zurückfallen«, rief Nog und richtete seinen Phaser auf die näher kommenden Kreaturen.

»Ich gebe Ihnen Feuerschutz«, brüllte der Romulaner.

Sie wichen langsam zurück und schossen auf die mit Moos bedeckten Wesen. Nog erinnerte sich, dass es in Horror-Holoromanen immer am besten war, auf den Kopf zu schießen und das Hirn zu zerstören, wenn man einen Zombie vernichten wollte, aber das war Fiktion und keine Exobiologie. Als der Romulaner die erste Kreatur angegriffen hatte, war offensichtlich geworden, dass ihre beste Option war, die dichtesten Moosstellen in Brand zu setzen. Selbst dann dauerte es noch einige Zeit, bis die Wurzeln abbrannten, die die Skelette zusammenhielten, und der Zombie endgültig ausgeschaltet war.

Phaserschüsse flackerten durch die Dunkelheit, entzündeten die schwammigen grünen Herzen und verwandelten die näher kommenden Gestalten in wandelnde Fackeln.

»Zielt auf die am dichtesten mit Moos bewachsenen Stellen!«

Das Geräusch ihres Waffenfeuers begleitete die sengend heißen Strahlen, die sich in die Kreaturen bohrten. Taumelnde Körper fielen brennend zu Boden. Immer mehr Zombies rückten auf das Außenteam zu und schlugen mit Klauen aus Knochen und Quarz nach ihnen.

Nog schoss einer Kreatur ins Gesicht und hoffte, dass sich darin nicht die Knochen von La Forges Mutter befanden. Dann setzte er das Wesen mit einem breiteren Phaserstrahl in Brand. Er stolperte rückwärts und versuchte verzweifelt, den umhergeschwenkten Fackeln auszuweichen, zu denen die Arme der Kreatur geworden waren.

Voktra warf sich nach links und rechts und feuerte in möglichst kurzen Abständen Schüsse ab. Sie hatte sich eine Zeit lang Sorgen gemacht, dass sie ihre kämpferischen Fähigkeiten verlieren würde, nachdem sie sich dem Ingenieurkorps angeschlossen hatte, und dass sie nicht mehr ihren Beitrag würde leisten können, wenn es hart auf hart kam. Aber diese Sorgen erwiesen sich nun als völlig unbegründet. Als sie den ersten Zombie niederstreckte, hatte sie noch Angst, doch beim dritten war sie fast schon erleichtert. Auch wenn sie in erster Linie Wissenschaftlerin und Ingenieurin war und erst in zweiter Soldatin, hatten sie ihre Kampfkünste nicht verlassen, und sie stellte noch immer ein würdiges Mitglied des romulanischen Militärs dar.

Brennende Gestalten liefen blindlings umher, aber es sah für Scotty nicht so aus, als hätten sie Angst oder würden in Panik geraten. Sie funktionierten einfach nicht mehr als Jäger und kannten nur noch den Instinkt, vor ihrer eigenen Zerstörung zu flüchten.

Er sah, wie einer von ihnen blindlings zwischen die anderen Zombies rannte und viele davon in Brand steckte. Andere sanken einfach zu Boden und wurden von den Flammen verschlungen, bis sie in sich zusammenfielen und die Knochen in ihrem Inneren knackten.

Doch wann immer einer stürzte, nahm ein neuer Zombie seinen Platz ein. Als das Außenteam den Rand des Mooswaldes erreicht hatte, begann der dichte grüne Teppich zu zucken und versuchte, die Füße der Besucher zu umschlingen, während die zombieartigen Kreaturen gnadenlos immer näher kamen.

KAPITEL 42

Auf einmal wurden die Mooszombies langsamer, drehten sich und schwenkten ihre Gliedmaßen, als würden sie in die Dunkelheit zurückgezogen. Zögernd sah Nog sich um, um die Ursache dafür zu erkennen. Irgendwie glaubte er nicht, dass das, was diese Dinger verjagt hatte, unbedingt etwas Gutes für das Außenteam bedeuten musste.

Eine Gestalt war aus einem schmalen Spalt herausgetreten. In ihrer Nähe schienen die Kreaturen am stärksten beeinflusst zu werden, obwohl die Gestalt überhaupt nichts tat, sondern mit locker herabhängenden Armen dastand. Ihr Erscheinungsbild wirkte humanoid, und sie trug eine einfache, selbst gefertigte Robe mit Kapuze.

Ein zweiter Humanoid folgte aus dem Spalt, und die Kreaturen wurden noch schwerfälliger. Eine verschwand im Mooswald, als würde sie damit verschmelzen, und eine andere dematerialisierte zu einer Staubwolke, die sich so spurlos auflöste, als hätte man ein Hologramm einfach deaktiviert.

Plötzlich spürte Nog etwas an seinem Ellbogen, und er drehte sich abrupt um. Ihm stockte der Atem, als er über sich ein ernstes Gesicht erblickte. Er wollte schon seinen Phaser darauf richten, da erkannte er, dass es sich um einen Vulkanier handelte, der eine blaugrüne Uniformjacke mit schwarzen Schulterstücken trug.

»Keine Angst«, sagte der Vulkanier. »Angst provoziert nur weitere Angriffe.«

»Sie werden langsamer«, keuchte Nog.

»Unsere Fähigkeit, Emotionen zu kontrollieren, scheint sie abzustoßen.«

»Ernähren sie sich von Furcht?«

»Das glaube ich nicht, aber sie können sie benutzen, um ihre Beute aufzuspüren. Kommt mit mir. Solange wir bei euch sind, werden wir eure Emotionen mit unserer Disziplin verbergen.«

Während Nog dem Vulkanier folgte, sah er, dass die anderen Gestalten, die aus der Öffnung im Mooswald aufgetaucht waren, ebenfalls alle Vulkanier waren.

Die Vulkanier trugen einen Uniformstil, der schon vor einigen Jahren abgeschafft worden war. Es war ein größtenteils schwarzer Einteiler, dessen Schultern die Farbe der jeweiligen Abteilung aufwies. Einige von ihnen waren sogar mit den noch älteren zweiteiligen Uniformen bekleidet, die schwarze Schultern und ein Oberteil in der entsprechenden Abteilungsfarbe aufwiesen.

Das Außenteam ging zusammen mit den Vulkaniern zurück zu der festungsartigen Siedlung. »Ich muss mich dafür entschuldigen, dass wir bei Ihrem Eintreffen nicht vor Ort waren«, sagte der Vulkanier, der anscheinend die Führung innehatte. »Wir sind in dem Glauben gegangen, dass Sie eine Gefahr für uns wären. Doch das ist offensichtlich nicht der Fall.« Er zog eine Augenbraue auf die Art hoch, von der Scotty glaubte, dass sie vulkanischen Kindern schon am ersten Schultag beigebracht wurde. Er war noch nie einem Vulkanier begegnet, der sie nicht als wichtigen Bestandteil der nichtverbalen Kommunikation eingesetzt hatte. »Ihre Uniformen sind ungewöhnlich, und dennoch ... Sternenflotte?«

»Aye ... Ja«, korrigierte sich Scotty rasch. »Ich bin der ehemalige Captain Scott, das ist Lieutenant Barclay. Wir sind vom Raumschiff *Challenger.*«

»*Challenger*? *Galaxy*-Klasse?«

»Aye. Sie ist nicht das neueste Modell, aber noch immer gut in Schuss. Zumindest war sie das, bis uns eines dieser Riesenschiffe hierher geschleift hat.«

»Der Schaden ist zweifellos beachtlich.«

»Das stimmt, aber wir bringen sie wieder in Ordnung.«

Der Vulkanier nahm Haltung an. »Ich bin Commander Savar, Erster Offizier der *Hera*.«

»Der *Hera* ist dasselbe passiert wie uns, nicht wahr?«

»Ja, Captain Scott. Wir wurden von etwas mitgerissen, das wir später als eine Art Trans-Slipstream-Welle identifizieren konnten. Wir verloren jegliche Energie und landeten in einer Gravitationsanomalie ...«

»Einer torusförmigen Raum-Zeit-Krümmung, um genau zu sein.«

Savar nickte. »Und bevor wir irgendwelche Ausweichmanöver einleiten konnten, fanden wir uns auf diesem ... recht einzigartigen Planeten wieder. Das ist jetzt dreizehn Jahre her.«

»Er ist in der Tat einzigartig«, stimmte ihm Scotty zu. »Es ist nachts viel zu heiß.«

»Dieser Planet kreist nicht um eine Sonne«, erwiderte Savar. »Er ist ein Einzelgänger.«

»Wissen Sie, wo sich der Planet befindet? Ist er in unserer eigenen Galaxie?«

»Nein. Die Analysen, die wir mit der astronomischen Ausrüstung durchgeführt haben, die wir aus dem Inneren der *Hera* bergen konnten, lassen vermuten, dass wir uns in der Galaxie NGC 4414 und somit etwa zweiundsechzig Millionen Lichtjahre von unserer eigenen entfernt befinden.«

Auch wenn er mit derartigen Nachrichten gerechnet hatte, war das ein Schock für Scotty. »Wie viele sind Sie?«

»Wir sind noch siebenundvierzig. Neununddreißig Vulkanier, sechs Menschen, ein Bolianer und eine Caitianerin.«

»Siebenundvierzig? Von siebenhundertundfünfzig?«

»Von insgesamt siebenhundertdreiundsechzig, ja.«

Nog machte einen Schritt nach vorn. »Wie ist es Ihnen hier draußen gelungen, etwas zu essen zu finden? Wir empfangen Lebenszeichen, aber wir konnten abgesehen von diesen Mooswäldern nichts Lebendiges entdecken. Ich bin mir nicht sicher, ob wir diese Zombiewesen dazuzählen können.«

»Es gibt im begrenzten Rahmen Leben auf der Oberfläche«, erklärte Savar. »Die Atmosphäre enthält sowohl Wasser als auch entsprechende Chemikalien, dass Bakterien dort leben können. Es gibt essbare Moosarten und dergleichen. Doch wir hatten das große Glück, dass mehrere Replikatoren noch funktionierten und mit einigen tragbaren Generatoren am Laufen gehalten werden konnten.«

»Praktisch.«

»Zudem war das mikrobiologische Leben äußerst gut als Rohmaterial für die Replikatoren nutzbar. Wasser war weniger ein Problem. Es kondensiert bei Temperaturschwankungen schnell, wie auf den meisten Planeten, und gelegentlich regnet es.«

Ein weiterer Vulkanier kam mit einem medizinischen Kit und bereitete ein Hypospray für Scotty vor. »Sie scheinen von der Atmosphäre beeinträchtigt zu werden«, meinte er. »Eine Tri-Ox-Mischung wird Ihnen helfen.«

Während er Scotty die Hypospritze gab, zeigten sich nach und nach auch die nichtvulkanischen Überlebenden. Scotty dankte dem vulkanischen Mediziner, und Barclay wandte sich an Savar. »Was sind das für Wesen, die uns angegriffen haben? War das eine Art Zombie-Apokalypse?«

Savar sah ihn mitleidig an. »Das sind keine Untoten. Dieser Planet ist psychoreaktiv und reagiert auf unkontrollierte Emotionen, indem er feindliche Bioformen aus den lokal verfügbaren Materialien erschafft.«

»Da waren Knochen drin!«, entrüstete sich Voktra.

»Was war es dann? Werden unsere Toten in der Hoffnung wiederbelebt, dass wir uns nicht gegen sie wehren? Oder werden sie nur aus Spaß geschändet?«, fragte Barclay.

»Weder noch«, meinte Nog. »Ich hätte es sofort erkennen müssen. Das hätte die Idee eines Ingenieurs sein können.«

»Eines Ingenieurs?«, wiederholte Voktra.

»Moos und Wurzeln, oder was immer das für ein Zeug ist, können nicht rumlaufen und kämpfen. Aber wenn man es um einen beweglichen Kern wickelt ...«

»Die Skelette?«

»Ein praktischer, beweglicher Rahmen«, stimmte ihr Nog zu, »für eine Marionette.«

»Die von dem Moos kontrolliert wird?« Voktras Ton war ausgesprochen skeptisch.

»Ich weiß es nicht. Von irgendetwas wird sie kontrolliert. Könnte das Moos intelligent sein, Savar? Oder das kristalline Material, das sich darin befindet?«

Der Vulkanier schien nachzudenken. »Das Moos hat einen hohen Proteingehalt und ist sehr elastisch, optimiert für unglaublich schnelles Wachstum und rasche Kontraktionen. Fast wie Muskelgewebe, und genau diesen Zweck hat es in dem Fall übernommen.«

Scotty dachte über all das nach, was er gehört hatte, während die Tri-Ox-Mischung langsam Wirkung zeigte und sich seine Atmung entspannte. »Ein knöchernes Skelett, Moos als Muskeln, Felskristalle als Masse und Wurzeln, die alles zusammenhalten ... Aber was treibt es an? Wo ist die Intelligenz?«

»Und warum greift es an?«, wollte Barclay wissen.

»Vielleicht, weil Sie neu sind«, vermutete Savar. »Die Angriffe auf unsere Siedlungen haben im Laufe der Jahre nachgelassen, während wir unseren Geist an die Situation angepasst haben.«

»Vielleicht ... Aber es müsste doch irgendeine Intelligenz geben, die eine derartige Reaktion steuert oder zumindest die Energie dafür liefert«, überlegte Scotty.

»Hier gibt es keine Technologie«, stellte Savar klar. »Keine Computer außer denen, die wir mitgebracht haben. Und wir schalten sie selten ein.«

»Wenn ich mich ausgeruht habe, würde ich Ihnen gerne etwas zeigen«, sagte Scotty, der seine Augen nicht länger aufhalten konnte.

»Wie Sie wünschen, Captain«, entgegnete Savar.

Einige Stunden später waren die überlebenden Besucher von der *Challenger* zusammen mit mehreren Vulkaniern und einer Caitianerin zu der Stadt zurückgekehrt, die früher einmal die *Hera* gewesen war. Scotty ging wie ein Touristenführer voraus und deutete mit einer Hand auf das höher gelegene Plateau, das das stadtartige Innere der *Hera* umgab. Schließlich blieb er stehen und wies mit dem Finger auf die verschiedenen Felsformationen, die um die Stützstreben herum wuchsen und die Unterseite der auf dem Boden stehenden Wände verkrusteten.

»Das Innere scheint teilweise im Boden hier angekommen zu sein.«

Savar sah sich die Stelle an, auf die Scotty deutete. »Danach sieht es zwar aus, allerdings war das nicht der Fall, als wir hier eintrafen.«

»Nicht? Aber dieser Fels kann nicht einfach in zwölf Jahren gewachsen sein.«

»Und doch muss genau das geschehen sein.«

»Ich frage mich, wie das passieren konnte ...«

»Ist das wichtig?«, fragte Voktra. »Ich wüsste nicht, wie es uns weiterhelfen sollte, und wir haben nicht unendlich viel Zeit.«

Barclay holte tief Luft und gab sich offensichtlich große Mühe, sich ungezwungen zu geben. »Für einen Forscher ist alles Neue von Bedeutung. Und wenn man überleben möchte, sollte man auf alles achten, das außergewöhnlich ist oder eine taktische Bedeutung haben könnte.«

Voktra nickte. »Sie haben recht. Entschuldigen Sie.« Sie zögerte und lächelte ihn dann vorsichtig an. »Und ich muss zugeben, dass es vom Gesichtspunkt eines strukturellen Ingenieurs faszinierend ist.«

»Ja, ja, das ist es. Ich wusste, dass Sie es so sehen würden wie ich«, rief Barclay.

»Wie Sie?«, erwiderte Voktra verdutzt.

Scotty führte Savar zum Fuß der Struktur. »Der Boden scheint um die Überreste der *Hera* herumzuwachsen.«

Barclay fühlte sich bestätigt. »Schon als wir hier ankamen, habe ich gesagt, dass die Geologie dieses Planeten nicht den geringsten Sinn ergibt. Die Hitze ohne Sonnenlicht oder vulkanische Aktivitäten, die Hügel, die um die *Hera* herum und durch sie hindurch wachsen ...«

Scotty holte einen Trikorder hervor und aktivierte ihn. Das Gerät begann zu piepen, und eine regelmäßige Wellenform war auf dem Bildschirm zu sehen. »Sehen Sie das?«

»Die magnetische Signatur des Planeten?« Savar nickte. »Die habe ich schon sehr oft gesehen.«

»Nicht auf einem medizinischen Trikorder«, meinte Scotty grinsend. Er reichte Savar den Trikorder. »Er ist darauf programmiert, nach Alphawellen, natürlicher Gehirnaktivität, zu suchen, aber sehen Sie sich die Amplitude an! Das ist mir gestern Nacht eingefallen, bevor ich eingeschlafen bin. Sie haben das Wort psychoreaktiv verwendet. Psycho. Warum ist er psychoreaktiv?« Auf einmal trat Scotty gegen einen Stein, der um eine Strebe der *Hera* herum wuchs. »Das hier, das ist Wundschorf!«

»Was?«

»Sehen Sie es denn nicht? Das ist vernarbtes Gewebe! Es kann nicht anders sein. Die Hitze ist Körperwärme, die Magnetosphäre zeigt Gehirnwellenaktivitäten an ...«

»Wollen Sie damit sagen, dass wir uns nicht auf einem Planeten befinden?«

»Ich behaupte, dieser Planet ist eine Lebensform. Er ist lebendig, Mann! Ein lebendiges Gehirn, das sich eine schützende Hülle von der Größe des Erdenmondes hat wachsen lassen.«

»Das ist verrückt!«, protestierte Voktra. »Ein lebender Organismus, der so groß ist wie ein Planet ...«

»Warum nicht? Was für natürliche Feinde sollte er haben?«

»Was ist mit dem Artefakt in System L-374?«, warf Barclay ein. »Wurde das nicht der Planetenkiller genannt?«

»Aye, das stimmt. Aber das war eine Maschine, eine künstlich hergestellte Waffe, die könnte man nicht als *natürlichen* Feind eines Planeten ansehen.« Scotty deutete erneut auf das Felswachstum. »Jetzt denken Sie an den Schaden, den die Krümmung im Raum-Zeit-

Kontinuum verursacht haben muss. Von der Seite der Krümmung, auf der sich die *Challenger* befindet, sieht es so aus, als würde sie mehrere Meter in die Oberfläche des Planeten hineinragen. In die Haut einer lebendigen Kreatur!«

»Was bedeuten würde, dass die Krümmung und das Innere der *Hera* sozusagen ein Tumor in der Haut dieser … Planetenkreatur sind?«, fragte Barclay.

»Genau das bedeutet es.«

»Ich möchte gar nicht wissen, was Doktor Ogawa dazu sagen würde.«

Scotty lachte freudlos. »Sie würde sagen, dass es für ein lebendiges Wesen nur natürlich ist, Antikörper zu entwickeln, um gegen eine Infektion anzukämpfen. Wie wir eine sind.«

Savar ging gedankenverloren einige Schritte auf und ab. »Nicht wir«, meinte er nachdenklich. »Unser Verstand und unsere Emotionen.« Er sah auf. »Je stärker die Emotionen, desto heftiger der Angriff, den sie heraufbeschwören, und Sie wurden in unserem Garten der Erinnerung angegriffen. Ich vermute, dass Sie ergriffen waren.« Er sah Voktra an. »Und Romulaner sind ohnehin sehr leidenschaftlich.«

»Ich werde auf sie aufpassen«, schaltete sich Barclay ein. Er stellte sich vor Voktra und sah, dass ihre Hand zitterte. »Ich hätte nicht gedacht, dass Romulaner vor irgendetwas Angst hätten.«

»Wer sagt, dass ich Angst hätte?«

»Sie … Nun ja, Sie zittern ein wenig.«

»Sind Sie sicher, dass nicht Sie es sind, der zittert?«

»Tja, eigentlich bin ich mir da nicht so sicher. Vielleicht zittere ich ein wenig. Aber Sie haben es nicht abgestritten.«

»Nein, das habe ich nicht. Und, haben Sie Angst?«, erkundigte sich die Romulanerin.

»Nein. Ja. Irgendwie schon, aber ich werde mich dadurch nicht von meiner Pflicht abhalten lassen. Und Sie?«, wollte er wissen.

»Sie können davon ausgehen, dass ich ebenfalls meine Pflicht tun werde.«

»Obwohl Sie Angst haben.«

»Insbesondere wenn ich Angst habe, was jedoch zufälligerweise nicht der Fall ist«, beharrte Voktra.

»Oh. Aber Sie ... zittern immer noch.«

»Das tue ich nicht aus Angst.«

»Warum dann?«

»Das wäre jetzt ... unangemessen.«

»Oh. Aha.«

Savar sprach leise mit Scotty. »Emotionen ziehen weitere Angriffe nach sich. Zum Glück sind wir weit genug vom Mooswald entfernt und müssten hier in Sicherheit sein.«

»Dann sollten wir vielleicht lieber hier unser Lager aufschlagen.« Scotty deutete auf das Fenster im Boden. »Hier befindet sich die Krümmung, daher ist an dieser Stelle vermutlich die Chance am größten, dass wir wieder zurückkommen.«

»Es ist nicht möglich, den Planeten zu verlassen«, erklärte Savar.

»Sind Sie sicher?«

»So sicher, wie ich mir nur sein kann. Wir haben unter dem Befehl von Captain La Forge die ersten acht Monate unseres erzwungenen Exils damit zugebracht, nach einem Weg zu suchen, um von hier wegzukommen.«

»Aber hat sie auch gewusst, dass Sie sich auf der falschen Seite einer torusförmigen Krümmung im Raum-Zeit-Kontinuum befinden?«

»Nein«, gab Savar zu. »Das hat keiner von uns herausfinden können. Die meisten unserer Ingenieure sind bei dem Absturz ums Leben gekommen.«

»Aye, das habe ich mir gedacht.« Scotty überlegte, wie er die Schlussfolgerung, zu der er gekommen war, am besten in Worte fassen konnte. »Haben Sie schon mal jemanden gesehen, der Ballontiere macht?«

»Natürlich.«

»Stellen Sie sich vor, dieser Jemand pustet einen Ballon auf und verdreht einen Teil, sodass er ihn zurück in den Hauptteil des Ballons schieben kann. Genau so etwas haben wir hier, allerdings gut ausbalanciert. Ebenso wie sich die kleinere Blase innerhalb des größeren Ballonteils befindet, ist dieser große Ballonteil auch in der kleinen Blase.«

»Und der eigentlich verdrehte Teil ist die Krümmung«, fügte Barclay hilfreich hinzu, der zusammen mit Voktra zur Gruppe zurückgekommen war.

»Genau so ist es, Reg. Ein Teil des Universums ist als Blase auf der anderen Seite der Raumkrümmung innerhalb der Hülle der *Hera* gefangen, aber der Rest des Universums ist ebenso als Blase in diesem Teil gefangen, unter diesem Innenbereich der *Hera.*« Scotty stellte sich auf das Fenster und trat mit dem Fuß darauf, sodass Staub aufwirbelte. »Im Grunde genommen ist das Universum wie ein Möbiusband. Fügt man zwei Möbiusbänder zusammen, dann erhält man eine Kleinsche Flasche. Das ist eine geometrische Figur, die nur eine Seite hat. Sowohl das Innere als auch das Äußere der Flasche sind auf derselben Seite. Das Entscheidende daran ist, dass das Universum analog zu einem Möbiusband ist. Per Definition hat es nur eine Seite oder Oberfläche. Aber sobald man zwei davon hat ...«

»Hängen sie als Kleinsche Flasche zusammen«, erklärte Barclay.

»Eine Kleinsche Flasche kann nicht im dreidimensionalen Raum existieren, ohne sich selbst zu kreuzen«, erkannte Savar.

»Und da haben Sie gerade die entscheidenden Worte ausgesprochen. Sie kreuzt sich selbst.« Scotty trat wieder von dem Fenster herunter. »Das Universum ist ein Möbiusband, diese Blase ist ein Möbiusband, und weil sie zusammenhängen, bilden sie eine Kleinsche Flasche. Aber da dies etwas Physisches im realen Weltraum ist, muss es sich selbst kreuzen.«

»Die *Hera.*« In Savars Augen dämmerte die Erkenntnis.

»Aye. Die Raumkrümmung nimmt denselben Raum ein wie die *Hera*, weil sich das Universum an dieser Stelle selbst kreuzt.«

KAPITEL 43

»Wie könnte sich diese Raumkrümmung gebildet haben«, fragte Savar Scotty.

»Das ist nicht möglich, zumindest nicht auf natürlichem Weg.«

»Künstlich?«, schlug Savar vor.

»Nicht mit irgendeiner Technologie, die der Föderation oder den Romulanern bekannt wäre.«

»Dann etwas anderes«, meinte Voktra, »das derart fortschrittlich ist, dass es nicht von Magie zu unterscheiden ist?«

»Möglicherweise, oder etwas anderes, das sogar noch fortschrittlicher ist als diese Dinger ... was immer sie auch sein mögen. Diese Schiffe da draußen bei der *Challenger.*« Scotty hielt inne. »Lassen Sie mich raten. Sie denken darüber nach, wie erstrebenswert diese Technologie wäre? Dass man sie kopieren oder sogar stehlen könnte? Das nächste Genesis-Projekt?«

»Bei einer Verwendung als Antrieb würde ich sagen, dass die Nachteile die potenziellen Vorteile überwiegen, finden Sie nicht auch?«, erwiderte Voktra.

»Das ist noch milde ausgedrückt«, stimmte ihr Scotty zu.

»Für den Augenblick ist das meiner Ansicht nach einzige Erstrebenswerte«, meinte Voktra, »dass wir einen Weg zurück zur *Challenger* finden.«

»Das ist unmöglich«, wiederholte Savar seine anfängliche Behauptung.

»Ach, ist es das?« Scotty sah den Vulkanier an und hob einen Finger. »Wenn es möglich ist, in eine Richtung durch die Krümmung zu reisen, dann muss auch der Weg in die andere Richtung möglich sein, da die Massenbestimmung in beide Richtungen funktioniert, wie wir wissen.«

»Und trotzdem ...«

»Haben Sie je darüber nachgedacht, dass der Grund dafür, dass es Ihnen bisher unmöglich war, darin liegen könnte, dass der psychoreaktive Effekt es Ihnen unmöglich *macht*, weil Sie auf irgendeiner Ebene fürchten, dass es nicht machbar ist?«

Savar schwieg längere Zeit. »Ihre Worte entbehren nicht einer gewissen Logik. Ich muss ... darüber nachdenken.«

»Tun Sie das, Commander, aber schnell.«

Eines der fremden Riesenschiffe wand sich ein wenig und bewegte sich mit müheloser Anmut auf die *Challenger* zu. Carolan, die gerade auf der Brücke Dienst hatte, aktivierte gelassen den Gelben Alarm, und einen Augenblick später waren auch La Forge und Sela zur Stelle. »Captain«, erklärte sie, »eines der Schiffe nähert sich uns auf einem Abfangkurs.«

»Lädt es irgendwelche Waffen?«

»Nicht, dass ich es erkennen könnte, Sir, aber wir wissen auch nicht, wie ihre Waffen aussähen.«

»Was sie wohl vorhaben?«, überlegte La Forge.

»Anscheinend nicht, uns zu zerstören.«

La Forge war überrascht, von Sela etwas anderes als die übliche romulanische Paranoia und Feindseligkeit zu hören. »Nein.«

»Wenn sie das vorhätten, dann hätten sie uns längst angegriffen«, hob Sela hervor.

»Es sei denn, sie versuchen erst, uns einzuschätzen.«

Sela schüttelte den Kopf. »Sie beobachten uns seit einiger Zeit ... Ich kann es spüren. Nennen Sie es Instinkt, wenn Sie wollen.« La Forge warf ihr einen Seitenblick zu. Genau dasselbe Gefühl hatte auch er gehabt, als das erste fremdartige Schiff aufgetaucht war. »Wir müssen sie irgendwie kontaktieren«, fügte Sela hinzu.

»Das haben Sie schon einmal gesagt.«

»Die Föderation hat kein Monopol auf Erstkontaktsituationen. Jeder Planet und jede Rasse erlebt sie.«

»Ich würde zu gern eine Kopie romulanischer Erstkontaktprotokolle in die Finger bekommen.« La Forge wurde durch das Zischen der Turbolifttür abgelenkt - dem einzigen Lift, der jetzt, da das Shuttle weg war, noch funktionierte. Mit jedem Mal, das Guinan auf die Brücke kam, war er weniger überrascht, sie zu sehen.

»Ich bin gerade ziemlich beschäftigt, Guinan.« Er hasste es, das zu ihr sagen zu müssen, aber er hatte wohl keine andere Wahl.

»Diese Dinger kommen mir irgendwie vertraut vor. Ich kann nicht einmal sagen, warum das so ist«, meinte Guinan. »Aber ich denke, ich bin in der Lage, mit ihnen Kontakt aufzunehmen.«

Das erregte dann doch seine Aufmerksamkeit, und auf einmal war er keineswegs zu beschäftigt, um mit ihr zu reden. »Wie?«

»Ich bin mir nicht sicher ... noch nicht. Es ist nur so ein Gefühl.«

»Ein nexusartiges Gefühl?«

»Möglicherweise.«

»Wenn Counselor Troi hier wäre, könnte sie eine Art mentalen Kontakt herstellen, aber Sie ...«

»Ich brauche keine empathischen oder telepathischen Fähigkeiten, Geordi. Ich reise seit fünf Jahrhunderten durch die Galaxis und habe vielen Personen und vielen Geschichten zugehört ...«

Das war ein Punkt, den er bis jetzt noch nicht bedacht hatte, auch wenn er nicht gerade unwichtig war. »Könnte es sein, dass Sie dieser Rasse schon einmal begegnet sind? Oder dass Sie zumindest von ihnen gehört haben?«

»Sie kommen mir vertraut vor, so viel kann ich sagen. Aber fünfhundert Jahre sind eine lange Zeit, da sammeln sich viele Erinnerungen an.«

»Sie erinnern sich nicht an alles?«

»Erinnern Sie sich an jede Person, mit der Sie im Verlauf Ihres Lebens gesprochen oder von der Sie gehört haben?«

»Nein ...«

»Ich auch nicht. Wussten Sie, dass es früher einmal einen Politiker auf der Erde gegeben hat, dem das häufig passiert ist? Damit es nicht jedes Mal peinlich wurde, wenn er jemandem begegnete, den er kannte, an den er sich aber nicht erinnern konnte, sagte er immer: ›Natürlich erinnere ich mich an Sie, und Sie hatten letzten Endes recht.‹«

Geordi musste grinsen. »Das ist eine Möglichkeit, ein Gespräch zu beginnen, aber ich bezweifle, dass das so gut funktionieren wird bei ... was immer sie auch sind. Aber falls Sie irgendetwas über diese Schiffe gehört haben, oder die Spezies, die sie kontrolliert, dann würden wir gern so viel wie möglich darüber wissen«, meinte La Forge.

»Sie sind Legenden, fabelhafte Wesen ... Wissen Sie noch? Wir beide sind uns zum ersten Mal in San Francisco begegnet, einer großen Hafenstadt.« La Forge begriff augenblicklich, worauf sie damit anspielte. Er hatte vergessen, dass sie sich von ihrer Perspektive aus tatsächlich damals kennengelernt hatten. Für ihn war es deutlich einfacher, sich einzubilden, sie wären sich tatsächlich an Bord der *Enterprise* zum ersten Mal begegnet. »Wohin man auch ging«, fuhr Guinan fort, »überall hörte man Geschichten über Seeleute, die einen riesigen Fisch gefangen hatten, der wieder entkommen war, oder die einen so riesigen Kraken gesehen hatten, dass er ein Schiff auf den Meeresgrund hätte ziehen können, oder über Seeschlangen.«

»Wie das Monster von Loch Ness?«

»Genau. Das Monster von Loch Ness, Bigfoot, der Donnervogel der Ureinwohner Nordamerikas ... oder vielleicht der Fliegende Holländer oder der *D'Vey Fek'lhr* der Klingonen, wenn Sie lieber ein legendäres Schiff als Vergleich hätten. All diese Dinge wurden von Reisenden gesichtet, aber es gab nie einen Beweis für ihre Existenz. Andererseits wurden Riesenkraken eines Tages wirklich gefunden. Manche Legenden können also eines Tages Realität werden.«

»Dann wurden diese Schiffe schon früher gesichtet? Aber die

Seeschlangen und Monster, die die Seeleute gesehen haben, waren mit keiner bekannten Kreatur zu vergleichen, und der Fliegende Holländer war angeblich ein glühendes Geisterschiff, unterschied sich also auch eindeutig von einem gewöhnlichen Schiff. Was macht diese Dinger dann zu ... Fliegenden Holländern?«

»Zum Beispiel die Tatsache, dass sie immer nur aus der Entfernung gesehen wurden. Nie aus der Nähe, nur als Schatten am Rand der Sensorreichweite. Und niemand hat je ein Mitglied der Besatzung zu Gesicht bekommen.«

»Vielleicht gehören sie einfach nur einer Spezies an, die lieber unter sich bleibt.« La Forge blieb abrupt stehen. *»D'Vey Fek'lhr* ... Diesen Begriff hat ein klingonischer Captain in seinem Bericht über die Trans-Slipstream-Welle erst vor wenigen Wochen verwendet.«

»Dann ist es dasselbe Phänomen. Eine Legende, die von einigen für ein Schiff und von anderen für ein lebendiges Wesen gehalten wird.«

Ein weiteres fremdartiges Schiff flog an der beschädigten *Challenger* vorbei und kam abrupt in einiger Entfernung von der *Hera* zum Halt.

»Noch eins«, sagte Leah bedrückt. »Wie viele von den Dingern kommen denn noch?«

»Die Flotte ist schon ziemlich groß«, meinte Qat'qa. »Es sieht fast so aus, als würden sie sich auf eine Art Militäraktion vorbereiten.«

»Eine Invasion? Aber wo?«

»Ihre Heckwellen wurden überall in unserer Region der Galaxis entdeckt ...«

»Die Galaxis ist ziemlich groß, um nur mit ein paar Dutzend Schiffen eine Invasion zu starten«, merkte La Forge an. »So groß sind ihre Schiffe nun auch wieder nicht.«

»Wir wissen nicht ...« Qat'qa unterbrach sich. »Was in Kahless' Namen ...?«

»Noch ein Schiff, Captain«, meldete der Ensign an der Taktikkonsole. »Es ist in Sensorreichweite einfach aufgetaucht. Kein Enttarnen, keine Warpsignatur ...«

»Es wurde von dem letzten Schiff der Fremden mitgebracht.«

»Dieses neue Schiff ist von einer Bauart, wie ich sie nie zuvor gesehen habe. Es ist viel größer als die *Challenger.*«

»Noch ein Schiff der Fremden?«

»Nein ...«

»Auf den Schirm damit.«

»Sir, ihre Schildharmonik ist ...«

»Romulanisch«, beendete Sela den Satz, als die *Tomalaks Faust* auf dem Hauptschirm zu sehen war. Sie stützte sich auf einer Konsole der Wissenschaftsstation ab und berührte dabei unbemerkt von allen anderen mit der Hand einen Kommunikationsschalter. »Es scheint etwa dreißigtausend Kilometer entfernt zu sein, auf gerader Linie.«

Der Neuankömmling war riesig. Der vogelartige Kopf allein war so groß wie die Antriebssektion der *Challenger* und ragte zwischen zwei geschwungenen Bögen hervor, die so gewaltig waren, als würden sie Orion dem Jäger persönlich gehören. Die Warpgondeln sahen so groß aus wie die *Enterprise-E* und befanden sich an den Flügelspitzen, weit über und unter dem grimmigen, hungrigen Schnabel.

Als Varaan wieder zu sich kam, lag er vor seinem Kommandostuhl, der wie eine Erinnerung an seine Pflicht über ihm aufragte. Er zog sich an der Sitzfläche hoch, setzte sich und sah sich um. Sein Pilot wischte sich gerade Blut von der gebrochenen Nase, die gegen die Flugkonsole geprallt war. Der Kommunikationsoffizier lag reglos auf dem Boden, und alle anderen auf der Brücke rappelten sich gerade wieder auf. Dennoch waren Saldis' Daten sehr hilfreich gewesen, um das Schiff auf das, was passiert war, vorzubereiten.

Auf dem Schirm wurde das fremde Schiff immer kleiner, flog davon und schloss sich den anderen seiner Art an.

»Bericht!«

»Sechsunddreißig fremde Schiffe in Sensorreichweite. Außerdem zwei Föderationsschiffe. Eines davon ist ein Wrack. Keine Lebenszeichen, und die Sensordaten lassen vermuten, dass es schon seit über einem Jahrzehnt hier ist.«

»Und das andere?«

»Die *Challenger.*«

»Ah, die Initiatoren dieses Experiments selbst, gut. Tornan, geben Sie mir einen Situationsbericht bezüglich der *Challenger.*«

»Sie haben keine Warpenergie, keine Waffen, minimale Schilde. Sie sind so gut wie wehrlos. Soll ich sie anvisieren?«

Varaan hätte beinahe Ja gesagt, aber er riss sich zusammen. Wenn diese Leute die Vorsitzende des Tal Shiar umgebracht hatten, dann verdienten sie es, auf Romulus in einem Schauprozess vorgeführt zu werden. »Markieren Sie sie als sekundäres Ziel. Sie sind keine unmittelbare Bedrohung.«

»Sir.«

Varaan sah sich auf seinem Kommandodeck um, auf dem bereits wieder zum normalen Tagesgeschehen übergegangen wurde. Saldis' Analyse der verfügbaren Daten über die Trans-Slipstream-Wellen hatte es den Ingenieuren ermöglicht, das Schiff so vorzubereiten, dass sie den Wirkungen der Heckwelle weitgehend unbeschadet hatten standhalten können. Sie hatten Systeme abgeschaltet, die die Energiestöße nicht überstanden hätten, und zahlreiche Notfallsysteme für die Trägheitsdämpfer, die Schilde und das Schwerkraftnetz eingefügt.«

Das Resultat dieser Bemühungen war, dass sie bereits wieder einsatzfähig waren, um es den Fremden heimzuzahlen und Selas Mörder, so hoffte er, der Gerechtigkeit zuzuführen.

Varaan deutete auf das Schiff auf dem Schirm. »Peilen Sie das Schiff an, das uns hierher gebracht hat, und gehen Sie auf Verfolgungskurs, höchstmögliche Geschwindigkeit.«

»Unser Warpantrieb ist außer Betrieb. Wir haben aber volle Impulskraft.«

»Dann eben voller Impuls.« Ungeduldig winkte Varaan ab. »Wir sollten keine Zeit vergeuden.« Während der Pilot die *Tomalaks Faust* problemlos beschleunigte, drehte sich Varaan zu seinem Ersten Offizier um. »Waffenstatus, Tornan?«

»Die Primärdisruptoren sind ausgefallen. Wir haben aber Torpedos.«

»Großartig. Laden Sie sie und machen Sie sich bereit, den Feind anzugreifen. Und rufen Sie die *Challenger*. Sagen Sie ihnen, dass sie jetzt Gefangene des romulanischen Imperiums sind.«

KAPITEL 44

Gelbgrüne Torpedos sausten durch die Leere, als die *Tomalaks Faust* majestätisch auf das zuletzt eingetroffene Schiff zuschwebte. Die beiden Schiffe hatten in etwa dieselbe Größe, aber das Schiff der Fremden war offenbar deutlich besser zu manövrieren. Es drehte sich problemlos, sodass die Torpedos harmlos daran vorbeiflogen.

Einen Moment lang glaubte Sela schon, das Schiff der Fremden, das sie auf dem Hauptschirm der *Challenger* sah, würde das Feuer erwidern, doch es setzte seinen neuen Kurs einfach fort. Das romulanische Schiff wendete und verfolgte es.

»Kat«, brüllte La Forge, »ziehen Sie das Feuer auf uns.«

Augenblicklich gab Qat'qa die Anweisungen in ihre Konsole ein, das Schiff mit Impulskraft aus dem Orbit zu bringen. Nichts geschah. »Captain! Die Steuerkonsole reagiert nicht!« Sie schlug mit der Faust auf ihre Konsole. »Sie wurde umgeleitet.«

»Wohin ...?«

»Die taktische Konsole reagiert ebenfalls nicht«, unterbrach sie der Ensign.

»Umgeleitet auf die Kampfbrücke«, schnaubte Kat. »Von ihr!« Noch während sie sprach, kamen zwei Romulaner, mit Sternenflottenphasergewehren bewaffnet, aus dem Turbolift und richteten ihre Waffen auf die Sternenflottenoffiziere. Sela lächelte zufrieden. »Tut mir leid, Captain La Forge, aber meine Prioritäten unterscheiden sich von Ihren.« Sie öffnete einen Kanal zur Kampfbrücke. »Centurion, gehen Sie auf Abfangkurs«, ordnete Sela an. »Bringen Sie uns zwischen die *Tomalaks Faust* und das Schiff der Fremden.«

»*Dazwischen?*«

»Genau das habe ich gesagt.«

»*Ja, Vorsitzende.*« Die *Challenger* setzte sich in Bewegung und flog in die Lücke zwischen dem Romulaner und den Trans-Slipstream-Schiffen.

»Nun«, meinte La Forge. »Damit hätte ich jetzt nicht gerechnet.«

»Meine Priorität ist, nach Hause zu kommen, Captain. Da kann ich meinen Untergebenen nicht erlauben, die Möglichkeit zur Heimkehr in eine Million Stücke zu schießen.«

Ein Torpedo sauste an der *Challenger* vorbei, so nah, dass jedem auf der Brücke die Zähne klapperten. »*Tomalaks Faust* ...«, überlegte Sela. »Das ist Varaans Schiff. Rufen Sie sie.«

La Forge nickte dem Ensign an der taktischen Konsole zu, der sagte: »Sie können sprechen.«

»Commander Varaan, hier spricht Vorsitzende Sela vom Tal Shiar. Ich habe das Kommando auf dem ehemaligen Föderationsraumschiff *Challenger* übernommen.«

»Das Halbblut?« Varaan war völlig überrascht, was eine neue Erfahrung für ihn darstellte; allerdings eine, auf die er lieber verzichtet hätte.

»Ob sie sich ihnen angeschlossen hat, Commander?«, überlegte Tornan. »Sie ist schließlich halb Mensch.«

»Nein«, schnaufte Varaan. »Sie mag halb Mensch sein, aber sie würde sich ebenso wenig der Sternenflotte anschließen, wie Sie sich freiwillig einer tödlichen Krankheit aussetzen würden.« Er überlegte kurz. »Hier ist Varaan. Sprechen Sie, Vorsitzende.«

»*Stellen Sie den Angriff ein, Varaan.*«

»Das fremde Schiff hat uns zuerst angegriffen.«

»*Das fremde Schiff ist Gegenstand einer Tal-Shiar-Operation. Wir müssen den Versuch unternehmen, uns ihre Technologie zu eigen zu machen, da sie der einzige Weg ist, wieder nach Hause zu kommen.*«

»Verstanden. Varaan Ende.« Er nickte Tornan zu. »Sie haben das

Halb...« Er hielt inne. »Sie haben die Vorsitzende gehört. Deaktivieren Sie die Waffen.«

»Was zum Teufel tun Sie, Sela?« La Forge starrte sie wütend an, während sie auf dem Kommandosessel Platz nahm.

»Ob Sie es glauben oder nicht, Captain, ich habe Ihnen allen gerade das Leben gerettet.«

»Das bezweifle ich.«

Sie seufzte. »Varaan ging vermutlich davon aus, dass Sie mich getötet oder gefangen genommen haben, bevor ich mit ihm gesprochen habe, daher hätte er das Feuer eröffnet. Und wir wissen beide, dass die *Challenger* nicht in der Lage ist, mit einem romulanischen Schiff dieser Größe und Feuerkraft fertigzuwerden.« Darauf musste Geordi nicht antworten. »Indem ich das Kommando auf der *Challenger* übernommen habe, habe ich Sie gerettet.«

»Dann haben Sie vielen Dank. Ich bin froh, dass ...«

»Sparen Sie sich das«, fauchte sie mit eisiger Stimme. »Ihnen sollte eines klar sein, La Forge: Ich handle nicht aus irgendeiner Art föderationsartiger Großherzigkeit. Ich habe vor, nach Hause zu kommen, und wenn ich die Trans-Slipstream-Technologie mitbringen kann, wäre das ein hervorragender Bonus. Wenn ich dafür ein Bündnis mit den Fremden schließen muss, dann werde ich das tun. Wenn ich sie stehlen muss, dann tue ich das. Und wenn ich sie ihnen mit Gewalt abnehmen muss, bin ich auch dazu bereit.«

»Und wenn Ihnen das nicht gelingt, lassen Sie sie von Varaan vernichten.«

»Ich glaube nicht, dass es so weit kommen wird.«

»Hätten Sie Ihren Warbird zwischen Varaans Schiff und die Fremden gelenkt?«

»Natürlich nicht«, erwiderte sie offen. »Ein Föderationsschiff bin ich durchaus bereit zu opfern, falls etwas schiefläuft.« Erneut rief sie Varaan. »Varaan, sind Ihre Transporter funktionsfähig?«

»*Ja.*«

»Beamen Sie mich an Bord.« Sie winkte La Forge zu, dann wurde sie vom romulanischen Transporterstrahl dematerialisiert.

Varaan wartete im Transporterraum, als sie sich materialisierte. »Ich hatte nicht erwartet, Sie wiederzusehen, Frau Vorsitzende«, sagte er. »Es wurde gemeldet, dass Sie tot wären und die *Sturmkrähe* zerstört.«

»Das Schiff wurde zerstört. Eines dieser fremden Schiffe ist damit kollidiert.«

»Und die *Challenger* hat die Überlebenden aufgenommen.« Er hielt inne. »Sie sehen gut aus.«

»Sie ebenfalls.« Er konnte ihrem Tonfall nicht anhören, ob sie sich über diese Tatsache freute oder ärgerte.

Er zuckte mit den Achseln. »Meine Befehle lauten, herauszufinden, was mit Ihnen passiert ist. Da ich das getan habe, stehe ich dem Tal Shiar jetzt zur Verfügung.«

»Gut. Ich war schon besorgt, dass Sie versuchen würden, politisch zu werden.«

»Wir kamen nie gut miteinander aus, Sela.«

»Das ist noch milde ausgedrückt.«

»Ihre Mutter hat meinen Vater gestohlen. Wie soll ich mich da fühlen? Jedes Mal, wenn wir uns begegnen, sehe ich diesen Menschen in Ihnen.«

»Und Sie denken, das wäre schlimm? Ich sehe das Ebenbild einer Verräterin, wann immer ich in den Spiegel sehe. Anders als Sie kann ich mich nicht einfach umdrehen und vor dem Gestank der Menschlichkeit, der an mir haftet, weglaufen. Sie glauben, Sie würden die Menschen hassen? Sie wurden nicht von ihnen infiziert. Sie können den Makel nicht in jedem wachen Moment an sich spüren.«

Er mochte es, wenn sie so etwas sagte. Dann kam ihre Loyalität zum Imperium am deutlichsten zur Geltung. »Wie lauten unsere Pläne, Frau Vorsitzende?«

»Guinan auf der *Challenger* glaubt, sie wisse vielleicht, wie man die Fremden kontaktieren kann. Wenn es ihr gelingt, können wir an ihre Trans-Slipstream-Technologie herankommen. Außerdem ist ein Außenteam verschwunden, das aus Sternenflottenoffizieren und Romulanern besteht.«

»Soll ich weitere Soldaten auf die *Challenger* schicken, um sie ganz in Besitz zu nehmen?«

Sela schien kurz in Versuchung zu sein. »Nein«, entschied sie dann. »Das Schiff ist irreparabel beschädigt. Ich denke, wir sollten die Überlebenden von der *Sturmkrähe* hierher holen. Ich werde La Forge das Kommando über sein nutzloses Schiff zurückgeben und Guinan ihre Kontaktversuche machen lassen, unter der Voraussetzung, dass ich dortbleibe und daran teilnehme.«

»Und Sie rechnen nicht damit, dass er Sie in die Arrestzelle wirft?«

Sela lächelte. »Wie gesagt, wir vermissen ein gemeinsames Außenteam. Und die Sternenflotte hat Vorschriften in Bezug auf fremde Würdenträger, die zu Gast sind. La Forge weiß, wie viel von meinem Wohlergehen abhängt.«

»Er könnte dennoch versuchen, Sie zu töten. Wer würde es hier draußen schon mitbekommen?«

»Nein, er kann mir nicht schaden. Das gehört zu der Programmierung, die ich vor langer Zeit in seinem Kopf verankert habe. Psychochirurgische Standardprozedur.« Bei ihrem Gesichtsausdruck lief es selbst Varaan eiskalt den Rücken herunter.

KAPITEL 45

Das war, dachte La Forge, *die wohl kürzeste Übernahme eines Sternenflottenschiffs in der gesamten Geschichte.* Zehn Minuten nachdem sich Sela auf der Brücke der *Challenger* dematerialisiert hatte, waren auch die beiden bewaffneten Romulaner verschwunden. Qat'qa war augenblicklich zur Kampfbrücke gerannt, um nach Schäden zu suchen. Sie hatte kurz erklärt, dass sie Selas Markierung dort gefunden und vorgehabt hatte, den Romulanern eine Falle zu stellen, wie es Nog vielleicht getan hätte.

Doch da sie das Codewort nicht gekannt hatte, waren ihre Bemühungen umsonst gewesen.

Zwei Minuten nachdem sie verschwunden waren, materialisierte sich Sela wieder. Carolan richtete sofort einen Phaser auf sie, was sie jedoch ignorierte. »Captain La Forge, ich muss mich dafür entschuldigen, dass ich Ihr Schiff kurzfristig übernommen habe, um es zu schützen.«

»Warum sind Sie zurückgekommen? Haben Sie jetzt nicht ein funktionstüchtiges Schiff zur Verfügung?«

»Das habe ich, aber ich habe auch nach wie vor eine Mission, und sie ist identisch mit Ihrer. Wir beide brauchen die Unterstützung - freiwillig oder nicht - dieser Fremden, wenn wir wieder nach Hause wollen. Die *Tomalaks Faust* verfügt über einen vollständig funktionierenden Warpantrieb, aber wie Sie selbst gesagt haben, würde die Reise zur galaktischen Barriere zweihundert Jahre dauern.«

»Was wollen Sie also?«

»Dass wir unsere Ressourcen zusammenlegen. Ich habe meine

Leute von der *Challenger* zurückgezogen, biete Ihnen aber meine Hilfe an. Außerdem müssen wir auch noch das Außenteam bergen«, rief sie ihm in Erinnerung.

»Und was erwarten Sie als Gegenleistung?«

»Nur, dass ich auf der Brücke bleiben und an jeglicher Kommunikation, die Sie und Guinan mit den Fremden führen, teilhaben kann.«

La Forges erster Instinkt war, Sela in die Arrestzelle werfen zu lassen, aber er wusste, dass solche Instinkte und voreiligen Entschlüsse meist falsch waren. Das Sternenflottentraining und die jahrelange Erfahrung sagten ihm, dass es immer klüger war, zusammenzuarbeiten, und sie hatte recht: Sie mussten das Außenteam finden, und sie brauchten die Hilfe der Fremden, um nach Hause zurückzukehren. Außerdem würde er einen Krieg heraufbeschwören, wenn er die Leiterin des Geheimdienstes einer fremden Regierung in Gewahrsam nahm.

»In Ordnung. Aber sobald Sie Ärger machen, landen Sie in der Arrestzelle.«

»Sie können mir vertrauen«, versprach Sela.

Leah saß an der Ops und versuchte, nicht zu Sela hinüberzusehen. Sie war sich nicht sicher, ob sie sich zurückhalten konnte, wenn sie dieser romulanischen Foltermeisterin ins Gesicht schaute. Sie war sich nicht einmal sicher, ob sie ihre Fäuste dann noch unter Kontrolle haben würde.

Daher konzentrierte sie sich auf ihre Bemühungen, Sensormesswerte von den Fremden zu erhalten. Alles, was sie finden konnte, würde den Kontakt vereinfachen und ihnen helfen, nach Hause zu kommen.

Sie war versucht, sich die Schläfen zu massieren, um zu sehen, ob die körperliche Stimulation ihr Gehirn anregen würde, aber sie wusste aus Erfahrung, dass das so nicht funktionierte. Ihr Kopf war frustrierend leer, und das war nicht normal. Sie war Raumschiffentwicklerin, entwarf Antriebe, und hätte zumindest irgendeine Idee haben müssen, wie man diese verdammten Dinger da draußen scannte.

Doch selbst wenn sich die Alien-Schiffe bewegten, war auf den Sensoren nichts zu sehen, und das war völlig unverständlich. Sie hinterließen genug Spuren im Subraum und Slipstream-Raum.

Das ist es, erkannte sie. Vielleicht strahlten sie Energie aus oder kommunizierten *im* Subraum anstatt *durch* den Subraum, wie es die meisten fortschrittlichen Kulturen taten.

Rasch änderte Leah die Phase der aktiven Sensoren, um die Energiesignaturen im Subraum auszulesen. Und da waren sie. Es war so einfach, und trotzdem hatte sie so lange gebraucht, um darauf zu kommen, dass sie sich am liebsten getreten hätte.

»Captain«, sagte sie. »Ich glaube, ich habe endlich einige Sensormesswerte der Schiffe.« Sie ließ eine Reihe von Wellenformen auf dem Schirm anzeigen, die einander in mehrfach verschachtelten Subraumkanälen überlagerten.

»Eine derartige Antriebssignatur habe ich noch nie gesehen. Sie etwa?«

»Noch nie. Keine Antriebssignatur, keine elektromagnetischen Rückstände, nichts in der Art.« Sie bedauerte es, dass Scotty, Reg und Nog nicht da waren. Einer von ihnen hätte bestimmt etwas mit diesen Daten anfangen können.

»Können Sie das an die *Tomalaks Faust* übermitteln?«, fragte Sela.

»Tun Sie es«, ordnete La Forge an. »Je mehr Leute das sehen, desto größer ist die Chance, dass jemand es wiedererkennt.«

»Aye, Sir.« Leah begann, Kopien der Wellenformen abzuschicken. »Ich werde das auch auf so vielen Schirmen auf diesem Schiff wie nur möglich anzeigen lassen. Vielleicht erkennt Vol es wieder.«

»Gute Idee.« La Forge wandte sich wieder an Guinan und dachte an ihre Sagen und Legenden. »Wie kann man mit ihnen Kontakt herstellen? Haben Sie je davon gehört, dass das jemandem gelungen wäre?«

»Ich weiß, dass man es versucht hat. Einige Geschichten behaupten, dass es funktioniert, andere berichten vom Gegenteil.«

»Wir haben es auf allen üblichen Ruffrequenzen versucht, ohne Erfolg. Bei einer Spezies, die durch das All fliegt, muss es doch etwas geben ...«

»Ich weiß es nicht, Geordi, vielleicht sind sie einfach zu ... fremdartig. So etwas kann vorkommen.«

»In Momenten wie diesen wünschte ich mir, dass Deanna an Bord wäre.«

»Zur Mannschaft gehören einige Betazoiden. Und Vulkanier«, meinte Carolan.

»Sie sind alle nicht für diese Art von Kontakt ausgebildet, aber es wäre trotzdem gut, wenn jemand mit ihnen reden und sie um Hilfe bitten würde«, entgegnete La Forge.

»Ich werde mich darum kümmern«, sagte Carolan und verließ die Brücke.

»Was ist mit einer Funkfrequenz von 21,1 Hertz oder Gravitationswellen?«, überlegte Leah laut.

»*Krankenstation an Captain La Forge.*« Ogawas Stimme klang eindringlich.

»Was gibt es, Doktor?«

»*Diese Wellenformen, die Sie durchgestellt haben. Sind sie wichtig?*«

»Das sind die einzigen Energieanzeigen, die wir von den fremden Schiffen erhalten. Dabei handelt es sich um eine Art Antriebssignatur, die weder Leah noch ich je zuvor gesehen haben.«

»*Das ist keine Warpsignatur und auch keine andere technische Energiesignatur.*«

»Wie kommen Sie auf die Idee?«

»*Weil ich solche Messwerte jeden Tag sehe. Das ist ein Satz Alpha-, Delta- und Theta-Wellen.*«

»Sie meinen Gehirnwellen?«

»*Genau die.*«

»Dann sind diese Schiffe da draußen ...« Leah konnte dieselbe Frustration und Wut auf sich selbst in seinem Gesicht sehen, die sie eben erst gespürt hatte. Geordi begriff gerade, dass er die Wahrheit schon viel früher hätte erkennen können, und sie wünschte sich, sie könnte irgendetwas unternehmen, um dieses Gefühl bei ihm zu vertreiben.

»*Das sind keine Schiffe*«, bestätigte Ogawa. »*Das sind weltraumfähige Lebensformen. Können Sie runter in die Krankenstation kommen? Mir ist da gerade was eingefallen.*«

Doktor Ogawa stand neben einem der wenigen unbelegten Biobetten. Mit der Hilfe eines Technikers positionierte sie einen kuppelförmigen Neuroscanner am Kopfende des Bettes, als La Forge, Sela und Guinan hereinkamen. Sie klopfte auf das Biobett. »Setzen Sie sich, Guinan. Wir sind gleich für Sie bereit.«

»Ihnen ist bewusst, dass ich mich völlig gesund fühle?«

»Sie sehen auch kerngesund aus«, stimmte ihr Ogawa zu.

»Was soll dann der Gehirnscanner?«, erkundigte sich Guinan.

»Wir versuchen doch, mit den Weltraumwesen zu kommunizieren?«

»Ja«, bestätigte La Forge.

Ogawa tätschelte den Scanner. »Das Gehirn gibt elektrische Energie ab, die wir damit überwachen können. Wir können aber auch elektrische Impulse in einem Gehirn stimulieren. Die Rezeptorschaltkreise übertragen neuroelektrische Energie in Ihren visuellen Kortex, und dieser Kortex erschafft die Bilder, die Sie sehen.«

»Gut, aber wie hilft uns das dabei, mit diesen Fremden zu reden?«

»Wenn wir den Effekt vergrößern, können wir sie vielleicht dazu bringen, uns zu verstehen.«

Sela war von der Idee fasziniert. »Sie meinen, wir hätten einen direkten Zugriff auf ihr kognitives Zentrum? Wir könnten sie psychochirurgisch beeinflussen?«

»Ich würde nicht so weit gehen, es so zu nennen, aber ...« Ogawa half Guinan, den breiten Hut abzunehmen, nachdem sich diese auf das Biobett gesetzt hatte. »Wir können damit unsere Schilde und den Deflektor kalibrieren, um das neuroelektrische Erscheinungsbild und die Signale der Fremden nachzuahmen.«

»Sie werden glauben, wir wären einer von ihnen?«, fragte La Forge.

»Das ist gut möglich. Entscheidend ist, wenn wir Guinans Gehirnwellen als Vergleichsbasis heranziehen, während sie den Kontakt herstellt, können wir sehr bald eine Übersetzungsmatrix aufbauen. Dann können wir unsere - Guinans - Antworten über den Hauptreflektor an die Fremden zurückleiten.« Ogawa blinzelte und sah sie einen nach dem anderen an. »Wenn das für Sie in Ordnung ist ...?«

»Alyssa, das ist genial! Sie haben sich den falschen Beruf ausgesucht!«

»Eigentlich nicht. Der Körper ist eben eine biochemische Maschine, die einen guten Ingenieur braucht. Vielleicht bin ich ja einfach nur auf dem richtigen Schiff gelandet.«

»Finden wir es heraus«, meinte Guinan, die bereits unter dem Neuroscanner saß. »Sie werden doch keine neurale Energie in mich hineinschießen, oder?«

»Nur ein wenig, und zwar direkt in Ihren akustischen Kortex. Dann können Sie das, was die Fremden zurück auf unsere Schilde senden - falls sie überhaupt antworten -, direkt als Worte hören und an uns weitergeben.« Alyssa reichte Guinan ein kleines Gerät. »Drücken Sie den Knopf, wenn Sie mit den Fremden reden, damit das System die Worte überträgt. Lassen Sie los, wenn Sie mit uns reden. Wenn wir genug Daten gesammelt haben, wird unser Kommunikationssystem übernehmen.«

»Okay.« Guinan klang unsicher, wenn nicht sogar äußerst misstrauisch. »Dann wollen wir mal mit ihnen reden. Was soll ich ihnen denn sagen?«

»Wie wäre es mit Hallo?«, schlug La Forge vor.

Guinan drückte den Knopf. »Hallo?«

Das Wesen, das der *Challenger* am nächsten war und sich in direkter Linie zum Signal des Deflektors befand, drehte sich ohne Vorwarnung um die eigene Achse.

Qat'qa und Leah, die auf der Brücke der *Challenger* standen, gefiel das gar nicht. »Captain«, sagte Leah, nachdem sie einen Kanal geöffnet hatte, »eines der Fremden nähert sich. Ich erkenne eine erhöhte Gehirnwellenaktivität ...«

»Das bedeutet, dass es reagiert«, erklärte Alyssa. »Können Sie die Signale verstehen, Guinan?«

»Irgendwie schon, denke ich. Es gibt einen Grund dafür, dass man meine Spezies die Zuhörer nennt. Jede Spezies erkundet ihre Umgebung auf eigene Weise. Einige nutzen Funkwellen oder Teleskope. Andere sezieren fremde Spezies, oder beobachten sie. Wir hören zu und erfahren so mehr über das Universum, das uns umgibt.«

»Was sagt das Wesen?«, wollte Sela wissen.

La Forge wusste nicht, was er zu hören erwartete. Einen Gruß, die Aufforderung zu verschwinden, einen überraschten Ausruf?

Guinan runzelte die Stirn, bevor sie die Nachricht weitergab. »Ihr seid nicht die Valken.«

»Die Valken?«, wiederholte Sela. »Was sind die Valken?«

»Das weiß ich nicht. Ich weiß nicht einmal, ob das eine Feststellung oder eine Frage war. Es war eine tonlose Stimme.«

»Das liegt vermutlich am System«, entschuldigte sich Alyssa. »Vol hatte nicht viel Zeit, es umzusetzen.«

»Dennoch werden sie eine Antwort erwarten«, meinte Sela.

La Forge war ganz ihrer Meinung. »Da wir nicht die Valken sind, sollten wir Nein sagen.«

»Sind wir das nicht?«, fragte Guinan.

»Wie meinen Sie das?«

»Wenn wir nicht wissen, wer oder was die Valken sind, dann könnten wir es durchaus sein. Vielleicht ist das ihre Bezeichnung für Humanoide. Möglicherweise nennen sie so die Besatzung eines Schiffs, oder sich selbst. Wer weiß?«

Sela verschränkte die Arme und dachte darüber nach. »Sie hat recht. Und außerdem wissen wir nicht, ob diese Valken etwas Gutes oder etwas Schlechtes sind. Vielleicht provozieren wir einen Angriff, wenn wir nicht die Valken sind.«

Dieser Einwurf ärgerte La Forge. »Dann sollten wir lieber darauf hoffen, dass Ihr Freund Varaan schnelle Reflexe hat. Sagen Sie ihnen, dass wir nicht die Valken sind.«

»Wir sind nicht die Valken«, sagte Guinan. Dann, einen Augenblick später: »Sie sagen: ›Vorsicht vor den Valken.‹«

»Was sind die Valken?«, wollte Geordi wissen.

»Vorsicht vor den Valken«, war die einzige Antwort.

»Können Sie sie fragen, warum sie nicht um unsere Schiffe herumfliegen«, bat La Forge.

»*Schiffe? Was sind Schiffe?*« Dieses Mal kam die Stimme durch das Komm-System.

»Schiffe wie dieses hier«, erklärte Guinan.

»*Ihr habt noch nie gesprochen.*«

»Wir haben es lange genug versucht ... Sagen Sie das nicht!«, meinte La Forge. »Stammt ihr von Andromeda?«

»*Wir stammen aus jedem ... Teich.*«

»Teich?«

»*Teich der Sterne.*«

»Galaxien«, murmelte Ogawa. »Sie scheinen weitaus mehr Galaxien als nur unsere aufzusuchen.« Das ergab für La Forge Sinn. Die Entfernungen waren für ihn zwar unvorstellbar, aber wenn sie innerhalb weniger Minuten fünfhundert Millionen Lichtjahre zurücklegen konnten, dann mussten Millionen von Galaxien für sie erreichbar sein. Eine wahrlich universelle Lebensform.

»Wisst ihr, was für einen Schaden ihr manchmal anrichtet?«, fragte er.

»*Schaden?*«

»Viele unserer Leute sind gestorben, als ihr uns hierher gebracht habt.«

»*Wir haben niemanden gesehen. Bis ihr gesprochen habt.*«

In Geordi keimte ein Verdacht. »Wir sind eine Person, eine Lebensform?«

»*Offensichtlich.*«

»Und das romulanische Schiff, das euch angegriffen hat, was ist damit?«

»Leblose Trümmer.«

Das hatte er sich beinahe gedacht. Er sah Ogawa und Sela an und war sich sicher, dass auch Leah auf der Brücke alles mithören konnte. Wahrscheinlich konnte das halbe Schiff das Gespräch hören. »Sie erkennen uns nicht als Lebensformen. Wir sind für sie wie Ameisen, und unsere Schiffe unterscheiden sich nicht von ... Asteroiden.« Alle Anwesenden nickten zustimmend.

»Wir waren Trümmer, bis wir gesprochen haben?«, wandte er sich wieder an die fremde Lebensform.

»Ja. Aber jetzt wissen wir, dass ihr am Leben seid.«

»Das andere Trümmerstück ist auch am Leben. Es kann nicht sprechen, aber wir sprechen an seiner Stelle.«

»Wir verstehen.«

»Manchmal ... Wenn ihr unsere Galaxis verlasst, nehmt ihr Trümmer mit euch.«

»Das ist ein Effekt von unserem Wunsch zu reisen. Wir sehen uns natürlich vor, kein Leben zu stören, wenn wir welches entdecken.«

»Aber ihr habt Leben gestört«, meinte La Forge eindringlich. »Viele der Trümmer, die ihr auf dem Weg durch unseren ... Teich mitgenommen habt, waren Leben, keine Trümmer.«

»Wir ... wollten nichts Böses. Wir entschuldigen uns.«

»Ihr habt gesagt, ihr stört kein Leben, wenn ihr welches findet. Wie vermeidet ihr es, Leben zu stören?«

»Wir bewegen uns vorsichtiger bei unseren Wünschen.« Das war die Antwort, auf die La Forge gehofft hatte.

»Wir würden euch gern im Namen unseres Teiches bitten ... euch etwas vorsichtiger zu bewegen, wenn ihr bei uns seid. Dort gibt es sehr viel Leben, das ihr vielleicht für Trümmer halten könntet.«

»Natürlich. Wir werden vorsichtiger sein.«

»Und das war's?«, fragte Leah, als sie wieder auf die Brücke zurückkehrten. »Wir haben sie nett darum gebeten, vorsichtiger zu sein, und sie haben zugestimmt?«

»Warum sollten sie nicht?«, erwiderte Guinan. »Sie scheinen doch ganz freundlich zu sein. Und sie wussten nicht, dass sie anderen Schaden zugefügt haben.«

Sela schäumte und lief auf der Brücke auf und ab. »Das bringt unsere Mission nicht weiter. Wir brauchen diesen Trans-Slipstream-Antrieb.«

»Und Sie haben immer noch vor, ihn mit Gewalt an sich zu bringen?«, fragte La Forge.

»Warum nicht? Nun, da wir wissen, wie wir mit ihnen reden können, könnten wir ihnen eine Allianz vorschlagen.«

»Auf die sie nicht eingehen werden, falls sie überhaupt begreifen, was wir wollen«, meinte Guinan.

»Das wäre nicht das erste Mal, dass die Romulaner versuchen, ein lebendiges Schiff oder lebendige Technik einzufangen«, bemerkte La Forge.

Sela sah ihn an, als müsste sie darüber nachdenken, worauf er anspielte. »Sie meinen das Wesen, das Gomtuu genannt wurde?«

»Ja, das telepathische Raumschiff.«

»Die Technologie dieser Spezies ist noch sehr viel weiter entwickelt.«

La Forge konnte einfach nicht mehr länger vernünftig mit Sela reden. Seit dem Moment, in dem sie an Bord gebeamt worden war, hatte er schon seiner Wut nachgeben wollen, und jetzt war der Augenblick gekommen. »Sie haben keine Technologie! Begreifen Sie das denn nicht? Sie sind nicht wie Gomtuu, der Maschinen und einen Warpantrieb hatte. Was diese Wesen haben, ist keine Technik, sondern eine angeborene Fähigkeit. Es gibt einen Spruch, dass jede hinreichend fortschrittliche Technologie nicht von Magie zu unterscheiden ist, und Sie werden auf Romulus ein ähnliches Sprichwort haben.«

»Natürlich.«

»Aber was wir hier sehen ... das ist das Gegenteil davon«, sagte La Forge.

»Jede hinreichend fortschrittliche Magie ist von Technologie nicht zu unterscheiden?«

»So könnte man es ausdrücken. Ich denke, es wäre präziser zu sagen, dass diese ... Schiffe, Wesen, was auch immer sie sind, eine entsprechend fortschrittliche ... Natur besitzen, oder Biologie, die nicht von Technologie zu unterscheiden ist. Vielleicht ist Technologie ja auch das falsche Wort. Das Zitat sollte vielmehr lauten, dass jede hinreichend fortschrittliche wissenschaftliche Eigenschaft oder Methode nicht von Magie zu unterscheiden ist.«

»Beleidigen Sie nicht meinen Intellekt«, entgegnete Sela eisig.

»Gut, dann keine Magie, sondern immer noch Wissenschaft, aber eben Naturwissenschaft. Exobiologie. Wir nutzen Technik, um das zu tun, was wir nicht von Natur aus tun können, aber wenn wir es könnten ... Bei einigen Spezies kann man wohl durchaus sagen, dass sie entsprechend hoch entwickelte Fähigkeiten besitzen, die von Magie nicht zu unterscheiden sind.«

»Dann sollten wir vielleicht versuchen, uns diese Fähigkeit zunutze zu machen.«

La Forge lachte auf. »Uns die Fähigkeit zunutze machen? Glauben Sie, diese Wesen könnten Ihnen beibringen, wie man das macht?«

»Das müssen sie gar nicht. Das Gomtuu-Wesen hatte Platz für eine Mannschaft, daher lassen sich diese Kreaturen vielleicht auch dementsprechend modifizieren.«

»Haben Sie völlig den Verstand verloren?«

»Menschen machen sich auf der Erde auch andere Lebensformen zunutze und lassen sich von ihnen transportieren. Ich glaube, Sie nennen sie ›Pferde‹.«

»Der Unterschied ist, dass diese ... was immer sie sind, so viel höher entwickelt sind als Menschen oder Romulaner oder so gut wie jede andere Spezies, so wie wir höher entwickelt sind als ... Ameisen.

Lassen Sie es mich so ausdrücken: Ja, Menschen reiten auf Pferden und trainieren Hunde dazu, Tricks vorzuführen. Aber zu versuchen, diese Dinger dazu zu bringen, uns zu transportieren, das wäre, als wolle man einen Organier dazu bringen, als Taschenlampe zu agieren. Ich bezweifle, dass Sie dabei weit kommen würden.«

KAPITEL 46

Scotty trat auf die freie Fläche vor dem Inneren der *Hera*, weg von allen, die, nun ja, die Möglichkeit hätten, ihn zu durchschauen, entweder per vulkanischer Telepathie, logischer Schlussfolgerung, oder indem sie ihm einfach nur zu nahe waren und seinen Gesichtsausdruck richtig deuten konnten.

Die *Hera*-Stadt war, wie er vermutet hatte, die sicherste Region auf dem Planeten. Der lebende Planet konnte überall Antikörper erzeugen, nur nicht auf dem Schorf über der Wunde, die er erlitten hatte.

Scotty suchte eine Stelle, an der er ein wenig auf und ab gehen und seinen Gedanken nachhängen konnte, darüber, wo er sich befand und wie er sich fühlte. Es war immer eine angenehme Abwechslung, sich auf einem Planeten aufzuhalten, aber er vermisste die Geräusche eines Raumschiffs und das Vibrieren der Wände und Decken. Auf einem Planeten gab es diese beruhigenden Hintergrundgeräusche nicht, außer, man konnte an der Küste die Brandung hören oder Regen, der auf ein Dach prasselte.

Die Mooswälder auf den Hügeln, die Scotty sehen konnte, erinnerten ihn an die Highlands, wo immer noch einige Gebiete aufragten, die im Laufe der Jahre nicht wieder aufgeforstet worden waren. Amüsiert dachte er, wie ironisch es war, dass er jetzt Raumschiffe baute, während die einstigen Wälder in den schottischen Highlands größtenteils für den Bau von Schiffen für die Royal Navy abgeholzt worden waren.

»Mr. Scott! Mr. Scott!« Barclay kam auf ihn zugerannt, in den

Armen einen Berg aus Trikorderteilen und Kabeln, die die Überlebenden der *Hera* für nützlich befunden hatten. »Ich habe es geschafft! Zumindest glaube ich, dass ich es geschafft habe!«

»Wenn Sie sich nicht beruhigen, müssen Sie am Ende nochmal von vorne anfangen«, warnte Scotty und seufzte, als er Barclays verwirrten Blick bemerkte. »Also gut, Mr. Barclay, was haben Sie Ihrer Ansicht nach denn geschafft?«

»Ich habe einen Weg gefunden, wie wir mit der *Challenger* kommunizieren können.«

Sofort horchte Scotty auf. »Das ist ja großartig!«

»Wissen Sie, ich habe über die Raumkrümmung nachgedacht, und die Messwerte, die wir davon erhalten haben.«

Scotty wusste sofort, worauf er hinauswollte. »Es muss eine gewisse Menge an Hintergrundstrahlung durch die Krümmung gelangen. Und zwar in beide Richtungen, da wir auch von dieser Seite aus eine ungewöhnliche Massenanzeige messen. Wenn wir also konzentrierte gravimetrische ...«

»... Impulse in einem Orbitalmuster durch die Raumkrümmung schicken, können wir mit der *Challenger* reden«, beendete Barclay aufgeregt den Satz.

»Wenn sie denn wüssten, dass sie nach einem Signal in dieser Form Ausschau halten sollten«, fügte Scotty ein wenig ernüchtert hinzu.

»Daran habe ich bereits gedacht. Sie werden die Gravitation der *Hera* ständig überwachen, daher habe ich ein Signal codiert, das den astrometrischen Computer dazu bringen wird, die Brücke zu alarmieren.«

»In diesem Fall wird es Zeit, dass wir in unsere eigene Ecke des Universums zurückkehren, Reg.«

»Ja? Ich meine, natürlich, aber ... Ist das überhaupt möglich?«

»Ich habe mir ein paar Gedanken gemacht, wie man diese Blase des Universums wieder mit unserer Blase des Universums vereinen kann.«

»Aber ist es nicht eigentlich dasselbe Universum? Ich meine, wenn wir wüssten, wo dieser Planet in Relation zur *Challenger* steht und uns vorstellen, die *Challenger* könnte ebenso leicht in andere Galaxien fliegen wie von der Erde nach Vulkan, dann könnte die *Challenger* doch theoretisch von dort, wo sie sich jetzt befindet, hierher fliegen, ohne die Krümmung zu kreuzen.«

Scotty nickte zufrieden, wie ein Lehrer, der einen Musterschüler vor sich hatte. »Das ist korrekt.«

»Dann ist es doch gar nicht notwendig, das Universum wieder mit sich selbst zu vereinen, oder?«

»Doch, das ist es.«

»Wenn wir vielleicht ein Wurmloch erzeugen könnten ...«

»Auf künstlichem Weg? Mit keinem anderen Material als Quarz und Moos?« Scotty schüttelte den Kopf. »Ich mag zwar Wunder wirken können, aber das übersteigt meine Kräfte doch ein wenig.« Er machte sich auf den Rückweg zur *Hera*. »Wir sollten uns mit den anderen unterhalten.«

Scotty hatte alle in einem großen Kreis um sich versammelt und stand auf dem Fenster, das den Blick auf den intergalaktischen Raum ermöglichte, wo die fremdartigen Schiffe die *Challenger* inzwischen wie ein Schwarm umringten.

»Mr. Barclay, Miss Voktra, Commander Savar. Das Erste, das wir brauchen, ist eine Möglichkeit, die *Challenger* zu kontaktieren.«

Dieses Mal zog Savar beide Augenbrauen hoch. »Darf ich fragen, zu welchem Zweck?«

»Zu dem Zweck, Sie und uns von diesem Planeten wegzuholen und das Universum wieder zurück in den Zustand zu versetzen, in dem es sein sollte. Ich habe eine Idee, die ganz gut funktionieren dürfte, aber wir werden die *Challenger* brauchen, und das bedeutet, dass wir in der Lage sein müssen, ihrer Besatzung Anweisungen zu erteilen.«

»Und was genau verschweigen Sie uns?«, fragte Barclay vorsichtig.

»Wie meinen Sie das?«

Barclay winkte Scotty zu sich und flüsterte ihm ins Ohr: »Ich kann es Ihnen ansehen, Sir. So, wie ich auch Bescheid wusste, als Sie uns gesagt haben, Sie würden sich von Ihren Verletzungen erholen. Das ist übrigens etwas, das ich den anderen gegenüber nicht erwähnen werde.« Barclay zögerte, vielleicht, weil es ihm ein bisschen peinlich war. »Aber ich kann Ihre besorgte Miene erkennen. Da ist etwas, das wir nicht wissen sollen, oder ...« Möglicherweise lag es an seiner langen Erfahrung mit Counselors, die ihm zu diesem Einblick verhalf, oder es war die Nähe so vieler Vulkanier, die ihre mentale Disziplin ausübten. Jedenfalls wusste Barclay auf einmal, dass Scotty nicht versuchte, etwas vor *ihnen* zu verheimlichen. »Oder etwas, an das Sie selbst nicht denken mögen.«

Scotty sah Reg aus traurigen Augen an, und der Blick bohrte sich tief in seine Seele. »Sie sind viel klüger, als man Ihnen normalerweise zugesteht, und vor allem, als Sie selber denken.« Er nickte langsam. »Und Sie haben recht, in jeder Hinsicht.«

Scotty schenkte Reg das ermutigendste Lächeln, das er aufbringen konnte, dann drehte er sich wieder zu den anderen um. »Es gibt da einen Aspekt des sich selbst kreuzenden Universums, über den wir noch nicht nachgedacht haben. Wie kann der größere Teil im kleineren Teil gefangen sein? Würde der kleinere Teil nicht auseinanderbrechen?« Jetzt war ihm die Aufmerksamkeit seiner Zuhörer sicher. »Früher oder später muss er das tun. Meine Meinung ist, dass beide Teile des Universums, wenn sie jeweils von außen gescannt werden, dicht auf einem kleineren Raum komprimiert sind. Aus diesem Grund werden beide als diese unglaubliche Masse erkannt, da die Sensoren versuchen, die Masse des Universums auf der jeweils anderen Seite der Krümmung mit einzubeziehen.«

Er malte mit den Händen einige schnelle Diagramme. »Letzten Endes wird die kleinere Blase des Universums nicht in der Lage sein, den Rest zu halten. Der Hauptteil des Universums lässt sich nicht weiter verkleinern, und der kleinere Teil wird aufbrechen.« Mit den Händen illustrierte er das Ganze so einfach wie schonungslos, indem er sie auseinandernahm und die Finger spreizte.

»Das klingt nach einer Apokalypse«, meinte Savar.

»Aye, und es wird noch schlimmer. Wir können unmöglich feststellen, welche Hälfte welchem Teil entspricht.«

»Was?«

»Mithilfe der Technik, die uns zur Verfügung steht, können wir nur feststellen, dass ein großer Teil des Universums durch den Rest auseinandergerissen wird. Dabei könnte es sich um diesen Teil handeln oder den, aus dem wir gekommen sind.«

Keiner gab einen Ton von sich.

»Ich habe einen Plan, von dem ich mir verdammt sicher bin, dass er funktionieren wird«, fuhr Scotty fort, »aber dafür ist es nötig ... nun ja, die *Challenger* zu opfern. Und ohne ein anderes Schiff, das sie ersetzen kann, säßen wir ...«

»Bis an unser Lebensende hier fest, ohne die Möglichkeit, etwas dagegen unternehmen zu können«, meinte Savar.

»So hätte ich es zwar nicht ausgedrückt, aber es trifft den Kern der Sache.«

La Forge war gerade eingeschlafen, als ihn Vol über das Interkom weckte. »*Chef! Ich meine, Captain!*«

»Was gibt's, Vol?«

»*Ich habe ein Signal vom Außenteam erhalten. Es geht ihnen gut. Tja, abgesehen von einem der Romulaner. Außerdem haben sie siebenundvierzig Überlebende von der* Hera *gefunden.*«

Geordi setzte sich rasch auf. »Ist meine Mutter ...?«

»*Tut mir leid, Sir, sie ist nicht darunter.*«

»Okay. Rufen Sie alle Führungsoffiziere auf die Brücke.«

Leah und er zogen sich rasch an und standen schon nach zwei Minuten auf der Brücke.

»Wir haben Kontakt zum Außenteam«, verkündete Carolan und erhob sich vom Kommandosessel. »Nur Audio.«

»Stellen Sie sie durch.«

»*Captain La Forge!*«, rief eine fröhliche Stimme mit schottischem Akzent.

»Scotty! Was ist mit Ihnen passiert?«

»*Das ist eine lange Geschichte, Geordi. Und sie muss warten, ich habe nämlich eine Aufgabe für Sie, Leah und Vol, die wichtiger ist, als Sie es sich vorstellen können.*« Er erklärte ihnen die Lage mit den beiden Blasen des Universums. »*Wir müssen die Kleinsche Flasche aus zwei ineinander verschlungenen Möbiusbändern zurück in ein universelles Möbiusband verwandeln.*«

»Sie wollen das Universum selbst reparieren?«

»*Wir müssen die Kreuzung entfernen, damit die Dinge wieder ins Lot kommen. Also müssen wir dafür sorgen, dass die torusförmige Krümmung im Raum-Zeit-Kontinuum in sich zusammenbricht.*«

La Forge begriff sofort, wo das Problem lag. »Das erste Hindernis ist der eigentliche Zugriff auf die Krümmung. Auf welcher Seite wir uns auch befinden, die Krümmung ist immer auf der anderen. Was bedeutet, dass wir etwas brauchen, das beide Seiten gleichzeitig beinhalten kann ... Oh nein. Sie denken doch nicht etwa das, was ich denke, oder?«

La Forge konnte Scottys Grinsen fast schon hören. »*Ich schätze schon.*«

»Das Warpfeld der *Challenger.*«

»*Wir erweitern die Schilde um die* Hera *herum bis zur maximalen Ausdehnung, und dann erzeugen wir eine statische Warphülle gerade innerhalb der Grenzen des Schildes.*«

»Aber wenn sich die andere Seite der Krümmung auf einer Planetenoberfläche befindet ...«

»*Wenn wir genug Energie in die Schildgeneratoren leiten, erstrecken sie sich bis zu einhundert Kilometer über die Oberfläche.*«

»Einhundert Kilometer, der Korridor wäre mehr als groß genug, um ein Schiff hindurchzufliegen.«

»*Sie meinen einen Rettungstrupp? Ich bezweifle, dass die* Challenger *das aushalten würde, aber wenn wir ein anderes Schiff hätten ...*«

»Ein paar von Selas Freunden sind angekommen.«

»Noch mehr Romulaner?«

»Ja. Im Augenblick scheinen Sie bereit zu sein, uns zu helfen.«

»Vielleicht glaubt Ihre Freundin Sela, sie wäre uns was schuldig. Das klingt für mich zwar nicht sehr romulanisch, aber ich nehme jede Hilfe, die wir kriegen können.«

»Nun ja, dem Außenteam gehören auch Romulaner an. Vielleicht wollen sie ja wenigstens die retten.«

La Forge stand vor der Tür des Quartiers, von dem er hoffte, Sela dort antreffen zu können. Sie hatte gesagt, sie würde an Bord bleiben, falls sich Guinan noch einmal mit den Fremden unterhalten wollte. Qat'qa befürchtete, dass Sela versuchen könnte, den modifizierten Neuralscanner zu stehlen, daher hatte sie bewaffnete Wachposten vor der Krankenstation aufgestellt.

Er drückte immer wieder auf den Türmelder, bis Sela nach einigen Minuten schließlich die Tür öffnete. Im Raum hielten sich neben ihr zwei bewaffnete Romulaner auf. La Forge musterte sie, sagte jedoch nichts. Die Vorsitzende des Tal Shiar war durchaus eine Position, die den Einsatz von Leibwächtern erforderlich machte.

»Welch unerwartetes Vergnügen, Captain. Bitte, kommen Sie herein.«

»Es gibt da etwas ...« Er zögerte. Wenn es irgendjemanden gab, bei dem es ihm noch unangenehmer gewesen wäre, ihn um etwas zu bitten, so wollte er ihm nicht einfallen. »Ich weiß, dass wir unsere Probleme gehabt haben ...«

»Sie hatten Probleme.«

»Ja, verdammt, die hatte ich! Entführung, Gehirnwäsche ... Sie mit diesem Gesicht ...«

»Diesem Gesicht?«

»Das Gesicht gehört einer anderen Person. Einer guten Sternenflottenoffizierin. Einer Freundin.«

»Ich bin eine gute Offizierin, Captain«, erwiderte sie überraschend sanft.

La Forge holte tief Luft und versuchte, sich zusammenzureißen. »Ich habe eine Verantwortung gegenüber meiner Mannschaft, und selbst *Ihren* Besatzungsmitgliedern auf diesem Schiff und im Außenteam gegenüber.«

»Das verstehe ich, Captain. Sie können mir glauben, dass ich sehr bestürzt darüber war, dass ausgerechnet ein Föderationsschiff auf unser Notsignal reagiert hat. Aber ich bin trotzdem dankbar, dass Sie gekommen sind.«

»Ich möchte Sie darum bitten, die Besatzung der *Challenger* auf die *Tomalaks Faust* zu evakuieren.«

»Ist das alles?« Sie wirkte amüsiert.

»Nein. Ich habe meine Mutter verloren. Und wenn ich es eher erkannt hätte, eher herausgefunden hätte, was passiert war, dann hätte ich vielleicht nach den richtigen Dingen Ausschau halten können. Dann hätten wir die *Hera* möglicherweise früher gefunden, und sie wäre noch am Leben gewesen.«

»Vielleicht. Aber wer kann das schon sagen?«

»Was ich damit sagen will, ist ... Ich kann nicht so tun, als wüsste ich, wie Sie über das denken, was Sie als Kind getan haben. Ich will nicht vorgeben, zu wissen, wie viel stärker romulanische Empfindungen sind. Aber ich weiß, dass wir uns beide auf irgendeiner Ebene fragen, was hätte sein können.«

»Ich habe meine Mutter nicht ›verloren‹, wie Sie es nannten«, erwiderte Sela. »Ich habe sie umgebracht, indem ich geschr... indem ich die Wachen alarmiert habe, als sie mich meinem Vater wegnehmen wollte.«

»Sie haben Ihre Mutter nicht umgebracht, indem Sie geschrien haben, weil Sie glaubten, Ihren Vater zu verlieren«, entgegnete La Forge. »Vielleicht hat er sie getötet, weil er es tun musste. Letzten Endes hat die *Politik* sie umgebracht, ebenso wie sie eines Tages Sie umbringen wird.«

»Und Sie? Wollen Sie mir weismachen, Sie hätten Ihre Mutter umgebracht, weil Sie die Hinweise nicht rechtzeitig gefunden haben?

Sie haben Schuldgefühle.«

»Ja, das stimmt. Ich habe Schuldgefühle, weil ich sie vermisse.«

»Ich vermisse meine Mutter nicht. Sie war ein Mensch, sie gehörte zur Sternenflotte ...«

»Wenn Sie sie nicht vermissen, warum fühlen Sie sich dann schuldig, dass sie tot ist?«

»Das tue ich nicht.«

»Warum sind Sie dann der Ansicht, Sie wären dafür verantwortlich?«

Sela schloss kurz die Augen. »Lassen Sie uns mit Varaan sprechen.«

»Wir haben einen Plan, um die Überlebenden der *U.S.S. Hera* sowie das Außenteam aus Sternenflotten- und romulanischen Offizieren zu retten.«

Varaan grinste La Forge schief an. *»Ich hatte den Eindruck, dass das Außenteam sich jetzt in einem weit entfernten Teil des Universums befindet. Das klang für mich ziemlich endgültig. Es sei denn, Sie wollen nur etwas unternehmen, um sich besser zu fühlen.«*

Sela wandte sich vom Fenster ab, durch das sie die fremden Schiffe beobachtet hatte. »Ich gebe es nur ungern zu, Varaan, aber ich bürge - mit dem gesamten Tal Shiar - dafür, dass La Forge in der Lage ist, das zu tun, was er seinen Worten zufolge vorhat. Und Captain Scott ist ...«

»Oh, der Wunderknabe. Ich hatte keine Ahnung, dass er noch bei der Sternenflotte ist.«

La Forge trat näher an die Komm-Konsole heran. »Wir haben bereits eine Kommunikationsverbindung herstellen können, um es mit ihm zu besprechen, und wir waren uns einig, dass es unsere einzige Hoffnung ist.«

»Hoffnung ist keine Strategie, die ich anwenden kann. Wenn Sie einen Vorschlag zu machen haben, mache Sie ihn, aber ersparen Sie mir die Föderationspropaganda.«

»Ich möchte, dass Sie die *Tomalaks Faust* näher an die *Challenger* und die *Hera* heranfliegen. Wir werden unsere Schilde um Ihr Schiff und die *Hera* ausdehnen und dann ein statisches Warpfeld innerhalb dieser Ausdehnung erzeugen. Danach lassen wir die Schilde fallen, lassen das statische Warpfeld aber in derselben Konfiguration bestehen. Das würde bedeuten, dass Sie durch die Krümmung fliegen und sich in einem Orbit von siebzig bis einhundert Kilometern über der Oberfläche bewegen könnten.«

»Das würde bei einem Schiff von unserer Größe bedeuten, dass wir bereits den Rand streifen.«

»Wenn Ihr Pilot sich das nicht zutraut, dann stelle ich Ihnen gerne meinen zur Verfügung.«

Varaan brummte indigniert. *»Und was passiert, wenn ich auf der anderen Seite bin?«*

»Dann sollten Sie die Überlebenden von der Oberfläche beamen können. Danach fliegen Sie durch diesen einhundert Kilometer langen Korridor zurück hierher. Wie groß ist die Kapazität der *Tomalaks Faust?«*

»Sie wurde für Langstreckenaufklärungsmissionen konstruiert, aber der Innenraum ist größer als der der Challenger. *Wie groß ist Ihre Besatzung? Meinen Informationen zufolge besteht eine übliche Mannschaft einer* Galaxy-*Klasse aus etwa vierzehnhundert Mann.«*

»Im Moment haben wir sechshundertundfünf Personen an Bord.«

»Und wie viele Überlebende der Hera *gibt es?«*

»Siebenundvierzig.«

»Dann haben wir genug Platz.«

Drei Stunden später gingen Geordi und Leah bei halber Schwerkraft durch das fast leere Schiff. Carolan hatte den Transport der Besatzung auf die *Tomalaks Faust* überwacht. Da das Schiff nicht mehr versorgt und keine Lebenserhaltung mehr aufrechterhalten werden musste, gab es keine Energieprobleme.

Qat'qa hatte die *Challenger* in die benötigte Position gebracht und die Automatik so eingestellt, dass diese Position gehalten wurde, und das Schiff dann verlassen. Doktor Ogawa und Guinan hatten den Neuralscanner und die behelfsmäßige Kommunikationsanlage mitgenommen, die von einem Romulaner namens Saldis gerade auf dem anderen Schiff installiert wurden.

Nun war nur noch Vol übrig, der unten im Maschinenraum das statische Warpfeld aktivierte.

»Ursprünglich hatte ich gar nicht an Bord kommen wollen«, sinnierte Geordi, »und jetzt werde ich das Schiff vermissen.«

»Ich auch. Ich habe die *Challenger* gebaut, und jetzt werde ich sie vernichten.«

»Du wirst sie nicht vernichten. Nicht persönlich. Du verabschiedest sie.«

»Ja. Die *Galaxy*-Klasse wurde entwickelt, um einhundert Jahre zu halten, wusstest du das?«

»Ja.«

»Sie hatte so ein kurzes Leben.«

»Das haben wir alle«, meinte Geordi mit sanfter Stimme.

»Wer wird die Schilde erweitern?«

»Ich.«

Sie blieb stehen und musterte ihn eindringlich. »Komm ja nicht auf den dummen Gedanken, mit dem Schiff untergehen zu wollen.«

»Keine Sorge.«

Sie küsste ihn und hoffte, dass es nicht das letzte Mal sein würde. »Wir sehen uns dann auf dem romulanischen Schiff.«

La Forge stand allein an der taktischen Konsole, einem der wenigen noch aktiven Systeme. Das würde das zweite Schiff der *Galaxy*-Klasse sein, das er verlor.

Auf dem Hauptschirm war die *Tomalaks Faust* in voller Größe zu sehen, und der raubvogelartige Kopf der Kommandosektion schien durch den Schirm in die *Challenger* hineinzublicken.

»Vol«, sagte er, »sind Sie bereit?«

»*Kann losgehen.*«

»Varaan?«

»Auf Ihren Befehl, Captain La Forge.«

Geordi holte tief Luft, aktivierte die Schilde mit maximaler Energie und erweiterte sie um das romulanische Schiff. Dann dehnte er sie noch weiter aus, bis sie die Hülle der *Hera* durchdrangen, was er natürlich nicht sehen konnte. »Schilde erweitert.«

»Bestätige.«

»Vol, initiieren Sie das statische Warpfeld.«

»Schon dabei.«

Fast augenblicklich flackerte es rings um die Schiffe auf, und die *Hera* schien zu schmelzen und wie ein schlecht kopiertes Hologramm zu verschwimmen. Ihre Hülle verlief an den Kanten wie Öl, als sie von den Schilden und dem statischen Warpfeld umgeben wurde. Dann verblasste sie, und Geordi konnte durch sie hindurch Sterne erkennen, und direkt voraus einen erdmondgroßen Planeten, der wie ein Ballon aufgeblasen zu werden schien.

»Beamen Sie uns rüber, Varaan.«

Die Brücke der *Challenger* verschwand um Geordi herum, und er spürte Bedauern darüber, dass er sie nie wiedersehen würde.

Als sich Vol und Geordi in einem der Transporterräume der *Tomalaks Faust* materialisierten, bewegte sich das Schiff langsam vorwärts, in die dünne Schicht aus Sternen zwischen der Leere und der Planetenoberfläche.

Zuerst langsam, dann beschleunigte sie und schlug einen majestätischen Bogen. Geschickt wich der grüne Raubvogel der Planetenoberfläche aus und erhob sich dann wieder in Richtung des sternenerfüllten Himmels.

Alle auf der Planetenoberfläche warfen sich auf den Boden, als die stadtartige Struktur, die aus dem Innenleben der *Hera* bestand, langsam in Richtung Himmel gezogen wurde. Trümmerstücke flogen sowohl gen Himmel als auch in die Tiefe davon, während die letzten Überreste der *Hera* im Sturm verschwanden.

Einige Sekunden später flog etwas Riesiges, Grünes mit einem schmerzhaften Unterschalldröhnen über ihre Köpfe hinweg.

Scottys Kommunikationsabzeichen zirpte. »*Hier spricht Commander Varaan von der* Tomalaks Faust. *Kann ich mit einem Mr. Scott sprechen?*«

Scotty war fast schon ein wenig verblüfft, dass sein Plan so reibungslos funktioniert hatte. »Scott hier, Commander Varaan.«

»*Wir sind im Orbit des Planeten und müssten in drei Minuten in Transporterreichweite sein, um Ihre Gruppe raufzubeamen.*«

Sogar die Vulkanier in ihrer Gruppe sahen aus, als trauten sie ihren Ohren nicht. Die Caitianerin, Lieutenant M'Rsya, stieß einen langen Freudenschrei aus.

Drei Minuten später materialisierten sich, genau wie Varaan angekündigt hatte, Captain Geordi La Forge, Guinan, Doktor Leah Brahms und die Vorsitzende Sela auf dem staubigen Boden, an dem sich vor so kurzer Zeit noch die *Hera* befunden hatte.

La Forge freute sich, Scotty und Nog wiederzusehen und von ihren Entdeckungen auf dem Planeten zu erfahren. »Moment mal. Wenn dieser Planet eine Lebensform ist ...«

»Das ist er. Sie können es mir glauben.«

»Ich zweifle nicht daran, ich denke nur nach. All diese Wesen, diese lebendigen Kreaturen, die die Trans-Slipstream-Wellen erzeugen, indem sie sich per Gedankenkraft durch die Galaxis bewegen ... Warum versammeln sie sich hier, anstatt diesen Punkt nur zur Navigation zu nutzen?«

»Sie meinen, auf der anderen Seite der Raumkrümmung?«

»Genau. Wo der Planet hingehört. Oder vielleicht sollte auch der Treffpunkt auf dieser Seite sein. Wie dem auch sei, sie scheinen jedenfalls eine Verbindung zu dieser Welt zu haben.«

»Es könnte ihre Heimatwelt sein, oder auch nur ihr Häuschen im Grünen.«

»Gut möglich, aber wenn dieser ganze Planet eine riesige Lebensform ist, dann haben sie vielleicht eine persönliche biologische Verbindung zu ihm.«

»Wollen Sie damit andeuten, er wäre ihre Mutter?«

»Das ist genau das, was ich damit andeuten will«, erwiderte La Forge energisch. »Warum nicht? Es gibt offensichtlich eine Beziehung zwischen ihnen, und sie scheint mir nicht feindselig zu sein.«

»Dafür gibt es keinerlei Beweise.«

»Es gibt auch keine, die dagegen sprechen«, stellte La Forge fest. »Wenn wir einen gründlichen Sensorscan von einem dieser Wesen und von dem Planeten durchführen und diese vergleichen könnten ...«

»Vielleicht können wir mit ihm reden?«, schlug Scotty vor.

»Mit dem Planeten?«

»Ich weiß nicht, ob er auf dieselbe Weise wie die Schiffkreaturen fähig ist, zu kommunizieren, aber warum nicht? Der Versuch kann doch nicht schaden, oder?«

»Wenn eine Kommunikation mit dem Planeten möglich wäre, dann hätten wir das in unserem Verstand gespürt«, mischte sich Savar ein.

»Und es gab keine Anzeichen darauf?«

»Nein«, erwiderte der Vulkanier. »Ihre Hypothese über die Verbindung zwischen dem Planeten und den Weltraumkreaturen ist logisch, aber sie zeigt lediglich, dass wir nicht genug Daten haben, um eine handfeste Theorie aufstellen zu können. Es ist ebenso wahrscheinlich, dass dieser Planet für sie eine Nahrungsquelle darstellt, wie beispielsweise eine Milchkuh auf der Erde. Sie haben eine Verbindung, aber diese muss nicht unbedingt familiärer Natur sein.«

La Forge, Silva, Captain. Die Worte waren ebenso dauerhaft in Geordis Herz und Bewusstsein eingebrannt wie in die Duraniumplatte. »Wie ist sie gestorben?«

Savar antwortete nicht sofort, und Geordi bekam das Gefühl, dass es ihm widerstrebte, seinem Retter eine unangenehme Geschichte erzählen zu müssen. »Es ist schon in Ordnung, Commander. Ich ...

Ich habe mich schon vor langer Zeit mit der Tatsache abgefunden, dass sie tot ist.«

»Captain La Forge kam etwa vierzehn Monate nach unserer Ankunft auf diesem Planeten durch einen Erdrutsch ums Leben.«

»Einen Erdrutsch?« Damit hatte Geordi nicht gerechnet. Er war sich nicht sicher, ob das nach einem angenehmen Tod klang oder nicht. Im Moment hätte er nicht einmal sagen können, wo da der Unterschied sein sollte. »War es ... Hat sie gelitten?«

»Ich glaube nicht«, antwortete Savar vorsichtig. La Forge war sich bewusst, dass Vulkanier sehr wahrheitsliebend waren, und fragte sich, ob es Savar deswegen zu widerstreben schien, einfach mit Ja oder Nein zu antworten. Der Vulkanier bemerkte offenbar die Unsicherheit in seinen Augen und fuhr fort: »Sie war die ganze Nacht verschwunden, und am nächsten Tag haben wir sie tot inmitten des Erdrutsches gefunden. Niemand weiß, ob sie schnell gestorben ist. Doch der Erdrutsch geschah in der Nähe des Lagers. Ich denke, wenn sie schwer verletzt gewesen wäre und längere Zeit Schmerzen gehabt hätte, dann hätten wir ...«

»... ihre Schreie gehört.«

»Wir hätten es gewusst«, beendete Savar leise seinen Satz und nickte.

La Forge nickte ebenfalls. Leah drückte seine Hand, während sich Guinan hinkniete und eine Blume auf das Grab legte. Geordi hatte nicht die leiseste Ahnung, woher sie die hatte, aber es war eine Friedenslilie, die Lieblingsblume seiner Mutter.

Sela sah zu Boden. »Meine Mutter hat kein Grab«, sagte sie leise. »Nach der Exekution wurde ihre Leiche desintegriert.«

»Das tut mir sehr leid«, erwiderte La Forge.

»Was hätte ich auch mit einem Grab machen sollen?«

»Es besuchen«, schlug Guinan vor. »Mit ihr reden.«

»Sie ist schon so lange fort.«

»Sela«, sagte Guinan mit eindringlicher Stimme. »Alles existiert, solange es wenigstens eine Person gibt, die sich daran erinnert.« Sie drückte ihr die Hand. »Sie sind der lebende Beweis dafür.«

Unter der Erde rumpelte es leise, woraufhin sich Savar wie ein verschrecktes Kaninchen umsah. »Das Planetenwesen reagiert auf uns. Wir müssen gehen. Sofort.«

Geordi tippte auf sein Kommunikationsabzeichen. »La Forge hier. Fünf Personen zum Beamen.«

KAPITEL 47

»Willkommen an Bord der *Tomalaks Faust*, unserem neuesten Langstreckenforschungsschiff«, sagte Vorsitzende Sela zu Savar, als sie von der breiten, rechteckigen Transporterplattform heruntertraten.

La Forge hätte aufgrund ihrer Wortwahl beinahe laut aufgelacht. »Forschungsschiff?«

»Zeigen Sie mir eine weltraumfähige Spezies, die nicht den Wunsch oder das Bedürfnis verspürt, neue Ressourcen und Lebensräume zu finden oder wissenschaftliche Entdeckungen zu machen. Wer nicht nach etwas sucht, hätte keinen Grund, ins Weltall zu fliegen. Jeder würde einfach zu Hause bleiben, die Füße hochlegen und sich über seine bisherigen Erfolge unterhalten. Und niemand würde mehr etwas Neues entdecken.«

»Es gibt noch ein Problem, das keiner von Ihnen bisher angesprochen hat«, sagte Varaan leise, als er hinter der Transporterkonsole hervorkam. »Selbst wenn wir diese Kreuzung oder Raumkrümmung tatsächlich beseitigen können und jeden hier an die Position evakuieren, an der Sie die *Hera* erstmals entdeckt haben ... Wir haben eine sehr lange Heimreise zurück in unsere Galaxie vor uns, und wenn wir dort ankommen, müssen wir immer noch durch die Barriere.«

La Forge hielt inne. »Tatsächlich haben die Vorsitzende Sela und ich uns bereits über das Problem der langen Rückreise in die Galaxis unterhalten ...«

»Und was ist dabei herausgekommen?«

»Dass wir unterschiedlicher Meinung sind.«

»Etwas anderes hätte ich auch nicht erwartet«, meinte Varaan mit einem ironischen Lächeln.

»Die galaktische Barriere ist schon früher durchbrochen worden. Das ist schlicht und einfach ein technisches Problem.«

»Wir brauchen ohnehin zweihundert Jahre, bis wir sie erreichen. Das dürfte mehr als genug Zeit sein, um eine Lösung zu finden.« Varaan seufzte.

Varaan hielt Sela für einen Moment zurück, als alle anderen den Transporterraum verließen. »Wir haben noch ein ganz anderes Problem«, sagte Varaan leise. »Die Föderation ... sieht alles.«

»Es war nicht mein Wunsch, dass sie dieses Schiff zu sehen bekommen.«

»Und es ist definitiv auch nicht in meinem Interesse.«

»Wir brauchen sie. Und wir werden sie auf die Brücke lassen müssen. Ist Ihre Tarnvorrichtung beschädigt?«

»Nicht mehr. Sie war es, als wir hier eingetroffen sind.«

»Ich werde über eine Lösung nachdenken.«

»Als Vorsitzende des Tal Shiar oder als Sela?«

»Das habe ich noch nicht entschieden.«

Auf dem grünen und beigefarbenen Kommandodeck postierte sich Varaan zwischen dem Kommandosessel und den taktischen Konsolen, die sich unter dem Hauptschirm befanden. Er verschränkte die Hände hinter dem Rücken wie ein Seefahrer aus uralter Zeit, der Wind und Wellen am Bug seines Schiffes trotzte. Sela hatte derweil im Kommandosessel Platz genommen und beugte sich angespannt vor.

»Drei Schiffe nähern sich«, meldete der romulanische Taktikoffizier.

Varaan zog eine Augenbraue hoch. »Wo kommen sie her? Waren sie getarnt?«

»Das müssen sie wohl ...«

»Ein viertes Schiff ...«, begann der Offizier stockend.

»Was? Enttarnt es sich?«

»Ich glaube ... es bildet sich. Ja, es setzt sich zusammen«, schlug Leah vor.

»Weitere Antikörper«, murmelte Scotty grimmig.

»Antikörper?«

»Wenn ein Körper angegriffen wird, bildet er Antikörper aus seinen Zellen. In diesem Fall bildet der Planet Schiffe zur Verteidigung aus den Wrackteilen der *Hera*, die sich jetzt in seinem Orbit befinden«, erklärte Savar.

Selas Gesichtsausdruck war berechnend. »Wie viele kann er daraus formen?«

»Das lässt sich ohne längere Studien nicht sagen, und ich bezweifle, dass wir so viel Zeit haben«, antwortete Scotty.

»Gibt es auch gute Neuigkeiten?«, wollte Varaan wissen.

»Es sieht nicht so aus, als würden sie bewusst und intelligent gesteuert«, meinte der Taktikoffizier.

»*Captain La Forge*«, meldete sich Ogawa mit eindringlicher Stimme aus der Krankenstation des romulanischen Schiffes, »*es ergibt Sinn, dass sie nicht bewusst kontrolliert werden. Es sind Antikörper, was bedeutet, dass sie unabhängig und instinktiv handeln.*«

»Und das sind gute Neuigkeiten?«, fragte Sela.

»*Das sind sie, falls Sie Sorge hatten, ob sie von taktisch bewanderten Piloten gelenkt werden.*«

Varaan hatte genau zugehört. »Und was werden sie instinktiv tun?«

»*Dieses Schiff und die* Challenger *einkreisen und versuchen, sie mit brutaler Gewalt zu zerstören. Sie werden uns schlicht und einfach mit allem angreifen, was ihnen zur Verfügung steht.*«

»Was sind die schlechten Neuigkeiten?«, fragte Scotty.

»*Im Orbit des Planeten befinden sich sehr viele Trümmerteile, und sie alle könnten genutzt werden, um neue Antikörper zu bilden. Alles, was wir zerstören, geht zurück in diesen Pool an verfügbaren Materialien und kann neu geformt werden.*«

»Wollen Sie damit sagen, dass es unendliche Ressourcen für diese Dinger gibt?«, wollte Sela wissen.

»Nicht unendlich viele. Nur ein Q hätte unendlich viele Ressourcen. Aber ein Planet kann sehr viel mehr Energie speichern als wir. Wenn wir keinen Fluchtweg finden, wird uns lange vor ihm die Energie ausgehen.«

»Dann sind wir also tot«, stellte Varaan fest.

»Ja.«

»Ich kann keine Waffensignaturen erkennen.« Tornan runzelte die Stirn. »Was immer die Dinger auch sind, sie kommen näher.«

»Wenn sie keine Waffen haben, dann sind die vielleicht nicht feindselig«, meinte Savar.

Das konnte Nog wiederum nicht glauben. »Oder sie sind selbst die Waffen. Sie könnten uns einfach rammen.«

»Selbstmordgeschosse? Ich kann auch keine Lebensformen an Bord ausmachen. Sie sind rein mechanisch«, berichtete Saldis.

»Dann sind es Drohnenschiffe.«

»Ich bezweifle irgendwie, dass das die passende Bezeichnung dafür ist …«, meinte Barclay.

»Eines der Schiffe ist in Sichtreichweite.«

»Auf den Schirm«, ordnete Sela an.

Das herankommende Schiff sah aus wie ein riesiger Kreisel mit dickem Metallrahmen. Felsstücke hatten sich mit einem verworrenen Konglomerat aus Rohren und Kabeln verbunden.

Während sie auf den Schirm starrten, begannen die verchromten Silberscheiben in dem kreiselartigen Arrangement, sich zu drehen. Sie bewegten sich schneller und immer schneller, bis sie nach wenigen Sekunden einem verschwommenen Wabern glichen.

Dann schoss das Ding den ersten Bolzen aus sengend heißem goldfarbenem Feuer ab.

Saldis traute seinen Augen nicht. »Sie wandeln den Stein in Hochenergieplasmabolzen um!«

Qat'qa war beeindruckt. »Das ist eine ziemlich gute improvisierte Waffe.«

»Zu gut. Wenn sie durch unsere Schilde kommen, können diese Plasmabolzen das Schiff komplett durchlöchern!«, rief Saldis.

Varaan wirkte unbeeindruckt. »Dann sollten wir dafür sorgen, dass die Schilde nicht ausfallen.«

»Vol, Reg, helfen Sie, wo immer Sie können«, sagte La Forge.

Varaan blieb ruhig. »Aktivieren Sie die Tarnvorrichtung ...«

»Vergeuden Sie keine Energie«, riet ihm La Forge. »Sie können sie gut für Schilde und Waffen gebrauchen.«

»Denken Sie nicht, die Unsichtbarkeit würde uns einen taktischen Vorteil verschaffen?«

»Diese Schiffe da draußen, was immer sie auch sein mögen, greifen auf unser Bewusstsein zu.«

Das begriff Varaan sofort. »Sie müssen das Schiff nicht sehen, um zu wissen, wo wir sind.«

»Tarnenergie auf die Schilde umleiten«, rief Sela und stand von Varaans Stuhl auf. »Wir müssten uns sowieso enttarnen, um feuern zu können, warum da Zeit vergeuden? Varaan, wie gut ist Ihr Pilot?«

»Mein bester Pilot ist verletzt. Die anderen sind alle ähnlich kompetent.«

La Forge hatte seinen Vorschlag bereits ausgesprochen, bevor er überhaupt darüber nachgedacht hatte. »Qat'qa könnte das übernehmen.«

Varaan und Sela sahen ihn empört an.

Der Augenblick verstrich. »Tun Sie es«, sagte Sela mit kurzem Nicken.

Varaan war erstaunt. »Haben Sie den Verstand verloren?«

»Nicht mehr als Sie.« Selas Stimme war eiskalt. »Commander«, fügte sie spitz hinzu.

Varaan wurde blass. »Entschuldigen Sie, Frau Vorsitzende, dass ich mir diese Bemerkung angemaßt habe. Aber ich werde die Steuerung eines neuen Schiffes nicht dieser Klingonin überlassen.«

»Es hat schon früher Allianzen mit Klingonen gegeben, und wir haben ihre Schiffe benutzt, sogar schon lange, bevor wir die Duras-Familie unterstützt haben.«

Varaan war leicht amüsiert, dass sie hinsichtlich der Zusammenarbeit vor über einhundert Jahren von »wir« sprach. Er war damals noch ein Kind gewesen und konnte sich kaum daran erinnern. Er wusste noch, wie ihn sein Vater mit an Bord eines der Warbirds genommen hatte, aber er besaß keine Erinnerungen mehr an das Schiff. Wie so vieles, was die Klingonen schufen, war es ein Werkzeug, geschaffen fürs Grobe, und nicht weiter bemerkenswert.

»Es ist eine Sache, die Macht hinter dem Thron zu sein oder sogar ihre Materialien für unsere Zwecke einzusetzen, aber einer Klingonin die Kontrolle über dieses Schiff zu geben, ist eine ganz andere. Und sie arbeitet für die Föderation.«

»Ich gebe es zwar nur ungern zu, aber wir haben mit der Föderation gegen das Dominion zusammengearbeitet ...«, rief ihm Sela ins Gedächtnis.

»Wir haben Schiffe losgeschickt, um ihnen zu helfen, und einige Personen auf Föderationsschiffen platziert. Doch das ist hiermit nicht vergleichbar. Föderationsleuten zu erlauben, *unsere* Systeme zu begreifen, auf *unseren* Schiffen ... Das geht nicht. Ehrlich gesagt bin ich überrascht, dass Sie dafür eintreten.«

»Nicht so überrascht wie ich, Commander. Glauben Sie mir, es gibt in unserer Flotte nur wenige Personen, die die Sternenflotte derart verabscheuen wie ich.« Sela hielt seinem Blick stand. »Das ist ziemlich ironisch, nicht wahr, Commander?«

»Ich habe schon viel Ironisches gesehen. An welche Ironie dachten Sie dabei im Bestimmten?«

»Sie haben auf meine ... Beziehung zur Sternenflotte angespielt.«

»Ihre Mutter hat der Sternenflotte angehört«, meinte Varaan.

»Einer Organisation, keiner Spezies. Man nennt mich nicht Halbblut, weil meine Mutter Lieutenant der Sternenflotte war, sondern weil sie ein Mensch war.«

»Das muss Sie gewaltig wurmen.«

»Ein Halbblut zu sein?« Sie wusste, dass es nicht das war, was er meinte, sondern dass er darauf anspielte, so bezeichnet zu werden. »Ja. Es vergeht kein Augenblick, in dem ich den Makel durch das Blut meiner Mutter nicht spüre. Mit jedem meiner Atemzüge, beim Klang meiner Stimme ...«

»Wenn Sie den Namen hören, den man Ihnen gegeben hat?«

Sie lachte. »Halbblut. Als wäre das Glas halb voll. Aber das Glas ist ganz voll, Varaan. Voll.«

Er dachte nach und nickte dann.

»Mit Selas Blut«, fügte die Vorsitzende hinzu. »Ihrem ganz eigenen Blut.«

Im hinteren Teil des Kommandodecks trat La Forge näher an Guinan heran. »Guinan ... Diese Antikörperschiffe, könnten das ... Wir war doch gleich der Name? Die Valken sein?«

Guinan überlegte. »Möglich wäre es, aber ich bezweifle es.«

»Instinkt?«

»Mehr oder weniger. Ich hatte aufgrund des Zusammenhangs eher den Eindruck, dass Valken ein Synonym wäre für ... Endlichkeit. Den Tod.«

»Sie meinen, für etwas Feindseliges, Tödliches?«

»Ich meine etwas, das kulturell das endgültige Ende repräsentiert. Soweit ich es erfasst habe, sind die Valken so etwas wie Gevatter Tod. Je länger ich über das, was sie gesagt haben, nachdenke, desto klarer wird es, dass sie nicht über ein Wesen, ein Schiff oder eine Spezies gesprochen haben.«

»Sie meinen, dass es für sie eher eine Art mythologischer Begriff ist?«

»Genau. Die Valken sind keine Kreaturen, keine Personen. Die Valken, das ist die andere Seite.«

»Wie das Jenseits? Shakespeares unentdecktes Land, aus dem kein Reisender je zurückkehrt?«

»Tja, im negativen Sinne schon.«

»Die Hölle.«

»Ihre Interpretation davon. Die Hölle oder einfach das Vergessen.«

Die *Tomalaks Faust* erzitterte unter den zahlreichen Plasmabolzen. »Schilde sind runter auf zwanzig Prozent! Noch ein halbes Dutzend Treffer, und die Hülle wird beschädigt!«

»Qat'qa, setzen Sie dieses Schiff in Bewegung!«, befahl La Forge. »Worf hat mir bei seinen *mok'bara*-Lektionen immer gesagt, die beste Verteidigung ist, nicht mehr da zu sein, wo man getroffen werden soll.«

»Ein hervorragender Ratschlag, Sir«, schrie Qat'qa zurück. »Aber dieses Stück romulanisches *degH* bewegt sich wie ein *Targ*, der einen Amboss verschluckt hat.« Trotz ihrer Worte und der Situation klang ihre Stimme erschreckend fröhlich.

»Zielen Sie auf den Planetoiden!«, ordnete Sela an. »Scannen Sie nach Energiequellen.«

»Was soll es bringen, den Planeten anzugreifen?«, wollte La Forge wissen.

»Das ist doch eine Lebensform, oder nicht?«

»Und?«

»Was lebt, kann auch sterben«, erklärte Sela.

»Und wie?«

»Er muss doch irgendwelche zentralen Organe haben. Etwas, das einem Herz, einer Lunge oder einem Gehirn entspricht.«

Savars Nasenflügel bebten leicht, als er Sela anschaute. »Wir haben festgestellt, dass die ganze Lebensform im Grunde genommen ein Gehirn ist. Ein Konglomerat aus Neuronen, Axonen und Dendriten. Sie hat kein Herz oder keine Lunge, so wie wir diese Begriffe verstehen, und sie braucht sie auch nicht.«

»Dann muss sie Ganglien oder eine Art zentrales Nervensystem besitzen.«

»Höchstwahrscheinlich, doch das wird sich tief im Inneren des

Planeten befinden.«

»Savar hat recht, Sela«, schaltete sich La Forge ein. »Die Kruste und der Mantel des Planeten sind mehrere Hundert Kilometer dick. Ihre Disruptoren können gar nicht so tief ins Innere vordringen.«

»Irgendetwas müssen wir doch tun«, schnaubte sie.

Die romulanische Krankenstation war geräumiger als die der *Challenger* und fast so fortschrittlich. Doktor Ogawa hätte zu gern gewusst, wozu die glänzenden schwarzen und silbernen Geräte eingesetzt wurden, aber sie war zu höflich, um sich ungefragt damit zu beschäftigen. Momentan interessierte sie ohnehin nur die Versorgung der Verwundeten, und insbesondere die von Scotty. Sie hatte ein weiteres neurogenes Pflaster auf seinen Handrücken geklebt, und der romulanische Arzt hatte ihr gestattet, ihm die längst überfällige zellulare Regenerationsbehandlung zu geben.

Doch Ogawa glaubte nicht, dass sie noch etwas bewirkt hatte, und sie konnte Scotty ansehen, dass er es ebenfalls wusste.

Guinan kam herein und setzte sich neben Scotty. »Die Rippen?«, fragte Alyssa.

»Ja.«

»Wie läuft es auf der Brücke?«

»Sela will auf den lebendigen Planeten feuern. Geordi bezweifelt, dass es etwas bringen wird.«

»Das wäre eindeutig keine gute Idee.« Ogawa öffnete sofort einen Kanal zur Brücke, um ihnen genau dies mitzuteilen.

Die Vorsitzende Sela klang nicht erfreut darüber, unterbrochen zu werden. *»Ist das Ihre fundierte medizinische Meinung, Doktor Ogawa? Ich dachte, Sie wären Ärztin, keine Geologin.«*

»Denken Sie doch einmal daran, was geschieht, wenn der Körper angegriffen wird.«

»Er produziert Antikörper, und genau damit schlagen wir uns gerade herum.«

»Und wenn die Antikörper nicht erfolgreich sind und der Körper weiterhin angegriffen wird, produziert er noch mehr Antikörper. Eine Bombardierung der Oberfläche wird sie nicht aufhalten. Bestenfalls macht sie überhaupt keinen Unterschied, da der mehrere Hundert Kilometer dicke Stein dafür sorgen könnte, dass die Lebensform nicht einmal etwas von dem Angriff mitbekommt. Aber falls sie es doch registriert, dann wird alles nur noch schlimmer.«

Qat'qa ignorierte die Debatte und konzentrierte sich darauf, Ausweichmanöver mit dem Schiff auszuführen, die sich dessen Erbauer in ihren schlimmsten Albträumen nicht hätten ausmalen können.

»Trotzdem ist es keine dumme Idee, die Aktivität des Planeten zu überwachen und nach Nervenknoten und verletzlichen Punkten zu suchen«, fand La Forge. »Zumindest könnten wir herausfinden, welche Bereiche die Bewegungen der Antikörperschiffe steuern, und auf diese Weise lassen sich vielleicht ihre Flugbahn und ihre Taktiken vorherbestimmen.«

»Klingt vernünftig«, stimmte ihm Varaan zu und bedeutete dem Wissenschaftsoffizier, sich an die Arbeit zu machen.

Scotty saß ruhig da und wartete darauf, dass Alyssa sich ihm erneut zuwandte. »Alyssa.«

»Scotty, ich würde es gern noch einmal mit der Zelltherapie versuchen ...«

Er hob abwehrend eine Hand und sah sie mit traurigen Augen an. »Sagen Sie es mir ganz offen«, meinte er so leise, dass es niemand sonst hören konnte. »Die Behandlung wird nicht mehr anschlagen, oder?«

Sie wusste nicht, was sie darauf sagen sollte. »Die ... Alles ist mög...«

»Ganz offen, bitte.«

Sie senkte den Blick, und ihr Pony zitterte leicht. Es war kaum zu bemerken, reichte Scotty jedoch aus. »Sie haben zu viele Behandlungen verpasst«, wisperte sie. »Und die Bedingungen auf dem Planeten, die dünne Luft, die Hitze, haben das Problem nur verschlimmert.«

Scotty versuchte, das Flattern in seiner Brust und die Feuchtigkeit in seinen Augen zu ignorieren. Es würde doch nichts bringen, und er hatte auch nicht vor, den Romulanern diese Genugtuung zu geben. »Können Sie mir etwas geben, das mich noch einige Stunden auf den Beinen hält?«

Ogawa verabreichte ihm schweigend ein Hypospray. »Was haben Sie vor?«

»Ich muss mit Geordi reden.« Er brachte ein schwaches Lächeln zustande. »Leben Sie wohl, und danke, dass Sie die beste Bordärztin Ihrer Generation sind. Und die beste Krankenschwester.« Er stand auf. »Danken Sie Guinan von mir, wenn sie aufwacht.«

»Sie können ihr selber ...«

Jetzt lief ihm doch eine Träne über die Wange. »Nein, das kann ich nicht.« Mit diesen Worten verließ er die romulanische Krankenstation.

Die *Tomalaks Faust* umkreiste in wilden Manövern den Planeten, und Qat'qa wich den Antikörperschiffen mit den ausgefallensten Drehungen und Pirouetten aus, während Nog und Tornan sie mit präzisen Schüssen ausschalteten.

Plasmabolzen und Disruptorschüsse durchdrangen die Atmosphäre und lösten in der Dunkelheit die schönsten und kurzlebigsten Energieblumen aus.

Es war großartig. Qat'qa auf dem Pilotensitz war eine Augenweide und wirkte, als gebe sie ein virtuoses Klavierkonzert, doch es wurde zunehmend für alle offensichtlich, dass es nicht ewig so weitergehen konnte.

KAPITEL 48

Scotty stand allein auf der Stufe zur romulanischen Transporterplattform, als La Forge in den Raum gerannt kam. »Scotty, was zum Teufel haben Sie vor? Alyssa war beinahe ...« Er blieb abrupt stehen, als er das tränenüberströmte Gesicht des entschlossen dreinblickenden alten Wunderknaben sah. »Nein«, murmelte er mit leerer Stimme.

»Die Raumkrümmung muss in sich zusammenfallen, Geordi.« Sie wussten beide, was das bedeutete.

»Ich weiß, aber ...«

»Und das muss passieren, nachdem dieses Schiff wieder hindurchgeflogen ist.«

»Ich habe mit Vol darüber gesprochen. Wir werden den Computer der *Challenger* so programmieren, dass ...«

Scotty schüttelte den Kopf. »Das bringt doch nichts. Die Ausfallsicherungen gegen das, was wir vorhaben, sind in den ODN-Schaltkreisen verankert, und außerdem muss der Dilithiumkristall rausgezogen werden. Man braucht zwei kräftige Hände, um die Schaltkreise manuell zu deaktivieren und die Sicherheitsmaßnahmen auszuschalten, um den Zusammenbruch einzuleiten.«

»Wir haben einen Holoemitter in der Hauptsystemanzeige im Maschinenraum. Wir könnten ein MHN aktivieren ...«

»Nein.« Scotty war ruhig und lächelte. »Das ist mein Schiff und somit meine Aufgabe.«

»Eigentlich ist es *mein* Schiff, Scotty«, erwiderte La Forge.

»Und Sie sind ein aktiver Sternenflottenoffizier, der noch

gebraucht wird. Ich bin jedoch ein alter Mann, der im Sterben liegt, und außerdem ein Zivilist. Das bedeutet, dass ich außerhalb der Hierarchie stehe und Sie mir keine Befehle erteilen können.«

»Aber es bedeutet auch, dass ich die besondere Verantwortung habe, Sie vor Gefahren zu beschützen ...«

»Indem Sie mich auf ein romulanisches Schiff bringen?« Scotty betrat die Transporterplattform. »Ich würde ja sagen, dass ich lieber sterben würde, aber ...«

»Machen Sie darüber keine Witze! Tun Sie das nicht.«

»Ach, machen Sie sich keine Sorge. Es gibt eine sehr geringe Chance, dass ich überlebe.« Scottys Tränen machten deutlich, dass er selbst nicht daran glaubte. »Sie brauchen ein Wunder, und wo sollen Sie hier draußen sonst einen Wunderknaben finden?«

»Wenn Sie glauben, ich würde Sie da rüberbeamen, dann muss ich Sie leider enttäuschen.«

»Das habe ich mir gedacht. Aus dem Grund habe ich einen Timer eingestellt, bevor Sie reingekommen sind. Leben Sie wohl, Geordi.«

La Forge rannte zur Transporterkonsole, aber er musste feststellen, dass sie gesperrt war.

»Passen Sie mir auf Leah auf. Sie beide sind füreinander bestimmt.« Und mit diesen Worten war Montgomery Scott verschwunden.

Qat'qa grinste und fletschte die Zähne, während sie die *Tomalaks Faust* auf einem korkenzieherähnlichen Kurs zwischen zwei Antikörperschiffen hindurchlenkte. Das Schiff war groß und schwer, außerdem kam es nur schwerfällig auf Touren, aber die Romulaner hatten ihm große, leistungsstarke Antriebe verpasst, durch die es erstaunlich schnell wurde, wenn es erst einmal Fahrt aufgenommen hatte. Und jetzt war ihrer Meinung nach der Zeitpunkt gekommen, an dem es festzustellen galt, ob das Schiff auch so austeilen konnte, wie es ihr Name vermuten ließ.

»Leiten Sie so viel Energie wie möglich in die Schilde der Warpgondeln um«, rief sie in das allgemeine Stimmengewirr auf der Brücke hinein. Sie wartete nicht, bis sie eine Bestätigung oder eine Rückfrage hörte, sondern lenkte das Schiff, wie sie es geplant hatte, auf die beiden Antikörperschiffe zu.

»Schilde der Warpgondeln auf …« Der Rest ging in Alarmen und Rufen unter, dann hallte ein unglaublicher Knall über die Brücke, als eine der Gondeln gegen einen Antikörper prallte und die andere nach oben in den zweiten Antikörper gedrückt wurde. Beide Schiffe barsten auseinander, und Trümmerstücke prallten an den Schilden ab und wurden ins All geschleudert.

Qat'qa lachte. »Das ist ein gutes Schiff, Commander. Es gefällt mir.«

»Gewöhnen Sie sich nicht zu sehr daran«, erwiderte Varaan trocken. »Und vielleicht könnten Sie beim nächsten Mal einfach von den Waffen Gebrauch machen.«

Varaan trat näher an Sela heran, und sie tauschten einen Blick aus, von dem Barclay sich wünschte, dass Worf ihn gesehen hätte. »Klingonen«, meinte Varaan und seufzte.

»Ich weiß, Varaan, ich weiß.«

La Forge kam zitternd auf die Brücke gerannt. Er hatte versucht, Scotty mit dem Transporter zurückzuholen, doch der gerissene alte Teufel hatte die Konsole so manipuliert, dass es nicht funktionierte.

»Kat!« Alle drehten sich um und waren schockiert über die Verzweiflung in seiner Stimme. »Nehmen Sie Kurs auf die *Challenger* und fliegen Sie durch das statische Warpfeld. *Sofort*!« Niemand wagte es, eine Frage zu stellen, und Qat'qa steuerte das Schiff in die gewünschte Richtung.

Im Maschinenraum der *Challenger* war Scotty mehr als beschäftigt damit, die ganzen Sicherungschips aus der Konsole zu ziehen. Dabei konnte er die Dinger wegen der verdammten Tränen in seinen Augen kaum sehen.

Mit jedem isolinearen Chip, den er herauszog, konnte er spüren, wie das statische Warpfeld um das Schiff schwächer wurde. Das

Weltall beanspruchte den Raum wieder zurück, und es würde nicht mehr lange dauern, bis sich die Lücke, die die *Challenger* geöffnet hatte, von alleine wieder schloss.

Das konnte Scotty nicht zulassen, da die Raumkrümmung nicht zurückbleiben durfte, sondern mit Gewalt geschlossen werden musste.

Die *Challenger* schien sich von ihnen zu entfernen, auch wenn jedes Instrument an der Steuer- und taktischen Konsole des romulanischen Schiffes bestätigte, dass sie an derselben Position verharrte. Das Weltall um sie herum veränderte sich auf eine Weise, wie es keiner von ihnen je gesehen hatte. Es schien schwärzer zu werden, und die Sterne sahen unscharf und verschwommen aus.

La Forges kybernetische Augen konnten auch nicht mehr erkennen als die der anderen. Das All schien rings um die *Challenger* zu schwirren oder von grauem statischem Rauschen durchzogen zu sein, als würde es sich darauf vorbereiten, diesen Teil der Realität mit einem neuen Bild zu überlagern.

Die *Challenger* selbst verformte sich ebenfalls, wurde an einigen Stellen schmaler, an anderen breiter, als würden sich die Dimensionen der Bereiche des Weltalls, an denen sich die verschiedenen Teile befanden, verändern.

Nog und Tornan schossen weiter auf die Antikörperdrohnen, die ihre Verfolgung aufnahmen, und schalteten so viele wie möglich davon aus, während Qat'qa den restlichen auswich und dabei weiterhin auf die *Challenger* zuhielt.

Die *Tomalaks Faust* begann zu beben.

Jetzt fehlte nur noch der Dilithiumkristall. Dieser war auf einem Metallrahmen befestigt, der etwa so groß war wie ein Schmortopf und den man normalerweise nur herausnehmen konnte, wenn die Energie abgeschaltet war.

Die Energie des Warpreaktors wurde noch immer durch den

Reaktor des Runabouts *Thames* gespeist, daher fanden im Hauptkern der *Challenger* keine Reaktionen statt, doch es war genug Energie vorhanden, um die Krümmung zusammenbrechen zu lassen.

Scott hatte seinen Tod akzeptiert, und dennoch arbeitete sein Gehirn auf Hochtouren. Das waren gleichzeitig ein Segen und ein Fluch. Unerwarteterweise trafen seine rasenden Gedanken auf einen Punkt, den auch Geordi erwähnt hatte.

»Computer«, sagte er rasch, »MHN aktivieren.« Wo lag der Sinn darin, einen Holoemitter im Maschinenraum zu haben, wenn man es doch nur für armselige Diagramme benutzte?

Das MHN war ein Modell I, darum vermutete Scotty, dass Reg Barclay es installiert hatte. Reg mochte dieses Modell, seitdem er mit dem MHN der *Voyager* zusammengearbeitet hatte.

Das MHN hob eine Hand, machte ein Gesicht, als ob es noch nie zuvor eine gesehen hätte, und sagte: »Bitte nennen Sie die Art des ...« Es unterbrach sich, ergriff Scottys Kiefer und legte seinen Kopf in den Nacken, um ihm in die Augen zu sehen. »Oh, ich sehe schon. Es sieht, nun ja, nicht sehr gut aus ...«

Scotty wischte sich genervt die Hand des MHNs aus dem Gesicht. »Ich bin nicht der Notfall. Ich weiß, dass ich so gut wie tot bin.«

»Verstehe ... Was kann ich dann für Sie tun, während wir warten? Sollen wir eine Partie Bridge spielen? Ach nein, das geht ja nicht zu zweit ... Wie viele Hologramme unterstützt das Maschinenraumgitter?«

Kurzerhand packte Scotty das MHN am Kragen, zerrte es zum Dilithiumrahmen und legte dessen Hände darauf. »Ich gehe in den Transporterraum. Wenn ich Sie rufe und ›MHN, jetzt!‹ brülle, ziehen Sie den Rahmen einfach da raus. Das ist alles, was Sie tun müssen.«

»Ich soll daran ziehen?«

Doch Scotty war schon verschwunden.

Inzwischen wusste jeder, wo Scotty war. Die Stimmung auf der romulanischen Brücke war düster, und man unterhielt sich nur gedämpft.

Sela deutete auf die näher kommende *Challenger*, die bereits Schlagseite hatte. »Wir haben nicht genug Platz, um an der *Challenger* vorbeizukommen.«

Qat'qa wandte den Blick nicht vom Schirm ab. »Damit habe ich auch nicht gerechnet.«

»Was dann ... Sie können die *Challenger* doch nicht rammen!«

»Das muss ich auch nicht.«

Die *Tomalaks Faust* flog auf das ehrwürdige Schiff der *Galaxy*-Klasse zu und wurde dabei immer schneller. Mit ihrer typisch romulanischen Schiffsbauweise sah sie aus wie ein Raubvogel, der im Sturzflug auf seine Beute zurast.

Von der Brücke aus wirkte es, als wäre die *Challenger* zur Seite gekippt, doch das lag nur daran, dass Qat'qa den Fluglagenwinkel des romulanischen Schiffes geschickt manipulierte.

La Forge stellte fest, dass er die Armlehnen seines Stuhls so fest umklammert hielt, dass er schon glaubte, seine Fingernägel würden abbrechen. Als er sich auf der Brücke umsah, bemerkte er, dass es den anderen ähnlich ging, sie waren ebenso angespannt und nervös wie er.

Scotty legte panisch Schalter an der Konsole in Transporterraum drei um und hoffte, dass er sich nicht irrte. Das Problem war die Reichweite. Wohin sollte er sich beamen, wo er doch schon halb in der Andromeda-Galaxie war?

Die Antwort kam ihm, als er bereits spürte, wie sich das Weltall um das Schiff herum verformte. Wenn sich die Krümmung schloss, würde das All wieder so sein, wie es sein sollte. Es würde sich verschieben, und vielleicht, nur vielleicht, würde er sich mit ihm bewegen.

Wenn nicht, war es auch egal. Er hatte sein Schicksal akzeptiert, und das war seiner Ansicht nach weniger ein Fluchtversuch, da er ohnehin sterbenskrank war, als vielmehr eine Fingerübung, um die letzten Minuten auszufüllen, während er darauf wartete, dass sich das romulanische Schiff in Sicherheit brachte.

Die *Challenger* wurde größer und größer, bis sie den Hauptschirm ausfüllte und schließlich darüber hinausging. Auf der Brücke waren erschrockenes Keuchen, Flüche und sogar einige Gebete zu hören, die leise gemurmelt wurden, während das Herz aller Anwesenden wild schlug und sie glaubten, ihr letztes Stündlein hätte geschlagen.

Erschöpft von der überhasteten Arbeit, oder weil die Wirkung von Doktor Ogawas letzter Behandlung langsam nachließ, sank Scotty auf den Kommandosessel auf der Brücke und sah zu, wie das romulanische Schiff den Hauptschirm der *Challenger* ausfüllte. Der Anblick eines romulanischen Schiffes, das derart auf ihn zuraste, verursachte ihm eine Gänsehaut. Aber dann rief er sich ins Gedächtnis, dass Qat'qa an der Steuerkonsole saß, und er vertraute darauf, dass sie wusste, was zu tun war.

Der raubvogelartige Kopf des romulanischen Schiffes raste direkt unter der Untertassensektion der *Challenger* vorbei, und die riesigen Flügel umspannten das Föderationsschiff kurzzeitig, während auf jeder Seite gerade mal wenige Meter Platz blieben.

Dann war die *Tomalaks Faust* an der *Challenger* vorbeigeflogen und entfernte sich von ihr. Während das romulanische Schiff immer kleiner wurde, wackelte es gut sichtbar mit den Flügeln, die sich erst auf der einen und dann auf der anderen Seite senkten.

»Aye«, sagte Scotty, der sich nicht sicher war, ob Kat ihn hören könnte. »Leb wohl, Mädchen.«

Qat'qas Stimmung sank auf den Nullpunkt, als sie das Schiff wieder in eine stabile Flugbahn lenkte. Scotty hatte den Salut verdient, mit dem sie sich von ihm verabschiedet hatte.

Scotty hatte dem MHN bereits den Befehl erteilt und den Transporter vorprogrammiert. Nun stand er auf und sah dem schnell kleiner werdenden Schiff nach.

»Computer«, sagte er. »Transporter in drei Sekunden aktivieren. MHN. Jetzt!«

Im Maschinenraum zog das MHN gehorsam mit einem festen Ruck den Dilithiumrahmen heraus und verschwand zusammen mit dem Warpkern und dem restlichen Maschinenraum.

Auf der Brücke hob Scotty ein imaginäres Glas. »Prost«, sagte er und fragte sich, ob das helle Licht und das leise Summen um ihn herum vom modifizierten Transporterstrahl stammten oder den Übergang einer ganz anderen, unausweichlichen Art darstellten.

Das Weltall rings um die *Challenger* verschwamm und zuckte, während das romulanische Schiff sich immer weiter entfernte und sich die fremden Schiffe zerstreuten. Dann fiel die *Challenger* innerhalb einer Nanosekunde zu einem winzigen Fleck zusammen.

KAPITEL 49

Der Hauptschirm der *Tomalaks Faust* war mit Sternen gesprenkelt wie mit lebensspendenden Juwelen. Die Lebensform, mit der Guinan kommuniziert hatte - dieses Mal vom romulanischen Schiff aus -, hatte versprochen, bei der Reise in ihre Galaxie vorsichtig zu sein, und das Schiff sicher und unbeschädigt in der Nähe des Pulsar-Alpha-Sechs-Vier-Systems wieder abgesetzt.

La Forge hatte gemischte Gefühle, aber die heimatlichen Sterne halfen ihm zumindest, sich zu beruhigen. Leah betrachtete sie erstaunt, da sie schon fast geglaubt hatte, sie nie wiederzusehen. »Du siehst ziemlich glücklich aus für jemanden, der vermutlich den Rest seines Lebens in einem romulanischen Gefangenenlager verbringen wird«, merkte Geordi an.

»Du kannst mir glauben, dass ich kaum etwas wüsste, das mich *weniger* glücklich machen würde, als eine Gefangene der Romulaner zu sein.« Leah zögerte. »Doch, eine Sache wüsste ich.«

»Was immer es ist, ich werde mein Möglichstes tun, um es zu verhindern.«

»Freut mich zu hören.«

»Was wäre denn noch schlimmer, als in einem romulanischen Gefängnis zu sitzen?«, wollte La Forge wissen.

»*Alleine* in einem romulanischen Gefängnis zu sitzen.«

La Forge sah sie einen Augenblick lang an. »Du hast mich nicht gefragt, warum ich trotz unserer Lage glücklich bin.«

»Das brauche ich auch nicht.«

»Wir haben ein ganzes Geschwader an Sternenflotteningenieuren an Bord, Vorsitzende Sela«, sagte Varaan. »Sie sind alle Spezialisten auf ihrem Gebiet. Verdammt, wir haben sogar die Frau, die ihre Schiffe und Warp-Antriebe entwickelt. Hätten wir uns eine bessere Beute wünschen können?«

»Wir sind Vertreter von Praetor Kamemor, Varaan, und keine Piraten oder Freibeuter. Das, was Sie andeuten, passt nicht zum neuen Regime unseres Praetors.« Sela klang nicht besonders überzeugt. »Heutzutage müssen wir anscheinend diplomatisch sein.«

»Wir sollten umkehren und unsere Gefangenen nach Romulus bringen.«

»Würden Sie dafür eine Meuterei anzetteln?«

»Nein.«

»Dann suchen Sie die *Enterprise*.«

Es dauerte zwei Tage, bis die *Tomalaks Faust* auf die *Enterprise* traf. Während das Föderationsschiff auf dem Hauptschirm deutlich zu sehen war, gab es keine Anzeichen dafür, dass es das romulanische Schiff entdeckt hatte.

Sela grinste überaus selbstzufrieden. »Ich wünschte, ich könnte jetzt auf der *Enterprise* Mäuschen spielen. Nur um Picards Gesichtsausdruck sehen zu können ...« Sie nickte Varaan zu. »Enttarnen Sie uns, und rufen Sie sie.«

An Bord der *Enterprise* wollte Jean-Luc Picard gerade seine Schicht beenden, als ihn Choudhurys Stimme aufhielt. »Ein romulanisches Schiff enttarnt sich, Captain!«

Picard hatte seit Tagen diese Worte erwartet und gefürchtet. Seit die *Challenger* mit der Vorsitzenden des Tal Shiar an Bord verschwunden war, hatte an der romulanischen Grenze fast schon Kriegszustand geherrscht, und jeder wartete darauf, dass der andere zuerst schoss. Zumindest würde es jeder so aussehen lassen, als hätte der andere zuerst geschossen.

Auf dem Hauptschirm sah Picard, wie ein riesiges jadefarbenes romulanisches Schiff direkt vor der *Enterprise* schimmernd Gestalt annahm. Seine Stimmung verschlechterte sich noch weiter, als ein vertrautes Gesicht auf dem Schirm auftauchte. »*Guten Abend, Captain Picard!*«

»Vorsitzende Sela!« Picard war außergewöhnlich überrascht und wusste nicht, ob das unerwartete Erscheinen der Vorsitzenden eine gute Nachricht war. Fast rechnete er damit, dass sie ihm jetzt enthüllten, dass alles die ganze Zeit nach ihrem Plan gelaufen war. »Was hat dieses Eindringen in den Föderationsraum zu bedeuten?«

»*Dies ist eine Rettungsmission, Captain.*« Picard bedachte sie mit einem ausgesprochen skeptischen Blick. »*Ihnen wird aufgefallen sein, dass die Sternenflotte eines ihrer Schiffe vermisst. Die* Challenger, *um genau zu sein.*« Er spürte, wie ihm der kalte Schweiß ausbrach, aber er ließ sich nichts anmerken. Sela winkte jemanden zu sich, und Picard stellte erstaunt fest, dass es sich dabei um Geordi handelte. »*Zum Glück war eines unserer Schiffe in der Nähe und konnte die Besatzung der* Challenger *retten. Sie alle wurden gut behandelt und haben sich auf gewisse Weise sogar unsere Dankbarkeit verdient.*«

»Genau so ist es, Captain«, bestätigte Geordi.

Die ausgedehnten Nachbesprechungen auf Sternenbasis 410 machten La Forge nicht das Geringste aus. Dasselbe galt auch für Qat'qa, die einige Zeit mit ihrer Tante verbringen und ihr von ihren Heldentaten berichten konnte.

Nachdem sich herausgestellt hatte, dass ihre Geschichte stimmte und niemand einer Gehirnwäsche unterzogen worden war, um als romulanischer Agent eingeschleust zu werden, trafen sich die Führungsoffiziere der *Challenger* ein letztes Mal in dem Café, in dem La Forge und Guinan vor so langer Zeit auf das Schiff gewartet hatten. »Wohin gehen Sie jetzt, Reg?«, wollte Geordi wissen.

»Zuerst auf die Jupiter-Station und dann vermutlich wieder

zur *Voyager*-Flotte.« Er erschauderte. »Voktra und ich haben beschlossen, unsere Regierungen zu bitten, häufiger, ähm, zu kooperieren. Wir sind beide der Ansicht, dass die Chancen dafür nicht schlecht stehen, und sei es auch nur aus dem Grund, dass der Tal Shiar und der Sternenflottengeheimdienst ihre Agenten in die Teams einschleusen können.«

»Viel Glück dabei, Reg.«

Guinan war ebenfalls in Aufbruchstimmung, und dieses Mal hatte sie kaum Gepäck dabei. »Dann heißt es wohl, Abschied nehmen.«

»Gehen Sie wieder auf Reisen?«

»Ich habe darüber nachgedacht. Es gibt noch immer diplomatische Kanäle, die es einer Person ermöglichen, das Romulanische Imperium zu besuchen. Ich denke, der Senat könnte eine gute Barkeeperin gebrauchen. Die Vorsitzende Sela hat mir ein Visum besorgt.« Sie blieb kurz stehen. »Oh, bevor ich gehe, möchte ich noch eine Vermutung äußern, wie so etwas Unmögliches wie diese torusförmige Krümmung im Raum-Zeit-Kontinuum überhaupt entstehen konnte.«

»Ich bin ganz Ohr.«

»Manchmal kommen die Q nicht miteinander aus.«

»Eigentlich kommen sie mit niemandem aus«, entgegnete La Forge.

»Das stimmt, aber gelegentlich geraten sie auch untereinander in Streit. Es hat im Kontinuum wenigstens einen Bürgerkrieg gegeben, von dem wir Sterblichen wissen.«

»Ja ... Ja, stimmt! Das steht auch in den Logbüchern der *Voyager*. Kathryn Janeway hat in einem Bericht an die Sternenflotte einen Bürgerkrieg der Q erwähnt«, sagte Barclay.

»Das kann ich mir vorstellen. Ich hatte schon mit Q zu tun«, rief ihm Guinan ins Gedächtnis.

»Wissen Sie denn mehr über diesen Bürgerkrieg?«, erkundigte sich La Forge.

»Nein, aber ich kenne die Q. Daher musste ich daran denken, was für Waffen sie wohl verwenden würden.«

»Was immer ihnen in den Sinn kommt, kann real werden«, meinte La Forge.

»Und wenn so etwas wie diese Raumkrümmungen wie Minenfelder um eine Galaxie herumliegen ...«, setzte Guinan an.

»Das ist ein erschreckender Gedanke«, stellte Barclay fest.

»Nein, das ist noch nicht das Erschreckende. Noch erschreckender finde ich die Überlegung, was noch alles da draußen sein könnte, wenn die Q schon so etwas herumliegen lassen.« Mit diesen Worten stand Guinan auf und ging.

Leah und Geordi gingen hinüber zum anderen Tisch, an dem Kat, Nog und Vol saßen. »Was haben Sie für Pläne?«

»Denselben Plan, nach dem ich immer gelebt habe«, antwortete Nog. »Ich nenne ihn die O'Brien-Strategie: Bring es in Ordnung, und komm von deiner Schicht lebendig nach Hause.« Vol und Kat lachten laut, und dann tranken alle fünf auf diesen großartigen Plan.

Irgendwann waren nur noch Leah und Geordi übrig. »Geordi ... Warum kommst du nicht mit mir? Wir könnten zusammen an neuen Antrieben und Raumschiffen arbeiten. Du wärst eine große Hilfe im Entwicklungsprogramm.« Sie zögerte. »Die Stelle als Leiter des Planungsbüros auf Utopia Planitia ist gerade frei geworden, und du wärst der per...«

Er ließ den Kopf ein wenig sinken und antwortete leise: »Ich kann nicht, Leah. Die *Enterprise* ist mein Zuhause. Es gibt noch so viele Sonnensysteme zu erkunden, so viele Ingenieurmethoden fremder Kulturen, die ich kennenlernen kann ...«

»Ich habe mir schon gedacht, dass du das sagen würdest.«

»Du könntest mit mir auf die *Enterprise* kommen.«

Sie schüttelte traurig den Kopf. »Ich könnte mich nie an einen Antrieb und ein Schiff binden.«

»Oh.« La Forge konnte seine Enttäuschung nicht verbergen, auch wenn er ihre Einstellung verstand. »Könntest du dich ... Wie hast du es ausgedrückt? ... an eine ...«

»An eine Person binden?«

Er war sich nicht mal sicher, ob er es wirklich hatte sagen wollen, bis sie den Satz für ihn beendete.

»Und, könntest du?«

»Das könnte ich.«

EPILOG

Geordi und Leah materialisierten an Bord der *Enterprise* und wurden von Picard und Worf begrüßt. »Willkommen zurück, Geordi.« Picard lächelte ihn aufrichtig an, allerdings war seine Freude getrübt, da an diesem Abend die Gedenkfeier für Scotty an Bord der *Enterprise* stattfinden sollte. Es war La Forges erster Tag in seiner alten Position des Chefingenieurs, und er hatte sich nicht gerade darauf gefreut.

»Doktor Brahms«, wandte Picard sich an Leah, »wem verdanken wir die Ehre Ihres Besuchs?«

Als ob er das nicht wüsste, dachte Geordi. Worf konnte nur mit Mühe ein Grinsen unterdrücken.

»Doktor Brahms hat zugestimmt, eine Weile bei mir zu bleiben, Captain.«

»Eine Weile?«, wiederholte Worf.

»Das freut mich, Geordi«, sagte Picard leise. »Es gibt da auch noch eine andere Angelegenheit, über die ich mit Ihnen sprechen wollte. Wir müssen etwas wegen Ihres Ranges unternehmen.«

»Machen Sie sich deswegen keine Sorgen, Captain, ich bin völlig zufrieden ...«

»Wissen Sie, was ein Post-Captain ist?«

»Nein ...«

»Im achtzehnten Jahrhundert konnte ein Mann in der Royal Navy in den Rang eines Captains erhoben werden, ohne dass er ein Schiff kommandierte. Wenn er auf einem Schiff diente, war er Post-Captain.«

»Verstehe, Sir.«

»Bis dahin bekam er nur den halben Sold eines Captains. Nun, ich will natürlich nicht Ihre Vorteile und Privilegien einschränken, da Sie jetzt kein eigenes Schiff mehr haben, aber ich habe herausgefunden, dass es in der Sternenflotte den Rang eines Ingenieurcaptains gibt.«

»Scottys Rang.«

»Und jetzt der Ihre. Die Sternenflotte hat zugestimmt und Ihre Dienstakte entsprechend geändert.« Picard reichte ihm die Hand. »Willkommen an Bord, Captain La Forge.«

Die Gedenkfeier an diesem Abend wurde in feierlicher Stimmung vollzogen. La Forge hatte erwartet, mehrere Angehörige des Ingenieurkorps zu sehen, und natürlich waren Sonya Gomez und ihr Erster Offizier anwesend, aber er hatte nicht mit dem groß gewachsenen Mann gerechnet, der sich ein wenig abseits hielt.

Während Geordi zu ihm hinüberging, überlegte er, wie er sich dafür entschuldigen sollte, dass er Scotty nicht das Leben gerettet oder zumindest nicht gut genug auf ihn aufgepasst hatte. Doch als er näher kam, schüttelte der Mann leicht den Kopf und sah ihn mit seinen ruhigen, weisen Augen an. »Sie müssen sich vor mir nicht rechtfertigen, Captain La Forge«, sagte Botschafter Spock. »Mr. Scott wusste ebenso gut wie wir alle, dass unser Beruf nicht ungefährlich ist. Sie brauchen mir nichts zu erklären.«

»Ich wünschte nur, ich hätte etwas tun können ...«

»Aber Sie konnten nichts tun. Die Handlungen der fremden Wesen und allein die Tatsache, dass sie existieren, waren unvorhersehbare Faktoren.« Das von Falten gezeichnete Gesicht des Botschafters wurde ein wenig weicher, als er leicht eine Augenbraue hochzog. »Meiner Erfahrung nach war Mr. Scott schon immer, wie soll ich es ausdrücken, ein sehr einfallsreicher Mann.«

»Er war in der Tat ein Wunderknabe.«

»So ist es. Auf seine eigene Weise war er ebenso erfinderisch wie

Captain Kirk darin, Lösungen zu finden, um ein augenscheinlich besiegeltes Schicksal abzuwenden.«

La Forge nickte. »Dennoch ist Captain Kirk auf Veridian III gestorben.« Er schwieg, da ihm einfiel, dass beinahe auch die ganze Besatzung der *Enterprise-D* dort umgekommen wäre.

»Jede Wahrscheinlichkeitskurve muss auch die unwahrscheinlichen Fälle berücksichtigen. Dennoch bin ich der Ansicht, wenn es irgendeinen Weg gab, der Zerstörung der *Challenger* zu entrinnen, dann hat Mr. Scott ihn gefunden. Es gibt Dinge im Leben, die unabwendbar sind, Captain La Forge, aber nur eine begrenzte Zahl. Sogar sehr begrenzt. Ganz im Gegensatz zu den Möglichkeiten. Es gibt immer eine unendliche Anzahl an Möglichkeiten.«

DANKSAGUNGEN

Ich bin vielen Menschen zu Dank verpflichtet, angefangen mit Marco Palmieri, der mir meinen ersten Auftrag als STAR TREK-Autor gab, die Kurzgeschichte *»On the Spot«* zu schreiben, Margaret Clark, die *»Reservoir Ferengi«* lektoriert und auch an diesem Roman mitgearbeitet hat, Jaime Costas, die das Manuskript eingekauft hat, und Ed Schlesinger, der es bis zu seiner Fertigstellung begleitet hat.

Außerdem danke ich Christopher L. Bennett, Dayton Ward und insbesondere dem Grafiker bei Simon & Schuster, der sich dieses großartige Cover ausgedacht hat.

Übersicht der Star Trek-Romane

Star Trek – Vanguard

1 *Der Vorbote*
2 *Rufe den Donner*
3 *Ernte den Sturm*
4 *Offene Geheimnisse*
5 *Vor dem Fall*
6 *Enthüllungen*
7 *Das jüngste Gericht*
8 *Sturm auf den Himmel*

Star Trek – Titan

1 *Eine neue Ära*
2 *Der Rote König*
3 *Die Hunde des Orion*
4 *Schwert des Damokles*
5 *Stürmische See*
6 *Synthese*
weitere Bände in Vorbereitung

Star Trek – The Next Generation

1 *Tod im Winter*
2 *Widerstand*
3 *Quintessenz*
4 *Heldentod*
5 *Mehr als die Summe*
6 *Den Frieden verlieren*
7 *Von Magie nicht zu unterscheiden*

Doppelhelix

1 *Infektion*
2 *Überträger*
3 *Roter Sektor*
4 *Quarantäne*
5 *Doppelt oder nichts*
6 *Die oberste Tugend*

Star Trek – Deep Space Nine

Ein Stich zur rechten Zeit
8.01 *Offenbarung, Buch I*
8.02 *Offenbarung, Buch II*
8.03 *Sektion 31: Der Abgrund*
8.04 *Portale: Dämonen der Luft und Finsternis*
8.05 *Mission Gamma I: Zwielicht*
8.06 *Mission Gamma II: Dieser graue Geist*
8.07 *Mission Gamma III: Kathedrale*
8.08 *Mission Gamma IV: Das kleinere Übel*
8.09 *So der Sohn*
8.10 *Einheit*

Die Welten von Deep Space Nine

1 *Cardassia: Die Lotusblume*
2 *Andor: Paradigma*
3 *Trill: Unvereinigt*
4 *Bajor: Fragmente und Omen*
5 *Ferenginar: Zufriedenheit wird nicht garantiert*
6 *Das Dominion: Fall der Götter*

9.01 *Kriegspfad*
9.02 *Entsetzliches Gleichmaß*
9.03 *Der Seelenschlüssel*

Star Trek – Destiny
1 *Götter der Nacht*
2 *Gewöhnliche Sterbliche*
3 *Verlorene Seelen*

Star Trek – New Frontier
1 *Kartenhaus*
2 *Zweifrontenkrieg*
3 *Märtyrer*
4 *Die Waffe*
The Captain's Table: Gebranntes Kind
Doppelhelix 5
Doppelt oder nichts
5 *Ort der Stille*
6 *Finstere Verbündete*
7 *Excalibur: Requiem*
8 *Excalibur: Renaissance*
9 *Excalibur: Restauration*
10 *Portale: Kalte Kriege (Jan. '14)*

Star Trek – Voyager
1 *Heimkehr*
2 *Ferne Ufer*

Star Trek – Enterprise
1 *Das höchste Maß an Hingabe*
2 *Was Menschen Gutes tun*
3 *Kobayashi Maru (Feb. 2014)*

Star Trek – Starfleet Academy
1 *Die Delta-Anomalie*
2 *Die Grenze*

Star Trek – Originalserie
Feuertaufe
1 *McCoy: Die Herkunft der Schatten*
2 *Spock: Das Feuer und die Rose*
3 *Kirk: Der Leitstern des Verirrten*
4 *Der Friedensstifter*
5 *Das Ende der Dämmerung (Feb. 2014)*

Star Trek – Typhon Pact
1 *Nullsummenspiel*
2 *Feuer*
3 *Bestien*
4 *Zwietracht*
5 *Heimsuchung (März 2014)*

Star Trek – Die Gesetze der Föderation
Star Trek – Einzelschicksale
Star Trek (Roman zum Film)
Star Trek into Darkness (Roman zum Film)

Stets aktuelle Informationen auch unter:
startrekromane.de

DESTINATION STAR TREK™ GERMANY
FEB 21ST - 23RD - FRANKFURT
Tickets on sale now
Germany's Only Official STAR TREK Event
Destination: Germany | Destination STAR TREK heads to the Messe Frankfurt
See the stars from across the generations!
JONATHAN FRAKES
RIKER
MICHAEL DORN
WORF
WILLIAM SHATNER
CAPTAIN KIRK
RENE AUBERJONOIS
ODO
BRENT SPINER
DATA
GATES MCFADDEN
CRUSHER
ARMIN SHIMERMAN
QUARK
CASEY BIGGS
DAMAR
MARINA SIRTIS
TROI
LAVAR BURTON
LA FORGE
Autographs Talks Photo Sessions Fanzone Parties Costumes
Genuine Props & Costumes The Next Generation Bridge & much more!
Check out the package offers online
Tickets start from €35 per day, €59 for the weekend!
Book your photos with the stars in advance now*
More STAR TREK guests to be announced
Follow us @StarTrek_DST
*in order to purchase photo shoots you must book an entry ticket first
www.destinationstartrek.com
Experience the STAR TREK Universe all under one roof with Destination STAR TREK Germany!
A Media 10 Event in Association with SHOWMASTERS
Terms & conditions apply. Not all guests signing all days. Guests are charging for autographs. Guests appear subject to work commitments.
For full terms and conditions please visit our website. ™ & © 2014 CBS Studios Inc. © 2014 Paramount Pictures Corp. STAR TREK
and related marks and logos are trademarks of CBS Studios Inc. All Rights Reserved

NEU!!!
Der FedCon Geeks Club
Werde jetzt Mitglied und hole dir jetzt jede Menge Vorteile
Als Mitglied im GEEKS Club erhälst du für 27,50 Euro
• 4 Ausgaben im Jahr des GEEK Magazins mit 98 Seiten
• das FedCon Insider Magazin mit ca. 24–30 Seiten.
• exklusive Merchandiseprodukte & ...
• ... obendrauf sparst du jede Menge Geld, z.B. beim Ticketkauf
INSIDER
Hier gibt es nicht nur News, sondern regelmäßig einen Blick hinter die Kulissen
FEDCON GEEKS
Informationen & Anmeldung unter fedcongeeks.de